Von Jae außerdem lieferbar

Vorsicht, Sternschnuppe

Herzklopfen und Granatäpfel

Die Hollywood-Serie:

Liebe à la Hollywood
Im Scheinwerferlicht
Dress-tease
Affäre bis Drehschluss

Die Portland-Serie:

Auf schmalem Grat
Rosen für die Staatsanwältin
Umzugsfieber

Die Mondstein-Serie:

Cabernet und Liebe
Verführung für Anfängerinnen

Die Serie mit Biss:

Zum Anbeißen
Coitus Interruptus Dentalis

Die Gestaltwandler-Serie:

Vollmond über Manhattan

Hängematte FÜR ZWEI

Jae

Ylva

Danksagung

Ein herzliches Dankeschön geht an meine fleißigen Korrekturleserinnen Melanie, Susanne, Katharina und Christiane sowie an meine Lektorin Andrea Fries.

Kapitel 1

Ein warmer Arm riss Jordan aus dem Schlaf, als er sich um sie schlang wie eine Boa constrictor, die ihre Beute erwürgte. Stöhnend öffnete sie die Augen.

Grelles Morgenlicht erhellte ein Schlafzimmer, das nicht ihr gehörte, und fiel auf die Kleidungsstücke, die einen Pfad von der Tür zum Bett beschrieben. Der Radiowecker neben ihr zeigte in leuchtend roten Zahlen 8:11 Uhr an.

Mist. Sie musste los, wenn sie es schaffen wollte, nach Hause zu fahren und Thunfisch ihr Futter hinzustellen, bevor sie zum Flughafen fuhr, um Simone abzuholen. Sie schlug die Decke zurück und versuchte, aus dem Bett zu steigen, aber die Frau hinter ihr wollte einfach nicht loslassen.

Jordan warf einen Blick über die Schulter.

Colleen – die Rothaarige von gestern Nacht – kuschelte sich im Schlaf an sie, ein Lächeln auf dem Gesicht.

Jordan grinste. Sie liebte es, einen so glückseligen Ausdruck auf die Gesichter von Frauen zu zaubern. Vorsichtig hob sie den Arm von ihrer Hüfte und schlich sich aus dem Bett. Das Aufsammeln ihrer Kleidung führte sie zur Tür, aber sich einfach ohne ein Wort davonzumachen, war nicht ihre Art. Colleen schlief immer noch, als sie an ihr vorbei zum Badezimmer ging. *Schätze, sie hat sich heute Nacht völlig verausgabt.*

Das Duschen konnte warten, bis sie zu Hause war. Jordan schlüpfte in die Klamotten von gestern. Sie wollte auf der Suche nach einer Zahnbürste nicht Colleens Badezimmerschränke durchstöbern, deshalb drückte sie nur ein wenig Zahnpasta auf ihren Zeigefinger und rieb ihn über ihre Zähne.

Als sie sich den Mund ausspülte, ging die Badezimmertür auf und Colleen trat ein, noch immer splitterfasernackt. »Guten Morgen«, sagte sie mit einer Stimme, die rau vom Schlaf war.

»Morgen. Ich hoffe, es macht dir nichts aus, dass ich deine Zahnpasta benutzt habe.«

»Völlig okay. Ich würde dir sogar meine Dusche anbieten.« Colleen trat näher, schlang die Arme um Jordan und schmiegte ihren nackten Körper an sie. »Und meine Gesellschaft unter der Dusche.«

Jordan bekam eine Gänsehaut. Ein Stöhnen entfuhr ihr. »Ich sage nur ungern Nein zu einer schönen Frau, aber es geht nicht anders. Ich muss los, eine Freundin vom Flughafen abholen.«

Seufzend ließ Colleen los. »Rufst du mich an?«

Es wäre einfach gewesen, Ja zu sagen, sodass sie ohne lange Diskussion verschwinden konnte, aber sie machte nie falsche Versprechungen. Schon gestern Nacht hatte sie klargestellt, dass es ihr nur um Sex ging und sie nicht auf der Suche nach etwas Längerfristigem war. Aber scheinbar musste Colleen nochmals daran erinnert werden. »Hör zu, Colleen. Ich würde so etwas wie letzte Nacht gern wiederholen, aber ich habe dir ja schon gesagt, dass ich nicht der Beziehungstyp bin.«

Colleen verschränkte die Arme vor ihrer nackten Brust, als hätte Jordan nicht schon jeden Zentimeter ihres Körpers gesehen. »Gilt das immer? Auch wenn du eine Frau kennenlernst, bei der die Chemie wirklich stimmt?«

Glaubte sie, dass sie diese Frau war? Klar, sie hatten eine heiße Nacht gehabt, aber darüber hinaus konnte sich Jordan nicht vorstellen, mit Colleen – oder mit irgendeiner anderen Frau – den Rest des Monats zu verbringen, geschweige denn den Rest ihres Lebens.

»Das gilt immer«, sagte sie entschieden. Mit einem spielerischen Grinsen fügte sie hinzu: »Ich bin zu gut aussehend und zu gut im Bett, um mich an nur eine Frau zu binden und dem Rest der weiblichen Bevölkerung das Vergnügen meiner Gesellschaft zu verwehren.«

Colleen schüttelte den Kopf. »Gott, du bist unglaublich.«

»Das hast du gestern Nacht auch gesagt«, witzelte Jordan.

Ein Klaps traf sie auf den Arm, aber dann lachte Colleen und die Falten auf ihrer Stirn glätteten sich.

Jordan lächelte. Sie ging ins Schlafzimmer und schlüpfte in ihre Lederstiefeletten, bevor sie sich aufrichtete. »Es hat nichts mit dir zu tun. Du bist wunderschön und lustig und klug.« Zumindest, soweit sie das beurteilen konnte. Sie hatten ihre Zeit nicht damit verbracht, über Politik, Wissenschaft oder Literatur ... oder irgendein anderes Thema zu reden. Sie sah Colleen in die Augen, denn sie wollte auf keinen Fall, dass diese Erfahrung für sie mit einem bitteren Beigeschmack endete. »Jede Frau könnte sich glücklich schätzen, mit dir zusammen zu sein.«

»Nur nicht du«, sagte Colleen.

»Nur nicht ich. So bin ich nun mal. Eine feste Beziehung ist das Einzige, mit dem ich nicht dienen kann. Für alles andere kannst du mich jederzeit anrufen.« Sie drückte Colleen ihre Visitenkarte in die Hand.

Colleen warf einen Blick darauf und stieß einen Pfiff aus. »Du bist Chirurgin? Ich hätte es wissen sollen.«

Jordan grinste und hielt alle zehn Finger in die Höhe. »Was soll ich sagen? Wir haben eben talentierte Hände.«

Colleen begleitete sie zur Tür und küsste sie mit einer Leidenschaft, die Jordan verriet, dass sie definitiv anrufen würde. Pfeifend und mit energischem Schritt marschierte sie zu ihrem Mercedes-Cabrio.

Auf der Schnellstraße 101 herrschte Stoßverkehr, sodass Jordan über eine Stunde brauchte, um von Colleens schicker Eigentumswohnung in West Hollywood zu der ruhigen Einbahnstraße in South Pasadena zu gelangen, in der sie lebte.

Endlich steuerte sie das Cabrio auf ihre Doppelhaushälfte zu.

Ein großer, weißer Möbelwagen parkte schräg in der Einfahrt und blockierte die Garage. Die hintere Tür war offen und eine Laderampe führte in Richtung Haus. Zwei Umzugshelfer in blauen Overalls schleppten ein Sofa zur rechten Seite des Hauses.

Scheinbar bekam sie neue Nachbarn, nachdem sie das Haus ein paar Wochen lang für sich allein gehabt hatte.

Zum Glück war überall Platz zum Parken. Sie hielt den Wagen am Straßenrand, stellte den Motor ab und stieg aus.

Ihre Nachbarin Barbara war im Vorgarten damit beschäftigt, abgestorbene Blätter aus ihren Azaleen zu zupfen. Als sie Jordan sah, nahm sie ihren Gehstock und kam auf sie zu. »Guten Morgen. Sieht so aus, als wären deine unbeschwerten Tage als Junggesellin gezählt.« Sie nickte in Richtung des Möbelwagens.

»Ach was.« Sie würde nur etwas diskreter sein müssen, wenn sie im Garten hinter dem Haus, den sie sich mit ihren direkten Nachbarn teilte, »weibliche Gäste bewirtete«, wie Barbara es nannte. In der Hängematte zu knutschen, verlangte ohnehin zu viele Verrenkungen. »Wer weiß, vielleicht ist der neue Nachbar eine alleinstehende Frau und total heiß.«

Barbara gab ihr einen Klaps, als wäre sie ein unartiges Kind. »Vielleicht ist es ein achtzigjähriger Knacker, der will, dass du dir seine schmerzende Hüfte ansiehst, und dich die ganze Nacht wachhält, weil du sein Schnarchen durch die Wand hören kannst.«

»Dann verkupple ich ihn einfach mit dir«, sagte Jordan und zupfte ein Blatt aus dem silbernen Haar ihrer Freundin.

Im Umzugswagen rumpelte es und sie drehten sich beide in diese Richtung, um den neuen Nachbarn aus dem Gefährt klettern zu sehen.

Das Erste, das Jordan sah, war eine Stehlampe, dann ein abgetragener Turnschuh. Als dessen Besitzer die Laderampe hinabging, glitt Jordans Blick an einem Paar attraktiver Beine hinauf. Mit den geschwungenen Hüften der neuen Nachbarin gab es keinerlei Probleme und falls sie Jordan wachhalten würde, dann ganz sicher nicht mit ihrem Schnarchen.

Ihre hellblaue, verwaschene Jeans schmiegte sich an ihren kurvigen Körper. Gott, Jordan liebte Frauen in Jeans, besonders, wenn die Betreffende einen so gut gebauten Hintern hatte.

Die Fremde betrat ihre Haushälfte und kam kurz darauf wieder zum Vorschein, vermutlich, um ein weiteres Möbelstück aus dem Umzugswagen zu holen. Jetzt konnte Jordan auch einen Blick auf ihr Gesicht erhaschen. *Wow.* Ihre neue Nachbarin sah von vorn genauso gut aus wie von hinten.

Schlagartig war die ruhige Straße, in der sie wohnte, um einiges interessanter geworden.

Jordan bewunderte die Art, wie sich die Fremde bewegte, anmutig und doch ganz ungekünstelt. »Ich glaube, ich gehe mal rüber und stelle mich vor.«

Barbara bedachte sie mit einem Kopfschütteln. »Du bist unglaublich.«

Es war noch nicht mal zehn Uhr und doch hatte sie das heute schon zweimal gehört. Das war selbst für sie ein Rekord. »Wieso denn?«, fragte sie, als Barb ihr weiterhin tadelnde Blicke zuwarf.

»Was ist mit Simone?«

»Simone? Was soll mit ihr sein? Wir sind nur Freundinnen. Außerdem verhalte ich mich nur wie eine gute Nachbarin.«

»Mmhm. Als ich jung war, haben wir das anders genannt.« Trotz ihrer Proteste folgte ihr Barbara, wobei sie ihren Gehstock mehr in der Hand trug, als ihn zu benutzen.

Jordan hielt sie leicht am Ellbogen fest und half ihr, um eine Sackkarre und einen Stapel Umzugskartons herumzugehen, die neben dem Wagen darauf warteten, ins Haus transportiert zu werden.

Als die neue Nachbarin sie sah, blieb sie auf halbem Weg die Rampe hinauf stehen, was Jordan auf Augenhöhe mit ihren Brüsten brachte. Es war schwierig, angesichts einer solch gottgegebenen Perfektion nicht zu glotzen, aber sie schaffte es, den Blick auf das Gesicht der Fremden gerichtet zu halten.

Sie sah nicht aus wie die Models und Schauspielerinnen, die Jordan oft am Arm oder im Bett hatte. Die Sommersprossen auf ihrer Nase beförderten sie in die Kategorie *süß* anstelle von *wunderschön*. Nach Hollywoodmaßstäben hatte sie ein paar Pfund zu viel auf den Rippen. Sie trug kein Make-up und ihr blondes Haar war zu einem etwas unordentlichen Pferdeschwanz zurückgebunden, aber sie war dennoch eine attraktive Frau. Zumindest, wenn man auf den Typ »das nette Mädchen von nebenan« stand, was auf Jordan normalerweise nicht zutraf.

Aber aus irgendeinem Grund konnte sie trotzdem nicht aufhören, ihre neue Nachbarin anzustarren.

Barbara stieß sie mit dem Ellbogen an.

»Guten Morgen«, sagte Jordan mit Verspätung.

»Hallo«, antwortete die Blondine. »Ich hoffe, wir stören Sie nicht mit all dem Krach, den wir machen.«

Wir, wiederholte Jordan in Gedanken. Hatte sie einen Freund oder Ehemann und vielleicht sogar eine Schar Kinder oder meinte sie damit die beiden

Umzugshelfer? Außer den Männern in den blauen Overalls konnte Jordan niemanden entdecken.

Die Frau kletterte die Rampe hinab, damit die Umzugshelfer ein weiteres Möbelstück ausladen konnten.

Verglichen mit Jordans eins achtzig war sie eher klein.

Ein weiterer Stups von Barbara machte Jordan bewusst, dass sie die neue Nachbarin noch immer anstarrte.

»Nein, nein, keine Sorge«, sagte Barbara.

Jordan sah der Frau in die Augen. Aus nächster Nähe konnte sie nun deren Farbe erkennen. Sie waren hellgrün, mit kupferfarbenen Sprenkeln um die Pupillen herum. Lächelnd hielt sie der Neuen ihre Hand hin. »Es stört mich nicht, wenn es mal etwas lauter wird«, sagte sie. »Ich bin Jordan Williams, Ihre bessere Hälfte.«

Süße Fältchen formten sich auf der Stirn der Blondine. »Wie bitte?«

»Ich wohne in der anderen Haushälfte«, sagte Jordan und zeigte hinüber zur linken Hälfte des Doppelhauses.

»Oh.« Die neue Nachbarin lachte, zog die Arbeitshandschuhe aus und nahm die hingehaltene Hand. »Ich bin Emma Larson.«

Emma. Jordan hatte diesen Namen schon immer gemocht. Als sie ihre Hand schüttelte, war Jordan überrascht über den kräftigen Händedruck. Sie nutzte die Gelegenheit, um Emmas Finger zu betrachten. Kein Ehering oder sonst ein Ring, weder an der linken noch an der rechten Hand. Ihre Nägel waren kurz gehalten. Somit hatte sie sich ein Häkchen auf Jordans Ist-sie-möglicherweise-lesbisch-Checkliste verdient.

»Ein schöner Name für eine schöne Frau«, sagte sie mit einem sanften Lächeln.

Emma zog ihre Hand zurück und legte den Kopf auf eine Weise zur Seite, die wirkte, als sähe sie auf Jordan hinab, obwohl sie mindestens zehn Zentimeter kleiner war. »Haben Sie für gewöhnlich mit solchen Sprüchen Erfolg?«

Einen Moment lang konnte Jordan sie nur verdutzt ansehen. Kaum eine Frau wies sie schon Sekunden nach dem ersten Kennenlernen wegen ihres Flirtens zurecht. Aber sie mochte Herausforderungen. »Das ist kein Spruch«, sagte sie mit unerschütterlichem Lächeln. »Das ist eine Tatsache.«

»Ignorier sie einfach.« Barbara schob Jordan beiseite und nahm Emmas Hand. »Ich bin Barbara Mosley. Lass uns einfach du sagen.«

Emma nickte und die Geste schien auch Jordan mit einzuschließen. »Das Du ist mir sehr recht.«

»Willkommen in South Pasadena«, sagte Barbara. »Ich bin sicher, es wird dir hier gefallen.«

»Danke. Ganz bestimmt.«

»Was führt dich in die Gegend?«, fragte Jordan. *Ein Umzug wegen der Karriere oder ein Zusammenziehen mit dem Freund … oder der Freundin?* Sie sprach es nicht aus, weil sie ahnte, dass sie subtiler vorgehen musste. Scheinbar war ihre neue Nachbarin nicht in der Stimmung, so früh am Morgen schon mit einer Frau zu flirten. Womöglich flirtete sie zu keiner Tageszeit mit Frauen, auch wenn Jordans Instinkt das Gegenteil behauptete.

»Wie kommst du darauf, dass ich nicht aus der Gegend bin?«, fragte Emma. Ein Grinsen schlich sich auf ihr Gesicht und brachte die kupferfarbenen Sprenkel in ihren Augen zum Leuchten. »Hat meine ganz und gar unkalifornische Sommerbräune mich verraten?« Sie blickte auf ihre Haut, die so weiß war wie Barbaras geliebte Eisberg-Rosen und genauso weich aussah wie deren Blütenblätter.

Jordan lachte. »Nein, es war der Möbelwagen.« Sie deutete auf das Gefährt, auf dessen Seite ein Umzugsunternehmen aus Portland, Oregon, mit seinen Dienstleistungen warb.

»Ach so«, sagte Emma.

Sie hatte Jordans eigentliche Frage danach, was sie nach Kalifornien brachte, nicht beantwortet. Vielleicht sprach sie nicht gern über sich selbst. Das konnte Jordan verstehen. Außerdem machte eine geheimnisvolle Aura ihre Nachbarin nur noch attraktiver.

»Lass uns wissen, wenn du irgendetwas brauchst.« Barbara zeigte auf ihr Haus. »Ich wohne gleich nebenan.«

»Genau. Wir helfen dir gern, dich hier einzuleben. Ich kenne die besten Restaurants und Geschäfte vor Ort und kann dich gern herumführen«, fügte Jordan hinzu. In Gedanken ging sie den morgigen OP-Plan durch. »Wenn du Frühaufsteherin bist, könnte ich dir morgen früh das beste Café in der Stadt zeigen.«

»Nein, danke«, sagte Emma. »Morgen werde ich bis zum Hals in Umzugskartons stecken, da werde ich kaum Zeit zum Kaffeetrinken haben.«

Die Abfuhr war so schnell erfolgt, als hätte sie keine Sekunde lang überlegt, anzunehmen. *Scheinbar bin ich heute nicht in Bestform.* »Dann vielleicht ein anderes Mal.«

Emma brummte nur. »Mal sehen. Wenn ihr mich jetzt entschuldigen würdet, ich muss den beiden zeigen, wo das hinsoll.« Sie eilte den Umzugshelfern hinterher, die eine Kommode in Richtung Haus schleppten.

Jordan sah ihr nach, bis Barbaras Lachen sie davon abhielt, weiter den Anblick von Emmas perfektem Hintern zu genießen. Sie drehte sich zu ihr um. »Was ist denn so witzig?«

»Du hast einen Korb bekommen. Das ist dir sicher noch nie passiert.«

»Doch«, sagte Jordan. »Ist schon vorgekommen. Aus irgendeinem unerklärlichen Grund gibt es ein paar fehlgeleitete Frauen, die gegen meinen Charme immun sind.«

Barbara tätschelte ihr den Arm. »Die wissen ja gar nicht, was sie verpassen.«

»Das sage ich auch immer.«

Sie grinsten einander an.

»Ich weiß, es ist ein schwacher Trost, aber willst du rüberkommen und stattdessen mit mir einen Kaffee trinken?«, fragte Barbara.

Jordan nahm ihre Hand und drückte sie sanft. Barbaras Ehemann war vor fast drei Jahren gestorben und ihre Kinder waren weggezogen, deshalb war sie manchmal einsam. Zwar hätte sie es nie zugegeben, aber Jordan spürte es. Deshalb kam sie regelmäßig auf eine Tasse Kaffee bei ihr vorbei oder half ihr im Garten. »Sonst gern, aber ich bin spät dran. Ich muss Simone vom Flughafen abholen.«

»Oh, ist sie in der Gegend?«

»Ja, aber nur für ein paar Tage. Einer ihrer Klienten in L.A. will expandieren, deshalb ist sie hergeflogen, um sich seine Produktlinie anzusehen.«

»Sag ihr doch bitte, sie soll bei mir vorbeischauen. Sie ist so ein nettes Mädchen. Ich kann wirklich nicht verstehen, warum du nicht mit ihr zusammen bist.«

Jordan schüttelte den Kopf. »Wie ich schon gesagt habe, wir sind beide nicht der Beziehungstyp. Wir sind nur Freundinnen.« Freundinnen, die gelegentlich miteinander schliefen, aber das musste Barbara ja nicht wissen. Sie würde es nicht verstehen.

»Freundinnen, die ich bei ihrem letzten Besuch dabei ertappt habe, wie sie wie zwei Jugendliche in deinem Cabrio herumgeknutscht haben.«

Ups. »Ach, das hast du gesehen?«

»Ich sehe alles, junge Dame.« Barbara stampfte mit ihrem Gehstock auf die geteerte Auffahrt. »Also, warum seid ihr kein Paar?«

»Das ist … Es ist nicht das, was wir wollen. Wir …«

Ein lautes Miauen unterbrach sie. Ihre Katze, Thunfisch, warf ihr vom anderen Ende der Auffahrt einen auffordernden Blick zu.

»Tut mir leid, Barb. Ich muss los. Meine Gebieterin ruft nach mir. Brauchst du Hilfe, um nach Hause zu kommen?«

Barbara schnaubte. »Ich bin vierundsiebzig, nicht vierundneunzig. Ich kann die paar Schritte zu meinem Haus sehr gut ohne Hilfe gehen.« Dann wurde ihr Gesichtsausdruck weicher. »Aber danke der Nachfrage, Liebes. Jetzt geh und kümmere dich um all die Frauen in deinem Leben.« Wieder hing der Gehstock in ihrer Armbeuge, als sie zu ihrem Haus zurückstapfte.

Jordan sah ihr einen Moment lang nach und drehte sich dann noch einmal zur anderen Haushälfte um, in der Hoffnung, einen letzten Blick auf ihre neue Nachbarin zu erhaschen.

Ein forderndes Miau ließ sie den Blick abwenden.

»Nur mit der Ruhe. Ich komme ja schon.« Sie eilte die Auffahrt hinauf. »Himmel. Wenn ich gewollt hätte, dass man mich ausschimpft, nur weil ich erst morgens nach Hause komme, hätte ich mir eine Freundin angeschafft!«

Kapitel 2

Umziehen war nichts für Schwächlinge. Emmas Rücken schmerzte schon jetzt von all den schweren Umzugskartons und sie war froh, dass sie schon im Voraus einen Babysitter für Molly über einen Online-Service gefunden hatte.

So war Molly ein paar Stunden außer Haus, kam ihr nicht in die Quere und würde mit dem Umzug nicht sofort all das Chaos im neuen Zuhause verbinden, sondern einen spaßigen Tag im Park.

Emma zählte die säuberlich beschrifteten Kartons, die vor dem Einbaubücherregal im Wohnzimmer standen.

Es waren neun. Also mussten noch zwei draußen sein. Zum Glück befanden sich ihre übrigen Bücher auf ihrem E-Book-Reader.

Als sie nach draußen trat, um die beiden Kartons zu holen, verließ ihre Nachbarin ebenfalls das Haus.

Sie hatte sich umgezogen und die weiße Bluse, die sie jetzt trug, brachte ihre dunkle Haut und ihre naturgekräuselten, schwarzen Haare gut zur Geltung. Ihre Haare waren kurz geschnitten, was ihre schönen Wangenknochen und ihre vollen Lippen betonte. Eine Blue Jeans umschmeichelte ihre langen, muskulösen Beine, ihre schmale Taille und die leichte Rundung ihrer Hüften. Jordans geschmeidiger Gang strotzte nur so vor Selbstvertrauen.

Emma berührte mit dem Daumen die leere Stelle an ihrem Ringfinger und ärgerte sich darüber, dass sie das Aussehen ihrer Nachbarin auch nur zur Kenntnis genommen hatte.

Als sich ihre Blicke über die Auffahrt hinweg trafen, schenkte Jordan ihr ein Grinsen.

Emma konnte noch immer nicht glauben, dass die Frau sie angebaggert hatte. Ihr Flirten war offensichtlich gewesen, selbst für jemanden, der so aus der Übung war wie Emma. Sie musste zugeben, dass es ihr schmeichelte und ihr Selbstvertrauen stärkte, das im vergangenen Jahr einiges hatte einstecken müssen. Früher hätte sie vermutlich zurückgeflirtet, aber die Erfahrung hatte sie gelehrt, sich von Frauenheldinnen wie Jordan Williams fernzuhalten.

Sie kannte diesen Typ Frau nur zu gut. Frauen wie sie waren nett fürs Auge, aber Gift fürs Herz. Nie wieder würde sie jemandem wie ihr Gelegenheit geben, sie zu verletzen. Wenn sie sich irgendwann wieder mit einer Frau einließ, dann nur mit einer, die mehr als bloß eine blasse Ahnung davon hatte, was Treue und Verbundenheit bedeuteten.

Ohne Jordans Lächeln zu erwidern, hob sie zu einem stummen Gruß die Hand und kletterte dann in den Umzugswagen. Die Liste dessen, was sie heute noch erledigen musste, war so lang wie die Chinesische Mauer und mit ihrer zugegebenermaßen gut aussehenden Nachbarin zu flirten, gehörte nicht dazu.

Wie immer ging es am Flughafen von L.A. zu wie im Zoo. Die automatischen Schiebetüren glitten vor Jordan auf und sie joggte hindurch. Leise fluchend umrundete sie müde Reisende, kreischende Kinder und plaudernde Touristengruppen, die ihr mit riesigen Koffern den Weg versperrten.

Sie reckte den Hals, bis sie einen Blick auf die Schilder erhaschte, die sie zur Gepäckausgabe für die Inlandsflüge wiesen. Als sie daran vorbeieilte, sah sie hinauf zu den großen Monitoren mit den Ankunftszeiten verschiedener Flüge.

Mist. Simones Flugzeug war vor einer Stunde gelandet.

Als sie endlich die Gepäckausgabe erreichte, war sie ins Schwitzen gekommen. Simone hasste es zu warten. Normalerweise kam Jordan nicht zu spät. In ihrer Familie galt es schon als Verspätung, fünfzehn Minuten zu früh dran zu sein, und es hatte Jahre gedauert, bis Jordan ein wenig entspannter mit Verspätungen umgehen konnte.

Im Laufschritt bog sie um die Ecke.

Da war sie. Simone stand neben dem mittlerweile leeren Gepäckband. Gott, sie sah gut aus … und ziemlich verärgert. Ihre schwarzen Korkenzieherlocken schwangen auf und ab, als sie ungeduldig mit dem Fuß wippte, und ihre dunklen Augen verengten sich.

Jordan zog den Kopf ein. »Entschuldige«, rief sie. Als sie Simone erreichte, begrüßte Jordan sie mit einer Umarmung und einem Kuss, der eine Sekunde länger dauerte, als unter Freundinnen üblich. »Ich bin aufgehalten worden.«

Simone musterte sie kritisch. »Oh ja. Ich kann mir gut vorstellen, was ... oder vielmehr *wer* dich aufgehalten hat.« Trotz des Tadels war ihr Ton nicht scharf, sondern neckisch.

Das war das Gute daran, nur Freundinnen mit gewissen Vorzügen zu sein. Es gab keine Eifersuchtsdramen.

»Schön wär's«, sagte Jordan. »Zur Abwechslung habe ich mich mal nicht wegen einer Frau verspätet.« Zugegeben, bei Colleen zu übernachten und dann mit der neuen Nachbarin zu flirten, hatte nicht zu ihrer Pünktlichkeit beigetragen, aber wenn Thunfisch nicht gewesen wäre, hätte sie direkt von Colleens Wohnung zum Flughafen fahren können. »Ich musste meine Katze füttern.«

Ein Grinsen breitete sich auf Simones Gesicht aus. Sie sah nach links und rechts, um sicherzugehen, dass sie allein waren. »Ist das eine Umschreibung für ›Muschi lecken‹?«

Jordan lachte. Himmel, sie hatte diese verrückte Frau vermisst. »Hat dir schon mal jemand gesagt, dass du eine schmutzige Fantasie hast?«

»Ja, du, aber damals hast du dich nicht darüber beschwert.«

Stimmt. Sie hatten sich kennengelernt, kurz nachdem Simones langjähriger Freund mit ihr Schluss gemacht hatte. Jordan hatte es nichts ausgemacht, die Lückenbüßerin zu spielen. Sie hatte angenommen, dass sie nach ein paar heißen Nächten getrennter Wege gehen würden, aber stattdessen hatten sie sich angefreundet. »Ich werde mich auch heute Nacht nicht darüber beschweren, aber das einzig Schmutzige, wenn ich meine Katze füttere, ist der Küchenfußboden hinterher.«

Simones Laptoptasche begann, ihr von der Schulter zu rutschen, und sie fing sie rasch auf, bevor sie zu Boden fallen konnte. »Du hast wirklich eine Katze? Du? Die Frau, die immer gesagt hat, sich ein Haustier anzuschaffen, wäre der erste Schritt zur ehelichen Fußfessel?«

»Ich habe mir keine Katze angeschafft.« Jordan griff nach Simones Koffer und führte sie zum Ausgang. »Die Katze hat mich angeschafft. Eines Tages ist sie einfach bei mir aufgetaucht und wollte nicht mehr gehen, egal, wie oft ich sie weggescheucht habe. Irgendwann habe ich aufgegeben und sie reingelassen.«

»Ich habe es ja schon immer gesagt: Du bist ein alter Softie«, sagte Simone lächelnd. »Ehe du dich's versiehst, wird sich eine Frau auf dieselbe Weise in dein Leben schleichen.«

»Ausgeschlossen«, antwortete Jordan mit Zuversicht. »Thunfisch ist das einzige weibliche Wesen, das je mit mir zusammenwohnen wird.«

Fast hätte Simone ein zweites Mal ihre Laptoptasche verloren, als sie lauthals loslachte. »Thunfisch? Du hast deine Katze Thunfisch genannt? Im Ernst?«

Jordan zuckte mit den Schultern. »Sie hat nicht reagiert, als ich andere Namen ausprobiert habe. Nur wenn ich Thunfisch gerufen und eine Büchse davon geöffnet habe, kam sie sofort angelaufen.«

Lachend folgte Simone ihr zum Auto. »Wie gut, dass du keine Kinder willst, sonst würdest du sie vermutlich Pizza, Burger und Kuchen nennen, nach deinen Leibspeisen.«

Sie nahm Simone die Laptoptasche ab. »Sei still und gib mir das Ding, bevor du es fallen lässt.«

»Und so kam es, dass der kleine Frosch ein neues Zuhause fand.« Emma schloss das Buch und sah auf ihre Tochter hinab. Hatte sie die Bedeutung der Geschichte begriffen?

Molly gähnte. Sie war den ganzen Tag mit der Babysitterin im Park herumgetobt und später in Socken über den Parkettboden im Wohnzimmer geschlittert. »Das war eine gute Geschichte, Mami.«

»Ja, das finde ich auch.« Sie hatte sie ausgesucht, um ihrer Tochter zu helfen, sich an das neue Haus und den neuen Tagesablauf zu gewöhnen.

»Am Anfang war er so traurig, aber jetzt mag der kleine Frosch das neue Haus, weil es an einem Bach liegt«, sagte Molly, so als müsste sie Emma die Geschichte erklären, obwohl sie ihr diese eben vorgelesen hatte.

Emma lächelte. Molly war einfach süß. »Und du? Magst du unser neues Zuhause auch?«

Molly nickte. »Ich mag den Baum.«

»Das dachte ich mir.« Emma lachte. Wenn sie es zugelassen hätte, wäre Molly sofort auf den Maulbeerbaum im Garten hinter dem Haus geklettert.

Sie wartete, aber Molly schwieg und Emma wollte sie nicht zwingen, darüber zu reden. Dennoch hatte sie das Gefühl, dass die Fünfjährige noch nicht so ganz begriffen hatte, dass dies nicht nur ein Ferienaufenthalt war. Natürlich hatte sie ihrer Tochter erklärt, was der Umzug bedeutete, aber Molly hatte wohl nicht ganz verstanden, dass sie nie wieder zu dem einzigen Zuhause, das sie je gekannt hatte, zurückkehren würden.

Im Moment war sie glücklich und zufrieden, umgeben von all den Spielsachen, die Emma bereits ausgepackt hatte, während die Babysitterin auf Molly aufgepasst hatte.

Molly gähnte erneut und kuschelte die Wange an Maus, ihr Lieblingsplüschtier.

Emma zog die Bettdecke ein wenig höher und beugte sich über Molly, um ihr einen Kuss auf die Stirn zu geben. »Gute Nacht. Schlaf schön.«

»Nacht, Mami.«

Sie knipste das Licht auf dem Nachttisch aus und ging leise zur Tür. Hinter sich hörte sie bereits, wie Mollys Atemzüge tiefer und langsamer wurden. An der Tür drehte sie sich noch einmal um. Das Astronauten-Nachtlicht tauchte Mollys Gesicht in ein sanftes, gelbes Glühen.

Sie stand im Türrahmen und sah ihrer Tochter eine Weile beim Schlafen zu, bevor sie sich einen Ruck gab. Sie musste noch einige Kartons auspacken, damit Molly morgen in einem Haus voller vertrauter Gegenstände aufwachen würde.

Stunden später faltete sie den Umzugskarton zusammen, der ihre Fantasy-Romane beherbergt hatte, und sah auf die Uhr. Es war schon nach Mitternacht und sie hatte in den letzten zwei Nächten auf dem Weg nach Kalifornien wenig geschlafen. Ihr Kiefer knackte, als sie herzhaft gähnte.

Für heute war es genug. Die Kartons mit dem Büromaterial mussten bis morgen warten, genau wie die anderen Dinge, die für den winzigen Raum bestimmt waren, den sie zu ihrem Büro machen würde.

Vielleicht war es gut, dass sie alle Küchenutensilien in Portland zurückgelassen hatte und nur ein paar Möbel, ihre Kleidung und Bücher sowie Mollys Sachen mitgenommen hatte. Chloe hatte ihr die Eismaschine geben wollen, ebenso die

Weingläser, die sie in Venedig gekauft hatten, und den Messerblock, den ihnen ihr Trauzeuge zur Hochzeit geschenkt hatte.

Doch Emma hatte nichts davon gewollt. Das alles hatte ihnen gemeinsam gehört, ihnen als Paar. Sie wollte nicht tagtäglich daran erinnert werden, sobald sie einen dieser Gegenstände benutzte.

Dies war ein Neuanfang und das schloss neue Küchengeräte mit ein. Morgen würde sie wohl einkaufen gehen müssen.

Sie schlenderte durch das noch unvertraute Haus, berührte hier und da eine Wand oder einen der geschwungenen Türbogen, als wollte sie ihren persönlichen Geruch darauf hinterlassen. Es war ein wunderschönes Haus, aber wie Molly konnte sie noch nicht so recht fassen, dass es nun ihr Zuhause war. Vielleicht hatte sie auch noch nicht so richtig begriffen, dass es kein Zurück in ihr altes Leben gab.

Seufzend blieb sie vor Mollys Zimmer stehen und spähte durch die Tür, die sie einen Spaltbreit offen gelassen hatte, damit sie hörte, wenn Molly aufwachte und nach ihr rief.

Selbst im Schlaf hielt Molly Maus umklammert, als wäre das Stofftier ein Rettungsring, der sie über Wasser hielt.

War es richtig gewesen, sie aus dem gewohnten Umfeld zu reißen, oder war es selbstsüchtig, in die Stadt zurückzukehren, in der Emma aufgewachsen war?

Die Zeit würde es zeigen.

Sie schlich sich ins Zimmer, stopfte behutsam die Decke um ihre Tochter herum fest und betrachtete Molly ein paar Sekunden lang, bevor sie leise hinausging.

Himmel, sie war erschöpft. Noch eine kurze Dusche, dann schlüpfte sie in das neue Bett, das heute Nachmittag geliefert worden war.

Ihr Gästezimmer in Portland war längst zum Büro umfunktioniert worden, deshalb hatte Emma ein Jahr lang auf der Couch geschlafen. Jetzt kam es ihr seltsam vor, wieder in einem richtigen Bett zu schlafen, auch wenn ihre schmerzenden Muskeln es definitiv zu schätzen wussten. Ihre Gedanken wanderten zurück zum letzten Mal, als sie in einem Bett geschlafen hatte. Damals war ihr Leben noch glücklich und normal gewesen. Oder vielleicht hatte sie das damals nur geglaubt.

Hatte Chloe sie in jener letzten Nacht in den Armen gehalten? Hatten sie miteinander geschlafen? Oder war es eine der seltenen Nächte gewesen, in denen

Chloe zurück in die Klinik gerufen wurde und sie bei ihrer Rückkehr über Möchtegernschönheitsköniginnen geflucht hatte, die sich weigerten, einen Assistenzarzt auch nur in die Nähe ihres Gesichts zu lassen, sodass wegen ein paar Stichen ein Schönheitschirurg gerufen werden musste?

Inzwischen war sich Emma nicht mehr sicher, ob es diese Notfälle überhaupt wirklich gegeben hatte. Vielleicht waren es auch nur Vorwände gewesen, die Chloe erfunden hatte, um die Nacht mit ihrer Geliebten verbringen zu können. Alles, was Chloe je zu ihr gesagt hatte, stand jetzt unter Verdacht, eine Lüge zu sein.

Energisch schob sie diese Gedanken beiseite. Sie hatte im letzten Jahr lange genug wach gelegen und darüber nachgegrübelt, wann alles begonnen hatte, schiefzugehen, und warum es ihr nicht früher aufgefallen war. Das musste jetzt aufhören.

Nach ein paar Minuten gelang es ihr endlich, ihr Gehirn auszuschalten und einzuschlafen.

Als sie irgendwann später aus dem Schlaf gerissen wurde, war es draußen noch dunkel. Sie griff nach ihrem Handy auf dem Couchtisch, der als Nachttisch diente, nur um festzustellen, dass dort kein Handy lag. Auch der Couchtisch fehlte.

Dann fiel ihr wieder ein, dass sie nicht im Wohnzimmer in ihrem Haus in Portland war. Sie war in ihrem neuen Schlafzimmer. Ein paar Sekunden lang wusste sie nicht, was sie geweckt hatte. Sie war noch immer hundemüde. Warum zum Teufel schlief sie nicht tief und fest?

Hämmernde Geräusche drangen durch die Wand.

Bumm! Bumm! Bumm!

Einen Moment lang glaubte sie, es wäre Molly, die gegen die Wand klopfte, weil sie Angst hatte. Doch bevor sie aufspringen und zu ihr rennen konnte, fiel ihr wieder ein, dass Mollys Zimmer auf der anderen Seite des Badezimmers im vorderen Teil des Hauses lag.

Die Geräusche hingegen drangen durch die Wand, die sie mit Jordan, der neuen Nachbarin, teilte.

Bumm! Bumm! Bumm!

Himmel, was machte sie da drüben? Spielte sie mitten in der Nacht Basketball in ihrem Zimmer?

Bumm! Bumm!

Dann drang ein lauter, ekstatischer Schrei durch die Wand. »Ja! Genau so. Gott, ja, genau da!«

Emma ließ ihren Kopf zurück aufs Kissen fallen und stöhnte. Na, wenigstens irgendjemand hatte Sex, während sie im vergangenen Jahr wie eine Nonne gelebt hatte.

»Hör nicht auf!«

Es war nicht Jordans Stimme, sondern die einer anderen Frau.

Emma konnte nicht fassen, dass Jordan mit ihr geflirtet und sie auf einen Kaffee eingeladen hatte, obwohl sie eine Freundin hatte. Gab es denn keine treuen Menschen mehr auf der Welt?

Aber vielleicht war die lautstarke Frau auch gar nicht Jordans Freundin, sondern nur eine Fremde, die sie in einer Bar aufgegabelt hatte.

Warum dachte sie überhaupt darüber nach? Es ging sie nichts an, was die Nachbarin auf ihrer Seite des Hauses anstellte. Es sei denn, es hielt sie wach.

Das Stöhnen und Klopfen schien kein Ende zu finden. Scheinbar war ihre Nachbarin nicht nur eine Angeberin, die ihren Worten keine Taten folgen ließ. Emma musste kichern und presste sich dann die Hand auf den Mund. Seit wann kicherte sie? Sie war definitiv übernächtigt.

Aber bei dem Krach nebenan konnte sie nicht schlafen.

Vielleicht hätte sie die Einladung zum Kaffee doch annehmen sollen. Ihre Nachbarin hatte ein erstaunliches Durchhaltevermögen, das musste sie ihr lassen. Dann grinste sie müde und schüttelte den Kopf. Sex mit jemandem wie Jordan war es nicht wert, sich das Herz brechen zu lassen, selbst dann nicht, wenn es guter Sex war, bei dem man so laut schrie, dass die Nachbarn aufwachten.

Nach einer Weile wurde das rhythmische Klopfen des Bettes gegen die Wand schneller. »Ja, ja, ja! Gott, Jordan!«

Dann trat endlich Stille ein.

Gott sei Dank! Emma schlang ein Bein um die Decke, so wie sie im Sommer meistens schlief, und versuchte, wieder einzuschlafen. Gerade als ihre Gedanken begannen, ins Reich der Träume abzudriften, und ein Gefühl der Schwere sie überkam, begann das rhythmische Klopfen wieder.

Bumm! Bumm! Bumm!

Mit einem frustrierten Knurren zog sich Emma die Decke über den Kopf. Nach einer Weile begann sie zu schwitzen. Es lag nicht daran, dass nebenan jemand heißen Sex hatte, sagte sie sich, sondern nur daran, dass sie unter der Decke lag, wo es langsam warm wurde.

Waren die beiden endlich fertig?

Vorsichtig schob sie den Kopf unter der Decke hervor und lauschte in die Dunkelheit.

Bumm! Bumm! Bumm!

»Oh Gott. Das ist so gut.«

»Nein«, murmelte Emma. »Das ist gar nicht gut. Ich muss morgen früh raus, verdammt.« Warum konnte sie nicht wenigstens heterosexuelle Nachbarn haben? Wenn eine der beiden ein Mann gewesen wäre, hätte das nächtliche Liebesspiel längst ein Ende gefunden.

»Mehr! Härter! Gott, ja!«

Das gerahmte Poster, das sie gegen die Wand gelehnt hatte, fiel um. Sie hatte es noch nicht aufgehängt, weil sie so spät die Nachbarn nicht mehr mit dem Bohren stören wollte. Scheinbar hatte Jordan Williams keine solchen Bedenken, was nächtliche Ruhestörung betraf.

Knurrend stieg Emma aus dem Bett, schnappte sich ihr Kissen und ihre Decke und stapfte ins Wohnzimmer. *Na toll.* Jetzt musste sie schon wieder auf der Couch schlafen.

Wenigstens würde sie hier die beiden Duracell-Karnickel nebenan nicht mehr hören.

Mit einem Grunzen zog sie die Decke bis zum Kinn. Das war ja eine schöne Begrüßung im neuen Haus!

Kapitel 3

Jordan warf beim Fahren einen Blick auf die Uhr im Armaturenbrett. Es war schon halb sieben. Normalerweise machten ihr die langen Arbeitszeiten im Krankenhaus nichts aus, aber Simone war nur für ein paar Tage in der Gegend, deshalb hatte sie versprochen, heute Abend mit ihr Essen zu gehen.

Es war schön gewesen, ihre Freundin die letzten beiden Tage um sich zu haben. Nachdem sie einander fast ein Jahr nicht gesehen hatten, war ihr Wiedersehen im Schlafzimmer ziemlich enthusiastisch gewesen. Aber um ehrlich zu sein, freute sie sich bereits darauf, das Haus wieder für sich zu haben, ohne dass jemand ständig etwas herumliegen ließ oder sie ein schlechtes Gewissen haben musste, wenn sie später nach Hause kam, weil sie den Bauch eines Patienten öffnen musste, statt seine Gallenblase laparoskopisch zu entfernen.

Als sie in die Auffahrt einbog, stellte sie fest, dass der Zugang zur Garage, die sie sich mit den Nachbarn teilte, schon wieder blockiert wurde. Diesmal war es kein Möbelwagen, sondern ein Kind.

»Was zum Teufel …?« Noch nie hatte ein Kind vor ihrem Haus gespielt. Manchmal spielten die Nachbarskinder auf der Straße Fußball, aber wenn der Ball nicht gerade ihre Auffahrt hinaufrollte, hielten sie sich meist von ihrem Grundstück fern.

Jordan parkte das Auto im unteren Teil der Auffahrt und stieg aus.

Sie wohnte nun schon fast drei Jahre hier, doch dieses Kind hatte sie noch nie gesehen. Zumindest konnte sie sich nicht daran erinnern. Vielleicht war es irgendjemandes Enkelkind, das zu Besuch war. Sie konnte das Alter von Kindern nicht gut einschätzen, aber das Mädchen sah nicht älter aus als drei oder vier – zu jung, um allein auf der Straße zu spielen, vor allem abends, wenn sie sicher bald ins Bett musste.

Das Mädchen kniete vor der Garage und malte mit roter, blauer und weißer Kreide auf dem Teer der Auffahrt. Kreidepulver bedeckte ihre Latzhose und ihre geröteten Wangen.

Als Jordan um das Auto herumging, erhaschte sie einen Blick auf die Zeichnung. Es war irgendein Tier mit riesigen, dreieckigen Ohren, entweder der Stofflöwe, den das Kind in der freien Hand hielt, oder vielleicht sollte es auch Thunfisch darstellen, die neben dem Mädchen lag und mit dem Schwanz durch das Kreidegemälde strich, sodass ihr rot-schwarz-weißes Fell nun vierfarbig war.

»Ähm, hallo«, sagte Jordan aus mehreren Metern Entfernung, um das Kind nicht zu erschrecken.

Der Kopf des Mädchens schnellte in die Höhe, sodass ihre leicht schiefen Zöpfe flogen. Sie starrte Jordan mit großen Augen an, sagte aber nichts.

Zwar machte ihr zweimonatiges Praktikum in der pädiatrischen Abteilung sie nicht gerade zur Expertin, was Kinder anging, aber Jordan war ziemlich sicher, dass Kinder in dem Alter in ganzen Sätzen sprechen konnten.

»Hallo«, sagte sie erneut.

Das Mädchen starrte sie weiterhin an.

»Bist du nicht ein wenig zu jung, um ganz allein draußen zu spielen?«

»Ich bin nicht jung. Ich bin fünf!«, erklärte das Mädchen und rümpfte die Nase, als hätte Jordan sie beleidigt.

Jordan musste lächeln. Das Mädchen war also älter, als sie angenommen hatte. Vielleicht war sie einfach klein für ihr Alter oder Jordan musste ihr Wissen zum Thema Entwicklung im Kindesalter auffrischen. »Ich habe schon gedacht, du kannst gar nicht sprechen.«

»Na klar kann ich sprechen«, sagte das Mädchen. »Meine Mami sagt aber, dass ich nicht mit Fremden reden soll.«

Na, wenigstens war die Mutter nicht völlig unvernünftig, auch wenn sie ihr Kind allein draußen spielen ließ. Aber vielleicht war auch das für eine Fünfjährige okay. Jordan hatte keine Ahnung von Kindererziehung.

»Das ist eine richtig gute Regel«, sagte sie, weil sie nicht wusste, was sie sonst zu dem Kind sagen sollte. »Meine Mutter hat mir das auch beigebracht.« Das stimmte nicht. Die Armeestützpunkte, auf denen sie aufgewachsen war, waren eine sichere Umgebung für sie und ihre Schwestern gewesen.

Das Mädchen malte das rechte Ohr des Tiers aus und spähte zu Jordan hinauf. »Ich heiße Molly und das ist Maus.« Sie hielt ihren Plüschlöwen in die Höhe.

»Maus?«, wiederholte Jordan.

Molly nickte, als wäre es vollkommen logisch, einen Löwen *Maus* zu nennen. Na ja, Jordan hatte ihre Katze *Thunfisch* genannt, da konnte sie sich wohl kaum beschweren.

»Wie heißt du?«, fragte das Mädchen.

»Ich bin Jordan und das ist Thunfisch.« Sie deutete auf die Katze.

»Jordan?«, wiederholte Molly. »Aber das ist doch ein Jungenname! Der Jordan in meiner Kindergartenklasse ist ein Junge.«

War ja klar. Das Mädchen hielt Thunfisch für einen passenden Namen für eine Katze und schoss sich stattdessen auf ihren Namen ein. Jordan kratzte sich am Kopf, unsicher, was sie sagen sollte.

Doch zum Glück ging Molly zum nächsten Thema über, noch bevor ihr eine Antwort einfiel. »Ist Thunfisch deine Katze?«

»Ich schätze, das ist sie. Zumindest hat sie mich zur Person auserkoren, die ihr Katzenfutter bezahlen muss.«

Das Mädchen kicherte. »Ist sie ein Mädchen oder ein Junge?«

»Sie ist ein Mädchen«, antwortete Jordan.

»Schläft sie nachts bei dir im Bett?«

Mann, das Kind stellte aber viele Fragen! Jordan kam sich vor wie in einem Polizeiverhör. »Manchmal.« Aber nicht während der letzten beiden Nächte. Seit Simones Ankunft suchte sich Thunfisch ein ruhigeres Plätzchen zum Schlafen. Jordan verkniff sich ein Grinsen.

Das Mädchen sah zu, wie Thunfisch sich über die Zeichnung rollte. Kreide bedeckte nun ihr gesamtes Fell. »Böse Katze! Hör auf damit!«

»Ja, hör auf, das Kunstwerk zu zerstören, Thunfisch.«

Thunfisch stellte das Herumrollen ein, aber gerade als Jordan dachte, dass sie endlich ihre Dominanz über ihre pelzige Mitbewohnerin bewiesen hatte, leckte die Katze sich am Schwanz.

Jordan blinzelte. *War das ein Leck-mich-am-Arsch?*

»Vielleicht kauft mir Mami auch eine Katze«, sagte das Kind.

Du kannst meine haben, lag Jordan auf der Zunge, aber sie hatte so das Gefühl, dass das Mädchen ihr Angebot annehmen und sie dann zwei verärgerte Elternteile am Hals haben würde.

»Wo ist denn deine Mami?«, fragte Jordan. »Wo wohnst du?«

Molly nannte stolz eine Adresse in Portland, obwohl ihre Mutter ihr sicher gesagt hatte, sie solle Fremden nicht verraten, wo sie wohnte.

Moment mal … Portland? Kam da nicht ihre neue Nachbarin her?

»Eigentlich«, sagte eine Stimme rechts von Jordan, »ist das unsere alte Adresse. Wir wohnen jetzt hier, schon vergessen, Molly?«

Jordan sah auf.

Die Tür zur rechten Seite des Hauses stand offen und Emma lehnte im Türrahmen. Eine Spur von Schweiß glänzte auf ihrer Stirn, so als hätte sie entweder Umzugskartons oder Möbel herumgeschleppt oder Fitnessübungen gemacht. Statt der sexy Jeans, die sie vorgestern angehabt hatte, trug sie nun eine graue Jogginghose, die an den Knien ausgebeult war. Selbst das alte, abgetragene Ding konnte ihre eindrucksvollen Kurven nicht verbergen.

Jordan starrte sie an. *Mist.* Es geschah nur selten, aber scheinbar hatten ihre Instinkte sie diesmal in die Irre geführt. Ihre süße Nachbarin war hetero. Nicht, dass Jordan das je gestört hätte. Ihrer Erfahrung nach waren die meisten Frauen hetero … bis sich das irgendwann änderte. Aber Emma hatte ein Kind und vermutlich einen Ehemann und wenn es eine Regel gab, an die sich Jordan immer hielt, dann die, niemals etwas mit einer Frau anzufangen, die in einer Beziehung war.

Zumindest erklärte das, warum Emma ihre Einladung zum Kaffeetrinken ausgeschlagen hatte. Vielleicht hatte sie ihren Charme doch nicht verloren.

»Tut mir leid«, sagte Emma, auf ihre Tochter und ihre Kreidezeichnung deutend. »Offenbar blockieren wir schon wieder deine Garage.«

»Ist schon okay. Wir müssen alle Opfer für die Kunst erbringen, stimmt's?« Jordan konnte das Zwinkern und ihr automatisches Grinsen nicht zurückhalten. Mit Frauen zu flirten, war praktisch Teil ihrer DNA und es fiel ihr schwer, jetzt damit aufzuhören.

Na ja, eine gute Beziehung zu seinen Nachbarn zu haben, war wichtig, selbst wenn diese Beziehung leider vor der Schlafzimmertür enden würde.

Emma lachte. »Tja, die große Künstlerin muss jetzt ins Bett. Komm, Molly. Zeit fürs Baden und dann ab ins Bett mit dir.« Sie hielt dem Mädchen die Hand hin, ohne auf die rote Kreide auf den kleinen Fingern zu achten.

»Aber ich hab die Katze noch nicht fertig, Mami. Schau, der Schwanz fehlt.« Molly zeigte auf ihre Kreidezeichnung.

»Wie wäre es, wenn wir das morgen zusammen machen, nach dem Kindergarten und wenn ich mit meinen Klienten durch bin?«

»Juhu!« Molly sprang auf und hüpfte auf ihre Mutter zu. »Kannst du mir dann auch eine Giraffe malen? Und einen Bernhardiner!«

Das Mädchen plapperte vor sich hin, bis sie die Tür erreichte. Einen Moment lang tauschte Jordan amüsierte Blicke mit Emma, dann winkten Mutter und Tochter und die Tür schloss sich hinter ihnen.

Erst als sich ihre eigene Haustür öffnete, fiel Jordan wieder ein, dass jemand auf sie wartete.

»Was machst du denn hier draußen?«, fragte Simone.

Jordan sah von Emmas Tür zur Kreidezeichnung und dann zu Simone, die schick angezogen und bereit zum Ausgehen war. »Äh, nichts. Lass mich kurz duschen und dann können wir los.«

Als sie zu ihrer Haushälfte hinüberging, sprang Thunfisch auf und rannte voraus.

»Nein! Lass sie nicht ins H…«

Zu spät. Thunfisch schlüpfte an Simone vorbei und verschwand im Haus, wo sie vermutlich schnurstracks auf die Couch sprang, um Kreide darauf zu verteilen.

Jordan seufzte. Sie hatte eindeutig recht gehabt. Ein Haustier war der erste Schritt zur ehelichen Fußfessel. Aber zumindest musste sie keine lebhafte Fünfjährige ins Bett bringen. Das einzige weibliche Wesen, das sie heute ins Bett bringen würde, kam sicher ganz willig mit.

Grinsend ging sie auf Simone zu, um ihr einen Begrüßungskuss zu geben.

Der nächste Morgen, Mollys erster Tag im neuen Kindergarten, begann nicht sehr vielversprechend.

Molly saß am Frühstückstisch und umklammerte ihren Löffel, ohne ihre Cornflakes auch nur anzurühren.

»Hey, Träumerin. Vergiss nicht zu essen, sonst hast du nachher nicht die Energie, mit den anderen Kindern mitzuhalten.«

Der Löffel fiel klappernd auf den Tisch. »Ich will nicht in den blöden Kindergarten.«

Oh, oh. Emma stellte ihre Kaffeetasse ab. »Aber Schatz, du gehst doch gern in den Kindergarten.«

Mollys Unterlippe zitterte. »Tu ich nicht. Dieser Kindergarten ist blöd. Ich will wieder nach Hause.«

Emmas Herz schmerzte. Bisher schien Molly sich im neuen Haus wohlzufühlen und hatte es genossen, ein paar Tage mit Emma zu Hause bleiben zu dürfen, aber jetzt, da sie versuchte, die neue Routine einzuführen, hörte es auf, ein aufregender Urlaub zu sein.

»Das hier ist jetzt unser Zuhause, Molly«, sagte sie sanft. »Warum gehst du heute nicht einfach hin und gibst dem neuen Kindergarten eine Chance? Vielleicht magst du ihn ja.«

»Nein!« Molly gab dem Tisch einen Tritt, der ihr Milchglas umstieß.

»Molly!« Jahrelanges Training hatte Emmas Reflexe geschärft. Sie versuchte, das Glas aufzufangen, aber es war zu spät.

Die weiße Flüssigkeit ergoss sich über den Tisch und Emmas Schoß. Sie unterdrückte ihr Fluchen und sprang auf. Die nasse Hose klebte an ihren Schenkeln, aber das musste warten. Milch tropfte auf den Boden, als sie um den Tisch herumging, Molly von ihrem Stuhl zog und sich vor ihr hinkniete, sodass sie auf derselben Augenhöhe waren.

»Hör mal, Molly. Ich weiß, du vermisst dein altes Zimmer und du vermisst Kenny und Sarah.«

Molly starrte auf die Milchtropfen auf dem Boden, ohne Emma in die Augen zu sehen. »Und Mama«, flüsterte sie.

Emma schluckte. Ihre Augen brannten, obwohl sie gedacht hatte, keine Tränen mehr zu haben. Sie schlang die Arme um ihre Tochter und hielt sie ganz fest, weil sie nicht wusste, was sie sagen sollte. Zwar hatte Chloe nicht allzu viel Zeit mit Molly verbracht, selbst als sie noch alle im selben Haus gewohnt hatten, aber trotzdem fühlte sie sich jetzt schuldig.

Molly kuschelte sich an sie und erwiderte die Umarmung. Nach einer Weile ließ sie los und runzelte die Stirn. »Du bist ganz nass, Mami.«

»Ja, weil irgendwer ihr Milchglas umgestoßen hat.« Sie gab Molly einen Nasenstüber, der sie zum Kichern brachte. Die Tränen versiegten.

Es wäre leicht gewesen, sie jetzt abzulenken und das Thema zu wechseln, aber Emma wusste, dass sie es früher oder später ansprechen musste. Noch immer auf den Knien, sah sie Molly in die Augen. »Ich weiß, du vermisst sie, Schatz. Ich bin sicher, Mama vermisst dich auch.« Sie glaubte das nicht wirklich, aber was sonst sollte sie ihrer fünfjährigen Tochter sagen?

»Warum kann sie dann nicht kommen und auch hier wohnen?«

»Erinnerst du dich noch daran, wie es war, als du und Jessica nicht mehr befreundet wart?«

Molly nickte.

»Manchmal ist es bei Erwachsenen genauso. Dann gehen sie getrennte Wege und wohnen nicht mehr zusammen. Das ist bei mir und Mama auch so.«

Molly zog die Nase hoch und runzelte die Stirn auf eine Weise, die anzeigte, dass sie angestrengt nachdachte. »Wirst du andere Freunde finden, so wie Kenny und Sarah?«

»Eines Tages ganz sicher, Schatz.« Aber das würde dann nicht die Art Freundin sein, die bei ihnen einzog und ihre Tochter zum Weinen brachte, wenn sie beide verließ. »Und ich wette, du findest im neuen Kindergarten auch ganz viele Freunde. Willst du wissen, warum ich mir so sicher bin?«

Molly schaukelte hin und her, die Hände hinter dem Rücken verschränkt. »Weil ich klug bin?«

Emma lachte, als Molly das wiederholte, was sie ihr in ähnlichen Gesprächen gesagt hatte. »Das auch. Und weil wir auf dem Weg zum Kindergarten bei der Bäckerei vorbeifahren und Cupcakes für alle kaufen werden.«

Ein breites Lächeln machte sich auf Mollys Gesicht breit. »Cupcakes! Kann ich sie aussuchen?«

»Ja, du darfst … wenn du mir hilfst, die Milch aufzuwischen. Immerhin hast du die Sauerei gemacht.«

Gemeinsam wischten sie den Tisch und den Boden ab, wobei Molly das Chaos eher verschlimmerte, statt wirklich eine Hilfe zu sein.

Als sie fertig waren, mussten sie los. Es blieb keine Zeit, sich umzuziehen.

Emma nahm den Autoschlüssel und Mollys Rucksack und sie machten sich auf den Weg.

Als sie das Haus verließen, ging die Tür auf der anderen Seite des Hauses auf und Jordan trat heraus, gefolgt von einer attraktiven, dunkelhäutigen Frau in Emmas Alter, die eine Laptoptasche über der Schulter trug.

Emma hatte Jordans Freundin noch nicht gesehen, aber gehört hatte sie reichlich von ihr in den letzten drei Nächten. Sie musste zugeben, dass die beiden ein gut aussehendes Paar abgaben. Wusste die Ärmste, dass ihre Partnerin anderen Frauen schöne Augen machte?

»Guten Morgen«, sagte Jordan. Ihre Freundin grüßte ebenfalls.

Ja, das war eindeutig die Stimme der lautstarken Frau, die sie nun schon mehrere Nächte wachgehalten hatte. Emma hoffte, dass sie nicht rot wurde, als sie grüßte und Molly schnell zur Garage zog.

Aus dem Augenwinkel sah sie, wie Jordan ihre Freundin zu dem Auto begleitete, das am Straßenrand parkte. Das Logo einer Mietwagenfirma zierte die Fahrertür. Scheinbar führten die beiden eine Fernbeziehung. Dann presste Jordan ihre Freundin gegen das Auto und küsste sie.

Himmel! Dieser Frau war auch wirklich gar nichts peinlich. Schlimm genug, dass sie Emma mit ihrem endlosen Gerammel wachhielt, jetzt musste sie ihre Freundin auch noch vor Molly abknutschen!

Nicht, dass Molly überhaupt hinsah. Sie war so sehr an zwei Frauen gewöhnt, die sich küssten, dass sie die beiden keines Blickes würdigte.

Reg dich ab. Ja, ihre neue Nachbarin war vermutlich ein Schwein, das mit anderen Frauen flirtete, obwohl sie in einer Beziehung war, aber das ging sie nichts an.

Sie versuchte, die beiden zu ignorieren, während sie das Tor der Doppelgarage öffnete und den Knopf drückte, der die Türen ihres Toyota Prius öffnete. Kein Piepton erklang und als sie an der Fahrertür zog, öffnete diese sich nicht. Stirnrunzelnd trat sie zurück und versuchte es noch einmal.

Nichts geschah.

Sie presste wiederholt den Knopf. Normalerweise leuchtete ein rotes Licht, aber jetzt blieb der Schlüssel dunkel. *Na toll.* Ausgerechnet heute war wohl die Batterie im Schlüssel leer. Hatte sie beim Auspacken Ersatzbatterien gesehen?

Sie konnte sich nicht daran erinnern.

»Mami?« Molly spähte um sie herum zum Wagen. Sie klang besorgt.

»Alles okay. Wir fahren gleich los.« Gott sei Dank hatten die Hersteller des Autos mitgedacht. Sie klappte den mechanischen Schlüssel aus und schob ihn ins Türschloss auf der Fahrerseite.

Aber das Glück war heute nicht auf ihrer Seite. Als sie den Schlüssel drehte, rührte er sich nicht. Sie zog ihn aus dem Schloss und versuchte es noch einmal, wieder mit demselben Ergebnis.

»Stimmt etwas nicht?«, fragte jemand von der anderen Seite der Garage.

Emma sah auf. Über das Dach des Toyotas und dem von Jordans Sportwagen hinweg trafen sich ihre Blicke. »Nein«, sagte sie rasch und versuchte, sich ihre Frustration nicht anmerken zu lassen, als sie den Schlüssel im Schloss bewegte.

»Wir gehen Cupcakes kaufen!«, rief Molly.

»Oh, Cupcakes! Das ist toll.«

Jordans weiße Zähne leuchteten vor dem Hintergrund ihrer makellosen, dunklen Haut. Keine einzige Falte war zu sehen, obwohl Emma sie auf ein paar Jahre älter als ihre eigenen zweiunddreißig schätzte. An Tagen wie diesem fand Emma das irgendwie ärgerlich.

»Wenn ich die verdam… die blöde Tür aufbekomme«, murmelte sie.

Statt in ihr Auto zu steigen und davonzufahren, kam Jordan zu ihrer Seite der Garage. Ihr Blick glitt über Emmas Körper und es dauerte einen Moment, bis Emma begriff, dass sie ihre milchdurchtränkte Hose anstarrte, die an ihren Schenkeln klebte.

Himmel, die Frau war unmöglich. Ihre Freundin war erst vor einer Minute gegangen und schon begaffte sie eine andere Frau.

»Stimmt was nicht mit dem Auto?«, fragte Jordan.

Emma zog den Schlüssel aus dem Schloss und ließ die Hand herunterbaumeln. »Die Tür geht nicht auf.« Sie drückte den Knopf, um es vorzuführen, und erwartete fast, dass die Tür aufging und sie total blamierte, aber nichts dergleichen geschah.

»Hmm.« Jordan trat neben sie und sie beugten sich beide gleichzeitig vor, um ins Schloss zu spähen. Ihre Gesichter waren nur wenige Zentimeter voneinander entfernt. Als Jordan den Kopf drehte, um sie anzusehen, streifte ihr warmer Atem Emmas Lippen.

Emmas verräterischer Herzschlag setzte einen Moment lang aus. Schnell trat sie zurück, weg von Jordan.

»Ich vermute, den mechanischen Schlüssel hast du schon probiert?«, fragte Jordan. Ihr Blick war nicht mehr auf das Schloss gerichtet, sondern auf Emmas Lippen.

»Klar. Das hat auch nicht funktioniert.«

Chloe hätte ihr den Schlüssel jetzt abgenommen und es selbst versucht, sodass sich Emma vorkam, als könnte sie nicht einmal einen Schlüssel ins Schloss schieben. Aber Jordan griff nicht nach dem Schlüssel. Stattdessen fragte sie: »Wie lange hast du das Auto schon?«

»Seit fünf Jahren«, sagte Emma. »Wir haben es gekauft, als Molly geboren wurde.« *Wir.* Sie schloss kurz die Augen.

Jordan fragte nicht, wer mit dem *Wir* gemeint war. »Hast du den mechanischen Schlüssel früher schon mal benutzt?«

»Nein.«

»Bin gleich wieder da.« Jordan ging zu ihrer Seite der Garage. Als sie zurückkam, drückte sie Emma etwas in die Hand. »Hier. Versuch's mal damit.«

Emma starrte auf die blau-weiße Spraydose hinab. »Was ist das?«

Ein schelmisches Grinsen schlich sich auf Jordans Gesicht. »Gleitmittel. Das kann Wunder bewirken bei Öffnungen, die eine Weile nicht mehr benutzt wurden.«

War alles, was diese Frau sagte, so doppeldeutig? »Ich kann mir nicht vorstellen, dass du damit je Probleme hast«, murmelte sie fast unhörbar.

Jordan neigte den Kopf. »Entschuldige, was hast du gesagt? Ich habe es nicht verstanden.«

»Nichts.«

»Mami, was meint sie mit Öffnung?«, fragte Molly. »Und was ist Glei... Gleismittel?«

Sie sahen einander an wie zwei Kinder, die beim Klauen von Keksen erwischt worden waren, und mussten dann beide lachen. So sehr sie es auch wollte, Emma konnte nicht an ihrem Groll festhalten. »Schau, was du angerichtet hast«, flüsterte sie Jordan zu. An Molly gewandt sagte sie: »Sie meint das Spray, Schatz. Ms. Williams hat mir ein Gleitspray gegeben, das man in das Türschloss sprühen kann.«

»Jordan, bitte«, sagte Jordan. »Sonst fühle ich mich wie eine Kindergärtnerin und ich glaube, ich habe gerade zur Genüge bewiesen, dass das kein Job für mich wäre.«

Emma unterdrückte ein Lächeln, weil sie nicht zugeben wollte, dass sie Jordan manchmal ganz amüsant fand. Sie nickte und wandte sich wieder der Autotür zu. So langsam mussten sie wirklich los. Sie zog die Kappe von der Spraydose und sprühte etwas von dem Türschlossspray in das Schloss.

»Sprüh auch ein bisschen direkt auf den Schlüssel«, sagte Jordan. »Wenn du ihn noch nie benutzt hast, kann es sein, dass sich ein wenig Schmutz im Schloss angesammelt hat.«

Emma tat wie geheißen. Sie schob den Schlüssel ins Schloss und drehte ihn langsam. Mit einem Klacken sprang das Schloss auf und sie konnte die Fahrertür öffnen. »Na also!« Ihre Knie wurden weich vor Erleichterung. In ihrer Vorstellung hatte sie bereits gesehen, wie sie das Auto abschleppen lassen und Stunden in der Werkstatt verbringen musste. Dafür hatte sie heute wirklich keine Zeit.

Molly sprang auf und ab und führte einen Siegestanz auf.

Mit einem dankbaren Lächeln gab Emma die Spraydose zurück. »Danke. Das war Rettung in der Not.«

Jordan erwiderte das Lächeln und tippte sich an eine imaginäre Hutkrempe. »Gern geschehen.«

Möglicherweise war sie eine Frauenheldin und nahm es mit der Treue nicht so genau, aber sie hatte die wärmsten braunen Augen, die Emma je gesehen hatte. Sie spürte Jordans Blick auf sich ruhen, als sie die hintere Tür für Molly öffnete und sie im Kindersitz festschnallte, bevor sie sich hinters Steuer setzte.

Als sie aus der Garage ausparkte, stand Jordan noch immer neben ihrem Cabrio, die Spraydose in der Hand, während sie ihnen mit der freien Hand zuwinkte.

Als Emma am selben Abend die Mülltonne an die Straße schob, stieg Jordans Freundin aus ihrem Mietwagen. Mit ihrer Laptoptasche über der Schulter ging sie die Auffahrt hinauf. Ein freundliches Lächeln glitt über ihr Gesicht, als sie Emma sah. »Hallo.«

»Hallo.« Emma war zu verlegen, um ein längeres Gespräch anzufangen, also ging sie zur Tür zurück.

Gerade als sie ins Haus treten wollte, ließ ein Fluchen sie stehen bleiben.

»Mist«, murmelte Jordans Freundin. »Wenn mein Kopf nicht angewachsen wäre, würde ich den vermutlich auch noch vergessen.«

Emma drehte sich um. »Stimmt etwas nicht?«

»Jordan hat mir einen Schlüssel gegeben, aber ich habe vergessen, ihn mitzunehmen, als ich heute Morgen zur Arbeit gegangen bin.« Sie stellte die Laptoptasche ab. »Schätze, ich werde hier sitzen und die Aussicht auf diese hübsche Straße genießen, bis sie nach Hause kommt.«

Emma zögerte, gab sich dann aber einen Ruck. Ihre Verlegenheit war kein Grund, die arme Frau auf der Türschwelle sitzen zu lassen, nur, weil sie gehört hatte, wie sie Sex hatte. »Warum kommen Sie nicht rein und trinken einen Kaffee mit mir, während Sie warten?«

»Im Ernst? Das wäre großartig. Danke.«

Als sie die Frau in die Küche führte, kam Molly aus ihrem Zimmer gerannt. »Mami, kann ich …?« Sie blieb stehen, als sie die Fremde sah.

»Das ist meine Tochter Molly.«

»Hallo, Molly. Wir haben uns heute Morgen kurz gesehen, hatten aber keine Zeit zum Reden.«

»Du hast Jordan geküsst«, sagte Molly.

Also hatte sie die beiden doch gesehen. Emma biss sich auf die Lippe, um nicht loszulachen, als Jordans Freundin Molly mit großen Augen ansah.

Aber sie erholte sich schnell von ihrer Überraschung und lächelte. »Ja, das habe ich. Jordan sagt, du wärst die berühmte Künstlerin, von der die wunderschönen Zeichnungen in der Auffahrt stammen.«

Molly strahlte stolz. »Ich habe sie alle ganz allein gemacht.«

»Alle? Wow.«

Jordans Freundin war wirklich hübsch, besonders wenn sie lächelte, was häufig geschah. Ob sie wohl noch so freundlich gewesen wäre, wenn Emma ihr verraten hätte, dass ihre Freundin sie zum Kaffeetrinken eingeladen hatte?

»Molly, das ist …« Emma warf der Frau einen fragenden Blick zu.

»Simone«, sagte sie, »die scheinbar nicht nur ihren Schlüssel, sondern auch ihre Manieren vergessen hat.«

Emma lächelte. In Mollys Richtung fügte sie hinzu: »Sie ist Jordans Lebensgefährtin und wird bei uns bleiben, bis Jordan von der Arbeit nach Hause kommt.«

Simone räusperte sich. »Ähm, Jordan und ich sind eigentlich nur Freundinnen.«

Nur Freundinnen? Emma starrte sie an. *Entschuldige, aber das letzte Mal, als ich um drei Uhr morgens ein Dutzend Mal »oh Gott« geschrien habe, war ich nicht mit einer Freundin zusammen!*

»Es ist kompliziert«, sagte Simone mit einem sanften Lächeln. »Aber wir sind wirklich nur befreundet.«

»Kann ich einen Cupcake haben, Mami?«, fragte Molly, offenbar gelangweilt von der Unterhaltung der Erwachsenen.

»Jetzt? Wir haben doch eben zu Abend gegessen.«

»Aber ich habe Hunger.«

»Soll ich dir die übrig gebliebenen Erbsen und Karotten aufwärmen?«, fragte Emma, obwohl sie die Antwort bereits kannte.

Molly rümpfte die Nase. »Nein. Ich habe Hunger auf Cupcakes.«

Emma seufzte und beschloss, eine einmalige Ausnahme zu machen. Immerhin war heute Mollys erster Tag im neuen Kindergarten gewesen. »Na gut. Aber nur einen.«

Sekunden später rannte Molly mit einem Cupcake mit rosarotem Zuckerguss in ihr Zimmer zurück.

»Möchten Sie auch einen?« Wenn sie richtig gerechnet hatte, waren noch zwei Cupcakes übrig.

»Ich sollte eigentlich höflich nein, danke sagen, aber das Leben ist zu kurz, um sich ständig die kleinen Freuden zu verwehren, also sage ich ja, bitte.« Simone lächelte verschmitzt.

Emma drückte den Schalter des neuen Kaffeevollautomaten, den sie gestern gekauft hatte, und legte die Cupcakes auf zwei Teller. Sie setzten sich auf die Couch im Wohnzimmer. Eine Weile schwiegen sie, während sie ihre Cupcakes aßen.

Simone zog ihr Handy aus der Tasche ihres Blazers. »Ich lasse Jordan besser wissen, wo ich bin, falls das okay ist.«

»Na klar.«

Mit ein paar schnellen Fingerbewegungen schickte Simone die SMS ab und steckte das Handy wieder weg. »Wie ich höre, sind Sie eben erst eingezogen.«

Jordan hatte Simone von ihr erzählt? Hatte sie erwähnt, dass sie Emma schon beim ersten Kennenlernen angebaggert hatte? Vermutlich nicht.

Emma leckte sich ein paar Krümel vom Mundwinkel und nickte. »Am Montag.«

»Und? Gefällt es Ihnen bisher?«

»Sehr. Es ist ruhig, aber es gibt auch Geschäfte und Restaurants ganz in der Nähe und die Schulen sind großartig. Ich bin hier aufgewachsen, deshalb dachte ich mir, es wäre ein guter Ort, um hier mit Molly zu leben. Und Sie? Sie leben nicht hier, oder?« Sie deutete zur anderen Hälfte des Hauses hinüber.

»Oh Gott, nein.« Simone lachte. »Ich bleibe gern ein paar Tage bei Jordan, aber würden wir länger zusammenleben, würden wir einander vermutlich umbringen. Ich bin kein Messie, aber …«

»Aber das Leben ist zu kurz, um es mit Aufräumen zu verbringen?«, beendete Emma für sie den Satz.

»Genau.« Simone nahm einen herzhaften Bissen von ihrem Cupcake. »Endlich mal eine Frau, die das im Gegensatz zu Jordan versteht.«

Eigentlich war Emma eher der ordentliche Typ. Zwar wollte sie nicht das Gefühl haben, in einem Museum zu wohnen, wo nichts herumliegen durfte, doch ein bisschen Ordnung half ihr immer, sich ausgeglichen zu fühlen. Sie hätte nicht gedacht, dass Jordan ebenfalls eine Ordnungsfanatikerin war.

Scheinbar hatte sie sich in mehrfacher Hinsicht in ihr getäuscht. Jordan mochte eine Frauenheldin sein, aber untreu war sie nicht. Das erleichterte Emma, denn sie wollte nicht, dass ihre Tochter in der Nähe von Leuten aufwuchs, die Treue für ein altmodisches Konzept aus dem letzten Jahrhundert hielten.

»Wo wohnen Sie denn?«, fragte Emma.

»In Chicago. Ich bin nur diese Woche hier, um mich mit einem Kunden zu treffen.«

Emma blickte zu der Laptoptasche, die neben Simone am Sofa lehnte. »Was machen Sie beruflich?«

»Ich bin selbstständig als Unternehmensberaterin«, sagte Simone. »Das klingt ziemlich hochtrabend, oder? Eigentlich bedeutet es nur, dass ich recherchiere, Daten analysiere und dann neue Lösungen entwickle.«

»Das klingt ein bisschen wie das, was ich für meine Klienten …« Bevor sie den Satz beenden konnte, klingelte es an der Tür.

Molly rannte aus ihrem Zimmer.

»Du darfst die Tür nicht ohne mich öffnen, Schatz«, rief Emma. »Das weißt du doch.« Sie stand auf. »Das ist vermutlich Jordan.«

Sie war es tatsächlich.

Als sie mit Molly an ihrer Seite die Tür öffnete, stand Jordan vor ihr, eine schwarze Lederjacke lässig über eine Schulter geworfen. Ihr Selbstvertrauen schien sie zu umgeben wie ein Magnetfeld.

Emma wich zurück, um dessen Anziehungskraft zu entgehen.

»Hallo«, sagte Jordan. »Wie ich hörte, hast du meiner vergesslichen Freundin Asyl gewährt.«

Freundin … Nun, da sie wusste, dass Simone nicht ihre Partnerin war, fühlte sich Emma schuldig, weil sie angenommen hatte, dass Jordan ihre Lebensgefährtin betrog, und konnte ihr nicht in die Augen sehen. »Äh, ja. Wir sind im Wohnzimmer. Komm doch rein.«

Als Jordan eintrat, wirkte der Flur mit einem Mal viel kleiner, so als würde sie ihn mit ihrer Persönlichkeit ausfüllen.

»Wir haben Cupcakes gegessen«, rief Molly, als sie ihnen ins Wohnzimmer folgte.

Jordan hob die Brauen, als sie von Molly zu Simone sah. »Ich dachte, wir wollten zum Abendessen ausgehen.«

»Verräterin«, murmelte Simone in Mollys Richtung, lächelte aber. »Ja, aber ich hatte Hunger auf Cupcakes.«

Sie und Emma lachten los.

Jordan sah zwischen ihnen hin und her. »Wollt ihr mir erklären, was daran so witzig ist?«

»Du müsstest dabei gewesen sein, um das zu verstehen.« Simone erhob sich und gab Jordan einen Kuss.

Sie anzustarren, war nicht gerade höflich, aber Emma konnte nicht anders. So begrüßte sie ihre Freunde nicht, aber es war auch nicht die Sorte Kuss, mit der sie die Liebe ihres Lebens begrüßen würde.

Tja, die Liebe deines Lebens ist in Portland mit ihrer kleinen medizinischen Assistentin, also hör endlich auf, andere nach deinen Maßstäben zu beurteilen.

Sie schwor sich, Jordan eine Chance zu geben. Wenn sie genauer hinsah, würde sie vielleicht die Person in ihr sehen, die sie für Simone war, nicht nur die Frauenheldin mit ihrem pathologischen Flirten.

Schau nur nicht zu genau hin, meldete sich eine sarkastische Stimme in ihrem Kopf zu Wort. Sie klang wie Emmas Mutter, die als Reaktion auf Emmas Scheidungspläne verkündet hatte, sie habe Chloe ohnehin nie gemocht.

»Danke für den Kaffee und den Cupcake«, sagte Simone, als Emma sie zur Tür begleitete. »Es war schön, Sie kennenzulernen.«

»Ganz meinerseits«, antwortete Emma und stellte fest, dass sie es ernst meinte. Als die Tür sich hinter Jordan und ihrer Freundin schloss, entschied sie, heute Nacht auf der Couch zu schlafen. Fremden beim Sex zuzuhören, war schon schlimm genug, aber jetzt, da sie Kaffee mit der Frau getrunken hatte, war es noch viel merkwürdiger.

In einem richtigen Bett zu schlafen, musste wohl noch ein wenig warten.

Sobald sich die Tür geschlossen hatte, gab Simone ihr einen Klaps auf die Schulter. »Du bist ja eine!«

»Autsch!« Jordan rieb sich die Schulter, obwohl sie kaum wehtat. »Was denn? Was hab ich getan?«

»Kein Wunder, dass du nicht vorhast, umzuziehen.«

»Wie bitte? Warum sollte ich denn umziehen?«

»Weil du das für gewöhnlich nach drei Jahren tust und wenn ich mich nicht irre, wohnst du nun schon ungefähr so lange hier.«

Jordan schüttelte über ihre Freundin den Kopf und nahm ihr die Laptoptasche ab, um sie zu ihrer Haushälfte zu tragen. »Ich habe keinen blassen Schimmer, wovon du da redest.«

»Was war die längste Zeit, die du irgendwo gewohnt hast?«

»Selbe Stadt oder selbe Wohnung?«

»Selbe Wohnung«, antwortete Simone.

Jordan dachte kurz darüber nach. »Drei Jahre.«

»Siehst du? Nach drei Jahren packt dich die Wanderlust und du fängst an, dich nach anderen Gefilden umzusehen.«

Stimmte das wirklich? Jordan musste zugeben, dass sie seit einer Weile darüber nachdachte, das Griffith Memorial Hospital zu verlassen und eine Zusatzausbildung zur Transplantationschirurgin in einem anderen Krankenhaus zu machen. Mann, sie hasste es, so durchschaubar zu sein. »Warum bin ich dann noch hier, Schlaumeierin?«

Simone grinste. »Vielleicht, weil du den Ausblick aus deiner süßen, kleinen Doppelhaushälfte zu sehr genießt. Ich könnte es verstehen. Deine neue Nachbarin ist ja wirklich süß.«

Süß? Wohl eher total heiß! Und sie war obendrein noch nett. Nicht, dass Jordan normalerweise viel Wert darauf legte. »Sie hat ein Kind, Simone.«

»Na und? Mütter können doch auch süß sein, oder nicht? Ich habe jedenfalls vor, süß zu sein, wenn ich mal Kinder habe.«

Jordan verharrte vor ihrer Haustür und starrte sie an. »Du willst Kinder?«

Simone tätschelte ihr den Arm. »Keine Sorge. Nicht mit dir. Aber ja, eines Tages hätte ich gern ein oder zwei.«

Warum hatte sie das nicht gewusst?

»Hoffentlich recht bald«, fügte Simone hinzu. »Meine biologische Uhr tickt nämlich so laut, dass ich nachts kaum noch schlafen kann. Tick-tack, tick-tack, tick-tack.«

Jordan wusste nicht, was sie dazu sagen sollte, also rettete sie sich in einen Scherz. »Na ja, dabei kann ich dir zwar nicht helfen, aber wenn du ohnehin wach liegst, dann könnte ich deine Hormone ein bisschen in Schwung bringen, damit sie schon mal vorbereitet sind.«

Simones Augen schienen zu lodern. Sie nahm Jordan den Schlüssel aus der Hand, schloss die Tür auf und zog sie auf direktem Weg zum Schlafzimmer, ohne ihr die Chance zu geben, erst die Laptoptasche abzustellen.

Sieht so aus, als ob wir den reservierten Tisch im Restaurant vergessen können, war der letzte klare Gedanke, den Jordan hatte, bevor sie ihre Lederjacke fallen ließ, die Laptoptasche darauflegte und mit Simone aufs Bett sank.

Kapitel 4

»Danke für die Einladung, Mrs. Mosley«, sagte Emma, als Barbara Mosley am Freitagnachmittag die Tür öffnete.

Barbara winkte ab. »Wir hatten uns doch auf das Du geeinigt. Ich heiße Barbara.«

»Kann ich auch Barbara sagen?«, fragte Molly und sah sich mit großen Augen im Haus ihrer Nachbarin um.

»Natürlich darfst du. Und wenn es dir schwerfällt, es auszusprechen, dann sag einfach Barb, wie Jordan.« Sie führte die beiden ins Wohnzimmer, wo der Tisch mit einem weißen Tischtuch und dem guten Porzellangeschirr gedeckt war.

Emma hoffte inständig, dass Molly die Tasse mit der heißen Schokolade, die Barbara für sie gemacht hatte, nicht umstoßen würde.

Sie plauderten, tranken Kaffee und aßen Käsekuchen, Emmas Lieblingskuchen, während Emma Mollys Tasse im Auge behielt.

Schließlich tätschelte Barbara ihr die Hand. »Entspann dich. Ich werde mich nicht aufregen, wenn die Tischdecke ein paar Flecken bekommt. Ich habe auch Kinder und bin daran gewöhnt.« Sie deutete zu dem gerahmten Foto auf dem Kaminsims.

»Wo sind sie denn?«, fragte Molly mit vollem Mund.

»Sie sind beide längst erwachsen. Mein ältester Sohn lebt in Michigan und der jüngere ist in Florida.«

Molly riss die Augen auf. »In Disney World?«

Barbara lachte. »Nicht direkt in Disney World, aber er wohnt ganz in der Nähe.«

Emma blickte über Barbaras Schulter und sah sich die Fotos an. Eines zeigte Barbara zwischen zwei hochgewachsenen Männern, die über ihr aufragten und sie fast wie ein Kind wirken ließen.

»Sie sind beide ziemlich groß«, sagte Barbara. »Sie kommen ganz nach ihrem Vater.«

Emma lächelte höflich, traute sich aber nicht zu fragen, ob Barbara auch geschieden war oder ob ihr Ehemann womöglich …?

»Er ist vor etwa drei Jahren gestorben«, sagte Barbara leise. »Herzinfarkt. Er war nie auch nur einen Tag krank. Vielleicht war das ein Segen, aber …« Sie seufzte. »Es traf mich völlig unvorbereitet. Nicht, dass man sich auf so etwas vorbereiten könnte. Ich weiß wirklich nicht, was ich ohne Jordan gemacht hätte.«

»Jordan?«, fragte Emma.

Ein Lächeln glitt über Barbaras faltiges Gesicht. »Sie hat noch nicht lange hier gewohnt, als Monty … mein Ehemann … gestorben ist. Davor haben wir uns im Vorbeigehen gegrüßt oder kurz übers Wetter gesprochen, aber das war alles. Doch als Monty starb, war Jordan diejenige, die für mich da war. Sie stand plötzlich vor meiner Tür und behauptete, sie hätte zu viel gekocht, und bat mich, ihr einen Gefallen zu tun und ihr etwas von dem Essen abzunehmen. Sie hat mich dazu gebracht, wieder mit dem Gärtnern anzufangen und öfter aus dem Haus zu gehen.«

Der Kloß in Emmas Hals schrumpfte etwas. Sie legte ihre Gabel beiseite, um sanft Barbaras Hand zu drücken. »Ich bin froh, dass Jordan für dich da war.« Wer hätte gedacht, dass ausgerechnet Jordan sich die Zeit nehmen würde, um sich um eine Nachbarin zu kümmern, die sie kaum kannte?

»Oh ja, das war sie. Sie ist es immer noch.« Barbara lachte. »Sie hat mich sogar zum Bingo begleitet und hat den Abend mit einem Dutzend Achtzigjähriger verbracht, weil ich mich geweigert habe, allein zu gehen.«

Emma starrte zum Kaminsims. Neben dem Foto eines glatzköpfigen Mannes, der sicher Monty war, lehnte ein Foto von Jordan. Sie kniete in einem Blumenbeet und grinste in die Kamera. Offenbar war ihre Nachbarin mehr als nur eine pathologische Frauenheldin.

»Jordan ist nett. Sie hat eine Katze, die Thunfisch heißt«, sagte Molly. »Ich hab ein Bild von ihr gemalt.«

»Wirklich?« Barbara sah angemessen beeindruckt aus.

Molly nickte. »Draußen im Hof. Mami hat daneben eine Giraffe gemalt, aber der Hals ist krumm und wir konnten die gelbe Kreide nicht finden, deshalb haben wir sie orange angemalt. Ich kann sie dir zeigen!« Sie wollte aufspringen und Barbara zur Tür zerren.

»Ähm, wieso zeigen wir ihr das Bild nicht, nachdem du deinen Kuchen aufgegessen hast, Schatz?«, schlug Emma vor.

Molly begann, schneller zu essen.

Barbara lachte. »Ich vermisse es, Kinder im Haus zu haben. Meine Enkel kommen nicht sehr oft zu Besuch. Wenn du mal jemanden brauchst, der für Molly den Babysitter spielt …«

»Ich bin kein Baby«, protestierte Molly.

»Oh, entschuldige, ich wollte natürlich sagen, wenn du jemandem brauchst, der Molly zeigt, wie man beim Memory schummelt, dann lass es mich wissen.«

Molly kicherte.

Emma warf ihrer Nachbarin einen dankbaren Blick zu. All die Freundinnen aus ihrer Kindheit waren längst aus South Pasadena weggezogen und sie mochte den Gedanken, Molly bei jemandem zu lassen, den sie persönlich kannte, statt den Babysitterservice anzurufen. »Solange ihr nicht um Geld spielt und du Molly mein halbes Gehalt abknöpfst.«

»Ich hatte eher an Kekse gedacht«, sagte Barbara.

»Ja! Kann ich einen Keks haben, Mami?«

Gut, dass ihre Tochter Fremden gegenüber nicht schüchtern war. Solange ihr Babysitter nur Kekse backen konnte, war Molly schon glücklich.

Nach allem, was sie im vergangenen Jahr durchgemacht hatte, konnte Emma ihrer Tochter nur schwer etwas abschlagen, aber sie wollte nicht eine dieser Mütter sein, die ständig nachgaben, nur weil es für den Moment einfacher war. »Nein, Molly. Nicht jetzt. Du hast eben ein riesiges Stück Kuchen gegessen und du willst doch nicht, dass Barbara denkt, es hätte dir nicht geschmeckt, oder?«

»Nein«, murmelte Molly. Sie schob die Unterlippe vor und ließ den Kopf hängen.

»Wie wäre es, wenn du mir jetzt das Bild im Hof zeigst?«, schlug Barbara vor.

Mollys betrübte Miene verschwand sofort und sie sprang auf.

Als Emma aufstehen wollte, um ihr zu folgen, winkte Barbara ab. »Bleib sitzen und iss deinen Kuchen auf. Wir sind gleich wieder da.«

Emma sank zurück auf ihren Stuhl und sah den beiden nach. Ein sanftes Grinsen kräuselte ihre Mundwinkel. So langsam begann sie zu glauben, dass es doch keine schlechte Idee gewesen war, hierher zu ziehen.

Einige Stunden später ließ Emma heißes Wasser in die Spüle laufen und fügte Spülmittel hinzu. Zu ihrer Linken stapelten sich die Teller und Töpfe vom Abendessen und daneben standen mehr leere Kaffeetassen, als sie zählen mochte. Sie hatte es heute mit dem Koffein etwas übertrieben, aber da sie bei der Arbeit nichts Stärkeres trinken konnte, hatte sie sich eben mit Kaffee begnügt.

Sie griff nach dem ersten schmutzigen Teller und begann den Abwasch. Als sie den Teller abspülte und ins Abtropfbrett stellte, spürte sie bereits, wie ihr Stress nachließ.

Chloe hatte sie immer damit aufgezogen, dass sie Zeit mit dem Spülen verschwendete, wo sie doch eine voll funktionstüchtige Spülmaschine hatten, aber die einfache Aufgabe half ihr beim Nachdenken. Immer, wenn eine schwere Entscheidung anstand oder sie Zeit für sich brauchte, machte sie den Abwasch.

An der Spüle stehend hatte sie entschieden, ihren Job als Chefsekretärin in einer großen, internationalen Firma in Portland aufzugeben und ein Kind zu bekommen.

Beim Spülen hatte sie entschieden, zurück nach South Pasadena zu ziehen.

Und jetzt würde es ihr hoffentlich helfen, eine Entscheidung bezüglich eines ihrer Klienten zu fällen. Sie schrubbte eingetrocknete Soße von Mollys Teller.

D.C. Säger, Autor von sich bestens verkaufenden Krimis, entwickelte sich langsam wirklich zur Nervensäge. Sie grinste über ihren eigenen Scherz, wurde dann aber schnell wieder ernst.

Es hatte längst aufgehört, witzig zu sein. Inzwischen war er ein tägliches Ärgernis. Eigentlich wusste sie nicht sicher, ob der Autor ein Mann oder eine Frau war, denn Säger hielt seine Identität gern geheim und weigerte sich, auf Skype mit ihr zu reden. Am Telefon klang D.C. androgyn, aber sie hatte dennoch das Gefühl, es mit einem Mann zu tun zu haben. Zumindest wollte sie gern glauben, dass eine Frau mehr Verständnis dafür gehabt hätte, dass sie ihre Freizeit mit ihrer Familie verbringen wollte.

Ganz im Gegensatz zu Säger, der erwartete, dass sie rund um die Uhr seine E-Mails und SMS beantwortete, sogar an Sonn- und Feiertagen. Auch die

Deadlines, die er ihr für Recherchen oder Marketingprojekte setzte, wurden immer unrealistischer. Sie hatte versucht, ihn darauf anzusprechen, aber er schien nicht zu verstehen, dass seine Erwartungen überzogen waren.

Sie hatte die Hoffnung aufgegeben, dass es besser werden würde, deshalb musste sie nun eine Entscheidung treffen. Noch vor einem Jahr hätte sie nicht groß darüber nachdenken müssen. Sie hätte ihm einfach gesagt, dass sie nicht mehr für ihn arbeiten konnte.

Aber jetzt war alles anders. Anfangs war das Geld, das sie als virtuelle Assistentin verdiente, ein Zusatzeinkommen gewesen, ein bisschen Taschengeld, das sie für Geschenke oder für Familienurlaube ausgeben konnte. Nun jedoch brauchte sie das Geld dringend.

Zwar zahlte Chloe Unterhalt für Molly, aber Emma wollte nicht auf sie angewiesen sein, zumindest nicht eine Sekunde länger als unbedingt notwendig. Vielleicht war ihr Stolz unvernünftig, aber der Gedanke daran, von Chloe Geld anzunehmen, verursachte ihr Unbehagen. Im letzten Jahr hatte sie hart gearbeitet, um neue Klienten an Land zu ziehen. Manchmal bedeutete das eben auch, mit schwierigen Klienten wie D.C. Säger zusammenarbeiten zu müssen.

Wenigstens zahlte er immer pünktlich und er hatte mit keiner Wimper gezuckt, als sie vor zwei Monaten ihren Stundensatz leicht erhöht hatte. Sie brauchte das Geld.

Ja, aber meine geistige Gesundheit brauche ich auch. Sie wünschte, sie könnte eine ihrer Freundinnen anrufen und eine zweite Meinung einholen. Doch alle ihre Freundinnen waren auch mit Chloe befreundet. Vermutlich würden sie ihr nur raten, Chloes Geld anzunehmen.

Seufzend spülte sie den Teller ab und stellte ihn auf das Abtropfbrett. Wenn sie ihn noch mehr schrubbte, würde sie die Farbe von dem armen Ding abkratzen.

Sie griff nach einem Glas und rieb den Spülschwamm darüber. Als sie es gegen das Licht hielt, um zu prüfen, ob es sauber war, fiel ihr Blick auf das Fenster vor ihr.

Die Sonne ging gerade unter, aber Jordan stand im Hof und wusch ihr Auto. Wenn man es denn so nennen konnte. Eigentlich sah es mehr aus wie eine erotische Tanzaufführung. Sie trug Jeans, die über dem Knie abgeschnitten worden waren, und ein T-Shirt im Militärstil. Die Ärmel waren entfernt worden und enthüllten ihre athletischen Arme.

Aus dieser Distanz konnte Emma nicht erkennen, ob Jordan Kopfhörer trug oder einfach nur zu einem Lied tanzte, das sie laut vor sich her sang. Emmas Großmutter hatte ihr immer gesagt, sie solle tanzen, als ob niemand ihr zusähe, und genau das machte Jordan.

Ihre Hüften schwangen rhythmisch, als sie um das Cabrio herumtanzte. Der Schwamm, der über den silbernen Autolack glitt, wirkte wie eine Geliebte, die die üppigen Kurven einer Frau streichelte. Schaum tropfte von ihren nackten Armen und die abgetragene Jeans spannte sich über ihren sexy Hintern, als sie sich über die Kühlerhaube beugte.

Emma ließ langsam ihren Atem entweichen.

Ohne den Blick von der Frau in der Auffahrt abzuwenden, stellte sie das Glas ab, bevor sie es fallenlassen konnte.

Gab es nicht eine Fernsehwerbung, die so ähnlich war? Doch der muskulöse Typ, der im Fernsehen sein Auto wusch, hatte Emma kalt gelassen, während sie zugeben musste, dass ihr beim Anblick von Jordan ganz warm wurde. Und das lag nicht an dem heißen Wasser, in dem sie ihre Hände hatte.

Schaum und Wassertropfen spritzten im hohen Bogen durch die Luft und glitzerten in der untergehenden Sonne, als Jordan tat, als wäre der Schwamm in ihrer Hand ein Mikrofon, in das sie sang.

Chloe hätte nie so etwas Kindisches getan. Emma musste lächeln. Es war süß … und sexy.

Sie nahm ein Messer und schrubbte es mit mehr Kraft, als nötig gewesen wäre. Zwar war Jordan keine Fremdgeherin, wie sie erst gedacht hatte, aber ihr ständiges Flirten ließ darauf schließen, dass sie eine Frauenheldin war, die nichts mit Beziehungen am Hut hatte. Absolut nicht der Typ Frau, zu dem Emma sich hingezogen fühlen wollte.

Das Klingeln des Telefons neben der Spüle ließ sie zusammenzucken, als wäre sie bei einer Missetat ertappt worden.

Sie legte das nun saubere Messer weg, trocknete ihre Hände an einem Geschirrtuch und griff nach dem Telefon. Wenn das schon wieder D.C. Säger war, mussten sie eine ernste Unterhaltung über ihre Arbeitszeiten führen.

Doch stattdessen erschien der Name ihrer Freundin Lori auf dem Display.

Emma entspannte sich ein wenig. »Hallo, Lori«, sagte sie, nachdem sie den Anruf angenommen hatte.

»Hallo, Fremde«, antwortete Lori. »Ich habe die ganze Woche darauf gewartet, dass du anrufst und mir erzählst, wie es dir im neuen Zuhause gefällt, aber scheinbar hast du all deine Freunde in Portland vergessen, jetzt, da du von attraktiven Hollywoodstars umgeben bist.«

»Wo ich wohne, gibt es keine attraktiven Hollywoodstars«, antwortete Emma. Nicht, dass sie die brauchte. Ihr Blick wanderte zur Auffahrt, wo Jordan noch immer um ihr Auto herumtanzte.

»Warum hast du dann nicht angerufen? Ganz im Ernst, Emma. Seit du und Chloe euch getrennt habt, höre ich kaum noch von dir.«

Emma schlang ihre freie Hand um das feuchte Geschirrtuch. »Ich weiß. Es tut mir leid, aber … Es ist einfach nicht fair, dich und unsere anderen Freundinnen in unseren Mist mitreinzuziehen.«

»Ich scheiß auf Fairness.«

Das brachte Emma zum Lachen. Es war typisch Lori. Vielleicht hatte sie recht. Sie brauchte Freundinnen wie Lori in ihrem Leben.

»Ich möchte für meine Freundinnen da sein«, fügte Lori hinzu.

»Chloe ist auch deine Freundin«, sagte Emma sanft.

»Ja, aber so nah stehen wir uns nicht. Du und ich haben viel mehr gemein.«

Das stimmte. Sie hatten beide als Assistentin der Geschäftsführung gearbeitet und so konnte sich Lori ihren Arbeitsalltag als virtuelle Assistentin ungefähr vorstellen. »Ich verspreche, dich in Zukunft öfter anzurufen, okay?«

»Wenn du's nicht tust, mache ich Telefonterror«, sagte Lori mit warnendem Unterton.

»Okay, okay.«

»Also, jetzt erzähl mal. Wie ist es so im neuen Haus?«

Emma sah aus dem Fenster und genoss einen Moment lang die Show, die ihr dort geboten wurde. »Der Ausblick von der Küche ist großartig.« Sie unterdrückte ein Kichern. Hatte sie das wirklich gesagt?

»Was ist denn so großartig daran?«, fragte Lori.

Emma zögerte, aber sie hatte versprochen, Lori wieder mehr in ihr Leben einzubeziehen. Irgendwo musste sie den Anfang machen. »Meine neue Nachbarin. Du glaubst nicht, wie sexy sie ist.«

»Oho!« Lori lachte. »Kein Wunder, dass du nichts von dir hast hören lassen! Du warst damit beschäftigt, deine heiße Nachbarin anzustarren!«

»Nein, nein, so war das nicht. Ich … Sie … Sie ist eine totale Frauenheldin. So überhaupt nicht mein Typ.«

»Wer sagt denn, dass du ihr gleich einen Heiratsantrag machen oder dich auf etwas Längerfristiges mit ihr einlassen sollst? Du könntest einfach nur ein bisschen Spaß mit ihr haben. Sie könnte dir über Chloe hinweghelfen.«

Emma schüttelte den Kopf, obwohl Lori es nicht sehen konnte. »So was mache ich nicht, das weißt du doch.«

»Wie langweilig.« Lori seufzte. »Und ich dachte, ich könnte zumindest indirekt ein heißes Abenteuer erleben. Werd bloß nicht zur Nonne, ja? Auch wenn du dich weigerst, uns zu erzählen, was passiert ist, weiß ich, dass Chloe dich verletzt hat. Verschließ deshalb bitte nicht dein Herz … oder deine Beine.«

»Lori!«

»Was denn? Ich sag's ja nur. Also, wie geht's Molly?«

Sie unterhielten sich noch eine Weile, dann beendete Emma das Gespräch. Das Wasser in der Spüle war sicher längst kalt, aber Jordan war draußen immer noch mit ihrem Auto beschäftigt.

Emma beobachtete sie. Vielleicht hatte Lori recht. Nicht damit, dass sie etwas mit Jordan anfangen sollte, aber ihr von der Küche aus zuzusehen, war ein völlig harmloses Vergnügen. Was war schon dabei, sie attraktiv zu finden? Vermutlich war halb Südkalifornien derselben Meinung. Es war schließlich nicht so, als würde sie gleich auf sie zustürmen, Jordan gegen die Kühlerhaube drücken und ihr ihre unendliche Liebe gestehen.

Es war doch nett, eine heiße Nachbarin zu haben, auf die sie hin und wieder einen Blick werfen konnte. Wenigstens bewies es, dass ihre Libido nicht mit ihrer Ehe ins Gras gebissen hatte. Nach allem, was sie durchgemacht hatte, verdiente sie etwas Nettes fürs Auge. Es war harmlos, vor allem, weil sie nicht vorhatte, Jordan je zu sagen, wie attraktiv sie sie fand.

Gerade als sie zu dieser Schlussfolgerung gelangt war, hatte Jordan wohl beschlossen, dass ihr Auto jetzt sauber genug war. Sie stellte das Tanzen ein und warf den Schwamm in den Eimer.

Ein enttäuschtes Stöhnen entfuhr Emma. Ihre Abendunterhaltung war vorbei, jetzt war es an der Zeit, sich wieder ihrem Problem mit D.C. Säger zu widmen.

Dennoch folgte ihr Blick Jordan, als sie den Schlauch aufrollte und ihn über den Haken an der Garage hängte. Als sie die Auffahrt hinaufging, blieb sie stehen und starrte zu Boden.

Was betrachtete sie da? Emma reckte den Hals.

Jordans wildes Tanzen hatte Wasser durch den halben Hof gespritzt und dabei hatten einige Tropfen auch Mollys Kreidezeichnungen getroffen. Sie stellte den Eimer ab und nahm ein Stück Kreide, das Molly hinter einem Blumentopf vergessen hatte. Dann kniete sie sich vor die Zeichnung und tupfte mit dem Handtuch, das sie sich über die Schulter geworfen hatte, über den Boden. Als alles trocken genug war, zeichnete sie die Schnurrhaare und die Ohren der Katze nach.

Doch als der Schaden an den Zeichnungen behoben war, hörte sie nicht auf.

Was machte sie da? Emma stellte sich auf die Zehenspitzen, um besser sehen zu können.

Nach einer Weile konnte sie erkennen, dass Jordan eine zweite, größere Katze neben Mollys gezeichnet hatte.

Emma lächelte, als Jordan eine Mähne und eine Quaste am Schwanz der Raubkatze hinzufügte. Jordan hatte einen Löwen gemalt … und er sah ziemlich gut aus. Allemal besser als Emmas trauriger Versuch, eine Giraffe zu zeichnen.

Als sie fertig war, legte Jordan die Kreide zurück, wischte sich die Hände an ihrer Jeans ab und sah einen Moment lang auf ihre Kreation hinab, bevor sie nickte und davonging.

Emma sah ihr nach. Ihre Nachbarin war eine ungewöhnliche Frau. Sie war definitiv keine der unnahbaren, supercoolen Frauenheldinnen, denen sie früher begegnet war.

Für ihr D.C. Säger-Problem hatte sie noch immer keine Lösung gefunden. Frustriert zog Emma den Stöpsel aus dem Spülbecken und sah zu, wie das schmutzige Wasser ablief.

Schließlich beschloss sie, für eine Weile zurück an die Arbeit zu gehen. Zwar konnte sie das Problem mit Säger heute Abend nicht mehr lösen, aber zumindest konnte sie einer ihrer Liebesromanautorinnen eine E-Mail schreiben, damit sie morgen früh damit anfangen konnte, eine Pinterest-Seite für sie einzurichten.

Normalerweise war es im August ziemlich windstill in Kalifornien, aber heute schaukelte die Hängematte in einer leichten Abendbrise sanft hin und her. Längst war Jordans Jeans getrocknet. Sie ließ ein Bein aus der Hängematte baumeln, nippte an ihrem Bier und aß das letzte Stück Salamipizza.

Tiefkühlpizza und Bier zum Abendessen. Sie lachte. Während der letzten Tage mit Simone hatte sie nur in eleganten Restaurants gegessen, doch jetzt hatte das Junggesellinnenleben sie wieder eingeholt.

Sie starrte in die Dunkelheit, wo sie die Umrisse des großen Maulbeerbaums am Rand des Grundstücks und die Sterne am Nachthimmel sehen konnte.

Grillen zirpten und die Seile der Hängematte knirschten, aber ansonsten herrschte Stille. Von ihrer neuen Nachbarin hörte man nie viel und das Kind war sicher längst im Bett. Sie hatte von den beiden keinen Mucks gehört, als sie nach der Arbeit ihr Auto gewaschen hatte.

Die Hängematte hing zwischen zwei Bäumen eher auf Emmas Seite des Gartens, sodass Jordan von ihrem Platz aus einen direkten Blick auf die Haushälfte ihrer Nachbarin hatte.

Es brannte Licht in einem der Zimmer. Emma saß hinter einem Schreibtisch, der der Glastür zum Garten zugewandt war. Sie trug Kopfhörer und sprach offenbar mit irgendjemandem.

Was machte sie wohl beruflich? Sie hatte Kunden erwähnt, als sie vor ein paar Tagen im Hof mit ihrer Tochter geredet hatte. Scheinbar arbeitete sie von zu Hause aus. Barbara, die immer genau wusste, wann jeder Nachbar kam und ging, hatte berichtet, dass Emma nicht zu einer bestimmten Zeit das Haus verließ, außer, um ihre Tochter zum Kindergarten zu bringen und wieder abzuholen. Doch irgendjemand im Haus musste gut verdienen, sonst hätten sie sich nicht leisten können, eine Haushälfte in South Pasadena zu mieten. Bisher hatte Jordan noch keinen Ehemann gesehen.

Vielleicht arbeitet sie ja für eine Sexhotline, schlug ihre blühende Fantasie vor.

Eine Bewegung im Büro nebenan erregte ihre Aufmerksamkeit.

Emma nahm die Kopfhörer ab und streckte sich. Ihr T-Shirt straffte sich über ihren üppigen Brüsten.

Jordans Mund wurde trocken und sie nahm schnell einen Schluck Bier, bevor sie sich zwang, den Blick abzuwenden. *Mann, was machst du denn?* Normalerweise war es nicht ihre Art, Frauen heimlich zu beobachten.

Kurz darauf öffnete sich die Terrassentür. Licht fiel in den Garten und beleuchtete Emma von hinten, sodass sie fast wie eine Märchengestalt wirkte.

Jordan nahm einen weiteren Schluck Bier.

Emma kam über die Terrasse auf sie zu. Sie hielt etwas in der Hand, das Jordan nicht erkennen konnte. »Hallo«, sagte sie leise, als wollte sie die friedliche Atmosphäre nicht stören. »Ich habe dich hier draußen gesehen und gedacht … Ich wollte mich für die Zeichnung im Hof bedanken. Molly wird sich freuen, wenn sie die morgen früh sieht.«

Jordan hatte nicht vorgehabt, sich beim Zeichnen erwischen zu lassen. Es war eine ganz spontane Aktion gewesen. »Woher willst du wissen, dass ich das war?«

»Ähm …«

Im gedämpften Licht, das vom Haus kam, glaubte Jordan, sie erröten zu sehen. Hatte Emma zugesehen, wie sie den Löwen gezeichnet und vielleicht auch ihr Auto gewaschen hatte? Jordan verkniff sich ein Grinsen. Selbst wenn sie hetero war, so hatte die kleine Tanzeinlage ihre Nachbarin vielleicht nicht völlig kalt gelassen.

»Nun ja, die Auffahrt gehört nur dir und mir, wer sonst könnte es gewesen sein?«

Jordan nickte. »Klingt logisch.«

»Ich wollte mich auch noch mal für deine Hilfe mit meinem Auto gestern bedanken.«

Einen Moment lang war Jordan versucht, mit einem Scherz über das Gleitmittel zu antworten, aber sie spürte, dass Emma eine unabhängige Frau war, die nur selten Hilfe annahm oder Grund hatte, sich zu bedanken. Deshalb nickte sie lediglich und sagte: »Gern geschehen. Funktioniert der Schlüssel wieder?«

»Oh ja. Ich habe die Batterie ausgetauscht und alles war wieder gut.« Emma trat näher und hielt ihr einen kleinen Teller hin. »Das ist für dich.«

Jordan setzte sich in der Hängematte auf und stellte die Füße auf den Boden. Sie nahm den Teller entgegen und musste grinsen, als sie sah, was darauf lag: ein Cupcake.

»Molly hat einen für dich ausgesucht, als wir gestern Cupcakes für den Kindergarten gekauft haben, aber dann hat deine Freundin Simone ihn gegessen, also haben wir dir heute noch mal einen gekauft, als kleines Dankeschön für deine Hilfe mit dem ›Gleismittel‹.«

Sie lachten beide.

»Tut mir leid«, sagte Jordan. »Ich hatte keine Ahnung, dass Kinder so gut darin sind, Wörter aus der Unterhaltung von Erwachsenen aufzuschnappen.«

»Oh doch. Ganz egal, wie vertieft Molly in etwas anderes zu sein scheint, sobald jemand ein Wort sagt, das sie nicht hören sollte, ist sie ganz Ohr.«

»Ich werde versuchen, mein schmutziges Mundwerk zu zügeln, wenn sie in der Nähe ist«, versprach Jordan. Es würde ihr schwerfallen, nicht mit Mollys Mutter zu flirten, auch wenn sie hetero und womöglich sogar verheiratet war.

»Danke.«

Bevor Emma davongehen konnte, hielt Jordan ihre leere Bierflasche in die Höhe. »Ich hole mir noch ein Bier. Möchtest du auch eins?«

Emma zögerte. Ihr Blick wanderte zur Glastür, die zu ihrer Haushälfte führte.

Diesen Blick kannte Jordan. Wann immer sie Kinder operierte, blickten die besorgten Eltern so drein. »Lass einfach die Tür offen, dann hörst du, wenn sie aufwacht und nach dir ruft.«

Zögernd wandte Emma den Blick von der Tür ab. »Na schön.«

Jordan zog einen der Gartenstühle neben die Hängematte und ging das Bier holen. Als sie zurückkam, saß Emma mit geschlossenen Augen im Gartenstuhl.

Sie riss die Augen auf, als Jordan nähertrat.

»Langer Tag?«, fragte Jordan, drückte ihr eine der beiden Bierflaschen in die Hand und sank zurück in die Hängematte.

Emma brummte zustimmend.

Das Zirpen der Grillen schien in der Stille, die zwischen ihnen herrschte, lauter zu werden.

Jordan sah hinab auf den Cupcake, den sie auf einem zweiten Gartenstuhl abgestellt hatte. Es war ein Minischokokuchen mit dunkler Glasur und Schokosplittern. Sie brach den Cupcake in zwei Hälften und reichte Emma eine davon.

»Oh Himmel, nein. Ich habe gestern schon zu viele davon gegessen und heute waren wir bei Barbara zum Käsekuchenessen. Jetzt sollte ich mich besser zurückhalten.« Sie tätschelte ihre kurvigen Hüften und ihren Bauch.

Jordans Meinung nach musste Emma nichts an ihrem Aussehen ändern, aber es war ihr Körper und somit ihre Entscheidung. Mit einem Schulterzucken machte sie sich über den Cupcake her. Der Geschmack von dunkler Schokolade ließ ihre Geschmacksknospen jubeln. Sie stöhnte mit vollem Mund.

Emma lächelte. »Schmeckt gut, nicht? Dieser hier heißt *Schokotod.*«

Jordan schluckte den Bissen Cupcake und nahm einen Schluck Bier. »Ein passender Name. Ich kann schon spüren, wie meine Arterien verstopfen.«

»Aber es ist eine gute Art zu sterben.«

»Oh ja. Die zweitbeste überhaupt«, sagte Jordan und nahm noch einen Bissen.

»Ich frage lieber nicht, was deiner Meinung nach die beste Methode ist.«

Jordan kaute und lächelte nur. Als der letzte Krümel gegessen war, leckte sie sich die Schokolade von den Fingern und schaukelte mit beiden Füßen am Boden hin und her, während sie Emma musterte. »Kann ich dich mal was fragen?«

»Klar«, sagte Emma. Ihr Ton war beiläufig, aber Jordan bemerkte, wie ihre Haltung sich versteifte.

Erwartete sie, dass Jordan sie erneut um ein Date bat? Das war nicht Jordans Art. Zwar machte sie manchmal ihre Witze und flirtete gern, aber ein Nein war für sie immer ein Nein.

»Als du gestern die Autotür nicht aufbekamst, warum hat Mollys Vater sie nicht zum Kindergarten gebracht? Ich meine, offenbar wohnt er nicht hier, aber … hat er gar keinen Kontakt zu Molly?«

Emma wirkte, als wäre ihr eine Einladung zu einem Date lieber gewesen, als diese Frage beantworten zu müssen. Sie nahm mehrere Schlucke Bier.

»Tut mir leid«, sagte Jordan. »Ich wollte nicht …«

»Nein, schon okay.« Emma betrachtete ihre Bierflasche und umkreiste mit dem Zeigefinger den Rand des Flaschenhalses, ohne zu bemerken, wie sinnlich diese Geste wirkte. »Molly hat keinen Vater.«

Jordan wandte den Blick von Emmas Finger ab und sah ihr stattdessen ins Gesicht. »Äh, du meinst, er ist … verstorben?«

»Ich hoffe nicht.«

»Du weißt es nicht?« Emma schien nicht der Typ Frau zu sein, der einen One-Night-Stand hatte und den Mann dann nie wiedersah, obwohl sie ein Kind gezeugt hatten.

»Ich habe ihn nie kennengelernt.«

»Nun ja, ich bin keine Expertin, was Heterosex angeht, aber meines Wissens nach funktioniert die Sache mit den Bienchen und den Blümchen nur, wenn die Biene und die Blume irgendwie in Kontakt kommen.«

»Ich bin auch keine Expertin, aber ja, so funktioniert das normalerweise.« Emma schnipste einen Tropfen Wasser von ihrer Bierflasche und nahm einen weiteren Schluck. Als sie die Flasche senkte, umspielte ein leichtes Lächeln ihre Mundwinkel.

Auch keine Expertin … Jordan wiederholte in Gedanken ihre Worte. Was sollte das denn heißen? Sie umklammerte die Bierflasche. »Du meinst …? Aber ich dachte, du wärst …?«

Emma neigte den Kopf zur Seite. »Ja?«

»Ich dachte, du wärst hetero.«

»Ach? Ich dachte, jemand wie du hätte ein besseres Gespür dafür.«

Jemand wie ich? Das klang wie eine Beleidigung. Aus irgendeinem Grund war es Jordan wichtig, was ihre neue Nachbarin von ihr dachte. »Mein Gaydar hat Alarm geschlagen, als wir uns zum ersten Mal gesehen haben, aber ich dachte, das wäre nur …«

»Ja?«, hakte Emma nach.

Wunschdenken. »Ich dachte …« Jordan nickte hinüber zum Haus. »Na ja, du hast ein Kind.« Mann, seit wann kam sie Frauen gegenüber ins Stottern?

Emmas Lippen hoben sich zu einem weiteren Lächeln. »Lesben haben auch eine voll funktionsfähige Gebärmutter.«

»Das ist mir klar, aber du hast mir ziemlich rasch einen Korb gegeben, also dachte ich …«

»Du dachtest, der einzige Grund, warum eine Frau dir einen Korb gibt, wäre, weil sie hetero ist? Hast du mal in Betracht gezogen, dass du einfach nicht mein Typ sein könntest?«

Nein, das hatte Jordan natürlich nicht bedacht. »Autsch«, murmelte sie. »Hat dir schon mal jemand gesagt, dass du nicht gut für das Ego einer Frau bist?«

»Irgendwie habe ich so das Gefühl, dass dein Ego nicht in Gefahr ist.«

Nun ja, man brauchte schon ein gesundes Selbstvertrauen, um beruflich ein Skalpell an Menschen anzusetzen. Das konnte Jordan nicht abstreiten. »Was ist denn nun mit Mollys Vater?«

»Er ist nur eine Nummer auf einer Samenspenderakte«, sagte Emma und nahm noch einen Schluck Bier. »Das war uns so lieber.«

Da war es wieder: das *Uns*, das Emma schon erwähnt hatte, als sie über ihr Auto gesprochen hatten. Diesmal gab Jordan ihrer Neugier nach. »Uns?«

»Meiner Frau und mir.« Emma grub die Zähne in ihre volle Unterlippe. »Exfrau.« Sie trank ihr Bier leer. Die Muskeln in ihrem Hals bewegten sich anmutig, als sie schluckte.

Bevor Jordan etwas sagen konnte, stand Emma auf und drückte ihr die leere Bierflasche in die Hand. »Es ist schon spät. Ich sollte besser ins Bett gehen, denn ich muss morgen früh raus. Danke für das Bier.«

Jordan sah ihr nach, zu überrascht vom plötzlichen Ende der Unterhaltung, um ihren sinnlichen Hintern zu bewundern.

Die Tür schloss sich mit einem lauten Klicken und Emma ging davon, ohne noch einmal durch das Glas zu ihr zurückzusehen.

Jordan wusste, dass sie auch ins Bett gehen sollte. Ihr Krankenhaus führte samstags geplante Eingriffe in zwei OPs durch und sie hatte sich freiwillig gemeldet, einen der beiden Säle zu übernehmen. Der morgige OP-Plan war bereits ellenlang und vermutlich würden noch Notfälle dazukommen. Doch statt ins Bett zu gehen, saß sie im Dunkeln, trank ihr Bier aus und starrte hinüber zur anderen Haushälfte, bis dort das Licht ausging.

Emma war also lesbisch … und geschieden.

Sofort regte sich Interesse, aber sie schob es kopfschüttelnd beiseite. Es spielte keine Rolle. Emma hatte ein Kind, deshalb war es besser, sich von ihr fernzuhalten. Es gab genügend andere Frauen, die mit ihr schlafen würden, ohne irgendeine Bindung zu erwarten.

Sie leerte das Bier, stemmte sich aus der Hängematte und ging ins Haus.

Kapitel 5

»Das ging aber schnell«, rief die Krankenschwester am chirurgischen Empfang Jordan zu. »Scheinbar stimmt dein Horoskop. Du bist doch Löwe, oder?«

»Ja.« Jordan blieb vor dem Tresen stehen. »Was sagt das Horoskop denn?«

Evelyn räusperte sich dramatisch und las es ihr vor. »Das Glück ist Ihnen diese Woche hold. Sie strotzen nur so vor Energie und arbeiten sich in Windeseile durch ihre Aufgaben bei der Arbeit.«

»So weit scheint es zu stimmen.« Es war erst halb acht am Montagmorgen, doch sie hatte schon nach ihren postoperativen Patienten gesehen, um sicherzugehen, dass es keine Komplikationen gab, und mit den Patienten gesprochen, denen die OP heute bevorstand.

»Hier steht noch mehr.« Evelyn pochte auf die Zeitschrift auf ihrem Schreibtisch und las weiter vor: »Ein unerwarteter Ausflug steht Ihnen in nächster Zukunft bevor. Uranus steht in Ihrem Beziehungshaus, deshalb könnte es mit einem möglichen romantischen Partner zu tun haben. Denken Sie daran, dass Reisen für Ihr Liebesleben Wunder wirken können.«

Jordan lachte. »Das bezweifle ich. Für mich ist kein Urlaub in Sicht.« Sie hatte schon seit Ewigkeiten nicht mehr freigenommen und mal abgesehen von ein paar unverbindlichen Dates und einigen heißen Nächten erwartete sie nichts von ihrem Liebesleben.

»Sonst noch was?«, fragte Jordan. »Gewinne ich vielleicht im Lotto?«

Evelyn schüttelte den Kopf. »Tut mir leid. Über deine Finanzen steht hier nichts. Aber dein Horoskop rät dir, besser auf deine Gesundheit zu achten.«

Einer der Assistenzärzte der Chirurgie blieb neben ihnen stehen und sah hinauf zu der Tafel an der Wand, die den OP-Plan zeigte. Als sein Pieper losging, zog er ihn vom Hosenbund seiner OP-Kleidung und warf einen Blick aufs Display. »Mist.«

Jordan sah auf, denn sie wusste, dass er den Pieper für einen Kollegen übernommen hatte, der eigentlich die Notaufnahme abdecken sollte, jedoch im Stau steckte. Ein Notfall konnte dazu führen, dass ihre eigenen OPs verschoben werden mussten, und das hasste sie, genau wie jeder andere Chirurg. »Was ist los?«

»Es ist die Notaufnahme«, grummelte er. »Sie brauchen jemanden, der runtergeht und sich einen akuten Bauch ansieht. Eigentlich sollte ich Dr. Bender in einer halben Stunde bei der Whipple-Prozedur assistieren, aber Neumann ist immer noch nicht da. Wenn das länger gehen sollte …«

Jordan gab ihm einen aufmunternden Klaps auf den Oberarm. Sie konnte sich noch gut daran erinnern, wie aufgeregt sie gewesen war, als sie zum ersten Mal bei einem Whipple assistiert hatte. Es handelte sich um die aufwendigste OP im Bereich der Allgemeinchirurgie. Man entfernte dabei die Gallenblase, das Duodenum sowie Teile des Magens, des Pankreas, des Jejunums und der Gallenwege und verband dann alles mit dem Rest des Jejunums. Diese Art von Operation war sehr selten. Vermutlich würde er das ganze Jahr nicht mehr die Chance haben, bei einem solchen Eingriff dabei zu sein.

Sie sah zur großen Uhr an der Wand. »Weißt du was? Ich gehe und sehe mir den akuten Bauch an. Ich habe vor meiner ersten Cholezystektomie noch etwas Zeit.«

Der Assistenzarzt starrte sie an.

Jordan machte eine scheuchende Handbewegung. »Geh schon, bevor ich es mir anders überlege.«

»Wow. Ich … danke.« Er eilte davon.

Evelyn lachte. »Das war nett von dir.«

»Sag's nicht weiter. Ich habe einen Ruf zu verlieren.« Jordan seufzte und nickte auf die Zeitschrift hinab. »Wie's aussieht, haben wir herausgefunden, wo mein unerwarteter Ausflug hingehen wird.«

Sie fuhr mit dem Personalaufzug nach unten und betrat dann durch die sich automatisch öffnenden Türen die Notaufnahme.

Noch war es dort ziemlich ruhig. Meistens begann der Andrang nicht vor neun oder zehn Uhr. Ihre Freundin Hope saß an einem der PC-Arbeitsplätze an dem großen, u-förmigen Tresen in der Mitte der Notaufnahme und sah sich ein Röntgenbild an.

»Hallo, Hope. Solltest du nicht längst zu Hause bei deiner Frau sein?« Sie wusste, dass Hope Nachtschicht gehabt hatte, die bereits vor einer halben Stunde zu Ende gegangen war.

Hope drehte sich zu ihr um. »Hallo, Jordan. Ich mache nur noch meinen Papierkram. Übrigens weißt du genau, dass Laleh und ich nicht verheiratet sind.«

»Ihr seid zusammengezogen und als ich sie zuletzt gesehen habe, hat Laleh davon gesprochen, dass ihr euch eine Katze anschaffen wollt. Nach lesbischen Maßstäben seid ihr also verheiratet.« Jordan lehnte sich gegen den Tresen und lächelte einer der Schwestern zu. Sie war neu und süß. Aber im Moment war Jordan hier, um zu arbeiten, nicht um zu flirten. »Wo ist der akute Bauch, den ich mir ansehen soll?«

»Das ist Mr. Cochran in Raum vier«, sagte Hope. »Er stellte sich mit Übelkeit und abdominellen Schmerzen vor. Er ist tachykard, hat eine leicht erhöhte Temperatur und die Leukos sind auch erhöht.«

»Habt ihr Röntgenaufnahmen vom Abdomen gemacht?«, fragte Jordan.

»Schaue ich mir gerade an.«

Jordan spähte über Hopes Schulter hinweg auf den Bildschirm. »Oho! Da ist freie Luft im Bauchraum. Definitiv ein Fall für den OP!«

Hope schüttelte den Kopf. »Chirurgen. Ihr könnt freier Luft auf einem Röntgenbild einfach nicht widerstehen, oder?«

Jordan zuckte mit den Schultern. »Mir ist ein perforiertes Ulkus allemal lieber als ein schreiendes Kind mit Halsschmerzen oder ein Kerl mit Priapismus. Lass uns den Patienten mal ansehen.«

Sie gingen gemeinsam zu dem verglasten Behandlungsraum. Jordan trat ein, gefolgt von Hope, und zog den Vorhang zu, um dem Patienten etwas Privatsphäre zu geben. »Guten Morgen, Mr. Cochran.« Sie trat an den Behandlungstisch heran.

Noch bevor sie sich vorstellen konnte, hob er schwach den Kopf. »Bekomme ich jetzt endlich die verdammten Schmerzmittel? Ich habe der anderen Schwester schon dreimal gesagt, dass ich welche brauche.«

Jordan sah ruhig auf ihn hinab. Er war nicht der erste Patient, der sie für eine Krankenschwester hielt, und sie hatte gelernt, ihre Frustration darüber im Zaum zu halten. Es passierte allen Ärztinnen mindestens einmal in der Woche, insbesondere den Chirurginnen. Obwohl es sich langsam änderte, war Chirurgie immer noch eine Männerdomäne. Sie war eine von nur drei Assistenzärztinnen in ihrem Jahrgang gewesen und die einzige schwarze Frau.

»Ich bin keine Krankenschwester, Mr. Cochran. Ich bin Dr. Williams von der chirurgischen Abteilung. Ich werde dafür sorgen, dass man Ihnen gleich Schmerzmittel gibt, aber erst muss ich Sie untersuchen.«

»Die andere Ärztin hat mich schon untersucht«, grummelte er. Er warf Hope einen Blick zu. Trotz seiner Verärgerung sprach er, ohne sich zu rühren, so als bereitete jede Bewegung ihm Schmerzen.

»Ich weiß, aber Sie denken doch sicher auch, dass es besser ist, ganz sicher zu gehen, bevor Sie unters Messer kommen, oder?«

Das brachte ihn zum Schweigen.

Sie zog sich Latexhandschuhe an und tastete sanft sein Abdomen ab, das verhärtet und leicht gebläht war. Er grunzte und stöhnte bei jeder Berührung. Ein kurzes Abhören mit dem Stethoskop verriet ihr, dass er keine Darmaktivität hatte.

Jordan richtete sich auf. »Woher stammt der Kratzer auf Ihrem Kinn?«

»Das ist nichts weiter. Mir tut der verdammte Bauch weh, nicht mein Kinn.«

Wie zum Teufel schlug sich Hope den ganzen Tag mit Patienten wie ihm herum? Jordan zog es vor, auf ihre Patienten zu treffen, nachdem ein Anästhesist sie in Vollnarkose versetzt hatte. »Falls Sie einen Unfall hatten, haben Sie möglicherweise eine Bauchverletzung erlitten, die Sie nicht bemerkt haben.«

Er wurde merklich blass. »Ein Auto hat mich fast über den Haufen gefahren, als ich gestern Abend mit dem Rad unterwegs war. Aber es war kein schlimmer Unfall, nur ein paar Kratzer.«

»Sind Sie zufällig gegen den Lenker geprallt?«

»Ähm, ja. Aber die Schmerzen haben erst Stunden später angefangen.«

Was darauf hinwies, dass der Darm perforiert war und sich eine sekundäre Peritonitis entwickelt hatte. »Der Zusammenprall hat vermutlich Ihren Dickdarm perforiert und nun hat sich Ihr Bauchfell – das Gewebe auf der Innenseite Ihres Bauchs – entzündet. Sie müssen sofort operiert werden.«

Er begann zu fluchen.

Jordan verließ den Raum, gefolgt von Hope. »Hast du einen Ultraschall vom restlichen Abdomen gemacht?«

»Natürlich«, sagte Hope. »Keine Hämatome der Milz oder Leber.«

»Gut. Ich würde ungern irgendwelche Überraschungen erleben, wenn ich ihn aufmache.« Sie blieb an der Schwesternstation stehen und sagte zu der süßen Krankenschwester: »Rufen Sie den OP an und sagen Sie Bescheid, dass meine Cholezystektomie verschoben werden muss. Mr. Cochran muss auf schnellstem Weg in den OP.«

Offenbar war sie nicht die Einzige, der heute ein unerwarteter Ausflug bevorstand, dachte sie, als sie sich von Hope verabschiedete und sich auf den Weg nach oben machte, um sich auf die OP vorzubereiten. Vielleicht war Mr. Cochran ebenfalls Löwe.

Nach einem zwölfstündigen Arbeitstag war es verlockend, wieder nur eine Pizza in den Ofen zu schieben, aber dann dachte Jordan daran, was das Horoskop über ihre Gesundheit gesagt hatte.

Zwar glaubte sie nicht an Astrologie, aber die Zeitschrift hatte vermutlich trotzdem recht. Ein paar Vitamine mussten her. Sie schnippelte eine Tomate und eine Gurke klein und improvisierte einen griechischen Salat mit Oliven und Fetakäse. Mit der Schüssel ging sie in den Garten, um beim Essen die Abendsonne und die frische Luft genießen zu können.

Doch als sie nach draußen trat, stellten sich sofort ihre Nackenhaare auf und sie hatte das ungemütliche Gefühl, beobachtet zu werden. Sie unterdrückte ein Grinsen. Beobachtete ihre Nachbarin sie etwa durch ihr Bürofenster? Vielleicht wollte Emma sich zu ihr gesellen und ein Bier mit ihr trinken, sobald die Kleine im Bett war.

Sie sah zur anderen Haushälfte hinüber.

Emma saß nicht am Schreibtisch. Das Büro war leer, soweit Jordan das erkennen konnte.

Vermutlich spielte ihr müdes Gehirn ihr nur Streiche. Sie ging zur Hängematte und wollte sich gerade hineinsinken lassen, als ein Rascheln vom Maulbeerbaum am Rand des Grundstücks sie aufsehen ließ.

Irgendetwas bewegte sich hoch oben im Baum, aber sie konnte nicht erkennen, was es war.

Jordan stellte ihren Salat ab, ging hinüber und spähte durch die Blätter nach oben.

Fast erwartete sie, Thunfisch auf einem der Äste sitzen zu sehen. Aber was sie sah, war keine Katze. Ein kleines Paar pinkfarbener Joggingschuhe hing hoch oben aus dem Maulbeerbaum.

Was zum Teufel …?

Jordan schob ein paar Blätter beiseite, um besser sehen zu können. Emmas Tochter saß rittlings auf einem der dicken Äste und klammerte sich mit beiden Armen und Beinen daran fest. Sie spähte durch das Laub zu Jordan hinab.

Was um Himmels willen machte sie da oben? Sie musste mindestens sieben Meter weit geklettert sein. Wenn sie fiel, würde sie sich vermutlich das Genick brechen. Adrenalin pulsierte durch Jordans Adern und sie musste sich zwingen, sanft zu sprechen, damit das Mädchen nicht erschrak. »Hallo, Molly. Ich bin's … Jordan. Was machst du da oben?«

»Ich esse Beeren.«

Jordan ballte die Hände zu Fäusten. *Verdammt.* Sie hätte wissen müssen, dass die Maulbeeren die Aufmerksamkeit des Mädchens erregen würden. Als Kind war sie selbst auf viele Bäume geklettert, um sich mit Kirschen, Äpfeln oder Beeren vollzustopfen. Damals hatte sie nie darüber nachgedacht, ob es womöglich gefährlich sein könnte, aber jetzt, da sie die Erwachsene unter dem Baum war, sah die Sache anders aus. »Ich gebe dir jede Menge Beeren, aber bitte komm jetzt runter.«

»Ich kann nicht.« Mollys Stimme zitterte. »Ich hab Angst. Ich will runter. Ich will zu meiner Mami.«

Oh Mist. »Bitte weine nicht. Halt dich fest und rühr dich nicht von der Stelle, okay?« Hastig sah sich Jordan im Garten um. Nirgendwo lag eine Leiter oder sonst etwas, das sie benutzen konnte, um das Mädchen vom Baum zu holen. Sie versuchte, sich daran zu erinnern, ob sie eine Leiter in der Garage hatte.

Eine der Terrassentüren auf Emmas Haushälfte wurde geöffnet. »Molly?«, rief Emma. »Bist du da draußen?«

»Sie ist hier«, antwortete Jordan, ohne sich zu ihr umzudrehen oder den Blick vom Baum abzuwenden, als ob sie so dafür sorgen konnte, dass das Mädchen weiterhin sicher auf dem Ast sitzen blieb.

Ein paar Sekunden später spürte sie, wie Emma hinter sie trat. »Wo …? Oh mein Gott! Molly! Wie bist du da hochgekommen?«

»Ich bin geklettert«, sagte Molly kleinlaut. »Aber jetzt kann ich nicht mehr runter.« Sie begann zu weinen.

»Ich komme!« Ohne zu zögern, griff Emma nach einem niedrig hängenden Ast und machte Anstalten, sich nach oben zu ziehen, obwohl sie einen Rock, ein Top mit Spaghettiträgern und Flip-Flops trug. Ihre Beine schienen unter dem Rock nackt zu sein. Wenn sie auf den Baum kletterte, würde sie ziemlich zerkratzt werden. Aber Emma schien nicht darüber nachzudenken. Sie hatte auf Superheldin-Mama-Modus umgestellt.

Jordan hielt sie am Arm fest und zog sie zurück. »Lass mich das machen.«

Gehetzt sah Emma zwischen ihr und dem Baum hin und her. »Bist du sicher? Ich …«

»Ja. Ich bin größer und kann leichter an sie rankommen.«

Emma musterte sie, als versuchte sie zu entscheiden, ob sie ihr das Leben ihrer Tochter anvertrauen sollte.

»Ich hole sie runter«, sagte Jordan und hielt Blickkontakt. »Das verspreche ich.« Es war idiotisch. In ihrem Beruf hatte sie gelernt, niemals solche Versprechungen zu machen, wenn sie nicht absolut sicher war, sie einhalten zu können. Doch ein Blick in Emmas angstgeweitete Augen ließ sie diese Regel vergessen.

Schließlich nickte Emma und trat beiseite. »Jordan holt dich runter, Schatz«, rief sie zu Molly hinauf.

Leichter gesagt als getan. Jordan spähte hinauf und suchte nach sicherem Halt.

»Sollen wir eine Leiter holen oder die Feuerwehr anrufen?«, fragte Emma.

Oben im Baum knirschte ein Ast.

»Dafür ist keine Zeit«, sagte Jordan. »Ich schaffe das.« Noch ein tiefer Atemzug, dann griff sie nach einem der niedrigen, fast horizontalen Äste und zog sich hoch. Sie schlang ein Bein um den Ast und stemmte dann die Füße dagegen, während sie nach dem nächsten griff.

Ich schaffe das, sagte sie sich erneut. Was war dieser kleine Baum im Vergleich zu allem, was sie in ihrem Leben schon geschafft hatte? Sie sah hinauf zu den pinkfarbenen Joggingschuhen, die aus dem Laub ragten, und dann hinab zum

Boden, wo Emma stand und mit besorgter Miene zu ihr aufsah. Zugegeben, es war ein ziemlich großer Baum. Aber der Gedanke an das verängstigte Mädchen trieb sie voran.

Schnell merkte sie, dass ihre Größe ihr nicht helfen würde. Ganz im Gegenteil. Sie war nicht nur größer als Emma, sie war vermutlich auch schwerer. Auf jeden Fall viel schwerer als Molly. Sie war lange nicht mehr in der Kirche gewesen, aber jetzt begann sie, darum zu beten, dass die Äste weiter oben ihr Gewicht tragen würden.

Auf halbem Weg nach oben musste sie langsamer klettern. Es dauerte länger, einen sicheren Halt zu finden. Sie musste dichter am Stamm bleiben, wo die Äste dicker waren und ihr Gewicht aushalten würden. Ihre entblößten Arme waren schon jetzt mit Kratzern übersät, doch sie ignorierte die kleinen Blessuren.

»Mami?«, erklang Mollys zitternde Stimme über ihr.

»Jordan ist unterwegs«, rief ihre Mutter. »Sie holt dich runter. Halt dich fest. Es dauert nicht mehr lange.«

Emmas Vertrauen in sie tat gut. Schließlich war sie direkt unter Molly. »Hallo, Molly. Hier bin ich.«

Blätter raschelten und dann blickte Mollys verängstigtes kleines Gesicht auf sie herab. Tränen liefen über ihre Wangen.

Wie sollte sie das Mädchen vom Baum holen, ohne dass sie verletzt wurde oder Jordan sich dabei selbst das Genick brach? Wie ein Koalabär klammerte sich Molly an einen Ast weiter entfernt vom Stamm. Falls Jordan versuchte, zu ihr zu klettern, würde der Ast vielleicht brechen.

»Kannst du zu mir rüberrutschen und mir deine Hand geben?«

Den Ast umklammernd, schüttelte Molly den Kopf.

Mist.

»Jordan?«, rief Emma vom Boden. »Alles okay da oben?«

»Ja«, antwortete Jordan. Auf keinen Fall wollte sie zugeben, dass es nicht so einfach wie gedacht war, an Molly heranzukommen. Es war ihr Beruf, Menschen das Leben zu retten. Manchmal bewirkte sie wahre Wunder. Da konnte es doch nicht so schwer sein, eine Fünfjährige von einem Baum zu holen. »Wir sind gleich unten.«

Sie beäugte den Ast unter sich. Er schien ziemlich stabil und ein wenig dicker zu sein als der, auf dem Molly saß. Es war an der Zeit, ihren Worten Taten folgen zu lassen. »Halt dich fest, Molly. Ich komme.« Ohne nach unten zu sehen, schob sie sich zentimeterweise über die raue Borke, bis sie direkt unter dem Mädchen war.

Jetzt kam der gefährliche Teil des Manövers. Vorsichtig setzte sie sich auf, bis sie rittlings auf dem Ast saß, sich mit beiden Beinen festklammernd, als wäre er ein ausschlagender Mustang, der sie abwerfen wollte. Mit beiden Händen ließ sie den Ast los und griff nach dem Mädchen.

Molly warf sich ihr entgegen und schlang die Arme um ihren Hals.

Fast hätte Jordan den Halt verloren. Einen Arm um das Mädchen geschlungen, griff sie schnell mit der freien Hand nach dem Ast, um sie beide vor dem Fallen zu bewahren.

Molly presste sich zitternd an sie. Ihre Arme erwürgten Jordan fast.

Plötzlich schien das Klettern noch das geringste Problem zu sein. Wie tröstete man ein kleines, verängstigtes Mädchen? Während der Facharztausbildung hatte sie es immer den Krankenschwestern überlassen, Kindern Trost zu spenden. Aber hier oben auf dem Baum war sie auf sich allein gestellt.

Sanft rieb sie Mollys Rücken, während sie sich mit der anderen Hand festhielt. »Keine Angst. Ich hab dich und ich werde nicht zulassen, dass du fällst. Ich hab dich im Nu unten bei deiner Mami, okay?«

Molly nickte und drückte ihr feuchtes Gesicht gegen Jordans Brust. Sie zog die Nase hoch und irgendetwas Feuchtes durchtränkte Jordans Poloshirt. Sie wollte gar nicht wissen, was es war.

Nun musste sie das Kind nach unten bringen. Aber das war ebenfalls nicht so leicht, wie sie angenommen hatte. Wenn sie ihre Hände benutzte, um das weinende Mädchen festzuhalten, konnte sie nicht klettern. »Ähm, Molly, du musst dich jetzt richtig gut an mir festhalten, okay? Ich muss dich mit einer Hand loslassen.«

»Nein!«

»Ich muss es tun, sonst habe ich keine Hand fürs Klettern frei. Tu einfach so, als wärst du ein Koala und ich wäre ein Baum. Kannst du das für mich versuchen?«

Molly schlang ihre Ärmchen enger um Jordans Hals und ihre Beine um Jordans Mitte, bis sie das Gefühl hatte, kaum noch Luft zu bekommen.

»Super«, krächzte sie. »Das machst du prima.«

Eine Hand auf Mollys Rücken gepresst, benutzte sie ihre freie Hand, um rückwärts langsam auf den Stamm zuzukriechen.

Der Ast ächzte unter ihrem Gewicht.

»Scheiße!«

Molly hob den Kopf von Jordans Brust. »Mami, sie hat ein böses Wort gesagt«, rief sie nach unten.

»Verräterin«, grummelte Jordan, die sich noch immer rückwärts bewegte. »Ich glaube, das hier sind mildernde Umstände.«

»Was bedeutet das?«, fragte Molly.

»Es bedeutet, dass sie ausnahmsweise ein böses Wort benutzen darf«, rief Emma.

Jordans Rücken stieß gegen den Stamm. So weit, so gut. Wenigstens waren die Äste hier dicker. Aber jetzt musste sie irgendwie den Ast unter ihnen erreichen. »Halt dich fest, Molly.«

Langsam kletterte sie Ast um Ast nach unten. Schweiß lief ihren Rücken hinab und brannte in ihren Augen, aber sie hatte keine Hand frei, um ihn wegzuwischen.

Es schien ewig zu dauern. Endlich erreichte sie die unteren Äste.

Mit Tränen in den Augen streckte Emma ihre Arme aus und Jordan ließ das Mädchen vorsichtig in die wartenden Hände ihrer Mutter gleiten.

Jetzt, da Molly in Sicherheit war, gestattete sie es sich, tief durchzuatmen und sich die Stirn zu wischen, bevor sie vom Baum sprang. Noch ehe sie entscheiden konnte, ob sie niederknien und den Boden küssen wollte, schlang Emma die Arme um sie. »Danke, danke, danke«, flüsterte sie.

Sanft erwiderte Jordan die Umarmung, mit Molly, die sich an ihre Mutter klammerte, zwischen ihnen. Teil dieser Familienumarmung zu sein, war ungewohnt und irgendwie seltsam, aber zugleich auch unerwartet angenehm.

»Kann ich jetzt Eiscreme haben?«, fragte Molly wenige Sekunden später. »Ich habe Hunger.«

Jordan trat zurück und starrte sie an. Noch vor einer Minute hatte sie Todesängste ausgestanden und jetzt wollte das Kind Eiscreme?

Emma lachte. Die Erleichterung in ihrer Stimme war offensichtlich. Sie hielt den Blick auf ihre Tochter gerichtet und vermied es, Jordan anzusehen. Vermutlich machte ihre spontane Umarmung sie jetzt verlegen. »Oh nein, du bekommst keine Eiscreme«, sagte sie zu Molly. »Du solltest eigentlich drinnen mit Maus spielen, nicht allein in den Garten gehen und auf einen Baum kraxeln.«

»Aber Maus hatte auch Hunger. Ich hab ihm Beeren geholt.« Molly streckte die Hände aus, die rot von den Maulbeeren waren.

Na super. Die Hälfte davon hing jetzt vermutlich an ihrem Poloshirt, weil sich das Mädchen an ihr festgeklammert hatte. Aber es war ein Preis, den sie gern zahlte, wenn Molly dafür sicher zurück am Boden war. Dasselbe Hochgefühl, das sie nach jeder gelungenen Notoperation empfand, erfüllte sie.

»Ich bringe Molly jetzt besser ins Bad und dann ins Bett.« Während sie noch immer einen Arm um ihre Tochter geschlungen hatte, streckte Emma die andere Hand aus. Zentimeter von Jordans Arm entfernt, zögerte sie, als würde ihr erst jetzt bewusst, was sie da tat. Doch dann drückte sie sanft Jordans Arm. »Noch mal danke.«

Jordan nickte und fühlte sich plötzlich seltsam verlegen. Sie konnte sich nicht daran erinnern, wann ihr das zuletzt passiert war. »Nicht der Rede wert.«

»Für mich ist es alles wert«, sagte Emma, fast im Flüsterton.

Sie sahen einander an und ein stummes Verständnis entstand zwischen ihnen.

»Warte, Mami! Maus!«, rief Molly.

»Was ist mit ihm, Schatz?«

»Ich hab ihn verloren.«

Emma küsste die Stirn ihrer Tochter. »Er ist sicher in deinem Zimmer und wartet auf dich.«

»Nein. Ich hab ihn da verloren.« Molly zeigte nach oben.

Jordan legte den Kopf zurück und blickte nach oben. Braun-gelbes Fell lugte zwischen dem Laub hervor, dort wo der Stamm sich in zwei dicke Äste gabelte. Wie zum Teufel war das Mädchen mit dem Stofftier in der Hand bis dorthin gekommen?

»Wir müssen ihn holen, Mami. Er hat Angst.«

Emma streckte die Hand aus und rüttelte am Baum.

Nichts geschah.

Jordan trat neben sie und half ihr. Zu zweit schüttelten und rüttelten sie, aber der Plüschlöwe blieb, wo er war.

Emma murmelte etwas, das nach einem bösen Wort klang. »Okay. Ich hole eine Leiter. Du bleibst hier.« Aber als sie versuchte, Molly abzusetzen, wollte das

Mädchen nicht loslassen. Vermutlich war sie noch zu verängstigt, um ihre Mutter aus den Augen zu lassen.

»Ich hole Maus«, hörte Jordan sich sagen, bevor sie überhaupt darüber nachgedacht hatte.

Emma schüttelte den Kopf. »Das kann ich nicht von dir verlangen. Du bist schon einmal wegen Molly hochgeklettert.«

»Du verlangst es nicht. Ich biete es an. Ist wirklich kein Problem. Der Baum und ich sind jetzt alte Freunde.« Sie schlang den Mittel- um den Zeigefinger, um zu zeigen, wie nahe sie sich standen, und zwinkerte Emma zu. Um ehrlich zu sein, war sie nicht scharf darauf, noch einmal auf den Baum zu klettern, aber sie hatte einer Frau noch nie etwas abschlagen können. Offenbar galt das auch für Miniatur-Frauen.

»Na schön. Aber hol dir wenigstens eine Leiter«, sagte Emma.

»Ach was. So geht es doch viel schneller.« Das Stofftier vom Baum zu holen, war viel einfacher, als Molly zu retten. Er steckte nicht so weit oben. Vermutlich hatte Molly ihn auf halbem Weg zurückgelassen, weil sie beide Hände zum Klettern gebraucht hatte. Außerdem konnte sie ihn einfach nach unten werfen, sobald sie ihn erreicht hatte.

Sie zog sich nach oben und kletterte diesmal rascher, weil sie nun bereits wusste, welche Äste die stabilsten waren.

Es dauerte nicht lange, bis sie Maus erreicht hatte.

Triumphierend zog sie ihn aus der Astgabel und hielt ihn nach unten, sodass Emma und ihre Tochter ihn sehen konnten. »Hab ihn. Das war einfach. Fangt ihn auf.« Sie verlagerte ihr Gewicht auf dem Ast, um Maus nach unten zu werfen.

Ein scharfes Krachen erklang unter ihr. Der Ast, auf dem sie stand, brach.

Jordan hatte nicht mal Zeit, um zu schreien. Sie fiel und der Boden kam viel zu schnell auf sie zu. Zweige zerkratzten ihre Arme, als sie versuchte, sich irgendwo festzuhalten. Sie verlangsamten ihren Sturz ein wenig, konnten ihn aber nicht aufhalten. Holz splitterte.

Dann prallte sie zu Boden. In letzter Sekunde fing sie sich mit einer Hand ab. Schmerz schoss durch ihren Arm.

Einen Moment lang glaubte sie, gleich ohnmächtig zu werden. Alles verschwamm. Doch dann rückte ihre Umgebung wieder in den Fokus und sie erkannte zwei Beine, die auf sie zueilten.

Wunderschöne Beine. Benommen starrte Jordan sie an.

»Jordan!« Emma setzte Molly ab und kniete sich neben sie. Ihre Hände tasteten über Jordans Gesicht, dann über ihren Körper, als wollte sie sichergehen, dass sie unverletzt war. »Oh Gott! Oh Gott!«

So konnte sie Emma also dazu bringen, sie zu berühren.

»Wie bitte?« Emma runzelte die Stirn.

Hatte sie das laut gesagt? Mann, der Sturz musste ihr Gehirn ziemlich durchgeschüttelt haben. Jordan blinzelte und schüttelte den Kopf, um ihn freizubekommen. »Ich habe gesagt, mir geht's gut.« Sie versuchte, sich mit beiden Händen hochzustemmen, aber sofort schoss Schmerz durch ihr Handgelenk. Sie drückte den rechten Arm mit der anderen Hand gegen ihre Brust, setzte sich langsam auf und überprüfte den Rest ihres Körpers.

Ein paar Kratzer zierten ihre Hände und Arme. *Mist.* Das Desinfektionsmittel und die sterile Bürste, die sie vor jeder OP benutzte, würden morgen höllisch wehtun. Ihre Rippen und Hüften schmerzten. Sicher würde dort alles grün und blau werden. Doch ansonsten schien alles noch zu funktionieren. Sie hatte sich nicht den Kopf gestoßen und sie konnte ihre Beine problemlos bewegen. Ihr rechter Arm ... und ihr Stolz waren die einzigen Dinge, die möglicherweise verletzt waren.

Molly starrte mit großen Augen auf sie herab. Erneut liefen Tränen über ihre Wangen. »Musst du jetzt sterben, wie Oma?«

»Nein, mir geht's gut.« Langsam mühte sie sich auf die Füße, wobei sie sich zur Sicherheit mit einer Hand an Emma festhielt. »Siehst du?«

Emma hielt sie mit beiden Händen fest, so als würde Jordan ohne ihre Hilfe zusammenbrechen. »Kannst du gehen? Ich bringe dich ins Krankenhaus.«

Auf keinen Fall. Sie war Chirurgin, nicht Patientin. »Ich hab doch gesagt, dass alles in Ordnung ist. Ich brauche kein Krankenhaus.«

»Das soll jemand mit einem Doktortitel in Medizin entscheiden«, sagte Emma.

»Gut, denn ich habe ...«

»Zumindest eine verstauchte Hand.« Emma deutete darauf. »Schau, sie schwillt schon an.«

Jordan sah nach unten. *Scheiße. Verdammte Scheiße.* Nur knapp hielt sie sich davon ab, es laut zu sagen, denn sie wollte nicht schon wieder von einer

Fünfjährigen zurechtgewiesen werden. Emma hatte recht. Ihr Handgelenk war bereits geschwollen.

»Es tut mir schrecklich leid.« Emma war blass geworden. Ihre Sommersprossen hoben sich deutlich von ihrer Haut ab. »Ich hätte eine Leiter holen oder Maus einfach da oben lassen sollen.«

»Nein!«, rief Molly.

»Schon okay«, sagte Jordan und rang sich ein Lächeln ab. »Meine Schwestern haben mich immer gewarnt und gesagt, dass mir eines Tages eine Frau zum Verhängnis werden würde. Ich habe nur nicht geahnt, dass sie so jung sein würde.«

Emma reagierte nicht auf den Witz. »Ich hole dir einen Eisbeutel und dann fahre ich dich zur Notaufnahme.«

»Ich kann …«

Doch Emma eilte bereits davon, Molly und das gerettete Plüschtier auf dem Arm.

»Selbst hinfahren«, murmelte Jordan im nun leeren Garten.

Kapitel 6

Emma ließ ihre Tochter nur ungern zurück, besonders nach dem Schrecken, aber eine Notaufnahme war kein Platz für eine Fünfjährige und sie hatte keine Ahnung, wie lange es dauern würde, ehe jemand sich Jordans Arm ansah. Bei ihrer Rückkehr hätte Molly längst im Bett sein müssen und würde sicher völlig überdreht und trotzig sein.

Es fiel ihr nie leicht, um Hilfe zu bitten, aber Emma schluckte ihren Stolz herunter und ging hinüber zu Barbara Mosleys Haus.

Die ältere Frau öffnete sofort die Tür. »Emma! Das ist ja eine nette Überraschung. Komm doch rein.«

»Tut mir leid, aber dazu habe ich keine Zeit. Ich ...«

Barbara runzelte die Stirn. »Ist mit der Kleinen alles in Ordnung?« Sie musterte Molly, die sich an Emma klammerte und das Gesicht an ihre Schulter drückte.

»Ihr geht's gut, aber Jordan nicht. Es ist nichts Schlimmes, hoffe ich, aber sie ist vom Maulbeerbaum gefallen und hat sich den Arm verletzt.«

»Sie ist vom Baum gefallen?« Barbara sah sie an, als hätte sie gesagt, eine Horde Zombies hätte die Stadt überrannt. »Wie um Himmels willen hat sie das denn geschafft?«

»Das ist eine lange Geschichte. Im Moment habe ich keine Zeit, alles zu erklären. Wenn ich nicht gleich zurückkomme, fährt die sture Frau sich selbst zur Notaufnahme. Würde es dir etwas ausmachen, zu mir rüber zu kommen und ein Auge auf Molly zu haben, bis ich zurück bin? Ich bringe sie ins Bett, bevor wir gehen, sie wird dir also hoffentlich keinen Ärger machen.«

»Aber sicher doch«, sagte Barbara, ohne zu zögern. »Ich schnappe mir nur mein Buch und bin sofort bei dir. Sag unserer sturen Freundin, dass ich mich um sie sorge und dass sie tun soll, was du ihr sagst.«

Schön wär's, dachte Emma, nickte aber.

Eine viertel Stunde später waren sie auf dem Weg zur Notaufnahme, mit Emma am Steuer.

»Ich hätte wirklich selbst fahren können«, sagte Jordan.

»Mit der Hand?« Emma nickte hinab auf das geschwollene Handgelenk, auf das Jordan eine Packung gefrorener Erbsen drückte, die in ein Geschirrtuch gewickelt war.

»Ich gebe zu, dass ich bei gewissen Tätigkeiten gern beide Hände benutze.« Jordan warf ihr ein Grinsen zu. »Aber für manche Dinge brauche selbst ich nur eine Hand. Mein Auto hat ein Automatikgetriebe.«

Die Frau war unglaublich. Vermutlich hatte sie Schmerzen, aber trotzdem machte sie doppeldeutige Witze. Hörte sie jemals damit auf?

»Die ganze Misere ist meine Schuld«, sagte Emma. »Du hast dir den Arm verletzt, weil du versucht hast, meiner Tochter zu helfen, und da glaubst du ernsthaft, dass ich dich allein zur Notaufnahme fahren lasse?«

Jordan lächelte müde. »Ich schätze, die Antwort auf diese Frage lautet Nein.«

»Da kannst du deinen Arsch darauf verwetten.«

»Aber, aber, Mrs. Larson. Du hast ein böses Wort benutzt.« Jordan imitierte Mollys Tonfall.

Emma warf ihr einen strengen Blick zu, ehe sie sich wieder auf die Straße konzentrierte. »Es muss Ms. Larson heißen.« Sie hatte wieder ihren Mädchennamen angenommen, noch ehe die Tinte auf ihren Scheidungspapieren trocken gewesen war. »Und falls du nicht möchtest, dass die Ärzte sich auch noch um den anderen Arm kümmern müssen, solltest du jetzt lieber den Mund halten.«

Lachend gehorchte Jordan.

Emma wusste aus ihrer Kindheit, dass es in South Pasadena ein Krankenhaus gab, aber Jordan wies sie an, nach L.A. zu fahren. Hinter dem Griffith Park bedeutete sie ihr, auf einen Parkplatz einzubiegen.

Vor ihnen hing ein großes, rotes Notaufnahmeschild, während der Schriftzug darunter verkündete, dass sie sich auf dem Gelände des Griffith Memorial Hospitals befanden.

»Wenn ich schon eine Notaufnahme aufsuchen muss, dann will ich wenigstens, dass es die beste hier in der Gegend ist«, erklärte Jordan.

»Du warst also schon mal hier?«, fragte Emma.

Jordan lachte. »Kann man so sagen. Vermutlich verbringe ich mehr Zeit hier als zu Hause.«

Das war natürlich maßlos übertrieben. Emma konnte sich nicht vorstellen, dass Jordan ein Tollpatsch war, der sich ständig verletzte. Ihre Hände waren ruhig und sicher gewesen, als sie den Maulbeerbaum hinaufgeklettert war. Aber vielleicht wurde sie oft übermütig und überschätzte sich, so wie in dem Moment, in dem sie Maus zu ihnen nach unten geworfen hatte.

Emma bekam die schrecklichen Sekunden einfach nicht aus dem Kopf. Vor ihrem inneren Auge sah sie, wie Jordan zu Boden gestürzt und einen Moment lang reglos dagelegen hatte.

»Alles okay?«, fragte Jordan, als sie den Parkplatz überquerten.

»Das sollte ich dich fragen.«

»Ich hab schon Schlimmeres hinter mir. Als Kind haben meine beiden älteren Schwestern mich auf eine Reifenschaukel gesetzt und sie immerzu im Kreis gedreht. Sie sagten mir, ich sei ein Cowgirl, das sich an einem bockenden Mustang festklammert. Dann haben sie losgelassen und das Seil der Reifenschaukel hat sich rasend schnell in die andere Richtung gedreht. Der Mustang hat mich im hohen Bogen abgeworfen. Zwölf Stiche.« Sie zeigte auf eine dünne, kaum sichtbare Narbe auf ihrer Stirn.

»Autsch. Das macht mich ja fast froh, ein Einzelkind zu sein.«

Jordan lächelte. »Ach, so schlimm war es nicht.« Ihre Augen funkelten vergnügt. »Jedenfalls nicht, nachdem ich größer als die beiden wurde.«

Die automatischen Schiebetüren der Notaufnahme glitten vor ihnen zur Seite.

Emma blinzelte gegen das grelle Licht an, als sie den Empfangsbereich betraten. Der Geruch von Putz- und Desinfektionsmitteln lag in der Luft.

Ein Sicherheitsbeamter winkte ihnen zu und eine Krankenschwester nickte grüßend, als sie an ihnen vorbeiging.

Wow. Das Personal war hier wirklich freundlich. Vielleicht zog Jordan es deshalb vor, hierherzukommen, statt sich im Krankenhaus von South Pasadena behandeln zu lassen.

Jordan ging auf den von Glas umgebenen Empfangstresen zu und lehnte sich lässig dagegen, als gehörte ihr das ganze Krankenhaus.

Emma konnte nicht umhin, ihr Selbstvertrauen zu bewundern. Nach dem letzten Jahr arbeitete sie noch immer daran, ihres zurückzugewinnen.

Die Verwaltungsangestellte hinter dem Schreibtisch sah von ihrem Computer auf. Anstatt die Stirn zu runzeln und Jordan aufzufordern, einen Schritt zurückzutreten, lächelte sie freundlich. »Hallo, Dr. Williams. Ich dachte, Dr. Bender hätte heute Bereitschaft.«

Dr. Williams? Emma starrte erst die Frau, dann Jordan an. *Sie ist Ärztin?*

»Hat er auch«, sagte Jordan. »Leider sitze ich diesmal am falschen Ende des Behandlungstisches.« Sie hielt ihren Arm in die Höhe, der noch immer in die halb aufgetaute Packung Tiefkühlerbsen gewickelt war.

»Autsch.« Die Verwaltungsangestellte schenkte ihr ein mitleidiges Lächeln. »Warum setzen Sie sich nicht ins Wartezimmer? Ich sage in der Notaufnahme Bescheid. Möchten Sie einen Kaffee, während Sie warten?«

»Lieber nicht. Wenigstens nicht, solange ich nicht sicher sein kann, dass ich nicht unters Messer muss.« Jordan hielt erneut ihren Arm in die Höhe.

Emmas Finger umklammerten Jordans gesunden Arm, den sie umfasst hatte, ohne es zu bemerken. Schnell ließ sie los. *Unters Messer? Ach du meine Güte.* An so etwas hatte sie noch gar nicht gedacht. Schuldgefühle nagten an ihr. »Meinst du wirklich, es ist so schlimm?«, fragte sie, während sie Jordan zum Wartezimmer folgte, wo sie sich auf Plastikstühle setzten.

»Ach was. Reine Vorsichtsmaßnahme. Ist vermutlich nur verstaucht.« Sie streckte ihre langen Beine aus und schien sich in dieser Umgebung ganz zu Hause zu fühlen.

»Du hast mir nicht gesagt, dass du Ärztin bist«, sagte Emma ein wenig vorwurfsvoll.

»Warum sollte ich? Du hast mir auch nicht verraten, was du beruflich machst.«

Da hatte sie recht. Keine von ihnen hatte ihren Job erwähnt, also konnte sie es Jordan nicht vorhalten.

»Bisher tippe ich auf Mitarbeiterin einer Sexhotline«, fügte Jordan hinzu.

Der Mann, der sich ihnen gegenüber ein blutverschmiertes Handtuch an den Kopf hielt, warf ihnen einen neugierigen Blick zu.

Emma fiel fast von ihrem Plastikstuhl. »Wie bitte?« Sie musste trotz ihrer Anspannung lachen.

Jordan zuckte mit den Schultern. »Na ja, du arbeitest von zu Hause aus, zu ungewöhnlichen Zeiten und dein Job bringt dir genug ein, um dir eine Haushälfte in South Pasadena leisten zu können. Ich sehe dich ständig am Telefon oder mit deinem Headset. Äh, nicht, dass ich dich beobachten würde, versteht sich.«

»Nein, natürlich nicht.« Vielleicht hätte sie sich in ihrer Privatsphäre gestört fühlen sollen, aber stattdessen musste sie darüber grinsen, wie aus dem Gleichgewicht gebracht die sonst so selbstbewusste Frau schien.

Doch Jordan hatte sich schnell wieder im Griff und fügte mit einem Grinsen hinzu: »Und ich könnte definitiv verstehen, warum jemand dafür bezahlen würde, dass du ihm schmutzige Dinge ins Ohr raunst.«

»Ich arbeite nicht für eine …« Emma senkte die Stimme. »… Sexhotline.« Kopfschüttelnd stieß sie Jordan mit dem Ellbogen an.

»Autsch.« Jordan beugte sich vor und presste schützend den getroffenen Arm gegen die Brust.

»Oh mein Gott! Tut mir leid! Ich bin ein Vollidiot.«

Jordan atmete gepresst aus und ließ langsam ihren Arm los. »Nein, schon okay. Ich werd's überleben. Und das *ist* die Meinung von jemandem mit Doktortitel in Medizin.«

»Was für eine Sorte Ärztin bist du denn?«, fragte Emma, zum Teil, weil sie neugierig war, teilweise aber auch, um Jordan von den Schmerzen abzulenken, die sie verursacht hatte.

»Nicht die langweilige Sorte, die nur Tabletten verschreibt«, sagte Jordan. Stolz glänzte in ihren braunen Augen. »Ich bin Chirurgin.«

Automatisch rutschte Emma ein wenig zur Seite, weg von Jordan. *Ich hätte es wissen müssen.* Jordan schien sich für Gottes Geschenk an die Frauenwelt zu halten, genau wie Emmas Ex und die meisten anderen Chirurgen, die sie kannte. *Sei nicht so undankbar.* Jordan hatte ihr Leben aufs Spiel gesetzt, um Molly und dann ihr Stofftier vom Baum zu holen und Emma hatte einen Blick auf die mitfühlende Frau hinter der Fassade der Frauenheldin erhascht. Was sie in ihrer Freizeit machte, ging Emma nichts an.

»Was ist?«, fragte Jordan und musterte sie. »Hast du was gegen Chirurgen?«

Noch ehe Emma sich eine Antwort einfallen lassen konnte, die nicht ihr innerstes Seelenleben entblößte, betrat eine hochgewachsene Frau in blauer OP-Kleidung und weißem Arztkittel das Wartezimmer.

»Jacqui sagte mir, dass du hier bist. Was zum Teufel ist passiert?« Dann schien die Ärztin zu bemerken, dass Jordan nicht allein war. Sie fuhr sich mit der Hand durch ihre zerzausten, dunkelbraunen Haare. »Oh. Hallo. Ich bin Dr. Finlay.«

Jordan rollte mit den Augen. »Emma, das ist meine Freundin Hope. Hope, das ist Emma.«

Hope sah zwischen ihnen hin und her. »Deine …?«

»Nachbarin«, warf Emma ein, denn sie wollte nicht, dass Hope annahm, sie wäre eine von Jordans Eroberungen.

»Dr. Finlay zu Raum zwei, bitte«, plärrte es aus dem Lautsprecher. »Dr. Finlay zu Raum zwei.«

»Ich muss los.« Hope eilte zur Tür. »Ich schicke dir einen Assistenzarzt. Schikaniere ihn nicht!«

»Ich?«, fragte Jordan mit Unschuldsmiene.

»Ja, du«, rief Hope über ihre Schulter. Dann war sie verschwunden.

Emma hatte angenommen, dass sie Papierkram ausfüllen und noch eine Weile warten mussten, aber stattdessen kam eine Krankenschwester herein. »Hallo, Jordan. Ich habe gehört, du willst dich heute selbst von der Qualität unserer Notaufnahme überzeugen.«

»Keineswegs«, sagte Jordan. »Ich weiß bereits, dass ihr hier fantastische Arbeit leistet, besonders die Schwestern der Nachtschicht.«

»Charmeurin.«

Himmel, die Frau hörte wohl nie auf zu flirten, selbst nicht, wenn sie im Wartezimmer einer Notaufnahme saß und ein feuchtes Geschirrtuch und eine durchgeweichte Packung Tiefkühlerbsen auf ihren Arm drückte.

Sie hatte wohl den Kopf geschüttelt, denn der Blick der Schwester huschte nun zu ihr. »Oh. Ich wusste nicht, dass sie … Ähm, möchten Sie mit reinkommen und ihre Hand halten, während Dr. Feltner sie untersucht?«

»Klar. Das würde mir gefallen.« Jordan zwinkerte, aber der Ausdruck in ihren Augen passte nicht dazu. Es wirkte fast wie eine Spur von Verletzlichkeit.

Offenbar fühlte sich Jordan hier doch nicht so wohl, jetzt, da sie die Patientin war.

Wie konnte Emma ihre Bitte abschlagen, nachdem Jordan ihre Tochter gerettet hatte? Sie nickte und folgte Jordan und der Schwester in einen der verglasten Behandlungsräume.

Die Schwester zog den Vorhang zu, schob einen Rollhocker neben den Behandlungstisch und bedeutete Emma, Platz zu nehmen. Dann nahm sie vorsichtig die Packung Erbsen von Jordans Handgelenk und beugte sich vor, um es zu untersuchen. »Was ist passiert?«

Jordan zuckte zusammen, als die Schwester ihr Handgelenk abtastete, doch dann hoben sich ihre Mundwinkel zu einem Lächeln, das typisch für sie war. »Ich habe mit bloßen Händen einen Löwen bezwungen.«

»Einen Löwen?«

»Ja. So war das. Es war ein Löwe. Ein richtig wilder, gefährlicher. Stimmt's, Emma?«

»Na ja, nicht ganz«, sagte Emma. »Sie hat versucht, den Plüschlöwen meiner Tochter vom Baum zu holen, als der Ast brach und sie zu Boden stürzte.«

»Spielverderberin«, grummelte Jordan. »Meine Version der Geschichte klang viel besser.«

Der Vorhang vor der offenen Tür wurde beiseitegezogen und eine weitere Krankenschwester warf einen Blick ins Zimmer. »Hallo, Jordan. Ich höre, du hast dir das Handgelenk verletzt. Kann ich irgendetwas für dich tun?«

Die gesamte Belegschaft der Notaufnahme schien Jordan zu kennen und scheinbar war sie ziemlich beliebt bei den Krankenschwestern.

»Nein, danke, Paula. Ich bin in guten Händen.«

Eine dritte Schwester betrat den Raum, um Jordan einen neuen Kühlakku zu bringen.

»Ich hole Dr. Feltner.« Die Krankenschwester, die Jordan untersucht hatte, ging zur Tür.

»Du arbeitest also in der Notaufnahme?«, fragte Emma, sobald sie allein waren.

Jordan versuchte, eine bequemere Position für ihren Arm auf dem Behandlungstisch zu finden. »Himmel, nein. Die Ärzte hier unten halten die Patienten nur am Leben, bis ich sie in den OP schieben kann.«

Scheinbar waren Chirurgen immer ein wenig arrogant, egal in welcher Stadt. Früher hätte Emma es vielleicht faszinierend gefunden, aber jetzt war sie wild entschlossen, sich nie wieder davon beeindrucken zu lassen.

»Mal im Ernst«, fügte Jordan hinzu, »ich könnte diese Arbeit nicht machen. Lieber schneide ich den Patienten auf, kümmere mich um das Problem und fertig. Aber wo wir gerade über die Arbeit sprechen ... Du hast mir immer noch nicht verraten, was du beruflich machst.«

Vermutlich war es besser, es ihr zu sagen, bevor sie wieder anfing, Vermutungen über die Sexhotline anzustellen. »Ich bin VA.«

Eine Falte formte sich auf Jordans Stirn. »Du arbeitest für den Vatikan?«

Emma lachte. »Nein. Ich bin virtuelle Assistentin.«

Jordan kniff die Augen zusammen. »Davon habe ich noch nie gehört.«

»Das ist so was wie eine persönliche Assistentin, nur eben virtuell, über das Internet. Die meisten meiner Klienten sind Autorinnen und Autoren. Ich helfe ihnen mit Sachen wie Marketing, Korrekturlesen und Recherchen, damit sie mehr Zeit zum Schreiben haben.«

»Klingt toll«, sagte Jordan. »Zu dumm, dass ich keine VA anstellen kann. Ich könnte gut jemanden gebrauchen, der mir mit dem Papierkram hilft, damit ich mehr Zeit im OP verbringen kann.«

Einen Moment lang glaubte Emma, Jordan würde ihren Enthusiasmus nur vortäuschen, um höflich zu sein. Die meisten Leute, denen sie von ihrem Beruf erzählte, schienen zu glauben, sie wäre bloß die nutzlose Variante einer Sekretärin, die nicht mal Kaffee kochen konnte, weil sie nicht in derselben Stadt wie ihre Klienten wohnte. Doch Jordans respektvoller Blick schien echt zu sein. »Es *ist* toll«, sagte sie. »Meine Arbeitszeiten sind flexibel und ich kann von zu Hause aus arbeiten, sodass ich mehr Zeit für Molly habe. Und die Arbeit ist ziemlich abwechslungsreich.«

Jordan nickte. »Genau das liebe ich auch an meiner Arbeit. Die Abwechslung, meine ich. Meine Arbeitszeiten sind leider nicht flexibel.«

Emma starrte sie an. Jordan ließ es klingen, als wären sie beide gleichgestellt, anstatt ihr das Gefühl zu geben, ihr Job wäre weniger wichtig. Ihre Exfrau Chloe hatte es immer selbstverständlich gefunden, dass Emma diejenige war, die ihren

Job aufgab und mit Molly zu Hause blieb, sodass Chloe als plastische Chirurgin Karriere machen konnte.

»Guten Abend, Jordan.«

Emma zuckte zusammen, als plötzlich eine Stimme neben ihnen erklang.

Ein junger Arzt war unbemerkt eingetreten. Er lächelte nicht, sondern nickte Jordan nur steif zu.

Scheinbar mochte nicht jeder in der Notaufnahme Jordan. Oder vielleicht machte es ihn nervös, eine Kollegin behandeln zu müssen.

Er setzte sich auf einen zweiten Hocker und nahm den Kühlakku von Jordans Handgelenk.

Emma musterte von der anderen Seite Jordans Arm. Ihr Handgelenk war geschwollen. Aufgrund Jordans dunkler Hautfarbe konnte Emma es nicht genau erkennen, aber sie vermutete, dass sie blaue Flecken hatte. Beim Gedanken daran wurde ihr übel und sie wünschte zum zigsten Mal, sie hätte nicht zugelassen, dass Jordan erneut auf den Baum kletterte.

»Wie ist das denn passiert?«, fragte der Arzt, während er das Handgelenk von allen Seiten betrachtete.

»Ich bin von einem Baum gefallen und habe mich mit einer Hand abgefangen«, antwortete Jordan, anstatt den Witz mit dem Löwenbändigen zu wiederholen.

»Was hattest du denn auf dem Baum zu suchen?« Der junge Arzt schüttelte den Kopf. »Du bist Chirurgin. Du operierst ständig Menschen, die sich bei solchem Blödsinn verletzen. Du solltest es besser wissen und nicht auch so leichtsinnig sein.«

Emma kämpfte gegen den Impuls an, sie zu verteidigen. Der Arzt hatte recht. Sie hätten eine Leiter holen sollen.

»Ja, ja, spar dir die Moralpredigt«, grummelte Jordan. »Ich weiß selbst, dass es nicht sonderlich clever war. Es war einfach eine Bauchentscheidung.«

Der Arzt fuhr mit seiner Untersuchung fort. Er beäugte die roten Flecken auf ihrem Poloshirt. »Hast du außer dem Arm noch andere Verletzungen?«

Jordan schüttelte den Kopf, obwohl sie sich vorhin, als sie aus dem Auto gestiegen war, sehr vorsichtig bewegt hatte, was Emma annehmen ließ, dass sie

Kopfschmerzen oder zumindest Prellungen am ganzen Körper hatte. »Nein«, sagte sie. »Das sind nur Flecken von den Beeren.«

Emma beschloss, den Mund zu halten, in der Hoffnung, dass Jordan als Ärztin Bescheid sagen würde, wenn sie Verletzungen hatte, die behandelt werden mussten. Jordan mochte stur sein, aber sie war nicht dumm.

»Kannst du die Finger bewegen?«, fragte der Arzt.

Langsam bewegte Jordan die Finger ihrer rechten Hand. »Fühlt sich nicht sehr angenehm an, aber ja, es geht.«

»Tut das hier weh?« Er rotierte sanft ihr Handgelenk. »Wie ist es, wenn ich hier drücke? Oder hier?« Mit jeder Frage drückte er auf eine andere Stelle ihrer Hand und ihres Unterarms.

Zwischen zusammengebissenen Zähnen antwortete Jordan.

Jedes Mal, wenn er Jordans Arm oder Hand drückte, versteifte sich Emma mehr. Sie hoffte, dass er bald fertig war.

Dann betastete er eine Stelle wenige Zentimeter unterhalb des Punktes, wo der Daumen in das Handgelenk überging. Jordan schnappte nach Luft. »Ja. Genau da. Verdammt. Das tut höllisch weh.« Sie sah Emma mit einem schiefen Lächeln an. »Entschuldige. Gut, dass wir Molly zu Hause gelassen haben.«

»Ja, aber wie du schon gesagt hast, es handelt sich um mildernde Umstände.«

Sie grinsten einander an.

Der junge Arzt räusperte sich.

»Ich hoffe, es ist nur verstaucht, aber es könnte auch eine Colles-Fraktur sein«, sagte Jordan. »Überprüf auf jeden Fall auch den radialen …«

Emma drückte ihre Schulter. »Wieso entspannst du dich nicht einfach und konzentrierst dich auf deine Patientenrolle, statt Ärztin zu spielen?«

»Halleluja«, murmelte der junge Arzt so laut, dass sie es beide hören konnten. Schließlich hatte er die Untersuchung beendet, platzierte den Arm wieder auf dem Behandlungstisch und streifte die Latexhandschuhe ab. »Ich kann keine Deformitäten ertasten, aber einen unverschobenen Bruch kann ich nicht ausschließen. Ich ordne Röntgenaufnahmen an und rufe oben in der Orthopädie an. Jemand soll sich das mal ansehen, nur um ganz sicher zu gehen. Immerhin ist es deine rechte Hand.«

Emma sah ihm nach, als er ging. Das ganze Drücken und Quälen der armen Jordan, nur um dann doch zu röntgen?

Einige Minuten später kam die Krankenschwester, die Jordan vorhin untersucht hatte, mit einem Rollstuhl in den Raum und Emma merkte, dass ihre Hand noch immer auf Jordans Schulter ruhte. Schnell ließ sie los und machte den Weg frei.

»Oh, nein.« Jordan hob abwehrend ihre unverletzte Hand. »In so ein Ding setze ich mich nicht. Mein Handgelenk ist verletzt, nicht meine Beine. Ich kann laufen.«

»Die Krankenhausvorschriften verlangen es, das weißt du genau. Du möchtest doch sicher nicht, dass ich Ärger mit der Stationsleitung bekomme, oder?« Die Blondine klimperte mit den Wimpern und tätschelte einladend den Sitz des Rollstuhls.

Grummelnd glitt Jordan vom Behandlungstisch und in den Rollstuhl.

Diesmal musste Emma zurückbleiben und konnte sie nicht zur radiologischen Abteilung begleiten. Aber schließlich brauchte sie auch niemanden, der ihr die Hand hielt, sagte sich Jordan. Trotzdem sah sie über die Schulter zurück, als ihr Rollstuhl aus dem Raum geschoben wurde. Sie hasste es, die Patientin zu sein, und Emmas Anwesenheit war beruhigend gewesen.

Auf dem Weg zur Radiologie grüßten sie ständig Ärzte und Pflegepersonal und sie musste sich zwingen, mit falscher Heiterkeit zurückzugrüßen. Vielleicht war es doch keine so gute Idee gewesen, hierherzukommen. Sie war daran gewöhnt, hier die Befehle zu geben, und nicht diejenige zu sein, die wie eine hilflose Kranke im Rollstuhl herumgeschoben wurde. Es verletzte ihren Stolz, dass ihre Kollegen sie so sahen.

Als sie sah, welche Röntgenassistentin Dienst hatte, wusste sie nicht, ob sie sich freuen sollte oder ob das alles noch schlimmer machte.

»Hi, Venita.« Kurz nachdem Jordan nach Kalifornien gezogen war, hatten sie ein paarmal miteinander geschlafen, aber jetzt hatten sie sich eine Weile nicht gesehen. Jordan war nicht sicher, warum der Kontakt abgebrochen war. Sie hatte die warmherzige MTRA immer gemocht.

»Hi, Jordan. Ich habe schon gehört, dass du hierher unterwegs bist. Wie geht's dir?«

Na toll. Es hatte sich schon im gesamten Krankenhaus herumgesprochen. »Ich werde mich viel besser fühlen, sobald du bestätigt hast, dass der Arm nur verstaucht ist.«

Venita schenkte ihr ein mitfühlendes Lächeln. »Dann bringen wir es gleich mal hinter uns.« Sie sah von Jordan zu Betty, die noch immer die Griffe des Rollstuhls umfasst hielt. »Ich übernehme jetzt.«

Die Klimaanlage, die den Röntgenraum kühlte, ließ Jordan frösteln, als Venita sie auf das riesige Röntgengerät zuschob, das von der Decke hing. Sobald Jordan an einem Ende des Röntgentisches saß, positionierte Venita sanft ihren Arm mit der Handfläche nach unten auf der Platte.

»Lass uns mit der postero-anterioren Einstellung anfangen«, sagte sie. »Ich brauche dich sicher nicht zu fragen, ob du womöglich schwanger bist, oder?«

Jordan lachte. »Wohl kaum.«

Venita drückte ihr kurz die Schulter, bevor sie die Bleischürze über Jordans Brust und Schoß platzierte. »Lass die Hand ganz locker und beweg sie nicht.«

»Da hast du letztes Mal, als wir uns außerhalb der Klinik gesehen haben, aber was ganz anderes gesagt«, rief Jordan ihr nach, als Venita zur Tür ging. Eigentlich war sie nicht zu Scherzen aufgelegt, aber wenigstens lenkte sie das von den Schmerzen und ihrer wachsenden Anspannung ab.

»Da hast du auch keine Bleischürze angehabt«, entgegnete Venita.

»Ich hatte überhaupt nichts an«, antwortete Jordan, obwohl sie nicht wusste, ob Venita sie noch hören konnte. »Ebenso wenig wie du.«

Als die Tür sich hinter Venita schloss, hielt Jordan die Luft an, auch wenn sie wusste, dass es nicht nötig war.

Kurz darauf kehrte Venita zurück und repositionierte Jordans Handgelenk, um eine Aufnahme aus lateraler Sicht zu machen.

»Wie sieht's aus?«, fragte Jordan, sobald Venita die zweite Röntgenaufnahme gemacht hatte.

Venita befreite sie von der Bleischürze. »Du weißt, dass ich die Röntgenbilder nicht deute. Ich mache sie nur.«

»Nicht mal für mich?« Jordan versuchte es mit ihrem charmantesten Lächeln.

Venita lachte und klopfte ihr auf die Schulter. »Netter Versuch. Aber nein, nicht mal für dich.«

Mist, dachte Jordan, als Betty sie zurück zum Behandlungsraum schob. Erst hatte Emma ihrem Charme widerstanden und nun auch noch Venita.

Es war kaum fünfzehn Minuten her, seit Jordan und die Schwester um die Ecke verschwunden waren, aber irgendwie kam es Emma länger vor. Gott, sie würde so erleichtert sein, sollte sich herausstellen, dass der Arm nur verstaucht war.

Was, wenn nicht?, warf die pessimistische Stimme in Emmas Hinterkopf ein.

Früher hatte es diese Stimme nicht gegeben, aber seit letztem Jahr sah sie vieles anders, weniger optimistisch.

Ein Klopfen an der Tür des Behandlungsraums ließ sie aufsehen. Jordans Freundin, die hochgewachsene Ärztin mit den zerzausten Haaren und den unglaublich blauen Augen, trat ein. »Hallo noch mal. Ist Jordan noch nicht aus der Radiologie zurück?«

Emma warf einen weiteren Blick auf die große Uhr an der Wand und schüttelte den Kopf.

»Sollte nicht mehr lange dauern«, sagte Hope. »Macht es Ihnen etwas aus, wenn ich Ihnen Gesellschaft leiste?«

»Nein, natürlich nicht.«

Hope setzte sich auf den zweiten Rollhocker und sah erleichtert aus, ein paar Minuten nicht auf den Füßen sein zu müssen. Sie ließ ihren Blick von Kopf bis Fuß über Emma gleiten, doch es wirkte nicht anzüglich. »Sie und Jordan teilen sich also das Haus?«

»Ja. Das Haus, aber nicht das Bett, falls es das ist, was Sie wissen möchten«, sagte sie, direkter als geplant. Himmel, hier in der Notaufnahme zu sein und sich um Jordan zu sorgen, strapazierte ihre Nerven aufs Äußerste.

Hope starrte sie an und lächelte dann. »Ähm, nein, das wollte ich nicht fragen. Ich weiß, wie es ist, wenn Leute ständig annehmen, wir würden zusammen schlafen, nur weil wir beide lesbisch sind und Jordan … nun ja …«

Sie tauschten wissende Blicke.

»Ziemlich beliebt bei der Damenwelt ist?«, schlug Emma vor. Sie wollte nicht schlecht über die Frau reden, die ihre Tochter vom Baum gerettet hatte.

Hope lachte. »Genau.«

Dann gab es also tatsächlich eine Frau … noch dazu eine attraktive, lesbische Frau … mit der Jordan einfach nur befreundet war. Wer hätte das gedacht? Vielleicht konnten sie und Jordan ebenfalls Freundinnen sein. Gern hätte Emma eine Freundin in der neuen Stadt gehabt und trotz ihres großspurigen Flirtens schien Jordan ein guter Mensch zu sein.

Schritte näherten sich und die Reifen des Rollstuhls quietschten über das Linoleum und kündigten Jordans Rückkehr an, noch bevor die Krankenschwester sie in den Raum schob.

Fast gleichzeitig trat ein weiterer Arzt ein, vermutlich der Orthopäde.

»Wie sieht's aus?«, fragte Jordan, ohne ihn zu begrüßen.

»Immer mit der Ruhe«, sagte der Orthopäde. »Ich habe noch nicht mal einen Blick darauf geworfen.«

Emma erwartete, dass er ein Röntgenbild an den Leuchtkasten hängen und dann das Licht einschalten würde, um es zu betrachten, doch stattdessen ging er zu einem der Computer mit einem riesigen Monitor. Er tippte etwas ein, klickte ein paarmal und beugte sich dann vor, um die Schwarz-Weiß-Aufnahme zu betrachten.

Jordan, Hope und Emma reckten die Hälse.

Alles, was Emma erkennen konnte, waren zwei parallel verlaufende weiße Schatten, die wohl die beiden Knochen in Jordans Unterarm darstellten.

Der Arzt rieb sich das Kinn. »Hmm.«

Emmas Muskeln versteiften sich. Sie rollte den Hocker dichter an Jordan heran. Das *Hmm* klang irgendwie nicht vielversprechend.

»Tja«, sagte der Arzt, als er sich zu ihnen umdrehte, »ich habe gute und schlechte Neuigkeiten.«

»Hör auf mit dem Scheiß, Frank.« Jordan wedelte mit ihrer linken Hand. »Geh aus dem Weg und lass mich das Röntgenbild sehen.«

Der Arzt trat beiseite, sodass Jordan den Monitor betrachten konnte.

Jordan starrte ein paar Sekunden lang das Röntgenbild an. »Scheiße.«

»Was ist?« Emma sah zwischen ihnen hin und her. »Was ist denn?«

»Es ist eine Fraktur des distalen Radius«, knurrte Jordan.

»Was bedeutet, dass sie sich einen der Knochen in ihrem Unterarm gebrochen hat, ungefähr zwei Zentimeter vom Handgelenk entfernt«, sagte Hope.

Oh Mist. Jordans Handgelenk war also doch nicht nur verstaucht. Emmas Hand bewegte sich wieder in Richtung Jordans Schulter, aber diesmal hielt sie inne, bevor sie Jordan berühren konnte. »Ich hoffe, das waren nicht die guten Nachrichten.« Angespannt wartete sie auf die Antwort des Arztes.

»Nein, das waren sie nicht. Jordan hatte Glück im Unglück.«

Jordan schnaubte, aber der Arzt fuhr fort: »Die Fraktur zieht sich nicht bis ins Gelenk. Der Bruch scheint stabil zu sein und weist keinerlei Fehlstellung auf, sie kommt also um eine OP herum. Natürlich wird sie erst mal eine Gipsschiene und wenn die Schwellung zurückgegangen ist einen Gips brauchen, aber in ungefähr sechs Wochen sollte der Arm so gut wie neu sein.«

Sechs Wochen … Emma und Jordan stöhnten. Sechs Wochen im Gips, nur weil sie ihre Tochter eine Minute lang aus den Augen gelassen hatte. Wie konnte sie das je wiedergutmachen?

Kapitel 7

Sechs Wochen … Auf dem Nachhauseweg hallten Franks Worte noch durch Jordans Kopf, zusammen mit einem ständigen *Mist, Mist, Mist.* Sie konnte den Blick nicht abwenden von der Gipsschiene, die ihren Arm vom Ellbogen bis zu den MCP-Gelenken bedeckte und nur ihre Finger frei ließ.

Sechs Wochen, in denen sie ihre dominante Hand nicht benutzen konnte. Das bedeutete sechs Wochen, in denen sie nicht operieren konnte. Sie konnte nicht mal ihre Assistenzärzte beaufsichtigen, denn wenn etwas schiefging, musste sie in der Lage sein, einzugreifen. Keine OPs für sechs Wochen. Sie fühlte sich wie eine Fußballspielerin, die man für etwas vom Platz geschickt hatte, das nicht ihre Schuld gewesen war.

»Es tut mir furchtbar leid«, sagte Emma zum hundertsten Mal.

Jordan zwang sich, den Blick von ihrem Arm abzuwenden und sah zu Emma, die das Lenkrad umklammert hielt, als wollte sie es erwürgen. Ihre helle Haut war noch blasser geworden.

Eigentlich wollte Jordan in Ruhe gelassen werden, damit sie ihren trübsinnigen Gedanken nachhängen konnte, aber Emma fühlte sich auch so schon schuldig genug, deshalb rang sich Jordan ein Lächeln ab. »Hey, jetzt kannst du zumindest sagen, wir haben zusammen Doktor gespielt.«

Emmas Mundwinkel zuckten, aber sie brachte kein richtiges Lächeln zustande.

»Ist doch nicht das Ende der Welt«, sagte Jordan sowohl zu Emma, als auch zu sich selbst. Sie wünschte, sie könnte es glauben. »Ein Urlaub war ohnehin längst überfällig und mein Horoskop hat mir vorausgesagt, dass ich einen unerwarteten Ausflug machen würde. Ich hätte nur nicht gedacht, dass es ein Ausflug zur Notaufnahme sein würde.«

Emma seufzte. »Tut mir leid.«

Jordan wusste nicht, was sie dazu sagen sollte, und so schwiegen sie beide den Rest des Weges.

Sobald Emma das Auto in der Garage geparkt hatte, stieg Jordan aus und stapfte zu ihrer Haushälfte. Von ihrem für gewöhnlich selbstbewussten Gang war im Moment nichts zu sehen.

Emma eilte ihr nach.

Vor der Tür blieb Jordan stehen und fluchte, während sie versuchte, mit der linken Hand ihre Schlüssel aus der rechten Hosentasche zu ziehen.

»Lass mich mal«, sagte Emma.

Jordan drehte sich zu ihr um. Der Anflug eines Lächelns erhellte ihre Miene. »Du suchst ja nur nach einer Ausrede, um mir an die Wäsche zu gehen.«

Emma schnaubte. »Ja, klar.« Aber sie hatte nicht bedacht, wie intim es war, einer anderen Person in die Hosentasche zu fassen. Doch jetzt gab es kein Zurück mehr. Entschlossen schob sie zwei Finger in Jordans vordere Hosentasche.

Der Stoff war warm von Jordans Körper und sie war sich übermäßig bewusst, wie dicht sie an Jordan stehen musste, um in ihre Tasche greifen zu können. Ihre Hand war nicht sonderlich ruhig, sodass sie den Schlüsselring nicht zu fassen bekam.

»Tiefer«, sagte Jordan mit atemloser Stimme. »Und benutz mehr Finger.«

Emma hielt inne und starrte sie an. Sie wusste nicht, worüber sie sich mehr ärgerte: Jordans ständige sexuelle Anspielungen oder dass Jordans Nähe sie nicht so kalt ließ, wie sie wollte. »Du genießt das wirklich, nicht?«

Jordan zuckte mit einer Schulter und grinste ein wenig. »Ich mache nur das Beste aus einer blöden Situation.«

Wieder trafen die Schuldgefühle Emma wie ein Eimer voller Eiswasser. Seufzend grub sie tiefer in der Tasche und bekam endlich den Schlüsselbund zu fassen. Sie zog ihn heraus, schloss die Tür auf und gab Jordan die Schlüssel.

»Danke«, sagte Jordan, nun vollkommen ernst. Sie trat ins Haus, verharrte dann und drehte sich noch einmal zu Emma um. »Gute Nacht. Vielleicht könntest du mich morgen wissen lassen, ob es Molly gut geht.«

Emmas Ärger auf Jordan und ihre ständigen Sprüche verschwand schlagartig. Jordan mochte eine Frauenheldin sein, aber sie konnte auch unglaublich süß und rücksichtsvoll sein. »Ich schaue gleich nach ihr, aber erst helfe ich dir noch, dich bettfertig zu machen.«

Ein Grinsen umspielte Jordans Mundwinkel. »Du willst mir wirklich an die Wäsche.«

Okay. Jetzt reichte es. Emma trat ins Haus, ohne erst um Erlaubnis zu bitten, und schloss die Tür mit mehr Nachdruck als unbedingt nötig, besonders zu so später Stunde. »Hör mir gut zu, Jordan. Offenbar umgibst du dich mit Frauen, die dein ständiges Flirten und die Anspielungen mögen, aber ich gehöre nicht zu der Sorte. Ich stehe nicht auf Weiberhelden wie dich und auch wenn ich zugebe, dass du hin und wieder ganz witzig bist, gehen mir deine blöden Sprüche meistens auf die Nerven. Und da wir in den nächsten sechs Wochen viel Zeit zusammen verbringen werden, schlage ich vor, dass du es einfach sein lässt.«

Jordan starrte sie an und lehnte sich dann mit ihrer gesunden Seite an die Wand, als bräuchte sie den Halt. »Du hältst mit deiner Meinung nicht hinter dem Berg, oder?«

Emma sah zu Boden, ein wenig verlegen über das, was da aus ihr herausgebrochen war. Dann blickte sie Jordan in die Augen. »Früher schon, aber damit bin ich nicht weit gekommen, deshalb versuche ich jetzt, von Anfang an Klartext zu reden.«

»Das verstehe ich gut. Ich weiß eine Frau zu schätzen, die weiß, was sie will.« Jordan zuckte zusammen und warf ihr einen schuldbewussten Blick zu. »Tut mir leid. Alte Gewohnheit. Oder vielleicht liegt es an den Schmerzmitteln, die man mir gegeben hat. Übrigens, warum werden wir in den nächsten sechs Wochen mehr Zeit zusammen verbringen?«

»Weil ich dir im Haushalt helfen werde. Ich hatte als Jugendliche mal ein gebrochenes Handgelenk und ich weiß noch gut, dass meine Mutter mir ständig helfen musste.«

Jordan schüttelte den Kopf. »Du bist nicht meine Mutter. Du bist nicht verantwortlich für …«

»Doch, bin ich. Meine Tochter und ich sind der Grund, warum du die nächsten sechs Wochen im Gips verbringen musst und ich bin ein Mensch, der Verantwortung für seine Taten übernimmt.«

»Das ist bewundernswert, aber du musst mir wirklich nicht helfen. Ich bin daran gewöhnt, allein klarzukommen.«

Etwas leuchtete in Jordans Augen auf und einen Moment lang glaubte Emma zu erkennen, dass Jordan trotz der ständig wechselnden Frauen, die ihr Bett wärmten, manchmal einsam war. Es machte sie noch entschlossener, sie in dieser Lage nicht allein zu lassen. »Bitte, Jordan. Lass mich dir helfen.«

Jordan seufzte. »Darf ich dann wenigstens einen Witz darüber machen, dass ich einer schönen Frau nichts abschlagen kann?«

»Nö.« Nur unter Aufwand all ihrer Selbstkontrolle schaffte es Emma, nicht zu lächeln. Sie hielt Blickkontakt und weigerte sich, nachzugeben.

»Na schön. Dann komm. Ich zeig dir mein Schlafzimmer. Und das war kein Anmachspruch.«

Als Jordan sich umdrehte und den Flur hinabging, erlaubte Emma sich endlich ein Lächeln. »Ich weiß bereits, wo es ist«, sagte sie, bevor sie darüber nachdenken konnte. *Mist.* Sie presste die Hand auf ihren Mund, aber es war zu spät, es zurückzunehmen. Hoffentlich hatte Jordan sich nichts dabei gedacht.

Jordan drehte sich um. »Ach? Wie das denn?«

»Ähm, ich nehme einfach mal an, dass du so wie ich das Schlafzimmer direkt neben dem Bad gewählt hast«, sagte Emma, ohne sie anzusehen. Sie konnte Jordans Blick auf sich ruhen spüren.

»Beide Schlafzimmer sind neben dem Bad.«

Emma hielt den Blick auf den Boden gerichtet. »Ja, aber das andere Schlafzimmer führt nicht auf die Terrasse und zum Garten hinaus.«

»Stimmt, aber ... Ach, jetzt verstehe ich! Du hast mich gehört!«

Ihre Wangen wurden heiß. »Nicht dich. Aber ... ähm, deine Freundin Simone ... sie ist sehr ... ähm, tja, enthusiastisch.«

Jordan grinste. Offenbar war es ihr kein bisschen peinlich. Oder aber sie verbarg es nur gut. »Ich wusste nicht, dass unsere gemeinsame Wand so dünn ist. Die vorige Nachbarin, Mrs. Fisher, hat nie etwas gesagt. Aber sie war auch schwerhörig.« Sie musterte Emma. »Du hättest etwas sagen können.«

»Was wäre das denn für ein erstes Kennenlernen gewesen? ›Hallo, ich bin die neue Nachbarin. Ach, könnten Sie bitte ab zehn Uhr abends jegliche sexuelle

Aktivitäten einstellen?‹« Emma schüttelte den Kopf. »Außerdem spielt es jetzt ohnehin für eine Weile keine Rolle mehr.«

Jordan neigte den Kopf zur Seite. »Wieso das denn?«

»Weil … na ja …« Sie deutete auf den gebrochenen Arm.

»Du weißt aber schon, dass es auch andere Möglichkeiten gibt, eine Frau im Bett zu verwöhnen, oder? Immerhin ist meine Zunge nicht …«

»Lalalala, ich kann dich nicht hören.« Emma hielt sich die Ohren zu und nahm dann langsam ihre Hände wieder weg. »Und hatten wir uns nicht darauf geeinigt, dass du mit diesen Sprüchen und zweideutigen Witzen aufhörst?«

»Hey, diesmal warst du diejenige, die damit angefangen hat.«

»Okay, okay.«

Lachend führte Jordan sie den Gang entlang.

Emma sah sich um, während sie ihr folgte. Jordans Haushälfte war ein Spiegelbild ihres Zuhauses: Zur Linken befand sich eine offene Küche mit einem kleinen Essbereich und daran schloss sich das Wohnzimmer an, während zur Rechten zwei Schlafzimmer zu beiden Seiten des Badezimmers lagen. Der einzige Unterschied war das kleine Büro am Ende des Gangs, das Jordan vermutlich für etwas anderes verwendete. Außerdem war hier alles viel ordentlicher als bei Emma, wo ständig Spielzeug herumlag. Egal, was sie auch anstellte, am Ende des Tages sah ihre Haushälfte aus, als ob ein Toys“R”Us-Katalog explodiert wäre.

Jordans Schlafzimmer war genauso aufgeräumt wie der Rest ihres Hauses. Das Bett war gemacht und ein Pulli lag ordentlich gefaltet auf einer Kommode. Ein riesiges Foto eines schneebedeckten Berges hing an einer Wand. Statt eines Fernsehers nahm ein Heimtrainer eine Ecke des Raums ein.

Was hast du denn erwartet? Handschellen an den Bettpfosten? Ein Stapel Pornohefte auf dem Nachttisch? Emma konnte nicht sagen, was sie erwartet hatte, aber nicht das hier.

»Ich glaube wirklich, dass ich allein zurechtkomme«, sagte Jordan, während sie aus ihren Turnschuhen schlüpfte, ohne die Schnürsenkel zu öffnen. »Sich mit einer Hand auszuziehen, kann ja nicht so schwer sein, oder?«

»Nicht, wenn man die richtigen Klamotten trägt, aber ohne Hilfe aus deinem Poloshirt zu kommen, könnte ein Kampf werden.«

»Ich habe es erst angezogen, bevor ich raus in den Garten gegangen bin. Ich kann darin schlafen und mir dann morgen den Kopf darüber zerbrechen, wie ich es ausziehe.«

»Das ist keine gute Idee. Da sind überall Maulbeerflecken. Komm schon.« Sie zupfte an dem Poloshirt. »Wir sind doch beide erwachsen.«

»Sprich nur für dich selbst«, murmelte Jordan. »Ich habe das Gehirn eines pubertierenden Jungen.«

Emma lächelte. »Ist mir aufgefallen.« Sie überbrückte die Distanz zwischen ihnen und hob die Hände, um die beiden Knöpfe an Jordans Poloshirt zu öffnen. So sehr sie auch versuchte, sich vorzustellen, sie würde Molly entkleiden, es wollte ihr nicht gelingen. Ihr Körper wusste ganz genau, dass sie kein Kind vor sich hatte. Sie hatte keine Frau mehr ausgezogen, seit … Himmel, sie konnte nicht einmal mehr sagen, wie lange es her war. War der Sex wirklich aus ihrer Ehe verschwunden, ohne dass sie es bemerkt hatte? Scheinbar war sie mit Blindheit geschlagen gewesen, was ihr früheres Leben anging.

Als sie Jordan vorsichtig das Oberteil über den Kopf zog und dann über den Gips streifte, wandte sie den Blick ab.

Mit einer Hand öffnete Jordan ihre Gürtelschnalle. Sie mühte sich mit dem Hosenknopf und dem Reißverschluss ab, bevor sie es schaffte, beide zu öffnen.

Emma atmete auf, doch dann fiel ihr ein, dass es morgen früh viel schwieriger sein würde, die Hose wieder anzuziehen. Sie würde Jordan dabei helfen müssen. »Ähm …« Sie räusperte sich. »Soll ich deinen BH aufmachen?«

Eine Sekunde lang war sie überzeugt, dass Jordan mit einem Scherz darüber antworten würde, wie geübt sie im einhändigen Öffnen von BHs war, aber dann schüttelte Jordan nur den Kopf und griff mit der linken Hand hinter sich.

»Danke«, sagte Emma.

Jordan sah auf. »Wofür?«

»Dafür, dass du nicht das gesagt hast, was du eigentlich sagen wolltest.«

Ein Grinsen glitt über Jordans Gesicht. »Das war schwerer als den verdammten BH aufzubekommen.«

Der BH fiel zu Boden.

Emma versuchte, wegzuschauen. Sie versuchte es wirklich, aber sie konnte nicht umhin, die glatte, dunkle Haut und Jordans kleine, straffe Brüste anzustarren. *Wer hat jetzt das Gehirn eines pubertierenden Jungen, hmm?* Sie riss den Blick von Jordans Oberkörper los.

Nicht, dass es Jordan zu stören schien. Sie hatte Emmas Starren sicher bemerkt, aber sie grinste nur und versuchte nicht, ihren Körper mit den Armen zu bedecken. Völlig ungezwungen stand sie da, lediglich mit einer offenen Jeans bekleidet. Ohne zu zögern, schlüpfte sie aus der Hose, bevor sie zum Badezimmer ging.

Emma blieb im Schlafzimmer zurück und tat so, als benötigte sie all ihre Aufmerksamkeit, um die Jeans, den BH und das beerenbefleckte Poloshirt einzusammeln und zu falten. Durch die Tür, die Jordan angelehnt hatte, hörte sie, wie Wasser ins Waschbecken floss. Eine Minute war Plätschern und Gemurmel zu hören, vermutlich, als Jordan merkte, wie schwer es war, sich mit nur der linken Hand zu waschen. Dann herrschte Stille.

»Jordan?«, rief sie. »Ist alles okay?«

»Mmm.«

Hieß das nun Ja oder Nein? Emma ging lieber nachsehen. Ein kurzes Klopfen an der halb offenen Tür, dann spähte sie ins Badezimmer.

Jordan stand vor dem Waschbecken. Irgendwie hatte sie es geschafft, die Zahnpastatube mit einer Hand aufzubekommen, und nun hatte sie den Griff der Zahnbürste im Mund, während sie mit der linken Hand etwas Zahnpasta aus der Tube quetschte.

Emma nahm ihr die Tube ab, drückte etwas Zahnpasta heraus und gab ihr die Zahnbürste zurück. »Warum hast du mich nicht gerufen?«

Jordan drehte sich um und lehnte sich gegen das Waschbecken. Wieder schien es sie nicht zu stören, dass sie nur Unterwäsche und den Gips trug. »Du hast doch nicht ernsthaft vor, mir sechs Wochen lang auf Schritt und Tritt zu folgen, um mir so was abzunehmen, oder?«

Den Blick auf Jordans Gesicht gerichtet, nickte Emma. »Wenn es nötig ist. Aber nach ein paar Tagen wird es dir immer leichter fallen, alles mit links zu machen. So war es zumindest bei mir. Aber bis dahin werde ich dir helfen.«

Jordan senkte den Blick und betrachtete die Zahnpasta, als wäre sie das faszinierendste Objekt, das sie je gesehen hatte. »Ich bin es nicht gewohnt, Hilfe zu brauchen«, sagte sie leise.

Dieser Moment der Verletzlichkeit ließ sie völlig verändert wirken. Emma verschlug es die Sprache. Dann sagte sie: »Ich weiß. Ich bin auch nicht daran gewöhnt, dass jemand für mich auf einen Baum klettert, aber ich habe es dich trotzdem tun lassen. Wenn es dann leichter für dich ist, stell dir einfach vor, ich wäre deine ganz-und-gar-nicht-virtuelle Assistentin. Vorhin hast du doch gesagt, du wolltest eine.«

»Ich muss wohl aufpassen, was ich dir gegenüber sage, hmm?«, meinte Jordan mit einem schiefen Lächeln.

Emma nickte. »Wieder etwas gelernt.«

Jordan drehte sich zum Waschbecken um und begann, sich die Zähne zu putzen. Mit der linken Hand sah es etwas ungelenk aus.

Einen Moment lang wollte Emma auch hierbei ihre Hilfe anbieten, aber sie ahnte, dass hier für Jordan eine Grenze erreicht war, deshalb ging sie zurück ins Schlafzimmer. »Wo hast du deinen Schlafanzug?«

Die Geräusche aus dem Bad verrieten, dass Jordan Zahnpasta ausspuckte. »Ich habe gar keinen Schlafanzug, Signorina.«

Emma konnte das Lächeln in ihrer Stimme hören. *Oh.* Jordan schlief also nackt. Sie hätte es wissen müssen.

»Aber wenn du dich dann besser fühlst, kann ich mir eine OP-Hose und ein T-Shirt oder so anziehen.«

»Nicht nötig«, rief Emma zurück. »Ich habe dich bereits nackt gesehen. Jetzt ist es ein alter Hut.«

Ihr Versuch, lässig zu tun, versagte kläglich, als Jordan im Türrahmen erschien. »Ach ja?«, fragte sie gedehnt. »Du hast mich *fast* nackt gesehen. Das ist ein Unterschied. Wenn du denkst, es wäre keiner, dann hast du mich offensichtlich noch nie nackt gesehen.« Neckisch zupfte sie an einer Seite ihres Slips und zog ihn einen Zentimeter nach unten.

»Benimm dich«, sagte Emma in bester Mutter-Manier und hielt die Bettdecke für sie hoch.

Jordan schlüpfte ins Bett. Der verführerische Gesichtsausdruck verschwand, als sie zusah, wie Emma sie zudeckte.

Sie war eine komplexere Person, als Emma gedacht hatte. In einer Sekunde konnte sie charmant und witzig sein, in der nächsten ernst und verletzlich.

Sanft schob Emma ein Kissen unter den gebrochenen Arm, da Hope geraten hatte, den Arm hoch zu lagern, um die Schwellung zu lindern. »Glaubst du, du wirst schlafen können?«

Jordan nickte.

»Gut.« Emma widerstand dem Impuls, sich auf die Bettkante zu setzen und die Decke gerade zu zupfen. Stattdessen ging sie zur Tür, wo sie sich noch einmal umdrehte und zu Jordan zurücksah. »Wenn du heute Nacht aufwachen und merken solltest, dass deine Finger blau anlaufen oder du das Gefühl darin verlierst ...«

»Ich weiß, ich weiß. Ich bin Ärztin, schon vergessen?«

»Stimmt.« Emma konnte nicht fassen, dass sie es auch nur einen Moment lang vergessen hatte. *Das darfst du nie vergessen,* sagte sie sich streng. *Sie ist Chirurgin. Eine Frauenheldin in Weiß.* Sie musste sich immer wieder daran erinnern, damit sie die erzwungene Intimität nicht missverstand, die die kommenden sechs Wochen mit sich bringen würden. Am besten ging sie so damit um, wie sie es Jordan geraten hatte: Sie würde einfach so tun, als wäre sie Jordans VA und Jordan nur eine Klientin.

Okay. Zeit zu gehen und nach Molly zu sehen.

»Gute Nacht.« Sie knipste das Licht aus und schloss die Schlafzimmertür.

Jordans sanftes »gute Nacht« und der Anblick von Jordan im Bett, den Arm auf einem Kissen, begleitete sie nach Hause.

Kapitel 8

Jordan hatte noch nie auf dem Rücken schlafen können und der stumpfe Schmerz in ihrem Handgelenk hatte sie die halbe Nacht wachgehalten, obwohl sie erschöpft war.

Um fünf Uhr früh gab sie auf und stieg aus dem Bett. Normalerweise war sie innerhalb einer viertel Stunde fertig und auf dem Weg zur Arbeit, aber heute schien alles doppelt so lange zu dauern. Als Chirurgin war sie eigentlich recht geschickt mit beiden Händen. Zumindest hatte sie das geglaubt.

Doch jetzt merkte sie, dass es schier unmöglich war, die linke Achselhöhle zu waschen, ohne dabei die rechte Hand zu benutzen. Auf keinen Fall würde sie Emma dabei um Hilfe bitten. Zwar machte es ihr nichts aus, wenn eine Frau sie auszog oder nackt sah, aber für gewöhnlich geschah das unter weitaus angenehmeren Umständen. Letzte Nacht, als Emma ihr aus dem Poloshirt geholfen hatte …

Als sie den Augenblick Revue passieren ließ, beharrte ihr Körper darauf, dass es angenehm gewesen war, Emma so nah zu spüren und zu fühlen, wie ihre Hände ihre Brust streiften, als sie die Knöpfe öffnete. Aber zugleich gab es ihr ein Gefühl der Verletzlichkeit, dass sie wie ein Kind ausgezogen werden musste, und dieses Gefühl mochte sie gar nicht.

Sie mühte sich zehn Minuten lang mit Socken und Schuhen ab. Ihre Einkaufsliste wurde immer länger. Ganz oben standen eine elektrische Zahnbürste und Schuhe, in die sie einfach hineinschlüpfen konnte. Irgendwann gab sie den Versuch auf, ihre Schnürsenkel zu binden, und stopfte sie nur in die Schuhe.

Bewaffnet mit einer Tasse Kaffee und Schmerzmitteln stapfte sie hinaus zur Hängematte. Sich mit der Tasse in ihrer gesunden Hand zu setzen, war eine Herausforderung … eine, die sie meisterte, indem sie Kaffee auf ihr Oberteil verschüttete.

»Autsch. Mist.« Vielleicht hätte sie sich besser auf einen der Gartenstühle setzen sollen. Da sie keine Hand frei hatte, um das T-Shirt mit der heißen Flüssigkeit von ihrer Haut wegzuziehen, blies sie stattdessen in ihren Ausschnitt, um ihre heiße Haut zu kühlen.

Natürlich war das der Moment, in dem die Glastür zu Emmas Büro aufging. *Na toll.* So würde Emma ihr nie glauben, dass sie allein zurechtkam.

Rasch hörte Jordan auf zu blasen und tat so, als wäre der Kaffeefleck auf ihrem T-Shirt der letzte Schrei der Mode. »Guten Morgen. Wie geht's dem Kletteräffchen?«

Ein Lächeln huschte über Emmas Gesicht. »Ihr geht's bestens. Als ich gestern Nacht nach ihr gesehen habe, ist sie kurz aufgewacht und wollte sofort die Erste sein, die deinen Gips unterschreibt.«

Jordan lachte. »Tja, man muss Prioritäten setzen.« Sie sah hinab auf den Verband, der die Gipsschiene um ihren Arm hielt. Diese war auf einer Seite offen, um der Schwellung Rechnung zu tragen. »Sie muss wohl bis nächste Woche warten, weil ich dann erst den normalen Gips bekomme.«

»Wie geht's dir?«, fragte Emma, als sie näher kam. »Hast du gut geschlafen?«

Normalerweise machte es sich Jordan zur Regel, Frauen nicht zu belügen, aber wenn sie die Wahrheit sagte, würde Emma sich noch schuldiger fühlen. »Oh ja. Wie ein Baby.«

Emma kniff die Augen zusammen. Ihr Blick schien Jordan zu durchbohren wie der Röntgenstrahl, der gestern die Aufnahmen von ihrem Handgelenk gemacht hatte, und er schien sie genauso leicht zu durchleuchten. »Wohl eher wie ein Baby mit Kolik.«

War sie so leicht zu durchschauen? Oder sah sie so übernächtigt aus? Jordan glaubte es nicht. Wenn sie Bereitschaft hatte, musste sie oft ohne Schlaf auskommen. Daran war sie längst gewöhnt. »Na schön, ich gebe zu, ich habe schon besser geschlafen. Woher wusstest du das?«

»Ich bin eine Mutter«, sagte Emma mit einem geheimnisvollen Lächeln. »Ich weiß so etwas eben.«

Jordan stöhnte. »Es war schon schlimm genug, wenn meine eigene Mutter so etwas gesagt hat.«

Noch immer lächelnd, kniete sich Emma vor die Hängematte. Sie schien nicht zu merken, dass das Gras feucht war, oder aber es machte ihr nichts aus.

»Was machst du da?«, fragte Jordan. »Nicht, dass ich etwas dagegen hätte, wenn eine schöne Frau vor mir niederkn…« Verdammt. Sie hatte es schon wieder getan. Sprüche wie dieser kamen ihr viel zu leicht über die Lippen. »Tut mir leid.«

»Wie ich schon sagte, hin und wieder finde ich es ganz amüsant. Übertreib es nur nicht oder bilde dir ein, dass ich wegen deiner charmanten Sprüche mit dir ins Bett gehe.«

Emma fand sie also charmant. Jordan grinste. Das war doch schon mal ein guter Anfang. »Einverstanden. Also, was machst du da?«

»Ich binde deine Schuhe.« Emma griff nach dem Fuß, der auf dem Boden ruhte. Noch ehe Jordan protestieren konnte, hatte sie mit mütterlicher Effizienz eine Doppelschleife gebunden.

Zwar wusste Jordan ihre Fürsorge zu schätzen, aber sie hasste es, wie eine Fünfjährige behandelt zu werden. Ihrem Stolz wurde ziemlich zugesetzt.

Gerade als Emma dabei war, die Schnürsenkel des anderen Schuhs zu binden, ertönte eine Stimme über den Zaun hinweg, der das Haus vom Nachbargrundstück trennte. »Guten Morgen. Wie geht es dem Arm?«

Jordan wandte sich Barbara zu. »Ist immer noch gebrochen«, antwortete sie in heiterem Tonfall, denn sie wollte nicht, dass ihre Freundin sich zu sehr sorgte. »Aber wenigstens ist es die schönste distale Radiusfraktur, die ich je gesehen habe. Und ich habe Aufnahmen, die das beweisen.«

Ein paar Tautropfen perlten auf Emmas Knien, als sie aufstand.

Wo wir gerade über Schönheit sprechen … Emmas wohlgeformte Beine waren ein Meisterwerk der Natur.

Das Tor im Zaun öffnete sich und Barbara hinkte hindurch. Ihre Hüfte schmerzte morgens immer, sodass sie diesmal den Gehstock verwendete, statt ihn nur zu tragen. Sie berührte Jordans Arm knapp oberhalb des Gipsverbands. Die Falten auf ihrem Gesicht vertieften sich.

Jordan wäre am liebsten zurückgewichen. Sie mochte es, Aufmerksamkeit von Frauen zu bekommen, aber nicht auf diese Weise. »Hey, es ist keine Amputation. Das wird wieder.« Seufzend fügte sie hinzu: »In sechs Wochen.«

»Was hast du überhaupt auf dem Baum gemacht?«, fragte Barbara mit strenger Großmutterstimme.

Jordan sah zu Emma, die ihren Blick senkte. »Hat dir das Emma gestern Nacht nicht erklärt, als wir nach Hause kamen?«

»Sie wollte nach Molly sehen, deshalb hat sie versprochen, mir die Einzelheiten heute zu erzählen. Also, was um Himmels willen hast du dir dabei gedacht, auf einen Baum zu klettern?«

»Das ist eine lange Geschichte.«

»Ich bin in Rente«, sagte Barbara und stützte sich auf ihren Gehstock. »Ich habe Zeit.«

Jordan zögerte.

»Sie ist hochgeklettert, um Mollys Stofftier vom Baum zu holen«, sagte Emma, bevor Jordan sich zu einer Antwort durchringen konnte.

Barbara starrte zum Maulbeerbaum, vermutlich weil sie sich fragte, wie das Stofftier dort hochkam, aber sie fragte nicht nach. Stattdessen beugte sie sich vor und küsste Jordan auf die Stirn. »Das war nett von dir.«

»Ist doch keine große Sache.«

»Ich mache gleich Pfannkuchen«, sagte Barbara. »Wollt ihr rüberkommen und versuchen, Jordans Rekord zu schlagen?« Sie blickte von Jordan zu Emma, um sie in die Einladung miteinzubeziehen.

Emma lachte. »Normalerweise gern, aber ich muss Molly wecken und zum Kindergarten bringen und später habe ich ein Skypetreffen mit einem Klienten.«

»Ich komme gern«, sagte Jordan. Später würde sie zum Krankenhaus fahren, um ihren Papierkram zu erledigen, aber ansonsten hatte sie nicht viel zu tun. Wenigstens konnte sie einen Stapel Pfannkuchen auch mit einer Hand verdrücken.

»Ich schaue später mal nach dir«, sagte Emma.

»Musst du nicht.« Emma hatte ein Kind, einen Beruf und einen Haushalt, um die sie sich kümmern musste, da musste sie nicht auch noch auf Jordan aufpassen. »Ich komme schon zurecht.«

Emma betrachtete den Kaffeefleck auf Jordans T-Shirt, sagte aber nichts. »Ich komme nachher zu dir rüber.« Sie ging auf ihre Haushälfte zu.

Trotz ihres schmerzenden Handgelenks konnte Jordan der Versuchung nicht widerstehen, ihr hinterherzusehen. Diese kurvigen Hüften und der hübsche Hintern waren eine bessere Ablenkung als die Schmerzmittel.

Das Ende von Barbaras Gehstock traf sie spielerisch am linken Arm und ließ sie den Blick von Emma abwenden.

»Hey, Vorsicht. Ich habe nur noch einen gesunden Arm.« Jordan wollte dramatisch den getroffenen Arm reiben, doch der Gips machte das unmöglich.

»Oh, Jordan?«, rief Emma von der Tür. »Was war denn dein Rekord?«

»Acht Pfannkuchen«, rief Jordan mit stolzem Grinsen.

»Wow.«

»Oh ja. Hinterher habe ich mich gefühlt wie ein gestrandeter Wal, aber manche Dinge sind den Schmerz einfach wert.« Sie hatte nicht vorgehabt, es wie eine Andeutung auf ihr Abenteuer mit dem Maulbeerbaum klingen zu lassen, aber sobald sie die Worte ausgesprochen hatte, nahmen sie eine tiefere Bedeutung an.

Ihre Blicke trafen sich über die Terrasse hinweg. Die Dankbarkeit in Emmas Augen gab Jordan das Gefühl, eine Superheldin zu sein.

Emma nickte ihr zu und schloss dann die Terrassentür hinter sich.

»Habe ich etwas verpasst?«, fragte Barbara.

Jordan stellte ihren mittlerweile sicher kalten Kaffee im Gras ab und stemmte sich mit der unverletzten Hand aus der Hängematte. »Nein, nichts. Komm. Ich habe Hunger und irgendjemand hat mir Pfannkuchen versprochen.«

Jordans erster Tag ohne OPs war noch nicht einmal zu Ende und schon jetzt hatte sie das Gefühl, verrückt zu werden. Nach dem Pfannkuchenessen mit Barbara war sie zur Klinik gefahren und hatte dort zwei Stunden damit verbracht, Papierkram zu erledigen und nach ihren Patienten zu sehen. Doch ohne ihre rechte Hand war sie nicht zu mehr als das zu gebrauchen und sie merkte, dass ihr Hinterherkontrollieren ihren Assistenzärzten auf die Nerven ging, deshalb fuhr sie nach Hause und versuchte, ein wenig zu lesen.

Doch mit einer Hand gleichzeitig das Buch zu halten und umzublättern, war ziemlich umständlich. Sie konnte sich ohnehin nicht auf die Handlung konzentrieren. Zu oft musste sie an Emma denken, an die nächsten sechs Wochen und daran, was hätte passieren können, wenn sie Molly nicht zufällig oben auf dem Maulbeerbaum entdeckt hätte.

Nach einer Weile gab sie auf und verbrachte den Rest des Tages mit kleinen Erledigungen, die sie auch mit einer Hand machen konnte.

Emma sah dreimal nach ihr, wenn sie gerade nicht mit Klienten sprach oder was eine virtuelle Assistentin sonst so tat. Sie hatte Jordan sogar Mittagessen vorbeigebracht, aber Jordan hatte es nicht angerührt, denn sie war immer noch voll von den Pfannkuchen. Als Emma sich zum vierten Mal zu Jordan auf die Terrasse gesellte, war sie barfuß und trug ein T-Shirt mit der Aufschrift *Mompreneur*.

»Süß«, sagte Jordan und fügte dann hinzu: »Das T-Shirt, nicht du. Mir ist es ja nicht gestattet, dir Komplimente zu machen.«

Emma schüttelte den Kopf, sagte aber nichts.

Jordan hatte das Gefühl, dass sie sich ein Lächeln verkneifen musste.

Molly rannte mit ihrem Plüschlöwen in der Hand zu ihnen. »Ich bin auch süß.« Sie deutete auf ihr pinkfarbenes T-Shirt, auf dem ein fauchender Tiger abgebildet war.

»Sehr süß. Du magst wohl Raubkatzen, was?«

Molly kicherte. »Und wie! Mami und ich haben sie ganz oft im Zoo besucht. Gibt es hier einen Zoo?« Sie sah sich um, als erwartete sie, dass gleich eine Giraffe den Kopf über die Hecke strecken würde.

»Äh, keine Ahnung.« Sicher gab es in L.A. einen Zoo, oder? Jordan hatte nie einen Grund gehabt, es herauszufinden, da weder ihre Schwestern noch irgendjemand in ihrem Freundeskreis Kinder hatten.

»Ja, es gibt einen Zoo«, sagte Emma. »Zumindest gab es ihn, als ich klein war. Aber ich weiß nicht mehr, ob sie Raubkatzen hatten. Ich kann später nachsehen.«

»Können wir es in dein Buch schreiben?«, fragte Molly.

»Na klar.« Zu Jordan sagte sie: »Sie meint meine To-do-Liste.«

Jordan lächelte. »Ach, so eine bist du.« *Ein kleiner Geek und sexy noch dazu.*

»Ja. Meine Ex hat immer scherzhaft gesagt, ich könnte ohne meinen Terminplaner nicht mal meinen … ähm …« Sie blickte zu ihrer Tochter. »Nicht mal meinen Hintern finden.«

Diesmal war Jordan stolz darauf, dass sie nicht versucht war, einen Witz darüber zu machen, wie gern sie Emma beim Suchen nach ihrem Hintern helfen würde. Na ja, jedenfalls war die Versuchung nicht sehr groß.

»Wie sieht's aus?« Emma raschelte mit ihren nackten Zehen im Gras und lächelte, vermutlich, weil es kitzelte. »Bist du immer noch voll von den Pfannkuchen?«

»Nein. Ich habe meinen Rekord heute nicht gebrochen. Nicht mal annähernd. Das Gestrandeter-Wal-Gefühl hat also nachgelassen.«

»Dann komm doch mit rüber und iss mit uns zu Abend. Mit einer Hand zu kochen, macht keinen Spaß.«

Jordan zögerte. Einerseits hätte sie gern mehr Zeit mit Emma verbracht, aber andererseits war ein Abendessen mit Emma und ihrer Tochter ein wenig zu familiär für ihren Geschmack. Sie wollte gerade sagen, dass sie sich das Mittagessen, das Emma vorbeigebracht hatte, aufwärmen würde, als Molly auf und ab sprang.

»Juhu! Du kannst neben mir sitzen. Und mein Lätzchen brauche ich nicht mehr. Das kannst du haben.«

»Äh, danke. Tja, sieht so aus, als ob ich mit euch esse.« Sie konnte schließlich das Kind nicht enttäuschen, da sie sich bereits so darauf freute.

»Prima.« Emma und ihre Tochter klatschten sich ab. »Tja, dann komm. Ich mache Hamburger. Du kannst deine Vorlieben erklären, während ich koche.«

Jordan biss sich auf die Lippe. *Sag's nicht. Sag's nicht.* Verdammt, das Flirten sein zu lassen, war schwerer, als sich mit einer Hand anzuziehen.

Apropos Hand … Sie wurde aus ihren Gedanken gerissen, als Molly ihre linke Hand nahm und sie zu ihrer Haushälfte zog.

Schwer zu glauben, dass die beiden erst vor etwas über einer Woche eingezogen waren. Als ihre Freundin Hope nach L.A. gezogen war, hatte sie monatelang gebraucht, sich in der neuen Wohnung einzurichten. Selbst nach einem halben Jahr war Jordan noch über Umzugskartons gestolpert, wenn sie Hope besucht hatte. Die meisten Leute waren so, daher hatte Jordan erwartet, noch Umzugskartons oder nicht zusammengebaute Möbel zu sehen.

Jordan hatte einen Blick aufs Wohnzimmer erhascht, als sie Simone abgeholt hatte. Sie hatte angenommen, dass Emma einfach das verbleibende Chaos in ein anderes Zimmer geschoben hatte, um ihre Besucher zu beeindrucken, aber jetzt wurde ihr klar, dass das ganze Haus bereits wirkte, als hätte Emma dort schon jahrelang gelebt.

Ein kleiner Tisch mit zwei Stühlen stand im Essbereich und jeder Zentimeter der Wand war bedeckt mit bunten Zeichnungen, die offensichtlich von Molly stammten. Weitere Bilder waren mit farbigen Magneten am Kühlschrank befestigt.

»Sieht so aus, als wärt ihr bereits komplett eingerichtet«, sagte Jordan, während sie sich umsah.

»Ja. Ich wollte nicht, dass wir das Gefühl haben, auf einer Baustelle zu wohnen, also habe ich versucht, alles so schnell es geht aufzubauen und einzuräumen.«

Jordans Familie hatte das Umziehen zur Kunstform erhoben, sie wusste also zu schätzen, wenn jemand schnell packen und auspacken konnte. »Haben wir Zeit für eine kleine Führung vor dem Essen? Ich würde gern sehen, was du aus deiner Hälfte des Hauses gemacht hast. Ich habe dir meins gezeigt, jetzt zeigst du mir deins. Ich rede natürlich vom Haus.«

»Natürlich«, wiederholte Emma mit einem wissenden Blick. »Gib mir eine Minute, dann zeige ich dir alles. Ich will erst das Fleisch für die Hamburger anbraten. Molly muss bald ins Bett, deshalb will ich das Abendessen nicht zu lange hinauszögern.«

»Ich zeig's ihr! Willst du mein Zimmer sehen?« Ohne eine Antwort abzuwarten, schnappte sich Molly erneut Jordans gesunde Hand. »Komm, ich zeige dir alles.« Mit wehenden Zöpfen zog sie Jordan zum vorderen Teil des Hauses.

Konnte das Mädchen eigentlich auch in normalem Tempo gehen? Aber Jordan musste zugeben, dass sie als Kind selbst so gewesen war. Die einzige Geschwindigkeit, die sie gekannt hatte, war Vollgas. Ihre Mutter hatte prophezeit, dass sie eines Tages ein Kind haben würde, das genauso war. Zwar war das nicht geschehen, aber jetzt erhielt Jordan einen Vorgeschmack.

»Langsam, langsam, Molly«, rief Emma ihnen nach. »Du musst vorsichtig sein mit Jordan. Sie kann nicht rennen, sonst schadet das ihrem Arm.«

Molly blieb stehen. Sie riss die Augen auf und starrte Jordans Gips an. »Tut es weh?«

»Nein«, sagte Jordan, obwohl das nicht ganz der Wahrheit entsprach. Weil sie noch nicht zu Abend gegessen hatte, konnte sie keine Schmerzmittel nehmen und der Arm begann wieder zu schmerzen. »Alles bestens. Ich muss es nur etwas langsamer angehen lassen als sonst. Du musst also etwas Geduld mit einer alten Frau wie mir haben.«

Molly kicherte und zeigte auf die geschlossene Tür am Ende des Flurs. »Da schläft Mami.«

»Ich weiß.«

»Woher weißt du das?«, fragte Molly.

Mist. Jetzt hatte sie sich in eine missliche Lage gebracht und musste sich eine Ausrede einfallen lassen. »Mein Schlafzimmer ist auf der anderen Seite der Wand und deine Mutter hat gesagt, dass sie … ähm, meine Musik hören kann.«

Molly führte sie durchs Haus und plapperte dabei munter drauflos. Jedes ihrer Stofftiere wurde Jordan namentlich vorgestellt.

Jordan hatte schon vor langer Zeit entschieden, dass Kinder nichts für sie waren, und Mollys Monolog über jedes einzelne ihre Spielzeuge bestätigte diese Entscheidung. Aber sie musste zugeben, dass Molly ziemlich süß war. Genau wie ihre Mutter.

Nachdem Jordan die Stofftiere und Mollys Zimmer gebührend bewundert hatte, gingen sie ins Wohnzimmer.

Jordan hatte es bereits kurz gesehen, als sie Simone abgeholt hatte, aber nach einem langen Arbeitstag und überrumpelt davon, Simone bei Emma vorzufinden, hatte sie dem Raum nicht viel Beachtung geschenkt. Jetzt sah sie sich aufmerksamer um. *Wow.*

Im Bücherregal stapelten sich Bücher bis obenhin. Offenbar war Emma auch eine Leseratte. Ihr Geschmack, was Bücher betraf, war sehr viel diverser als Jordans. Emmas Bücher waren sortiert nach Genre. Ein Regal beherbergte Thriller und Krimis, ein anderes Liebesromane und ein drittes Science Fiction und Fantasy. Etwas abseits standen Bücher über Zeitmanagement, Produktivität und Arbeiten von zu Hause aus. Falls Jordan sich nicht irrte, waren innerhalb jedes Bereichs die Bücher alphabetisch angeordnet.

Molly vergaß ihren Vorsatz, nicht mit Jordan im Schlepptau zu rennen, und zog sie zum Regal mit einer großen DVD-Sammlung. Auch die Filme waren alphabetisch geordnet.

»Das sind meine!«, verkündete Molly.

Jordan tat angemessen beeindruckt. »Alle?«

»Nö. Nur die und die und die.« Molly zeigte auf drei Regalreihen.

»Und der Rest?«

»Das sind Mamis Erwachsenenfilme.«

Erwachsenenfilme? Das klang nach Pornos. Jordan lachte so laut, dass sie sich vorbeugen und nach Luft schnappen musste.

In diesem Moment betrat Emma den Raum. Sie eilte auf Jordan zu und berührte sie sanft am Rücken. »Ist alles okay? Hast du Schmerzen?«

Langsam richtete Jordan sich auf und wischte sich die Tränen aus den Augen. Emmas warme Hand auf ihrem Rücken ließ ihre Haut kribbeln. »Mir geht's gut. Ich lache nur, weil deine Tochter mir deine …« Sie blickte zu Molly und senkte die Stimme. »… Pornosammlung gezeigt hat.«

»Was?« Emmas Kinnlade klappte hinab und sie nahm die Hand von Jordans Rücken. »Ich habe keine …«

Jordan begann erneut zu lachen. »Ich glaube, sie hat Filme gemeint, die für Erwachsene gedacht sind.«

»Das hab ich doch gesagt!« Molly sah stirnrunzelnd zwischen den Erwachsenen hin und her.

Noch immer lachend, streckte Jordan die Hand aus, um ihr den Kopf zu tätscheln, merkte dann aber, dass der Gips es unmöglich machte, und zog die Hand wieder zurück. Dabei stieß sie gegen das DVD-Regal. Ein schmerzhafter Stich schoss durch ihr Handgelenk und durchlief dann den Rest ihres Arms. Einen Moment lang raubte es ihr den Atem.

»Oh Gott, Jordan! Du musst vorsichtiger sein.« Emma umklammerte den Gips mit beiden Händen, als könnte sie den Schmerz absorbieren.

»Ich weiß«, brachte Jordan zwischen zusammengebissenen Zähnen hervor. Molly zuliebe hielt sie ihr Fluchen zurück.

Emma ließ Jordans Arm los, als würde ihr erst jetzt bewusst, dass sie ihn festhielt. »Wo ist deine Schlinge?«

»Zu Hause. Ich brauche sie nicht.«

»Ich weiß, was wir tun können!«, verkündete Molly.

Jordan erwartete den Vorschlag, die Schlinge zu holen, aber stattdessen sagte das Mädchen: »Du brauchst eine Umarmung. Mami sagt immer, richtig gedrückt werden macht alles besser, stimmt's, Mami?«

»Stimmt.«

Molly schlang die Arme um Jordans Oberschenkel und legte ihren Kopf auf ihre Hüfte.

Jordan erstarrte. Diese vertrauensvolle Geste hatte sie nicht erwartet. Über Mollys Kopf hinweg warf sie Emma einen verdutzten Blick zu.

Emma zuckte mit den Schultern und lächelte amüsiert.

Einige Sekunden lang hielt Jordan ihren gesunden Arm unbehaglich in die Höhe, dann senkte sie ihn auf Mollys Schulter und drückte sie sanft. »Danke«, sagte sie, überrascht davon, wie heiser ihre Stimme klang. »Das war eine tolle Umarmung. Ich fühle mich schon viel besser.«

Strahlend trat Molly zurück. »Jetzt ist Mami dran.«

Emmas amüsierte Miene verschwand schlagartig.

»Das musst du nicht«, sagte Jordan. »Eine Umarmung ist mehr als genug.«

Doch Molly schüttelte den Kopf. »Zwei sind besser.«

Dieser Logik hatte Jordan nichts entgegenzusetzen. Um ehrlich zu sein, wollte sie das auch gar nicht. Es ging immerhin nur um eine harmlose Umarmung. Nur ein paar Sekunden, in denen Emmas Körper sich gegen ihren presste. Eine Gänsehaut überzog ihren Körper bei dem Gedanken.

»Umarm sie, Mami.« Molly drängte ihre Mutter in Jordans Richtung.

»Schon gut. Ich umarme sie ja schon. Himmel.« Emma beugte sich vor und schlang einen Arm um Jordans Schultern, während sie es sorgsam vermied, andere Teile von Jordans Körper zu berühren.

»Ach, komm schon.« Jordan schüttelte den Kopf. »Was soll das werden? Eine Hetero-Umarmung? So umarmen sich zwei Lesben!« Sie schlang ihren gesunden Arm um Emma und zog sie gegen ihren Körper. Ihr Gips ruhte auf Emmas Rücken. Eigentlich sollte es nur eine kurze Umarmung werden, aber als sie Emmas Körper an ihrem spürte, war es um diesen Vorsatz geschehen.

Heute war es ihr nicht gelungen, mit einer Hand einen BH zu schließen, deshalb hatte sie darauf verzichtet. Emmas Wärme drang durch den dünnen Stoff ihres T-Shirts und ihr Parfüm umgab Jordan. Tief atmete sie den unaufdringlichen Duft ein. Es war irgendetwas Blumiges, mit einem Hauch von Vanille, der sie unschuldig und doch sinnlich riechen ließ. Sie fühlte, wie Emmas volle Brüste sich gegen ihre drückten, und zog sie noch näher. Ihre Augen fielen zu und ihre Nippel wurden hart. Sie kämpfte gegen den Impuls an, aufzustöhnen.

Mensch, bist du verrückt? Ihre Tochter steht neben euch! Hör auf damit. Aber sie konnte sich nicht dazu aufraffen, loszulassen.

Nach einigen Sekunden war Emma diejenige, die losließ und zurücktrat, ohne Jordan in die Augen zu sehen. »So. Umarmung vollzogen. Jetzt mache ich mich besser ans Kochen.«

Sie eilte so schnell davon, dass Jordan sich fragte, ob die körperliche Nähe sie ebenfalls nicht ganz kalt gelassen hatte.

»Ich will Ketchup auf meinem Burger«, rief Molly, ohne zu merken, was zwischen den Erwachsenen vor sich ging. Dann rannte sie ihrer Mutter hinterher.

Jordan atmete tief durch und sah hinab auf ihre harten Nippel, die durch den T-Shirt-Stoff sichtbar waren. »Benehmt euch«, befahl sie den beiden, bevor sie Emma und Molly in die Küche folgte.

Sie lehnte sich gegen die Kücheninsel und hielt Abstand von Emma, um ihrer armen Libido Gelegenheit zu geben, sich etwas abzukühlen. Von dort aus sah sie zu, wie Emma das Hackfleisch für die Hamburger formte, salzte und dann in eine gusseiserne Pfanne legte. Während das Fleisch vor sich hin brutzelte, schnitt Emma Tomaten, wusch den Salat, warf ein Päckchen Pommes frites in die Fritteuse und beantwortete Mollys neugierige Fragen, ohne auch nur einmal aus dem Takt zu kommen.

Wow. Jordan konnte nicht umhin, sie zu bewundern. Eine Frau, die ihre Umgebung so vollkommen unter Kontrolle hatte, war unerwartet sexy.

Emma sah von der Pfanne auf. »Alles okay? Brauchst du Schmerzmittel? Du siehst etwas … benommen aus.«

Jordan blinzelte, um den Zauber zu brechen, unter dem sie stand. »Ich nehme welche, nachdem wir gegessen haben. Kann ich irgendwie helfen?«

»Warum deckt ihr beiden nicht den Tisch? Die Burger sind gleich fertig.«

»Klar.« Es überraschte Jordan, wie gut sie und Molly zusammenarbeiteten. Sie nahm jeden Teller einzeln aus dem Schrank und Molly trug ihn zum Tisch, bevor sie zu Jordan zurückrannte. Waren Kinder immer so erpicht darauf, im Haushalt zu helfen, oder war Emmas Tochter besonders wohlerzogen?

»Ich kann die Messer und die Gabeln ganz allein machen! Schau!« Molly legte sie auf den Tisch.

Die Gabeln befanden sich auf der falschen Seite der Teller, aber Jordan brachte es nicht übers Herz, ihr das zu sagen. Als Molly davonrannte, um die Gläser zu holen, schob sie die Gabeln diskret auf die richtige Seite.

Schließlich war das Fleisch so weit und Emma belegte die Hamburgerbrötchen.

Jordan lief beim Anblick des schmelzenden Käses das Wasser im Mund zusammen. Emma hatte sogar dünne Scheiben gebratenen Schinkenspecks auf jeden Burger gelegt. Eine Frau ganz nach ihrem Geschmack.

»Wir essen so etwas nicht jeden Tag«, sagte Emma. »Normalerweise achte ich darauf, dass es zu jeder Mahlzeit Salat oder Gemüse gibt, aber nach dem Schrecken gestern Abend haben wir uns das verdient.«

»Keine Einwände von mir. Außerdem sollten die Tomate und das Salatblatt auf dem Burger doch als Salat durchgehen, oder?«

Emma lachte. »Ist das deine professionelle Meinung als Chirurgin?«

»Absolut.« Jordan nickte entschlossen. »Außerdem sind Burger gut für die psychische Gesundheit.«

»Mami, was ist eine Schirurgin?«, fragte Molly.

»Das heißt, dass Jordan auch Ärztin ist und Menschen operiert.«

»Ooh!« Molly sah sie mit geweiteten Augen an.

Ihre Berufswahl brachte ihr immer viel Anerkennung von Frauen ein, aber der bewundernde Blick des Mädchens fühlte sich dennoch ganz besonders an und ließ sie gerader stehen.

»Arbeitest du mit Mama?«, fragte Molly.

»Wie meinst du das?« Jordan sah von dem Mädchen zu Emma, die ihre Lippen aufeinanderpresste.

»Meine Exfrau ist auch Ärztin.« Sie wandte sich ihrer Tochter zu. »Nein, Schatz, sie arbeitet nicht mit Mama. Jordan arbeitet in dem Krankenhaus, in dem sie gestern den Gips bekommen hat.«

»Wenn ich groß bin, werde ich auch Ärztin«, entschied Molly. »Wie Mama.« Sie seufzte und starrte an die Wand. Dabei sah sie so traurig aus, dass es Jordan ans Herz ging.

Zweifellos vermisste das Kind seine andere Mutter.

Emma ging zu ihr, beugte sich hinab und umarmte sie.

Mutter und Tochter hielten sich eine Weile fest. Jordan stand schweigend daneben, um sie nicht zu stören. Ihr gingen unzählige Fragen über Emmas Ex durch den Kopf, aber sie wusste, dass dies nicht der richtige Moment war, um sie zu stellen.

Schließlich kehrte Emma zum Herd zurück und Jordan räusperte sich. »Willst du später mal Kinder gesund machen oder mit Erwachsenen arbeiten?«, fragte sie, um das Mädchen von seiner Traurigkeit abzulenken.

Mollys Zöpfe flogen umher, als sie den Kopf schüttelte. »Ich will kein Menschenarzt sein. Das ist langweilig. Ich will kranke Tiere gesund machen.«

»Langweilig?«, murmelte Jordan. »Mein Ego hat keine Chance, aufgeblasen zu werden, wenn ich mit euch beiden zusammen bin.«

Lachend hob Emma ihre Tochter auf die Kücheninsel, damit sie Ketchup auf ihren Burger tun konnte.

Jordan war froh, sie wieder lachen zu hören.

»Was willst du auf deinem Burger?«, fragte Emma, während sie ihre Tochter im Auge behielt, damit diese nicht zu viel Ketchup aus der Flasche drückte. »Mayonnaise, Senf, Ketchup oder Barbecuesoße?«

»Nichts davon. Habt ihr Erdnussbutter?«

Emma starrte sie an. Selbst Molly sah von ihrem Burger auf.

»Erdnussbutter?«, echote Emma. »Du willst Erdnussbutter auf deinen Burger tun?« Sie rümpfte ihre mit Sommersprossen übersäte Nase, so wie Molly das manchmal tat. »Ich glaube, wir müssen dich zurück in die Notaufnahme bringen. Offenbar hast du dir den Kopf verletzt, als du vom Baum gefallen bist.«

Jordan lachte. »Bild dir keine Meinung, bevor du es nicht probiert hast. Es schmeckt richtig gut. Es ist fast so gut wie …« Im letzten Moment fiel ihr ein, dass Molly zuhörte. »Ähm, Ketchup.«

»Ketchup ist am besten«, sagte Molly und drückte die Flasche erneut. Eine Flut von Ketchup ergoss sich über ihren Burger.

Emma nahm ihr die Flasche aus der Hand. »Ich glaube, das reicht jetzt.«

Sie trugen die Teller zum Tisch und Emma holte von irgendwoher einen dritten Stuhl.

Statt sich zu setzen, zog Jordan den Stuhl für Emma heraus.

Emma drehte sich um und blickte erstaunt zu ihr auf. »Oh. Danke.«

Solch höfliche Gesten waren für eine Frau wie sie doch sicher nichts Neues, oder? Jordan hätte ihr Gehalt darauf verwettet, dass ständig Türen für sie aufgehalten und Stühle herausgezogen wurden. Zumindest hätte es so sein sollen. Jordans Meinung nach hatten Frauen es verdient, wie Königinnen behandelt zu werden, insbesondere Frauen wie Emma, die im Alleingang ein Kind aufzogen.

Jordan setzte sich und griff nach dem Erdnussbutterglas, das Emma für sie auf den Tisch gestellt hatte. Sie klemmte es sich zwischen die Schenkel, um es mit der linken Hand aufschrauben zu können.

»Du wirst doch nicht ernsthaft diesen leckeren Burger verderben, indem du Erdnussbutter draufstreichst, oder?«

»Oh doch.« Grinsend strich Jordan zwei große Kleckse Erdnussbutter auf die obere Brötchenhälfte. »Soll ich dir dein Brötchen auch erdnuss-buttern?«

Irgendwie klang das fast schmutzig, aber Emma schien es entweder nicht zu bemerken oder zumindest so zu tun. »Nein, danke.«

Jordan wollte eben nach ihrem Burger greifen und abbeißen, als sie feststellen musste, dass er zu groß war, um ihn mit einer Hand halten zu können. Frustriert schob sie sich stattdessen eine Fritte in den Mund und dachte darüber nach, wie sie den Burger angehen konnte.

»Soll ich ihn dir in zwei Hälften schneiden?«, fragte Emma mit wissendem Blick. »Hab ich für Molly auch gemacht.«

Na toll. Schon wieder wurde sie mit einer Fünfjährigen verglichen. Wenn sie so weitermachten, würde ihr Ego auf Erbsengröße zusammengeschrumpft sein, wenn endlich der Gips abkam. Aber manche Dinge waren einfach wichtiger als der eigene Stolz – und ein leckerer Burger gehörte definitiv dazu, also nickte sie.

Emma zog den Teller ein Stück zu sich und schnitt den Burger in zwei gleich große Hälften.

»Danke.« Eifrig nahm Jordan eine Hälfte und biss herzhaft ab. Die unvergleichliche Kombination aus zartem Hackfleisch, golden gedünsteten Zwiebeln, frischen Tomaten und Erdnussbutter lösten ein Feuerwerk ihrer Sinne aus. Sie stöhnte genießerisch und kaute mit geschlossenen Augen.

Als sie diese wieder öffnete, hatte Emma aufgehört zu essen und beobachtete sie.

Waren ihre Wangen rot geworden?

»Kann ich mal versuchen?«, fragte Molly.

Jordan wandte den Blick von Emma ab. »Klar.«

Emma schüttelte den Kopf. »Du wirst doch wohl nicht meine Tochter verderben?«

»Doch. Werde ich.« Sie nahm das Messer, schnitt mit einiger Mühe ein kleines Stück von ihrem Burger ab und gab es dem Mädchen.

»Molly, lass dich nicht auf die dunkle Seite der Macht locken«, warnte Emma ihre Tochter.

Aber Molly kicherte nur, während sie sich den Bissen Erdnussbutterburger in den Mund schob. Sie kaute kurz, dann weiteten sich ihre Augen und sie begann, schneller zu kauen. »Isch guu'.«

»Mit vollem Mund spricht man nicht, Schatz«, sagte Emma.

Molly schluckte ihren Bissen hinunter. »Das schmeckt gut, Mami. Versuch's mal.« Sie zeigte auf Jordans Burger.

»Nein, danke«, sagte Emma. »Ich glaube es dir auch so.«

»Ich glaube, wir müssen deine Mutter überzeugen, Molly.« Sie wandte sich Emma zu. »Komm schon, wo ist deine Abenteuerlust geblieben?«

»Ich hab sie in Portland zurückgelassen«, murmelte Emma gerade laut genug, dass Jordan es noch hören konnte.

Eine Spur von Schmerz schwang in ihrer Stimme mit. Jordans herausforderndes Grinsen verblasste.

Emma seufzte. »Na schön, ihr beiden. Ich versuche es. Jetzt zufrieden?«

»Ja!« Molly klatschte Jordan ab.

Erst als sie ihre Hand zurückzog, merkte Jordan, dass Mollys Finger voller Ketchup waren, das nun an ihrer eigenen Hand klebte. Sie wischte sich die Finger an einer Papierserviette ab, bevor sie ein Stück Burger auf Emmas Teller legte.

Emma nahm den Bissen Erdnussbutterburger zwischen Daumen und Zeigefinger, als wollte sie ihn möglichst wenig berühren.

Jordan musste lachen.

Mit einer Grimasse schob sich Emma das Stück Burger in den Mund. Ihre Hand verharrte griffbereit über ihrem Wasserglas, als wäre sie darauf vorbereitet, schnell alles mit einem großen Schluck hinunterzuspülen. Dann verschwand die Falte zwischen ihren Brauen. Sie schluckte und ihre Zunge kam zum Vorschein, um ein bisschen Erdnussbutter von ihren Lippen zu lecken. Ein leises Stöhnen entfuhr ihr und verursachte bei Jordan eine Gänsehaut.

Jordan hatte nicht gewusst, wie sexy es sein konnte, einen Burger zu essen. Sie räusperte sich. »Also? Wie lautet dein hartes aber faires Urteil?«

Emma setzte eine gleichgültige Miene auf. »Ist essbar.«

»Essbar?«, wiederholte Jordan. Am liebsten hätte sie die Hand ausgestreckt und Emma gekitzelt, bis sie zugab, dass es ihr geschmeckt hatte, aber das war wohl keine gute Idee. Zum einen war sie mit nur einer gesunden Hand im Nachteil, zum anderen wusste sie nicht, wie Emma auf diese Art von Körperkontakt reagieren würde. Sie musste sich daran erinnern, dass sie Emma kaum kannte, auch wenn es sich irgendwie nicht so anfühlte. »Komm schon. Gib's zu. Es schmeckt großartig!«

»Ja, Mami. Gib's zu.«

Emma tauchte eine Fritte in das Ketchup auf ihrem Teller und kaute genüsslich, bevor sie sagte: »Es schmeckt erstaunlich … essbar.«

»Ich mag es.« Molly sah Jordan mit flehendem Hundeblick an. »Kann ich deinen Burger haben?«

»Nein, Schatz«, sagte Emma, noch bevor Jordan antworten konnte. »Du hast deinen eigenen.«

»Aber den kann Jordan doch essen.«

»Ich glaube, sie würde lieber ihren eigenen essen«, sagte Emma.

Jordan betrachtete den mit Ketchup durchweichten Burger auf dem Teller des Mädchens. Ihr Magen weinte bitterlich, als sie einen letzten Blick auf den halben Burger auf ihrem Teller warf, bevor sie ihn nahm und Molly reichte.

Emma schüttelte den Kopf. »Verwöhn sie nur nicht zu sehr.«

»Ach was.« Jordan nahm einen Bissen von Mollys Burger und stopfte schnell ein paar Fritten in den Mund, während sie zusah, wie Molly glücklich von dem Erdnussbutterburger abbiss.

Jetzt, da ihre Tochter zufrieden war, begann Emma, selbst auch zu essen.

Endlich mal eine Frau, die sich nicht scheute, einen Burger und Pommes frites zu essen! Emma nahm einen großen Bissen, ohne sich davon stören zu lassen, dass Jordan sie mit aufgeblähten Wangen sehen würde.

Jordan verglich sie unweigerlich mit den Frauen, mit denen sie normalerweise ausging. Viele davon verdienten ihre Brötchen als Schauspielerinnen oder Models, zählten jede Kalorie und hielten sich von ungesundem Essen fern. Sich mit ihnen auf ein Bier und einen Burger zu treffen, kam nicht in Frage, doch Jordan hatte so das Gefühl, dass es Emma gefallen würde.

Kurz darauf waren sie alle pappsatt und Mollys Gesicht war von oben bis unten verschmiert mit Ketchup und Erdnussbutter.

Jordan streckte die Beine unter dem Tisch aus und seufzte zufrieden. Und dabei hatte sie zuerst die Einladung zum Abendessen gar nicht annehmen wollen! So sehr sie selbst hatte sie sich in Anwesenheit einer Frau nicht mehr gefühlt, seit … na ja, eigentlich noch nie. Irgendwie war es entspannend, ihre Begleitung einmal nicht beeindrucken und mit ihrem Charme betören zu müssen.

Emma tätschelte ihren Bauch. »Falls du in der Lage bist, dich zu bewegen, kannst du dann bitte ins Bad gehen und dir das Gesicht waschen, Schatz?«

Mollys Zöpfe flogen umher, als sie den Kopf schüttelte. »Will nicht.«

Sie wusste wohl, dass sie ins Bett gehen musste, sobald sie sich gewaschen hatte.

»Du musst aber. Du bist mit Ketchup beschmiert und wir wollen doch nicht, dass deine neue *Findet-Dorie*-Bettwäsche schmutzig wird, oder?«

Mit vorgeschobener Unterlippe schüttelte Molly den Kopf.

»Komm schon. Ab ins Bad. Du kannst Jordan mitnehmen, denn sie sieht nicht viel besser aus.«

Den Burger des Mädchens zu essen, war eine schmutzige Angelegenheit gewesen, weil sie so viel Ketchup benutzt hatte. Jordan erhob sich und folgte Molly zum Badezimmer. Ob sie ihr wohl helfen sollte? Oder konnten sich Fünfjährige schon allein waschen?

Diese hier konnte es offenbar. So ungefähr zumindest. Molly schrubbte ihr Gesicht mit beiden Händen, wobei Wasser auf ihr T-Shirt und den Fliesenboden tropfte. Als sie sich das Gesicht an einem Handtuch abtrocknete, blieben rote Ketchupspuren auf dem Stoff zurück.

»Ich helf dir«, sagte das Mädchen. Noch ehe Jordan ihr versichern konnte, dass sie sich selbst waschen konnte, nässte Molly einen Zipfel des Handtuchs, nahm sanft Jordans unverletzte Hand und rieb die Ketchupreste von ihren Fingern. Ihr kleines Gesicht war dabei hoch konzentriert und ihre Zungenspitze ragte aus ihrem Mund. Dann zog sie Jordan zu sich hinab und rubbelte ihr das Handtuch übers Gesicht.

Jordan hielt still. Es war rührend, wie sanft Molly war.

»Fertig«, verkündete das Mädchen schließlich.

Jordan warf einen Blick in den Spiegel über dem Waschbecken. Ein Streifen Ketchup verunzierte noch immer ihre Wange. Schnell wischte sie ihn mit dem Handrücken weg. »Danke, gnädiges Fräulein.«

Kichernd warf Molly das Handtuch über den Handtuchhalter und rannte in die Küche zurück.

Noch bevor Jordan das Badezimmer verließ, hörte sie Molly rufen: »Mami, kann Jordan mir heute meine Gute-Nacht-Geschichte vorlesen?«

Jordan erstarrte und blickte in die verdutzten Augen ihres Spiegelbildes. *Oh Gott.* Was hatte sie sich da nur eingebrockt? Eine Appendektomie konnte sie praktisch im Schlaf ausführen, aber konnte sie auch eine Gute-Nacht-Geschichte vorlesen?

Scheinbar würde sie es gleich herausfinden.

Emma lehnte im Flur an der Wand und lauschte Jordans Stimme, die durch die angelehnte Tür drang. Es war seltsam, hier draußen zu sein, nicht im Zimmer mit Molly. Während der letzten zwei oder drei Jahre war es immer sie gewesen, die Molly eine Gute-Nacht-Geschichte vorgelesen hatte.

»Es war einmal ein neugieriger kleiner Tiger, der mit seiner Mutter im Dschungel lebte. Eines Tages wurde es dem kleinen Tiger langweilig und er sagte zu seiner Mutter: ›Ich will …‹.«

»Doch nicht so«, sagte Molly. »Du musst mit anderer Stimme sprechen.«

»Äh, mit anderer Stimme sprechen?«

Emma hielt sich die Hand vor den Mund, um nicht laut zu lachen. Offenbar hatte Jordan noch nie eine Gute-Nacht-Geschichte vorgelesen.

»Ja. Mami spricht immer mit einer anderen Stimme für jedes Tier.«

Gerade als Emma ihr zur Rettung eilen wollte, begriff Jordan scheinbar, was von ihr verlangt wurde, und fuhr fort, vorzulesen. Ihre Tierstimmen – das Fauchen eines Tigers und das Trompeten eines Elefanten – brachten Molly mehrmals zum Lachen und Emma lächelte. Sie war dankbar, dass Jordan mitspielte, obwohl sie offensichtlich den Umgang mit Kindern nicht gewöhnt war.

Gleichzeitig tat es aber auch ein wenig weh, Jordan beim Vorlesen zuzuhören. Eigentlich hätte Chloe jetzt bei Molly sein sollen, aber sie hatte sich selten die Zeit genommen, ihrer Tochter eine Geschichte vorzulesen, selbst als sie noch verheiratet gewesen waren.

Emma konnte nur hoffen, dass Molly sich nicht zu eng an Jordan binden würde. Jordan würde nicht für immer Teil ihres Lebens sein. Sobald die sechs Wochen vorbei waren und der Gips entfernt wurde, würde Jordan in ihr Leben zurückkehren, das daraus bestand, Patienten zu operieren und Frauen abzuschleppen, nicht daraus, Geschichten vorzulesen und Burger mit den Nachbarn zu essen.

Nach einer Weile war die Geschichte zu Ende und Jordan verstummte.

Schnell schlich sich Emma ins Wohnzimmer, damit Jordan nicht merkte, dass sie ihre Unterhaltung mit Molly belauscht hatte.

Gerade als sie auf der Couch Platz genommen hatte, trat Jordan ein und wischte sich unsichtbaren Schweiß von der Stirn. »Puh. Mission erfolgreich beendet. Ich habe ihr eine Geschichte vorgelesen.«

»Danke. Dann gehe ich ihr mal gute Nacht sagen, sonst schläft sie nicht ein.« Sie bedeutete Jordan, sich zu setzen. »Mach es dir bequem. Ich bin sofort zurück.«

Als sie wenige Minuten später zurückkam, saß Jordan in einem der Sessel. Emma setzte sich ihr gegenüber auf die Couch. »Noch mal danke, dass du Molly eine Geschichte vorgelesen hast. Das war wirklich nett von dir.«

»Keine Ursache. Sie ist ein süßes Kind.«

Emma nickte und gestattete sich einen Moment des mütterlichen Stolzes. Zumindest eine Sache in ihrem Leben lief gut. »Du kannst gut mit Kindern umgehen.«

»Ich?« Jordan berührte mit ihrer gesunden Hand ihre Brust.

»Ja, du. Bist du anderer Meinung?«

Jordan lachte, aber es klang unsicher. Es war faszinierend, diese Seite von ihr zu beobachten. »Ich weiß nicht. Ich habe nie viel Zeit mit Kindern verbracht, nicht mal, als ich selbst eines war.«

»Mit Ausnahme der beiden Schwestern, die dich von der Reifenschaukel geworfen haben.«

Beide lachten.

»Ja, davon mal abgesehen.«

Stille herrschte, nur durchbrochen von den noch nicht vertrauten Geräuschen im Haus: dem Ticken der Uhr auf dem Kaminsims, dem Zirpen der Grillen, das durch das offene Fenster drang, und dem Knarren des Sessels, als Jordan ihr Gewicht verlagerte.

»Möchtest du …?«

»Danke für …«

Sie sprachen gleichzeitig und verstummten dann beide.

Jordan überließ ihr mit einer Handbewegung den Vortritt. Solche Höflichkeitsgesten waren typisch für sie, wie Emma bemerkt hatte.

»Möchtest du ein Glas Wein oder Bier?«, fragte Emma.

Ein Seufzen entfuhr Jordan. »Gern, aber …« Sie hielt den Gips in die Höhe. »Ich nehme Schmerzmittel, da ist Alkohol keine gute Idee. Es sei denn, du möchtest mich betrunken machen, um mich verführen zu können.«

Emma drohte ihr mit dem Finger. »Weißt du was? Ich werde mir ein Sparschwein anschaffen. Jedes Mal, wenn du so einen Spruch bringst, musst du einen Dollar bezahlen. Noch bevor die sechs Wochen um sind, werde ich Mollys Studiengebühren bezahlen können.«

Jordan lachte reumütig. »Das ist durchaus möglich. Ich versuche, mich zu bessern, okay?«

»Das genügt mir. Also, kann ich dir sonst etwas zu trinken anbieten? Ich wette, dein Hals ist ziemlich ausgetrocknet nach dem Vorlesen.«

»Schon okay. Aber du kannst dir gern ein Bier oder ein Glas Wein holen, wenn du möchtest. Du musst nicht verzichten, nur weil ich nichts trinke.«

Trotz ihrer Schuldgefühle stand Emma auf und kehrte mit einem Glas Rotwein für sich und einer Flasche Wasser für Jordan zurück. Sie öffnete die

Flasche für Jordan und drückte sie ihr in die gesunde Hand. »Du solltest deine Schmerzmittel nehmen. Wo sind sie?«

»Mir geht's gut.«

Warum mussten Ärzte immer solch fürchterliche Patienten sein? Emma seufzte. »Wo sind sie?«, fragte sie erneut.

»Bei mir drüben, auf dem Couchtisch.«

»Bin gleich wieder da.« Durch die offene Terrassentür betrat sie Jordans Wohnzimmer und kehrte dann mit dem Schmerzmittel wieder in ihre Haushälfte zurück. Eine der Tabletten gab sie Jordan. »Hier.«

Ohne Proteste schluckte Jordan das Schmerzmittel.

»Also«, sagte Emma, als sie wieder auf der Couch Platz genommen hatte, »was wolltest du vorhin sagen?«

»Ich wollte dir fürs Essen danken.«

Emma schnaubte. »Man kann es wohl kaum gehobene Küche nennen.«

»Es waren Burger«, sagte Jordan, als wäre das der Heilige Gral des Abendessens für sie. »Wenn ich die Wahl habe zwischen einer winzigen Portion irgendeines Gerichts mit französischem Namen in einem schicken Restaurant oder einem Burger, dann fällt meine Wahl auf Letzteres.«

»Meine auch.« Sie hatte das noch nie offen zugegeben, aber es war die Wahrheit. Chloe war diejenige, die es vorzog, in teuren Restaurants zu essen. Zwar hatte Emma es hin und wieder auch genossen, in ein gutes Restaurant zu gehen, aber sie wäre genauso zufrieden gewesen, zu Hause Steaks oder Burger auf den Grill zu werfen.

Jordan nahm einen Schluck Wasser. »Wie lief eigentlich das Treffen mit deinem Kunden heute Morgen?«

Wow. Emma hatte nicht gedacht, dass sie sich daran erinnern, geschweige denn nachfragen würde. »Ähm, gut. Sehr gut.«

»Ja?« Jordan sah sie an, als erwartete sie eine Erläuterung.

Es war also nicht nur eine höfliche Frage gewesen, die sie gar nicht im Detail beantwortet haben wollte. Jordan überraschte sie erneut.

»Ja. Ich organisiere gerade eine VLR für sie und sie war hochzufrieden mit allem, was ich bisher getan habe.«

»VLR?«, fragte Jordan.

»Oh, entschuldige. Ich merke schon gar nicht mehr, wenn ich mit solchen Fachbegriffen um mich werfe. Das steht für eine virtuelle Lesereise.«

Jordan stützte die Ellbogen auf ihre Schenkel und beugte sich vor. »Wie funktioniert das? Ich meine, sie kann schlecht online Bücher signieren, oder?«

»Doch, mittlerweile geht das, sogar mit E-Books, aber darum geht es bei virtuellen Lesereisen gar nicht. Im Grunde suche ich nach Blogs, auf denen sie als Gast einen Artikel schreiben kann, oder nach Webseiten, auf denen sie ihr Buch verlosen kann, oder nach Rezensenten.«

»Ach so. Habe ich womöglich schon was von dieser Klientin gelesen?«

Emma nahm einen Schluck Wein. »Kommt drauf an, was du so liest. Vermutlich nicht.«

»Was, glaubst du etwa, das einzige Buch in meinem Bücherregal wäre das *Lesbensexbuch*?«, fragte Jordan grinsend.

Emmas Wangen glühten und sie wusste, es kam nicht nur vom Wein. »Nein, natürlich nicht.« Doch sie musste zugeben, dass sie nicht geglaubt hätte, Jordan würde irgendetwas außer Medizinerzeitschriften und erotischen Romanen lesen. »Ich dachte nur … Meine Klientin schreibt übersinnliche Romane und das mag nicht jeder.«

»Ich habe die Harry-Dresden-Reihe, die Mercy-Thompson-Serie, die Night-Huntress-Reihe und ein paar von Karen Chances Büchern gelesen. Ach, und außerdem die Ghostwalker-Serie von Janet White, aber da habe ich nach dem zweiten Buch aufgehört zu lesen.«

»Ja, ich auch. Die Hauptfigur in den beiden ersten Büchern war klasse, aber sobald sie sich verliebt hat, begann sie sich zu benehmen wie eine verknallte Jugendliche, die kein bisschen Hirn hat.«

Sie unterhielten sich über Bücher, die sie beide gelesen hatten, und Emma stellte überrascht fest, wie ähnlich ihr Literaturgeschmack war. Nach einer Weile stand Emma auf und begann, einen Stapel Bücher zusammenzustellen, die Jordan während der nächsten sechs Wochen lesen konnte.

Als die Uhr auf dem Kaminsims Mitternacht schlug, konnte Emma es kaum glauben. Wann hatte sie sich zuletzt so angeregt mit einem Erwachsenen unterhalten, ohne dass es dabei um ihre Tochter ging?

In Portland hatte sie sich ab und zu mit Freundinnen getroffen. Aber im letzten Jahr waren diese Treffen immer seltener geworden, nicht nur, weil Emma mit Umzugsvorbereitungen beschäftigt gewesen war, sondern auch, weil ihre Freunde zumeist auch Chloes Freunde waren.

Hier in Kalifornien hatte sie sich noch keinen Freundeskreis aufgebaut. Meist unterhielt sie sich den ganzen Tag über nur mit ihrer Tochter, Barbara, ein paar Klienten und … Jordan.

Jordan hatte ihr ständiges Flirten zum Großteil eingestellt, aber sie hatte am Esstisch den Stuhl für Emma hingeschoben, das Essen gelobt und ihr aufmerksam zugehört. Emma musste zugeben, dass sie die Aufmerksamkeit genoss. Es hatte etwas fast Berauschendes, der Fokus einer so selbstbewussten, charmanten Frau wie Jordan zu sein, besonders, nachdem ihre Frau sie im letzten Jahr vernachlässigt hatte, selbst vor der Trennung.

Natürlich konnte trotzdem nichts aus Jordan und ihr werden, aber es war wunderbar, einen Abend lang wie eine attraktive Frau behandelt zu werden. *Gewöhn dich besser nicht zu sehr daran.*

»Wow«, sagte Jordan. »Ich habe gar nicht gemerkt, dass es schon so spät ist. Musst du morgen früh raus oder kannst du dir deine Arbeit einteilen, wie du möchtest?«

Emma griff zu dem ledergebundenen Terminkalender, der ihr ständiger Begleiter war. Die rote Tinte, die einen wichtigen Termin anzeigte, stach ihr sofort ins Auge. »Ich muss Molly um halb acht zum Kindergarten bringen und dann schnell nach Hause fahren, um mich auf Skype mit einem Klienten zu treffen.«

»Tut mir leid, dass ich dich so lange wachgehalten habe«, sagte Jordan.

»Schon okay. Das war es mir wert«, antwortete Emma und stellte fest, dass sie es ernst meinte.

»Mir auch. Aber ich bin ja schließlich diejenige, die morgen ausschlafen kann, wenn ich will.« Jordan klemmte sich die leere Wasserflasche unter den rechten Arm, nahm Emmas leeres Weinglas und trug beides zur Küche.

Es war nur eine kleine Geste, aber Emma wusste es zu schätzen, dass Jordan beim Aufräumen half, obwohl sie Gast war.

Emma folgte ihr mit dem Stapel Bücher zur Tür. »Soll ich die für dich nach Hause tragen?«

Jordan zwinkerte ihr zu. »Du bietest an, meine Bücher für mich zu tragen? Heißt das, wir sind jetzt ein Paar?«

Emma versetzte ihr einen leichten Klaps. »Du kannst es einfach nicht lassen, oder?«

»Hey, ich habe mich heute zurückgehalten … meistens jedenfalls.«

Stimmt. Zuerst hatte Emma Jordan hauptsächlich zum Essen eingeladen, weil sie sich schuldig fühlte, aber dann hatte sie festgestellt, dass sie ihre Gesellschaft aufrichtig genoss. »Also, soll ich nun helfen oder nicht?« Sie nickte hinab auf die Bücher.

»Nein, geht schon.« Jordan nahm ihr die Bücher ab und balancierte sie an ihrer Brust.

»Soll ich mitkommen und dir helfen, dich bettfertig zu machen?« Sie zeigte auf Jordans Gips.

»Das kriege ich schon hin. Ich lerne langsam, nur Klamotten zu tragen, die man leicht an- und ausziehen kann, und ich lasse den BH weg. Das macht es einfacher.«

Oh ja, das hatte Emma bemerkt, besonders, als Molly sie aufgefordert hatte, Jordan zu umarmen. Eine Gänsehaut überkam sie, als sie daran zurückdachte, wie es sich angefühlt hatte, Jordan in den Armen zu halten.

Sie standen einander in der Tür gegenüber, während Jordan den Bücherstapel an ihrer Brust balancierte.

»Tja, dann …«, sagte Jordan. »Danke noch mal fürs Essen.«

»Danke, dass du Molly eine Geschichte vorgelesen hast.«

»Und dass ich sie in die Freuden des Erdnussbutterburgers eingeführt habe«, fügte Jordan hinzu.

Emma lächelte. »Na schön. Auch dafür bedanke ich mich.«

»Gern geschehen. Gute Nacht.«

»Gute Nacht.« Da Jordan ihre gesunde Hand für die Bücher brauchte, griff Emma um sie herum und öffnete die Tür. Das brachte sie einander so nahe, dass sie die Wärme spüren konnte, die von Jordans Körper ausging. Ein fast elektrisches Kribbeln erfasste sie von Kopf bis Fuß. Plötzlich waren alle ihre Sinne auf Jordan ausgerichtet und sie entdeckte einen kleinen Klecks eingetrockneten Ketchups dicht neben ihrem Ohr. Ohne darüber nachzudenken, streckte sie die Hand aus, um den Fleck wegzuwischen.

Jordan lehnte ihre Wange der Berührung entgegen. Ihr Mund öffnete sich und sie beugte sich vor.

Oh Gott. Gleich küsst sie mich. Warum stand sie nur da wie ein Reh, das in die Scheinwerfer eines entgegenkommenden Autos starrte, statt davonzulaufen? Ihr Kopf befahl ihr, rasch zurückzuweichen, aber ihr Körper ließ es nicht zu.

Erst der Bücherstapel zwischen ihnen stoppte Jordans Vorwärtsbewegung und ließ Emma aus ihrer Trance aufwachen.

Schnell trat sie zurück und streckte abwehrend die Hand aus.

Die Bücher fielen polternd zu Boden.

Sie starrten einander an. Beide atmeten schwer, obwohl sich ihre Lippen noch nicht einmal berührt hatten.

»Himmel, Jordan, was sollte das?«

Jordan hob die rechte Hand, als wollte sie sich über den Mund fahren, und verpasste sich dabei mit dem Gips fast ein blaues Auge. »Ich … ich dachte … Du hast meine Wange berührt und ich dachte, du wolltest … ähm …«

»Ich wollte nur …« Ja, was genau hatte sie eigentlich damit bezweckt? Sie schüttelte den Kopf, als könnte das ihrem Denkvermögen helfen. »Ich wollte nur die Ketchupreste auf deinem Gesicht wegwischen.«

Jordan rieb sich mit der gesunden Hand das Gesicht und sah dann auf ihre Fingerkuppen. »Oh. Tut mir leid. Ich dachte … Ich wollte nicht …«

»Schon okay. Ich weiß, dass du daran nicht gewöhnt bist, mit einer Frau zu Abend zu essen und dann …« Sie wedelte mit der Hand. »Na ja, ich schätze, du sagst nicht oft an der Haustür gute Nacht.«

»Doch, manchmal schon. Es geht mir nicht darum, eine Frau so schnell wie möglich flachzulegen, auch wenn du das denkst. Ich weiß, wie man um eine Frau wirbt.«

Nachdem sie den Abend mit Jordan verbracht hatte, konnte Emma das problemlos glauben. »Ich wollte dich nicht beleidigen. Es ist nur … Wir beide erwarten unterschiedliche Dinge vom Leben und von Beziehungen. Wenn ich dich richtig verstehe, dann willst du keine Beziehung.«

»Es war nur ein Kuss, Emma. Oder vielmehr, es wäre einer gewesen, kein Heiratsantrag.«

»Das ist es ja gerade. Für dich ist ein Kuss nur ein Kuss und Sex ist nur Sex.«

Jordan zuckte mit den Schultern. »Was ist daran denn falsch?«

»Nichts, zumindest, wenn man ungebunden ist und außerhalb des Berufs keine große Verantwortung trägt.«

»Ich verstehe, dass du Verantwortung trägst. Aber wenn du mal eine Sekunde lang nur an dich selbst denkst …« Jordan musterte sie so eindringlich, dass Emma ganz warm wurde. »Du fühlst dich auch zu mir hingezogen, oder?«

So einfach war das für Jordan. Manchmal wünschte Emma, es wäre für sie ebenso unkompliziert. »Darum geht es nicht, Jordan.«

»Worum dann?«

»So funktioniert das nicht für mich. Ich habe eine Tochter. Alles, was ich tue, hat auch Auswirkungen auf sie. Ich möchte auf keinen Fall, dass sie sich an ständig wechselnde Partnerinnen gewöhnen muss. Kannst du das verstehen?«

Jordan sah nicht erfreut aus, aber sie nickte zögernd. »Sie müsste es ja nicht erfahren.«

»Sie ist fünf und ziemlich aufgeweckt für ihr Alter. Wie lange, denkst du, würde es dauern, bis sie anfängt, Mamis Pyjamapartys zu hinterfragen?«

»Ich könnte mich rausschleichen, bevor sie aufwacht.«

»Rausschleichen?« Emma schüttelte den Kopf. »Nein, Jordan. Dazu bin ich nicht der Typ. Ich habe etwas Besseres verdient.« Wenn das vergangene Jahr sie eine Sache gelehrt hatte, dann das.

Jordan fuhr sich durch ihr kurzes, gekräuseltes Haar. »Ja«, sagte sie leise. »Du verdienst das Beste. Tut mir leid. Das war dumm von mir. Ich wollte nicht …«

»Ist schon okay. Lass es uns einfach vergessen.«

Einige Sekunden lang standen sie einander gegenüber, ohne etwas zu sagen. Dann bückten sie sich beide gleichzeitig nach den Büchern, die zu Boden gefallen waren, und ihre Hände berührten sich, als sie nach demselben Roman griffen.

Schnell zog Emma ihre Hand zurück und überließ es Jordan, die Bücher aufzusammeln.

Jordan klemmte die Taschenbücher zwischen ihren Gips und ihre Brust und fügte ein Buch nach dem anderen hinzu, wie Steine in einer Mauer, die sie von Emma trennte. Als sie den letzten Roman aufgehoben hatte, schob sie mit der Schulter die Tür auf. »Gute Nacht«, rief sie, schon halb draußen.

»Gute Nacht.« Dann schloss sich die Tür zwischen ihnen.

Draußen lehnte sich Jordan gegen die Tür, als würden ihre Beine ihr sonst den Dienst versagen. Sie starrte in die Dunkelheit und atmete scharf aus.

Was zum Teufel machte sie da? Seit wann versuchte sie, Frauen zu überreden, mit ihr zu schlafen? Das hatte sie noch nie nötig gehabt. Wenn eine Frau sich nicht sicher war, ob sie eine leidenschaftliche Nacht mit ihr wollte, hielt Jordan sich von ihr fern. Es gab genug willige Frauen, warum also die Energie aufwenden, um einer hinterherzujagen, die nicht dasselbe wollte?

Ja, Emma war definitiv attraktiv, aber das waren alle anderen Frauen, mit denen sie sich traf, auch. Immerhin lebte sie in Südkalifornien, ganz in der Nähe von Hollywood, wo jede Kellnerin eine angehende Schauspielerin war.

Es war nicht nötig, einer Frau, die sie nicht haben konnte, hinterherzutrauern, denn es gab genügend Gleichgesinnte, die auf der Suche nach einer Gespielin für nur eine Nacht waren, nicht nach einer Seelengefährtin oder einer Mutter für ihr Kind.

Oder nicht?

Sie nickte resolut und stieß sich von der Tür ab. Emma war ihre Nachbarin, sagte sie sich mit jedem Schritt auf ihre eigene Haushälfte zu. Sie konnten Bücher austauschen, aber keine heißen Küsse oder Körperflüssigkeiten. Basta.

Kapitel 9

Zum zweiten Mal in Folge schlief Jordan sehr schlecht. Mit dem Arm auf dem Kissen war es schwer, eine bequeme Stellung zu finden. Ein paarmal nickte sie ein. Jedes Mal, wenn sie aufwachte, hatte sie das Gefühl, von Erdnussbutterburgern und Emma geträumt zu haben. Im Traum hatte sie Emma gegen ihre Haustür gedrückt und geküsst.

Um halb sechs gab sie auf, stieg aus dem Bett und begann, sich umständlich anzuziehen und die Zähne zu putzen.

»Kaffee«, murmelte sie, als sie in die Küche tapste, wie eine Frau, die sich in der Wüste verirrt hatte und jetzt in Richtung Oase stolperte.

Während sie sich gegen die Arbeitsfläche lehnte und darauf wartete, dass ihre Kaffeemaschine die Bohnen mahlte und ihre Tasse füllte, wanderten ihre Gedanken zu Emma. *Ich wette, sie würde morden für eine Tasse Kaffee, wenn sie noch keine hatte.* Sie schüttelte den Kopf über sich selbst. Es war noch nicht mal sechs. Emma schlief vermutlich noch.

Aber als sie auf die Terrasse trat und zu Emmas Haushälfte hinüberschielte, brannte schon Licht in Emmas Büro.

Jordan zögerte. *Soll ich?*

Oder sollte sie sich nach dem, was gestern Abend passiert war, lieber von Emma fernhalten?

Aber das war unmöglich. Sie konnten einander nicht entkommen, denn sie lebten Tür an Tür und Emma hatte versprochen, nach ihr zu sehen und ihr zu helfen, solange der Arm im Gips war. Sie kannte Emma bereits gut genug, um zu wissen, dass sie dieses Versprechen nicht brechen würde, ganz egal, was zwischen ihnen vorgefallen war.

Mann, es ist doch gar nichts passiert! Wir haben uns nicht mal geküsst. Sie mussten sich beide wie Erwachsene verhalten.

Jordan machte eine zweite Tasse Kaffee und fügte Milch und Zucker hinzu. Zwar hatte sie keine Ahnung, wie Emma ihren Kaffee trank, aber eine Frau, die ohne Reue Schinkenspeck, doppelt Käse und Mayonnaise auf ihren Burger tat, trank sicher auch keinen schwarzen Kaffee.

Beide Henkel in einer Hand haltend, trug sie die Tassen hinaus in den Garten.

Das Licht in Emmas Büro brannte noch immer. Emma saß am Schreibtisch und massierte sich mit einer Hand den Nacken, während sie auf den Computerbildschirm starrte. Es überraschte Jordan nicht, dass sie schon wach und am Arbeiten war. Inzwischen wusste sie, dass Emma versuchte, ein wenig Arbeit zu erledigen, bevor sie Molly wecken musste.

Auf der Terrasse verharrte sie. Sollte sie Emma wirklich so früh schon stören?

Himmel. Reiß dich zusammen. Seit wann war sie so voller Selbstzweifel, was Frauen anging?

Ohne sich ein erneutes Zögern zu gestatten, überquerte sie die Terrasse. Vorsichtig benutzte sie die Knöchel der eingegipsten Hand, um an den Rahmen der offenen Terrassentür zu klopfen.

Emma zuckte zusammen. Als sie aufsah und sich ihre Blicke begegneten, entspannte sie sich merklich.

»Tut mir leid.« Irgendwie entschuldigte sie sich ständig bei Emma. »Ich wollte dich nicht erschrecken.«

Emma neigte den Kopf. »Das war meine Ich-fühle-mich-wie-ein-Zombie-Schreckreaktion.«

Hatte sie auch die halbe Nacht wach gelegen und über ihren Beinahe-Kuss nachgedacht? Oder war sie nur zu spät ins Bett gegangen, sodass sie keine acht Stunden geschlafen hatte?

Du denkst zu viel nach. Es spielt keine Rolle. »Deshalb bin ich hier.«

»Wegen Zombies?«, fragte Emma lächelnd.

»Wegen Kaffee.« Sie hielt ihr die beiden Tassen hin wie ein Friedensangebot, betrat aber noch nicht das Büro. »Oder hattest du schon einen?«

»Ja.«

»Oh.« Jordan scharrte mit den Füßen. »Tja, wenn das so ist …«

»Aber weißt du was? Heute nehme ich gern die zweite Tasse. Das ist definitiv kein Ein-Kaffee-Morgen.« Emma rollte ihren Bürostuhl zurück und bedeutete ihr, einzutreten.

Jordan durchquerte das Büro und stellte die beiden Tassen auf dem Schreibtisch ab. Ihr Blick fiel auf unzählige Stifte und Kugelschreiber, die nach Farben in drei Stiftehalter einsortiert waren. Aus einem vierten Stiftehalter ragten ein Lineal, eine Schere und mehrere Textmarker. Daneben lagen drei Stapel Haftnotizen, der Größe nach geordnet. Wie gut organisiert alles war! Jordan musste lächeln.

»Zwei?«, fragte Emma, auf die Kaffeetassen hinabnickend.

»Eine ist meine.« Schnell nahm sie ihre eigene Tasse.

Emma griff nach ihrer und senkte den Mund wie eine Verliebte, die den ersten Kuss herbeisehnte.

Hör auf, ans Küssen zu denken! Jordan zwang sich, den Blick auf ihren eigenen, dunkleren Kaffee zu richten.

Nach ein paar Schlucken setzte Emma die Tasse ab. »Ah. Flüssiges Manna. Danke.«

Ihr ekstatischer Gesichtsausdruck brachte Jordan zum Lachen. »Gern geschehen. Ich dachte, nach gestern Abend bin ich dir was schuldig.«

»Du brauchst dich nicht noch mal zu entschuldigen. Ist bereits vergessen.«

Ach? Jordan runzelte die Stirn. Normalerweise vergaßen Frauen einen ihrer Küsse … oder Beinahe-Küsse … nicht so schnell.

»Ist ja nicht so, als hättest du mich wie ein wildes Tier angesprungen. Du hast versucht, mich zu küssen, und ich habe Nein gesagt. Darum müssen wir nicht so viel Wind machen. Wir sind erwachsen und können damit umgehen.«

»Stimmt. Aber davon rede ich eigentlich gar nicht.« Das war gelogen, aber nach dem Schlag für ihr Ego wollte Jordan sich schützen. »Ich meinte, ich schulde dir etwas, weil ich dich gestern so lange wachgehalten habe.« Sie lächelte schief.

»Oh.« Emma nahm noch einen Schluck ihres Milchkaffees, vermutlich eher, weil sie ihr rotes Gesicht hinter der Tasse verstecken wollte, weniger, weil sie das Koffein brauchte.

»Aber was die andere Sache betrifft … Vermutlich sollte ich mich in der Tat noch mal entschuldigen. Ich wollte dir nicht zu nahe treten.«

Emma starrte in ihren Kaffee. »Schon okay. Vielleicht ist es gut, dass wir jetzt Grenzen gesetzt haben. Nun wissen wir, wo wir stehen, und können Freundinnen sein.«

»Freundinnen«, wiederholte Jordan, als würde sie das Wort austesten. Mit einer Frau wie Emma nur befreundet zu sein, wäre eine ganz neue Erfahrung. Sie hatte kaum weibliche Freunde, zumindest nicht solche, mit denen sie nicht hin und wieder schlief.

»Ja.« Die kupferfarbenen Sprenkel in Emmas Augen leuchteten. »Du weißt schon, das seltsame Konzept, bei dem zwei Menschen Zeit miteinander verbringen, ohne in einer horizontalen Position zu sein.«

»Oh, du wärst überrascht, was ich alles in aufrechter Position tun kann«, sagte Jordan.

Emma warf ihr über den Rand der Tasse hinweg einen tadelnden Blick zu.

Jordan seufzte. »Du lässt mir aber auch gar nichts durchgehen. Wie langweilig«, murmelte sie in ihren Kaffee. »Aber na schön. Ich könnte eine langweilige Freundin gebrauchen.«

Ein Kugelschreiber segelte durchs Büro und traf ihre Brust.

Jordan stellte kurz ihre Tasse ab, hob den Kugelschreiber auf und steckte ihn in den richtigen Stiftehalter.

Emma hielt ihre Tasse in die Höhe. »Auf die Freundschaft.«

Sie stießen an und standen eine Weile stumm da, während sie Kaffee tranken und einander angrinsten.

Emma leckte sich einen Tropfen Kaffee von der Unterlippe. »Woher wusstest du, wie ich meinen Kaffee mag?«

Jordan verkniff sich ein *Ich weiß eben, was Frauen wollen, Baby* und sagte stattdessen: »Ich dachte, du wärst die Sorte Frau, die Milch und Zucker mag.«

Statt noch einen Schluck zu nehmen, verharrte Emma. Ihre Augenbrauen hoben sich. »Welche Sorte Frau wäre das?«

Die Sorte mit sexy Kurven statt einer dürren Modelfigur.

Noch ehe sie entscheiden konnte, ob sie das laut aussprechen sollte, klingelte ein Timer auf Emmas Computer.

Jetzt war Jordan an der Reihe mit einer Ich-fühle-mich-wie-ein-Zombie-Schreckreaktion.

»Tut mir leid«, sagte Emma. »Das war das Signal, dass es Zeit ist, Molly zu wecken und für einen aufregenden Tag im Kindergarten fertig zu machen.« Mit zwei großen Schlucken trank sie den Kaffee aus. »Noch mal danke für die Extraportion Koffein. Das kam gerade rechtzeitig.«

»Gern geschehen.« Jordan klemmte die leere Tasse unter ihren eingegipsten Arm. Jetzt viel besser gelaunt, kehrte sie in ihre Haushälfte zurück.

Kapitel 10

Jordan starrte den Kalender an der Wand in ihrer Küche an. Mit einem roten Filzstift hatte sie sieben Tage durchgestrichen. Eine Woche mit dem Arm im Gips war geschafft, aber fünf Wochen standen ihr noch bevor.

Gott, wie sollte sie fünfunddreißig weitere Tage ohne Arbeit aushalten, ohne den Nervenkitzel beim Operieren, ohne die Möglichkeit, auf einen Kaffee in der Notaufnahme vorbeizusehen und mit den Schwestern zu flirten?

Ein weiterer Tag lag vor ihr und sie hatte keine Ahnung, was sie damit anstellen sollte. Normalerweise half sie Barbara an freien Tagen oft im Garten, aber das kam nicht in Frage. Da die Schwellung ihres Handgelenks zurückgegangen war, musste sie morgen zurück ins Krankenhaus, um sich den permanenten Gips anpassen zu lassen. Wenn sie mit nassem Gips dort auftauchte, würden Frank und die anderen Orthopäden sie umbringen.

Nach dem Aufstehen hatte sie eine Stunde auf dem Heimtrainer verbracht, aber mit nur einem Arm war ihr Training ziemlich eingeschränkt. Sie konnte nicht mal mit Hope Squash spielen, so wie jeden Montag. Klar, sie könnte sich später mit ihr auf ein Bier treffen, aber sie wusste, dass Hope es kaum erwarten konnte, nach Hause zu kommen und Zeit mit ihrer Partnerin zu verbringen.

Das war eine Sache, die Jordan an ihrer Freundschaft mit Hope immer geschätzt hatte: Hope schien nie großes Interesse an Beziehungen zu haben. Seit sie sich als Assistenzärztinnen in Boston kennengelernt hatten, war Hope entweder single gewesen oder aber in Beziehungen, die genauso flüchtig erschienen wie Jordans One-Night-Stands und kurze Affären.

Aber seit sie mit Laleh zusammen war, war alles anders. Ihre Beziehung war ganz und gar nicht flüchtig.

Natürlich war Jordan nicht darauf angewiesen, ihre Freizeit mit Hope zu verbringen. Sie kannte Dutzende von Frauen, die sie anrufen konnte. Doch obwohl sie Emma gesagt hatte, dass ihre Zunge schließlich nicht gebrochen war, stand ihr danach nicht der Sinn. Es war nicht so, dass sie sich nur mit Frauen traf, um Sex zu haben, aber für gewöhnlich endete der Abend dann doch im Bett.

Es war beängstigend, jetzt zu merken, wie sehr sie sich darauf verließ, dass ihre Arbeit sie tagsüber und Frauen sie nachts beschäftigt hielten.

Sie warf sich auf die Couch.

Sofort sprang Thunfisch zu ihr hoch und setzte sich auf ihre Brust. Sie schnüffelte am Gipsverband und zuckte mit den Schnurrhaaren.

»Ja.« Jordan kraulte sie mit der gesunden Hand hinter dem Ohr. »Ich will das Ding auch loswerden, glaub mir.«

Thunfisch rollte sich zu einem Pelzknäuel zusammen, bearbeitete Jordans Arm eine Weile mit den Pfoten und schlief dann prompt ein. Sie griff über die Katze hinweg nach der Fernbedienung und schaltete den Fernseher ein.

Der vertraute Anblick von Leuten in OP-Kleidung erschien auf dem Flachbildfernseher neben dem Kamin.

Jordan hätte es besser wissen müssen, doch es war, als sähe sie einem Unfall zu: Man wusste, dass es kein gutes Ende nehmen würde, doch man konnte trotzdem nicht wegsehen. Sie sah zu, wie einer der Assistenzärzte, der frisch von der Uni kam, bei einem Koronararterienbypass assistieren durfte, gleich an seinem ersten Tag.

Ja, klar. Jordan schnaubte. Der Grünschnabel wusste doch nicht mal, wo bei einem Skalpell vorne und hinten war. Auf keinen Fall würde sie ihn in ihren OP-Saal lassen.

Sie schaltete den Fernseher aus und warf die Fernbedienung auf den Couchtisch. Polternd landete sie auf dem Boden.

Thunfisch hob den Kopf und warf Jordan einen tadelnden Blick zu, wie nur Katzen ihn hinbekamen. Sie erhob sich, stolzierte über Jordans Bauch und sprang von der Couch.

Jordan stand auf und ging im Wohnzimmer auf und ab. An der Terrassentür verharrte sie und sah hinaus.

Emma einen Besuch abzustatten, kam nicht in Frage. Während der letzten Tage hatten sie den Kontakt auf ein Minimum beschränkt, um ihnen beiden Gelegenheit zu geben, ihre Verlegenheit nach dem Beinahe-Kuss zu überwinden.

Zwar hatte Emma täglich nach ihr gesehen, ihr Essen gebracht und ihr den Arm in Plastiktüten eingewickelt, damit sie ein Bad nehmen konnte, doch ansonsten hatten sie wenig Zeit miteinander verbracht.

Gerade als sich Jordan von der Terrassentür abwenden wollte, fiel ihr Blick auf den Maulbeerbaum. Vielleicht konnte sie die Maulbeeren an den unteren Zweigen abzupfen, damit Molly nicht in Versuchung kommen konnte, erneut auf den Baum zu klettern, um sie zu pflücken.

Mit diesem neuen Ziel und einer großen Schüssel ging sie in den Garten.

Die typische August-Hitze schlug ihr entgegen, sobald sie auf die Terrasse trat.

Eine der Glastüren auf Emmas Seite des Hauses stand offen und ihre Stimme drang aus dem Büro.

Einen Moment lang dachte Jordan, sie würde mit einem Klienten telefonieren, und wollte sich zurückziehen, doch Emmas Stimme klang zu laut und zu aufgewühlt.

Vielleicht sprach sie gerade mit ihrer Exfrau? Jordans Neugier war geweckt. Wer war diese Idiotin, die so dumm gewesen war, Emma und ihre Tochter gehen zu lassen? Hatten sie sich im Guten getrennt? Trauerte Emma ihrer Ex noch hinterher?

Sie wusste, dass es falsch war zu lauschen, aber dennoch stand sie unbeweglich auf der Terrasse.

Emma erhob sich von ihrem Schreibtisch und begann, mit dem Telefon am Ohr im Raum auf und ab zu tigern. Bruchstücke der Unterhaltung drangen auf die Terrasse: »Ich kann es nicht fassen«, »Besprechungen«, »unmöglich« und »Babysitter.«

In den zwei Wochen, in denen sie einander nun schon kannten, hatte Jordan sie nie so aufgewühlt erlebt, nicht einmal, nachdem sie versucht hatte, Emma zu küssen.

Schließlich legte Emma auf und starrte ins Leere, die Lippen fest aufeinandergedrückt. Als fühlte sie Jordans Blick auf sich ruhen, sah sie auf.

Jordan lächelte und winkte zaghaft.

Emma erwiderte das Lächeln nicht. Sie ging auf die Terrassentür zu, entweder, um sie zu schließen oder um Jordan hereinzubitten.

Jordan wartete nicht ab, was davon zutraf. Sie warf die Schüssel, die sie immer noch in der Hand hielt, in die Hängematte und überbrückte mit langen Schritten die Distanz zwischen ihnen. »Das klingt nicht, als hättest du einen guten Tag. Kann ich irgendwie helfen?«

»Nein.« Dann wurde ihr Ton sanfter. »Aber danke der Nachfrage.«

»Bist du sicher?«

»Ja. Ich muss innerhalb der nächsten Stunde einen Babysitter für Molly finden. Der Kindergarten bleibt wegen einer Fortbildung geschlossen. Leider haben sie mir entweder das falsche Datum genannt oder ich habe es verwechselt.« Emma begann wieder, im Raum auf und ab zu gehen. »Der Babysitterservice, den ich schon mal hatte, sagt, dass sie so schnell niemanden finden, und Barbara hat diese Woche ihren Sohn zu Besuch, da will ich nicht stören.« Am Schreibtisch blieb sie stehen, klappte den Terminplaner auf und starrte auf die rote Tinte hinab. »Ich habe heute den ganzen Tag Besprechungen. Normalerweise würde ich sie verschieben, aber eine ist mit einem neuen Klienten. Wenn ich mich jetzt schon als unzuverlässig erweise, wird er mich nicht anheuern.«

Die Lösung für Emmas Problem war offensichtlich. »Ich könnte doch babysitten.« So würde Molly Emma nicht bei der Arbeit stören und sie hätte etwas Sinnvolles zu tun. Zwei Fliegen mit einer Klappe.

Aber Emma sah nicht sonderlich begeistert aus. »Du? Du willst dich freiwillig melden, um auf eine Fünfjährige aufzupassen?«

»Warum denn nicht? Du hast selbst gesagt, dass ich gut mit Kindern umgehen kann.«

»Ja, aber …«

»Was aber? Glaubst du etwa, ich schaffe das nicht?« Das forderte Jordans Ehrgeiz heraus. Sie straffte die Schultern. »Wie schwer kann es schon sein, ein kleines Mädchen mal ein paar Stunden beschäftigt zu halten?«

»Berühmte letzte Worte«, murmelte Emma.

»Ach, komm schon. Trau mir doch mal was zu. Ich habe ihr auch eine Gute-Nacht-Geschichte vorgelesen, oder nicht?«

»Ja, aber das ist wohl kaum dasselbe.« Emma begann erneut, auf und ab zu laufen.

Jordan betrat das Büro, versperrte ihr den Weg und legte ihre gesunde Hand auf Emmas Schulter. Sie senkte den Kopf, um ihr direkt in die Augen zu sehen. Die kupferfarbenen Sprenkel in den hellgrünen Augen lenkten sie einen Moment lang ab, bevor ihr wieder einfiel, was sie hatte sagen wollen. »Hör zu, Emma. Du brauchst Hilfe und ich biete sie dir an. Du hast mir letzte Woche so oft geholfen. Jetzt bin ich dran, den Gefallen zu erwidern.«

Emma hielt ihrem Blick stand und Jordan konnte fast sehen, wie sich ihre Gedanken überschlugen, als sie versuchte, eine Entscheidung zu treffen. »Ich bin nicht mal sicher, ob Molly überhaupt den halben Tag mit dir verbringen will.«

»Ha!«, sagte Jordan mit leicht übertriebenem Selbstbewusstsein. »Darüber musst du dir keine Sorgen machen. Du kannst von Glück reden, wenn sie zu dir zurückwill, nachdem sie den Tag mit mir verbracht hat.«

Ein müdes Lächeln huschte über Emmas Gesicht, aber sie sagte nichts.

»Wir können sie fragen«, sagte Jordan. »Wenn sie nicht mit mir mitgehen will, auch gut. Dann kann sie zu Hause bleiben und malen, während du mit deinen Klienten redest.«

Emma verzog das Gesicht, vermutlich, weil sie sich das vorstellte. Sicher würde Molly nicht stundenlang still spielen, während Emma arbeitete.

»Ich weiß, du meinst es nur gut, Jordan. Aber wie willst du sie beschäftigen, bis mein letzter Termin um zwei zu Ende ist?«, fragte Emma. »Denk daran, dass du nur einen gesunden Arm hast. Manchmal fällt es mir ja schon schwer, mit Molly mitzuhalten, selbst mit zwei Armen.«

Fieberhaft dachte Jordan nach. Als Kind hatte sie ständig draußen gespielt: Baseball, auf Bäume klettern und Hütten bauen. Aber das kam alles nicht in Frage, solange ihr Arm im Gips war. Das Kind vor den Fernseher zu setzen, war wohl auch keine Lösung.

»Ich könnte mit ihr ins Kino gehen. Sicher läuft da irgendetwas, was für eine Fünfjährige geeignet ist. Der Film wird praktisch das Babysitten für mich übernehmen.« Sie grinste, stolz auf ihre geniale Idee.

»Bist du schon mal mit einer Fünfjährigen im Kino gewesen?«, fragte Emma.

»Klar.« Immerhin war sie auch mal fünf gewesen und sicher waren da auch Gleichaltrige gewesen, die sich denselben Film angesehen hatten, als ihre Mutter sie und ihre Schwestern auf dem Armeestützpunkt in Deutschland ins Kino mitgenommen hatte. »Wir werden uns prächtig amüsieren. Und falls Molly Heimweh hat, kann ich sie einfach zurückbringen. Ist ja nicht so, als würde ich sie nach Australien entführen.«

Emma zögerte. »Okay. Ich frage sie.« Sie verließ das Büro.

Jordan sah ihr nach und genoss den Anblick. Sollte sie ihr folgen? Aber ohne ausdrückliche Einladung beschloss sie, zurückzubleiben und zu warten, bis Emma zurückkam.

Es dauerte keine Minute, bis Molly in den Raum platzte. Sie hüpfte auf und ab wie ein Känguru. »Kino! Kino! Wir gehen ins Kino!«

Jordan musste lachen. »Ich schätze, das heißt Ja.«

»Sieht so aus«, sagte Emma mit einem liebevollen Lächeln.

»Kann ich Popcorn und Nachos haben? Können wir *Ice Age* schauen? Kann ich die Sitze aussuchen?« Molly hüpfte noch immer auf und ab.

Jordan hatte keine Ahnung, was *Ice Age* war oder ob sie dem Kind Popcorn und Nachos geben konnte. Sie warf Emma einen hilfesuchenden Blick zu, in der Hoffnung, dass sie sich nicht bereits jetzt als unqualifizierte Babysitterin erwies.

»Ich glaube, *Ice Age* läuft nicht mehr, Schatz. Aber ich bin sicher, ihr findet einen tollen Film.« Emma nahm einen Notizzettel vom Schreibtisch, schrieb etwas darauf und drückte ihn Jordan in die Hand. »Das ist meine Telefon- und Handynummer. Ich lasse das Handy an, wenn also irgendetwas ist, kannst du jederzeit anrufen, okay?«

Jordan betrachtete Emmas ernste Miene, nickte und steckte den Zettel ein. Über die Jahre hatte sie wohl hunderte von Telefonnummern von Frauen bekommen, aber nie, damit sie um Rat in Sachen Babysitten fragen konnte.

Sie nahm sich auch einen Notizzettel vom Schreibtisch. Erst jetzt merkte sie, dass sie mit der linken Hand schreiben musste. Das würde ihre ohnehin schon schreckliche Handschrift nicht gerade leserlicher machen.

Als sie fertig war, starrte sie kurz auf die schiefen Zahlen hinab. Besser würde es nicht werden. Sie klebte den Zettel mit ihrer Handynummer neben die Tastatur.

Emma zog mehrere Geldscheine aus ihrem Geldbeutel und hielt sie ihr hin. »Hier. Fürs Mittagessen und das Kino.«

Jordan machte keine Anstalten, das Geld zu nehmen. Als sie sich vor ein paar Tagen zu Tode gelangweilt hatte, war sie im Internet über Emmas Webseite gestolpert. Okay, vielleicht war *gestolpert* nicht der richtige Ausdruck, immerhin hatte sie auf Google nach ihr gesucht. Wie dem auch sei, auf Emmas VA-Webseite standen auch ihre Preise. Ein bisschen Online-Recherche hatte ergeben, dass virtuelle Assistentinnen keine Angestellten waren, sondern Freiberufler. Emma musste also selbst für ihre Kranken- und Rentenversicherung aufkommen und bezahlten Urlaub oder Lohnfortzahlung im Krankheitsfall hatte sie nicht. Sofern sie nicht aus einer reichen Familie stammte, schwamm Emma nicht gerade in Geld.

Stirnrunzelnd wedelte Emma mit den Geldscheinen.

»Danke, aber ich hab selbst Geld«, sagte Jordan.

»So funktioniert das aber nicht. Du tust mir einen Gefallen. Ich kann dich nicht auch noch bezahlen lassen. Nimm das Geld.«

Jordan seufzte und zog einen der Geldscheine zwischen Emmas Fingern hervor. »Das reicht. Wir wollen nur einen Film ansehen, nicht das ganze verdammte Kino kaufen. Ähm, ich meine …« Sie schielte zu Molly, in der Hoffnung, dass sie es in ihrer Aufregung nicht gehört hatte.

»Mami, sie hat gesagt …«

»Hab ich gehört«, sagte Emma. Sie verschränkte die Arme über der Brust und funkelte Jordan an.

Verdammt. Äh, ich meine … Sie musste wirklich das Fluchen in den Griff bekommen. Wenn Molly von ihrem Abenteuer zurückkehrte und fluchte wie ein Rohrspatz, wäre Emma sicher nicht glücklich.

»Nimm das Geld«, sagte Emma erneut. »Und meine Autoschlüssel. Der Kindersitz ist schon auf dem Rücksitz.«

»Danke, aber ich nehme lieber mein Auto. Ich hole einfach den Kindersitz und tue ihn in mein Auto.«

»Du fährst einen Sportwagen, kein Familienauto, Jordan. Auf keinen Fall lasse ich Molly in dem Ding fahren.«

Jordan seufzte und nahm das Geld und den Autoschlüssel. »Solltest du es je satthaben, als virtuelle Assistentin zu arbeiten, solltest du eine Karriere als Verhandlungsführerin beim Sondereinsatzkommando in Betracht ziehen. Wenn ich eine Entführerin wäre, hätte ich mir mittlerweile selbst Handschellen angelegt.«

Emmas angespannte Haltung lockerte sich etwas. »Molly, warum gehst du nicht Maus und deinen Rucksack holen?«

Molly rannte davon, als wäre sie ein Spürhund auf einer heißen Fährte.

»Kauf ihr bloß keine Nachos«, sagte Emma.

»Ist sie allergisch?«

»Nein. Aber weißt du noch, was mit dem Ketchup passiert ist?«

Daran konnte sich Jordan nur zu gut erinnern. Ein Klecks war auf ihrer Wange gelandet und als Emma ihn wegwischen wollte, hätten sie sich beinahe geküsst. »Äh, ja.«

»Tja, Käsedip wird sich auch nicht besser machen, wenn er über ihr Gesicht, ihre Klamotten und die Kinositze verteilt ist.«

»Sonst noch was, das ich wissen sollte?« Es war das erste Mal, dass sie die Verantwortung für ein Kind trug. Sie wünschte, es gäbe so etwas wie eine Gebrauchsanleitung. *Ja, genau. Vielleicht Babysitten für Dummies oder so etwas.* Der Gedanke brachte sie zum Lächeln.

Schatten verdunkelten Emmas grüne Augen. »Pass einfach gut auf sie auf, bitte.«

Jordan runzelte die Stirn. Was glaubte Emma, was sie mit dem Kind anstellen wollte? Bungee-Jumping? »Du machst dir doch nicht im Ernst Sorgen, oder? Ich bin zwar nicht die erfahrenste Babysitterin der Welt, aber ich schwöre, dass ich sie nie in Gefahr bringen würde.«

Eine flüchtige Berührung streifte ihren gesunden Arm. »Ich weiß. Ignorier mich einfach. Ich bin wohl nur etwas übervorsichtig nach dem Vorfall mit dem Maulbeerbaum.«

Molly stürmte zurück ins Büro, einen orangefarbenen Rucksack an einem Träger hinter sich herziehend.

Jordan nahm ihn ihr ab. Er war schwerer als erwartet und der Plüschlöwe ragte aus der Öffnung. Sie warf einen Blick in den Rucksack. Zwei Schachteln Buntstifte, ein Malbuch, eine Meerjungfrauenpuppe und ein buntes Plastikfernglas. Wie lange wollte das Mädchen von zu Hause wegbleiben?

»Schatz, ich glaube kaum, dass du das alles brauchst.« Emma zog einige der Spielsachen aus dem Rucksack, verließ kurz das Zimmer und kehrte mit einem Pulli zurück, den sie in den Rucksack stopfte. »Falls ihr im Kino kalt wird.« Sie kniete sich vor Molly und nahm ihre Hände.

Es war rührend mit anzusehen, aber gleichzeitig fühlte sich Jordan wie ein Eindringling, der diesen privaten Augenblick zwischen Mutter und Tochter störte.

»Tut mir leid, dass ich nicht mitkommen kann, aber ihr werdet sicher auch so jede Menge Spaß im Kino haben. Sei schön brav und mach, was Jordan dir sagt, ja?«

Molly nickte eifrig.

Emma küsste ihre Tochter auf die Wange, umarmte sie und erhob sich dann.

»Bist du so weit?« Jordan schlang einen Träger des orangefarbenen Rucksacks, der jetzt viel leichter war, über den eingegipsten Arm.

Molly sprang auf sie zu und schob ihre Hand in Jordans.

Die kleinen Finger ruhten so vertrauensvoll in ihrer größeren Hand, dass ein seltsames Gefühl Jordan überkam. Sie konnte nicht sagen, ob es ein gutes oder ein unangenehmes Gefühl war. Vielleicht war es eine Mischung aus beidem. Mit der Berührung von Mollys Hand senkte sich die Verantwortung für sie fest auf ihre Schultern.

Aber sie hatte ihre eigene, oft chaotische Kindheit und die stressige Assistenzarztzeit überlebt. Ein paar Stunden mit einem kleinen Mädchen zu verbringen, war ein Klacks im Vergleich dazu.

Sie hielt Mollys Hand fest, um sie nicht zu verlieren. »Dann auf ins Kino.«

Molly schwang ihre miteinander verflochtenen Hände hin und her, als sie zur Tür gingen.

»Wartet!«, rief Emma, bevor sie nach draußen treten konnten.

Jordan drehte sich um. Vermutlich würde gleich eine weitere Liste von Dingen folgen, die sie beachten sollte.

»Ich, ähm …« Emma schluckte. »Danke.«

Jordan lächelte sie an. »Kein Problem. Wir sehen uns um zwei.«

Emma versuchte, sich auf die Vorbereitungen für ihr Skypegespräch zu konzentrieren, aber sie war mit den Gedanken nicht bei der Arbeit. Als sie merkte, dass sie Excel-Sitter statt Excel-Datei aufgeschrieben hatte, seufzte sie und legte den Stift beiseite.

Es fühlte sich seltsam an, ihre Tochter jemand anderem außer einer Kindergärtnerin, einer erfahrenen Babysitterin oder einer anderen Mutter anzuvertrauen. War es verrückt, Molly mit Jordan gehen zu lassen, ihrer schürzenjagenden Nachbarin, die selbst zugab, keinerlei Erfahrung mit Kindern zu haben? Hatte sie schlussendlich nur deshalb nachgeben, weil Jordan sie mit ihren tiefbraunen Augen so treuherzig angesehen hatte?

Sie musste zugeben, dass sie nicht ganz so resistent gegen Jordans Charme war, wie sie es sein wollte, aber sie hoffte, das hatte bei ihrer Entscheidung keine Rolle gespielt. Trotz Jordans Unerfahrenheit, was das Babysitten anging, hatte sie das Gefühl, dass Molly bei ihr gut aufgehoben war. Immerhin hatte Jordan ihr Leben riskiert, um Molly und ihr Stofftier vom Baum zu holen. Im Vergleich dazu war es harmlos, sie zusammen ins Kino zu schicken. Was könnte einem beaufsichtigten Kind dort schon passieren?

Sie nahm ihren Kugelschreiber wieder zur Hand, aber noch immer weigerte sich ihr Gehirn, sich auf die Arbeit zu konzentrieren. Na schön. Sie würde sich gestatten, kurz nach Molly zu sehen, dann würde sie weiterarbeiten.

Der Zettel mit Jordans Handynummer lag neben der Tastatur.

Emma starrte hinab auf die schiefen Ziffern. Sie sahen aus wie Mollys erste, wackelige Versuche, Zahlen zu schreiben. Na ja, Emma musste zugeben, dass sie es vermutlich nicht viel besser gemacht hätte, wenn sie mit links hätte schreiben müssen.

Sie nahm ihr Handy und tippte die Nummer ein. Eine SMS wäre sicher besser, für den Fall, dass Jordan gerade fuhr.

Wie läuft es?

Es dauerte eine Minute, bis eine Antwort kam und jede Sekunde verging quälend langsam.

Emma, es ist noch nicht mal zehn Minuten her, seit wir uns verabschiedet haben. Wir sind noch in der Garage. Aber die guten Neuigkeiten sind, dass ich jetzt weiß, wie man ein Kind im Kindersitz festschnallt.

Erst zehn Minuten? Es war ihr viel länger vorgekommen.

Entschuldige. Ich hätte dir zeigen sollen, wie es geht.

Diesmal kam die Antwort schneller.

Entspann dich und geh zurück an die Arbeit. Ich verdiene meinen Lebensunterhalt mit dem Aufschneiden von Leuten, da kann ich einen Kindersitz hoffentlich ebenfalls meistern, auch wenn das mit einer Hand gar nicht so leicht ist. Ich habe alles im Griff.

Emma seufzte. Jetzt war sie eine dieser nervtötenden Mütter, die ständig überbesorgt ihren Kindern hinterherkontrollieren mussten.

Okay. Dann noch mal danke und viel Spaß. Fahr vorsichtig.

Geht klar, Mami, antwortete Jordan, gefolgt von einem Smiley.

Emma legte das Handy weg, drehte das gerahmte Foto von Molly auf ihrem Schreibtisch, sodass sie es besser sehen konnte, und ging dann zurück an die Arbeit.

Gott sei Dank gab es mobiles Internet. Nach einigen Minuten des Suchens fand Jordan endlich ein Kino, in dem noch der Film lief, den Molly sehen wollte. Als das Mädchen sicher im Kindersitz festgeschnallt war, steuerte Jordan den Prius aus der Garage und hinaus auf die Straße.

Barbara und ihr Sohn saßen auf der Bank vor dem Haus. Sie starrten mit offenen Mündern, als sie in Emmas Auto, mit Molly auf dem Rücksitz, vorbeifuhr.

Jordan lachte. Vermutlich dachten die beiden, sie hätte das Mädchen entführt.

Mit Molly an Bord hielt sie sich streng an das Tempolimit.

Molly unterhielt sie mit einem nicht enden wollenden Informationsstrom über die vorigen Filme, die sie bereits gesehen hatte. Scheinbar war der Film, in den sie gehen würden, Teil einer Reihe. Das Kind hörte den ganzen Weg bis zum Kino nicht auf zu plappern. Ab und zu sah Jordan in den Rückspiegel, um sicherzugehen, dass Molly zwischen zwei Sätzen überhaupt Luft holte. Zum Glück schien sie die meiste Zeit über keine Antwort zu erwarten, was auch gut war, denn Jordan hätte über ein sprechendes Faultier und ein Mammut, das sich für ein Opossum hielt, nicht viel sagen können.

Molly bestaunte die Plakate, die vor dem Kino hingen, und konnte es kaum erwarten, als sie das Foyer betraten. Sie schien fast zu vibrieren, während Jordan die Karten kaufte.

Als Jordan die Karten dem Mitarbeiter vor dem abgesperrten Flur gab, der zu den einzelnen Kinosälen führte, sah das Kind sie an, als hielte sie den Schlüssel zum Paradies.

Sie musste zugeben, dass es nett war, so angesehen zu werden.

Auf dem Weg zu ihrem Kinosaal kamen sie an einem Stapel Kindersitze vorbei, die dem in Emmas Auto ähnelten. Sollte sie einen für Molly mitnehmen? Jordan zuckte mit den Schultern und nahm sich einen.

Noch bevor sie den Snackstand erreichten, streckte Molly die Nase in die Luft und schnupperte wie ein Welpe. »Können wir Popcorn kaufen?«

»Na klar.« Jordan reihte sich in die Schlange ein. Vor ihr war eine Familie mit vier Kindern und sie war dankbar, sich nur um eines kümmern zu müssen.

Molly reckte den Hals, um der Popcornmaschine zusehen zu können.

Endlich waren sie an der Reihe.

»Was darf ich Ihnen bringen?« Die junge Frau hinter der Verkaufstheke lächelte Jordan zu, aber es war nicht die Art von Lächeln, an die sie gewöhnt war. Dieses Lächeln hatte keinen flirtenden Unterton, sondern es war die Sorte Lächeln, mit denen man die Eltern von süßen Kindern bedachte.

Jordan runzelte die Stirn. Gut, dass sie keine Kinder hatte. Das würde ihr bei Frauen einen Strich durch die Rechnung machen.

Molly legte ihren Zeigefinger an den Mund und sah vom Popcorn zu den Nachos. »Hmm …«

»Wie wäre es mit Popcorn?«, schlug Jordan vor, bevor das Mädchen sich für Nachos mit Käsesoße entscheiden konnte.

Molly nickte eifrig. »Kann ich auch eine Fanta haben?«

»Klar, wieso nicht.«

Der Eimer Popcorn, der ihnen hingestellt wurde, war groß genug, um eine Mammutherde zu füttern. Jordan bezahlte und starrte dann auf das Popcorn und den riesigen Becher Fanta. Wie zum Teufel sollte sie das alles zu ihren Plätzen transportieren? Sie klemmte sich den Kindersitz unter den eingegipsten Arm und griff nach dem Getränk, aber für das Popcorn hatte sie keine Hand mehr frei.

»Ich kann es tragen!« Molly griff mit beiden Händen zu.

Ein Popcornschauer ergoss sich über den grauen Teppich, als Molly den Eimer zu sich zog.

Das Mädchen riss die Augen auf.

Oh Gott, sie würde doch hoffentlich nicht weinen, oder? »Ist schon okay«, sagte Jordan rasch. »Es war ohnehin zu viel für uns. Sei einfach vorsichtiger mit dem Rest.« Sie warf der Frau hinter dem Tresen einen entschuldigenden Blick zu und ging dann voraus zum Kinosaal.

Mit dem halb leeren Eimer Popcorn rannte Molly ihr hinterher, überholte sie und zog die schwere Tür mit einem Ächzen auf. Dann blieb sie so abrupt stehen, dass Jordan sie fast umgerannt hätte. »Es ist dunkel«, flüsterte sie.

»Ja. Sonst könnten wir den Film auf der Leinwand nicht sehen.« War das Kind denn noch nie im Kino gewesen? Doch sie schien genau gewusst zu haben, welche Snacks es dort gab. Scheinbar hatte sie nur einige Aspekte eines Kinobesuchs vergessen.

Molly klammerte sich an Jordans Ärmel fest, als sie zu ihren Plätzen gingen.

Es war gerade erst zehn Uhr morgens, deshalb war das Kino fast leer, aber natürlich musste sich die sechsköpfige Familie ausgerechnet vor sie setzen.

Sie half Molly, auf den Kindersitz zu klettern. Sofort begann das Mädchen, Popcorn und Fanta zu verschlingen. Wenn sie so weitermachte, würde sie nichts mehr übrig haben, wenn der Film begann.

Zum Glück dauerte es nicht lange, ehe der Vorhang aufging und die Werbung über die große Leinwand flackerte.

Molly schenkte jedem Werbespot ihre volle Aufmerksamkeit und schien vollkommen gefesselt. Als der eigentliche Film begann, gab sie zu allem und jedem einen Kommentar ab, sogar zu Dingen, die nicht das Geringste mit dem Film zu tun hatten, und dabei schien sie es nicht für nötig zu halten, die Stimme zu senken. Offensichtlich begriff sie noch nicht, dass man sich in einem Kino nicht wie zu Hause im Wohnzimmer benehmen konnte.

Der Vater der Familie vor ihnen drehte sich um und Jordan zog den Kopf ein. »Ähm, Molly, du musst ein wenig leiser sprechen, sonst können die anderen Leute hier nichts mehr vom Film verstehen.«

Ihre sanfte Ermahnung schien zu helfen, allerdings nur eine Minute lang.

Kinder, so stellte Jordan fest, hatten wirklich einen ziemlich gemeinen Sinn für Humor. Molly bog sich vor Lachen, als das Faultier mit dem Mund an einem Eisblock kleben blieb.

Sie hatten definitiv nicht dieselbe Art von Humor oder denselben Geschmack, was Filme anging. Dieser Animationsfilm ergab einfach keinen Sinn. Warum zum Teufel flog ein prähistorisches Säbelzahneichhörnchen in einem Raumschiff umher? Und was noch verwirrender war: Warum versuchte es ständig, seine verdammte Nuss für den Winter zu vergraben? Es herrschte Eiszeit, Herrgott noch mal, und da dauerte der Winter viele Jahrhunderte lang an!

Molly schien das nichts auszumachen. Die wissenschaftlichen Konzepte des Films – Vulkane, Magnetismus und Asteroiden – verstand sie ohnehin nicht. Nach einer Weile begann sie, auf ihrem Kindersitz herumzuzappeln. Ihre Füße trommelten gegen den Sitz vor ihr, sodass der Vater sich wieder zu ihnen umdrehte und sie anfunkelte.

»Vorsicht, Molly.« Sanft hielt Jordan ihre Schuhe fest und zog sie weg von der Lehne ihres Vordermannes.

»Wie lang dauert der Film noch?«, fragte Molly.

Jordan starrte sie an, bevor sie einen Blick auf die Uhr warf. Es war noch keine zehn Minuten her, seit der Film begonnen hatte. »Äh, es dauert noch eine Weile. Willst du den Film denn nicht mehr sehen?«

Molly nickte. »Doch.« Den Blick auf den Bildschirm gerichtet, fuhr sie mit dem Herumgezappel fort, rutschte im Kindersitz nach unten und zog sich dann wieder nach oben, nur um die ganze Prozedur dann zu wiederholen.

Sollte sie etwas sagen? Sie bitten, damit aufzuhören? »Äh, Molly?«

»Ich muss mal«, sagte Molly.

»Du musst was?«

»Auf Toilette.«

Oh. Na ja, nach all der Fanta war das auch kein Wunder. »Ähm, okay.« Jordan stand auf.

Molly rutschte vom Kindersitz und griff nach Jordans gesunder Hand. Ihre Finger waren klebrig, entweder vom Popcorn oder von der Fanta.

Mit langsamen Schritten führte Jordan sie durch den dunklen Kinosaal, die Stufen hinab und dann zur nächstgelegenen Toilette. An der Tür zögerte sie. Konnten Fünfjährige schon alleine auf die Toilette? Mist, sie brauchte wirklich eine Ausgabe von *Babysitten für Dummies.*

Molly sah zu ihr auf, als erwartete sie, dass Jordan ihr folgte, deshalb stieß Jordan die Tür zur Damentoilette auf.

Die Lichter gingen automatisch an. Molly marschierte auf eine der Toilettenkabinen zu und schloss die Tür hinter sich, noch bevor Jordan fragen konnte, ob sie allein zurechtkommen würde.

Oh. Gut. »Ähm, ich warte dann hier.« Sie wischte sich mit der Hand die schweißfeuchte Stirn und musste dabei feststellen, dass auch ihre Hand jetzt klebrig war. *Na toll.* Sie schnitt eine Grimasse.

Vielleicht hatte Emma recht gehabt. Mit einer Fünfjährigen ins Kino zu gehen, war nichts für schwache Nerven.

Als der Film endete und sie den Kinosaal verließen, fühlte Jordan sich ein wenig wie die Tiere aus dem Film, die eben ihren vereisten Planeten vor der Zerstörung durch einen Asteroiden gerettet hatten.

»Es war so witzig, als der Stein Scrat getroffen hat«, sagte Molly und hüpfte neben ihr zum Ausgang.

Jordan hob die Brauen. Während des Films schien Molly der Handlung kaum Beachtung zu schenken, doch jetzt, da sie zurück zum Auto gingen, konnte sie nicht aufhören, über jedes noch so kleine Detail zu reden. Sie schüttelte den Kopf. Kinder waren ihr ein Rätsel.

»Dann ist die Ratte also deine Lieblingsfigur im Film?«

Molly lachte, als hätte Jordan einen Witz erzählt. »Er ist doch keine Ratte! Er ist ein Eichhörnchen!«

»Oh, ja, klar. Tut mir leid. Also, ist er dein Liebling?«

»Nö.« Molly schüttelte den Kopf.

»Wer dann?« Als sie den Prius erreichten, schloss Jordan das Auto auf und öffnete die Tür für Molly.

Das Mädchen kletterte in ihren Kindersitz und schien kurz über die Frage nachzudenken. »Shira.«

Jordan musste lächeln. Sie hätte es wissen müssen. Natürlich mochte Molly den Säbelzahntiger, der von Jennifer Lopez gesprochen wurde. »Du hast Geschmack, Mädel.«

Als Jordan sich hinters Steuer setzte und den Motor startete, warf sie einen Blick in den Rückspiegel. »Wie wäre es mit Mittagessen?«

Molly schüttelte den Kopf. »Ich hab keinen Hunger.«

Nach dem riesigen Eimer Popcorn war das nicht weiter verwunderlich. Aber was sollte sie denn sonst mit dem Mädchen machen? Sie mussten noch zwei Stunden totschlagen, ehe sie Molly nach Hause bringen konnte.

Ihre geniale Idee mit dem Kino hatte sich als gar nicht so genial herausgestellt. Wie sonst konnte sie Molly beschäftigt halten?

Denk nach! Was hatte sie als Kind gern gemacht? Sofort verwarf sie die ersten beiden Ideen, die ihr in den Sinn kamen: auf Bäume klettern und Jungs zu verprügeln, die sich einbildeten, sie herumkommandieren zu können.

Gern erinnerte sie sich an die Zeit, die ihre Familie in Italien verbracht hatte. Sie und ihre Schwestern hatten so viel Zeit am Strand verbracht, dass ihre Mutter scherzhaft gewarnt hatte, ihnen würden bald Schwimmhäute wachsen. Sie hatte keine Ahnung gehabt, dass die fünfzehnjährige Jordan hauptsächlich wegen der Mädchen zum Strand ging, die sie dort bewundern konnte. Na ja, wegen der Mädchen und wegen der Eiscreme.

Eiscreme! Das ist es! Das Kind, das keine Eiscreme mochte, musste erst noch geboren werden. »Ich weiß, du hast keinen Hunger, aber könnte ich dich für einen Besuch in einer Eisdiele begeistern?«, fragte sie und beobachtete Mollys Reaktion im Rückspiegel.

Molly stieß einen Freudenschrei aus. »Wir gehen Eis essen? Wirklich?«

Jordan musste über ihre Begeisterung lachen. Sie hatte also richtig geraten. »Ja, wirklich.« Sie schlug den Weg zu einer nahegelegenen Eisdiele ein.

Sofort begann Molly, ihre Lieblingseiscremesorten aufzuzählen und sich Gedanken darüber zu machen, welche Sorte sie wählen würde.

Als sie endlich einen Parkplatz gefunden hatten, war Molly noch immer zu keiner Entscheidung gekommen. Jordan grinste in sich hinein. Vermutlich würde schon das Aussuchen der Eiscreme, geschweige denn das Essen, bis zwei Uhr dauern.

Der Geruch von warmer Schokolade, frisch gebackenen Waffeln und gerösteten Nüssen kam ihnen entgegen, als Jordan die Tür der Eisdiele öffnete.

»Lecker«, sagte Molly und hielt die Nase in die Luft. Dann wanderte ihr Blick über die lange, verglaste Theke, hinter der Dutzende von Stahlbehältern mit verschiedenen Eiscremesorten und sonstigen Zutaten standen. Sie bekam große Augen.

Jordan lachte. Vielleicht sollte sie Emma anrufen und Bescheid sagen, dass es später werden würde.

Eine Frau mittleren Alters stand hinter der Theke. Mit zusammengepressten Lippen sah sie ihnen entgegen, ohne ihnen auch nur den Hauch eines Lächelns zu schenken.

Was zum Teufel war der denn über die Leber gelaufen? Es hatte doch sicher nichts damit zu tun, dass sie – eine schwarze Frau – mit einem weißen Mädchen die Eisdiele betreten hatte, oder? *Oh, bitte. Nicht heute.* Sie wollte nicht, dass Molly der Spaß verdorben wurde.

»Was möchten Sie?«, fragte die Frau, noch immer ohne zu lächeln.

»Wie wäre es mit einer Kugel Erdbeereis im Becher, mit ein paar Früchten darüber?«, schlug Jordan vor, als sie sich daran erinnerte, dass Emma dem Kind normalerweise zu jeder Mahlzeit Obst oder Gemüse vorsetzte.

Molly rümpfte die Nase. »Ich hasse Erdbeer.«

»Ananas?«, versuchte es Jordan.

Das Mädchen schüttelte so entschlossen den Kopf, dass ihre Zöpfe nach links und rechts flogen. Mit der Nase gegen die Scheibe gepresst, stellte sie sich auf die Zehenspitzen und musterte die Stahlbehälter, als hinge der Weltfrieden von ihrer Entscheidung ab.

Ein Mixer dröhnte in einem Raum hinter der Theke und verstummte dann. Sekunden später trat eine zweite Verkäuferin aus dem Nebenraum.

Jordan erkannte sie sofort. Sie hatten sich letztes Jahr im Fitnessstudio kennengelernt und ein- oder zweimal miteinander geschlafen, doch nachdem Jordan nun das Fitnessstudio benutzte, das zu ihrer Squashhalle gehörte, hatten sie sich nicht mehr gesehen. »Hi, Kimberly. Ich wusste gar nicht, dass du hier arbeitest.«

Kimberly erstarrte, ein hohes Milchshakeglas in der Hand. »Oh. Hallo.« Sie sah verdutzt aus. War sie nur überrascht, Jordan hier zu sehen, oder hatte sie nicht erwartet, dass Jordan sich ihren Namen merken würde?

Aus irgendeinem Grund schienen die Leute dies oft zu denken und das ärgerte sie. Nur weil sie keine langfristige Beziehung wollte, hieß das noch lange nicht, dass sie ein Arschloch war, das Frauen wie austauschbare Objekte behandelte und sich nicht mal ihre Namen merkte.

Kimberlys Blick wanderte zwischen Jordan und Molly hin und her. »Wow. Ich … ich hatte keine Ahnung, dass du ein Kind hast.«

Die ältere Kollegin stieß Kimberly mit dem Ellbogen an. »Das ist doch nicht ihr Kind, Dummerchen!«, sagte sie, ohne sich die Mühe zu machen, leiser zu sprechen. »Bist du blind? Sie ist das Kindermädchen.«

Das Kindermädchen? Jordan traute ihren Ohren nicht. Die Frau glaubte im Ernst, sie wäre das Kindermädchen? *Seh ich etwa so aus?*

Für die Eiscremeverkäuferin anscheinend schon. Ihrer Weltsicht nach musste eine schwarze Frau, die Eiscreme für ein weißes Mädchen kaufte, das Kindermädchen sein, auch wenn sie einen Abschluss von der Johns Hopkins Universität hatte und fünfmal so viel verdiente wie Mollys Mutter. Ihre Hautfarbe war Grund genug für die Frau, anzunehmen, dass sie das Kindermädchen war.

Jordan knirschte mit den Zähnen. *Sag nichts. Sonst nimmt sie es nur als Bestätigung, dass du nichts weiter bist als eine wütende, laute schwarze Frau.*

»Nein.« Molly lachte, als wäre die Vorstellung, Jordan könnte ihr Kindermädchen sein, völlig absurd. »Sie ist nicht mein Kindermädchen. Das ist Jordan. Sie ist meine Freundin.«

Ein Kloß setzte sich in Jordans Hals fest. Einen Moment lang war sie drauf und dran, dem Kind jede Eiscremesorte in dieser verdammten Eisdiele zu kaufen.

Die ältere Verkäuferin schnaubte, nahm Kimberly den Milchshake aus der Hand und marschierte davon.

»Tut mir leid«, sagte Kimberly in die angespannte Stille hinein. »Äh, was ist denn mit deinem Arm passiert?«

»Sie hat sich wehgetan, als sie auf den Baum geklettert ist, um Maus für mich runterzuholen«, sagte Molly und berührte sanft den Gips.

»Oh, das hört sich an, als hätte sie sich ein Eis verdient, meinst du nicht?«, sagte Kimberly.

Molly nickte.

»Also, was hättest du gern?« Kimberly bedachte Jordan mit einem flirtenden Lächeln. »Und sag nicht, du bevorzugst Vanille.«

»Nein. Du solltest wissen, dass ich der abenteuerlustige Typ bin.« Jordan hätte gern noch weitergeflirtet, aber nicht vor Molly. Sie las die Schilder, die an den Stahlbehältern befestigt waren. »Eine Kugel Erdnussbuttereis im Becher, bitte.«

Kimberly formte eine riesige Kugel Erdnussbuttereis und schob den Plastikbecher dann über die Theke.

»Danke.«

»Und du? Weißt du inzwischen, was du möchtest?« Kimberly lächelte auf Molly hinab, den Eisportionierer noch in der Hand.

Molly kaute kurz auf ihrem Zeigefinger. »Erdnussbutter oder Schokolade oder Kirsch.« Sie starrte die Stahlbehälter an, blickte dann auf und verkündete: »Schokolade.«

»Gute Wahl«, sagte Kimberly. »Willst du einen Becher oder eine Waffel?«

Wieder dachte Molly ernsthaft darüber nach. »Eine Waffel, bitte.« Sie sah zu, wie Kimberly Schokoeiscreme in ihre Waffel häufte. Eifrig streckte sie die Hände aus, um sie entgegenzunehmen.

Jordan bezahlte und gab Kimberly ein großzügiges Trinkgeld, weil sie so geduldig mit Molly gewesen war. Sie hoffte, sie würde es nicht mit ihrer ignoranten Kollegin teilen müssen. »Komm, wir setzen uns dort drüben an einen der Tische.« Nach dem Vorfall im Kino vertraute sie nicht darauf, dass Molly gleichzeitig gehen und Eis essen konnte.

»Ich suche uns einen aus!« Molly rannte voraus.

»Jordan!« Kimberlys Stimme hielt sie zurück, bevor sie ihr folgen konnte.

Sie drehte sich um.

»Hier.« Kimberly kam um die Theke herum und schob etwas in Jordans Tasche, da Jordan in ihrer gesunden Hand den Eisbecher hielt.

Vermutlich ihre Telefonnummer, dachte sich Jordan. Aber als sie sich an den kleinen Tisch setzte und in ihre Tasche griff, fand sie stattdessen einen Stapel dünner Papierservietten.

»Du wirst sie brauchen, glaub mir«, rief Kimberly von der Theke aus.

Jordan aß ihre Erdnussbuttereiscreme, während sie zusah, wie Molly sich über ihr Eis hermachte. Schokolade war bereits über das Kinn des Mädchens verteilt. Kimberly hatte wohl recht gehabt. Sie würde die Servietten brauchen.

»Schmeckt's?«, fragte sie grinsend.

Molly nickte, war aber mit dem Eisessen zu beschäftigt, um richtig zu antworten. Sie hielt Jordan ihre Waffel hin, um sie probieren zu lassen.

»Äh …« Durchweichte Waffel und Eis mit Kinderspucke. Lecker. Sie widerstand dem Impuls, die Nase zu rümpfen, und beugte sich vor, um einen Tropfen Eiscreme aufzulecken, der an der Waffel hinablief. »Lecker.«

»Und wie!« Molly sah sie erwartungsvoll an.

Es dauerte eine Sekunde, bevor Jordan begriff, warum. »Oh. Willst du von meinem Eis probieren?« Als Molly nickte, nahm sie ein bisschen Erdnussbuttereis auf ihren neongelben Plastiklöffel.

Statt den Löffel entgegenzunehmen, öffnete Molly den Mund wie ein Küken, das gefüttert werden wollte.

Vorsichtig schob ihr Jordan den Löffel in den Mund und betete, dass nicht wieder dasselbe wie beim Burgeressen passieren würde und sie schlussendlich die Schokoeiscreme essen musste, während Molly sich über ihr Erdnussbuttereis hermachte.

»Mmmm, lecker«, sagte Molly und widmete sich dann wieder ihrem eigenen Eis.

Puh. Jordan grinste über ihre eigene Erleichterung darüber, dass sie die durchweichte Waffel nicht essen musste.

Als sie ihre Eiscreme aufgegessen hatten und gerade aufstehen und gehen wollten, wurde ein kleines Silbertablett auf ihrem Tisch abgestellt.

Jordan sah auf. Sie hatte sonst nichts bestellt.

Kimberly deutete auf die beiden Milchshakegläser auf dem Tablett. »Das geht aufs Haus. Es tut mir wirklich leid, was sie gesagt hat.« Sie nickte in Richtung ihrer Kollegin.

Jordan gratuliere sich zu ihrem guten Geschmack, was Frauen anging. »Danke. Ich hoffe nur, du musst das nicht von deinem Lohn bezahlen.«

Kimberly lächelte nur. »Lasst es euch schmecken.«

»Das war aber nett von der Frau«, sagte Molly, als Kimberly gegangen war. »Ist sie deine Freundin?«

»Äh, ja, ich schätze mal, wir sind befreundet. Willst du die Milchshakes probieren, um zu sehen, welchen du willst?«, fragte sie, um Molly von weiteren Fragen abzulenken.

Molly nickte und zog das Tablett zu sich.

»Langsam. Und lass uns dich erst mal sauber machen.« Mollys Gesicht war von einem Ohr zum anderen mit Schokolade verschmiert.

Molly hob das Kinn und hielt still. Offenbar erwartete sie, dass Jordan sie sauber machte.

Jetzt war sie dankbar für die Servietten, die Kimberly ihr gegeben hatte, und benutzte sie, um Mollys Gesicht abzuwischen. Aber die Papierservietten waren zu dünn und weichten schnell durch. Sie warf sie in ihren leeren Plastikbecher und ging zur Theke, um Nachschub zu holen.

Kimberly sah ihr grinsend zu. »Das ist dein erstes Mal, oder? Das erste Mal, dass du auf ein Kind aufpasst, meine ich.«

»Ich hätte nicht gedacht, dass eine Frau mich das noch mal fragen würde.« Jordan grinste. »Aber ja, es ist mein erstes Mal. Merkt man wohl sehr.«

»Ein bisschen.«

Ein Gedanke kam ihr. »Du hast keine Kinder, oder?« Vielleicht hätte sie ihr diese Frage früher stellen sollen, bevor sie mit ihr geschlafen hatte.

»Nein.« Kimberly lachte. »Nur einen Haufen Nichten und Neffen. Ich habe schnell gelernt, für solche Situationen immer Feuchttücher dabeizuhaben.« Sie zeigte hinüber zu Molly, die mit den Füßen wippte und die Milchshakes gebannt anstarrte.

Jordan nahm sich eine Handvoll Servietten. »Nächstes Mal weiß ich Bescheid.« Der Gedanke ließ sie innehalten. Wollte sie wirklich, dass es ein nächstes Mal gab? Sie mochte Kinder nicht mal sonderlich, oder?

Molly war wohl die Ausnahme, musste sie sich eingestehen, als sie zum Tisch zurückging. Babysitten war furchtbar anstrengend, aber wenigstens langweilte sie sich nicht mehr.

Nach drei weiteren Servietten war Mollys Gesicht endlich frei von Schokolade. Ungeduldig wartete das Mädchen, bis sie endlich die Milchshakes probieren konnte. Als Jordan verkündete, dass sie sauber genug war, schnappte sie sich das nächstbeste Glas … und stieß es prompt um.

Milchshake spritzte über den Tisch und tropfte auf Jordans Jeans.

Mit schnellen Reflexen packte sie das Glas, bevor es auf dem Boden landen und zerbrechen konnte, aber für den Milchshake war es zu spät. Das meiste davon war über den Tisch und ihren Schoß verteilt. Selbst ihr Gips hatte etwas abbekommen.

»Ups.« Molly saß mucksmäuschenstill und zog den Kopf ein. »Tut mir leid.«

Jordan seufzte. »Schon okay. Ich schätze, das bedeutet, dieser Milchshake ist deiner.« Sie zeigte auf das verbliebene Glas. »Aber sei damit bitte vorsichtiger, ja?«

Molly nickte und hielt das Glas mit beiden Händen.

Jetzt musste sie noch einmal zur Theke, um mehr Servietten zu holen. Vielleicht sollte sie Aktien einer Firma kaufen, die Feuchttücher herstellte. Wenn alle Kinder wie Molly waren, machten die sicher ein Vermögen.

Als sie sich mehrere Servietten nahm und anfing, sich sauber zu machen, beugte sich Kimberly über die Theke. »Ich gebe zu, dass ich gehofft habe, noch mal die Chance zu bekommen, dich feucht zu erleben, aber so hatte ich mir das nicht vorgestellt.«

Jordan seufzte dramatisch. »Das Kind verdirbt mein Liebesleben.«

Kimberly wurde ernst. »Bist du … ähm … mit ihrer Mutter zusammen?«

»Nein.« Leiser fügte sie hinzu: »Du weißt doch, dass ich der Typ für nächtelangen, heißen Sex bin, nicht für Familienausflüge zum Zoo.«

»Trotzdem bist du hier.« Kimberly zeigte zu Molly, die ihren Milchshake schlürfte und ihn immer noch mit beiden Händen umklammert hielt, als ob ihr Leben davon abhinge.

Jordan hielt in der Bewegung inne, Kirschmilchshakespritzer von ihrem Gips zu reiben. »Äh, ja, aber das ist was anderes. Ich bin nur …«

Kimberly hob die Hand. »Du schuldest mir keine Erklärung. Ich wollte nur sichergehen, dass ich nicht im Territorium einer anderen wildere.«

Jordan schnipste ein Stück Kirsche von ihrem Knie und schüttelte den Kopf. »Ich gehöre niemandem, das weißt du doch.«

»Freiwild«, sagte Kimberly grinsend. »Gut.« Sie streckte den Arm über die Theke und drückte Jordan etwas in die Hand. Diesmal war es keine Serviette, sondern ihre Telefonnummer.

Vielleicht war das Kind doch nicht so schlecht für ihr Liebesleben.

Ihr Tag als Babysitterin war noch nicht mal vorüber, doch schon jetzt hatte Jordan drei wichtige Regeln gelernt, die in *Babysitten für Dummies* hätten stehen sollen, wenn es ein solches Buch überhaupt gab: Erstens, schicke das Kind immer zur Toilette, bevor der Film beginnt. Zweitens, nimm immer ausreichend Servietten oder Feuchttücher mit. Drittens, gib einem ohnehin schon quirligen Kind nicht so viel Zucker.

Molly hüpfte im Kindersitz herum, plapperte wild drauflos und sprang von Thema zu Thema, sodass Jordan nicht mitkam. Ihr schwirrte der Kopf.

So konnte sie das Mädchen auf keinen Fall zu ihrer Mutter zurückbringen, sonst würde Emma denken, sie hätte ihr Ecstasy statt Eiscreme gegeben. Erst musste sie ein bisschen Zucker verbrennen. Jordan lehnte sich gegen das Auto, suchte auf dem Handy nach Spielplätzen in der Gegend und verwarf einige, die nicht sonderlich gut aussahen.

Aha! Der ist es. Auf diesem Spielplatz gab es eine Tunnelrutsche. Jordan erinnerte sich noch daran, wie sehr ihr diese als Kind gefallen hatten, und Molly schien zu der Sorte Mädchen zu gehören, die keine Angst hatten, so etwas auszuprobieren.

Als sie zwanzig Minuten später auf den Spielplatz zugingen, wurde ihre Annahme bestätigt. Molly stieß einen Freudenschrei aus, als sie die in der Sonne glänzende Tunnelrutsche sah. Sie ging schneller, bis ihre kurzen Beine fast rannten, und zog Jordan an der Hand hinter sich her.

Jordan weigerte sich, loszulassen, denn in wenigen Metern Abstand rasten Autos an ihnen vorbei. Erst als sie den Spielplatz betraten, ließ sie Mollys Hand los.

Molly drückte Jordan ihr Plüschtier in die Hand und rannte zur Rutsche, so schnell, dass der Sand unter ihren Schuhe in alle Richtungen spritzte.

Eine hölzerne Festung bildete das Herzstück des Spielplatzes. Ein Kletternetz auf der einen und zwei Leitern auf der anderen Seite führten hinauf zu einer Plattform. Zwei sich krümmende Metallröhren glitzerten in der Sonne, sodass Jordan wünschte, sie hätte ihre Sonnenbrille mitgenommen, bevor sie zu diesem Abenteuer aufgebrochen waren.

Molly blieb vor der Leiter stehen. Mit beiden Händen packte sie die unterste Sprosse, sah zu der drei Meter hohen Plattform hinauf und zögerte.

Scheinbar brauchte sie ein wenig Hilfe. Jordan wollte gerade zu ihr hinübergehen und sie hinaufheben oder ein Stück mit ihr hinaufklettern, als jemand neben ihr sagte: »Lassen Sie ihr Zeit.«

Jordan drehte sich um.

Eine süße Brünette, die ein paar Jahre jünger als Jordan wirkte, saß auf einer der Bänke und aß Butterkekse in Tierform. »Sie wird raufklettern, sobald sie sieht, dass mein Sohn wohlbehalten oben ankommt.« Sie zeigte zur Rutsche. »Sehen Sie?«

Jordan sah zurück zu der hölzernen Festung.

Ein kleiner Junge kletterte an Molly vorbei die Leiter hinauf. Nachdem er die Plattform erreicht hatte, lehnte er sich über die Brüstung und rief Molly etwas zu.

Mit entschlossenem Gesichtsausdruck begann Molly, hinaufzuklettern.

Jordans Muskeln verkrampften sich. Ihr Blick folgte jeder Bewegung, die Molly machte, jedem Handgriff, jedem Setzen ihrer Füße. Ein falscher Schritt und das Mädchen würde von der Leiter stürzen. Trotz des weichen Sands könnte sie sich verletzen.

Als Molly oben ankam, begann Jordan wieder zu atmen und wandte sich erneut der Brünetten zu. »Sie hat's geschafft!«, sagte sie und musste dann über sich selbst lachen. Sie klang so stolz, als hätte sie Molly selbst zur Welt gebracht.

Die Brünette lächelte und nickte. »Setzen Sie sich doch. Ich habe das Gefühl, Sie werden eine Weile hier sein. Jetzt, da sie es einmal da hoch geschafft hat, wird sie nicht mehr aufhören wollen.«

Jordans Blick wanderte zwischen der Frau und Molly hin und her. »Muss ich sie nicht auffangen, wenn sie am anderen Ende der Röhre ankommt?«

»Wie alt ist sie? Fünf?«, fragte die Brünette.

»Ja.«

»Sie wird es Sie wissen lassen, wenn sie Hilfe braucht. In dem Alter ist es ihnen wichtig, unabhängig zu sein.«

Zumindest eine von ihnen hatte Ahnung von Kindern. Jordan setzte sich neben sie auf die Bank.

»Keks?« Die Brünette hielt ihr die Packung hin.

»Sind die nicht für ihn?« Jordan zeigte auf den kleinen Jungen, der mit Schwung auf der anderen Seite der Röhre zum Vorschein kam.

»Wenn Sie mich nicht verpetzen, wird er es nicht erfahren.« Die Brünette grinste.

Jordans Gaydar schlug aus. Sie erwiderte das Lächeln der Fremden und zwinkerte ihr zu. »Es wird unser kleines Geheimnis sein.« Wer hätte das gedacht? Jetzt hatte sie tatsächlich auf einem Spielplatz mit einer Frau geflirtet.

»Jordan, schau mir zu!« Mollys Stimme hallte durch die Röhre.

Das Metall nahm Jordan die Sicht, aber sie blickte gehorsam zum Ende des Tunnels.

Halb ängstliches, halb vergnügtes Quietschen hallte durch die Röhre, dann wurde Molly ins Freie katapultiert. Mit einem plumpsenden Geräusch landete sie mit dem Hintern im Sand.

Jordan sprang auf.

Doch Molly war bereits wieder auf den Füßen. »Hast du das gesehen?«, rief sie.

»Ich hab's gesehen.« Jordan setzte sich wieder. »Du warst toll.«

Molly rannte um die Festung herum und kletterte erneut hinauf.

Jordan nahm den zweiten Keks, den die Brünette ihr hinhielt. *Regel Nummer vier,* fügte sie in Gedanken hinzu. *Nimm immer Kekse als Nervennahrung mit.*

Ihr Handy vibrierte. Als sie es aus der Tasche zog und aufs Display sah, fand sie eine SMS von Emma. Es war bereits die dritte heute.

Wie läuft es bei euch? Hat meine energiegeladene Tochter dich schon mürbe gemacht?

Zu ihrer eigenen Verwunderung genoss Jordan die Zeit mit dem Mädchen. Aber um ehrlich zu sein, würde sie auch ebenso froh sein, wenn sie Molly wieder bei ihrer Mutter abgeben konnte. Mit einer Fünfjährigen mitzuhalten, war anstrengend.

Aber wenn sie das zugab, würde Emma sich Sorgen machen.

Nicht im Geringsten. Sie ist ein wahrer Engel.

Jetzt weiß ich, dass etwas nicht stimmt, kam sofort Emmas Antwort. *Was ist passiert?*

Molly rutschte erneut durch die Röhre und als sie am anderen Ende zum Vorschein kam, winkte sie.

Jordan winkte mit ihrem eingegipsten Arm zurück, während sie mit der anderen eine Antwort tippte.

Gar nichts ist passiert. Alles bestens. Ich schwöre es. Jetzt geh wieder an die Arbeit und lass uns unseren Spaß haben.

Aye-aye.

Lächelnd schloss Jordan ihre SMS-App.

Die Brünette nickte in Richtung des Handys in Jordans Hand. »Ihre … ähm … Partnerin?«

Die Fremde hatte also ebenfalls ein voll funktionstüchtiges Gaydar. »Nein. Ich habe keine Partnerin. Das war meine Nachbarin. Molly ist ihre Tochter. Ich bin nur fürs Babysitten eingesprungen.«

»Ein Hoch auf Babysitter.« Die Brünette bot ihr einen weiteren Keks an.

Jordan streckte die Beine aus, aß ihren Keks und sah Molly beim Rutschen zu. Die beiden Kinder wetteiferten darum, wer schneller rutschen konnte. Noch ehe ein Gewinner feststand, war die Keksschachtel leer und die Brünette erhob sich mit einem Blick auf ihre Armbanduhr.

»Es war nett, Sie kennenzulernen. Vielleicht sieht man sich hier ja mal wieder.«

Jordan zuckte mit den Schultern. »Ich wohne nicht in der Nähe. Aber … na ja, ich kenne Ihre private Situation nicht. Aber wenn Sie Lust haben, könnten wir uns mal zum Essen treffen. Diesmal etwas Erwachseneres als Kekse in Tiergestalt«, fügte sie hinzu.

Die Brünette lachte. »Warum nicht. Ich bin geschieden und ein Abendessen unter Erwachsenen klingt toll.«

»Na dann.« Jordan suchte in ihrer Tasche nach einer Visitenkarte und hielt sie ihr hin. Als die Brünette sie wegziehen wollte, ließ Jordan nicht los, sodass sie nun beide die Karte festhielten. Ihre Finger berührten sich. »Um ganz ehrlich zu sein … Ich würde mich wirklich gern mit Ihnen treffen, aber ich möchte schon jetzt klarstellen, dass nichts Ernstes daraus werden wird.«

»Darum geht es mir auch nicht. Ich bin noch nicht über seinen Vater hinweg.« Die Brünette zeigte auf ihren Sohn. »Ein Abendessen unter Erwachsenen … und vielleicht eine gewisse andere Aktivität für Erwachsene … ist alles, was ich will.«

Also war sie bisexuell? Jordan war es egal. »Perfekt.« Sie ließ die Karte los und sah zu, wie die Brünette ihren Sohn an der Hand nahm und mit ihm davonging.

Molly und der kleine Junge winkten einander zu.

»Hey«, rief Jordan ihr nach. »Wie heißt du eigentlich?«

Die Brünette sah über die Schulter zurück. »Emma.«

Emma. Wow. Was für ein Zufall! Scheinbar stand sie im Moment auf alleinerziehende Mütter namens Emma.

Molly rannte an ihr vorbei zur Leiter. Ihre Wangen waren gerötet und einer ihrer Zöpfe hatte sich gelöst.

»Nur noch einmal, okay?«, rief Jordan.

»Okay«, rief Molly zurück und griff schon nach der untersten Sprosse.

Als sie auf der anderen Seite der Röhre zum Vorschein kam, stand Jordan von der Bank auf und gab Molly ihr Stofftier zurück. »Gut. Dann lass uns gehen.«

»Kann ich noch auf die Schaukel?« Molly sah sie mit großen, flehenden Augen an. »Biiiitte.«

Wie konnte sie da Nein sagen? »Klar.«

»Hurra!« Molly rannte zu den Schaukeln am anderen Ende des Spielplatzes.

Himmel, hatte sie all den Zucker noch immer nicht verbrannt? Scheinbar nicht.

Molly setzte sich auf eine Schaukel und begann, mit den Beinen Schwung zu holen. Mit der rechten Hand umklammerte sie nicht nur die Kette, sondern auch den Schwanz von Maus. Die Mähne des Stofftiers und Mollys Haar wehten im Wind. »Ich kann fliegen! Schau mal, Jordan!«

Jordan lachte. »Ja, du …«

Als die Schaukel sich wieder nach vorn bewegte, ließ Molly die Ketten los und sprang vom Sitz.

»Molly!« Jordan spurtete los, um sie aufzufangen, war aber eine Sekunde zu langsam.

Das Mädchen landete mit einem Plumps im Sand.

Alles, was Jordan tun konnte, war den schweren Gummisitz zu stoppen, bevor er wieder nach vorn pendeln und Molly am Kopf treffen konnte. Sie landete auf den Knien neben dem Mädchen im Sand. »Molly! Um Himmels willen, bist du okay?«

Molly setzte sich auf und begann sofort zu weinen. Sie und das Stofftier waren mit Sand bedeckt.

Angesichts von zerfetzten Gefäßen und anderen Notfällen während OPs blieb Jordan stets ruhig, aber nun erfasste sie Panik. *Ganz methodisch vorgehen, wie in der Medizin,* sagte sie sich. Zuerst würde sie ausschließen, dass Molly ernsthaft verletzt war, und sie dann sauber machen.

»Wo tut es weh, Molly?« Verzweifelt versuchte sie, festzustellen, ob sich unter dem Sand Blut versteckte, konnte aber keines entdecken.

Molly schluchzte, sodass Jordan sie kaum verstand.

»Wie bitte? Dein Mund? Dein Mund tut weh?« Oh Gott. Hoffentlich hatte das Kind sich nicht die Zunge durchgebissen oder einen Zahn ausgeschlagen. Warum zum Teufel hatte sie ihr erlaubt, auf die verdammte Schaukel zu gehen? »Kannst du mal den Mund öffnen und mir deine Zähne zeigen?«

Noch immer weinend, öffnete Molly den Mund.

Kein Blut und ihre Zähne schienen intakt zu sein. Sie atmete auf. »Bist du sicher, dass es der Mund ist, der wehtut?«

»Maus«, schluchzte Molly und hielt ihr das Stofftier hin.

»Oh.« Jordan lachte erleichtert auf. Es war nicht Mollys Mund, sondern Maus, die verletzt war!

Die rechte Vorderpfote des Plüschlöwen hing nur noch an einem Faden und Baumwolle ragte aus der fast amputierten Pfote. Scheinbar war Molly darauf gelandet. Maus hatte den Sturz abgefangen und sie womöglich sogar vor Verletzungen bewahrt.

Jordans Herz raste und begann nur zögerlich, wieder langsamer zu schlagen. Gott, das Mädchen hatte sie zu Tode erschreckt!

»Ist doch nicht so schlimm, Molly.« Sanft rieb sie Mollys Rücken. »Ich kann ihn für dich zusammenflicken, wenn wir wieder zu Hause sind.«

Mollys Tränen versiegten. »Kannst du das wirklich? Versprochen?«

»Versprochen«, sagte Jordan. »Ich bin Ärztin, schon vergessen?«

»Wie Mama.« Molly zog geräuschvoll die Nase hoch.

Jordan mochte es nicht, mit der Frau verglichen zu werden, die so blöd gewesen war, Emma und ihre Tochter gehen zu lassen. Dennoch nickte sie. »Ja, genau wie Mama. Ich verspreche, dass wir Maus im Nu wieder fit kriegen. Sollen wir nach Hause fahren und ihn flicken?«

Molly lächelte unter Tränen und nickte. Rotz tropfte aus ihrer Nase.

Bäh! Jordan tastete ihre Taschen ab und zog triumphierend eine Serviette hervor, die noch aus der Eisdiele stammte. Es waren keine Feuchttücher, aber immerhin besser als nichts.

Sanft säuberte sie Mollys Gesicht, forderte sie auf, sich zu schnäuzen, und stand dann auf und klopfte den Sand aus Mollys Kleidern. Sie versuchte sogar, den Zopf wieder hinzubekommen, der sich gelöst hatte, aber mit nur einer Hand war das unmöglich. Mit den Fingern Mollys Haare zu kämmen, musste reichen. »So, jetzt bist du wieder hübsch wie eh und je.«

Molly warf sich ihr in die Arme.

Überrascht stolperte Jordan einen halben Schritt zurück, bevor sie sich wieder fing. Ihre gesunde Hand kam auf Mollys Schulter zu ruhen. »Ähm, ist alles okay?«

Molly nickte, den Kopf auf Jordans Hüfte. »Kannst du mich tragen?«, fragte sie, ihre Stimme kaum hörbar, weil sie das Gesicht an Jordans Jeans vergraben hatte.

»Aber klar doch. Du trägst Maus und ich trage dich.« Sie bückte sich und nahm das Mädchen mit dem linken Arm hoch.

Molly kuschelte sich an sie und schlang beide Arme um Jordans Hals. Sie schwieg, als Jordan sie zum Auto trug. Da sie normalerweise ununterbrochen redete, begann Jordan langsam, sich Sorgen zu machen.

»Bist du sicher, dass du dich nicht verletzt hast?«

Wieder nickte Molly.

Als sie am Auto ankamen, schien sie nicht erfreut, dass Jordan sie absetzte, aber mit nur einem gesunden Arm hatte Jordan keine andere Wahl. Sie half ihr in den Kindersitz und setzte Maus auf ihren Schoß.

Dann ging sie um den Prius herum und stieg ein. Als sie den Motor startete und den Nachhauseweg einschlug, hatte Molly noch immer nichts gesagt. Sie schwieg auch dann noch, als sie auf der Pasadena-Schnellstraße nach Norden fuhren.

Erst als sie am Dodger-Stadium vorbeifuhren, sagte Molly: »Jordan?«

»Ja?« Jordan sah in den Rückspiegel.

Molly streichelte die verletzte Pfote des Stofftiers. »Kann Maus auch einen Gips haben, so wie du?«

»Klar.« Jordan war so froh, dass das Kind endlich wieder redete, dass sie ihr wohl alles versprochen hätte, auch wenn sie keine Ahnung hatte, wie sie einen Gips für ein Stofftier besorgen sollte.

»Ich will dann unterschreiben!« Molly begann, genau zu beschreiben, was für einen Gips Maus haben sollte und was sie darauf malen würde.

Wer hätte gedacht, dass Jordan je froh sein würde, dem Dauergeplapper zuzuhören? Mit einem breiten Grinsen fuhr sie in Richtung South Pasadena. Jetzt musste sie Molly nur noch in ihre Haushälfte schmuggeln und die Pfote wieder annähen, ohne dass Emma es merkte.

Kapitel 11

Geschafft! Emma schlug ihren ledergebundenen Terminkalender zu und erhob sich von ihrem Bürostuhl. Ihre Rückenmuskeln schmerzten, was sie aufstöhnen ließ. Sie war so in ihre Arbeit vertieft gewesen, dass sie vergessen hatte, zwischendurch aufzustehen und sich zu strecken.

Es war ein produktiver Tag gewesen. Obwohl sie oft an Molly und ihre Notfallbabysitterin gedacht und gegen den Drang angekämpft hatte, ihr schon wieder eine SMS zu schreiben, hatte sie es irgendwie geschafft, jede Aufgabe auf ihrer To-do-Liste zu erledigen.

Während ihres letzten Skypegesprächs hatte sie geglaubt zu hören, wie sich die Garagentür öffnete und wieder schloss, aber da musste sie sich wohl getäuscht haben. Wenn die beiden zurück gewesen wären, wäre Molly längst in den Raum geplatzt.

Als sie auf die Terrasse trat, um etwas frische Luft zu schnappen, merkte sie, dass die Tür zu Jordans Wohnzimmer aufstand. Vorhin war die noch nicht auf gewesen, oder? Also waren sie doch schon zurück?

Es war Viertel nach zwei. Vielleicht hatte Jordan Molly noch ein wenig mit zu sich genommen, um Emma die Gelegenheit zu geben, in Ruhe ihre Arbeit zu beenden.

Sie konnte sich nicht entsinnen, wann jemand, vor allem eine Person, die sie kaum kannte, so etwas Nettes für sie getan hatte. Emma nahm sich vor, es irgendwie wiedergutzumachen.

Sie überquerte die Terrasse und ging auf Jordans Haushälfte zu.

Stimmen drangen durch die offene Terrassentür, die ihrer Tochter und gelegentlich Jordans tiefere Stimme.

Als sie näher kam, konnte sie verstehen, was die beiden sagten.

»Da ist ziemlich viel Sand in der Wunde«, sagte Jordan. »Wir müssen sie säubern, bevor ich das nähen kann.«

Sofort begann Emmas Herz, in hektischem Rhythmus gegen ihre Rippen zu trommeln. *Oh Gott!* Also war doch etwas passiert. Molly war verletzt!

Sie rannte ins Haus.

Jordan und Molly knieten vor dem Couchtisch, der als Operationstisch diente. Emma konnte nicht sehen, was genau genäht wurde, denn Jordans athletischer Rücken nahm ihr die Sicht.

In zwei schnellen Schritten durchquerte sie den Raum. »Molly!«

Die beiden drehten sich um.

»Mami!« Molly sprang auf, eilte auf sie zu und warf sich Emma in die Arme.

Emmas Augen fielen zu, als sie ihre Tochter an sich gepresst hielt. Sie schien noch in einem Stück zu sein. Sanft setzte sie Molly ab und ließ ihren Blick über sie gleiten, um zu sehen, wo sie verletzt war.

Erst jetzt fiel ihr auf, dass Molly nicht das T-Shirt trug, das sie ihr heute Morgen angezogen hatte. Sie trug ein hellgrünes OP-Oberteil, das ihren ganzen Körper wie ein Kleid bedeckte. Abgesehen von ihrer ungewöhnlichen Kleidung, schien es ihr gut zu gehen. Keine blutenden Wunden. Emma konnte nicht einmal blaue Flecken entdecken.

»Mami, schau! Wir …« Sie sah zu Jordan, die ihr ermutigend zunickte. »Wir führen eine Operation durch.«

Also war Molly nicht die Patientin. Nun eher neugierig als besorgt, ließ sich Emma zum Couchtisch ziehen, der mit blütenweißen Taschentüchern bedeckt war, auf denen der reglose Patient lag.

Was immer die beiden heute gemacht hatten, Maus hatte dabei fast eine Pfote verloren. Emma wagte kaum zu fragen.

Jordan trug ebenfalls OP-Kleidung, die alles andere als figurbetont war, doch die Art, wie Jordan sie trug – so als wäre sie eine zweite Haut – ließ Emma trotzdem zweimal hinsehen.

Molly kniete sich wieder neben Jordan und riss Emmas Aufmerksamkeit von Jordans OP-Kleidung los.

»Nadel«, sagte Jordan und streckte die linke Hand aus.

Einen Moment lang konnte sich Emma vorstellen, wie sie im OP sein mochte, wo sie selbstbewusst ihr Team führte und ihre geschickten Hände benutzte, um Menschenleben zu retten.

Ganz vorsichtig nahm Molly eine Nähnadel vom Tisch und legte sie auf Jordans Handfläche. Ihr Gesichtsausdruck war ernst, ganz die pflichtbewusste Assistentin, die der Chirurgin die Instrumente reichte.

Emma verkniff sich ein Grinsen.

Jordan blickte hinab auf die Nadel und schien erst jetzt zu bemerken, dass sie diese mit einer Hand nicht einfädeln konnte.

»Soll ich euch zur Hand gehen?«, fragte Emma, bevor Jordan noch Dummheiten machen konnte, indem sie zum Beispiel vor Molly die Nadel in den Mund nahm, um sie einzufädeln.

»Hast du schon einmal bei einer solchen OP assistiert?«, fragte Jordan.

Beide sahen sie mit skeptischen Blicken an.

Emma richtete sich zu ihrer vollen Größe auf. »Ich habe in der sechsten Klasse sogar mal einen Teddybären genäht.«

»Ich würde sagen, sie ist ausreichend qualifiziert. Was meinst du, Molly? Sollen wir sie helfen lassen?«

»Aber sie hat nicht die Spezialkleidung an.« Molly deutete auf die OP-Kleidung, die sie und Jordan trugen.

»Das macht nichts, solange sie den Patienten nicht berührt.«

Molly neigte den Kopf und schien kurz darüber nachzudenken. »Okay. Mami, du kannst uns helfen.« Sie rutschte ein wenig zur Seite, damit Emma sich neben sie knien konnte.

»Herzlichen Dank, Frau Doktor.« Sie warf Jordan einen Blick zu. »Das Herumkommandieren beherrscht sie schon bestens. Vielleicht wird sie wirklich mal Ärztin.«

Jordan grinste. »Schau mich nicht so an. Ich habe ihr das nicht beigebracht. Das muss sie von ihrer Mutter haben … und ich spreche nicht von deiner Ex.«

Ihre Finger berührten sich, als Jordan ihr die Nadel gab. Jordans Haut war warm und fühlte sich gut an. Emma biss die Zähne zusammen, verärgert über ihre Gedanken. *Eine* Chirurgin und Frauenheldin in ihrem Leben war mehr als genug, sie würde also nie erfahren, ob Jordans Haut sich überall so weich anfühlte.

Ihre Finger zitterten fast unmerklich. Sie brauchte drei Anläufe, bis sie die Nadel endlich eingefädelt hatte. Diesmal war sie darauf bedacht, Jordans Finger nicht zu berühren, als sie ihr die Nadel gab.

»Na schön. Molly, jetzt bist du an der Reihe, mir zu helfen. Meinst du, du könntest den Arm des Patienten halten, während ich nähe?« Jordan zeigte ihr, wie sie den Arm halten sollte.

Eifrig nickte Molly. Ihre kleine Brust war stolzgeschwellt angesichts der wichtigen Aufgabe, die sie übernehmen sollte.

Emma reckte den Hals, um an Jordan vorbeizusehen und sicherzugehen, dass sie Mollys Händen mit der Nadel nicht zu nahe kam. Aber es gab keinen Grund zur Sorge.

Während Molly die abgetrennte Pfote festhielt, setzte Jordan eine Reihe ordentlicher Stiche. Selbst mit ihrer linken Hand war sie bemerkenswert geschickt. Schließlich musterte sie die Pfote von allen Seiten, bewegte sie nach links, rechts, oben und unten. »Sieht so aus, als wäre der Patient geheilt. Was meinst du, Molly?«

»Kann ich sein Herz abhören?« Molly zeigte auf das Stethoskop, das Jordan als Teil ihrer Chirurgenkleidung um den Hals hängen hatte.

»Aber sicher doch.« Jordan beugte sich hinab, sodass Molly das Stethoskop nehmen konnte.

Molly ergriff es, ohne zu zögern. Ihre Tochter war nie schüchtern gegenüber Fremden gewesen, aber dennoch überraschte es Emma, wie beiläufig sie Jordans Schultern berührte, als sie das Stethoskop entgegennahm. Scheinbar hatten sich die beiden heute angefreundet. Molly fummelte kurz an den Ohrhörern herum, bevor es ihr gelang, sie in ihre Ohren zu schieben.

Jordan sah ihr lächelnd zu. »Andersherum.« Sie half ihr, die Ohrhörer richtig herum aufzusetzen. »Und dann wärmst du das Bruststück mit den Fingern an, damit es nicht so kalt ist, wenn du Maus damit berührst.«

Molly nahm die Metallscheibe in die Hand. »Eins, zwei, drei«, zählte sie und war ganz stolz, ihre mathematischen Fähigkeiten zur Schau stellen zu können. Sie drückte die Membran des Stethoskops auf die Brust des Stofftiers, lauschte gebannt und zog schließlich die Ohrbügel aus ihren Ohren. »Ist gesund«, verkündete sie.

Jordan und sie klatschten einander ab.

»Der Patient braucht also doch keinen Gips, Dr. Larson?«, fragte Jordan.

Molly schob einen Finger in den Mund, so wie sie das manchmal tat, wenn sie Vor- und Nachteile einer Entscheidung abwog. »Vielleicht ist er doch nicht ganz gesund.«

Jordan grinste, wickelte einen Verband um die Löwenpfote und gab das Plüschtier dann an Molly weiter.

»Hmm.« Molly bewegte die verbundene Pfote in alle Richtungen. Sie klopfte auf den Verband und dann, ganz vorsichtig, auf Jordans Gips. »Aber der ist nicht hart, so wie deiner. Das ist gar kein richtiger Gips.«

»Äh …« Jordan kratzte sich am Kopf und sah Emma hilfesuchend an. »Hilfe«, flüsterte sie.

»Doch, ist es, Schatz. Es ist ein ganz besonderer Gips nur für Löwen, während Jordan natürlich einen für Menschen hat.«

Einen Moment lang blickte Molly skeptisch, doch dann nickte sie. »Kann ich trotzdem auf dem Löwengips unterschreiben?«

»Selbstverständlich.« Mit den Stofffasermalern, die sie Molly zu Weihnachten geschenkt hatte, sollte das problemlos funktionieren. »Sollen wir nach Hause gehen und es versuchen?« Sie zeigte auf ihre Haushälfte.

»Ja!« Molly rannte zur Tür, aber Emma versperrte ihr schnell den Weg.

»Hast du nicht was vergessen? Hast du dich schon bei Jordan für das Kino bedankt?«

Maus eng umklammert, rannte Molly zu Jordan zurück und umarmte sie. »Danke.«

Bildete sie sich das nur ein oder war Jordan schon viel entspannter, wenn sie von einem Kind umarmt wurde?

Molly ließ los und hüpfte zur Tür.

Emma und Jordan sahen ihr beide nach und wandten sich dann einander zu.

»Ich kann gar nicht oft genug danke dafür sagen, dass du eingesprungen bist und heute auf sie aufgepasst hast«, sagte Emma. »Das war wirklich Rettung in der Not.«

»Das ist es doch, was wir Chirurgen tun«, sagte Jordan grinsend. »Menschen retten, die in Not sind, richtig?«

Bei der Erwähnung von Chirurgen versteifte sich Emma, aber sie versuchte, es nicht zu beachten. Jordan war nicht Chloe, sagte sie sich. »Ja, ich schätze schon.«

»Wie lief es mit dem neuen Klienten?«

Ein Lächeln vertrieb Emmas Anspannung. »Super. Er will mit mir arbeiten. Erstmal nur probeweise, aber es sieht sehr vielversprechend aus.«

Jordan nickte ihr ermutigend zu. »Er wird hin und weg sein von deinen Wahnsinns-VA-Fähigkeiten.«

Ihr Vertrauen fühlte sich gut an. »Danke.« Sie blickte über ihre Schulter. »Ich sollte besser gehen, bevor Molly die Stoffstifte findet und sie auf der Couch ausprobiert. Nochmals danke. Ich schulde dir was.«

Jordan winkte ab. »Es war mir ein Vergnügen.«

Sie nickten einander zu, dann eilte Emma Molly hinterher, um die Stifte zu holen und herauszufinden, was ihre Tochter und ihre Nachbarin heute so alles angestellt hatten.

Na endlich! Es hatte ewig gedauert, bis Molly eingeschlafen war. Sie hatte unermüdlich von ihrem Tag mit Jordan erzählt, bis ihr die Augen zugefallen waren.

Emma erhob sich von der Bettkante und schlich sich aus dem Zimmer. An der Tür blickte sie zurück.

Ihre Tochter schlief friedlich. Maus und sein inzwischen unterschriebener und verzierter Gips dienten ihr als Kissen.

Als sie das Wohnzimmer betrat, dämmerte es bereits. Sie ging zur Terrassentür und blickte hinaus. Im Dämmerlicht konnte sie erkennen, dass Jordan in der Hängematte lag. Eines ihrer langen Beine hing auf einer Seite heraus, sodass sie sich hin und wieder am Boden abstoßen konnte.

Emma musste lachen. Jordan war vermutlich genauso fertig wie ihre Tochter. Sie hatte ein wenig Ruhe verdient, aber Emma wollte ihr gern noch einmal danken, nachdem Molly ihr erzählt hatte, was sie und Jordan alles unternommen hatten.

Sie nahm zwei Flaschen Bier aus dem Kühlschrank und trat auf die Terrasse. Die Tür ließ sie offen, sodass sie hören konnte, falls Molly aufstand und nach ihr rief.

Jordan hielt mitten im Schaukeln inne und sah auf, als sie zu ihr hinüberging.

»Ich dachte, du könntest eins vertragen.« Emma hielt ihr ein Bier hin. »Oder nimmst du noch Schmerzmittel?«

»Heute nicht. Heute war ich im Dienst.«

Emma verstand, was sie meinte. Jordan hatte nichts nehmen wollen, solange sie die Verantwortung für Molly trug. Eine Welle der Dankbarkeit erfasste sie, gemischt mit einem Hauch von Schuldgefühlen. Sie musste zugeben, dass sie Jordan falsch eingeschätzt hatte. Nur, weil sie vor Beziehungen zurückschreckte, bedeutete das noch lange nicht, dass sie selbstsüchtig und verantwortungslos war.

Sie drückte ihr das Bier in die Hand. »Ähm, darf ich dir etwas Gesellschaft leisten oder möchtest du lieber allein sein und die Stille genießen?«

»Nein, ist schon okay. Bitte bleib. Ich würde gern ein Bier mit dir trinken.«

Emma setzte sich im Schneidersitz neben der Hängematte ins Gras.

Sie tranken Bier und lauschten dem Zirpen der Grillen.

»Also«, sagten sie beide gleichzeitig.

Jordan bedeutete ihr, zuerst zu sprechen.

»Wie lief es heute wirklich?«, fragte Emma. »Und versuch nicht wieder, mir einzureden, dass sie ein wahrer Engel war. Ich kenne meine Tochter. Wenn sie überdreht vor Aufregung ist, kann sie ziemlich schwierig sein.«

»Es war okay, ehrlich.«

Emma warf ihr denselben Blick zu, der Molly immer Einhalt gebot, egal, was sie gerade tat. »Maus hat fast eine Pfote verloren, in Mollys Haar war mehr Sand als in der Sahara und wenn ich mich nicht täusche, dann hat dein Gips heute einige interessant aussehende Flecken dazubekommen.«

Jordan rieb den Gips über die OP-Hose, die sie noch immer trug, als könnte das die Flecken wegwischen. »Du willst also die Wahrheit hören?«

»Natürlich. Ich kann sie aushalten. Vergiss nicht, dass ich schon ihr ganzes Leben lang mit diesem Energiebündel unter einem Dach lebe. Ich gebe zu, es gab Momente, in denen mir durch den Kopf ging: nur noch dreizehn Jahre.«

Der Klang von Jordans Gelächter brachte Emma zum Lächeln.

»Es lief wirklich alles gut«, sagte Jordan. »Aber, Himmel, sie hat mehr Energie als ein Atomkraftwerk!« Mit einem schuldbewussten Grinsen fügte sie hinzu: »Das könnte natürlich auch damit zu tun haben, dass ich ihr Popcorn, Fanta, Eiscreme und einen Milchshake gegeben habe.«

»Na, kein Wunder, dass sie im Zuckerrausch war.« Emma schüttelte den Kopf. »Typischer Anfängerfehler. Du bist Ärztin, du solltest es besser wissen.«

»Vermutlich habe ich mein Ärztinnengehirn nicht eingeschaltet. Aber wenigstens musste sie sich nicht übergeben und sie hatte einen schönen Tag. Zumindest glaube ich das. Das Ende war nicht so schön, nachdem sie beschloss, fliegen zu können, und von der Schaukel gesprungen ist. So hat Maus auch seine Pfote verloren.«

Emma seufzte. »Sie kann Gefahren wirklich nicht einschätzen. Einmal hat sie versucht, oben von einer Rutsche zu springen, einfach nur, um mir zu zeigen, dass sie es kann. Die Rutsche war nicht sehr hoch, aber sie hätte sich trotzdem verletzen können, wenn ich sie nicht zurückgehalten hätte. Und lass uns nicht davon sprechen, wie sie den Maulbeerbaum hinaufgeklettert ist.« Eine Gänsehaut überkam sie bei dem Gedanken, deshalb schob sie ihn schnell beiseite. »Aber sie hatte heute wirklich einen schönen Tag. Sie hat es mit einem Tag in Disneyland verglichen und das ist das höchste Kompliment, das sie jemandem machen kann.«

Jordans weiße Zähne leuchteten vor dem dunkel werdenden Himmel. »Ich bin besser als Disneyland?«

»Gott, ich hätte das nicht erwähnen sollen. Als ob du nicht schon arrogant genug wärst.« Hoffentlich verriet ihr Tonfall, dass sie Jordan nur neckte.

»Selbstbewusst«, sagte Jordan.

»Tja, Miss Selbstbewusst, ich sagte, dass du auf gleicher Stufe mit Disneyland stehst, nicht, dass du besser bist.«

»Unwichtige Einzelheiten. Das wird dich lehren, meine Babysitterfähigkeiten nie wieder anzuzweifeln. Sie sind erste Sahne, Baby.« Jordan polierte ihre Nägel an ihrem OP-Oberteil.

»Ähm, muss ich noch mal das Popcorn und die Fanta und die Eiscreme und den Milchshake erwähnen?«

»Hey, den Milchshake habe ich ihr nicht gekauft.«

»Hast du nicht?«

Jordan seufzte und nahm einen großen Schluck Bier. »Er ging aufs Haus, als Entschuldigung dafür, dass eine der Verkäuferinnen mich für Mollys Kindermädchen gehalten hat.«

»Ihr Kindermädchen? Wie kommt sie denn darauf?«

»Scheinbar sehe ich wie ein Kindermädchen aus.« Jordans volle Lippen formten eine bittere Linie.

Emma ließ den Blick über Jordans Körper wandern: ihre lässige, aber selbstbewusste Haltung, die starke Hand, die die Bierflasche hielt, die dunklen, glitzernden Augen und ihr kurzes Haar. »Äh, nein, du siehst kein bisschen wie ein Kindermädchen aus. Die meisten Babysitter, die ich engagiert habe, waren Jugendliche oder Studentinnen, die sich etwas Geld verdienen wollten. Die Jeans, die du heute Morgen anhattest, hat vermutlich mehr gekostet als alle meine Jeans zusammengenommen.«

»Ja, aber die Verkäuferin hat sich nicht meine Jeans angesehen. Sie hat nur meine Hautfarbe gesehen.«

Emma starrte sie an. »Du meinst, sie hat angenommen, dass du das Kindermädchen bist, weil du schwarz bist?«

»So ist es.« Jordan nahm noch einen Schluck. »Das passiert öfter. Na ja, nicht dass ich für ein Kindermädchen gehalten werde, aber die Leute gehen oft von den dümmsten Annahmen aus. Als ich Assistenzärztin in Boston war, haben meine Kollegen angedeutet, ich hätte es nur deshalb ins Ausbildungsprogramm geschafft, weil es eine Quote für Schwarze gibt. Es war sicher angenehmer für sie, das zu glauben, statt zuzugeben, dass ich es geschafft hatte, weil ich während des gesamten Studiums hart gearbeitet habe.«

»Wow.« Emma schüttelte den Kopf. »Tut mir leid. Manche Leute können wirklich ignorante Arschlöcher sein. Was hast du gesagt? Zu der Verkäuferin in der Eisdiele, meine ich. Hast du sie aufgeklärt?«

Jordan lachte und ihre angespannte Haltung lockerte sich. »Musste ich gar nicht. Deine Tochter hat es für mich getan. Sie hat mich zu ihrer Freundin erklärt und damit war genug gesagt.«

Ein warmes Gefühl von Stolz füllte Emmas Brust. Molly konnte anstrengend sein, aber sie hatte das Herz am rechten Fleck. »Ich versuche, sie so zu erziehen, dass sie als Erwachsene später nicht solche bescheuerten Vorurteile hat und die Menschen aufgrund ihrer Hautfarbe, ihres Geschlechts oder ihrer sexuellen Orientierung stereotypisiert.«

»Soweit ich das beurteilen kann, machst du alles richtig. Es ist sicher nicht einfach, alleinerziehende Mutter zu sein. Ich weiß nicht, wie du das schaffst.«

Emmas Wangen wurden warm. Insgeheim musste sie zugeben, dass es sich gut anfühlte, wenn jemand – Jordan – ihre Bemühungen zur Kenntnis nahm, anstatt sie für selbstverständlich zu halten. »Tja«, sagte sie und versuchte, sich nicht anmerken zu lassen, wie viel Jordans Lob ihr bedeutete, »ich habe wohl kaum eine Wahl.«

»Klar hattest du die. Vielleicht nicht, was das Alleinerziehen angeht, aber bei der Entscheidung, Mutter zu werden, doch schon. Ist ja nicht so, als könntest du aus Versehen schwanger werden, wenn du mit einer Frau zusammen bist.«

»Danke für den Nachhilfeunterricht in Biologie, Frau Doktor.«

Jordan nickte ihr zu. »Gern geschehen.«

Eine Weile tranken sie schweigend ihr Bier. Emma lehnte sich auf die freie Hand gestützt zurück und starrte zum Nachthimmel empor. Das war das Schöne daran, wieder in Kalifornien zu leben: Man konnte draußen sitzen und einen warmen Sommerabend genießen, ohne sich darum zu sorgen, dass es bald regnen würde.

»Es gibt da etwas, was ich mich schon eine ganze Weile frage«, sagte Jordan schließlich.

Emmas Entspannung verpuffte schlagartig. Sie ahnte, was Jordan wissen wollte. Es interessierte sie sicher, was mit ihrer Ehe geschehen war. Tja, manchmal fragte sie sich das selbst noch immer.

»Was denn?«, fragte sie und versuchte, ganz normal zu klingen. Sie hielt den Blick auf das Etikett ihrer Bierflasche gerichtet.

»Warum gibt es in Kalifornien keine Glühwürmchen?«

Emma sah zu ihr auf. »Im Ernst? Das ist deine Frage?«

Jordan nickte. »Ja. Ist es dir noch nicht aufgefallen? Als ich in Massachusetts gelebt habe, habe ich ständig Glühwürmchen gesehen. Es gab auch welche in Maryland, North Carolina, Georgia und Wisconsin, aber seit ich hierhergezogen bin, habe ich kein einziges gesehen.«

Nachdem sie die Bierflasche abgestellt hatte, lehnte sich Emma auf den Ellbogen ins Gras zurück und dachte darüber nach. »Vermutlich ist es hier zu trocken für sie. Was schade ist. Ich hätte gern mal eines gesehen.«

»Du hast noch nie ein Glühwürmchen gesehen?«

Emma schüttelte den Kopf. »Nur in einem von Mollys Disneyfilmen.«

»Wow. Dann hast du was verpasst. Immer, wenn wir irgendwo wohnten, wo es Glühwürmchen gab, haben meine Schwestern und ich sie in Gläser getan, natürlich welche mit Löchern im Deckel. Wir haben sie Glitzerkäfer genannt.«

Emma musste lächeln, als sie sich Jordan als Kind vorstellte. »Das ist süß.«

»Es war irgendwie magisch, wie eine Lichtung, die mit Feenlicht beleuchtet wurde.«

Emma verbarg ihr Grinsen hinter der Bierflasche und musterte sie. Wer hätte gedacht, dass Jordan eine so sanfte, poetische Seite hatte? Je mehr Zeit sie mit ihrer Nachbarin verbrachte, desto mehr unerwartete Eigenschaften entdeckte sie an ihr und sie musste zugeben, dass sie diese versteckten Seiten mochte.

Jordan wandte den Blick vom Nachthimmel ab, um sich ihr zuzuwenden. »Wo war denn der Ort ohne Glühwürmchen, an dem du aufgewachsen bist?«

»Hier.«

»Hier? Genau hier?« Jordan zeigte auf das Fleckchen Gras, auf dem Emma saß.

»Na ja, nicht hier in diesem Haus, aber in South Pasadena, nur zwei Straßen entfernt von der Bücherei. Als Kind bin ich ständig über die Luftwurzeln des riesigen Feigenbaums vor der Bücherei geklettert.«

»Dann ist das Baumklettern also genetisch bedingt«, sagte Jordan amüsiert.

»Vielleicht. Aber ich musste nie wie ein hilfloses Kätzchen vom Baum geholt werden.«

»Gut, denn vielleicht wäre keine Ritterin in glänzender Rüstung da gewesen, die dich hätte retten können.«

Emma gab der Hängematte einen sanften Schubs, der sie hin und her schaukeln ließ. »Ritterin in OP-Kleidung, meinst du wohl. Eine, die am Ende selbst gerettet werden musste.«

»Tja«, sagte Jordan mit einem Zwinkern und einem Achselzucken, »manchmal haben Märchen im wahren Leben eben kein Happy End.«

»Nein, manchmal nicht.« Emma unterdrückte ein Seufzen.

»Also hat dich das Heimweh hierher zurückgetrieben?«, fragte Jordan nach einem Moment der Stille. Sie trank ihr Bier aus und stellte die Flasche ins Gras neben Emma. Als sie ihre Hand zurückzog, streiften ihre Finger leicht Emmas Knie.

Emma rieb mit den Fingern über die Stelle, während sie über ihre Antwort nachdachte. »Nein, eigentlich nicht. Ja, es ist schön hier, aber ich mochte Portland auch. Ich habe dort achtzehn Jahre lang gewohnt und es war mein Zuhause.«

»Warum bist du dann weggezogen?« Jordan musterte sie und Emma spürte ihren Blick auf sich wie zuvor die Berührung ihrer Finger. »Du musst nicht antworten, wenn du nicht …«

»Ist schon okay«, sagte Emma. Sie wollte ihrer Vergangenheit keine Macht über sich geben, indem sie vermied, darüber zu sprechen. Als sie entschieden hatte, Portland zu verlassen, hatte sie sich geschworen, ihre gescheiterte Ehe zu analysieren, daraus zu lernen und dann loszulassen. Leider hatte sie Schritt drei noch nicht ganz gemeistert. Doch Jordan verdiente eine Antwort. »So sehr ich Portland auch mochte, dort zu bleiben, verdammte mich dazu, ständig dieselben Erinnerungen durchleben zu müssen. Versteh mich nicht falsch, nicht alle davon waren schlecht, aber nach dem Scheitern meiner Ehe fühlten sich selbst die schönen Erinnerungen irgendwie beschmutzt an.«

»Ich verstehe«, sagte Jordan sanft.

Verstand sie es wirklich? Emma konnte sich nicht vorstellen, dass je eine Frau Jordan betrügen würde. Wenn überhaupt, wäre es wohl andersherum.

»Wie lange warst du verheiratet?«

»Zu lange«, murmelte Emma. Dann merkte sie, wie bitter das klang, und fügte hinzu: »Acht Jahre. Natürlich hat der Staat es damals nicht als Ehe bezeichnet. Chloe und ich sind vor zehn Jahren zusammengekommen, lange bevor Oregon eingetragene Partnerschaften für gleichgeschlechtliche Paare hatte.«

Jordan stieß einen beeindruckten Pfiff aus, als könnte sie sich nicht vorstellen, so lange mit einer Frau zusammen zu sein. »Acht Jahre? Wow. Was ist passiert?«

Emma seufzte. »Das frage ich mich auch. Lass uns einfach sagen, dass diese acht Jahre und unser Ehegelübde ihr nicht so viel bedeutet haben wie mir. Und du?« Sie merkte, dass sie mit dem Daumen über die leere Stelle an ihrem Ringfinger rieb, wo ihr Ehering gewesen war. Schnell presste sie die flache Hand ins Gras.

»War nie verheiratet und habe nicht vor, es je zu sein.«

»Nein, ich meinte, woher stammst du?«

»Von überall«, sagte Jordan.

Was war das denn für eine Antwort? Emma sah sie fragend an.

»Mein Vater war bei der Army, deshalb sind wir ständig umgezogen.«

»Du stammst aus einer Militärfamilie?« Irgendwie passte es zu Jordan. Sie schien anders zu sein als alle Menschen, die Emma je getroffen hatte.

Jordan nickte. Ihr Gesichtsausdruck war in der Dunkelheit nicht zu entziffern.

Emma war neugierig darauf, mehr über Jordans Leben zu erfahren. Nun ja, Jordan war die erste neue Freundin, die sie in South Pasadena hatte, also war es nur natürlich, sie besser kennenlernen zu wollen, oder? »War es schön oder schrecklich, so aufzuwachsen?«

»Es hatte seine schwierigen Momente, aber ich persönlich würde meine Kindheit für nichts auf der Welt eintauschen. Das einzig Schwierige war, sich dann wieder in der zivilen Welt zurechtzufinden. Als ich zur Uni ging, hatte ich wirklich zu kämpfen.«

»Im Ernst?« Das hatte Emma nicht erwartet. Jordan schien so umgänglich und flexibel, dass sie Geld darauf verwettet hätte, dass Jordan eines der beliebten Mädchen gewesen war, das mit jedem gut auskam.

»Versteh mich nicht falsch, ich war keine Außenseiterin. Wenn man in einer Militärfamilie eines lernt, dann, sich neuen Situationen anzupassen. Ich habe überall schnell Freunde gefunden, egal, wo wir hinkamen. Aber nach zwei oder drei Jahren wurde mein Vater immer versetzt und wir mussten wieder umziehen. Meine Schwestern und ich haben schnell gelernt, dass Freundschaften immer nur kurzfristiger Natur sind.«

»Wow. Ich kann mir nicht vorstellen, so aufzuwachsen. Ich weiß noch, wie am Boden zerstört ich war, als meine Eltern beschlossen haben, nach Portland zu ziehen, als ich vierzehn war.«

Jordan zuckte mit den Schultern. »Für uns war das normal. Ich finde es immer erstaunlich, dass manche Menschen seit dem Kindergarten mit denselben Leuten befreundet sind.«

»Bist du jetzt mit jemandem eng befreundet?«, fragte Emma.

»Meine Schwestern sind meine besten Freundinnen.«

Emma lächelte. »Obwohl sie dich von der Reifenschaukel geschubst haben?«

»Ja, trotz des Reifenschaukelvorfalls.« Jordan lachte. »Und dann ist da natürlich noch Hope. Als wir uns kennengelernt haben, hatten wir irgendwie sofort einen guten Bezug zueinander, obwohl sie keine Chirurgin ist und wir nicht im selben Jahr der Ausbildung waren. Kürzlich habe ich erfahren, dass sie in Pflegefamilien aufgewachsen ist und auch ständig umziehen musste. Vielleicht ist das der Grund, warum wir uns so gut verstehen.«

Die dunkelhaarige Ärztin mit den strahlend blauen Augen schien dennoch ganz anders als Jordan zu sein. Sie sprühte vor Energie, wo Jordan eher relaxt war, und wirkte immer ein wenig zerzaust, wohingegen Jordan mehr auf ihr Äußeres achtete und gebügelte Blusen, teure Jeans und ein Parfüm trug, das Emma ständig schnüffeln ließ wie Molly, wenn sie Popcorn witterte.

»Und du?«, fragte Jordan. »Hast du noch Freunde oder Familie hier in der Gegend?«

»Nein. Die meisten meiner Freunde sind längst weggezogen und ich bin ein Einzelkind. Meine Familie bestand immer nur aus mir und meinen Eltern und sie sind nach Florida gezogen, als mein Vater in Rente ging.«

Jordan neigte den Kopf. »Hast du nie in Betracht gezogen, nach der Scheidung auch dorthin zu ziehen?«

Emma lachte los. »Ich soll in einem Fünfzig-Kilometer-Umkreis von meinen Eltern wohnen? Nein, danke.« Ihr Tonfall wurde etwas sanfter, als sie merkte, wie bitter sie klang. »Sie haben mich nie wirklich unterstützt, besonders nicht, nachdem ich ihnen gesagt habe, dass ich lesbisch bin. Aber in South Pasadena aufzuwachsen, war schön und ich wollte, dass Molly auch an einem solchen Ort aufwächst. Ich wollte, dass sie …«

»Wurzeln hat«, beendete Jordan den Satz für sie.

Emma nickte. Es war schön, verstanden zu werden. »Außerdem wollte ich nicht ans andere Ende des Landes ziehen. Ich wollte Abstand, aber nicht so viel, dass meine Exfrau nicht ins Flugzeug steigen und innerhalb von drei Stunden hier sein kann.« Nicht, dass Chloe von ihrem Besuchsrecht bisher Gebrauch gemacht hätte. Sie unterdrückte ein Seufzen.

Beide schwiegen eine Weile.

»Und du? Wo bist du aufgewachsen?«, fragte Emma schließlich.

»Wo bin ich nicht aufgewachsen? Lass mal sehen …« Jordan zählte es an den Fingern ab, beginnend mit den Fingern ihrer gesunden Hand. »Wir waren in Maryland, Georgia, zweimal in Texas, North Carolina und in ein paar anderen Staaten, an die ich mich kaum erinnere, weil ich zu klein war. Außerdem haben wir auch eine Weile in Italien und in Deutschland gelebt.«

Emma bekam fast ein Schleudertrauma, als sie sich vorstellte, so oft umzuziehen. »Kein Wunder, dass ich deinen Akzent nicht einordnen konnte.«

»Ach, ich habe einen Akzent?«, fragte Jordan.

»Nein, das ist es ja gerade. Du hast keinen. Ich dachte erst, du stammst irgendwo von der Westküste, aber manchmal glaubte ich auch, einen leichten Südstaatenakzent herauszuhören.«

»Ich wusste gar nicht, dass du meiner lieblichen Stimme so aufmerksam lauschst«, sagte Jordan im gedehnten Texas-Tonfall.

Emma gab der Hängematte einen Schubs. Wenn sie ehrlich war, mochte sie Jordans Stimme, aber das musste sie Jordan nicht unbedingt wissen lassen. »Das mache ich immer, wenn ich neue Leute kennenlerne. Wenn ich zum Beispiel einen neuen Klienten habe, versuche ich immer zu raten, wo er oder sie herkommt. Bisher lag ich immer richtig. Aber dich konnte ich nicht einordnen.«

»Ich nehme ziemlich schnell neue Akzente an. Schon nach zwei Wochen in Texas klang ich wie eine Einheimische.«

»Sprichst du auch Deutsch oder Italienisch?«

»Nur genug, um die Damenwelt zu betören oder Eiscreme, Bier und schwäbische Spätzle zu bestellen.«

Emma musste lachen. »Na, wenigstens hast du Prioritäten gesetzt.«

Jordan faltete ihren gesunden Arm hinter dem Kopf. »Jawohl.«

»Und deine Schwestern?«, fragte Emma.

»Die mögen Eiscreme, Bier und Spätzle auch, aber die Damenwelt überlassen sie mir. Obwohl … Nia hatte vor ein paar Jahren mal eine bisexuelle Phase.«

»Nein, ich meinte, war es für sie genauso schwer, sich im zivilen Leben zurechtzufinden, wie für dich?«

»Vermutlich sogar noch schwerer. Ich wusste schon immer, dass ich Chirurgin werden wollte. Das hat mir Halt gegeben. Shawna hingegen ist von Job zu Job gewechselt, ohne einen zu finden, der wirklich zu ihr passt, bis sie schließlich auch zur Army gegangen ist. Und Nia ist zum dritten Mal verheiratet.«

Emma pfiff durch die Zähne. Eine Scheidung war schon schlimm genug, aber das zweimal durchzumachen und trotzdem noch den Mut zu haben, ein drittes Mal zu heiraten … Das konnte Emma sich nicht vorstellen. »Wow.«

»Ja. Im Vergleich zu den beiden bin ich die Bodenständigkeit in Person.«

»Hast du es je in Betracht gezogen?«, fragte Emma, ihrer Neugier nachgebend. »Ich meine, wirklich bodenständig zu werden und dich irgendwo fest niederzulassen und eine Familie zu gründen.«

»Nie. Der Gedanke daran, den Rest meines Lebens an einem Ort zu verbringen und jeden Tag neben derselben Frau aufzuwachen, verursacht bei mir eine Gänsehaut – und nicht etwa eine der angenehmen Sorte.« Jordan schüttelte sich und rieb sich mit der linken Hand den rechten Oberarm, so als hätte sie wirklich eine Gänsehaut. »Das wäre ja so, als müsste man jeden Tag dasselbe Dessert essen.«

»Ja, aber was wäre, wenn es das beste Dessert der Welt wäre, so was wie ein Schokocupcake mit Karamellüberzug und gerösteten Nüssen?«

Jordan leckte sich die Lippen. »Klingt lecker. Aber was, wenn ich auch mal andere Cupcakes probieren möchte? Ich mag es, die Freiheit zu haben, jedes Dessert zu probieren, wann immer ich will. Lieber hätte ich diese Freiheit, statt so eingeschränkt zu sein wie meine Mutter.«

»Oh. Dann sind deine Eltern nicht glücklich miteinander?«

»Doch, sogar sehr.«

»Aber?«, fragte Emma.

Jordan stieß sich mit den Zehen am Boden ab und schaukelte die Hängematte hin und her. »Ich weiß nicht. Ich hatte immer das Gefühl, dass meine Mutter zu viel aufgegeben hat, als sie meinen Vater geheiratet hat. Sie war eine sehr talentierte Musikerin. Sie kann sechs Instrumente spielen und die meisten davon hat sie sich selbst beigebracht. Sie hätte die Musik zu ihrem Beruf machen können, wenn sie gewollt hätte, aber als ich Kind war, habe ich sie nur selten spielen gehört.«

»Warum nicht?«

»Sie war im Grunde wie du.«

»Intelligent, gut aussehend und supernett?«, scherzte Emma und war selbst erstaunt, wie entspannt sie in Jordans Anwesenheit war.

Jordan lachte. »Ja, das auch. Aber ich meinte eigentlich, dass sie praktisch alleinerziehend war. Sie hat die Familie zusammengehalten, wenn mein Vater in ein Kriegsgebiet abkommandiert wurde.«

»Sie muss eine unglaubliche Frau sein.«

»Ja, das ist sie.« Der Stolz in Jordans Stimme war unmissverständlich und Emma konnte nur hoffen, dass ihre eigene Tochter eines Tages auch so von ihr sprechen würde. »Sie hat mich und meine Schwestern praktisch im Alleingang großgezogen. Ich weiß, dass sie es nicht bereut, aber sie hat eine Menge für uns aufgegeben. Vielleicht bin ich zu egoistisch, aber dazu bin ich nicht bereit.«

»Eine Chirurgin, die egoistisch ist? Nein, das ist einfach nicht möglich.«

Jordan streckte die Hand aus und kniff Emma ins Bein.

Emma zuckte zusammen. Es hatte kaum wehgetan, aber die Berührung von Jordans Hand auf ihrem Oberschenkel jagte Schauer durch ihren Körper. »Okay, okay, iss so viele Cupcakes, wie du willst. Ich weiß ohnehin nicht, warum ich die Monogamie so verteidige. Ist schließlich nicht so, als hätte ich viel Erfolg damit gehabt.«

»Aber trotzdem ist es immer noch das, was du willst«, sagte Jordan. Es klang nicht wie eine Frage.

»Ja. Mit dem richtigen Cupcake schon.«

Beide schwiegen, während die Grillen um sie herum zirpten.

»Na toll«, sagte Jordan nach einer Weile. »Jetzt habe ich Lust auf Cupcakes.«

Emma lachte. »Wir können dir morgen auf dem Rückweg vom Krankenhaus welche besorgen.«

»Äh, du brauchst nicht mitzukommen. Ich kann selbst fahren.«

»Ich habe nicht gesagt, dass du es nicht kannst, aber ich fahre dich trotzdem.« Jordan brauchte im Alltag nur noch selten ihre Hilfe. Sie ins Krankenhaus zu fahren, war das Mindeste, was sie tun konnte. »Wann willst du hier losfahren? Der Termin ist um neun, richtig?«

»Steht das nicht in deinem großen, ledergebundenen Terminkalender?«

»Sicher doch.«

»Mit roter Tinte?« Jordan schenkte ihr ein neckisches Grinsen.

Was war an ihrem Farbsystem denn so witzig? In ihrem Job war es wichtig, gut organisiert zu sein, und Emma schämte sich nicht dafür. »Rot ist nur für hochwichtige Dinge wie Gespräche mit potenziellen Klienten, die ich beeindrucken will.«

Jordan schob die Unterlippe vor, so wie Molly es manchmal tat. »Dann willst du mich nicht beeindrucken?«

»Muss ich das?« Emma hielt inne. Mensch, was machte sie da? Flirtete sie etwa, gerade jetzt, als Jordan sich endlich benahm?

Doch zu ihrer Überraschung antwortete Jordan nicht mit einem doppeldeutigen Scherz. »Nein«, sagte sie ganz ernst. »Ich bin bereits beeindruckt.« Lässig streckte sie ihren hochgewachsenen Körper, sodass die Seile der Hängematte knarrten, und gähnte. »Ich weiß nicht, wie du jeden Tag mit deiner Tochter mithältst. Ich gebe zu, dass ich ziemlich geschafft bin.«

Emma stand auf, hielt mit einer Hand die Hängematte fest und streckte Jordan die andere entgegen. »Dann komm. Auf ins Bett mit dir.«

»Du kommst ins Bett mit mir?« Jordan grinste breit. »Na endlich!«

Da war sie wieder: die alte Jordan. Diesmal war Emma fast erleichtert darüber. In ihrer Unterhaltung waren für sie beide einige aufwühlende Themen angesprochen worden. Emma musste zugeben, dass Jordan sie wiederholt überrascht hatte. Sie hätte nicht gedacht, dass Jordan ein Mensch war, mit dem sie über solche Themen reden konnte.

Jordan nahm ihre Hand und ließ sich aus der Hängematte ziehen.

Emma zog etwas zu fest und Jordans Schwung brachte ihre Körper in Kontakt. Ihre Hände umklammerten einander noch immer. Jordans betörender Geruch umgab Emma und brachte sie auf dumme Gedanken. Wie es sich wohl anfühlen würde, sich auf die Zehenspitzen zu stellen und Jordan einen Gute-Nacht-Kuss zu geben?

Bist du verrückt geworden? Sie ist keine Frau, die sich mit einem Cupcake zufriedengibt, schon vergessen? Rasch zog sie ihre Hand aus Jordans und trat zurück. »Wie wäre es um acht?«

»Äh, acht was?« Jordan blinzelte.

»Acht Uhr. Morgen.« Emma schüttelte ihre Benommenheit ab. »So sollten wir genug Zeit haben, pünktlich zum Termin im Krankenhaus zu sein, egal, wie viel Verkehr ist.«

»Oh. Ja. Acht. Klingt gut. Ich bringe Kaffee mit.«

»Abgemacht. Gute Nacht.« Emma ging ins Haus und schloss die Terrassentür, ohne sich zu gestatten, noch einmal zurückzublicken.

Kapitel 12

Warum dauerte das denn so lange? Letzte Woche war das Röntgen doch viel schneller gegangen, oder? Emma warf einen Blick aus dem Wartezimmer, aber von Jordan gab es noch immer keine Spur. Gott, sie hoffte, alles war in Ordnung mit ihrem Handgelenk. Falls etwas nicht stimmte und Jordan doch operiert werden musste, würde doch sicher jemand kommen und ihr Bescheid sagen.

Eine Frau in OP-Kleidung ging den Korridor hinab.

Emma erstarrte, doch dann erkannte sie Jordans Freundin Hope, die stehen blieb, als sie Emma sah. »Oh, hallo. Emma, richtig?«

Emma nickte, erstaunt, dass Hope sich an sie erinnerte. Wenn man bedachte, mit wie vielen Frauen sie Jordan vermutlich sah, war das eine Leistung.

»Sind Sie mit Jordan hier?«, fragte Hope.

»Ja. Sie bekommt heute den richtigen Gips verpasst.«

»Ich weiß«, sagte Hope. »Deshalb bin ich rauf in die Orthopädie gekommen.«

Jordan kam um die Ecke und marschierte auf sie zu. Entweder schrieben die Krankenhausvorschriften diesmal nicht vor, dass sie einen Rollstuhl benutzen musste, oder aber sie hatte eine Schwester überredet, sie laufen zu lassen.

Emma ging ihr entgegen. »Na endlich. Ist alles in Ordnung?«

»Alles bestens«, sagte Jordan. »Ich musste mich nur erst wieder anziehen, nachdem ich die Röntgenassistentin verführt hatte.«

Emma starrte sie an. »Du hast …?«

»Glaub ihr kein Wort«, sagte Hope hinter ihr. »Dies hier ist ein richtiges Krankenhaus, nicht das Seattle Grace oder wie auch immer sie es jetzt nennen. In unseren Bereitschaftsräumen finden im ganzen Jahr nicht so viele Schäferstündchen statt wie in *Grey's Anatomy* in einer einzigen Folge.«

»Da hat sie leider recht.« Jordan seufzte dramatisch. »Die langweilige Wahrheit ist, dass ich eine Weile in der Radiologie warten musste.«

»Dann ist alles okay mit deinem Handgelenk?«, fragte Emma.

»Das werde ich wissen, sobald meine Lieblingsärztin einen Blick darauf wirft oder mich die Röntgenbilder sehen lässt.« Jordan sah ihre Freundin erwartungsvoll an.

Hope schüttelte den Kopf, was ihr Haar noch zerzauster machte. »Ich bin nicht deine Ärztin, ich bin deine Freundin. Und außerdem arbeite ich nicht in der Orthopädie.«

»Ja, aber du kennst hier jeden. Kannst du mir einen Gefallen tun?«, fragte Jordan. »Ich brauche einen Gips.«

»Ich weiß. Deshalb bist du ja hier. Aber wie ich eben schon sagte, ich kann dich nicht behandeln.«

»Ach, komm schon.« Jordan zwinkerte ihr zu. »Ich hab dich auch an mir herumdoktern lassen, als du Assistenzärztin warst.«

Emma sah zwischen ihnen hin und her. Herumdoktern? Hatte Hope an Jordan geübt, Blut abzunehmen, oder war es eine Anspielung darauf, dass die beiden früher mehr als Freundinnen gewesen waren?

Hope warf ihr einen bösen Blick zu. »Das war etwas anderes. Außerdem sind wir Ärztinnen nicht fürs Eingipsen zuständig. Das machen die Schwestern, das weißt du doch.«

»Der Gips, den du anlegen sollst, ist nicht für mich.« Jordan sah sich um, als wollte sie sichergehen, dass niemand mithören konnte. »Er ist für einen Löwen.«

Einen Löwen? Emma starrte sie an. Sie meinte doch nicht etwa …?

»Ähm, dir ist doch sicher bewusst, dass ich keine Tierärztin bin, oder?«

»Kein richtiger Löwe. Es ist ein …« Jordan griff in den Rucksack, den sie Emma vorhin übergeben hatte, als die Schwester sie in die Radiologie gebracht hatte. Als sie ihn öffnete, kam ein nur allzu vertrautes Stofftier zum Vorschein.

»Du hast Maus mitgenommen?«

Hope sah zwischen ihnen hin und her, als sprächen sie Chinesisch.

»Na ja …« Jordan betrachtete den Fußboden und rieb sich den Nacken. Durch ihre dunkle Haut war es schwer zu erkennen, aber Emma hatte den Eindruck, dass sie errötete. »Ich habe ihn auf der Kücheninsel sitzen sehen, als ich dir vorhin den Kaffee gebracht habe, und da dachte ich, wir könnten ihn mitnehmen. Ich wette, Molly fände es toll, wenn er einen richtigen Gips bekäme, nicht nur einen speziellen Löwengips.«

Tränen brannten plötzlich in Emmas Augen und sie blinzelte, um sie zu stoppen. Vermutlich lag es am PMS. Sie musste zugeben, dass es eine rührende Geste war. Unglaublich, wie süß Jordan sein konnte.

Ein Grinsen machte sich auf Hopes Gesicht breit. »Ich dachte, du magst keine Kinder?«

»Das hab ich nie gesagt. Ich sagte, ich will keine Kinder. Aber ich bin eine erstklassige Babysitterin, nicht wahr, Emma?«

»Die allerbeste«, sagte Emma. »Na ja, wenn man mal außer Acht lässt, dass du meiner Tochter genug Zucker gegeben hast, um alle Schokoladenfabriken in Nordamerika einen Monat lang betreiben zu können.«

Hope lachte. »Das habe ich mit Lalehs Nichte auch gemacht, als Laleh mich zum ersten Mal mit ihr alleingelassen hat.« Ihre Augen glänzten, als sie den Namen aussprach.

Also war Jordans Freundin in einer Beziehung?

Jordan ließ den Rucksack vor Hope baumeln. »Kümmerst du dich nun um Maus oder nicht?«

»Maus?«, wiederholte Hope.

»Den Löwen«, sagten Emma und Jordan gleichzeitig.

»Klar, kann ich machen. Mit ihm bin ich nicht befreundet, also kann ich ihn behandeln.« Hope griff in den Rucksack, um das Stofftier herauszuziehen.

Jordan stöhnte. »Nimm einfach den ganzen Rucksack mit. Das soll zwischen dir und mir bleiben. Schließlich habe ich einen Ruf zu verlieren.«

Hope lachte. »Klar. Welche Farbe soll der Gips haben?«

Jordan blickte zu Emma. »Was meinst du?«

»Ich wette, Molly wäre begeistert, wenn Maus denselben Gips wie du hätte.«

Eine Sorgenfalte entstand zwischen Jordans Augenbrauen. »Was ist ihre Lieblingsfarbe?«

»Pink.«

Jordan zuckte zusammen und starrte auf ihren Arm, als würde sie sich bereits einen pinkfarbenen Gips vorstellen.

»Am liebsten mit Glitzern«, fügte Emma hinzu. Es machte Spaß, Jordan zu necken.

Jetzt begann Jordan, etwas grün um die Nase zu werden.

Emma erlaubte sich ein Grinsen. »Ich mache nur Witze. Ihre Lieblingsfarbe ist grün.«

»Puh.« Jordan wischte sich den Schweiß von der Stirn. »Damit kann ich leben. Dein Patient hätte gern einen grünen Gips … ohne Glitzer«, sagte sie zu Hope. »Und bitte verwende genug Webril, damit das Fiberglas nicht in die Pfote schneidet oder sie nass macht.«

Hope schüttelte den Kopf. Ihre Augen funkelten. »Ach, plötzlich bist du Expertin für Stofftiere?«

Jordan hob das Kinn. »Ich war die Chirurgin, die seine Pfote wieder angenäht hat. Das macht mich wohl zur Expertin.«

Emma konnte sich vorstellen, welche Kämpfe um die Oberhand zwischen Notaufnahme und Chirurgie manchmal ausgetragen wurden.

»Bin gleich wieder da.« Mit dem Rucksack über der Schulter ging Hope davon.

Einen Moment lang waren sie allein im Korridor vor dem Wartezimmer.

Emma trat näher und berührte Jordan am Arm, doch bevor sie ihr danken konnte, winkte eine Schwester ihnen zu. »Hallo, Dr. Williams. Behandlungszimmer vier ist jetzt für Sie bereit.«

Scheinbar war Jordan auch in der Orthopädie bekannt wie ein bunter Hund.

Emma zog die Hand zurück und folgte ihnen in den verglasten Raum.

Sobald die Schwester gegangen war, zog Jordan den Vorhang zu und ging an einen der Computer.

»Ähm, was machst du da?«

»Ich schaue mir meine Röntgenbilder an«, antwortete Jordan, während sie sich einloggte.

»Darfst du das überhaupt? Ich meine, du arbeitest nicht in dieser Abteilung und du bist als Patientin hier.«

»Da hat sie recht«, sagte jemand hinter ihnen.

Ein Mann mit grauen Schläfen hatte den Behandlungsraum betreten. Es war derselbe Orthopäde, der sich letzte Woche Jordans gebrochenes Handgelenk angesehen hatte. Mit verschränkten Armen funkelte er Jordan an.

Sie schien kein bisschen eingeschüchtert. »Ach, komm schon, Frank. Sag nicht, du hättest nicht auch einen Blick auf die Röntgenbilder geworfen, wenn du in meiner Lage wärst.«

Er schob sich an Jordan vorbei, setzte sich auf einen Rollhocker vor dem Computer und klickte zwischen zwei Schwarz-Weiß-Bildern hin und her.

Ein Knoten bildete sich in Emmas Magengrube. Sie trat neben Jordan, die versuchte, um ihren Kollegen herum auf den Bildschirm zu spähen. Noch ehe Emma darüber nachdenken konnte, hatte sie die Hand ausgestreckt und Jordans unverletzte Hand ergriffen.

Jordan drehte den Kopf und sah sie überrascht an, doch dann entspannten sich ihre Gesichtszüge und sie lächelte.

Sollte sie ihre Hand zurückziehen? Aber Jordan hielt sie fest und sie wollte kein Tauziehen veranstalten, deshalb ließ sie die Hand, wo sie war.

»Sieht gut aus«, sagte Jordan. »Der Bruch hat sich nicht verschoben. Alles ist noch genau da, wo es sein sollte.«

Sie sahen einander an und strahlten, als hätten sie eben im Lotto gewonnen.

Der Orthopäde räusperte sich und unterbrach damit ihren Blickkontakt. Rasch ließ Emma Jordans Hand los.

»Ich wollte eben dasselbe sagen«, verkündete der Arzt. »Ein Gips und ein wenig Geduld sind alles, was du brauchst.« Er gab Jordan einen Klaps auf die Schulter, nickte Emma zu und ging.

Wenige Minuten später betrat eine junge asiatische Frau das Behandlungszimmer, vermutlich die Schwester, die Jordans Arm eingipsen würde. »Hallo, Dr. Williams.«

»Wir hatten uns doch auf Jordan geeinigt, schon vergessen?« Ihr Ton war freundlich, doch Emma stellte erleichtert fest, dass sie nicht flirtete.

»Äh, ich wusste nicht, ob …« Die Krankenschwester blickte zu Emma.

»Schon okay, May. Sie hat gesehen, wie ich vom Baum gefallen bin, sie weiß also schon, dass ich keine Respektsperson bin, die jeder so bewundert, dass er nicht wagt, sie zu duzen.«

»Hören Sie nicht auf sie«, sagte May zu Emma. »Jeder hier bewundert Jordan. Sie ist eine der besten Chirurginnen in der Gegend.«

Jordan kniff skeptisch die Augen zusammen. »Ich wette, das sagst du zu allen Chirurgen.«

»Nur zu denen, die auf meinem Behandlungstisch landen.« Endlich schien sich die Schwester so weit zu entspannen, dass sie Jordans Scherze erwidern konnte. Sie schloss die Tür hinter sich und zog den Vorhang zu. »Sollen wir anfangen?«

»Ja. Lass es uns hinter uns bringen. Jemand hat mir versprochen, dass wir auf dem Rückweg Cupcakes kaufen.« Jordan nahm auf dem Behandlungstisch Platz und legte den Arm auf die gepolsterte Armstütze.

Emma setzte sich auf den Rollhocker auf der anderen Seite der Liege, sodass sie zusehen konnte, ohne im Weg zu sein.

May nahm ein Stück Mull, das wie eine Socke aussah, jedoch an beiden Enden offen war, und rollte es über Jordans verletzten Arm. Nachdem sie sämtliche Falten glatt gestrichen hatte, nahm sie eine Rolle eines weißen Polstermaterials – vermutlich das Webril, das Jordan erwähnt hatte – und wickelte es von den Knöcheln bis fast zum Ellbogen um Jordans Arm. Jede Schicht überlagerte zum Teil die vorige, sodass eine dicke Polsterung entstand, die ihre Haut schützen würde.

Jordan beobachtete die Schwester wie ein Falke, der seine Jungen bei ersten Flugversuchen beaufsichtigte. »Pass auf, dass du …«

Emma berührte sie am Rücken. »Sie macht das schon«, flüsterte sie.

»Okay, okay.« Jordan seufzte.

May warf Emma einen dankbaren Blick zu, bevor sie eine Plastikschürze und Latexhandschuhe anzog. Dann kehrte sie ihnen den Rücken zu und drehte sich zum Waschbecken um. Wasser plätscherte. »Ich habe Dr. Finlay auf dem Gang getroffen. Sie sagte, du willst einen pinkfarbenen Gips, richtig?«

»Was? Nein! Ich sagte grün!«

Als May sich umdrehte, grinste sie und hielt eine dunkelgrüne Rolle Fiberglas in der Hand.

»Hahaha. Hat Hope dir nicht beigebracht, deine Patienten nicht aufzuziehen?«, grummelte Jordan.

Der Vorhang vor der offenen Tür wurde weggezogen und Hope trat ein. »Hab ich da eben meinen Namen gehört?« Sie sah von Jordan zur Schwester. »Alles okay hier drinnen?«

»Oh ja«, sagte Jordan. »Alles bestens. Wie geht's deinem anderen Patienten?«

»Die Prozedur war ein voller Erfolg.« Hope streifte den Rucksack von den Schultern und gab ihn Emma.

Hatte sie es wirklich geschafft, einem Stofftier einen Gips anzulegen? Emma spähte in den Rucksack. Maus hatte in der Tat denselben grünen Gips, den May gerade Jordan anlegte. Molly würde überglücklich sein. Schon jetzt konnte sich Emma ihren Freudentanz vorstellen. Sie stand von dem Rollhocker auf und drückte dankbar Hopes Arm. »Herzlichen Dank. Das war wirklich sehr nett von Ihnen.«

»Hey, was ist mit mir?«, protestierte Jordan. »Es war meine Idee.«

Hope winkte ab. »Ideen sind nichts wert. Es ist die Ausführung, die zählt.«

Gott, die beiden konnten wie zwei ehrgeizige Alphaweibchen sein. »Herzlichen Dank auch dir.« Sie wollte nicht, dass Jordan glaubte, sie hätte es nur gesagt, weil es von ihr erwartet wurde, deshalb beugte sie sich vor und gab ihr einen Kuss auf die Wange.

Jordans Haut war warm und weich. Gott, so unglaublich weich. Und das Parfüm oder Deodorant, das sie trug … Was immer es auch war, Emma hätte am liebsten die Nase in Jordans Halsbeuge vergraben, sodass sie es tief einatmen konnte. Sie musste sich zwingen, zurückzutreten.

Jordan machte große Augen. Ihre gesunde Hand tastete über ihre Wange. Einen Moment lang wirkte sie wie eine unerfahrene Jugendliche, die noch nie zuvor geküsst worden war.

Es kam so unerwartet, dass Emma lächeln musste.

»Halt still«, sagte May und wickelte eine weitere Schicht des feuchten Fiberglases um Jordans Arm.

»Es ist heiß.« Jordan sah stirnrunzelnd auf ihr Handgelenk hinab.

Ja, Emma fand auch, dass es hier drin viel zu warm war.

»Das ist normal und wird weggehen, wenn der Gips erst mal trocken ist«, sagte May.

»Ach, stimmt.«

May gipste den Arm zu Ende ein und krempelte dann den Mull und das Webril um, sodass die scharfen Enden des Gipses bedeckt wurden.

»Sieht gut aus.« Hope nickte der Schwester zu und tätschelte Jordans Schulter. »Ruf mich an, wenn du irgendetwas brauchst.«

»Mach ich«, sagte Jordan, aber Emma kannte sie mittlerweile gut genug, um zu wissen, dass sie es nicht tun würde.

May sah sich Jordans Gips ein letztes Mal an, dann nickte sie, scheinbar zufrieden mit ihrer Arbeit. »Bitte bemüh dich, den Gips sauber und …«

»Trocken zu halten. Ich kenne mich aus. Ich bin Ärztin, schon vergessen?« Jordan bedankte sich bei May und rutschte vom Behandlungstisch. »Komm.« Sie nahm Emmas Ellbogen mit der gesunden Hand und zog sie zur Tür, als könnte sie es nicht abwarten, das Krankenhaus zu verlassen. »Lass uns den Patienten nach Hause bringen.«

May warf ihnen einen Blick zu, so als würde sie sich fragen, warum Jordan über sich selbst in der dritten Person sprach.

Lachend gingen sie zum Fahrstuhl.

Jordan lehnte sich im Beifahrersitz zurück und versuchte zu ignorieren, wie sehr sie es hasste, nicht selbst hinter dem Steuer zu sitzen. Emma war eine gute Fahrerin, sie konnte sich also nicht beschweren. Als sie die Beine ausstreckte, gab sie versehentlich dem Rucksack einen Tritt, den sie im Fußraum abgestellt hatte.

Der Gedanke daran, was sich darin befand, brachte sie zum Lächeln. War es albern, dass sie sich schon auf Mollys Gesicht freute, wenn sie den neuen Gips ihres Stofftiers sah?

»Heißes Date?«, fragte Emma vom Fahrersitz aus.

»Hmm?«

»Du grinst so breit, dass ich mich frage, ob du heute Abend ein heißes Date hast.«

Weil sie nicht zugeben wollte, woran sie gedacht hatte, zuckte Jordan mit den Schultern. »Nein, eigentlich nicht. Ich bin nur froh, dass der Arm so gut heilt.«

Sofort wurde Emma ernst und der neckische Tonfall verschwand aus ihrer Stimme. »Ich auch. Ich weiß nicht, was ich getan hätte, wenn sich herausgestellt hätte, dass du bleibende Schäden davongetragen hast.«

Eine Gänsehaut breitete sich auf Jordans Rücken aus. »Lass uns nicht daran denken.« Sie rang sich ein Lächeln ab. »Dem Arm geht's gut und ich konnte sogar einem pinkfarbenen Gips entkommen.«

Beide lachten ein wenig zu laut.

Die Hauptverkehrszeit war bereits vorüber, sodass sie rasch vorankamen und Emma sich nicht allzu sehr auf die Straße konzentrieren musste.

»Deine Freundin scheint wirklich nett zu sein«, sagte sie nach einer Weile.

»Du meinst Hope?« Jordan wartete, bis Emma nickte, bevor sie fortfuhr: »Ja, sie ist großartig.«

Emma rieb mit dem Zeigefinger über das Lenkrad, so als hätte sie dort einen Fleck entdeckt. »Wart ihr je … du weißt schon … ein Paar?«

»Ich mache mir nichts aus Beziehungen, das weißt du doch.«

»Stimmt. Aber ich meinte … ähm …«

Ach, wie süß. Emma wurde doch tatsächlich rot. Gnädigerweise beschloss Jordan, sie nicht deswegen aufzuziehen. »Du meinst, haben wir je Doktor miteinander gespielt?«

»So was in der Art, ja. Ich meine, es ist offensichtlich, dass ihr euch schon lange kennt, und ich weiß, du … Tja, wie soll ich es sagen? Du scheinst nicht mit vielen Frauen befreundet zu sein, soweit ich das beurteilen kann.«

»Ich bin mit Barbara nur befreundet«, sagte Jordan.

»Bitte! Sie könnte deine Großmutter sein.«

»Ich bin auch mit Laleh, Hopes Partnerin, nur befreundet.« Jordan zögerte und gab dann zu: »Allerdings habe ich sie auf einen Kaffee eingeladen, als wir einander zum ersten Mal begegnet sind.«

»Wow. Ich wette, da hast du dich bei Hope nicht beliebt gemacht.«

»Damals waren sie noch nicht zusammen. Ich würde nie die Partnerin meiner besten Freundin anbaggern. Selbst ich habe meine Grenzen.« Es überraschte Jordan, wie wichtig es ihr war, dass Emma das wusste.

Emma nickte. »Sonst noch Frauen auf deiner kurzen Liste weiblicher Freunde?«

Jordan lächelte. »Du«, sagte sie. »Mit dir bin ich auch nur befreundet.«

Emma neigte zustimmend den Kopf zur Seite und schwieg ein paar Sekunden lang. »Na schön. Was ist mit Hope? Willst du sagen, dass ihr auch nur Freundinnen seid?«

»Ja. Obwohl ich anfangs schon mehr wollte.« Jordan lachte, als sie sich an diesen Tag vor über sechs Jahren zurückerinnerte. »Ich glaube, ich habe sie innerhalb der ersten fünf Minuten unserer ersten Begegnung angemacht – und sie hat mir ebenso schnell einen Korb gegeben.«

»Das muss ein Rekord sein«, murmelte Emma.

»Genau genommen hältst du den Rekord. Ich bin nicht mal sicher, ob du Hallo gesagt hast, bevor du mir wegen meiner Anmachsprüche eins aufs Dach gegeben hast.«

»Ich habe sehr wohl Hallo gesagt. Ich habe mich sogar vorgestellt – und dann habe ich dir eins aufs Dach gegeben. Du hattest es verdient.«

Schwer zu glauben, dass das erst ein wenig mehr als zwei Wochen her war. »Vielleicht hätte ich ein bisschen subtiler sein können.«

»Ein bisschen?« Emma schnaubte. »Wohl eher sehr viel subtiler. Wenn du Hope auf dieselbe Weise angemacht hast, ist es kein Wunder, dass sie dir einen Korb gegeben hat.«

»Weißt du was? Ich bin froh, dass sie es getan hat.« Es stimmte tatsächlich. »Wenn sie es nicht getan hätte, wären wir wohl im Bett gelandet und dann getrennter Wege gegangen. Aber weil sie mir einen Korb gegeben hat, habe ich sie als Herausforderung gesehen und wollte mehr Zeit mit ihr verbringen.«

Als sie sich ihrer Ausfahrt näherten, setzte Emma den Blinker und wechselte die Spur. Sie wartete, bis sie von der Schnellstraße abgefahren war, ehe sie leise fragte: »Ist das der Grund, warum du Zeit mit mir verbringst? Weil ich eine Herausforderung bin? Eine Nuss, die du knacken willst?«

Ging es ihr darum? Wartete sie wirklich nur ab, in der Hoffnung, Emma eines Tages doch noch ins Bett zu bekommen, wenn sie geduldig war? Sie versuchte, ganz ehrlich mit sich und mit Emma zu sein. Das hatte Emma verdient. »Tja«, sagte sie langsam, um sich Zeit zum Nachdenken zu geben, »niemand mit auch nur einer einzigen funktionierenden Gehirnzelle würde eine Frau wie dich von der Bettkante stoßen.« Sie schielte zu Emma, um zu sehen, wie sie darauf reagierte.

War da der Anflug eines Lächelns auf ihrem Gesicht?

Ermutigt fuhr Jordan fort: »Und es ist kein Geheimnis, dass ich ab und zu etwas hormongesteuert sein kann. Aber ich habe dir zugehört. Ich habe zur Kenntnis genommen, was du gesagt hast. Du hast schon ein weibliches Wesen in deinem Leben – Molly – und sie hat Priorität. So sollte es auch sein. Eine heiße Affäre mit deiner attraktiven Nachbarin kommt also nicht in Frage. Das habe ich akzeptiert, obwohl ich immer noch glaube, dass du die großartigste Erfahrung deines Lebens verpasst.«

Emma lachte. »Ich weiß nicht, wie, aber vermutlich werde ich es überleben.«

»Um deine Frage also zu beantworten: Ich verbringe Zeit mit dir, weil ich deine Gesellschaft genieße … auch außerhalb des Schlafzimmers.«

»Gleichfalls«, sagte Emma. Sie hielt an einer roten Ampel und sie lächelten einander an.

Vielleicht würde Jordan genau diese Unterhaltung eines Tages mit einer anderen Frau führen und ihr sagen, wie froh sie war, dass Emma ihr damals einen Korb gegeben hatte, weil es der Anfang einer wunderbaren Freundschaft gewesen war.

Eines Tages vielleicht.

»Fertig!«, verkündete Molly. »Können wir jetzt rüber zu Jordan gehen?«

Emma blickte auf den Teller ihrer Tochter und musste sich ein Lächeln verkneifen. Molly hatte ihre restlichen Kartoffeln unter ein Salatblatt geschoben. »Der Teller ist nicht leer, Molly. Ich weiß, dass du das besser kannst.«

Mit einem genervten Seufzen nahm Molly ihre Gabel und schaufelte sich den Rest ihres Essens in den Mund.

»Langsam! Jordan und ihr Gips laufen nicht weg.«

Mit vollen Wangen griff Molly nach ihrem Wasserglas und spülte das Essen in ihrem Mund hinunter. »Und meine Überraschung?«

»Die auch nicht.«

Molly öffnete den Mund und streckte die Zunge heraus, um zu zeigen, dass ihr Mund leer war. »Fertig. Können wir jetzt gehen?«

Emma war versucht, ihr zu sagen, sie könnten gehen, sobald der Tisch abgeräumt und das Geschirr gespült waren, aber sie konnte es ebenfalls kaum abwarten zu sehen, wie Molly auf ihre Überraschung reagieren würde. »Na schön. Lass uns gehen.«

Molly ließ sich das nicht zweimal sagen. Sie sprang auf und nahm Emmas Hand. Emma hatte kaum Zeit, eine Packung wasserfester Stifte zu ergreifen, bevor sie zur Tür gezerrt wurde.

»Was ist denn meine Überraschung?«, fragte Molly, während sie die Terrasse überquerten.

»Wenn ich es dir sagen würde, wäre es ja keine Überraschung mehr.«

»Ist es ein Fahrrad?«

»Ähm, nein. Außer an Geburtstagen und Weihnachten gibt es keine teuren Geschenke, das weißt du doch.«

»Ein Pony?«

Und das ist nicht teuer? Emma lachte. »Warum wartest du nicht einfach, bis Jordan es dir zeigt? Und vergiss nicht, dich zu bedanken, ja? Sie hat etwas sehr Nettes für dich getan.«

Molly nickte eifrig. »Sie ist nett.«

Dieses Adjektiv hätte sie bei ihrer ersten Begegnung nicht benutzt, um Jordan zu beschreiben, aber wenn man tiefer sah, stellte man fest, dass Jordan überraschend lieb und einfühlsam sein konnte.

»Ja, das ist sie.«

Jordan war nicht in ihrer Hängematte oder sonstwo im Garten, wo sie normalerweise ihre Abende verbrachte.

Molly rannte voraus und presste ihre Nase gegen die Terrassentür, um in Jordans Wohnzimmer zu spähen. »Ich sehe sie nicht.« Ihre Stimme zitterte vor Enttäuschung.

»Ich wette, sie ist zu Hause.« Nach ihrem Termin im Krankenhaus hatte Jordan ziemlich erledigt ausgesehen, deshalb konnte Emma sich nicht vorstellen, dass sie ausgegangen war. Außerdem hatte sie gesagt, sie hätte heute Abend kein heißes Date. »Vielleicht ist sie in der Küche. Lass uns klopfen.«

Eifrig schlug Molly mit der Faust gegen das Glas.

»Molly! Ich sagte *klopfen*, nicht die Tür einschlagen!«

Ihre Tochter klopfte sanfter.

Auf der anderen Seite der Terrassentür rührte sich nichts. Das Wohnzimmer war nach wie vor leer. Gerade als Emma begann, sich Sorgen zu machen, öffnete sich die Glastür zu ihrer Linken und Jordan stand im Türrahmen ihres Schlafzimmers.

Ihr Haar war platt gedrückt, ihre Augen noch nicht ganz offen und eine ihrer Wangen hatte eine Falte vom Kissen. »Hi.« Ihre Stimme war noch rau vom Schlaf.

Oh Mist, war Emmas erster Gedanke. Dann folgte auch schon der zweite: *Wie süß.* Mit ihrem schläfrigen Lächeln wirkte Jordan viel jünger als ihre vierunddreißig Jahre, die Barbara offenbart hatte. Sie trug nur ein weißes Unterhemd und eine Unterhose.

Als Emmas Blick ihre nackten Beine hinabglitt, wechselten ihre Gedanken von *süß* zu *heiß*. Sie tastete ihren Mund ab, um sicherzugehen, dass sie nicht sabberte. »Äh, ich … Tut mir leid. Haben wir dich aufgeweckt?«

Die Muskeln in Jordans langen Beinen spielten, als sie sich streckte, was ihr Unterhemd nach oben rutschen ließ.

Himmel! Emma wandte den Blick ab, bevor sie noch zurück zur Notaufnahme fahren musste – diesmal, weil sie einen Schlaganfall erlitten hatte.

»Mich?« Jordan grinste amüsiert. »Ihr habt vermutlich halb South Pasadena geweckt.«

»Tut mir leid. Ich schätze, Molly ist etwas übereifrig gewesen.« Ihr Gehirn weigerte sich, weitere Worte zu formen. Mensch, was war plötzlich los mit ihr? War sie nun schon wie Jordan? Es waren doch nur Beine. Nackte Beine. Sehr attraktive Beine. Aber trotzdem … Sie sah tagtäglich mehr nackte Haut auf den Buchcovern ihrer Klientinnen, die Liebesromane schrieben. Außerdem hatte sie Jordan bereits in Unterwäsche gesehen, als sie ihr beim Ausziehen geholfen hatte. War doch keine große Sache, sie jetzt erneut so zu sehen, oder? »Wir … äh … kommen dann später wieder.«

»Quatsch. Ist schon okay. Ich habe nur ein kurzes Nickerchen gemacht. Ich bin froh, dass ihr mich geweckt habt, sonst hätte ich heute Nacht nicht mehr schlafen können.« Jordan trat zurück und gab ihnen den Weg frei. Jetzt wirkte sie hellwach, als hätte sie nicht vor einer Minute noch geschlafen. »Kommt rein. Ich wette, ihr seid wegen der Überraschung hier.«

»Ja!« Molly marschierte an Emma vorbei ins Schlafzimmer, als wäre das die selbstverständlichste Sache der Welt. »Und wegen deinem Gips. Kann ich auch unterschreiben?«

»Klar.« Jordan nahm eine Jogginghose von der Kommode und streifte sie über.

Emma wusste nicht, ob sie erleichtert oder enttäuscht sein sollte. Langsam folgte sie Molly ins Haus.

»Hier ist er.« Jordan setzte sich auf die Kante ihres ungemachten Betts. Als sie den Gips in die Höhe hielt, enthüllte das weite Armloch ihres Unterhemds einen Teil ihrer nackten Brust.

Wow. Eigentlich hatte Molly eine Überraschung bekommen sollen, aber jetzt war Emma die Überraschte. Sie versuchte, Jordan nicht anzuglotzen, und hielt den Blick tapfer auf den Parkettboden gerichtet.

»Mami! Maaaamiii!« Molly wedelte mit der Hand, als hätte sie bereits mehrfach nach ihr gerufen. »Kann ich einen Stift haben?«

»Oh. Aber sicher.« Emma hielt ihr die Stifte hin.

Molly wählte einen roten und schrieb in großen Buchstaben ihren Namen auf den Gips, bevor sie den schwarzen Stift nahm und eine kleine Zeichnung hinzufügte. Ihre Zungenspitze ragte aus ihrem Mund.

Als sie fertig war, betrachtete Jordan den Gips. Sie zeigte auf etwas, das aussah wie ein Strichmännchen. »Bin ich das?«

»Nö. Das ist ein Baum.«

»Oh. Ja, klar. Sieht man sofort.«

»Warte, ich male die Beeren.« Mit dem Rotstift fügte Molly kleine Kreise hinzu.

Jetzt sah es aus wie ein Strichmännchen mit Masern, aber Emma biss sich auf die Zunge und sagte nichts.

Jordan grinste sie über Mollys Kopf hinweg an. Offenbar dachte sie dasselbe.

»So.« Molly hatte ein großes rotes Herz auf die andere Seite ihres Namens gemalt.

Ein Herz … Oh, Molly. Es war süß und Emma war stolz darauf, wie offen ihre Tochter ihre Zuneigung zeigte, aber zugleich machte sie sich Sorgen. *Bitte, bitte, häng dein Herz nicht zu sehr an Jordan.*

Wenn Jordan sich treu blieb, würde sie bald wegziehen oder aus ihrem Leben verschwinden, sobald ihr Arm geheilt war und sie zur Arbeit zurückkehren konnte. Nachdem Molly schon von ihrer Mutter Abschied hatte nehmen müssen, wollte Emma nicht, dass noch jemand sie verletzte.

Sie blickte in Jordans Gesicht, um zu sehen, wie sie auf diesen Zuneigungsbeweis reagierte.

Jordan starrte auf das rote Herz hinab. Sie schluckte und leckte sich die Lippen, als wäre ihr Mund plötzlich trocken geworden. Die charmante Frauenheldin war sprachlos.

Unter anderen Umständen hätte Emma es lustig gefunden.

Jordan räusperte sich. »Danke, Molly. Der Gips war etwas kahl. Jetzt sieht er viel besser aus.«

»Mami kann auch etwas darauf malen. Dann wird er noch besser aussehen. Hier, Mami.« Molly hielt ihr den schwarzen Stift hin.

Emma nahm ihn. Da Jordan auf dem Bett saß und sie selbst stand, kam sie nicht gut an den Gips, deshalb ließ sie sich auf ein Knie nieder. Als sie näher rückte, berührte ihr anderes Knie die Außenseite von Jordans Oberschenkel. Emma presste die Lippen zusammen und versuchte, die Berührung zu ignorieren.

Jordan legte den Arm auf ihren Schoß, um ihn stillhalten zu können.

Sich Jordans Nähe viel zu sehr bewusst, umklammerte Emma den Stift und schrieb ihren Namen auf das grüne Fiberglas. »So.«

Sie wollte aufstehen und auf Abstand gehen, aber Molly schüttelte den Kopf. »Du musst noch etwas malen.«

Emma fügte zwei Punkte und eine gekrümmte Linie hinzu, sodass das A ihres Namens wie ein Smiley aussah.

Aber Molly schüttelte missbilligend den Kopf. »Nein, Mami. Du musst etwas Richtiges malen.«

Mit dem Stift über dem Gips dachte Emma darüber nach. »Was soll ich zeichnen?« Sie sah von Molly zu Jordan. Ihre künstlerischen Fertigkeiten waren nicht viel besser als ihre Fähigkeit, die Wärme von Jordans Bein an ihrem Knie zu ignorieren.

»Zeichne eine Giraffe«, sagte Jordan. »Ich mochte die, die du auf die Auffahrt gezeichnet hast.«

»Die fandest du gut? Bist du sicher, dass du deinen Arm und nicht deinen Kopf verletzt hast?«

Jordan lachte. »Okay, ich gebe zu, die Giraffe war ziemlich, ähm, einmalig, aber ich mochte sie trotzdem.«

Also machte Emma sich daran, eine Giraffe zu zeichnen. Unter den aufmerksamen Blicken ihrer beiden Zuschauer ließ sie die Giraffe den Hals recken, um an die Beeren von Mollys Baum zu kommen.

»Sie frisst die Beeren! Schau, Jordan!« Molly klatschte in die Hände.

Die Knie der Giraffe sahen etwas wackelig aus und der Hals war zu lang, aber man konnte es als Giraffe erkennen.

Als sie fertig war, schob sie den Deckel auf den Stift und erhob sich. »Sag nicht, ich hätte dich nicht gewarnt.«

Jordan fuhr mit den Fingerspitzen über die Flanke der Giraffe. »Danke. Sie ist wunderschön.«

»Sie?«

»Na ja, sie trägt Lippenstift, deshalb dachte ich …«

»Das ist kein Lippenstift. Ihre Lippen sind rot von den Maulbeeren.« Emma seufzte. »Keiner versteht mein Kunstwerk.«

»Sei nicht traurig, Mami.« Molly tätschelte tröstend Emmas Bein. »Sie hat auch nicht gewusst, was ich gemalt habe.«

»Hey, ich habe keine Erfahrung mit Gipszeichnungen«, sagte Jordan. »Aber das könnte sich gleich ändern. Wollen wir ins Wohnzimmer gehen und uns deine Überraschung anschauen, Molly?«

»Ja!«

Sie gingen ins Wohnzimmer. Emma bildete das Schlusslicht. Dabei fiel ihr auf, wie gut Jordans Hintern aussah, sogar in der ausgebeulten Jogginghose.

Schnell sah sie woanders hin und konzentrierte sich auf das bunt verpackte Geschenk auf dem Couchtisch. »Du hast ihn eingepackt?«, flüsterte sie.

»Nicht sehr schön.« Jordan lachte. »Ich habe vier Versuche gebraucht, bis der Tesafilm am Papier und nicht am Gips oder an …« Sie senkte die Stimme. »… seiner Mähne klebte. Aber ich dachte, es wäre eine nettere Überraschung, wenn Molly was zum Auspacken hat.«

Warum konnte Jordan keine Zwillingsschwester haben, die nicht bei der bloßen Erwähnung des Wortes *Beziehung* davonlief? Wenn Emma sich irgendwann wieder mit Frauen verabredete, dann würde sie hoffentlich jemanden finden, der auch nur halb so aufmerksam wie Jordan war.

Molly griff nach dem Geschenk, zögerte dann aber. »Ich habe noch nicht Geburtstag.«

»Ist schon okay«, sagte Emma. »Mach's auf.«

Sie und Jordan setzten sich auf die Couch, dicht beieinander, ohne sich jedoch zu berühren, und sahen zu, wie Molly das Papier vom Geschenk riss.

Es erinnerte Emma an Mollys letzten Geburtstag. Es war nur wenige Tage vor ihrer Trennung von Chloe gewesen, kurz bevor sie ihre Frau im Bett mit einer anderen erwischt hatte. Sie und Chloe hatten auf der Couch gesessen und Molly beim Öffnen der Geschenke zugesehen. Während Molly gejubelt und sich über jedes Geschenk gefreut hatte, hatten sie einander geküsst. Chloe hatte noch nach dem Schokoladenkuchen geschmeckt, den Molly sich gewünscht hatte.

Emma hatte bereits ihr ganzes Leben geplant gehabt: Geburtstage, Weihnachtsfeste, Valentinstage, Schulabschlüsse. Jeder Anlass hatte eine Sache gemein gehabt: Chloe. Keine Sekunde lang hatte Emma gedacht, dass sie ein Jahr später als alleinerziehende Mutter auf der Couch ihrer neuen Nachbarin sitzen würde, während Molly ihr Geschenk öffnete.

»Alles okay?«, flüsterte Jordan.

Emma setzte sich auf. »Ja. Ich bin nur …«

Mollys Freudenschrei unterbrach sie. »Ein Gips! Ein richtiger Gips! Er ist grün, wie Jordans! Schau, Mami!« Sie hüpfte um den Couchtisch herum. In ihrer Eile, zu Emma zu gelangen und ihr den Gips zu zeigen, fiel sie fast.

Emma fing sie auf, ehe sie ein weiteres Mal zur Notaufnahme fahren mussten.

Beide bestaunten den winzigen, grünen Gips, der um die Pfote des Stofftiers gewickelt war, als hätten sie ihn nie zuvor gesehen.

Molly schlang ihre Arme um sie beide und zwang sie in eine Gruppenumarmung.

Na toll. Gerade hatte Emma halbwegs verdrängt, wie gut sich Jordans Körper anfühlte und wie unwiderstehlich sie roch.

»Mami, kannst du auch eine Giraffe draufmalen?«, fragte Molly, nachdem sie beide losgelassen hatte.

Es würde wohl die kleinste Giraffe der Welt werden, doch Emma nickte. Als sie ihre Zeichnung beendet hatte, klingelte ihr Handy. Es war der Klingelton, den sie für ihre Klienten verwendete, und sie musste nicht aufs Display sehen, um zu wissen, welcher Klient anrief. Niemand außer D.C. Säger würde nach sechs noch anrufen, solange es kein Notfall war.

»Ich muss rangehen. Es ist ein Klient von mir.«

»Aber Mami, ich will Barbara auch noch den Gips zeigen!«

Emma sah zwischen dem klingelnden Handy und ihrer Tochter hin und her. Noch ehe sie gezwungen sein konnte, sich zwischen beiden zu entscheiden, sagte Jordan: »Ich kann mit ihr zu Barbara rübergehen. Dann können wir ihr beide unseren Gips zeigen.«

Emma zögerte. Sollte sie ihrer Tochter erlauben, noch mehr Zeit mit Jordan zu verbringen und sich enger mit ihr anzufreunden? Gestern, als sie Jordans Angebot angenommen hatte, auf Molly aufzupassen, hatte sie nicht gedacht, dass dies ein

Problem werden könnte. Sie hatte erwartet, Jordan würde merken, wie anstrengend es war, auf eine Fünfjährige aufzupassen, oder Molly würde das Interesse an der neuen Person in ihrem Leben verlieren, sobald sie ein paar Stunden mit ihr verbracht hatte. Nichts davon war eingetreten.

Als Emma nicht antwortete, schwellte Jordan spielerisch ihre Brust. »Hey, ich bin Supersitter, nur habe ich eben einen Gips statt einem Cape. Ich bringe sie dir gleich zurück.«

Du überreagierst. Es ist nur ein kurzer Besuch bei Barbara. Ist ja nicht so, als ob du sie bei Jordan einziehen lässt. »Okay.« Emma küsste Molly auf die Stirn, fuhr mit dem Finger über das Display und schritt zur Tür. »D.C.? Ich glaube, wir sollten mal reden.«

Kapitel 13

Jordan stieß ein zufriedenes Seufzen aus. *Ich glaube, ich bin verliebt.* Sie blätterte zur nächsten Seite um und lachte über die verbalen Streitgefechte der beiden Hauptfiguren. Normalerweise war sie kein großer Fan von Liebesromanen und hatte dieses Buch nur gekauft, weil es Teil einer Science-Fiction-Serie war, deren erster Teil sie begeistert hatte.

Aber jetzt stellte sie fest, dass die Liebesgeschichte sie ebenso sehr fesselte wie die politischen Intrigen, die intelligente Handlung und die faszinierende Kultur der Aliens, die die Autorin erschaffen hatte.

Sie schwärmte regelrecht für dieses Buch. Aber wer konnte schon einer Frau wie Salomen widerstehen, selbst, wenn sie nur in einem Roman existierte? Sie fragte sich, ob Emma dieses Buch wohl gelesen hatte. Zwar gehörten sie nicht zur selben Spezies, aber Emma und Salomen ähnelten einander. Sie waren beide stolz, eigensinnig und familienorientiert.

Die Glastür zu Emmas Haushälfte öffnete sich.

Wenn man vom Teufel spricht … oder an ihn denkt.

»Jordan!« Schritte hallten über die Terrasse.

Nicht zum ersten Mal fragte sich Jordan, wie es möglich war, dass ein so kleines Kind wie eine Herde Elefanten klingen konnte.

Sekunden später prallte Molly gegen die Hängematte, sodass Jordan fast hinausgefallen wäre.

Sie fing sich mit dem gesunden Arm ab und setzte sich schnell auf, um die Füße auf den Boden zu stemmen. »Vorsicht, Mädel! Ein Arm im Gips reicht mir. Wo brennt's denn?«

»Komm schnell!« Molly zog an ihrem gesunden Arm.

Mit klopfendem Herzen stemmte sich Jordan in die Höhe. War Emma etwas zugestoßen?

»Wir backen Kekse! Komm und hilf uns.«

Jordan sank in die Hängematte zurück. Eines Tages würde sie wegen dieses Kindes noch einen Herzinfarkt erleiden. Kekse zu backen, konnte man wohl kaum als Notfall bezeichnen.

Ihr Buch war zu Boden gefallen. Sie bückte sich, hob es auf und strich ein paar Grashalme vom Einband.

»Molly«, rief Emma von der Terrassentür her. »Lass Jordan in Ruhe. Vielleicht will sie keine Kekse backen oder hat etwas anderes vor.«

Jordan blickte auf den Roman. Sie wollte unbedingt wissen, wie es weiterging. Aber andererseits … »Welche Sorte Kekse macht ihr denn?«

»Erdnussbutter«, antworteten Emma und Molly gleichzeitig.

Das war das Zünglein an der Waage. *Tut mir leid, Salomen.* Erdnussbutter und der Anblick von Emma, wie sie den Teig rührte, waren allemal besser als eine sture Alienfrau. Sie legte das Buch beiseite.

»Ich würde gern helfen.« Sie musterte Emma. In ihrer Ich-trage-mein-Cape-falschherum-Schürze sah sie süß aus, doch nicht mal der Anflug eines Lächelns umspielte ihre Mundwinkel. Für einen entspannten Samstagnachmittag mit ihrer Tochter wirkte sie ziemlich angespannt. »Wenn du das wirklich möchtest.«

»Warum nicht? Dann haben wir jemanden, der später den Abwasch macht.« Emma lächelte, aber es wirkte künstlich.

»Bist du sicher?«, fragte Jordan. »Ich muss nicht mitbacken. Ich würde es verstehen, wenn du etwas Zeit nur für dich und deine Tochter möchtest.«

Emma seufzte. »Ich bin sicher. Ehrlich. Es liegt nicht an dir, versprochen. Mir geht nur eine Menge durch den Kopf.« Jetzt erreichte das schiefe Halblächeln endlich ihre Augen. »Das hörst du sicher nicht oft von Frauen, oder?«

»Nö. Normalerweise ist alles, woran Frauen in meiner Nähe denken können …«

»Jordan!« Emma zeigte auf Molly, die aufmerksam ihrer Unterhaltung folgte.

»Was denn?« Sie sah Emma mit Unschuldsmiene an. »Ich wollte Erdnussbutterkekse sagen. Kommt. Lasst uns Kekse backen.«

»Mmm«, murmelte Emma mit vollem Mund. »Gibt es etwas Besseres als selbst gemachte Kekse, die noch warm sind?«

»Mir fiele da schon was ein.« Zwinkernd griff Jordan nach einem weiteren Keks.

»War ja klar.« Emma schüttelte den Kopf. »Ist dir mal aufgefallen, wie oft du über …« Sie sah rasch in Richtung Badezimmer, um sicherzugehen, dass Molly immer noch damit beschäftigt war, ihre Zähne zu putzen. »… über Sex sprichst?«

»Na und?« Jordan brach den Keks in zwei Hälften, leckte sich die Finger und streckte die Beine unter dem Küchentisch aus. Vielleicht lag es daran, dass sie über Sex sprachen, aber plötzlich hatte jede Bewegung eine erotische Sinnlichkeit, die die Luft in der Küche zum Vibrieren brachte. »Wir leben im einundzwanzigsten Jahrhundert. Frauen ist es gestattet, über Sex zu sprechen … und ihn zu genießen.«

Emma wurde ganz warm und das konnte sie beim besten Willen nicht auf die Hitze vom Ofen schieben. »Ich weiß. Es ist nur …« Sie konnte nicht erklären, warum es sie ärgerte. Vielleicht, weil sie schon lange keinen Sex mehr gehabt hatte. Nach dieser Woche hätte sie den Stressabbau gut gebrauchen können. »Du scheinst nur einfach oft daran zu denken. Gab es je eine Zeit, in der du keinen Sex wolltest?«

»Klar. Während meiner Assistenzarztzeit habe ich so viel gearbeitet, dass ich nicht mal die Energie aufbringen konnte, mit einer Frau auszugehen, von mehr ganz zu schweigen. Damals hatte ich eine große Klappe, was das Flirten anging, aber es steckte nichts dahinter. Vielleicht hole ich das jetzt nach. Aber nur damit du's weißt, ich hatte keinen Sex mehr, seit das passiert ist.« Jordan hob den eingegipsten Arm.

Emma stieß ein Schnauben aus. »Wie lang ist das jetzt her? Kaum zwei Wochen. Dafür kannst du kein Mitleid von mir erwarten.«

Jordans braune Augen blitzten interessiert auf. »Dann ist es bei dir schon länger her? Bist du mit niemandem zusammen gewesen, seit du dich von deiner Ex getrennt hast?«

Emma schüttelte den Kopf. »Im letzten Jahr bin ich höchstens mit meinem liebsten batteriebetriebenen Gerät ins Bett gegangen.«

Jordan verschluckte sich fast an ihrer zweiten Kekshälfte. Hustend und nach Luft schnappend beugte sie sich vor.

Ein schelmisches Grinsen huschte über Emmas Gesicht. Endlich war es ihr gelungen, Jordan mit einer Bemerkung sprachlos zu machen. »Was ist? Ich rede von meinem E-Book-Reader.«

»Du bist eine gemeine Frau, Emma Larson. Wirklich gemein.« Jordan schlug sich auf die Brust, als steckten noch immer Kekskrümel in ihrer Luftröhre fest.

»Was kann ich denn dafür, wenn du eine schmutzige Fantasie hast?«

Jordans Husten hörte auf. Sie griff nach der übrig gebliebenen Hälfte ihres Kekses und musterte Emma über den Tisch hinweg. »Dann besitzt du also nicht wirklich Anteile an einer Batterie-Firma?«

Emma warf ein Stück Keks nach ihr. »Ich rede nicht über mein Liebesleben mit dir, Jordan Williams, auch wenn ich keines habe.«

»Du warst diejenige, die mit ihrem kleinen E-Book-Reader-Witz damit angefangen hat.«

Hmm. Stimmt. Normalerweise sprach Emma nicht über ihr Sexualleben mit ihren Freundinnen, nicht mal im Scherz. Sie war nicht prüde, aber sie hatte sich angewöhnt, ihr Privatleben privat zu halten, teilweise auch, weil Chloe es so gewollt hatte. Aber Jordans gelassene Einstellung machte es leicht, mit ihr darüber zu reden. »Ich habe nur nicht …«

»Meine Zähne sind geputzt, Mami«, rief Molly vom Badezimmer aus.

»Sieht so aus, als wärst du gerade noch mal davongekommen«, murmelte Jordan.

Emma erhob sich. »Ich bringe sie ins Bett, lese ihr eine Geschichte vor und bin gleich wieder da. Lass mir ein paar Kekse übrig.«

»Kann ich nicht versprechen.« Grinsend griff Jordan nach einem weiteren Keks. »Ich würde an deiner Stelle etwas schneller lesen.«

Es war schön zu wissen, dass sie zu einem Erwachsenen … einer Freundin zurückkehren würde, mit der sie reden konnte, und zu einer himmlisch riechenden Küche. Emma stellte fest, dass sie jetzt sehr viel entspannter war als noch heute Mittag, bevor Jordan sich ihnen angeschlossen hatte. Vielleicht lag es am Backen, aber sie hatte das Gefühl, dass es auch mit Jordans Gesellschaft zu tun hatte.

Erst nach zwei Geschichten war Molly endlich müde genug, um einzuschlafen.

»Puh«, sagte Emma, als sie in die Küche zurückkehrte. »Scheinbar habe ich die wichtigste Regel vergessen, was Kinder angeht.«

»Vorsicht mit zu viel Zucker?«

»Genau die.« Emma nickte. Als sie sich in der Küche umsah, stellte sie fest, dass Jordan mit dem Aufräumen begonnen hatte. Sie hatte die Kekse vom

Abkühlgitter in Tupperdosen gefüllt und die schmutzigen Schüsseln, Backbleche und Messbecher links von der Spüle aufgestapelt. »Das hättest du nicht tun müssen. Ich kann das später machen.«

»Es macht mir nichts aus. Das ist das Mindeste, was ich tun kann, nachdem ich die Hälfte deiner Kekse aufgegessen habe.« Jordan legte einen Rührbesen zum Stapel schmutzigen Geschirrs.

»Nein, im Ernst.« Emma versuchte, sie von der Spüle wegzuziehen, doch Jordan sträubte sich wie ein störrisches Maultier. »Jordan, lass mich …« Okay, dann war es wohl an der Zeit für ein peinliches Geständnis. »Ich sage das nicht, um höflich zu sein. Ich mache den Abwasch gern.«

Jordan sah sie skeptisch an.

»Das gibt mir Zeit, um nachzudenken. Ein paarmal hat Chloe mich überredet, die Spülmaschine zu benutzen, aber ich habe gemerkt, dass ich nicht gut drauf bin, wenn ich das bisschen Zeit für mich nicht habe. Es klingt sicher blöd, aber Geschirrwaschen ist wie Meditation für mich.« Ihre Wangen schienen zu glühen und sie senkte den Blick zum Küchenfußboden, der, wie sie feststellte, mit Mehl bedeckt war.

Sanft berührte Jordan Emmas Kinn mit drei Fingern und hob ihren Kopf an.

Die Intimität der Berührung ließ Emma erschaudern. Sie sah in Jordans dunkle Augen. Statt eines Jetzt-bist-du-komplett-durchgeknallt-Blickes las sie dort nur Verständnis und Wärme.

Aus nächster Nähe entdeckte Emma Mehlspuren in Jordans Haar und auf ihrer Wange. Vorhin hatte Molly enthusiastisch das Mehl in die Rührschüssel fallen lassen, sodass eine Mehlwolke sich durch die halbe Küche verteilt hatte.

Es juckte Emma in den Fingern, das Mehl von Jordans Gesicht zu wischen. *Bist du verrückt geworden? Weißt du nicht mehr, was passiert ist, als du das letzte Mal Essensreste aus ihrem Gesicht wischen wolltest? Finger weg!*

Als wäre sie zur selben Schlussfolgerung gekommen, senkte Jordan ihre Hand und trat zurück. »Das klingt ganz und gar nicht blöd«, murmelte sie. »Ich würde das meinen Kollegen gegenüber nie zugeben, aber ich mag das Waschen vor jeder OP. Es ist wie ein Ritual. Während ich am Waschbecken stehe, gehe ich in Gedanken den ganzen Eingriff durch und versuche, vorherzusehen, was schiefgehen könnte. Wenn ich dann in den OP trete, bin ich hundertprozentig konzentriert.«

Das hatte Emma nicht erwartet. Jordans Verständnis legte sich über sie wie ein warmer Mantel an einem kalten Wintertag.

Jordan nickte in Richtung des Geschirrs. »Soll ich dich mit dem Abwasch alleinlassen, damit du nachdenken kannst?«

»Nein«, sagte Emma, ohne groß nachdenken zu müssen. »Bitte bleib. Falls ich dich nicht von etwas abhalte.«

Jordans Blick wanderte zu ihrer Haushälfte. »Jetzt, da du es sagst … Eine wirklich attraktive Frau wartet zu Hause auf mich.«

Emma starrte sie an. Eine Frau wartete auf Jordan und sie hatte trotzdem den ganzen Mittag damit verbracht, mit ihnen Kekse zu backen?

»Schau mich nicht so an.« Jordan lachte. »Es handelt sich um eine fiktive Frau. Zu warten, macht ihr nichts aus.«

»Oh. Du meinst …?«

»Ja. Salomen ist eine Figur aus einem Buch.«

»Salomen? Sag nicht, du liest *Without a Front*!«

Ein erfreutes Grinsen breitete sich auf Jordans Gesicht aus. »Du hast es gelesen?«

»Wohl eher verschlungen.«

»Ich wusste doch, dass du es mögen würdest. Salomen ist großartig, nicht? Ich kann einer eigensinnigen Frau wie ihr einfach nicht widerstehen.«

Emma zuckte mit den Schultern. »Ich mag Andira lieber. Diese starken, ehrenhaften Kriegerinnen haben schon was. Es mag altmodisch klingen, aber ich mag Menschen mit dieser Art von Integrität.«

»Dann solltest du vielleicht nach einer solchen Frau Ausschau halten. Es gibt sie nicht nur in Büchern, weißt du?«

Emma führte sie ins Wohnzimmer und wartete, bis sie beide auf der Couch saßen, bevor sie sagte: »Ich weiß nicht, ob ich dazu schon bereit bin. Ich bin fast ertrunken, deshalb bin ich jetzt nicht gerade wild darauf, meine Zehen wieder in den Dating-Pool zu tauchen.«

»Das ist verständlich. Aber du weißt ja, was man sagt. Die beste Methode, um über jemanden hinwegzukommen, ist, sich mit jemand anderem einzulassen. Und das soll kein Versuch sein, dich zu überreden, mit mir zu schlafen. Ich … ich bin deine Freundin und ich möchte, dass du glücklich bist.«

»Danke.« Emma berührte Jordans Arm dicht oberhalb des Gipses und ließ ihre Finger kurz dort ruhen, bevor sie ihre Hand wegzog. »Ich bin nicht unglücklich, weißt du? Ich lerne gerade, nicht darauf zu warten, dass andere mich glücklich machen. Wie soll ich jemanden glücklich machen, wenn ich nicht mal für mich allein glücklich sein kann?«

»Da stimme ich zu.« Jordans ernste Miene wich einem schelmischen Grinsen. »Und wenn du ein anderes batteriebetriebenes Gerät statt deines E-Book-Readers mit ins Bett nehmen würdest, hättest du jede Menge Übung darin, dich selbst glücklich zu machen.«

Wieder wurden Emmas Wangen warm. »Jordan!« Sie stieß ihre Schulter an.

»Autsch. Hey, Vorsicht. Du hast es hier mit einer verletzten Dame zu tun.«

»Wenn du dich wie eine Dame benehmen würdest, müsste ich dich nicht anstupsen.«

»Ich gebe zu, dass damenhaftes Verhalten nie meine Stärke war. Wird ohnehin überbewertet, wenn du mich fragst.«

Emma schob die Schüssel, die sie aus der Küche mitgebracht hatte, in Jordans Richtung. »Möchtest du noch Kekse?« Wenn Jordan den Mund voll hatte, würde sie wenigstens aufhören, ihr Masturbationstipps zu geben.

»Oh Gott, nein. Wenn ich noch mehr esse, wird mir schlecht.«

Nachdem sie sich einen letzten Keks genommen hatte, schob Emma die Schüssel in die am weitesten von ihr entfernte Ecke des Couchtischs, sodass sie der Versuchung besser widerstehen konnte.

»Vorhin, als Molly mich dazu eingeladen hat, mich eurem Backabenteuer anzuschließen …«, sagte Jordan nach einer Weile. »Du hast gesagt, dir geht viel im Kopf herum. Gibt es etwas, wobei ich dir helfen kann?«

»Das glaube ich kaum.«

»Bist du sicher?«, fragte Jordan. »Ich kann gut zuhören. Das sagen alle meine Patienten.«

»Ähm, sind die nicht alle unter Narkose, wenn du sie operierst?«

»Okay, ich gebe zu, im OP wird nicht viel geredet oder zugehört. Aber mal im Ernst, wenn du reden möchtest …«

Emma atmete langsam ein und aus. Bisher hatte sie vermieden, mit jemandem darüber zu reden, hauptsächlich, weil sie nicht unprofessionell wirken wollte, indem sie über einen Klienten herzog. Aber D.C. verhielt sich auch nicht professionell, vielleicht war es also an der Zeit, darüber zu reden.

»Erinnerst du dich noch an den Anruf, den ich am Montag bekommen habe, als wir bei dir drüben waren, um den Gips zu unterschreiben?«

Jordan nickte.

»Das war einer meiner Klienten. Sein Name ist …« Sie stoppte sich. Jordan las viel, es war also möglich, dass sie von D.C. Säger gehört hatte oder sogar ein Fan war. Sie wollte ihr den Spaß am Lesen nicht verderben oder seinen Buchverkäufen schaden. »Nennen wir ihn einfach …« Ihr Blick ging zum DVD-Regal. »Darth Vader.«

Jordan lachte. »Lass mich raten. Er ist nicht dein liebster Klient.«

»Bei Weitem nicht. Aber scheinbar bin ich seine Lieblingsassistentin und genau das ist das Problem«, murmelte Emma.

Jordan saß stocksteif da. Jede Spur von Heiterkeit verschwand aus ihrem Gesicht. »Du meinst, er verhält sich unangemessen dir gegenüber? Soll ich ihm mal einen Besuch abstatten? Ich bin Chirurgin. Ich weiß also, wie man jemanden so richtig verletzen kann.«

»Führe mich nicht in Versuchung. Nein, er hat sich nicht unangemessen verhalten. Zumindest nicht so, wie du denkst. Anscheinend denkt er, VAs wären Roboter, die immer wach und dienstbereit sind. Er versteht nicht, dass ich nur deshalb ständig im Büro bin, weil ich von zu Hause aus arbeite. Er schickt mir Dutzende von E-Mails und wenn ich nicht innerhalb einer viertel Stunde antworte, schickt er mir Nachrichten auf Twitter, Facebook und all den anderen Social-Media-Kanälen. Wenn das auch nicht funktioniert, ruft er mich an.«

»Himmel. Das ist, als hätte man ständig Bereitschaft. Ich nehme mal an, du hast bereits mit ihm darüber geredet?«

»Dreimal.« Emma seufzte. »Er hat sich entschuldigt, aber nach zwei, drei Tagen war wieder alles beim Alten. Er ist ein Arbeitstier. Sein ganzes Leben dreht sich nur um seine Schriftstellerkarriere, deshalb kann er nicht begreifen, dass andere Leute gern auch mal etwas Freizeit hätten.«

Jordan nickte bedächtig. »Ich habe Kollegen, die so sind.«

»Wie gehst du mit ihnen um?«

»Muss ich nicht. Es sind die Assistenzärzte, die mit ihnen arbeiten müssen, und sie können nicht viel dagegen tun. Du schon. Du bist Freiberuflerin, richtig? Du könntest ihn als Klienten einfach abgeben.«

»Denkst du, das sollte ich?«, fragte Emma.

»Ja«, sagte Jordan ohne das geringste Zögern. »Du hast etwas Besseres verdient.«

Sie verstummte, so als erinnerte sie sich an das, was auch Emma gerade durch den Kopf ging: Genau dasselbe hatte Emma nach ihrem Beinahe-Kuss gesagt, als Jordan vorgeschlagen hatte, sie könne sich aus Emmas Bett schleichen, bevor Molly morgens aufwachte.

Jordan räusperte sich. »Ich meine, du brauchst ihn als Klienten nicht unbedingt, oder? Du hast noch andere. Warum weiter für ihn arbeiten, wenn du auch so über die Runden kommst?«

Emma hatte sich in letzter Zeit oft dasselbe gefragt. »Ich habe das Gefühl, dass ich ihm etwas schuldig bin. Er war einer meiner ersten Klienten und er hat mein Geschäft angekurbelt, indem er überall erzählt hat, wie toll ich meine Sache als seine VA mache.«

»Dann schick ihm Blumen und dann jag ihn zum Teufel.«

Die trockene Antwort brachte Emma zum Lachen. Chloe war genauso gewesen. Für sie waren die meisten Dinge schwarz oder weiß, ohne Grautöne. Emma musste zugeben, dass es das Leben einfacher machte, wenn man nicht jedes Wenn und Aber in Betracht zog. Trotzdem konnte sie nicht anders. »Aber was, wenn er einige meiner anderen Klienten mitnimmt? Wenn er seinen Schriftstellerkollegen davon erzählt und hässliche Gerüchte über mich in die Welt setzt …«

Ein leises Knurren drang aus Jordans Brust. »Das würde er nicht wagen!«

»Doch würde er, glaub mir.«

»Dann musst du ihn behalten, es sei denn, du riskierst deine Karriere?« Eine tiefe Falte grub sich zwischen Jordans Augenbrauen. »Das ist nicht fair!«

Emma seufzte. »Nein, ist es nicht. Aber so ist es eben.«

»Bist du sicher, dass ich ihm keinen Besuch abstatten soll? Eine gebrochene Kniescheibe könnte ihn davon abhalten, dich durch den Kakao zu ziehen.« Sie sah so entschlossen aus, als meinte sie es ernst.

Es war völlig unvernünftig, aber es fühlte sich gut an, so leidenschaftlich verteidigt zu werden. »Nein, danke.« Sie berührte leicht Jordans Gips. »Ein gebrochener Knochen reicht.«

Jordan rutschte ein Stück nach unten, lehnte den Kopf gegen die Couch und starrte ins Leere. »Was wäre, wenn du ihm sagst, dass du nicht mehr als VA arbeitest? Behaupte einfach, du hättest dich Hals über Kopf in deine heiße Nachbarin verliebt und verbringst nun all deine Zeit im Bett mit ihr.«

Emma schnaubte. »Vermutlich würde das dann in seinem nächsten Buch auftauchen. Außerdem würde es nicht funktionieren. Seine Schriftstellerkollegen, die auch Klienten von mir sind, würden ihm sagen, dass ich immer noch für sie arbeite.«

»Mist«, murmelte Jordan. »Die Idee mit der gebrochenen Kniescheibe wird mir immer sympathischer. Kann irgendjemand helfen?«

»Seine Kniescheibe zu brechen?« Emma lächelte schwach.

»Nein, ich meine, könntest du zum Beispiel deine anderen Klienten um Hilfe bitten?«

Emma schüttelte den Kopf. »Ich will sie nicht mit hineinziehen, falls es zur Schlammschlacht ausartet.«

»Du bist zu gut für diese Welt. Ich hasse es, dich in einer solchen Lage zu sehen.«

»Schon okay. Ich werde es überstehen. Hoffe ich.« Emma sah auf die Uhr. »Ich mache mich besser ans Abspülen.«

Jordan erhob sich von der Couch und Emma begleitete sie zur Tür, wo Jordan sich noch einmal umdrehte und sie ernst musterte. »Wenn es je etwas gibt, das du brauchst … Wenn du zum Beispiel finanziell in der Klemme bist oder …«

»Ich kriege das schon hin.« Auf keinen Fall würde sie Geld von Jordan annehmen, aber sie wusste das Angebot zu schätzen.

»Mensch, bist du stur.«

Ein winziges Lächeln huschte über Emmas Gesicht. »Ich dachte, du magst eigensinnige Frauen?«

»Vielleicht überlege ich mir das noch mal«, grummelte Jordan. »In Büchern sind sie unterhaltsamer als im wahren Leben.«

Fast hätte Emma widersprochen. Was zum Teufel machte sie da? Wollte sie etwa Jordan dazu bringen, ihr wieder nachzujagen, gerade als sie begonnen hatte, ihre Freundschaft zu genießen?

Jordan trat auf die Terrasse und drehte sich um. »Danke für die Kekse.«

»Danke fürs Zuhören.«

Über die Türschwelle hinweg sahen sie einander an. Jordan wirkte, als wollte sie noch etwas sagen, aber stattdessen trat sie ins Haus zurück und auf Emma zu.

Emmas Herz schlug schneller. *Oh Gott. Was …?* Würde Jordan gleich etwas Verrücktes tun und versuchen, sie zu küssen? Ihr Kopf rief ihr zu, zurückzuweichen, aber als Jordan noch näher trat, stand Emma wie angewurzelt da, angezogen von Jordans Wärme.

Dann legte Jordan die Arme um sie. Nicht, um sie zu küssen, wie Emmas verräterischer Körper enttäuscht feststellte, sondern für eine Umarmung der lesbischen Art, wie Jordan es einst genannt hatte. Ihre Körper berührten sich vom Knöchel bis zur Schulter.

Jordans Arme hüllten sie in einen warmen Kokon. Sie roch unglaublich gut.

Emma hatte keine Zeit, Widerstand zu leisten. Okay, um ehrlich zu sein, wollte sie gar keinen Widerstand leisten. Sie schlang die Arme um Jordans schlanke Taille und sank gegen ihren Körper, als hätten sich ihre Knochen verflüssigt. Ihre Wange ruhte an Jordans Schulter, als wäre es die normalste Sache der Welt. Es fühlte sich jedenfalls so an.

Ihre Augen fielen zu und alle Gedanken an die Arbeit und D.C. Säger wurden in den Hintergrund gedrängt. Gott, sie hatte bis eben nicht gewusst, wie sehr sie sich danach sehnte, im Arm gehalten zu werden. Ihr Körper summte zufrieden, gefangen in einem seltsamen Zustand zwischen Entspannung und Erregung, den sie nie zuvor erlebt hatte.

Fühlte es sich für Jordan auch so an? Jordans Körper war warm und weich, aber die Muskeln in den Armen, die sie hielten, waren angespannt.

Schließlich war es Jordan, die als Erste losließ.

Emma starrte sie an. »Ähm, was war das denn?«

Jordan scharrte mit den Füßen. »Ich dachte … Du hast ausgesehen, als könntest du eine Umarmung gebrauchen. Und das tun Freundinnen doch, oder? Sie umarmen sich, wenn eine von ihnen es braucht.«

»Ja.« Emma konnte noch immer Jordans Körper an ihrem spüren. »Danke.«

Jordan lächelte – nicht das breite, charmante Grinsen, das sonst typisch für sie war, sondern ein sanfteres Lächeln. »War mir ein Vergnügen. Gute Nacht.« Sie hob die Hand, winkte kurz und verschwand dann in der Dunkelheit.

Emma starrte ihr nach und gab sich dann einen Ruck. Es war an der Zeit, das Geschirr zu spülen und gründlich nachzudenken. *Über D.C. Säger,* sagte sie sich streng. Nicht darüber, wie gut es sich angefühlt hatte, in Jordans Armen zu sein. Es war nur eine Umarmung unter Freundinnen gewesen.

Kapitel 14

Am Montagmorgen, gleich nachdem sie Molly zum Kindergarten gebracht hatte, ließ sich Emma in ihren Bürostuhl fallen und fuhr mit einem Kloß im Hals ihren Computer hoch.

Gestern hatte sie eine höfliche Kündigungsmail an D.C. Säger abgeschickt und seither hatte sie es vermieden, in ihren Posteingang zu sehen, weil sie sich nicht das Wochenende verderben wollte, falls D.C. geantwortet hatte.

Ein paar Sekunden lang saß sie da und spielte mit einem Stift, bevor sie den Mut aufbrachte, Outlook zu öffnen. Ihre Finger umklammerten die Maus, als sie darauf wartete, dass ihre E-Mails heruntergeladen wurden.

Mit einem Ping landeten mehrere neue E-Mails in ihrem Posteingang.

Emma nagte an dem Stift. Am liebsten hätte sie das Programm wieder geschlossen und wäre zurück ins Bett gegangen. *Ach, komm schon. Sei eine Frau.* Sie zwang sich, genauer hinzusehen.

Drei der E-Mails stammten von Klienten und enthielten Anweisungen für Projekte, die sie übernehmen sollte. Emma zog diese in ihren To-do-Ordner.

Die nächste E-Mail war von Chloe. *Na toll.* Jetzt kommunizierten sie nur noch per E-Mail. Sie überflog die Nachricht.

Sie enthielt eine Entschuldigung dafür, dass Chloe es gestern versäumt hatte, Molly anzurufen. Tja, es war Molly, bei der sie sich entschuldigen musste, und das sagte sie Chloe auch unmissverständlich. Sie war nicht in der Stimmung, um den heißen Brei herumzureden.

Die nächste E-Mail stammte von ihrer Freundin Lori. Die Betreffzeile lautete: *Wie läuft's mit deiner heißen Nachbarin?*

Emma stöhnte. Lori hatte ihr mehrere solche E-Mails geschickt, seit sie ihr von Jordan erzählt hatte. Für den Moment ignorierte sie die Nachricht.

Die E-Mail darunter war als höchste Priorität markiert. Der Absender war D.C. Säger.

Der Cursor hing sekundenlang bewegungslos über der E-Mail, bevor sie den Mut zusammennahm, daraufzuklicken und sie zu lesen.

> Emma,
>
> wenn ich sage, dass ich sehr enttäuscht von deinem unprofessionellen Verhalten bin, dann ist das noch eine Untertreibung.
>
> Wenn du es nicht schaffst, all die Aufgaben, die ich dir gebe, zu erledigen, dann hättest du es einfach sagen sollen, anstatt mir diese passiv-aggressive Mail zu schreiben.

Passiv-aggressiv? Wie bitte? Sie hatte am Sonntagmorgen zwei Stunden an der E-Mail gesessen, um sie so höflich und professionell wie möglich zu formulieren.

Da sie ihre Zusammenarbeit auf zivilisierte Weise beenden wollte, hatte sie es vermieden, die Gründe für ihre Kündigung aufzuzählen und ihm die Schuld in die Schuhe zu schieben. Scheinbar hatte ihn das ermutigt, über ihre Gründe zu spekulieren, und natürlich konnte es nichts mit ihm zu tun haben.

Jordans Vorschlag, ihm die Kniescheibe zu brechen, begann langsam, wie eine gute Idee zu klingen. Mit zusammengebissenen Zähnen las sie weiter.

> Schön, ich akzeptiere deine Kündigung. Bedenkt man deine ständig verzögerten Antworten, ist es wohl ohnehin besser. Wenn ich auf den Bestsellerlisten bleiben möchte, kann ich es mir nicht leisten, mit Leuten wie dir zu arbeiten, ebenso wenig wie meine Freunde.

Emma gab dem Tastaturauszug einen Stoß, der diesen zurückkrachen ließ.

Sie sprang auf und begann, auf und ab zu stapfen. Ihre größte Angst schien sich zu bewahrheiten. Der letzte Satz war ganz klar eine Drohung gewesen. D.C. kannte eine Menge anderer Autorinnen und Autoren, die wiederum andere Schriftsteller kannten.

Während sie auf und ab tigerte, kündigte ein lautes Ding von ihrem Computer mehrere eintreffende E-Mails an. Zweifellos waren sie von D.C.s Freunden, die ihr sagten, dass sie gefeuert war.

Gegen Tränen ankämpfend, ballte Emma die Hände zu Fäusten. Ihre kleine Firma, die sie während der vergangenen zwei Jahre durch harte Arbeit aufgebaut hatte, fiel nun vor ihren Augen auseinander. Alles nur wegen diesem Arsch.

Ein Klopfen an der Glastür ließ sie zusammenzucken.

»Guten Morgen«, rief Jordan. »Hast du Zeit für deinen zweiten Kaffee?« Sie hielt die Tasse in die Höhe.

»Ist da Rum drin?«

»Rum?« Jordan blieb im Türrahmen stehen und starrte sie an. »Ähm, nein.«

»Cognac?«

»Nein.«

»Dann will ich ihn nicht.« Emma ließ sich in ihren Bürostuhl fallen.

Ihr Leben riskierend, trat Jordan ein, ohne auf Emmas finsteren Blick zu achten. »Ist alles okay?«

»Nichts ist okay!« Emma wollte ihren Stiftehalter schnappen und ihn an die Wand werfen, gefolgt von jedem weiteren Gegenstand auf ihrem Schreibtisch.

Jordan setzte die Kaffeetasse ab. »Darth Vader hat geantwortet, stimmt's? Wie schlimm ist es?«

»Schlimm.« Und sie hatte die anderen E-Mails noch nicht mal gelesen. Gott, was, wenn sämtliche Autoren, die mit D.C. befreundet waren, nicht mehr mit ihr arbeiten wollten? Dann wäre sie nicht mehr in der Lage, ihre Miete zu bezahlen, oder …

»Hast du irgendwelche Termine heute Morgen?« Jordans Stimme unterbrach ihre panischen Gedanken.

»Was? Nein. Ich wollte heute die Webseiten meiner Klienten updaten. Falls ich überhaupt noch Klienten habe.«

Jordan kam um den Schreibtisch herum, schob Emmas Hand beiseite und fuhr mit ein paar Klicks den Computer herunter.

»Was zum Teufel machst du da?«

»So kannst du nicht arbeiten.« Sie nahm Emmas Hand und versuchte, sie hochzuziehen.

»Wer sagt das?« Emma machte sich schwer und versuchte, ihre Hand wegzuziehen.

Aber Jordan war stärker und hob sie praktisch aus dem Stuhl. »Jeder, der Augen im Kopf hat. Himmel, hör auf, so …«

»So passiv-aggressiv zu sein?«

»So verdammt stur zu sein.«

»Dann hör du auf, ständig die Kontrolle zu übernehmen!« Emmas Schuhe quietschten über den Boden, als Jordan sie zur Tür zog. »Das hat meine Exfrau schon zur Genüge getan.«

Sofort ließ Jordan ihre Hand los und musterte sie ernst. »Ich versuche nicht, dich zu kontrollieren. Ich versuche, dich aufzuheitern. Ich weiß genau, was du jetzt brauchst: eine schöne, lange …«

»Ach, hör auf damit, Jordan!«, rief Emma. »Ich bin nicht in der Stimmung für deine doofen Anspielungen.«

»Fahrt am Strand entlang«, beendete Jordan ihren Satz. »Mann, und dabei heißt es immer, *ich* würde ständig nur an das eine denken!« Ihr schiefes Grinsen verschwand sofort wieder und sie sah Emma in die Augen. »Denkst du wirklich, du könntest heute produktiv arbeiten, so wie du dich fühlst? Du machst dich nur verrückt, wenn du hier herumsitzt und auf die große Katastrophe wartest. Komm schon. Du weißt, dass ich recht habe. Komm mit.«

Diesmal versuchte Jordan nicht, sie zur Tür zu ziehen.

Emma zögerte. »Molly …«

»Ist im Kindergarten, oder nicht?«

»Ja, aber …«

»Ich bringe dich rechtzeitig zurück, bevor du sie abholen musst. Versprochen.« Jordan hielt ihr die linke Hand mit der Handfläche nach oben hin.

Seufzend legte Emma ihre Hand in Jordans. Sofort schlossen sich Jordans Finger um ihre. Es fühlte sich warm und sicher an und ihre Hände passten so gut zusammen, als wären sie füreinander geschaffen.

Okay, jetzt spinnst du aber. Vielleicht brauchte sie die Auszeit dringender, als sie angenommen hatte.

Als Jordan sie durch den Flur führte, griff Emma nach ihrer Sonnenbrille und ihren Schlüsseln, die auf der Kommode neben der Tür lagen.

»Die brauchst du nicht. Die Schlüssel, meine ich. Wir nehmen meinen Wagen.«

»Aber …«

»Vertrau mir«, sagte Jordan und drückte sanft ihre Finger.

Nach Chloes Verrat fiel es Emma schwer, jemandem zu vertrauen. »Ich brauche meine Schlüssel, um wieder ins Haus zu kommen.«

»Dann nimm sie mit, aber wir nehmen trotzdem mein Auto. Okay?« Jordan sah ihr in die Augen.

Emma hielt ihrem Blick ein paar Sekunden lang stand, bevor sie ausatmete. »Okay.«

Sobald sie den dichten Stadtverkehr hinter sich gelassen hatten, trat Jordan aufs Gas. Der Motor des Cabrios schnurrte förmlich, als sie mit offenem Verdeck auf dem Pacific-Coast-Highway dahinflogen.

Sie hielt den Blick auf die Straße gerichtet, denn mit Emma im Auto wollte sie keinerlei Risiken eingehen. Nur gelegentlich erlaubte sie sich einen kurzen Blick zu ihr hinüber.

Emmas Wangen waren gerötet vom Wind, der ihr langes, blondes Haar in ihr Gesicht trieb. Sie versuchte nicht, die zerzausten Strähnen zu glätten, sondern ließ die Meeresbrise machen, was immer sie wollte. Die Sonne beleuchtete ihr Gesicht, als sie den Kopf zurücklegte. Ihre Augen waren hinter ihrer Sonnenbrille verborgen, aber Jordan ahnte, dass sie geschlossen waren, sodass sie Emma unbemerkt beobachten konnte.

Gott, sie war wunderschön. Jordan umklammerte das Lenkrad mit der Linken und zwang sich, den Blick wieder auf die Straße zu richten. Was Emma im Moment brauchte, war eine Freundin, keine Frau, die sie begehrte, und Jordan schwor sich, diese Freundin zu sein, auch wenn es sie umbrachte.

Doch Emma so verletzlich und offen zu sehen, machte es nicht leichter.

Die verbissene Linie um ihren Mund war verschwunden und ein leichtes Lächeln lag auf ihren Lippen. Ein blauer Tintenfleck zierte ihre Unterlippe, vermutlich von einem Stift, an dem sie vorhin frustriert geknabbert hatte. Er zog Jordans Aufmerksamkeit wie ein Schönheitsfleck auf sich.

Sie stellte sich vor, wie sie den Fleck wegwischte … und dann die weichen Lippen küsste. *Mensch, du musst wirklich mal wieder flachgelegt werden. Zwei Wochen sind eindeutig zu lang für dich.* Sie schüttelte sich, als könnte sie so ihre amourösen Gedanken loswerden. Aber es half nicht.

»Stimmt was nicht?«, fragte Emma.

Es war das erste Mal, dass sie etwas sagte, seit sie ins Auto gestiegen waren.

»Äh, nein. Du hast da nur ein bisschen Tinte.« Sie zeigte auf ihren eigenen Mund.

Emma klappte die Sonnenblende auf der Beifahrerseite herunter und reckte den Hals, um sich in dem winzigen Spiegel zu betrachten. »Himmel, ich sehe aus wie ein Clown.«

Du siehst wunderschön aus. Jordan biss sich auf die Lippe, um es nicht laut auszusprechen. Sie wollte nicht, dass Emma dachte, es wäre wieder nur ein Anmachspruch.

Emma rieb sich mit dem Handrücken über die Unterlippe. Als der Fleck entfernt war, klappte sie die Sonnenblende wieder nach oben. »Danke.« Dann schwieg sie wieder.

Jordan versuchte nicht, sich mit ihr zu unterhalten, sondern überließ es Emma, zu entscheiden, ob sie reden wollte. Offenbar wollte sie das nicht und das war Jordan nur recht. Sie genoss die Sonne auf ihrer Haut, den Wind im Haar und das Vibrieren des Motors.

So fühlte sich Freiheit an. Zu ihrer Überraschung verstärkte Emmas Anwesenheit dieses Gefühl, anstatt es zu mindern.

Fast eine Stunde fuhren sie an der Küste entlang, bevor Jordan umdrehte. Sie spürte, wie Emma sich im Beifahrersitz versteifte.

Scheinbar war sie noch nicht so weit, nach Hause zurückzukehren und sich Darth Vader zu stellen.

Anstatt weiter dem Pacific-Coast-Highway zu folgen, nahm sie die Ocean-Avenue-Ausfahrt und bog links auf die Colorado-Avenue ab.

Zunächst reagierte Emma nicht auf den Richtungswechsel, so als würde sie Jordan komplett die Kontrolle überlassen und nicht darauf achten, wohin sie fuhren.

Ihr Vertrauen fühlte sich gut an, besonders, nachdem Emma so gezögert hatte, mit ihr zu kommen.

Als Jordan den Parkplatz am Santa-Monica-Pier ansteuerte, drehte Emma den Kopf. »Was tust du?«

»Da du nicht daran interessiert bist, meine erprobten Entspannungsmethoden auszuprobieren, dachte ich, ich versuche es mal mit einer jugendfreien Variante.« Sie fand einen freien Parkplatz und schaltete den Motor aus. Nachdem sie das Verdeck geschlossen hatte, stieg sie aus dem Mercedes.

Emma saß noch einen Moment im Wagen, als zögerte sie, diesen Zufluchtsort zu verlassen, dann folgte sie ihr.

Der Geruch von Hotdogs, Sonnencreme, Popcorn und Meeresluft umgab sie. Über ihnen kreischten Möwen, die Wellen brachen sich in einem beruhigenden Rhythmus am Sandstrand und von irgendwoher drang Rapmusik zu ihnen herüber.

Jordan bot ihr den Arm an und Emma schob ihre Hand in Jordans Ellbogenbeuge. Obwohl Emma einen halben Kopf kleiner war, passten sich ihre Schritte einander sofort an. Sie wanderten über den Pier mit seinen Imbissbuden, Fischrestaurants und Andenkenläden, wichen Breakdancern aus und bestaunten Künstler, die ihre Werke an Touristen verkauften.

Am Rand des Piers blieben sie stehen, lehnten sich an das Geländer und sahen eine Weile den Anglern zu. Eine Brise vom Meer her fuhr durch Emmas Haar und färbte ihre Wangen rot, sodass sich Jordan leicht vorstellen konnte, wie sie nach einer Nacht voller …

Hör auf damit! Jordan räusperte sich. »Hast du Hunger?«

»Ein bisschen.« Emma starrte aufs Meer hinaus, wo ein Segelboot über die Wellen glitt. »Ich habe nicht gefrühstückt, weil ich zu nervös war.«

»Komm.« Jordan hielt ihr wieder ihren Arm hin. »Lass uns was essen.« Sie führte Emma zu einer kleinen Bude und reihte sich in die Warteschlange ein, die sich schon jetzt formte, obwohl der Stand gerade erst geöffnet hatte.

»Äh, Jordan …« Emma zog an ihrem Arm und deutete auf das Schild an der Bude. »Die verkaufen Hotdogs am Stiel.«

»Genau.« Jordan nickte zufrieden. »Ist das nicht toll?«

»Es ist zehn Uhr morgens.«

»Gibt es ein Gesetz, das das Hotdog-Essen auf bestimmte Uhrzeiten beschränkt?«

Emma schüttelte den Kopf. »Ganz offensichtlich hast du an dem Tag geschwänzt, an dem an der Uni gesunde Ernährung durchgenommen wurde.«

Jordan lachte und zog sie mit sich, als sie an der Reihe waren, ihre Bestellung aufzugeben. Sie studierte kurz die Tafel. Zuckerfreie Kirschlimonade und Geflügelhotdogs. Als würde das einen Unterschied machen. *Typisch L.A.*

»Was darf ich Ihnen bringen, meine Damen?«, fragte die junge Frau hinter der Theke.

Jordan hielt den Blick aufs Essen gerichtet, obwohl die Arbeitsuniform der Frau aus kurzen Shorts und einem figurbetonten Oberteil bestand. Heute hatte Emma ihre volle Aufmerksamkeit verdient.

»Einen Hotdog am Stiel und …« Sie wandte sich Emma zu.

»Was soll's? Für mich auch, bitte.«

Sie grinsten einander an wie zwei Kriminelle, die eine Bank ausrauben wollten.

Die Frau tauchte zwei Würstchen am Stiel in den Teig und frittierte sie dann.

»Macht es dir was aus, wenn wir uns eine Limonade teilen?« Jordan hielt ihren eingegipsten Arm in die Höhe. »Ich kann nicht gleichzeitig ein Getränk und meinen Hotdog halten.«

»Geht klar.«

Jordan lächelte. Emma war so unkompliziert im Vergleich zu einigen der Frauen, mit denen sie in der Vergangenheit ausgegangen war.

Nachdem Jordan bezahlt hatte, setzten sie sich auf eine Treppe in der Nähe, von wo aus sie das Meer sehen konnten.

Jordan nahm einen Bissen von ihrem Hotdog. »Mmm. Himmlisch.«

»Du bist leicht zufriedenzustellen.«

Du hast keine Ahnung. Jordan sagte nichts und aß stattdessen weiter.

Emma knabberte vorsichtig an ihrem Hotdog, gefolgt von einem größeren Bissen. Ihr sinnliches Stöhnen ließ Jordan auf ihrer Stufe hin und her rutschen.

»Siehst du?«, sagte sie mit etwas heiserer Stimme. »Manche Dinge sind zu jeder Tageszeit klasse.«

Emma sah sie erwartungsvoll an.

»Was ist?« Jordan legte ihren Hotdog auf den Pappteller auf ihrem Schoß und wischte sich den Mund ab, um zu sehen, ob sie Senf im Gesicht hatte.

»Ich warte auf die unvermeidliche sexuelle Anspielung.«

Jordan zuckte mit den Schultern. »Ich dachte, ich benehme mich heute zur Abwechslung mal.«

Als Emma lächelte, fühlte sich Jordan, als hätte sie eben eine Operation erfolgreich durchgeführt.

Sie aßen ihre Hotdogs und tranken Limonade. Manchmal berührten sich ihre Finger, als sie den Becher hin und her reichten.

Unter anderen Umständen wäre es ein perfektes Date gewesen. Limonade lief Jordans Kinn hinab. *Bist du verrückt geworden? Du gehst nicht auf Dates mit alleinerziehenden Müttern!*

Vielleicht war es doch keine so gute Idee gewesen, um zehn Uhr morgens schon frittierte Hotdogs zu essen. Das Cholesterin verstopfte bereits ihre Arterien, sodass ihr Gehirn zu wenig sauerstoffreiches Blut abbekam.

Nach einer Weile knüllte Emma ihre Serviette zusammen und lehnte sich auf ihrer Treppenstufe zurück. »Und jetzt? Fahren wir nach Hause?«

Der Ausdruck in ihren Augen erinnerte Jordan an Molly, als sie das Kino verlassen hatten, bereit zu neuen Abenteuern. »Nein. Eine Sache habe ich noch geplant.«

»Falls du mir eine Zuckerwatte kaufen willst, werde ich mich übergeben.«

Jordan lachte. »Keine Sorge. Die Lektion habe ich schon bei Molly gelernt.« Sie führte Emma vorbei an einer Spielhalle und zwei jungen Frauen, die auf einem Trapez übten, hinüber zu einem Riesenrad, das über dem Meer aufragte.

»Oh, wow. Fahren wir da rauf?« Als Jordan nickte, schienen die kupferfarbenen Sprenkel in Emmas grünen Augen aufzuleuchten. »Das habe ich ewig nicht mehr gemacht. Als Kind bin ich manchmal mit meinen Eltern hier gewesen. Kommst du öfters hierher?«

»Ist das dein bester Anmachspruch, Ms. Larson?«

»Was? Nein, ich … Das war kein …«

»Ganz ruhig. Ich necke dich nur. Das ist das erste Mal, dass ich Riesenrad fahre.«

Emma starrte sie an. »Dagegen muss es aber ein Gesetz geben. Du warst noch nie auf einem Riesenrad? Nicht ein einziges Mal?«

»Nicht, dass ich wüsste. Als ich klein war, war mein Vater die meiste Zeit über in Einsätzen und als Teenager war mir das Riesenrad zu langweilig. Ich mochte lieber Achterbahnen, damit die Mädchen sich bei mir anklammerten.« Sie warf Emma ein Grinsen zu.

Emma stupste sie mit der Hüfte an. »Das wird bei mir nicht funktionieren. Und ich bezahle, also steck deinen Geldbeutel weg. Das ist das Mindeste, was ich tun kann, da du ja deine Riesenradjungfräulichkeit an mich verlieren wirst.« Sie stellte sich in die Schlange vor dem Tickethäuschen und ließ Jordan sprachlos zurück.

Sekundenlang starrte sie auf Emmas Rücken, dann breitete sich langsam ein Lächeln auf ihrem Gesicht aus und sie eilte ihr nach.

Es war verrückt, sagte sich Emma. Es war Montagmorgen und sie sollte zu Hause sein und sich über ihre Karriere sorgen. Stattdessen war sie dabei, mit einem Riesenrad zu fahren.

Als die rote Gondel vor ihnen hielt und der Betreiber ihnen bedeutete, einzusteigen, folgte sie Jordan ohne zu zögern.

Vielleicht war diese Auszeit, hoch über Santa Monica, genau das, was sie brauchte.

Sie setzten sich auf die roten Ledersitze auf gegenüberliegenden Seiten der schaukelnden Gondel.

Bald darauf begann das Rad, sich zu drehen, und sie stiegen immer höher.

Emma schielte an den Metallstreben des Riesenrads vorbei. Die Sonne glitzerte auf den Wogen des Pazifiks und die gelben Gleise einer Achterbahn lagen unter ihnen. Sie sah hinüber zu Jordan, die ihre Beine zu Emmas Seite gestreckt hatte und völlig unbeeindruckt vom leichten Schaukeln der Gondel schien, als diese höher stieg.

Jordan hatte scheinbar kaum vor etwas Angst, mal abgesehen von festen Bindungen. Wäre sie an Emmas Stelle gewesen, hätte sie D.C. Säger längst die Meinung gesagt, egal, was für Konsequenzen es haben mochte.

Manchmal beneidete Emma sie ein wenig, aber sie wusste, dass sie ihr Leben so nicht leben konnte.

Als ihre Gondel den höchsten Punkt erreichte, stoppte das Riesenrad, während unten Passagiere aus- und einstiegen.

»Er hat mir eine E-Mail geschickt«, hörte Emma sich sagen, noch ehe sie sich bewusst entschieden hatte, darüber zu reden.

Jordan fragte nicht, wen sie meinte.

»In der er mich passiv-aggressiv und unprofessionell nannte.«

»Diese kleine Kröte!« Jordan sprang auf, sodass die Gondel wild hin und her schwang. Schnell setzte sie sich wieder. »Tut mir leid. Aber …« Sie schenkte Emma ein Lächeln, das mehr wie das Zähnefletschen eines Raubtiers wirkte. »Bist du sicher, dass ich ihm nicht die Kniescheiben brechen soll?«

»Glaub mir, mir gingen selbst ein paar ziemlich gewalttätige Fantasien durch den Kopf. Vielleicht komme ich auf dein Angebot zurück, sobald ich die anderen E-Mails gelesen habe.«

Jordan umklammerte das metallene Geländer so fest, dass ihre Knöchel hervortraten. »Ähm, welche anderen E-Mails?«

»Ich habe mich nicht getraut, sie näher anzusehen, aber vermutlich sind sie von seinen Freunden, die mir sagen wollen, dass sie auch nicht mehr mit mir arbeiten werden.«

»Mist.«

»Ja, genau das habe ich auch gedacht.«

»Nein, ich meine …« Jordan löste die Finger vom Geländer und fuhr sich mit der Hand durch die Haare. »Hast du dein Handy dabei?«

»Ja, klar. Ich habe es immer dabei, falls der Kindergarten anruft. Was …?«

»Ruf bitte deine Mails ab.«

»Jetzt?«

Jordan nickte, ihre vollen Lippen zu einer strengen Linie zusammengepresst.

Was zum Teufel war hier los? Emma zog das Handy aus der Hosentasche, fuhr mit dem Finger im Zickzackmuster über das Display und berührte dann das Symbol für ihre E-Mail-App.

Es dauerte einen Moment, bis die E-Mails heruntergeladen wurden.

Hier oben war der Wind, der vom Meer her wehte, ziemlich kühl und Emma fröstelte, während sie wartete. Sie konnte nicht sagen, ob es an der frischen Brise oder an ihrer Nervosität lag.

»Ist dir kalt?«, fragte Jordan.

Emma nickte. »Ein bisschen.«

Jordan erhob sich, diesmal langsamer.

»Was tust du?«

Gerade als Jordan einen Schritt auf sie zu machte, setzte das Riesenrad sich wieder in Bewegung und ihre Gondel machte einen Satz vorwärts. Jordan taumelte und prallte gegen Emma.

Ein Adrenalinstoß jagte durch Emmas Körper und sie griff hastig zu, damit Jordan nicht über das Geländer stürzte.

Als die Gondel aufhörte zu schwanken, merkte sie, dass sie ihr Handy fallengelassen hatte. Stattdessen hielt sie mit beiden Armen Jordan umklammert, die Hände gefährlich nahe an ihrem gut gebauten Hintern, während ihr Gesicht gegen ihre Brüste gepresst war. Jordans Knie ruhte auf dem Sitz zwischen Emmas Schenkeln und rieb gegen ihre Mitte.

Ihre Augen fielen zu und ihr Herz begann zu rasen. Diesmal hatte es nichts mit einem Adrenalinschub zu tun. Ihr Körper bäumte sich Jordan entgegen.

Alles drehte sich und vermutlich lag das nicht nur am Riesenrad.

Verzweifelt drückte sie gegen Jordans Hüften, um ein paar Zentimeter Abstand zu gewinnen, damit sie klar denken konnte. »Himmel, Jordan! Was soll das?«

Jordan glitt auf den Ledersitz neben Emma, als hätten sich ihre Knie in Wackelpudding verwandelt. »Ich wollte nur … Ich wollte dich wärmen.«

Na, das hast du geschafft. Herzlichen Dank. Kalt war ihr ganz bestimmt nicht mehr. »Wie?«, brachte sie hervor. »Du trägst nicht mal eine Jacke.«

»Ähm, einfach indem ich …« Jordan hob ihren gesunden Arm und tat, als legte sie ihn um Emmas Schultern.

Die Versuchung, sich an sie zu kuscheln und sich in Jordans Wärme zu verlieren, war groß, aber was Jordan zu bieten hatte, war nur temporär, sagte sie sich. »Danke. Nicht nötig.«

Das Riesenrad trug sie dem Boden entgegen. Von Emmas Position aus wirkte es, als würden sie ins Meer getaucht werden. *Was gar nicht so schlecht wäre. Ich könnte eine Abkühlung gebrauchen.*

Jordans Bein, das an ihrem ruhte, half auch nicht gerade.

Ihr Handy gab von irgendwo unter dem Sitz ein leises *Ping* von sich und erinnerte sie daran, was sie vorgehabt hatte, bevor Jordans Körper mit ihrem kollidiert war und sie alles andere hatte vergessen lassen. Sie hob es auf, zögerte dann jedoch. Wollte sie diesen herrlichen Tag wirklich verderben, indem sie ein halbes Dutzend Sie-sind-gefeuert-Mails las?

»Du willst es sehen«, sagte Jordan, als erahnte sie Emmas Gedanken. »Vertrau mir.«

Als das Riesenrad sie wieder nach oben trug, fuhr Emma mit dem Daumen über das Display. *Oh nein.* Es war noch schlimmer, als sie befürchtet hatte. Zehn ungelesene E-Mails befanden sich in ihrem Posteingang. Ihre Finger zitterten, als sie die erste öffnete.

Jordan drückte sich gegen sie, entweder um sie zu wärmen oder um die E-Mail ebenfalls lesen zu können.

Die Berührung ihrer Körper vom Knie bis zur Schulter war nun beruhigend und weniger erregend. Jordans Anwesenheit gab ihr den Mut, den Blick zu senken und zu lesen.

Die E-Mail stammte nicht von einem ihrer Klienten. Der Absender war eine Unbekannte.

> Sehr geehrte Frau Larson,
>
> mein Name ist Marion Whisman. Ich bin Virologin und veröffentliche regelmäßig Beiträge in medizinischen Fachzeitschriften und Lehrbüchern. Gern würde ich mehr Zeit mit Forschung verbringen anstelle von Korrekturlesen oder anderen langatmigen Tätigkeiten. Deshalb wäre ich sehr daran interessiert, Sie als virtuelle Assistentin einzustellen.
>
> Wenn Sie diese Woche kurz Zeit haben, könnten wir am Telefon darüber sprechen.
>
> Mit freundlichen Grüßen
>
> Marion Whisman

Emma stieß ihren angehaltenen Atem aus. Wenigstens eine der E-Mails war keine Kündigung. Ganz im Gegenteil.

»Lies die Nächste«, sagte Jordan.

»Wir verpassen den Ausblick.« Emma deutete auf das Meer, das unter ihnen glitzerte. »Ich möchte nicht, dass dein erstes Mal eine Enttäuschung ist.«

Jordan lachte. »Darüber brauchst du dir keine Sorgen machen. Wir können es später auch noch mal machen. Also, lies jetzt.«

Während der Wind um sie herum blies, öffnete Emma die nächste E-Mail. Und dann noch eine und noch eine, bis sie alle Botschaften in ihrem Posteingang gelesen hatte.

Keine einzige war eine Kündigung. Alle ähnelten der E-Mail von Ms. Whisman. Was zum Teufel war plötzlich los? Woher kamen all die Akademikerinnen und Akademiker, die sie als virtuelle Assistentin anheuern wollten? Wie hatten sie Emma überhaupt gefunden, noch dazu alle zur selben Zeit?

Das Einzige, das alle gemeinsam hatten, war ein Job im medizinischen Bereich, doch normalerweise benötigten Wissenschaftler, Ärzte und Professoren für Chirurgie ihre Dienste nicht. Die meisten hatten Assistenten, Labortechniker oder Krankenschwestern, die ihnen zur Hand gingen, oder sie kämpften sich im Alleingang durch den Papierkram.

Emma erstarrte und wirbelte dann zu Jordan herum, was die Gondel wieder ins Wanken brachte. »Du! Du hast all das veranlasst, nicht?«

Mit einem zufriedenen Halblächeln auf den Lippen nickte Jordan. »Darth Vader du nicht musst allein bekämpfen. Auf deine Jedi-Freunde du dich verlassen kannst, junger Padawan.«

»Herrgott, Jordan! Du hast mich zu Tode erschreckt! Ich dachte, all diese E-Mails wären von Klienten, die mich loswerden wollen!«

Das Grinsen auf Jordans Gesicht verblasste. »Tut mir leid. Das war nicht meine Absicht. Ich habe nur … Ich konnte nicht schlafen, nachdem du mir von Darth Vader erzählt hattest und davon, wie er deine Karriere zerstören könnte. Ich musste daran denken, was ich im Krankenhaus gesagt habe … dass ich gern eine VA hätte, die den Papierkram für mich erledigt, sodass ich mehr Zeit im OP verbringen kann, und ich dachte, vielen meiner Freunde und Kollegen geht es sicher ebenso. Deshalb habe ich ein paar Leute angerufen und Hope hat einige ihrer Bekannten angerufen … und irgendwie hat sich das alles verselbstständigt.«

»Jordan, du kannst nicht einfach …« Emma zwang sich, tief durchzuatmen. »Ich weiß, du meinst es gut, aber diese Leute«, sie wedelte in Richtung ihres Handys, »brauchen keine virtuelle Assistentin, zumindest nicht eine wie mich. Ich bin spezialisiert auf die Arbeit mit Romanautoren. Aber deine Bekannten sind alle

Akademiker, die in Fachzeitschriften veröffentlichen. Damit kenne ich mich nicht aus. Ich wäre dabei ungefähr so hilfreich wie Molly als OP-Schwester.«

»Tja«, sagte Jordan mit einem zaghaften Lächeln, »sie hat ihre Sache ziemlich gut gemacht, als sie mir geholfen hat, Maus zu operieren.«

Emmas Mundwinkel kräuselten sich zu einem Lächeln, aber sie zwang sie zurück nach unten. Es ging um eine ernste Sache. Chloe hatte ständig versucht, die Kontrolle über ihr Leben zu übernehmen und Entscheidungen für sie zu treffen, und sie hatte sich geschworen, es nie wieder zuzulassen. »Ich weiß zu schätzen, was du für mich tun wolltest. Wirklich. Aber das ist etwas, mit dem ich selbst fertigwerden muss.«

Jordan starrte hinab auf ihre Hände, die in ihrem Schoß lagen. »Ich hasse es einfach, herumzusitzen und nichts zu tun, während dieses Arschloch deine Karriere zerstört. Ich bin Chirurgin. Wenn ich ein Problem sehe, dann nehme ich ein Skalpell und schneide es heraus.« Sie blickte auf und die Hilflosigkeit in ihren Augen berührte Emma tief.

Sie legte ihre Hand auf Jordans. »Das verstehe ich. Und du hast sehr wohl etwas getan.«

Jordan sah sie skeptisch an.

»Nur weil du dich nicht mit deinem Lichtschwert auf Darth Vader stürzt, heißt das nicht, dass du mir nicht hilfst. Das hier hilft mir.« Emma nickte hinab auf die Gondel, die in diesem Moment zum dritten Mal die Spitze des Riesenrads erreichte.

»Ja?«

»Ja.« Emma drückte sanft Jordans Finger. »Aber die letzte Schlacht muss ich allein bestreiten. Kannst du das verstehen?«

Jordan nickte.

»Danke.« Sie schob das Handy in die Tasche zurück, ließ ihre andere Hand aber auf Jordans liegen.

Schweigend genossen sie die Riesenradfahrt, bis es an der Zeit war, auszusteigen. Emma kletterte aus der Gondel und hielt Jordans Hand, um ihr herauszuhelfen. »Komm, Yoda. Ich glaube, jetzt will ich doch eine Zuckerwatte.«

Jordan steuerte den Wagen in die Garage neben dem Doppelhaus und schaltete den Motor aus. Vermutlich war es kindisch, aber sie wollte Emma nicht gehen lassen. Sie wollte ausparken und sie woandershin fahren, egal wohin, solange ihr gemeinsamer Tag nur nicht endete.

Emma schien es auch nicht eilig zu haben, auszusteigen.

Einige Momente lang saßen sie auf den sonnengewärmten Ledersitzen, ohne etwas zu sagen.

Emmas Wangen waren vom Wind und der Sonne gerötet. Die Sommersprossen auf ihrer Nase hatten sich vermehrt, was Jordan zum Lächeln brachte.

»Was ist?« Emma rieb sich das Gesicht. »Habe ich Zuckerwatte im Gesicht?«

»Ähm, nein.« Woran lag es, dass sie beide ständig Essensreste vom Gesicht der anderen entfernen wollten? »Es ist nur … Du hast ein bisschen Sonne abbekommen. Sieht gut aus.«

Emmas Wangen wurden noch röter. »Danke. Es war schön, etwas rauszukommen.«

Keine von beiden machte Anstalten, aus dem Auto auszusteigen. Nur das leise Klicken des abkühlenden Motors unterbrach die Stille.

»Tut mir leid«, sagten sie beide gleichzeitig.

»Dass ich dich mit den E-Mails erschreckt habe«, fügte Jordan hinzu.

Emma winkte ab. »Du hast nur versucht zu helfen. Natürlich hast du es in deinem Erst-das-Skalpell-benutzen-und-später-Fragen-stellen-Stil getan, aber die Absicht zählt.« Sie griff über die Mittelkonsole und berührte Jordan leicht am Bein. »Ich bin diejenige, die sich entschuldigen muss. Ich war nicht sehr nett zu dir, als du mir den Kaffee vorbeigebracht hast. Ich habe meinen Frust über Darth Vader an dir ausgelassen und trotzdem hast du mich entführt und den Tag mit mir verbracht. Danke.«

Sanft drückte Emma Jordans Bein, was eine Welle der Erregung durch ihren Körper schickte.

»Gern geschehen«, sagte Jordan und versuchte, völlig normal zu klingen. »Hat's geholfen? Die Entführung, meine ich.«

»Ja. Es ist schon Jahre her, dass ich etwas so Spontanes getan habe, aber es war genau das Richtige.«

Sie grinsten einander an.

War sich Emma bewusst, dass ihre Hand noch immer auf Jordans Schenkel ruhte? Jordan räusperte sich. »Da wir uns beide entschuldigt haben, ist es nun Zeit für den Versöhnungskuss?«

Es hatte ein Witz sein sollen, der Emma aufmunterte und Jordan von der Berührung ihrer Finger ablenkte, aber Emmas Blick wanderte sofort zu Jordans Lippen.

Jordan stöhnte. Emmas Blick zog sie an wie ein Magnet. Himmel, diese Augen … Die kupferfarbenen Sprenkel schienen zu glühen und etwas tief in Jordans Innerem in Brand zu setzen. Sie beugte sich über die Mittelkonsole und schob die Finger ihrer gesunden Hand in Emmas windzerzaustes Haar. Emmas Geruch, nach frischer Luft, Zuckerwatte und einem Hauch von Vanille, umgab sie und ließ sie den Rest der Welt um sich herum vergessen.

Als Jordans Fingerspitzen über ihren Kopf strichen, erschauderte Emma und stieß ein leises Stöhnen aus.

Sofort wollte Jordan diesen Laut erneut hören. Leder knarrte, als sie ihr Gewicht im Fahrersitz verlagerte und Emma zu sich zog.

Beide atmeten zu schnell und Emmas warmer Atem benetzte ihr Gesicht.

»Jordan«, murmelte Emma und Jordan wurde ganz warm, nur von der Art, wie Emma ihren Namen sagte. »Das ist keine gute …«

»Ich weiß.«

Aber keine von beiden wandte sich ab. Ihre Gesichter näherten sich einander zentimeterweise.

Einen Herzschlag bevor ihre Münder sich trafen, fielen Emmas Augen zu.

So weich. So voll und warm. Jordan kämpfte, die Augen offenzuhalten, gab dann auf und ließ sie zufallen, während sie den Kopf neigte und Emmas Mund mit ihrem liebkoste. Ihre Zunge fuhr über Emmas Lippen, erkundete ihre Konturen und neckte dann ihren Mundwinkel.

Mit einem leisen Seufzen öffnete Emma den Mund. Ihre warme Zunge traf Jordans und schickte feurige Schauer durch ihr Innerstes.

Emmas Finger gruben sich in ihr Bein. Mit der freien Hand umklammerte sie Jordans Nacken. Ihre kurzen Nägel bohrten sich in Jordans Haut und jagten pure Lust durch sie.

Sie schmeckte so gut, dass Jordan ganz schwindelig wurde. Ihr Körper schien zu glühen. Sie wollte jeden Zentimeter von Emma mit der Zunge erkunden, sie ganz und gar verschlingen. Hier und jetzt. Sie griff nach Emma, um sie noch näher zu ziehen.

Im engen Fahrerraum prallte ihr Gips gegen die Lehne des Fahrersitzes.

Jordan spürte keinen Schmerz. Ihre Sinne waren mit etwas anderem beschäftigt.

»Stopp!« Emma wich zurück, bis ihr Rücken gegen die Beifahrertür gepresst war. »Was zum Teufel tun wir da?«

»Küssen«, sagte Jordan, während sie versuchte, ihren Atem unter Kontrolle zu bringen. Vielleicht nicht die intelligenteste Antwort, aber sie konnte an nichts anderes denken als daran, Emma erneut zu küssen.

Emmas Brust hob und senkte sich in schnellem Rhythmus. Sie tastete mit den Fingern über ihre vom Küssen geschwollenen Lippen und starrte Jordan an. Langsam schüttelte sie den Kopf. »Das ist keine gute Idee.«

»Wieso nicht?«

»Du …« Emma rieb mit den Fingerspitzen über ihren Mund, bevor sie die Hand in ihren Schoß fallen ließ. Stattdessen fuhr sie sich mit der Zunge über die Lippen, als könnte sie Jordan noch immer schmecken. »Du bist eine sehr gute Freundin für mich geworden. Ein bisschen Sex ist es nicht wert, das zu zerstören.«

Ein bisschen Sex … Das tat weh. Aber mehr hatte sie nie von einer Frau gewollt, Emma hatte also recht, auch wenn Jordans Körper heftig protestierte. Sie sank gegen die Fahrertür und rieb sich den Schenkel, als könnte das die Erinnerung an Emmas Hand auf ihrem Bein wegwischen. »Du hast recht. Tut mir leid. Ich schätze, ich habe mich zu etwas hinreißen lassen.«

»Ist nicht nur deine Schuld. Ich habe den Kuss erwidert.«

Gott, und wie!

Emma sah sie nicht an, sondern hielt den Blick auf Jordans Gips gerichtet. »Lass es uns einfach vergessen. Einverstanden?«

Jordan nickte. Als ihr klar wurde, dass Emma es nicht sehen konnte, sagte sie: »Na schön. Wenn es das ist, was du willst.«

»Ich sollte jetzt besser reingehen. Ich muss einige E-Mails beantworten, bevor ich Molly abhole.« Emma öffnete die Beifahrertür und sprang aus dem Wagen. Die Hand bereits an der Tür, um sie zuzuschlagen, verharrte sie. »Danke noch mal. Für alles, was du heute für mich getan hast.«

Bevor Jordan antworten konnte, schloss sie die Autotür und ging.

Kapitel 15

Als Emmas Timer piepste, um sie daran zu erinnern, dass es Zeit war, vom Schreibtisch aufzustehen und Dehnübungen zu machen, bemerkte sie, dass sie die letzte viertel Stunde ins Leere gestarrt hatte.

Seit dem spontanen Ausflug zum Pier vor zwei Tagen hatte sie nicht so viel Arbeit wie sonst erledigt. Ihr Gehirn war viel zu sehr damit beschäftigt, jede Sekunde ihres Ausflugs wieder und wieder zu durchleben, insbesondere die letzten Minuten in der Garage.

Es war einer der furchtbarsten Morgen ihres Lebens gewesen, gefolgt von einem der besten Tage … und einem der besten Küsse.

Ach, wem will ich denn was vormachen? Vermutlich war es der beste Kuss. Nicht, dass sie das Jordan gegenüber zugegeben hätte. Es war idiotisch gewesen, den Kuss zuzulassen und jetzt immer wieder daran zu denken, als hätte sie keine anderen Sorgen.

Aus Jordan und ihr konnte nichts werden. Das wusste sie. Jordan war nicht der Beziehungstyp und so verlockend es auch war, Emma stand nicht auf One-Night-Stands. Sie hatte noch nie mit jemandem geschlafen, ohne Gefühle für die Frau zu entwickeln, und mit Jordan würde das nur zu einem gebrochenen Herzen führen.

Ganz egal, wie sehr ihre Libido sie auch in Jordans Arme drängte, sie würde warten, bis sie einer verlässlicheren Partnerin begegnete, selbst wenn diese Person nicht halb so gut in kurzer Hose und ärmellosem T-Shirt aussehen würde.

Erst jetzt bemerkte sie, dass sie zur Terrassentür gegangen war und in den Garten hinaussah, wo Jordan die Plastikstühle um den Tisch herum gruppierte. Die Muskeln in ihrem gesunden Arm spielten, als sie einen riesigen Sonnenschirm von der Hängematte zum Tisch schob.

Ohne darüber nachzudenken, machte Emma einen Schritt auf sie zu, bremste sich dann aber. Wenn Jordan Hilfe benötigte, würde sie es schon sagen, auch wenn sie in den beiden vergangenen Tagen kaum miteinander geredet hatten. Immer, wenn sie Jordan im Garten sah, kämpfte sie gegen den Impuls an, sich zu ihr zu gesellen. Ohne dass sie es bewusst zur Kenntnis genommen hätte, hatte sich eine Routine eingespielt, seit sie vor dreieinhalb Wochen hier eingezogen waren. Jordan brachte ihr morgens eine zweite Tasse Kaffee und abends, nachdem sie Molly ins Bett gebracht hatte, trafen sie sich auf ein Bier und eine Unterhaltung im Garten.

Sie vermisste es.

Ach was. Das ist lächerlich. Du warst zehn Jahre lang mit Chloe zusammen und vermisst sie nicht sonderlich.

Nun ja, Chloe hatte ihr das Herz gebrochen, Jordan jedoch nicht.

Das wird sie aber, wenn du so weitermachst!

Sie wirbelte herum, weg von der Terrassentür mit Blick auf den Gartentisch und Jordan, und marschierte zurück zum Schreibtisch.

Dort öffnete sie Outlook und warf einen Blick auf ihre E-Mails. Inzwischen schlug ihr Herz nicht mehr schneller, wenn sie ungelesene E-Mails hatte. Das war das einzig Gute daran, dass sie an nichts anderes als an Jordan und ihren Kuss denken konnte. Wenigstens hatte es sie von ihren beruflichen Sorgen abgelenkt.

Bisher hatte erst ein Klient sie gefeuert. Entweder hatte D.C. doch nicht so viel Einfluss in der Schriftstellergemeinde oder er war zu sehr mit dem Schreiben beschäftigt und hatte nicht die Zeit, ihre Karriere zu zerstören.

Nun, da die Krise abgewendet war, hatte sie alle Zeit der Welt, an Jordan zu denken.

Statt ihre E-Mails zu lesen, ertappte sie sich dabei, aus der offenen Terrassentür zu starren. Dabei merkte sie, dass Jordan im Garten nicht mehr allein war. Eine attraktive Fremde hatte sich zu ihr gesellt und drückte ihren schlanken Körper gegen Jordans in einer Umarmung, die etwas zu innig für Emmas Geschmack war. Lange, schwarze Haare fielen auf den Rücken der Fremden hinab und ihr melodisches Lachen drang ins Büro.

Emma umklammerte ihre Lieblingstasse. Sie hatte gewusst, dass Jordan früher oder später eine Frau mit nach Hause bringen würde, aber sie hatte nicht damit gerechnet, dass es so schnell passieren würde.

Vor zwei Tagen hatte Jordan sie leidenschaftlich geküsst und nun umarmte sie eine andere.

Was hast du denn erwartet? Jordan war eine weibliche Version von Casanova. Frauen zu verführen, war ihr liebstes Hobby.

Aber wenn Emma mit ihr zusammen war, fühlte es sich nicht so an. Jordan schien nur Augen für sie zu haben, als ob keine andere Frau existierte.

Das ist vermutlich der Trick, der sie so erfolgreich bei Frauen macht.

Bei der attraktiven Fremden im Garten schien es jedenfalls zu funktionieren. Die Frau, die aussah, als stammte sie aus dem Mittleren Osten, fuhr mit den Händen über Jordans Gips.

Emma hatte genug gesehen. Sie sprang auf, wobei ihr Knie gegen den Tastaturauszug knallte. Fluchend humpelte sie in die Küche.

»Mami«, rief Molly aus dem Wohnzimmer, wo sie mit ihren Legosteinen spielte. »Du hast ein böses Wort benutzt. Sind das wildernde Umstände?«

Ein paar Sekunden vergingen, ehe Emma begriff, dass ihre Tochter mildernde Umstände meinte. Das hatte sie von Jordan gelernt. »Ja«, rief sie zwischen zusammengebissenen Zähnen zurück, »das sind eindeutig mildernde Umstände.«

»Schönes Pferd«, sagte Laleh und deutete auf den Gips.«

Jordan bedeckte die Zeichnung mit der Hand. »Das ist eine Giraffe. Kannst du das nicht erkennen?«

»Oh. Äh, nein. Na ja, für ein kleines Kind ist es gar nicht schlecht gezeichnet.«

»Von Molly stammen das Herz und der Baum. Die Giraffe ist von ihrer Mutter.«

»Ups.« Laleh lachte. »Bestimmt hat sie andere Talente.«

Jordan funkelte sie an. »Ja, hat sie.«

Eine Falte grub sich zwischen Lalehs dunklen, perfekt geschwungenen Augenbrauen ein. »Dir ist schon klar, dass ich nur Spaß mache, oder? Was ist mit dir los?«

»Nichts. Ich bin nur …« *Was? Mitten im PMS? Überempfindlich, was Emma angeht? Schlecht drauf, weil ich sie seit zwei Tagen kaum gesehen habe?* Sie ignorierte ihre innere Stimme. »Ich habe den Gips einfach satt.«

Laleh tätschelte ihre Schulter. »Durchhalten. Nur noch drei Wochen.«

Einerseits konnte Jordan es kaum abwarten, den verfluchten Gips loszuwerden. Aber andererseits wollte sie nicht darüber nachdenken, wie es weitergehen würde, wenn ihr Arm geheilt war. Dann hatte Emma keinen Grund mehr, nach ihr zu sehen. Im Moment stand ihre Freundschaft auf so wackeligen Füßen, dass sie nicht sicher war, ob sie ihre Rückkehr zur Arbeit überleben würde.

Jordan beschloss, im Moment nicht darüber nachzudenken. »Was macht Hope denn so lange in der Küche?«

Die Erwähnung ihrer Partnerin zauberte ein Lächeln auf Lalehs Gesicht. »Sie wärmt das restliche Essen auf.«

»Das restliche Essen?« Jordan deutete auf die Schüsseln und Teller, die bereits auf dem Tisch standen. »Hier ist schon genug Essen, um die gesamte Nachbarschaft satt zu bekommen.«

Hope trat mit zwei dampfenden Schüsseln durch die Terrassentür in den Garten. »Von persischem Essen kann man nie genug haben«, sagten sie und Laleh gleichzeitig. Ihre Blicke trafen sich und sie lächelten einander an, als existierte nichts in der Welt außer ihnen beiden.

Jordan sah zwischen ihnen hin und her. Manchmal schienen ihre Freundinnen so im Einklang miteinander zu sein, als könnten sie die Gedanken der anderen lesen. Sie hätte nie gedacht, dass sie Hope je so verliebt erleben würde. Sie waren ein ekelhaft süßes Paar.

»Vielleicht solltest du deine Nachbarin einladen.« Hope nickte hinüber zu Emmas Haushälfte. »Sie sieht uns an wie eine verhungernde Hyäne.«

Emma? Jordan wirbelte herum.

Aber es war nicht Emma, die bäuchlings im Wohnzimmer lag, das Kinn auf die Hand gestützt, Legosteine um sich herum.

»Hallo, Molly«, rief Jordan.

»Hallo, Jordan.« Molly sprang auf und kam ein paar Schritte auf sie zu. An der offenen Terrassentür blieb sie stehen und musterte Jordans Freundinnen.

»Ist schon okay. Das ist die Ärztin, die Maus den Gips verpasst hat.« Jordan zeigte auf Hope.

»Wirklich?« Molly rannte auf sie zu und starrte zu Hope auf. »Es ist ein sehr guter Gips.«

»Ähm, danke.« Hope wirkte so unbehaglich, wie Jordan sich anfangs Molly gegenüber gefühlt hatte.

Mittlerweile, nach einem Monat fast täglicher Interaktion, war sie daran gewöhnt, mit einem Mini-Menschen umzugehen.

»Nächstes Mal will ich einen weißen«, sagte Molly. »Dann ist mehr Platz zum Malen.«

»Nächstes Mal?«, wiederholte Jordan. »Ich habe nicht vor, mir noch mal den Arm zu brechen, und Maus auch nicht.«

Molly sah sie traurig an. »Nicht mal im Spiel?«

Jordan zögerte. Mann, wie schaffte es Emma, dem Kind je etwas abzuschlagen? *Genau so, wie sie es geschafft hat, Nein zu sagen, als du sie geküsst hast.* »Mal sehen.«

Molly schob sich an ihr vorbei, um sich den Tisch anzusehen. Sie begann, die Schüsseln und Teller zu zählen, gab aber schließlich auf. »Hast du Geburtstag? Ich habe bald Geburtstag.«

»Siehst du?« Jordan stieß Laleh sanft mit dem Ellbogen an, bevor sie sich wieder Molly zuwandte. »Nein. Das ist keine Geburtstagsfeier. Meine Freundinnen haben scheinbar nur gedacht, dass ich großen Hunger habe.«

»Ich habe auch Hunger.«

»Hattest du noch kein Abendessen?«

»Doch, aber …«

Ein Lächeln schlich sich auf Jordans Gesicht. Dieselbe Unterhaltung hatte sie während der letzten Wochen öfter gehört. »Lass mich raten: Du hast Hunger auf dieses Essen.«

Molly nickte eifrig.

»Wieso gehst du nicht und fragst deine Mutter, ob ihr mit uns essen könnt?«, sagte Laleh, bevor Jordan sie davon abhalten konnte. »Wir haben genug für alle und ich würde gern deine Mutter kennenlernen.«

»Okay!« Molly rannte zurück ins Haus, so schnell ihre Beine sie tragen konnten.

»Na toll«, murmelte Jordan.

»Was ist?«, fragte Hope. »Ich dachte, du und deine Nachbarin würdet euch gut verstehen. Sie hat dich sogar zu dem Termin im Krankenhaus gefahren.«

»Ja, schon.« Wie konnte sie das erklären? Sie wusste nicht mal selbst so genau, was eigentlich zwischen ihnen vorging.

Hope nahm sich ein Stück Lavash-Brot und schob es sich in den Mund. »Mmm. Das ist lecker, Delbar-am.« Kauend warf sie Laleh einen dankbaren Blick zu, bevor sie Jordan wieder ihre Aufmerksamkeit schenkte. »Lass mich raten. Du hast mit ihr geschlafen und jetzt willst du nichts mehr von ihr wissen, aber sie würde am liebsten bei dir einziehen.«

»Was? Nein!« Zum zweiten Mal innerhalb der letzten Minuten funkelte Jordan eine ihrer Freundinnen verärgert an.

»Nein? Was ist es dann? Komm schon, Jordan. Du kannst nicht bestreiten, dass ich in neunundneunzig von hundert Fällen genau richtigliegen würde.«

Das mochte sein, aber Emma war die eine Ausnahme und es störte sie, dass Hope annahm, sie wäre nur eine Kerbe in ihrem Bettpfosten. »Ich habe nicht mit ihr geschlafen.«

»Aber du würdest es gern«, sagte Laleh sanft. Sie musterte Jordan mit ihren eindringlichen dunklen Augen. »Stimmt's?«

Früher hatte sich Jordan nie gescheut, über die Frauen zu reden, an denen sie interessiert war, aber jetzt wollte sie Emmas Privatsphäre wahren. »Ich …« Ihr Blick huschte zur anderen Haushälfte, um sicherzugehen, dass Molly nicht schon mit Emma zurückkehrte. »Ich … Sie … Wir … Wir haben uns geküsst.«

»Na und?«, sagte Hope. »Was ist schon dabei? Du hast die Hälfte der Frauen im Einzugsgebiet von L.A. geküsst.«

Jordan schnaubte. »Du übertreibst.«

»Vielleicht ein bisschen.«

Laleh legte ihre Hand auf Hopes Arm und hielt sie davon ab, mehr zu sagen.

»Außerdem ist mit Emma alles ganz anders«, sagte Jordan.

»Ach ja?«

»Ja. Es ist … Emma ist … Ich weiß auch nicht.« Alles war anders mit Emma, aber sie konnte nicht sagen, wie oder warum. Frustriert riss sie ein Stück Brot ab und stopfte es sich in den Mund.

Als Emma von Molly aus dem Haus gezogen wurde und in den Garten trat, verschluckte sich Jordan fast an dem Lavash.

Dabei trug Emma nicht einmal etwas Besonderes. Ihr Gesicht war frei von Make-up. Doch ihre schwarze kurze Hose klebte fast an ihren kurvigen Hüften und das türkisblaue Oberteil brachte das Grün ihrer Augen gut zur Geltung. Die Spaghettiträger gaben den Blick frei auf die süßen Sommersprossen auf ihren Schultern. Sofort wollte Jordan ihrem Pfad mit den Lippen folgen.

Sie zwang sich, den Blick auf Emmas Gesicht gerichtet zu halten. Die kupferfarbenen Sprenkel in ihren Augen schienen zu leuchten. War Emma immer noch sauer wegen des Kusses? Jordan weigerte sich, den Blick abzuwenden und sich geschlagen zu geben. Emma hatte den Kuss erwidert, es gab also keinen Grund, warum sie sich schuldig fühlen sollte.

»Hi«, sagte sie sanft.

»Hi«, antwortete Emma.

Na toll. Nach all den Unterhaltungen, die sie hier im Garten geführt hatten, beschränkten sie sich jetzt auf einsilbige Höflichkeitsfloskeln. Jordan hasste die plötzliche Distanz zwischen ihnen.

»Mami, schau!« Molly zog ihre Mutter an Jordan vorbei zum Tisch.

Jordan atmete auf, doch dann merkte sie, dass Laleh und Hope ihr neugierige Blicke zuwarfen. Sie versuchte, ihre alte Gelassenheit, was Frauen anging, zurückzugewinnen, doch alles, was sie zustande brachte, war ein schwaches Grinsen.

Knurrend schnappte sie sich einen Teller. »Hey, Molly. Hast du schon mal Fesenjan probiert?«

Jemand drückte Emma einen Teller in die Hand, aber sie war zu sehr damit beschäftigt, zuzusehen, wie Jordan verschiedene Speisen auf Mollys Teller häufte, um sich selbst am Essen zu bedienen.

Als Hope neben sie trat, sah sie schnell weg und nahm sich etwas von dem Auberginengericht. »Danke, dass Sie meine Tochter und mich eingeladen haben. Das Essen sieht fantastisch aus und es ist ewig her, seit ich zuletzt persisches Essen hatte.«

Auch wenn sie die attraktive Fremde, die offenbar das Essen gekocht hatte, nicht mögen wollte, so musste sie doch zugeben, dass sie eine großartige Köchin war … und ein netter Mensch.

Hope schlang den Arm um die Frau und zog sie an sich. »Laleh macht das beste persische Essen in Amerika.«

Die Frau stieß sie sanft mit der Hüfte an, strahlte aber. »Quatsch. Meine Tante kocht viel besser. Und dein Fesenjan wird langsam auch richtig gut.«

Sie tauschten einen sanften Kuss.

Hatte sie die Frau gerade Laleh genannt? Emma starrte die beiden an. »Ach, Sie sind Laleh, Hopes Partnerin?«

Laleh nickte. »Ja. Schön, Sie kennenzulernen.«

»Emma Larson.«

Sie reichten sich die Hände. Lalehs Handschlag war warm und freundlich.

Oh Mann. Sie hätte es wissen müssen, als sie Laleh mit Hope gesehen hatte, aber in letzter Zeit funktionierte ihr Gehirn nicht richtig. *Scheinbar nicht, sonst hättest du Jordan nicht geküsst.*

Emma beobachtete Jordans Freundinnen aus dem Augenwinkel, während sie zwei gefüllte Weinblätter, ein wenig Fesenjan und etwas Melonensalat auf ihren Teller häufte.

Die beiden schienen sehr glücklich miteinander zu sein. Emmas bittere Seite kommentierte, dass sie wohl noch nicht lange zusammen sein konnten. Hatten sie und Chloe je so glücklich gewirkt, so als könnte nichts sie trennen? Falls ja, dann war es nur eine Illusion gewesen.

Als alle sich setzten, wählte Hope den Stuhl neben Laleh und Molly hatte sich bereits ans Kopfende des Tisches gesetzt, sodass Emma nur noch der Stuhl neben Jordan blieb.

Durch all die Schüsseln und Teller auf dem Tisch war es etwas beengt und ihre Arme streiften sich, während sie aßen. Eigentlich keine große Sache, aber Emma war sich jeder Berührung viel zu sehr bewusst.

Jordan mühte sich vergebens, das Fleisch von ihrem Spießchen auf ihren Teller zu bekommen. Schließlich hielt sie den Spieß mit den Fingern der eingegipsten Hand, während sie mit der anderen nach der Gabel griff.

Wortlos nahm Emma ihr den Teller weg, entfernte den Holzspieß, schnitt das Fleisch in kleine Stücke und gab ihr dann den Teller zurück.

»Ähm, danke.« Jordan sah etwas verdutzt drein, als hätte ihr nie zuvor jemand das Fleisch klein geschnitten.

Der Ausdruck auf ihrem Gesicht brachte Emma zum Lachen. »Tut mir leid. Muss wohl der Mutterreflex sein.« Ihre Gefühle für Jordan waren jedoch alles andere als mütterlich.

»Wie läuft es beruflich?«, fragte Hope. »Jordan wollte mir keine Einzelheiten erzählen, aber sie hat mich um sechs Uhr an einem Sonntag angerufen und darauf bestanden, dass ich sofort jeden anrufe, den ich kenne, oder allen eine E-Mail schicke. Hat dich irgendjemand davon als Assistentin angeheuert?«

Emma starrte zu Jordan, die den Kopf über ihren Teller beugte. Hitze schoss ihre Brust hinauf, teilweise aus Verlegenheit, dass Jordan ihre Freunde in ihre berufliche Krise involviert hatte, teilweise aber auch aus Dankbarkeit für Jordans entschlossene Hilfe. »Einige wollten mich anheuern«, sagte sie schließlich. »Aber ich bin auf Romanautorinnen spezialisiert, nicht auf Leute, die für akademische Fachzeitschriften schreiben.«

»Es wurde also nichts daraus? Tut mir leid, das zu hören«, sagte Hope.

»Na ja, ein Gutes hatte es schon. Dadurch, dass Jordan sofort bereit war, ihre Freunde mit ins Boot zu holen, wurde mir klar, dass es ziemlich blöd von mir ist, nicht auch meine eigenen Ressourcen zu nutzen. Das macht mich nicht unprofessionell oder zu einer hilflosen Jungfrau, die gerettet werden muss.«

Jordan sah von ihrem Teller auf. »Heißt das, du hast deine Klienten um Hilfe gebeten?«

»Nur die, mit denen ich eine etwas persönlichere Beziehung habe. Und ich habe auch ein paar meiner VA-Kollegen angesprochen, für den Fall, dass sie mehr Klienten haben, als sie bedienen können.«

»Und?« Jordans Gabel verharrte über ihrem Essen.

Ein Lächeln kräuselte Emmas Lippen. »Und jetzt habe ich drei neue Klienten, die Darth Vader und den anderen, den ich verloren habe, ersetzen.«

»Darth Vader?«, fragten Hope und Laleh.

Emma und Jordan grinsten sich an. Himmel, es fühlte sich gut an, ihre unbeschwerte Verbindung zurückzuhaben, selbst wenn es bloß einen Moment lang sein sollte.

»Der Kerl, der so dumm war, sie nicht nur zu feuern, sondern ihr auch noch zu drohen«, knurrte Jordan.

»Was genau machen Sie denn beruflich?«, fragte Laleh.

»Meine Mami hilft, Bücher zu schreiben«, sagte Molly, bevor Emma antworten konnte. »Wenn ich groß bin, werde ich auch Bücher schreiben.«

»Ich dachte, du willst Ärztin oder Tierärztin werden?«, fragte Emma.

Molly stützte den Kopf in die Hände, während sie darüber nachdachte. »Kann ich nicht beides werden?«

»Du kannst werden, was immer du möchtest«, sagte Emma. Mit humorvollem Unterton fügte sie hinzu: »Solange es nicht Chirurgin ist.«

»Hey!« Jordan stieß sie mit dem Ellbogen an. »Chirurgin ist ein sehr ehrenwerter Beruf.«

»Ja«, fügte Hope hinzu. »Wenn man kein richtiger Arzt sein kann, ist Chirurgin eine gute zweite Wahl.«

Jordan legte ihre Gabel beiseite und funkelte die beiden spielerisch an. »Ach, so ist das also. Kaum stelle ich euch einander vor, da schließt ihr euch schon gegen mich zusammen.«

»Genau«, riefen Emma, Hope und Laleh im Chor.

Molly rutschte von ihrem Stuhl und rannte zu Jordans Seite des Tisches. »Ich kann auf deiner Seite sein, Jordan.«

Alle lachten.

Jordan trug die letzte der leeren Schüsseln ins Haus und stellte sie zu dem Berg schmutzigen Geschirrs in der Küche. Sie sah sich um. Emma stand an der Spüle, Hope und Laleh waren gegangen, weil Hope morgen Frühschicht hatte, und von Molly gab es keine Spur.

»Wo ist Molly?«

»Ich habe sie mit dem übrigen Adas Polo zu Barbara geschickt«, sagte Emma. Ihre Hüften schaukelten hin und her, als sie energisch einen der Töpfe schrubbte.

Jordan versuchte, nicht hinzusehen, aber ihr Blick wanderte immer wieder zu Emma. »Bist du sicher, dass ich nicht einfach alles in die Spülmaschine werfen soll?«

»Ganz sicher.«

»Mehr Zeit zum Nachdenken, stimmt's?«

Emma warf ihr über die Schulter ein kurzes Lächeln zu. »Genau.«

Worüber sie wohl nachdachte? Dachte sie manchmal an den Kuss? »Emma …«

»Jordan …«

Sie sprachen gleichzeitig.

Emma drehte sich vom Spülbecken weg, sodass sie Jordan ansehen konnte. Schaum tropfte von ihren Fingern auf den Fliesenboden hinab.

Ohne den Blick von Emmas Augen abzuwenden, gab Jordan ihr ein Geschirrtuch und bedeutete ihr, dass sie zuerst das Wort ergreifen sollte.

Emma trocknete sich die Finger ab und zerknüllte das Geschirrtuch dann zwischen ihren Händen. »Ich hasse das«, platzte es aus ihr heraus. Sie riss die Augen auf, als hätten ihre Worte sie genauso überrascht wie Jordan.

Jordan schluckte. »Was hasst du? Hier zu wohnen? Mit meinen Freundinnen und mir zu essen?«

»Nein. Himmel, nein. Ich lebe gern hier und deine Freundinnen sind sehr nett.« Einen Moment lang sah Emma zu Boden, dann schielte sie unter den gesenkten Lidern hervor zu Jordan. »Genau wie du.«

Nett, wiederholte Jordan in Gedanken das Wort. Es sollte wohl positiv klingen, aber irgendwie war es kein großes Kompliment für Jordan. Sie wollte so viel mehr für Emma sein als nur *nett.*

»Ich hasse es, dass wir uns kaum in die Augen sehen können«, fügte Emma hinzu. »Ich hasse es, dass wir wie auf rohen Eiern umeinander herumschleichen und es vermeiden, zur selben Zeit in den Garten zu gehen.«

Jordan stieß ihren Atem aus. »Ja, das hasse ich auch.«

»Wenn wir es beide hassen, warum tun wir es dann? Das ist doch albern. Es war nur ein Kuss. Das ist das ganze Drama doch nicht wert.«

Jordan rang sich ein Lächeln ab. »Da muss ich dir widersprechen. Es war nicht nur ein Kuss. Es war ein *fantastischer* Kuss, der auf einer Skala von eins bis zehn mindestens eine Hundert verdient hat.«

Emma lachte. »Na schön, ich geb's zu. Der Kuss war … ganz okay.«

»Ganz okay?«, wiederholte Jordan gedehnt.

»Ja. Ich musste nicht allzu sehr leiden.«

»Du!« Mit den Fingern ihrer gesunden Hand kitzelte Jordan Emmas Rippen.

Hysterisch lachend, ließ Emma das Geschirrtuch fallen und versuchte, sich wegzuwinden, doch die Spüle versperrte ihr den Fluchtweg. »Jordan!«, quietschte sie. »Hör auf!«

»Was, wenn nicht?« Lachend hielt Jordan sie zwischen Spüle und ihrem eigenen Körper gefangen.

»Dann werde ich … Ich werde …«

Sie starrten einander an.

Jordans Finger verharrten und sie wurde sich bewusst, wie intim ihre Position war: ihre Körper waren aneinandergedrückt und ihre Hand lag dicht unterhalb Emmas Brust. Die kupferfarbenen Sprenkel in Emmas Augen schienen sie anzuziehen.

»Ich werde …« Verzweifelt packte Emma den Spülschlauch und schwang ihn in Jordans Richtung.

»Das wagst du n…«

Kaltes Wasser durchnässte sie, noch bevor sie den Satz aussprechen konnte.

Emma lachte, als Jordan zurückwich, um dem Wasserstrahl zu entgehen. »Du hast ausgesehen, als könntest du etwas Abkühlung vertragen.« Dann wurde sie blass und ließ den Schlauch in die Spüle fallen. »Ach du Scheiße! Dein Gips! Tut mir schrecklich leid. Ich bin eine Idiotin!«

Auch Jordan hatte nicht mehr daran gedacht. Jetzt warf sie rasch einen Blick darauf, um zu sehen, ob er nass geworden war. »Alles okay. Mein Gesicht und meine Schultern haben das meiste abbekommen.«

Emma nahm das Geschirrtuch und rieb damit über Jordans Schulter und Oberarm, damit das Wasser nicht auf den Gips tropfen konnte.

Erneut standen sie so nahe beieinander, dass Jordan die Wärme von Emmas Körper spüren konnte. Als das dünne Tuch über ihren Hals rieb, erschauderte sie. Ihre Nippel wurden hart.

»Emma«, keuchte sie, nicht sicher, ob sie Emma damit auffordern wollte, aufzuhören … oder weiterzumachen.

Emma schien Letzteres anzunehmen und kam noch näher.

Das Klingeln von Jordans Handy ließ sie auseinanderfahren.

Sobald Emma sie nicht mehr berührte, begann Jordans Gehirn wieder zu funktionieren. Gott, fast hätten sie es erneut getan und diesmal war sie nicht sicher, ob es bei einem Kuss geblieben wäre.

Ihre sonst so ruhigen Finger zitterten, als sie das Handy aus der Tasche ihrer kurzen Hose zog.

»Hallo, Jordan«, sagte eine Frauenstimme. »Hier spricht Emma.«

»Emma«, wiederholte Jordan und starrte Emma an, die von ihr weggetreten war und nun das Wasser auf dem Boden aufwischte.

Beim Klang ihres Namens sah sie auf und ihre Blicke trafen sich.

»Ja?« Emma – die Emma, die mit ihr in der Küche war – sah sie fragend an.

Rasch schüttelte Jordan den Kopf. »Äh, nichts«, flüsterte sie.

»Ja«, sagte die Frau am Telefon. »Die Emma vom Spielplatz. Schon vergessen?«

»Nein, natürlich nicht.« Jordans Körper glühte noch immer und sie hatte Mühe, halbwegs normal zu klingen. »Schön, von dir zu hören. Ich war nicht sicher, ob du anrufen würdest.«

»Jackson war krank, da konnte ich ihn nicht bei einer Babysitterin lassen, aber jetzt ist er wieder auf dem Damm, deshalb dachte ich, ich frage mal an, ob du immer noch Lust hast auf das Abendessen unter Erwachsenen … und die anderen Aktivitäten für Erwachsene«, fügte sie hinzu, ihre Stimme zu einem intimen Raunen senkend.

Jordan war sich bewusst, dass Emma – ihre Emma – jedes Wort, das sie sagte, mithören konnte. Sie wandte ihr den Rücken zu. Warum zum Teufel fühlte es sich an, als würde sie Emma betrügen? Das war doch albern. *Moment mal!* Hatte sie gerade *ihre* Emma gedacht? Sie waren nicht zusammen. All diese verwirrenden Gefühle mussten aufhören, am besten jetzt sofort. Sie brauchte einen klaren Kopf und dabei konnte ihr Emma – die Emma vom Spielplatz – helfen. »Jederzeit«, sagte sie und versuchte, begeisterter zu klingen, als sie war.

»Prima«, antwortete Emma Nummer zwei. »Wie wäre es mit kommendem Samstag?«

Jordan zögerte. *Bist du übergeschnappt? Was gibt es da zu zögern? Eine schöne Frau will mit dir ausgehen. Sag ja, du Idiotin!* »Hört sich gut an«, sagte sie. »Wann soll ich dich abholen?«

»So gegen sieben?«

»Klingt gut«, antwortete Jordan.

»Ich schicke dir eine SMS mit meiner Adresse. Oder soll ich dich abholen?«

»Nein«, sagte Jordan rasch. Auch wenn sie sich für diesen dummen Gedanken rügte, sie wollte nicht, dass die beiden Emmas einander begegneten. »Nein, schon okay. Du brauchst nicht bis nach South Pasadena zu fahren. Ich hole dich um sieben ab.«

»Super. Ich freue mich schon darauf.«

»Äh, ja, ich mich auch.« Das stimmte nicht. Zumindest nicht so, wie sie sich üblicherweise darauf freute, mit einer Frau auszugehen. Aber es war eine vertraute, beruhigende Routine. Sie wusste genau, was sie von *dieser* Emma wollte, ohne die Verwirrung, die ihrer Interaktion mit deren Namensgefährtin innewohnte.

Als sie den Anruf beendete und das Handy einsteckte, stand Emma an der Spüle und schrubbte mit aller Kraft.

Machte es ihr etwas aus, dass Jordan mit einer anderen Frau ausgehen würde?

»Emma?«, fragte sie.

»Hmm?« Emma sah nicht auf, sondern hielt den Blick auf die Schüssel gerichtet, die sie schrubbte.

»Ist alles okay zwischen uns?«

Jetzt blickte Emma auf. Sie drehte sich um und lächelte Jordan zu. »Natürlich. Wir wissen beide, dass es besser ist, wenn wir nur Freundinnen bleiben, richtig?«

»Richtig. Freundinnen.«

Emma streckte ihre Hand aus, schien dann aber zu bemerken, dass sie voller Schaum war. Sie wischte die Finger an ihrer kurzen Hose ab und drückte kurz Jordans Schulter.

Die einfache Berührung brachte Jordans Körper zum Glühen. Sie wünschte, sie hätte stattdessen eine Umarmung bekommen. Sie wollte sich gegen Emma pressen und sie ganz festhalten, aber sie wusste, dass das ein gefährlicher Wunsch war.

Emma wollte das Haus mit weißem Gartenzaun, die Familie und das ganze Szenario, das für Jordan ein Albtraum war. Solange sie ihr das nicht geben konnte, hatte sie nicht das Recht, Emma in den Armen zu halten.

Ihr Körper protestierte, als sie außer Reichweite trat, um der Versuchung zu widerstehen.

Emma drehte sich wieder zur Spüle und zog die nächste Schüssel ins schaumige Wasser.

Kapitel 16

Am nächsten Morgen schrieb Emma den letzten Tweet für einen ihrer neuen Klienten und warf dann einen Blick auf die Uhr. Kurz vor neun. Normalerweise kam Jordan um diese Zeit herüber, um ihr eine zweite Tasse Kaffee zu bringen.

Sie sah durch die offene Terrassentür, aber von Jordan gab es keine Spur.

Vielleicht hatte sie verschlafen. Vielleicht war sie gestern mit dieser Frau ausgegangen.

Es störte Emma und die Tatsache, dass es sie störte, störte sie noch mehr. Sie war Jordans Freundin, sonst nichts. Und als Freundin musste sie Jordan so akzeptieren, wie sie war, inklusive ihrer Frauengeschichten. Sich zu wünschen, Jordan wäre anders … die Dinge zwischen ihnen stünden anders, war Zeitverschwendung.

Das Klingeln ihres Telefons riss sie aus ihren Gedanken. Ein Blick aufs Display verriet, dass der Anruf nichts mit ihrer Arbeit zu tun hatte. Es war Chloe. Emma hätte Geld darauf verwettet, dass sie keine Ahnung hatte, was sie Molly zum Geburtstag schenken sollte. Früher hatte Emma immer die Geschenke für Freunde und Familienmitglieder gekauft.

Sie hob das Telefon ans Ohr. »Guten Morgen, Chloe«, sagte sie, ein wenig erstaunt darüber, wie leicht es war, freundlich zu ihrer Exfrau zu sein. Vielleicht hatte sie so langsam ihre Bitterkeit überwunden.

»Morgen. Äh, störe ich bei der Arbeit?«

Emma ließ das Telefon sinken und starrte es einen Moment lang an, bevor sie es wieder ans Ohr hob. »Wer bist du und was hast du mit Chloe gemacht?«

»Hahaha.«

»Du überraschst mich. Sonst hast du dir nie die Mühe gemacht, nachzufragen.« Früher hatte Emma es nicht bemerkt, aber jetzt hatte Jordan neue Maßstäbe gesetzt, indem sie Emmas Arbeit immerzu respektierte.

Chloe seufzte. »Ich rufe an wegen Samstag. Mir ist etwas dazwischengekommen. Etwas Wichtiges.«

Emma erstarrte. »Nein. Nein, Chloe. Mach das nicht.«

»Ich sagte doch, es ist wichtig.«

»Und der Geburtstag unserer Tochter ist nicht wichtig?«

»Das hab ich nicht gesagt. Ich habe keine andere Wahl.«

»Du hast ihr versprochen, dass du kommen würdest.« Emma schnaubte in den Hörer. »Aber Versprechen haben dir nie viel bedeutet, oder?«

»Emma, bitte. Hier geht es nicht um uns.«

Emma fuhr sich mit der freien Hand durchs Haar und zählte langsam bis zehn. »Kannst du vielleicht einen späteren Flug nehmen? Molly könnte am Nachmittag ein Nickerchen machen, dann könnte sie ein wenig länger aufbleiben, bis du …«

»Nein«, sagte Chloe. »Das funktioniert nicht. Ich bin dieses Wochenende in New York.«

Was konnte in New York wichtiger sein als der Geburtstag ihrer Tochter? Emma fragte nicht.

»Tut mir wirklich leid, Emma. Ich verspreche, dass ich es wiedergutmache.«

Was sollte sie dazu sagen? Sie vertraute Chloes Versprechungen längst nicht mehr.

»Ich muss los«, sagte Chloe. »Gib Molly einen Kuss von mir, ja? Ich versuche, sie am Samstag anzurufen. Bis dann.«

Versuche? Ein Knoten des Zorns bildete sich in ihrem Hals und erstickte sie fast. Bevor sie es schaffen konnte, an dem Knoten vorbei Worte herauszuwürgen, hatte Chloe aufgelegt. Nicht, dass Emma gewusst hätte, was sie hätte sagen sollen. Sie saß mit dem Telefon in der Hand da. Gott, wie sollte sie Molly nur beibringen, dass ihre andere Mutter doch nicht zu ihrer Geburtstagsfeier kommen würde, weil sie etwas Wichtigeres vorhatte?

Molly würde das nicht verstehen. Wie auch? Emma verstand es selbst nicht.

Chloe hatte schon zuvor geplante Unternehmungen mit Molly wegen der Arbeit abgesagt, aber noch nie etwas so Wichtiges wie ihre Geburtstagsfeier.

Tränen der Frustration brannten in ihren Augen.

Ein Klopfen erklang an der offenen Terrassentür. »Hey, bereit für deinen zweiten Kaffee?«

Rasch legte Emma das Telefon weg und fuhr sich mit der freien Hand über die Augen. »Gott, ja«, sagte sie, bemüht, normal zu klingen. »Und wie.«

Jordan kam mit der roten Smiley-Tasse, die sie immer für Emma reservierte, auf sie zu. Ihr Stirnrunzeln nahm mit jedem Schritt zu. »Weinst du?«

»Nein.«

»Was ist passiert?« Jordan stellte die Tasse ab, kniete sich vor Emma hin und legte ihr tröstend eine Hand aufs Knie. »Hat Darth Vader irgendetwas getan, das …«

»Nein. Das hat nichts mit ihm zu tun.« Emma hätte es gern mit einem Dutzend Darth Vaders aufgenommen, hätte sie damit ihrer Tochter den Herzschmerz ersparen können, wenn sie herausfand, dass ihre andere Mutter nicht zu ihrem Geburtstag kommen würde. Sie starrte das Telefon an und blickte dann hinab in Jordans braune Augen, die voller Sorge und Mitgefühl waren. »Chloe hat angerufen. Eigentlich wollte sie zu Mollys Geburtstagsfeier kommen, aber scheinbar ist ihr etwas Wichtigeres dazwischengekommen.«

»Oh, Emma. Arme Molly. Es tut mir leid.« Ohne auf ihren Gips zu achten, nahm Jordan Emmas Hände in ihre und drückte sie sanft.

So hielten sie sich eine Minute lang an den Händen. Die warme Umklammerung war wie ein Rettungsanker.

Schließlich seufzte Emma. »Leider können wir nichts tun. Ich kann nur versuchen, es Molly schonend beizubringen.«

Jordan streichelte mit beiden Daumen Emmas Finger, was ihren ganzen Körper zum Kribbeln brachte. »Soll ich Chloe auch auf die Liste der Leute setzen, deren Kniescheiben ich brechen soll?«, fragte sie mit einem schiefen Lächeln.

Emma lachte und musste plötzlich wieder gegen Tränen ankämpfen. Jordans Unterstützung fühlte sich gut an. »Frag mich das noch mal, nachdem ich es Molly gesagt habe. Sie hat Chloe nicht mehr gesehen, seit wir weggezogen sind. Ich bin sicher, es wird Tränen geben.«

Jordan umfasste ihre Hände fester. »Tut mir leid. Kann ich irgendetwas tun?«

»Danke, aber ich glaube nicht.« Emma zögerte. »Obwohl … Würdest du zu ihrer Geburtstagsfeier kommen? Ich weiß, es ist ziemlich kurzfristig. Ich wollte dich schon früher fragen, aber … äh, du weißt schon, der Kuss und dann wollte Chloe kommen … Ich war mir nicht sicher, ob es eine gute Idee ist.«

»Und denkst du, es ist eine? Dass ich komme, meine ich?«, fragte Jordan.

Den Blick auf ihre verflochtenen Finger gerichtet, nickte Emma. »Ich weiß, Molly würde sich freuen, wenn du kommst. Und ich auch«, fügte sie rasch hinzu. »Es ist nichts Besonderes. Nur ich und ein halbes Dutzend überdrehter Kindergartenkinder.«

»Klingt … äh … nett.« Jordans Mundwinkel hoben sich zu einem schwachen Lächeln. »Ich werde da sein. Wann steigt die Party?«

»Am Samstag.«

»Ähm, diesen Samstag?«

»Ja.« Emma beobachtete, wie Jordan die Stirn runzelte. »Du hast schon was vor, oder? Vergiss es einfach. Du musst nicht zur …«

»Ich werde kommen«, sagte Jordan. »Wann soll ich da sein?«

»Die Feier fängt um drei an.«

»Soll ich um zwei rüberkommen, um dir bei den Vorbereitungen zu helfen?«, fragte Jordan.

Emma starrte sie an. Gott, diese Frau war zu gut, um wahr zu sein.

»Was ist?«, fragte Jordan, als Emma sie weiterhin anstarrte. »Ist zwei nicht so günstig? Wäre es besser, wenn ich schon um eins komme?«

»Äh, nein. Ich habe nur gerade gedacht, was für eine großartige Freundin du bist.« Sie wäre verrückt, wenn sie irgendetwas täte, das diese Freundschaft gefährden könnte.

Statt mit einem Scherz oder einem flirtenden Spruch zu antworten, blickte Jordan auf ihre Schuhe und dann hinauf in Emmas Augen. »Danke. Du bist als Freundin auch ganz okay.«

Sie lächelten einander an, bis der Timer auf Emmas Computer ihren Blickkontakt unterbrach.

Jordan, die immer noch vor ihr kniete, erhob sich. »Die Pflicht ruft, was?«

»Ja, ich habe in fünf Minuten ein Skypegespräch mit einer Klientin.«

»Dann lasse ich dich mal zurück an die Arbeit gehen.« Jordan ging zur Terrassentür.

»Jordan«, rief Emma, bevor sie das Haus verlassen konnte.

Jordan drehte sich um.

»Danke«, sagte Emma. »Für den Kaffee … und dafür, dass du eine so gute Freundin bist.«

»Du sagtest *großartige* Freundin«, korrigierte Jordan.

»Ups. Aber klar doch.« Jordans Ehrgeiz ließ sie amüsiert den Kopf schütteln. »Dann bis später.« Sie winkte ihr ein letztes Mal zu, bevor sie ihre Kopfhörer aufsetzte. Ihr Blick folgte Jordan, bis sie außer Sicht war.

Statt sich in die Hängematte fallen zu lassen, ging Jordan in ihr Wohnzimmer und schloss die Terrassentür, damit Emma nicht zufällig mithören konnte.

Mit dem Telefonhörer in der Hand saß sie da und wusste nicht, was sie sagen sollte. Schließlich zuckte sie mit den Schultern. War doch keine große Sache. Das war der Vorteil, wenn man nicht in einer Beziehung war: Sie musste sich niemandem gegenüber rechtfertigen.

Emma Nummer zwei – sie musste sie endlich fragen, wie ihr Nachname lautete – nahm schon beim zweiten Klingeln ab.

»Hallo, Emma. Hier spricht Jordan Williams.«

»Hi.« Emma klang erfreut, von ihr zu hören. »Das ist ja eine nette Überraschung! Du konntest es wohl nicht abwarten bis Samstag.«

Jordan lachte, wurde dann aber wieder ernst, als sie an den Grund ihres Anrufs dachte. »Ähm, eigentlich rufe ich wegen Samstag an. Ich … ich muss absagen.«

Einige Sekunden lang war nur Emmas Atmen zu hören.

»Können wir unser Treffen verschieben? Mir ist etwas dazwischengekommen. Etwas Wichtiges.« Sicher hatte Chloe etwas ganz Ähnliches gesagt, als sie Emma angerufen hatte. Super, jetzt klang sie schon wie dieses Arschloch. »Tut mir wirklich leid. Ich weiß, du hattest schon einen Babysitter engagiert, und ich schwöre dir, dass ich normalerweise so etwas nicht mache, aber … Erinnerst du dich an Molly? Das Mädchen, auf das ich aufgepasst habe, als wir uns kennengelernt haben.«

»Klar«, sagte Emma. »Jackson, mein Sohn, hat eine ganze Woche nicht aufgehört, über sie zu sprechen.«

Jordan lächelte. Eines Tages würde Emmas Tochter reihenweise Herzen brechen. »Also, sie hat am Samstag Geburtstag und ihre Mutter hat mich zur Feier eingeladen und ich wollte Molly nicht enttäuschen, indem ich Nein sage.«

»Molly?«, fragte Emma. »Oder ihre Mutter?«

»Emma …«

»Vergiss es. Ich hätte das nicht sagen sollen. Ich weiß, dass du keine festen Bindungen willst. Es kam mir nur so vor … Für jemanden, der keine Bindungen will, scheinst du aber doch ziemlich eng mit dieser Freundin zu sein.«

Jordan rieb sich den Nacken. Bevor ihr eine Antwort einfallen konnte, sprach Emma weiter.

»Klar können wir unser Date verschieben. Aber ich muss das erst mal mit meiner Babysitterin oder meiner Schwester absprechen, um zu sehen, wann sie Zeit haben. Kann ich dich zurückrufen?«

»Natürlich.«

Sie unterhielten sich noch eine Weile, bevor sie auflegten.

Jordan legte das Telefon auf den Couchtisch und ließ sich aufs Sofa fallen. Wer hätte gedacht, dass sie je ein Date mit einer attraktiven Frau absagen würde, um mit einem kleinen Mädchen Geburtstag zu feiern?

Die Geburtstagsfeier war ein voller Erfolg, zumindest von dem aufgeregten Kreischen der Kinder zu schließen, während sie einander durch den Garten jagten und Eier auf Esslöffeln balancierten.

Jordan kämpfte gegen den Drang an, sich die Ohren zuzuhalten. Sie sank auf eine große Kühlbox und musterte die Früchte ihrer Arbeit.

Vorhin hatten Emma und sie zusammengearbeitet, um die Bänke und einen langen Tisch aufzustellen, der jetzt aussah, als hätte sich eine Horde Schweine darüber hergemacht. Ballons, Luftschlangen und ein Plakat mit der Aufschrift *Herzlichen Glückwunsch zum Geburtstag* hingen am Maulbeerbaum und in den Büschen, die den Garten umgaben.

Die Geschenke, die Molly vor einer Stunde geöffnet hatte, waren zur Seite geschoben worden, um Platz für die Kindergeburtstagsspiele zu machen. Jetzt saß Shira, der Säbelzahntiger aus Plüsch, den Jordan ihr gekauft hatte, in dem Korb hinten auf dem Fahrrad, das ein Geschenk von Emma gewesen war. Im Umschlag, der um den Hals der Tigerin gebunden war, steckten Karten für den Zoo von Los Angeles.

Molly hatte vor Begeisterung etwa eine Minute lang gekreischt. Der Gedanke daran brachte Jordan zum Lächeln.

»Was für eine schöne Feier«, sagte Barbara von ihrem Gartenstuhl aus, einen Teller mit einem Stück Geburtstagskuchen auf dem Schoß. »Als ich klein war, hat sich niemand für einen Kindergeburtstag eine solche Mühe gemacht.«

»Ich glaube, Emma hat sich so angestrengt, damit Molly einen schönen Geburtstag hat, obwohl ihre andere Mutter nicht kommen konnte«, sagte Jordan.

Barbara schüttelte den Kopf. »Die arme Kleine. Ich hätte meinen Monty umgebracht, wenn er den Geburtstag eines unserer Söhne verpasst hätte.«

»Glaub mir, der Gedanke kam mir auch«, sagte Emma, als sie mit einem Krug Orangensaft für die Kinder aus dem Haus trat.

Jordan sprang auf, um ihr zu helfen, aber Emma bedeutete ihr, sich wieder zu setzen. »Du hast schon genug geholfen. Bleib sitzen und ruhe dich aus. Ich mach das.«

Sie sank auf die Kühlbox und sah zu, wie Emma Orangensaft an die Kinder verteilte.

Molly gesellte sich zu ihnen, setzte sich neben Jordan auf die Kühlbox und ließ die Beine baumeln.

»Hallo, Geburtstagskind«, sagte Jordan. »Willst du keinen Saft?«

Molly schüttelte den Kopf.

Oh, oh. Barbara und Jordan tauschten besorgte Blicke.

»Genießt du deine Feier nicht?«, fragte Jordan.

Molly nickte, sagte aber nichts.

Mit einem unguten Gefühl sah sich Jordan nach Emma um, aber die war immer noch damit beschäftigt, den Saft auszuschenken. *Einsatz für Jordan, Supersitterin.* »Magst du mir erzählen, was los ist?«

Molly trommelte mit den Fersen gegen die Kühlbox, hörte dann auf mit dem Krach und starrte auf ihre Knie. »Meine Mama konnte nicht zu meiner Feier kommen. Sie muss arbeiten.«

Das war also der Grund, den Emma angegeben hatte. Jordan schluckte. Was sollte sie jetzt sagen? Sie blickte zu Barbara, die sich im Gartenstuhl zurückgelehnt hatte und keine Anstalten machte, einzugreifen. *Herzlichen Dank, Barb.* »Das ist echt Scheiße.« Kaum hatte sie es gesagt, zuckte sie zusammen.

Molly starrte sie an und begann dann zu kichern.

Tja, wenigstens hatte das böse Wort das Mädchen aufgemuntert. Aber mit einem Blick auf Emma beschloss Jordan, dass sie vielleicht auch etwas Hilfreicheres sagen sollte. Sie rutschte näher und schlang einen Arm um Mollys schmale Schultern. »Weißt du, als ich klein war, da war mein Vater Soldat. Er war oft weg.«

»Auch an deinem Geburtstag?«, fragte Molly mit großen Augen.

Jordan nickte. »Manchmal auch an meinen Geburtstagen.«

»Was hast du dann gemacht?«, fragte Molly.

»Es gab nicht viel, was ich hätte tun können. Ich habe einfach versucht, mich doppelt über die Leute zu freuen, die da waren.«

»Wie deine Mami?«, fragte Molly.

»Genau.«

»Hmm.« Molly schabte mit den Fersen über die Kühlbox und starrte stirnrunzelnd quer durch den Garten. Schließlich sprang sie auf und rannte davon.

Zuerst dachte Jordan, sie hätte nun doch Durst bekommen und wollte sich ein Glas Saft holen, aber dann schlang Molly ihre Arme um ihre Mutter und umarmte sie innig.

Barbara lachte. »Donnerwetter. Du bist ja richtig gut im Umgang mit Kindern!«

Hitze stieg Jordan in die Wangen und sie war dankbar für ihre dunkle Haut, die ihr Erröten verbarg. »Schön wär's. Meistens improvisiere ich nur und hoffe, dass es keiner merkt.«

Barbara musterte sie. »Du und Emma seid also …?«

»Nein«, sagte Jordan rasch. »Du weißt doch, dass ich nicht der Beziehungstyp bin.«

»Oh ja. Das wäre schrecklich, nicht? Dann müsstest du deine gesamte Zeit nur mit einer Frau verbringen.« Barbara schüttelte sich, sodass ihre silbernen Locken umherflogen. »Und, Gott bewahre, dann müsstest du womöglich auf Kindergeburtstagsfeiern gehen und in einem Garten voller schreiender Sechsjähriger herumsitzen, die zu viel Kuchen gegessen haben.« Sie sah sich demonstrativ um. »Ach, warte mal! Du *bist* auf einer Geburtstagsfeier in einem Garten voller schreiender Kinder und wenn ich mich nicht irre, hattest du außer Emma schon seit einem Monat keine Frau mehr zu Besuch!«

Jordan schnitt eine Grimasse. »Vierundsiebzig ist ein bisschen alt, um noch eine Karriere als Comedian zu starten, findest du nicht?«

»Es ist nie zu spät, seinem Leben eine neue Richtung zu geben, meine Liebe«, sagte Barbara.

Jordan grunzte und erhob sich. »Ich glaube, ich brauche auch einen Saft … oder etwas Stärkeres.«

Als Barbara mit einem Stapel Teller die Küche betrat, eilte Emma zu ihr und versuchte, ihr die Teller abzunehmen, aber Barbara wich ihr trotz ihrer Hüftprobleme geschickt aus.

»Du bist Gast«, sagte Emma. »Du brauchst nicht zu helfen.«

»Ich bin eine Freundin«, sagte Barbara. »Außerdem hilft Jordan auch, wieso darf ich es dann nicht?«

»Weil sie kein Nein akzeptiert.«

Barbara lachte. »Ich könnte mir vorstellen, dass sie nicht gewohnt ist, dass Frauen Nein zu ihr sagen.«

Emma seufzte, als sie daran erinnert wurde, dass Jordan normalerweise ihre Zeit nicht auf Kindergeburtstagen verbrachte. Es schien ihr Spaß gemacht zu haben, die Schiedsrichterin beim Sackhüpfen zu spielen. Fast konnte man vergessen, dass ihre Vorstellung von Familie und Beziehung daraus bestand, zweimal mit derselben Frau ins Bett zu gehen.

»Ich kenne Jordan jetzt schon seit fast drei Jahren, aber ich hatte keine Ahnung, wie gut sie mit Kindern umgehen kann. Wenn meine Enkel mich besuchen, macht sie sich immer rar. Aber schau dir an, wie sie mit Molly umgeht.« Barbara deutete in Richtung Garten, wo Jordan und Molly darum wetteiferten, wer mehr Müll aufsammeln konnte. Ihr eifriges Schreien und Jubeln drang durch die offene Terrassentür. »Sind die beiden nicht süß?«

Emma musste lächeln. »Zuckersüß.«

Barbara stellte die Teller neben der Spüle ab. »Tja, weißt du, ihr zwei seid auch süß zusammen … du und Jordan.«

Die Bemerkung überraschte Emma. Ihre eigenen Eltern gingen alles andere als entspannt mit ihrer sexuellen Orientierung um. Nie hatten sie über Emma und eine potenzielle Partnerin gesprochen, jedenfalls nicht im positiven Sinn.

Barbara lachte über den vermutlich nicht sehr intelligenten Ausdruck auf Emmas Gesicht. »Ich mag ja alt sein, aber ich bin nicht blind.«

»Hast du …? Hat Jordan …?«

»Nein.« Barbara tätschelte ihr den Arm. »Sie hat nichts gesagt. Dazu ist sie zu ehrenwert. Aber wie ich schon sagte, ich bin nicht blind.«

Emma wandte ihr den Rücken zu, um Wasser in die Spüle einzulassen. »Es gibt ohnehin nichts zu sehen.«

»Ach nein?«

Sie musste Barbaras Gesicht nicht sehen, um zu wissen, dass sie grinste. »Na schön. Wir haben uns einmal geküsst.« Sie drückte so stark auf die Plastikflasche, dass eine Lawine aus Spülmittel sich ins Wasser ergoss. »Fast zweimal«, fügte sie leise hinzu, »oder dreimal.«

»Wusste ich's doch!« Barbara stieß triumphierend ihren Gehstock auf den Fliesenboden. »Was wirst du deswegen unternehmen?«

»Unternehmen?« Emma ließ einen Teller ins Wasser fallen. Seifenblasen flogen in alle Richtungen und landeten auf ihrem Gesicht. Mit einer abrupten Handbewegung wischte Emma sie weg.

»Nun ja, als ich in deinem Alter war, folgte einem Kuss für gewöhnlich ein weiteres Rendezvous und dann noch ein Kuss und dann …«

Emma wollte ihre Ohren mit den Händen bedecken. Wie seltsam, über solche Themen mit einer alten Dame zu sprechen, die älter als ihre Mutter war. Sie drehte sich um und schüttelte den Kopf. »Diesmal nicht.«

Ein Stirnrunzeln vertiefte die Falten auf Barbaras Gesicht. »Du hast nicht vor, ihr eine Chance zu geben?«

»Das ist es ja gerade, Barbara. Sie will keine Chance. Wenigstens nicht, wenn es nicht gerade um … du weißt schon was geht.«

»Woher weißt du das? Hast du sie gefragt?«

Emma öffnete und schloss den Mund einige Male, wie ein Karpfen, der im Trockenen gelandet war. »Äh, nein, aber …«

»Vielleicht solltest du es tun.«

Emma starrte sie an. Bestand die Möglichkeit, dass Barbara recht hatte und …? Sie schüttelte den Kopf. Quatsch. Barbara war ein Familienmensch und eine

Romantikerin. Sie wollte ihre beiden Lieblingsnachbarinnen gern zusammen sehen, aber das hieß noch lange nicht, dass ihr Wunsch wahr werden würde. Es war besser, sich solche Tagträume gar nicht erst zu gestatten, sonst würde es nur ein böses Erwachen geben.

»Ich muss nicht nachfragen, um zu wissen, was Jordan will. Erst vor Kurzem habe ich gehört, wie sie ein Date mit einer anderen vereinbart hat.« Der Gedanke tat genauso weh wie damals, als sie Chloe mit einer anderen erwischt hatte. *Gott, du bist vielleicht albern.* Das war wohl kaum das Gleiche.

»Dann solltest du ihr vielleicht einen Anreiz geben, nicht mit ihr auszugehen.«

»Was? Nein. Ich will nicht. Ich kann nicht. Ich …«

Noch bevor Emma ihren Satz zu Ende stammeln konnte, lächelte Barbara, gab ihr einen Klaps auf den Arm und schlurfte aus der Küche.

Kapitel 17

Am Mittwochabend starrte Jordan Emma an, die Bierflasche auf halbem Weg zum Mund. »Du hast es noch nie probiert? Im Ernst?«

Emma lehnte sich im Gras auf einen Ellbogen zurück und schüttelte den Kopf. »Ich hatte nie die Gelegenheit.«

»Tja, jetzt hast du sie.« Ohne aufzustehen, deutete Jordan auf ihre Hängematte. »Sie ist groß genug für uns beide. Komm, du kannst deine Hängematten-Jungfräulichkeit an mich verlieren.«

»Äh, ist es nicht sicherer, wenn ich es allein ausprobiere?«

»Sicherer vielleicht schon, aber es macht nicht so viel Spaß.« Jordan duckte sich, als Emma den Kronkorken nach ihr warf, und kletterte dann aus der Hängematte. »Okay, okay. Versuch's allein. Meine Hängematte gehört ganz dir.«

Emma stellte das Bier ins Gras und kratzte sich am Kopf, während sie aus zusammengekniffenen Augen die Hängematte betrachtete. »Äh, wie funktioniert das? Geh ich mit den Füßen voraus oder …«

»Nein. Mit dem Hintern zuerst. So.« Sie führte es vor und stand dann wieder auf, sodass Emma es ausprobieren konnte. Es machte Spaß, ihr zuzusehen, wie sie sich setzte und versuchte, die Balance zu wahren.

Schließlich lehnte Emma sich zurück und schaukelte sanft. »Wow. Das ist toll.«

»Ja. Sieht so aus, als hättest du die hohe Kunst des Hängemattenliegens nun gemeistert.« Jordan lachte. Sie drückte Emma ihr Bier in die Hand, setzte sich neben sie ins Gras und sah in die Dunkelheit hinaus. Wie sie Abende wie diesen liebte! Alles, was noch fehlte, waren Glühwürmchen.

»Ähm, Jordan?«, sagte Emma nach einer Weile. »Ich wollte dich mal was fragen.«

Warum begann ihr Herz plötzlich, schneller zu schlagen? Nur weil Emma in ihrer Hängematte lag, hieß das noch lange nicht, dass sie als Nächstes ihr Bett ausprobieren wollte. Aber Jordan klang dennoch ein wenig atemlos, als sie fragte: »Was denn?«

»Na ja, meine Freundinnen ermutigen mich ständig, wieder auszugehen und mehr Privatleben zu haben, deshalb habe ich mich gefragt …«

Als Emma zögerte und sie erwartungsvoll ansah, erstarrte Jordan. Emma wollte mit ihr ausgehen? Eine seltsame Mischung aus Panik und Freude überkam sie. Bevor ihr eine Antwort einfallen konnte, fuhr Emma fort.

»Ich frage mich, ob es dir etwas ausmachen würde, am Samstag auf Molly aufzupassen.«

Jordan starrte sie an. »Ich soll …?«

»Ich weiß, es ist viel verlangt. Du hast mir schon letzten Samstag mit der Geburtstagsfeier geholfen. Wenn du also etwas anderes vorhast, dann würde ich das verstehen.«

»Nein, das ist es nicht.« Sie hatte nichts vor. Emma Nummer zwei hatte sie noch nicht zurückgerufen und zu ihrer eigenen Überraschung hatte es Jordan nicht eilig, mit anderen Frauen auszugehen. »Ich bin nur …« Sie nahm einen Schluck Bier. *Du bist nur was? Du hast doch nicht etwa gehofft, dass sie mit dir ausgehen will, oder?*

Es würde nicht funktionieren. Für Jordan war das Ausgehen nur die Vorspeise einer Mahlzeit, die mit heißem Sex als Dessert enden würde. Für Emma war das Ausgehen der Hauptgang, einer in einer langen Reihe von gemeinsamen Abendessen, und dann würde sie erwarten, jeden Tag für den Rest ihres Lebens zusammen zu speisen.

»Klar, ich passe gern auf Molly auf«, sagte sie schließlich und hoffte, dass sie begeisterter klang, als sie war. »Wir machen Erdnussbutterburger und dann kann mir Molly den ersten *Ice-Age*-Film zeigen.«

Emma streckte den Arm aus der Hängematte und drückte Jordans Schulter. »Danke.«

Die Berührung löste ein Kribbeln aus, das selbst ein großer Schluck Bier nicht wegwaschen konnte. »Kein Problem. Wo gehst du denn hin?«

»Eine Kollegin von mir … eine virtuelle Assistentin, die in Glendale wohnt … hat mich zum Essen eingeladen und ich wollte nicht Nein sagen. Wendy war diejenige, die mir eine der neuen Klientinnen vermittelt hat.«

Nur eine Kollegin. Es war nur ein Dankeschön-Essen, kein Date. Jordan lächelte. »Sag zu. Ich passe auf Molly auf.«

Am Samstagabend, keine zehn Minuten, nachdem sie Emmas Haushälfte betreten hatte, lernte Jordan noch eine Regel des Babysittens kennen: Leg das Messer aus der Hand, während du zusiehst, wie die Mutter des Kindes sich ausgehfertig macht.

Sie war gerade dabei, Tomaten für die Burger zu schneiden. Als Emma auf der Suche nach ihrer Handtasche die Küche betrat, schnitt sich Jordan fast in den Zeigefinger ihrer bereits verletzten Hand.

Ohne etwas davon zu merken, legte Emma den zweiten Ohrring an, während sie den Raum durchquerte. Sie trug ein blaues Kleid, das an jeder anderen Frau langweilig ausgesehen hätte. Doch die Art, wie es Emmas Kurven zur Geltung brachte, raubte Jordan den Atem. Sie hatte sogar ein wenig Make-up aufgetragen. So hatte Jordan sie noch nie gesehen. Fast wünschte sie, Emma hätte all den Aufwand für sie betrieben, nicht für diese virtuelle Assistentin.

Jordan legte das Messer weg und versuchte, sie nicht anzuglotzen.

»Was ist?« Verlegen fuhr Emma mit der Hand durch ihr blondes Haar, das ihr in sanften Wellen auf den Rücken fiel.

»Äh, nichts. Du siehst fantastisch aus.« Das war die Untertreibung des Jahrhunderts. Wie eine Biene, die von Honig angezogen wurde, ließ Jordan die Tomaten liegen und folgte ihr in den Flur, wo Emma in ihre sexy Sandalen schlüpfte. Jordan unterdrückte ein Stöhnen. Und all das für ein Dankeschön-Essen mit einer heterosexuellen Kollegin. Was für eine Verschwendung!

Obwohl … Emma hatte die sexuelle Orientierung ihrer Kollegin nicht erwähnt.

Der Gedanke ließ Jordan die Stirn runzeln. »Deine Kollegin … ist sie lesbisch?«

»Keine Ahnung.« Emma schlüpfte in die zweite Sandale und richtete sich dann auf. »Ich weiß nur, dass sie für einige lesbische Autorinnen arbeitet, es wäre also möglich. Gefragt habe ich nicht.«

»Oh.« Ein neues, völlig unbekanntes Gefühl schnürte Jordan die Luft ab. Was immer es auch war, sie mochte es nicht.

»Spielt es eine Rolle, ob sie lesbisch ist?«, fragte Emma.

»Natürlich spielt es eine Rolle!« Jordan merkte, dass sie sehr laut gesprochen hatte, und senkte die Stimme. »Ich meine, wenn sie lesbisch ist, könnte sie das Dankeschön-Essen für ein Date halten.«

Emma hob das Kinn. »Und wenn schon. Du warst doch diejenige, die gesagt hat, die beste Methode, um über jemanden hinwegzukommen, wäre, sich mit jemand anderem einzulassen, oder?«

Hatte sie das wirklich gesagt? Jordan hätte sich ohrfeigen können. »Äh, ja. Ich meine, für Leute wie mich mag das funktionieren. Aber du bist anders. Du …«

Emma schlüpfte in einen Blazer, der ihrem Outfit eine geschäftliche Note verlieh, sodass Jordan sich ein bisschen besser fühlte. »Mach dir keine Sorgen, Mama.« Sie tätschelte Jordans Schulter. »Das ist nur ein erstes Kennenlernen. Ich werde nichts tun, was du nicht auch tun würdest.«

»Das schließt aber nicht viel aus«, murmelte Jordan und folgte ihr zur Tür.

Emma verabschiedete sich von Molly, die mit zwei DVDs angerannt kam, welche sie sich mit Jordan ansehen wollte. Sie hatte die Hand schon auf der Türklinke, doch dann zögerte sie. »Wenn irgendetwas passiert oder du oder Molly irgendetwas braucht, du hast meine Nummer.«

»Hab ich.« Jordan hielt ihr Handy in die Höhe. »Mach dir keine Sorgen. Es wird nichts passieren. Entspann dich und hab Spaß.« *Nur nicht zu viel Spaß.*

Emma küsste Molly ein letztes Mal auf die Stirn. Einen Moment lang schien es, als wollte sie auch Jordan küssen, dann öffnete sie die Tür, trat hinaus und ging in Richtung Garage.

Jordans Blick folgte ihr, bis sie um die Ecke verschwand.

Dieser Film ergab auch nicht mehr Sinn als der, den sie mit Molly im Kino gesehen hatte. Das Säbelzahneichhörnchen versuchte immer noch, seine Nuss zu vergraben. Wenigstens waren die Szenen mit dem grummeligen Tiger und dem Menschenbaby ziemlich witzig.

Jordan hoffte, dass sie ihre Sache als Babysitter besser machte als der Tiger, obwohl sie ständig daran denken musste, wie Emmas Dankeschön-Essen/Date wohl lief.

Hatte Emmas Kollegin sie mit einem Kuss begrüßt? Mochte sie Emmas Kleid so sehr wie Jordan und wie fand Emma das, was immer die andere virtuelle Assistentin anhatte? Worüber sprachen sie wohl während des Essens? Würden sie sich ein zweites Mal treffen?

Ihre lebhafte Fantasie malte sich aus, wie die Frau bei Emma übernachtete. Jordan umklammerte mit der gesunden Hand die Couchlehne, während sie sich vorstellte, wie Emma die verdammte virtuelle Assistentin mit in den Garten nahm – ihren gemeinsamen Garten – um Sterne zu zählen oder zu knutschen wie zwei Teenager. Sie war nicht sicher, ob sie das mit ansehen konnte.

Jetzt übertreibst du aber. Selbst wenn die Kollegin lesbisch war, würde sie wohl kaum nach dem zweiten Date schon bei Emma einziehen. Emma war ein gebranntes Kind und würde nichts überstürzen. Sie war der Typ Frau, der eine Frau erst besser kennenlernen und mehr von ihr erfahren wollte als nur ihre Körbchengröße.

Aber Jordans Anspannung ließ nicht nach.

Zumindest Molly schien den Abend zu genießen. Sie kuschelte sich auf der Couch an Jordan und benutzte sie als Kopfkissen. War sie überhaupt noch wach? Sie hatte nicht gelacht, als während der letzten witzigen Szene die Zunge des Faultiers am Eis hängengeblieben war.

Jordan spähte um Molly herum, um einen Blick in ihr Gesicht zu werfen.

»Jordan?«, sagte Molly, was sie überrascht zurückzucken ließ.

»Ja?«

»Mein Bauch tut weh.«

Oh Mist. Ihr Medizinstudium und die langjährige Erfahrung als Ärztin waren sofort wie weggewischt. Panik machte sich breit. *Beruhige dich, du Idiotin.* Bauchschmerzen kamen bei Kindern häufig vor und waren meist kein Grund zur Sorge. Aber dieses Wissen half ihr jetzt auch nicht weiter. Sie rutschte unter Molly hervor, um sie sich näher anzuschauen. »Wo genau tut es weh? Hier?« Sanft drückte sie auf die rechte, untere Seite von Mollys Abdomen.

Molly schüttelte den Kopf. »Überall.«

Das half nicht bei der Diagnose, aber wenigstens schien es keine Appendizitis zu sein, ansonsten wäre der Schmerz stärker lokalisiert. »Musst du mal auf Toilette?«

Molly nickte.

»Na schön. Dann lass uns …«

Erbrochenes traf in hohem Bogen ihr T-Shirt.

Scheiße. Jordan starrte an sich hinab.

Dann begann Molly zu weinen.

Hilflos stand Jordan da. »Nicht weinen. Du wirst dich gleich besser fühlen.«

Immer noch weinend, begann Molly zu würgen.

Nun galt es, keine Zeit zu verlieren. Jordan zog sich das übel riechende T-Shirt über den Kopf, nahm das Mädchen auf den Arm und trug sie ins Badezimmer, wo Molly sich prompt erneut übergab.

Bäh. Jordan war sicher, dass keine von ihnen in nächster Zeit Lust auf einen Erdnussbutterburger haben würde. Sie hielt Molly im Arm und streichelte ihr übers Haar, bis das Würgen aufhörte. Sanft half sie ihr, ihr Pyjamaoberteil auszuziehen, und wusch ihr das Gesicht.

Molly hörte nicht auf zu weinen.

Jordan drückte sie an sich. »Psst. Dein armer Magen tut nur noch mehr weh, wenn du so weinst. Komm, wir bringen dich ins Bett.« Sie nahm Molly wieder auf den Arm, ohne darauf zu achten, welchen Schaden das womöglich bei ihrem gebrochenen Arm anrichtete. Eine halb vergessene Erinnerung stieg in ihr auf, als sie Molly zu ihrem Schlafzimmer trug. Wenn sie oder ihre Schwestern als Kinder krank gewesen waren, hatten sie im Bett ihrer Eltern schlafen dürfen, was sonst tabu gewesen war. Es war immer etwas Besonderes gewesen, sodass Jordan sich sofort besser gefühlt hatte.

In der Hoffnung, dass es Emma recht sein würde, stieß sie mit dem Ellbogen die Schlafzimmertür auf, legte das Mädchen aufs Bett ihrer Mutter und zog die Decke über sie. Das Kissen roch nach Emma, was Jordan zum Lächeln brachte. Sogar Mollys Weinen hörte auf.

Sie setzte sich auf die Bettkante und strich eine feuchte Haarsträhne aus Mollys Stirn. »Ich bin gleich wieder zurück, okay?«

»Nein. Nicht weggehen!« Molly klammerte sich an sie.

»Ich gehe nur einen Eimer und etwas zu trinken für dich holen, dann komme ich wieder. Versprochen.«

Zögernd ließ Molly sie los. Sie sah zu Jordan auf und zog die Nase hoch. »Ich will meine Mami.«

Oh Mann. Jordans Respekt vor Kinderärzten wuchs. Wie hielten sie es nur aus, ständig mit kranken Kindern zu tun zu haben? Molly leiden zu sehen, war schrecklich. »Wir rufen sie gleich an, ja? Aber zuerst brauchst du etwas zu trinken.«

»O-okay.«

Jordan eilte in die Küche und durchsuchte die Schränke nach einem Elektrolytgetränk. Sie konnte keines entdecken, also musste Molly mit Wasser vorliebnehmen. Mit einem Eimer, einem Glas Wasser und einem sauberen Schlafanzugoberteil kehrte sie zu ihr zurück.

Erneut nahm sie auf der Bettkante Platz und half ihr, das Pyjamaoberteil anzuziehen. Mit dem eingegipsten Arm hielt sie das Mädchen, während sie das Glas an ihre Lippen führte. Sorgsam achtete sie darauf, dass Molly nur kleine Schlucke nahm und ihren Magen nicht überforderte. Dann stellte sie das Glas auf dem Nachttisch ab und legte ihr die Hand auf die Stirn. Fieber hatte sie keines, höchstens erhöhte Temperatur.

»Können wir Mami anrufen?«, fragte Molly.

Sie sah erschöpft aus, als würde sie jeden Moment einschlafen. Sollte sie Emma wirklich stören? Vermutlich würde ein Anruf die arme Frau zu Tode erschrecken. Aber sie hatte es Molly versprochen und Emma hatte verärgert reagiert, als Jordan zuvor versucht hatte, ihr eine Entscheidung abzunehmen. Sie versuchte, sich in Emmas Lage zu versetzen. Wenn sie Mollys Mutter wäre, würde sie wissen wollen, dass sie krank war. Also nickte Jordan und zog ihr Handy aus der Tasche.

Wenn das alles war, auf das Emma sich freuen konnte, wenn sie wieder begann, mit Frauen auszugehen, dann mochte das Singledasein eine attraktive Alternative sein.

Wendy war nett und man konnte sie durchaus als gut aussehend bezeichnen. Emmas Gaydar hatte auch ausgeschlagen, sobald sie sich vor dem Restaurant getroffen hatten. Eigentlich hätten sie perfekt zusammenpassen sollen, vor allem, weil sie durch ihre Jobs viel gemeinsam hatten und weil Wendy ihr versichert hatte, wie sehr sie Kinder liebte, noch bevor sie auch nur das Essen bestellt hatten.

Aber für Emma stimmte einfach die Chemie nicht. *Egal,* sagte sie sich. Keine von ihnen hatte dieses Treffen als Date bezeichnet und eine neue Freundin hier in der Gegend zu haben, wäre klasse.

Jordan hatte ihr gesagt, sie solle sich entspannen und Spaß haben und genau das würde sie tun. Das Problem war nur, dass sie sich nicht sonderlich entspannt fühlte. Aus irgendeinem Grund konnte sie mit Wendy einfach nicht sie selbst sein. Sie fühlte sich wie eine Schauspielerin, die nicht so richtig in ihre Rolle hineinkam. Gott, sie wünschte, sie wäre zu Hause geblieben, um zum hundertsten Mal *Ice Age* zu schauen und Jordan wegen ihrer Erdnussbutterburger zu necken.

»Stimmt etwas nicht?«, fragte Wendy.

Emma schreckte aus ihren Gedanken auf. »Oh, nein.« Sie rang sich ein Lächeln ab. »Alles ist großartig.«

»Warum schaust du dann ständig auf die Uhr?«

Hatte sie das wirklich? Jetzt fühlte Emma sich wie ein Arschloch. Sie hatte sich bei Wendy für ihre Hilfe bedanken wollen und nun verdarb sie ihr den Abend. »Tut mir leid.« Sie schielte zu ihr hinüber. »Es ist nur … Meine Tochter hat sich heute Morgen nicht so gut gefühlt. Es scheint ihr besser zu gehen, aber ich lasse sie trotzdem nicht gern allein, wenn es ihr nicht hundertprozentig gut geht.«

Das stimmte, auch wenn es nicht der wahre Grund für ihre Abwesenheit war. Sie konnte nicht sagen, was zum Teufel mit ihr los war.

»Warum hast du mich nicht angerufen? Wir hätten unser Date verschieben können.«

Date … Also betrachtete Wendy ihr Treffen als Date? Oder hatte sie das nur so dahingesagt? »Nein, ist schon okay. Es schien ihr gut zu gehen, als ich gegangen bin. Sie hat versucht zu entscheiden, welchen Film sie Jordan zuerst zeigen soll.«

»Jordan?«, fragte Wendy.

»Meine …« *Nachbarin? Babysitterin? Die Frau, deren Küsse mich noch immer schwach machen, wenn ich die verflixte Garage betrete und ihren Sportwagen sehe?* Schließlich sagte sie nur: »Eine Freundin von mir.«

»Dann hast du eine zuverlässige Babysitterin für deine Tochter gefunden?«

»Oh, ja. Jordan ist klasse. Sie hat Maus, dem Lieblingsstofftier meiner Tochter, sogar seinen eigenen Gips beschafft und mit mir eine Spritztour an der Küste entlang gemacht und …« Sie schloss den Mund, als sie merkte, dass Wendy sie mit glasigen Augen anstarrte. Vermutlich war sie nicht an den Lobeshymnen auf ihre Babysitterin interessiert.

»Gut«, sagte Wendy. »Ich bin froh, dass du jemanden hast, der auf deine Tochter aufpassen kann, denn ich würde dich gern öfter treffen.«

Treffen? Meinte sie romantische Dates oder sprach sie davon, einfach nur mit einer Freundin wegzugehen? Gott, warum musste alles nur so kompliziert sein zwischen zwei Lesben? »Das würde ich auch gern, aber ... Das wird sich jetzt sehr arrogant anhören, aber ich bin nicht sicher, ob ...«

Das Klingeln ihres Handys unterbrach sie.

»Tut mir leid«, sagte sie, als sie in ihrer Handtasche kramte. »Ich muss rangehen. Es könnte Jordan sein. Meine Babysitterin, meine ich.«

Wendy seufzte. »Mach nur.«

Der Name auf dem Display war tatsächlich Jordans. Kalter Schweiß trat Emma auf die Stirn. Jordan würde nicht anrufen, wenn es nicht ein Notfall wäre. Ihr Zeigefinger zitterte, als sie über das Display wischte. »Was ist passiert?«

»Molly geht's gut«, war das Erste, was Jordan sagte.

Erleichterung durchrieselte Emma, doch dann bombardierte ihr Gehirn sie mit einem Dutzend Dingen, die passiert sein könnten. »Und du? Du hast dir doch nicht wieder den Arm verletzt, oder?«

»Nein, mir geht's auch gut. Molly hat nur ein wenig Bauchweh und wollte mit dir reden.«

»Oh. Arme Molly. Gib mir eine Sekunde.« Emma ließ das Handy sinken und sah Wendy entschuldigend an. »Tut mir leid, aber meine Tochter ist krank. Ich muss los, aber du kannst ruhig bleiben. Ich würde dir gern das Essen bezahlen.«

Als Wendy nickte, legte sie mehrere Geldscheine auf den Tisch und eilte zur Tür. »Okay, Jordan. Ich bin unterwegs. Gib mir Molly.«

Auf dem Heimweg hatte Emma vermutlich den Geschwindigkeitsrekord – und einige Tempolimits – gebrochen. Hastig schloss sie die Haustür auf und eilte den Flur entlang, ohne sich die Zeit zu nehmen, den Blazer auszuziehen oder die Handtasche abzulegen.

Die Schlafzimmertür wurde geöffnet und Jordan trat hinaus. »Sie schläft«, flüsterte sie.

Emma stand da und glotzte. Ihr armes Gehirn war bemüht, alles zu verarbeiten, was auf sie einströmte: Jordan, wie sie aus ihrem Schlafzimmer kam, bekleidet nur mit einer tief sitzenden Jeans und einem beigefarbenen BH, der sich von ihrer dunklen Haut abhob.

Jordan. Halb nackt. In ihrem Schlafzimmer.

Es hätte Teil eines erotischen Traums sein können, wäre nicht ihre Tochter krank gewesen.

Jordan folgte ihrem Blick, ohne sich daran zu stören, dass sie nur halb bekleidet war. Nicht, dass sie Grund gehabt hätte, sich zu verstecken. Sie war wunderschön. »Molly hat sich auf mein T-Shirt erbrochen.«

»Oh Gott. Tut mir leid.« Emma schob sich an ihr vorbei. Als ihre Schultern einander streiften, war sie sich sehr bewusst, dass Jordans Oberkörper fast nackt war. Sie spähte ins Schlafzimmer.

Jordan musste das Nachtlicht aus Mollys Zimmer geholt haben. Es erhellte das Schlafzimmer gerade genug, dass sie Molly unter der Decke ausmachen konnte. Maus lag neben ihr.

Leise schloss Emma die Tür und schlich durch den Flur.

Jordan folgte ihr ins Wohnzimmer.

»Was ist passiert?« Emma zog den Blazer aus, warf ihn über die Couchlehne und ließ sich aufs Sofa fallen.

»Wir hatten noch nicht mal die Hälfte des Films gesehen, als sie sagte, sie habe Bauchschmerzen. Dann musste sie sich übergeben, noch bevor wir es zum Badezimmer schafften … oder ich ausweichen konnte.« Sie deutete auf ihren Oberkörper, was Emmas Aufmerksamkeit erneut auf ihre BH-verhüllten Brüste lenkte.

Nur mit Mühe wandte sie den Blick ab.

»Ich schwöre, es lag nicht an meinem Erdnussbutterburger«, sagte Jordan.

Ein flüchtiges Lächeln formte sich auf Emmas Lippen. »Ich weiß. Heute Morgen schien sie schon nicht so richtig auf dem Damm zu sein, aber vorhin, als du rübergekommen bist, war sie wieder ganz die Alte. Sonst wäre ich nicht gegangen.«

»Hey, du musst dich nicht schuldig fühlen.« Jordan setzte sich neben sie auf die Couch. »Auch Mütter haben hin und wieder mal einen freien Abend verdient und du konntest nicht wissen, dass sie krank werden würde.«

»Denkst du, sie ist in Ordnung? Oder soll ich mit ihr zum Arzt?«

»Ich bin Ärztin, schon vergessen?«

»Du bist Chirurgin, keine richtige Ärztin.« Das Necken ließ sie einen Moment lang ihre Sorge um Molly vergessen und sie merkte, dass sie nun – mit einer kranken Tochter und einer halb nackten Jordan – entspannter war als im Restaurant mit Wendy. Manchmal war das Leben schon seltsam.

Jordan knurrte, gab dann aber zu: »Ich habe Hope angerufen, gleich nachdem wir aufgelegt hatten, einfach nur, um sicherzugehen, dass ich alles richtig gemacht habe. Sie sagte, wir sollen Molly genug zu trinken geben, dann wird es ihr bald wieder gut gehen. Es ist einfach nur ein Magen-Darm-Infekt, der von selbst wieder weggeht.«

»Danke, Jordan.« Sie wusste, wie schwer es Jordan fiel, ihren beruflichen Stolz hinunterzuschlucken und ihre Freundin anzurufen, um ihre Hilfe in Anspruch zu nehmen. Eine Welle der Dankbarkeit überkam sie. Sie wollte Jordan umarmen, aber da Jordan noch immer kein T-Shirt trug, war das keine gute Idee. All die nackte Haut, nur wenige Zentimeter entfernt, schien die Luft zwischen ihnen vibrieren zu lassen. »Danke, dass du dich so gut um sie gekümmert hast.«

»Wenn ich gewusst hätte, dass sie einschläft, bevor du zurückkommst, hätte ich dich nicht angerufen«, sagte Jordan.

»Ich wollte aber angerufen werden. Es war sowieso das schlechteste Date in der Geschichte der Menschheit. Was nur an mir lag.«

»An dir? Das kann ich nicht glauben.« Dann schien sie darüber nachzudenken, was sie eben gesagt hatte, und hob die Augenbrauen. »Moment mal … Also war es doch ein Date?«

»Wendy schien es anzunehmen.«

»Und du?«, fragte Jordan leise.

»Ich …« *wollte nach Hause fahren, um Zeit mit dir und Molly zu verbringen.* Himmel, das war idiotisch. Wenn sie so weitermachte, würde ihr erneut das Herz gebrochen werden.

»Mami?« Mollys Stimme drang aus dem Schlafzimmer.

Emma sprang auf. »Ich komme, Molly.«

Jordan erhob sich ebenfalls. »Ähm, kannst du mir ein Oberteil leihen?« Sie lachte. »Ich will deinen Ruf nicht ruinieren, indem ich die Nachbarn sehen lasse, wie ich in Unterwäsche dein Haus verlasse.«

Mit heißen Wangen griff Emma nach dem Blazer, den sie über die Couchlehne geworfen hatte. »Tut es der Blazer?«

»Ja, danke.«

Ihre Hände streiften sich, als sie Jordan den Blazer gab.

Er war Jordan zu kurz und oben herum zu weit, aber sie schlüpfte hinein, als wäre es eine ordenbesetzte Uniform, und stellte den Kragen auf, als wollte sie Emmas Geruch einatmen.

»Jordan, ich …« Sie biss sich auf die Lippe, bevor sie etwas Dummes sagen oder tun konnte. »Ich kann dir gar nicht genug danken.«

»Du musst mir nicht danken.« Der Ausdruck in Jordans Augen, als sie auf Emma hinabsah, war warm und fast zärtlich.

»Mami!«

Emma riss den Blick von Jordan los. »Ich muss …« Sie deutete in Richtung des Schlafzimmers.

»Geh. Ich bin in einer halben Stunde mit einem Elektrolytgetränk für Molly wieder da.«

»Das musst du nicht …«

»Ich weiß.«

»Danke«, sagte Emma erneut. Ihre Blicke trafen sich. Der Ausdruck in Jordans Augen war beruhigend und versprach, dass sie für Molly – und für Emma – da sein würde, aber es lag auch etwas anderes, etwas Tieferes darin verborgen. Aber Emma hatte keine Zeit, darüber nachzudenken.

Sie wirbelte herum und eilte zum Schlafzimmer. Auf dem Weg den Flur hinab spürte sie Jordans Blick auf sich ruhen, bis die Tür sich zwischen ihnen schloss.

Kapitel 18

Jordan hatte eben einen großen Bissen ihres Hähnchenflügels genommen, als ihr Handy auf dem Tisch zu vibrieren begann. Da ihr einer Arm im Gips steckte und die Finger der anderen Hand fettig waren, konnte sie nicht abnehmen. Knurrend blickte sie aufs Display.

Emma.

Einen Moment lang schlug ihr Herz schneller, bevor sie feststellte, dass die Anruferin nicht ihre Emma war. Es war die Frau, die sie wegen eines Kindergeburtstages versetzt hatte.

»Soll ich für dich rangehen?«, fragte Hope.

»Äh, nein, das ist nicht …«

Sie verstummte, als Hope, in typischer Notarzt-Manier, trotzdem tätig wurde und nach dem Handy griff.

»Apparat von Jordan Williams«, sagte sie mit einer Sekretärinnenstimme.

Jordan wischte sich die Finger an einer Papierserviette ab und nahm ihr das Handy weg. »Hallo, Emma.«

»Äh, hallo, störe ich?«, fragte Emma Nummer zwei.

»Nein. Das war nur meine kindische Freundin Hope.« Sie warf ihr einen finsteren Blick zu. »Wie geht's dir?«

»Gut, danke. Ich rufe an, um zu fragen, ob du morgen Zeit hast. Meine Schwester ist zu Besuch und könnte auf meinen Sohn aufpassen.«

»Wow. Das ist, äh, toll.«

»Also? Wie wäre es mit Samstag?«

Jordan zögerte. Nun, da es Molly besser ging, hatten Emma und sie vorgehabt, am Sonntagmorgen mit ihr in den Zoo zu gehen.

Dann schlug sie sich an die Stirn. *Du denkst im Ernst daran, ein Date mit einer attraktiven Frau auszuschlagen, weil du am Sonntag ausgeschlafen zu einem Familienausflug starten willst? Was zum Teufel ist los mit dir?*

»Samstag passt mir prima«, sagte sie.

Ein netter Abend und eine heiße Nacht mit einer schönen Frau waren genau das, was sie brauchte. Mehr hatte sie nie gewollt und das würde sich jetzt nicht ändern. Vielleicht würde ein One-Night-Stand mit Emma Nummer zwei sie wieder zur Vernunft bringen.

Jordan bot an, sie um sieben abzuholen, und dann beendeten sie das Gespräch.

»Wow.« Hope griff nach einem weiteren Hähnchenflügel vom Teller in der Mitte des Tisches, aber anstatt ihn zu essen, wedelte sie damit herum. »Du gehst mit Emma aus? Das ist ja toll! Ich mag sie. Warum hast du mir nichts davon erzählt?«

»Wie bitte? Nein, es ist nicht die Emma, die du meinst. Das war nur eine Frau, die ich irgendwo kennengelernt habe und die zufällig auch Emma heißt.«

»Nur eine Frau?«, wiederholte Hope. »Ich habe schon Patienten mit Gallensteinen gesehen, die glücklicher als du aussahen. Korrigier mich, falls ich mich irre, aber das ist eine Verabredung zum Sex, oder?«

Jordan seufzte, nahm sich einen Hähnchenflügel und tauchte ihn in die scharfe Soße. »Vermutlich.«

»Du wirkst nicht sehr enthusiastisch. Ist die Frau nicht so dein Typ?«

Jordan versuchte, sich Emma vorzustellen – ihren hochgewachsenen Körper, das nette Lächeln und ihre dunklen Haare, aber stattdessen entstand ein Bild von ihrer blonden Nachbarin vor ihrem inneren Auge. Sie versuchte, es abzuschütteln, und grinste Hope an. »Hey, wir reden hier über mich. Jede gut aussehende Frau zwischen einundzwanzig und vierzig ist mein Typ.«

»Wo ist dann das Problem?«

»Es gibt kein Problem.« Jordan biss von dem Hähnchenflügel ab, um die Diskussion zu beenden, aber Hope musterte sie weiterhin.

Jordan seufzte. Verdammt noch mal. Sie und Hope hatten sich sonst nie über solche emotionalen Themen unterhalten. Sie waren Kumpel, die über Sport, Frauen und Medizin sprachen. Aber jetzt, nachdem Hope mit Laleh zusammengekommen war, sprach sie öfter über ihre Gefühle, was manchmal wirklich lästig war.

»Ich bin einfach nicht so richtig in Stimmung, okay?«

»Du? Nicht in der Stimmung für Sex? Wow, die Hölle ist eben zugefroren.«

Jordan zuckte mit den Schultern. »Soll vorkommen.«

»Warum sagst du ihr das nicht einfach?«

»Kann ich nicht. Ich habe schon unsere erste Verabredung wegen Mollys Geburtstagsfeier abgesagt.«

»Warum bist du nicht einfach nach der Feier mit der Frau ausgegangen? Kindergeburtstage dauern schließlich nicht bis Mitternacht.«

»Äh, weil …« Ja, warum eigentlich nicht? »Schätze, daran habe ich nicht gedacht.«

»Vielleicht, weil du nicht wirklich mit ihr ausgehen willst.«

Jordan grunzte. Mann, sie war so durcheinander. »Genug über mich geredet. Lass uns das Thema wechseln.«

»Klar. Wie geht's deiner Patientin?«

»Meiner … Ach so, du meinst Molly. Ihr geht's prima. Schon am nächsten Tag war sie wieder fast gesund.«

Hope grinste. »Gut. Und wie geht's ihrer überaus attraktiven Mutter?«

Jordan griff nach einem Hühnchenknochen und warf ihn in Hopes Richtung. So viel zum Themenwechsel.

»Wie wäre es mit einem Dessert?«, säuselte Emma Nummer zwei, als sie das Restaurant verließen und neben Jordans Auto stehen blieben. Das Glitzern in ihren Augen machte klar, dass sie nicht übers Essen sprach.

So lief das eigentlich immer ab, außer, dass es normalerweise Jordan war, die diese Frage stellte und ihr Date gegen ihren Sportwagen lehnte, um sie leidenschaftlich zu küssen.

»Musst du nicht nach Hause zu deinem Sohn?«

Emma grinste. »Meine Schwester passt heute Nacht auf ihn auf.« Leiser fügte sie hinzu: »Die ganze Nacht lang.«

»Wie gut, dass es Babysitter gibt«, murmelte Jordan und griff um Emma herum, um die Beifahrertür für sie zu öffnen. »Dann fahren wir also zu dir?«, fragte sie, als auch sie einstieg.

Emma schüttelte den Kopf. »Meine Schwester und Jackson sind bei mir zu Hause. Warum fahren wir nicht zu dir?«

»Äh, ja, klar.« Was war schon dabei, wenn Emma – Emma Nummer eins – sie zusammen sah? Ihre Nachbarn hatten sie im Laufe der Jahre mit vielen verschiedenen Frauen gesehen. Sie war ungebunden und musste niemandem Rechenschaft ablegen.

Jordan startete den Motor.

Sobald sie den Wagen auf die Straße steuerte, begann Emmas Hand, ihren Schenkel hinaufzuwandern.

»Emma«, brachte sie stöhnend heraus.

Die Hand glitt noch höher und presste sich intim gegen Jordans Mitte.

»Himmel!« Jordan riss das Steuer ein wenig nach links, bevor sie es wieder fester packte. »Ich fahre!«

»Beschwerst du dich etwa?«, fragte Emma, ein Lächeln in der Stimme.

Ihr Körper hatte absolut keinen Grund zur Beschwerde. Sie konnte nicht sagen, wann sie zuletzt vier Wochen in Folge keinen Sex gehabt hatte. Ein Teil von ihr wollte diese Durststrecke heute Nacht beenden. »Nein.« Sie schnappte nach Luft, als Emma sie sanft durch den Stoff ihrer Hose hindurch streichelte. »Warte! Sonst baue ich noch einen Unfall.«

Emma nahm ihre Hand weg und legte sie auf Jordans Knie.

Jordan stieß die angehaltene Luft aus. Himmel, sie war feucht. Sie drückte die Schenkel zusammen und gab Gas.

Emma spülte den letzten Teller ab, stellte ihn aufs Abtropfbrett und sah hinab auf den Berg Geschirr, den sie eben abgewaschen hatte. Ihre Fingerkuppen waren schon ganz runzelig vom Wasser, aber diesmal hatte es nicht geholfen. Der Tornado, der in ihrem Inneren wütete, wollte nicht abflauen.

Selbst wenn sie ihren gesamten Geschirrbestand aus dem Schrank holte und ihn abwusch, bezweifelte sie, dass sie eine Lösung für das finden würde, was sie plagte.

Es gab wohl auch keine Lösung. Jordan hatte nie ein Geheimnis daraus gemacht, dass sie nicht der Beziehungstyp war, und Emma war nicht arrogant genug, sich einzubilden, dass sie die Frau war, die Jordans Meinung ändern würde. Es zu versuchen, wäre idiotisch. Eine Frauenheldin wie Jordan änderte sich nicht und Emma konnte es sich nicht leisten, ihr Herz darauf zu verwetten, dass sie vielleicht die Ausnahme war.

So sehr ihr Körper – und vielleicht auch ihr Herz – sie in Jordans Richtung zog, sie wusste, dass Jordan nicht die Ritterin war, die auf ihrem weißen Ross herangeritten kommen würde, um mit ihr glücklich bis ans Ende aller Tage zu leben.

Wenn sie es nicht mal geschafft hatte, dass Chloe ihr treu blieb, wie sollte sie dann die größte Flirtmaschine diesseits des Mississippis bei der Stange halten?

Es war unmöglich. Sie und Jordan waren nicht dazu bestimmt, mehr als Freundinnen zu sein. Je früher sie das akzeptierte, desto besser für sie beide.

Wie auf dieses Stichwort hin durchdrangen Scheinwerfer die Dunkelheit jenseits des Küchenfensters und Jordans Sportwagen fuhr die Auffahrt hinauf und verschwand in der Garage.

Jordan war zu Hause.

Emma hatte sie den ganzen Tag nicht gesehen und jetzt kribbelte sie vor Vorfreude. Vielleicht konnten sie sich in den Garten setzen und sich gegenseitig von ihrem Tag erzählen.

Aber als Jordan aus der Garage trat, war sie nicht allein. Eine Frau klebte an ihr wie eine Klette, die Arme um Jordan geschlungen und den Mund auf Jordans Hals gepresst.

Emma wollte das Fenster aufreißen und einen Teller nach der Schlampe werfen, aber sie wusste, sie hatte nicht das Recht, sich aufzuregen. Sie wirbelte herum, weg von dem Anblick in der Auffahrt, und stapfte ins Schlafzimmer.

Dort blieb sie abrupt stehen und starrte auf die Wand, die sie mit Jordan teilte. *Oh Gott.* Sie würde die beiden hören, jedes Stöhnen und jedes Keuchen, das Jordan der Frau entlocken würde. Vielleicht würde sie sogar die sexy Laute hören, die Jordan von sich gab, wenn sie in den Armen dieser Fremden kam.

Der Gedanke ließ sie die Zähne zusammenbeißen. Sie wollte hinausstürmen und im Wohnzimmer Zuflucht suchen, so wie sie es in der ersten Nacht im neuen Haus getan hatte, aber aus irgendeinem Grund konnte sie sich nicht bewegen, zumindest nicht in diese Richtung.

Stattdessen presste sie das Ohr gegen die Wand.

War das ein Stöhnen oder nur das Knarren des Parkettbodens?

Sie stoppte sich. Gott, sie machte sich völlig zum Narren und dabei hatte sie sich geschworen, das nie wieder wegen einer Frau zu tun. Zorn, vor allem auf sich selbst, sammelte sich in ihrer Magengrube.

Du lernst es wohl nie, du Idiotin.

Sie nahm das Ohr von der Wand. Ihre Wut verpuffte so schnell, wie sie gekommen war. Geschlagen verkroch sie sich ins Bett, wo sie sich zusammenrollte und die Decke über den Kopf zog.

Tränen brannten in ihren fest zugekniffenen Augen. So erbärmlich hatte sie sich nicht mehr gefühlt, seit sie Chloe mit dieser verfluchten medizinischen Assistentin erwischt hatte.

Jordan ließ fast die Schlüssel fallen, als Emma mit der Zunge über ihre Ohrmuschel fuhr. »Gott, gib mir 'ne Minute. Sonst kriege ich die Tür nicht auf.«

Als sie sich mit dem Schloss abmühte, erinnerte sie sich daran, wie Emma Nummer eins den Schlüssel aus ihrer Hosentasche gefischt hatte. Der Gedanke daran brachte sie zum Lächeln.

»Siehst du?« Emma Nummer zwei fuhr mit dem Finger Jordans Lippen nach. »Jetzt kommst du doch noch in Stimmung.«

Jordans Lächeln verblasste. Sie unterdrückte ein Seufzen und schloss endlich die Tür auf. Ein kurzer Blick zurück zur anderen Haushälfte, in der kein Licht brannte, dann schloss sie die Tür hinter ihnen.

Emma stürzte sich auf sie und drückte sie gegen die Wand. Ihre Lippen wanderten Jordans Hals hinab.

Jordan keuchte, als Emma an ihrer Haut zu saugen begann.

Emma machte alles richtig, berührte sie auf die richtige Weise, an den richtigen Stellen. Ihr Körper hatte keinerlei Beschwerden. Wieso zum Teufel fühlte es sich trotzdem so falsch an?

»Schlafzimmer«, brachte Emma hervor.

Jordan zögerte.

»Was ist los?« Emma ließ kurz von Jordans Hals ab.

»Nichts.« Sie nahm Emmas Hand und zog sie zum Schlafzimmer.

Das Licht ging an, als sie den Schalter betätigte, und fiel auf Emma, die gerade aus ihrem Oberteil schlüpfte.

Jordan starrte sie an. Emma war wunderschön, aber sie hatte keine üppigen Kurven, in denen sie sich verlieren konnte, und keine Sommersprossen, die sie mit der Zunge verfolgen wollte.

»Emma«, flüsterte sie.

Emma Nummer zwei sah von Jordans Reißverschluss auf, den sie gerade nach unten gezogen hatte. Ihre Augen waren voller Leidenschaft, aber sie hatten die falsche Farbe. »Ja?«

Nicht du, wollte Jordan sagen, tat es aber natürlich nicht. Himmel, was war los mit ihr? Niemals hatte sie an eine andere gedacht, wenn sie mit einer Frau schlief. Sie hatte sich immer hundertprozentig auf den Moment und die Person konzentriert, mit der sie zusammen war. Aber jetzt dachte sie nicht an die Frau, die vor ihr stand, sondern an die Frau auf der anderen Seite dieser Wand.

Die Frau, die alles hören würde, wenn Jordan jetzt mit ihrer Namensgenossin schlief. Früher hätte es Jordan nichts ausgemacht, vielleicht hätte sie es sogar heiß gefunden. Aber jetzt …

Als Emma ihre Hand in Jordans offene Hose schob, hielt Jordan sie am Handgelenk fest. »Nein«, sagte sie. »Ich … ich kann nicht.«

Emma zog ihre Hand zurück und funkelte sie an. »Was zum Teufel ist hier los?«

»Tut mir leid. Ich schätze, ich bin einfach nicht in der Stimmung.«

»Nicht in der Stimmung?« Emma schnaubte. »Du bist feuchter als ein Schwimmbad!«

Jordan biss sich auf die Lippe, um nicht zu sagen: *ja, aber nicht wegen dir.* Natürlich reagierte ihr Körper auf Emmas Berührungen, aber ihr Kopf stellte sich stattdessen vor, wie es wäre, mit der Frau zusammen zu sein, die ebenfalls diesen Namen trug. »Tut mir leid«, sagte sie noch einmal.

Emma rieb sich die Stirn, als würde ihr das helfen zu verstehen, was vor sich ging. »Du machst wohl Witze?« Sie stemmte die Hände in die Hüften. »Du warst doch diejenige, die mich zu einem Abendessen unter Erwachsenen eingeladen hat, und du hast keine Zweifel daran gelassen, was nach dem Essen folgen würde.«

Als Jordan den Blick senkte und murmelte: »Ich weiß. Tut mir leid«, zog Emma mit ruppigen Bewegungen ihr Oberteil wieder an und verharrte kurz, als wollte sie Jordan eine letzte Chance geben, es sich anders zu überlegen.

Jordan stand wie angewurzelt da, mit offener Hose und schwirrendem Kopf.

Fluchend stapfte Emma zur Tür. »Ich kann's nicht glauben.«

»Emma, warte!« Jordan schloss den Reißverschluss und eilte ihr nach. »Ich fahre dich nach Hause.«

»Mach dir keine Umstände. Ich rufe ein Taxi.«

Die Tür fiel lautstark hinter ihr ins Schloss.

Jordan ließ sich gegen die Wand sinken. *Verdammt.* Ihr Ruf war ruiniert. Genau wie ihr Verstand.

Sie wusste nicht, wie lange sie an der Wand lehnte, doch nach einer Weile zog sie ihr Handy aus der Tasche. Sie musste mit jemandem reden, der ihr helfen konnte, das Chaos in ihrem Kopf zu ordnen.

Ihr erster Gedanke – *ruf Emma an* – war verrückt. Sie war doch der Grund für ihre kleine Krise.

Hope, Laleh, Simone oder gar Barbara waren die bessere Wahl. Aber Jordans Verstand klammerte sich an einen ganz bestimmten Namen in ihrem Adressbuch: Nia. Ihre älteste Schwester war immer die Person gewesen, die sie anrief, wenn sie über etwas reden musste.

Sie drückte auf den Kontakt und hob das Handy ans Ohr.

Es klingelte. Und klingelte. Und klingelte.

Gerade als Jordan auflegen wollte, antwortete Nia endlich.

»Hi, Schwesterherz. Ich bin's … Jordan.«

»Hey, wie geht's?«

Jordan zögerte. Aber sie wusste, dass sie darüber reden musste. »Ich bin heute Abend mit einer Frau ausgegangen und ich … ähm, ich habe sie mit nach Hause genommen.«

Einen Moment lang herrschte Schweigen. »Und du rufst mich um Mitternacht an, um mir das zu sagen?«

Mitternacht? Mann, sie war wirklich durch den Wind. »Tut mir leid, Nia. Ich habe nicht gemerkt, dass es schon so spät ist.«

»Schon okay«, sagte Nia. »Sprich mit mir. Du rufst doch nicht nur an, um mir zu sagen, dass du wieder mal eine Frau flachgelegt hast, oder?«

»Nein. Diesmal war es nicht so. Ich … ich konnte es nicht durchziehen.«

»Was soll das heißen? Ist es wegen deinem Arm?« Mit amüsiertem Tonfall fügte sie hinzu: »Keine Sorge. Du hast den Gips ja nicht mehr lange. Ich bin sicher, du kannst auch noch ein paar Wochen länger ohne Sex überleben.«

Jordan starrte auf den Gips hinab. Liebevoll wanderte ihr Blick über die Konturen der Giraffe mit dem zu langen Hals. »Nein. Es war nicht wegen dem Gips. Du kennst mich ja. Ich brauche nicht beide Hände, um eine Frau zu …«

»Lalalalala«, sang Nia. »Keine Details, bitte. Es gibt Dinge, die will man nicht über seine kleine Schwester wissen.«

»Es gibt ja auch gar nichts zu erzählen«, grummelte Jordan. »Ich konnte sie nicht anfassen oder sie mich anfassen lassen.«

Ihre Schwester schnappte nach Luft. »Jordan, bist du okay? Ist dir irgendetwas zugestoßen?«

Nervös lachte Jordan los. »Nein, keine Sorge. Nichts dergleichen ist passiert. Ich bin nur … Ich habe jemanden kennengelernt.«

Wieder herrschte Stille.

»Nia? Bist du noch da?«

»Äh, ja, tut mir leid. Ich … Das habe ich nicht kommen sehen.«

Jordan seufzte. »Ich auch nicht.«

»Erzähl mir von diesem Jemand.«

»Es ist eine Frau.«

Nia lachte. »Hab ich mir schon gedacht.« Wieder schwieg sie, als benötigte sie einige Sekunden, um Jordans Offenbarung zu verarbeiten. »Ist sie diejenige, die du heute Abend mit zu dir genommen hast?«

»Schön wär's«, murmelte Jordan. Lauter sagte sie: »Nein. So läuft das nicht zwischen uns. Sie … sie hat eine Tochter, Nia.«

Ihre Schwester stieß einen Pfiff aus. »Wow. Meine Schwester, die Draufgängerin, verliebt sich endlich und ausgerechnet in eine Mama.«

»Oh, nein, nein, nein.« Jordan schüttelte den Kopf, obwohl Nia es nicht sehen konnte. »Wer hat davon gesprochen, dass ich verliebt bin? Du weißt doch, dass ich mich nicht verliebe.«

»Warum bist du dann so durcheinander?«

Ein Seufzen entfuhr Jordan. »Ich habe keine Ahnung. Deshalb rufe ich dich ja an.« Sie schritt vor dem Bett auf und ab. »Du bist dreimal verheiratet gewesen. Du solltest dich mit solchen Dingen auskennen.«

Nia lachte. »Wenn ich mich mit solchen Dingen auskennen würde, dann hätte ich nicht dreimal heiraten müssen, um endlich mein Glück zu finden.« Ernster fügte sie hinzu: »Erzähl mir von ihr. Wie habt ihr euch kennengelernt?«

»Sie ist vor sechs Wochen bei mir eingezogen.«

Diesmal war die Stille so vollkommen, als hätte Nia sogar aufgehört zu atmen.

»Sie ist was? Mensch, Jordan! Ich weiß, Lesben sind schnell, was das Zusammenziehen angeht, aber ist das nicht etwas überstürzt, besonders für dich? Und warum erzählst du mir erst jetzt davon?«

Ein Lächeln huschte über Jordans Gesicht. »Beruhige dich. So habe ich es nicht gemeint. Weißt du noch, dass ich dir erzählt habe, Mrs. Fisher sei ausgezogen? Emma und ihre Tochter sind in die andere Haushälfte gezogen.«

»Ach so. Sie ist diejenige, wegen der du auf den Baum geklettert bist.«

»Nicht direkt wegen ihr, aber ja. So hat das alles ja angefangen. Weil ich nicht zur Arbeit konnte und die ganze Zeit zu Hause war, haben wir einige Zeit zusammen verbracht und ich habe gemerkt, dass ich gern Zeit mit ihr verbringe und jetzt … jetzt …«

»Und jetzt seid ihr, du und deine heiße Mama …?«

Jordan stöhnte. »Nenn sie nicht so.«

Ganz leise fragte Nia: »Dir liegt wirklich viel an ihr, nicht?«

Jordan warf sich aufs Bett und federte auf der Matratze auf und ab. Ihr schwirrte ohnehin schon der Kopf und die Auf- und Abbewegung machte es noch schlimmer. Nias Frage half auch nicht gerade. »Nein. Ja. Vielleicht, aber … Verdammt. Ich bin so durcheinander, Schwesterherz. Ich weiß nicht, was ich tun soll.«

»Was würdest du denn gern tun?«

»Zu ihr rübergehen, an ihre Tür klopfen und sie um den Verstand küssen, sobald sie öffnet.«

»Warum tust du es dann nicht? Früher hattest du damit kein Problem. Weißt du noch, als ich dich mit Vonda erwischt habe, als du sechzehn warst?«

Nicht schon wieder die alte Geschichte. Nicht gerade jetzt. »Mit Emma ist es was anderes. Klar könnte ich sie küssen. Habe ich schon. Aber was dann? Ich kann nicht einfach nur ein- oder zweimal mit ihr schlafen und dann aus ihrem Leben verschwinden. Sie hat etwas Besseres verdient.« Immer wieder kam sie zu dieser Schlussfolgerung, auch wenn sie keine Ahnung hatte, was genau es bedeutete oder ob sie ihr etwas Besseres geben konnte.

»Was hast du dann vor? Sie heiraten und ihre Tochter mit ihr großziehen?«

Jordan atmete scharf ein. »Ich … ich weiß es nicht. So weit habe ich noch nicht gedacht.« Sie streifte die Schuhe ab und streckte sich auf dem Bett aus. »Oder vielleicht habe ich es eine Sekunde lang doch getan und das ist es, was mir solche Angst einjagt«, gestand sie schließlich im Flüsterton. »Was, wenn sich herausstellt, dass ich eine Beziehung für die Ewigkeit nicht hinkriege? Was, wenn ich es bereue und mich irgendwann eingeengt fühle? Was, wenn ich nächste Woche oder nächsten Monat oder nächstes Jahr wieder anderen Frauen hinterherschaue?« Sie setzte sich wieder auf. »Das kann ich ihr nicht antun. Ich habe so das Gefühl, dass ihre Exfrau genau das getan hat, und es hat Emma das Herz gebrochen.«

»Jordan, Jordan«, sagte ihre Schwester. Man hörte, dass sie lächelte. »Willst du wissen, was ich glaube?«

»Was?« Jordan beugte sich vor, erpicht auf irgendeinen weisen Rat.

»Ich glaube, es ist ziemlich offensichtlich, dass du schon jetzt mehr an sie als an dich selbst denkst. Vielleicht bist du doch nicht so schlecht in Beziehungen, wie du glaubst. Ich weiß, dass du ein großes Herz hast. Du könntest sie lieben, wenn du es nur zulassen würdest.«

Jordan schluckte. Liebe? Sie war nie zuvor verliebt gewesen. Klar, hin und wieder hatte sie für jemanden geschwärmt und Lust und Verlangen kannte sie zur Genüge. Aber Liebe? Die große, verzehrende Liebe, bei der man zusammenziehen und sein Leben teilen wollte, das war etwas, das sie noch nie erlebt hatte. Bisher hatte sie es auch nie erleben wollen.

Diese Gefühle mussten etwas anderes sein, oder?

Langsam drehte sie den Kopf und starrte an die Wand, die ihre Haushälfte von Emmas trennte. Was immer sie für Emma fühlte, war etwas völlig Neues. »Ich … Das ist … Ich weiß nicht, Nia. Ich weiß es wirklich nicht.«

»Hast du mit ihr darüber geredet?«, fragte Nia.

»Nein. Ich glaube, dazu bin ich noch nicht bereit. Ich muss es erst für mich selbst klarkriegen. Sonst verletze ich sie am Ende nur.«

»Du«, sagte Nia und ein Knistern in der Leitung zeigte an, dass sie auf den Hörer klopfte, »bist Hals über Kopf verliebt.«

»Hörst du bitte endlich auf, das zu sagen. Bin ich nicht!«

»Bist du doch.«

»Bin ich nicht.«

»Bist du doch.«

Jordan seufzte. »Das ist wohl der Grund, warum ich dich und nicht Shawna angerufen habe. Du bist so reif und erwachsen.«

»Hör zu, kleine Schwester«, sagte Nia, nun vollkommen ernst. »Ich kann dich verstehen. Wirklich. Als ich Rob kennengelernt habe, hatte ich auch eine Heidenangst. Ich meine, du weißt ja, wie meine Ehe mit Ethan geendet hat, und an das Desaster mit Brandon will ich lieber erst gar nicht denken. Danach war ich nicht gerade erpicht darauf, mich wieder mit einem Mann einzulassen, geschweige denn, erneut zu heiraten.«

»Wie hast du diese Angst überwunden?«

Nia lachte. »Wer sagt, dass ich sie überwunden habe? Ich habe nur beschlossen, dass Rob und ich genauso gut zusammen Angst haben können.«

Jordan ließ sich gegen das Kopfende des Bettes sinken und lehnte den Kopf gegen die Wand, die sie von Emma trennte. »Nia?«

»Ja?«

»Kündige bloß nicht deinen Job, um Motivationstrainerin zu werden.«

Diesmal lachten sie beide und Jordans Anspannung ließ etwas nach.

»Lass dir Zeit«, sagte Nia. »Wenn das das Richtige für dich ist, dann wird sich alles von alleine ergeben.«

Zum ersten Mal seit Jahren oder vielleicht das erste Mal überhaupt fehlte Jordan das Selbstvertrauen, um daran zu glauben.

»Lass den Kopf nicht hängen«, sagte Nia. »Und halt mich auf dem Laufenden. Ich will wissen, was mit dir und der heißen Mama passiert.«

Jordan stieß ein Knurren aus. »Nia!«

Ihre Schwester kicherte.

Jordan dankte ihr, verabschiedete sich und legte auf. Müde schloss sie die Augen und lehnte erneut den Kopf gegen die Wand, in dem Bewusstsein, dass sie nur wenige Meter von der Frau trennten, wegen der sie heute Nacht nicht schlafen würde.

Und morgen früh würde sie mit ihr den Affen und Bären einen Besuch abstatten.

Zu dumm, dass das kein Euphemismus für heißen Sex war. Sie und Emma würden mit Molly in den Zoo gehen. Mit einem schiefen Lächeln rollte sie sich aus dem Bett und schleppte sich zum Badezimmer, um eine kalte Dusche zu nehmen.

Kapitel 19

Hätte Molly nicht ohne Unterbrechung geplappert, wäre es eine sehr stille Fahrt zum Zoo gewesen.

Nachdem sie nur ein oder zwei Stunden geschlafen hatte, fühlte sich Emma, als ob ihre Augenlider eine Tonne wiegen würden, und Jordan sah nicht viel wacher aus, als sie auf dem Beifahrersitz des Prius Platz nahm.

Ja, aber der Grund, warum sie kaum geschlafen hat, ist, dass sie vermutlich die ganze Nacht Sex hatte.

Nicht, dass Emma irgendetwas gehört hätte. Ab und zu hatte sie den Kopf unter der Decke vorgeschoben und hatte gelauscht, doch kein Stöhnen war durch die Wand gedrungen.

Aber das hatte nichts zu sagen. Jordan und ihre neue Flamme hatten es vermutlich nicht mal bis ins Schlafzimmer geschafft, bevor sie übereinander hergefallen waren. Emma konnte an nichts anderes denken, deshalb war sie dankbar für Mollys endlose Fragen nach den Zootieren, die sie von den Bildern in ihrem Kopf ablenkten.

Sobald sie aus dem Auto stiegen und den Zoo betraten, nahm Molly Jordans gesunde Hand und Emmas rechte und zerrte sie zum Giraffenhaus.

»Schau, Mami! Eine Babygiraffe! Wie süß!«

»Ich sehe es.« Die Babygiraffe sah im Vergleich zu den vier erwachsenen Tieren winzig aus, aber das Schild neben dem Gehege verriet, dass sie bereits jetzt größer als ein durchschnittlicher Mensch war. Emma lächelte, als sie zusah, wie die kleine Giraffe durchs Gehege galoppierte. »Wirklich süß.«

»Fast so süß wie die auf meinem Gips«, sagte Jordan. Mit den Fingerspitzen berührte sie die misslungene Giraffe, die Emma gezeichnet hatte.

Was zum Teufel sollte das? Heute Nacht hatte sie mit einer anderen geschlafen und nun streichelte sie Emmas Giraffe! Emma wünschte, sie könnte Jordans Augen sehen, um erraten zu können, was in ihr vorging, aber Jordan trug eine dunkle Sonnenbrille. Zugegeben, sie sah damit verdammt sexy aus.

»Hast du das gesehen, Jordan?« Molly zupfte an ihren Händen. »Sie hat eine schwarze Zunge!«

Jordan reckte den Hals. »Welche denn?«

»Alle.«

Emma starrte ebenfalls, allerdings nicht auf die Giraffen und ihre Zungen. War das ein Knutschfleck an Jordans Hals? Durch ihre dunkle Haut war es schwer zu erkennen, aber es sah tatsächlich wie einer aus.

Jordan drehte den Kopf, um etwas zu ihr zu sagen, und ihre Blicke trafen sich. Mit der gesunden Hand bedeckte sie unwillkürlich das Mal auf ihrem Hals.

Wusste ich's doch! Es war ein Knutschfleck.

Und wenn schon. Jordan war schließlich nicht ihre Partnerin. Sie konnte sich einen Knutschfleck verpassen lassen, wann immer sie wollte.

Dennoch konnte Emma nicht umhin, sich verletzt und verraten zu fühlen. Zu wissen, dass Jordan mit einer anderen geschlafen hatte, war eine Sache, aber die Anzeichen mit eigenen Augen zu sehen, war eine andere. Sie wirbelte herum, weg von Jordan und ihrem Knutschfleck. »Ich gehe uns Eiscreme holen. Molly, bitte bleib bei Jordan.« Ohne zu wissen, wo sich der nächste Eiscremeverkäufer befand, stürmte sie los. Es war ihr auch egal.

»Emma, warte!« Jordan lief ihr nach.

Emma drehte sich um. »Was ist?«

Jordan rieb sich den Nacken und ließ die Hand dann schlaf hinabbaumeln. »Ich … Es ist nicht so, wie es aussieht.«

Von Millionen möglicher Sätze musste sie ausgerechnet diesen sagen. Emma sah rot. »Wenn ich das noch einmal höre, dann werde ich … ich werde …« Sie ballte die Hände zu Fäusten und versuchte, leise zu sprechen, damit Molly sie nicht hören konnte.

Zum Glück umklammerte ihre Tochter noch immer die Brüstung des Giraffengeheges und beobachtete das Kalb.

»Noch einmal?«, wiederholte Jordan. Sie schob die Sonnenbrille auf den Kopf und starrte sie an, als würde sie ein Buch mit Hieroglyphen lesen. Sie sah müde aus, aber Emma war zu wütend, um sich jetzt darum zu scheren.

»Chloe hat das gesagt, als ich sie mit einer anderen erwischt habe.«

Jordans Kiefer mahlten. »Ich bin nicht Chloe.«

Emma atmete tief durch und versuchte, ihren Zorn zu zügeln. Jordan hatte recht. Die beiden Situationen waren nicht vergleichbar und es war nicht fair, ihre Gefühle gegenüber Chloe auf Jordan zu übertragen. »Nein. Bist du nicht. Wir sind nicht in einer Beziehung.« Wenn sie es laut aussprach, begriff ihr Gehirn das vielleicht endlich. »Mit wem du schläfst, geht mich nichts an.«

»Aber … vielleicht möchte ich ja, dass es dich etwas angeht.«

Sie starrten einander an. Jordan wirkte genauso überrumpelt, wie Emma sich fühlte. Sie hob die gesunde Hand und presste sich die Finger auf den Mund, als könnte sie nicht glauben, was sie eben gesagt hatte.

Emmas Herz trommelte gegen ihre Rippen, als ob es zu Jordan hingezogen würde. »Was … was soll das heißen?«

»Ich weiß es nicht.« Jordan versuchte, sich mit der rechten Hand durch die Haare zu fahren und schlug sich dabei fast mit dem Gips auf den Kopf. Ihre Sonnenbrille fiel ins Gras neben dem Weg, auf dem sie standen, aber sie machte keine Anstalten, sie aufzuheben. »Ich will, dass du weißt, dass gestern Nacht nichts passiert ist.«

Emmas Zorn entflammte erneut. Sie deutete auf den Knutschfleck. »Das ist für mich aber nicht nichts.« Scheinbar hatten sie unterschiedliche Vorstellungen davon, was *nichts* war. Schon allein deshalb sollte sie diese Unterhaltung beenden. Jetzt sofort. Es würde kein gutes Ende nehmen. Sie und Jordan waren einfach zu verschieden, um länger als eine Nacht miteinander glücklich zu sein.

»Ich habe sie nicht geküsst und schon gar nicht …« Jordans Blick glitt zu Molly. »Irgendetwas, das darüber hinaus ging. Das schwöre ich.«

Emma wollte ihr gern glauben, aber sie wusste nicht, ob sie es konnte. »Spielt keine Rolle.« Sie schob den Träger ihrer Handtasche höher, wie ein Soldat, der seine Waffe schulterte. »Ich gehe jetzt Eiscreme holen.«

»Emma …«

»Bitte. Lass es gut sein. Das ist nicht der richtige Zeitpunkt oder Ort für diese Unterhaltung.«

Jordan seufzte und nickte dann. Schließlich bückte sie sich und hob ihre Sonnenbrille auf.

Emma drehte sich um. Gott, sie hoffte, der Eiscremestand befand sich auf der anderen Seite des Zoos. Sie brauchte die Zeit allein, um den Kopf frei zu bekommen.

»Emma?« Jordans Stimme holte sie ein, noch bevor sie drei Schritte von ihr weg gemacht hatte.

Eine Mischung aus Hoffnung und Angst ließ jeden Muskel in ihrem Körper erstarren. Langsam drehte sie sich um. »Ja?«

»Erdnussbutter«, sagte Jordan. Der Anflug eines Lächelns hob ihre Mundwinkel.

Emma starrte sie an.

»Die Eiscreme. Wenn sie das haben, möchte ich gern Erdnussbutter.«

Erdnussbutter. Na klar. Eine Welle der Zuneigung überkam Emma. Und das war okay. Sie konnte Jordan mögen und mit ihr befreundet sein. Aber wenn das alles war, was sie für Jordan empfand, warum kamen ihr fast die Tränen bei der bloßen Erwähnung ihrer Lieblingseiscreme? Rasch drehte sie sich weg, bevor Jordan es sehen konnte. »Geht klar«, rief sie über die Schulter und marschierte davon.

Es dauerte nur zehn Minuten, die Eiscreme zu holen. Das war bei Weitem nicht genug Zeit, um sich zu beruhigen oder Antworten auf die vielen Fragen zu finden, die ihr durch den Kopf gingen.

Als sie die Eiswaffeln zurück zum Giraffenhaus trug, hallten Jordans Worte in Endlosschleife durch ihren Kopf: *Vielleicht möchte ich ja, dass es dich etwas angeht.*

Was zum Teufel sollte das bedeuten? War es eine Anspielung darauf, dass Jordan mehr als Freundschaft mit ihr wollte? Aber was bedeutete *mehr* für Jordan? Hin und wieder miteinander zu schlafen?

Was genau wollte Jordan von ihr? Und was wollte sie selbst? Falls Jordans Kommentar bedeutete, dass sie eine Freundschaft mit gewissen Vorzügen so wie mit Simone wollte, könnte sie damit leben?

Sie trat nach einem Stück Rindenmulch auf dem Weg vor ihr. *Nein.* Zumindest das wusste sie genau. Sie war schon immer monogam gewesen. Ihre Reaktion darauf, als sie Jordan gestern mit der Fremden gesehen hatte, verriet ihr, dass sie sie niemals mit jemandem teilen konnte.

Aber ein Teil von ihr konnte nicht umhin, zu hoffen und sich zu fragen: Was, wenn *mehr* eine richtige Beziehung bedeutete? Hatten sie eine Chance, zusammen glücklich zu werden?

Das ist total verrückt. Du würdest ihr dein Herz anvertrauen und sie würde es mit Füßen treten, genau wie Chloe.

Sie hatte sich letztes Jahr geschworen, dieses Risiko nie wieder einzugehen. Aber jetzt war sie nicht mehr sicher, ob dieses Versprechen überhaupt realistisch gewesen war. War Liebe nicht immer ein Risiko, ein Sprung ins Ungewisse, den man einfach tun musste?

Liebe? Jetzt hör aber auf! Darum geht es hier nicht. Oder doch?

Sie und Jordan kannten sich erst seit knapp zwei Monaten, obwohl es sich so anfühlte, als würde sie Jordan besser kennen, als sie Chloe nach einem Jahr Beziehung gekannt hatte.

Sie war verwirrter als je zuvor und Jordan schien auch nicht so recht zu wissen, was all das emotionale Chaos zu bedeuten hatte.

Vielleicht würde sich alles mit der Zeit von selbst lösen. Wenn sie einfach abwartete, würde sich alles ergeben, ohne dass sie eine Entscheidung treffen musste.

Nächste Woche würde Jordans Gips entfernt werden und wenn der Arm verheilt war, würde sie an die Arbeit zurückkehren … und vermutlich zu ihrem alten Lebensstil. Vielleicht war letzte Nacht bereits die Rückkehr zu Jordans abenteuerlichem Sexleben gewesen. Sie und Jordan würden dann nicht mehr so viel Zeit miteinander verbringen. Kein Keksebacken, keine Gespräche im Garten und kein Ausschauhalten nach Glühwürmchen mehr.

Der Gedanke versetzte ihr einen Stich in die Brust.

Tja, sie würde es irgendwie überstehen und Molly zuliebe so tun, als ob alles in Ordnung wäre. Das hatte sie immer getan.

Sie bog um die Ecke zum Giraffenhaus. Ihr Blick fiel sofort auf Jordan, die neben Molly kniete und ihr etwas im Giraffengehege zeigte, das Molly zum Lachen brachte.

Der Schmerz in Emmas Brust nahm zu. Jordan konnte so gut mit Molly umgehen. Ihr war es zu verdanken, dass Molly sich in South Pasadena so schnell eingelebt hatte.

Ihr zuliebe würden sie und Jordan über das, was zwischen ihnen vorging, hinwegkommen müssen. Eine weitere unschöne Trennung würde Molly nicht verkraften, genauso wenig wie ihr eigenes Herz.

Jordan sah auf, als spürte sie Emmas Blick auf sich ruhen. Ein zögerliches Lächeln schlich sich auf ihr Gesicht, ganz anders als das selbstbewusste Grinsen, das sie sonst an den Tag legte.

Da sie nicht wusste, was sie sagen sollte, ging Emma auf die beiden zu und hielt ihnen die Eiswaffeln hin. »Eine Kugel Erdnussbutter und für dich Schokolade, Molly.«

Eifrig griffen Molly und Jordan nach ihren Waffeln.

Jordan beugte den Kopf und leckte einen Tropfen geschmolzenes Eis von der Seite ihrer Waffel.

Emma versuchte, nicht zuzusehen, wie ihre Zunge über das Eis glitt, aber Jordans Stöhnen ließ sie innerlich erzittern.

»Wirklich lecker«, sagte Jordan. »Danke. Was bin ich dir schuldig?«

»Nichts. Du schuldest mir gar nichts, Jordan.«

Sie starrten einander an und wandten dann beide gleichzeitig den Blick ab.

Himmel, warum musste jeder Blick, jedes Wort zwischen ihnen plötzlich eine tiefere Bedeutung haben?

»Ähm, ich meine, du hast schon für den Eintritt bezahlt, jetzt bin ich an der Reihe.«

»Was hast du genommen, Mami?«, fragte Molly, während sie zufrieden ihr Schokoladeneis aß.

»Banane mit Erdnussbutterstückchen«, antwortete Emma.

Den Mund auf halbem Weg zu ihrer Eiscreme verharrte Jordan und hob den Kopf. »Oho! Habe ich es endlich geschafft, dich zur dunklen Seite zu verführen?«

»Nein. Hier wird nicht verführt.« Sie zwang sich, Jordans Blick standzuhalten, um ihren Standpunkt klarzumachen. »Das bisschen Erdnussbutter in meinem Bananeneis hat nichts zu bedeuten. Wenn es um … Eiscreme geht, sind wir einfach zu verschieden. Ich glaube, wir sind uns einig, dass es besser wäre, wir halten uns jeweils an unsere eigenen Eiscremepräferenzen. Sonst veranstalten wir nur eine riesige Sauerei.«

Eiscreme tropfte auf Jordans lange Finger, während sie Emma ansah, aber sie schien es nicht zu bemerken. »Ich weiß nicht. Vielleicht hast du recht, aber …«

»Aber Sauerei macht Spaß«, verkündete Molly, das Gesicht voller Schokoeiscreme.

»Mir nicht«, sagte Emma, den Blick noch immer auf Jordan gerichtet.

Schließlich seufzte Jordan und sah auf ihre Waffel hinab. Sie wirkte, als hätte sie keinen Appetit mehr. »Mann«, murmelte sie. »Warum zum … Geier ist Eiscreme so verdammt kompliziert?«

Emmas Mundwinkel deuteten ein Halblächeln an. »Ich weiß nicht. Manchmal ist es einfach so.«

Molly sah zwischen ihnen und her, als zweifelte sie am Verstand der beiden Erwachsenen. Dann zuckte sie mit den Schultern und fuhr fort, ihre Eiscreme zu verschlingen. »Können wir jetzt zu den Tigern gehen?«, fragte sie, sobald alle ihr Eis gegessen hatten.

»Auf zu den Tigern«, sagte Emma und zwang sich, heiter zu klingen.

Molly nahm sie beide an den Händen. Auf diese Weise verbunden schlenderten sie zum Tigergehege.

Kapitel 20

Um halb sieben am Montagabend nahm Emma ihre Kopfhörer ab, schaltete die Aufnahme des Autoreninterviews aus, das sie transkribiert hatte, und lauschte. War das eben die Türklingel gewesen?

Doch es herrschte Stille im Haus.

Gerade als sie die Kopfhörer wieder aufsetzen wollte, klingelte es erneut.

Sie sprang auf und eilte zur Tür. War Molly etwas zugestoßen?

Quatsch. Wenn Molly wieder krank geworden wäre, hätte Jessies Mutter angerufen und sie nicht einfach zu Hause abgeladen.

Das Erste, was sie sah, als sie die Tür öffnete, war ein riesiger Geschenkkorb mit gelber Schleife.

»Emma Larson?«, fragte der Mann, der den Korb hielt.

»Ja.«

»Ich habe eine Lieferung für Sie.« Er hielt ihr den Geschenkkorb hin.

Automatisch nahm Emma ihn entgegen. *Wow.* Der Korb war schwer. Was hatte sie getan, um das zu verdienen?

Eine Sekunde lang dachte sie, es könnte eine Entschuldigungsgeste von Jordan sein. Chloe hatte ihr Blumen geschickt, am Morgen nachdem Emma sie mit einer anderen im Bett erwischt hatte. Seither hinterließen solche Lieferungen einen schalen Geschmack in ihrem Mund.

Aber ein Geschenkkorb war nicht Jordans Stil. Sie hätte sich von Angesicht zu Angesicht entschuldigt. Außerdem musste sie sich nicht entschuldigen, auch wenn der emotionale Teil von Emmas Gehirn etwas anderes behauptete.

»Von wem stammt der Korb?«, fragte sie.

Er sah auf sein Klemmbrett. »Jemand namens Francine Barcowsky.«

Der Name sagte ihr nichts. Sie unterschrieb das Formular, das der Mann ihr hinhielt, schloss die Tür und stellte den Geschenkkorb ab.

Ein weißer Umschlag ragte zwischen einer Ananas und einer Flasche Rotwein hervor. Sie öffnete ihn und las die Karte.

Liebe Emma,

herzlichen Dank für all deine Mühe, die du dir bei der Veröffentlichung von Der Himmel über uns gegeben hast. Ohne dich wäre das Buch niemals so erfolgreich gewesen, deshalb als kleine Anerkennungsgeste dieser Geschenkkorb.

Viel Spaß damit.

Fran Barrows

a.k.a. Francine Barcowsky

Lächelnd schob Emma die Karte in den Umschlag zurück. Was für eine tolle Geste! Klientinnen wie Fran machten ihre Erfahrung mit D.C. Säger wieder wett.

Sie musterte den Inhalt des Korbs, wählte dann eine Schachtel Schokopralinen und nahm sie mit zum Schreibtisch, wo ihre Transkription auf sie wartete.

Da Molly bei einer Freundin übernachtete, hatte sie vor, lange zu arbeiten. Das würde sie wenigstens davon abhalten, ständig an Jordan zu denken.

Sie schob sich eine Praline in den Mund, schickte Fran eine kurze Dankeschön-Mail und ging dann wieder an die Arbeit.

Eine Stunde später war die Schachtel halb leer und sie schickte das transkribierte Interview zu ihrer Klientin.

Sie schaltete den Computer aus, stand auf und streckte sich stöhnend.

Was Jordan wohl macht? Der Gedanke war unerwünscht, aber sie wurde ihn einfach nicht los. Sie schielte zur Terrassentür.

Die Sonne war gerade erst untergegangen, aber es war noch genug Licht vorhanden, um zu erkennen, dass der Garten leer war. Vielleicht war Jordan nicht zu Hause.

Vielleicht war sie bei der Knutschfleck-Frau. Eifersucht kam in ihr auf. Sie mochte das Gefühl nicht und noch weniger mochte sie sich selbst, wenn sie so war. Es war kindisch. Sie und Jordan waren kein Paar. Sie hatten beschlossen, sich jeweils an ihre eigene Eiscremepräferenz zu halten, damit keine Sauerei entstand.

Der Gedanke an Eiscreme ließ ihren Magen knurren und sie wurde sich bewusst, dass sie mit Ausnahme der Pralinen seit dem Mittagessen nichts mehr gegessen hatte. Für sich allein wollte sie nichts kochen, also nahm sie den Geschenkkorb, ein Weinglas und den Korkenzieher und ging nach draußen. Auf der Terrasse öffnete sie die Flasche Rotwein und breitete ihr improvisiertes Picknick auf dem Gartentisch aus.

Als sie sich setzte und sich ein Glas des Château Faizeau einschenkte, schielte sie hinüber zu Jordans Haushälfte.

In keinem der drei Zimmer, die zur Terrasse hinaus lagen, brannte Licht. Wo war Jordan?

Hör endlich auf, an sie zu denken! Seit wann war sie nicht mehr in der Lage, ihren Abend zu genießen, ohne sich zu wünschen, sie könnte ihn mit Jordan verbringen?

Emma nahm einen großen Schluck Wein. Ihre Wangen wurden warm. *Puh.* Das Zeug war ziemlich stark, viel stärker als das Bier, das sie ab und zu mit Jordan trank. Sie musste vorsichtig sein, denn Wein hatte sie noch nie sonderlich gut vertragen. Chloe hatte sie immer deswegen aufgezogen.

Tja, jetzt ist sie aber nicht da. Es kann dir also egal sein.

Emma nahm noch einen Schluck, während Gedanken an Chloe und Jordan ihr durch den Kopf gingen. Bevor sie es richtig merkte, war das Glas leer und sie hatte noch nichts gegessen.

Eine Bewegung zur rechten ließ sie den Kopf drehen.

Die Hängematte schaukelte leicht in der Abendbrise.

Ob ich wohl …? Die Hängematte war sicher viel bequemer als dieser Plastikstuhl. Sie stand auf, nahm die Flasche, ihr Glas und eine Packung Red-Velvet-Kekse und ging zur Hängematte.

Nachdem sie ihre Verpflegung im Gras abgestellt hatte, legte sie sich in die Hängematte. Der Geruch von Jordan schien noch im Stoff verwoben und umgab sie wie eine Umarmung. Als ihr die Augen zufielen, zwang sie sich, sie wieder zu öffnen.

Schluss jetzt! Getrennte Eisbecher, schon vergessen?

Sie biss sich auf die Lippe, griff nach der Flasche und füllte ihr Glas erneut. Sanft schaukelnd nippte sie den tiefroten Wein und starrte hinaus in die einsetzende Dunkelheit.

Jordan hatte recht. Mit Glühwürmchen wären Abende wie dieser noch besser gewesen. *Und mit Jordan.*

Sie nahm noch einen Schluck Rotwein auf fast nüchternen Magen.

Bevor sie sich wieder dafür zurechtweisen konnte, dass sie erneut an Jordan dachte, driftete Jordans Stimme zu ihr herüber. »Hi.«

Jordan stand in der nun offenen Terrassentür. Das Licht aus dem Wohnzimmer tauchte ihre Gestalt von hinten in einen Halo.

»Hi. Ich wusste gar nicht, dass du zu Hause bist.« Emma versuchte, aus der Hängematte zu klettern, aber das Schaukeln machte das zu einer schwierigen Aufgabe. Sie fühlte sich wie eine Schildkröte, die auf dem Rücken lag.

Jordan winkte ab. »Bleib liegen. Wie ich schon sagte: Meine Hängematte gehört ganz dir. Und nein, ich war nicht zu Hause. Ich bin eben erst zurückgekommen.«

Von einem Besuch bei Knutschfleckfrau? Emma biss sich auf die Lippe. *Notiz an mich selbst: Rotwein hilft nicht gegen Eifersucht.*

»Ich habe Barb vom Bingo abgeholt und bin dann noch ein wenig durch die Gegend gefahren«, fügte Jordan hinzu, als erahnte sie die unausgesprochene Frage. »Autofahren hat auf mich denselben Effekt wie auf dich das Geschirrwaschen.«

Woran hatte sie während des Fahrens gedacht? Ging auch ihr das Gespräch im Zoo nicht mehr aus dem Kopf?

Gras raschelte, als Jordan näher kam. Ihr Blick wanderte von Emma zum Geschenkkorb auf dem Terrassentisch. »Veranstaltest du ein Picknick?«

»Äh, ja.« Obwohl sie die Kekse und den Rest des Geschenkkorbs vergessen hatte, nachdem sie den Rotwein geöffnet hatte. »Es war ein Geschenk von einer Klientin, als Dankeschön für meine Arbeit.«

»Ich bin froh, dass du endlich etwas Anerkennung dafür erhältst, wie gut du deinen Job machst.«

»Wir haben nie zusammen gearbeitet, woher willst du wissen, dass ich meinen Job gut mache?«

»Ich kenne dich … zumindest ein bisschen«, sagte Jordan sanft. »Du bist keine Frau, die irgendetwas halbherzig macht.«

»Nein. Bei mir heißt es ganz oder gar nicht.«

Sie starrten einander an.

Na toll, da waren sie wieder, die versteckten Botschaften. Sie mussten wirklich so langsam den Mut fassen, Klartext miteinander zu reden. Aber dazu brauchte sie mehr Alkohol.

Emma wandte den Blick ab und nahm einen Schluck Wein. Ihr wurde langsam schwindelig, aber sie hatte keine Ahnung, ob es am Wein oder an Jordans Anwesenheit lag. *Ich sollte ein paar Kekse essen, um den Alkohol zu bekämpfen.* Sie griff nach den Red-Velvet-Keksen und riss die Packung mit so viel Schwung auf, dass mehrere Kekse herausfielen.

Jordan fing einen davon auf. »Äh, hier.« Sie hielt Emma den Keks hin.

»Behalte ihn ruhig.« Emma nickte hinab auf die Flasche Wein, die im Gras stand. »Willst du auch ein Glas? Ist ein Château Irgendwas.«

Jordan lächelte sie an. »Könnte es sein, dass du ein bisschen betrunken bist?«

»Nein. Das ist mein erstes Glas.« Oder nicht? »Okay, vielleicht ist es das zweite.« Es war leer und deshalb schenkte sie sich nach.

Jordan setzte sich im Schneidersitz neben der Hängematte ins Gras und aß ihren Keks, lehnte aber erneut ab, als Emma ihr Wein anbot. »Wo ist Molly?«, fragte sie nach einer Weile. »Im Bett?«

»Hoffentlich. Sie und Maus übernachten bei einer neuen Freundin aus dem Kindergarten.«

»Mitten in der Woche?« Jordan hob die Brauen.

Ein Teil von Emma fühlte sich kritisiert für ihre Entscheidung, Molly gehen zu lassen, der andere Teil war amüsiert über Jordans plötzliche Mutterinstinkte. »Normalerweise darf sie unter der Woche nicht woanders übernachten, aber ihre Freundin wollte eigentlich gestern mit uns in den Zoo, aber sie ist hochgradig allergisch gegen sämtliche Tiere. Deshalb dachte ich, ich mache mal eine Ausnahme.«

»Ach so. Das war nett von dir.«

Ihre Hände berührten sich, als sie beide gleichzeitig nach einem Keks griffen.

Die kurze Berührung ließ Emmas gesamten Körper kribbeln und sie wusste, dass es nichts mit der Wirkung des Weins zu tun hatte.

»Emma?«

Gott, sie liebte es, wenn Jordan ihren Namen sagte, auch wenn sie ahnte, dass das, was Jordan sagen wollte, kein angenehmes Thema war. Sie zwang sich, Jordan anzusehen, wohl wissend, dass sie beide einem offenen Gespräch nicht für immer ausweichen und sich hinter Eiscrememetaphern verstecken konnten. Die Dunkelheit machte es leichter. »Hmm?«

»Du hast mehrmals Andeutungen gemacht, aber mir nie wirklich erzählt, was mit Chloe passiert ist.«

Chloe? Sie hatte angenommen, dass Jordan über sie beide sprechen wollte. Aber vielleicht konnte man das, was zwischen ihnen vorging, auch nicht ganz unabhängig von dem betrachten, was zwischen ihr und Chloe passiert war. Das Scheitern ihrer Ehe würde ihre Herangehensweise an Beziehungen für immer beeinflussen.

Emma ließ den Kopf in die Hängematte sinken und starrte hinauf zum Nachthimmel. »Wir waren zehn Jahre lang ein Paar. Zehn Jahre, zwei Monate und vier Tage, um genau zu sein. Eigentlich mein gesamtes Erwachsenenleben.« Sie seufzte und fuhr mit dem Zeigefinger den Rand des Weinglases entlang.

Jordans Blick folgte der Bewegung in der Beinahe-Dunkelheit, aber sie unterbrach nicht.

»Ich dachte, wir würden zusammen alt werden. Wir hatten ein ziemlich gutes Leben miteinander.« Die kreisende Bewegung ließ Emma etwas schwindelig werden, deshalb hörte sie auf und nahm stattdessen einen Schluck Wein. »Zumindest dachte ich das. Aber scheinbar war Chloe da anderer Meinung.«

»Was ist passiert?«, fragte Jordan fast im Flüsterton.

»Chloe war Schönheitschirurgin mit einer eigenen Praxis.«

Jordan winkte verächtlich ab. »Schönheitschirurgin? Und trotzdem hast du uns die ganze Zeit über miteinander verglichen? Sie ist keine richtige Chirurgin.«

Emma warf ihr einen Blick zu, der Jordan sofort dazu brachte, eine Bewegung entlang ihrer Lippen zu machen, so als verschlösse sie ihren Mund mit einem Reißverschluss. Diese Geschichte zu erzählen, war auch ohne Unterbrechungen schon schwer genug. Bisher hatte sie niemandem die Einzelheiten erzählt, aber Jordan musste sie hören. Oder vielleicht musste Emma selbst sie hören, um sich daran zu erinnern, warum aus Jordan und ihr nichts werden konnte.

»Jedenfalls hat Chloe ab und zu erwähnt, wie effizient ihre medizinische Assistentin ist. Ich dachte, sie spricht vom Blutabnehmen oder vom Archivieren der Krankenakten, nicht davon …« Sie brach ab und nahm einen weiteren Schluck

Wein, doch er half nicht gegen den bitteren Geschmack in ihrem Mund. »Nicht davon, wie großartig sie beim Oralverkehr ist.«

Jordan beugte sich vor und legte ihre gesunde Hand auf die Hängematte, versuchte aber nicht, Emma zu berühren. Das Mitgefühl, das sie ausstrahlte, wärmte Emma mehr als der Wein.

»Wir sind ein lebendes Klischee, nicht?« Sie lachte, aber es schwang kein Humor mit. »Ich habe sie mit ihrer Assistentin erwischt, in unserem eigenen Bett. Und als ich sie in flagranti ertappt habe, hat sie es mit der guten alten Ausrede versucht.«

»Es ist nicht so, wie es aussieht«, murmelte Jordan.

Emma nickte. Ihr Hals brannte zu sehr, um etwas zu sagen.

»Darum bist du so wütend geworden, als ich es gestern gesagt habe«, vermutete Jordan.

Emma nickte und spülte den Rest des Weins hinunter, ohne ihn zu schmecken. Sie ignorierte das zunehmende Schwindelgefühl. »Das mache ich nie wieder durch. Nie mehr.«

»Das brauchst du auch nicht. Ich würde dich nie betrügen.« Jordan kniete sich hin und beugte sich vor, um ihr in die Augen sehen zu können. Ihr Körper vibrierte förmlich, so wichtig war es ihr, dass Emma ihr das glaubte.

Emma starrte sie an und blinzelte dann mehrfach. Sie hob das Glas an die Lippen und runzelte die Stirn, als würde sie erst jetzt bemerken, dass es leer war. Mit zitternder Hand griff sie zur Flasche.

Jordan nahm sie ihr weg. Die Flasche war drei Viertel leer. »Du solltest ein wenig langsamer machen, sonst bist du ruckzuck betrunken.«

»Ich bin nicht betrunken.« Emma funkelte sie an, doch dann wurde ihr Blick sanfter. »Okay, vielleicht bin ich ein wiiinziges bisschen angeheitert.« Sie hielt Daumen und Zeigefinger einen Zentimeter weit auseinander und sah dabei aus, als müsste sie sich konzentrieren, um die richtige Distanz abzumessen.

Himmel, war sie süß. Und definitiv auf der betrunkenen Seite des Angeheitertseins. »Hast du schon zu Abend gegessen?«

»Ja. Ich hatte …« Emmas Stirn legte sich in Falten, als müsste sie angestrengt nachdenken. »Kekse. Und Pralinen.«

»Das ist kein Abendessen. Komm, ich mach dir was zu essen.«

»Keine Erdnussbutterburger«, sagte Emma.

Ein Lächeln schlich sich auf Jordans Gesicht. Emma betrunken zu erleben, war lustig, aber es machte sie zugleich auch ein wenig traurig, denn sie hatte das Gefühl, Emma hatte nur deshalb so viel getrunken, weil die Unterhaltung im Zoo schmerzhafte Erinnerungen geweckt hatte. »Keine Erdnussbutterburger, versprochen.«

Emma ließ das leere Glas ins Gras fallen und schwang die Beine aus der Hängematte. Als sie aufrecht saß, klammerte sie sich links und rechts an der Hängematte fest. »Halt mal bitte die Hängematte fest.«

»Sie schwankt nicht. Das liegt an dir. Komm, ich helfe dir.« Sie hielt Emma ihre gesunde Hand hin.

Emma nahm sie, aber statt sich in die Höhe zu ziehen, saß sie da und streichelte Jordans Handrücken, als bewunderte sie, wie gut es sich anfühlte. Dann hielt sie inne und kicherte. »Du könntest recht haben.« Sie lallte nicht, aber sie sprach langsam, als müsste sie jedes Wort mit Bedacht wählen. »Vielleicht bin ich ein wenig betrunken.«

»Ja.« Jordan lächelte auf sie hinab. »Bist du bereit?«

Emma blinzelte. »Ich weiß nicht.« Sie blinzelte erneut. »Oh. Du meinst, bereit, aufzustehen. Ja.«

Jordan zog sie hoch.

Sobald sie stand und einen Schritt machte, stolperte Emma und fiel gegen sie.

Jordan fing sie auf. Ihr Gips lag um Emmas Hüften.

Emma lehnte sich an sie und ließ den Kopf auf Jordans Schulter sinken. Sie roch nach Schokolade, Rotwein und einem betörenden Duft, den Jordan nicht identifizieren konnte. Emmas Wärme drang durch ihre Kleidung. Emmas Körper passte zu ihrem wie eine viel getragene Lieblingsjeans. Keine andere Frau hatte sich je so gut in ihren Armen angefühlt.

So standen sie einen Moment lang aneinander gelehnt da. Emmas warmer Atem streifte Jordans Hals und Emmas Wimpern kitzelten ihre Wange. Ihre Hände glitten Jordans Rücken hinauf.

Oh Gott. Wenn sie hier noch länger so standen, würde Emma vielleicht versuchen, sie zu küssen … und Jordan war nicht sicher, ob sie die Kraft hatte, der Versuchung zu widerstehen.

Ihr Körper protestierte, doch sie zwang sich, zurückzuweichen, während ihr gesunder Arm weiter um Emma geschlungen blieb, damit sie nicht stolperte und hinfiel.

Langsam brachte sie Emma durch die offene Terrassentür in Emmas Haushälfte und steuerte das Schlafzimmer an.

Emma blieb störrisch stehen. »Was ist mit meinem Erdnussbutterburger?«

»Ich dachte, du wolltest keinen?«

»Oh.« Eine süße kleine Falte entstand auf Emmas Stirn. »Wollte ich nicht? Ich weiß nicht, was ich will.«

»Ja.« Jordan seufzte. »Ich auch nicht. Und das ist das Problem. Oder vielleicht weiß ich es doch und das bereitet mir solche Probleme.«

»W-was?«

»Nichts.« Sie mussten darüber reden, aber nicht, solange Emma betrunken war und sich morgen früh womöglich an nichts erinnern würde. »Ich glaube, du brauchst Schlaf dringender als Essen.«

Mit der Schulter stieß sie die Schlafzimmertür auf und schaltete das Licht an. Emma schien den Erdnussbutterburger vergessen zu haben, als Jordan sie zum Bett führte. Gehorsam sank sie auf die Matratze und sah dann mit geröteten Wangen zu Jordan auf. Im matten Licht des Schlafzimmers sah sie aus wie ein Engel … ein angetrunkener Engel.

»Kannst du dir die Schuhe ausziehen?«, fragte Jordan.

»Schuhe?« Emma blinzelte.

Starrte sie auf ihren Mund? Jordan rieb sich die kribbelnden Lippen.

Emma riss den Blick von Jordans Gesicht los und richtete ihn zu Boden, auf ihre Schuhe. »Klar kann ich.« Sie sah aus wie eine beleidigte Dreijährige und machte sich daran, ihr Können zu beweisen. Aber die Schnürsenkel weigerten sich zu kooperieren. Gerade als Jordan ihre Hände beiseiteschieben und ihr helfen wollte, schaffte es Emma endlich, die Schnürsenkel zu öffnen und die Schuhe abzustreifen. »Geschafft.«

Jordan bedeutete ihr, weiterzumachen, aber Emma starrte sie nur verständnislos an. »Äh, du schläfst sicher besser, wenn du die Hose ausziehst.«

Ein schelmisches Grinsen kräuselte Emmas Lippen. »Willst du es machen?«, fragte sie mit verführerischer Stimme.

Unter anderen Umständen hätte Jordan sich auf sie gestürzt, noch bevor sie die Frage beendet hatte, aber nicht so. Nicht, wenn Emma es womöglich morgen früh bereuen würde. »Äh, ich …« Sie räusperte sich. »Ich glaube, es ist besser, du machst das.«

»Spielverderberin«, grummelte Emma. Sie ließ sich auf den Rücken sinken. Mit einer Hand tastete sie nach dem Reißverschluss und zog ihn so langsam nach unten, dass Jordan jedes einzelne Klick-Klick-Klick hören konnte. Der Knopf glitt durch das Knopfloch. Dann hob Emma die Hüften und versuchte, ihre Jeans nach unten zu ziehen. Ihr Slip glitt ebenfalls ein Stück nach unten.

Jordan erhaschte einen Blick auf gestutztes blondes Schamhaar, bevor sie schuldbewusst wegsah. *Oh Mann.* Sie konnte sich nicht einigen, ob dies nun der Himmel oder die Hölle auf Erden war … oder womöglich eine Mischung aus beidem.

Sie wusste, dass Emma sie nicht absichtlich heißmachen wollte … oder etwa doch?

Jordan schielte zu Emma, die sich immer noch mit ihrer Jeans abmühte. Nein. Mit dem Alkohol in ihrer Blutbahn war sie einfach nur ziemlich ungeschickt. Wie konnte Emma nur denken, Jordan würde sie in diesem Zustand verführen?

Na, vermutlich denkt sie gar nicht viel im Moment.

Emma stöhnte und wand sich auf dem Bett in dem Versuch, die Hose abzustreifen.

Schweiß stand Jordan auf der Stirn und ein paar andere Stellen ihres Körpers waren zugegebenermaßen auch ziemlich feucht. Irgendwann hielt sie es nicht mehr aus und beschloss, einzugreifen. »Lass mich dir helfen.«

Sofort lag Emma still und sah zu ihr auf. Ihr Gesichtsausdruck war eine Mischung aus brennendem Verlangen, kindlicher Unschuld und völligem Vertrauen.

Jordan verschlug es den Atem und sie wusste nicht, welches der drei Elemente sie am meisten aus der Bahn warf. Ihre Finger zitterten, als sie Emmas Slip wieder nach oben zog.

»Ich dachte, ich soll mich ausziehen?«, sagte Emma. Der kehlige Klang ihrer Stimme schickte eine Gänsehaut Jordans Rücken hinab.

»Ja, aber …« Sie hielt inne und räusperte sich. »Aber nur deine Hose.« Darauf bedacht, ihre eingegipste Hand nicht zu sehr zu benutzen oder, noch schlimmer, Emmas Slip mit nach unten zu ziehen, zog sie Emmas Jeans über ihre Hüften.

Emmas Haut fühlte sich an wie warme Seide unter ihren Fingern.

Es war unglaublich schwer, der Versuchung zu widerstehen, sie zu streicheln, aber auf keinen Fall würde sie Emmas Vertrauen ausnutzen.

Als die Hose um ihre Knie hing, verharrten sie und starrten einander an.

Emmas Pupillen waren geweitet und ein wenig glasig, aber es war die Sehnsucht in ihren Augen, die Jordan den Atem nahm.

Mit den Fingerspitzen berührte Emma Jordans Wange. Die Geste war so sanft und zärtlich, dass es fast wehtat. Sie legte ihre gesunde Hand auf Emmas warme Finger und drückte sie gegen ihr Gesicht.

»Du bist so wunderschön«, flüsterte Emma.

Jordan konnte sich nicht daran erinnern, wann ihr das zuletzt eine Frau gesagt hatte. Sexy, heiß, attraktiv – ja, das hatte sie oft gehört. Aber nicht *wunderschön*. »Du auch«, flüsterte sie und strich eine widerspenstige Haarsträhne zurück hinter Emmas Ohr. Gott, sie hätte alles darum gegeben, sie jetzt zu küssen und sich in Emma verlieren zu können, aber es wäre falsch gewesen.

»Küss mich.« Emmas Worte waren wie ein Echo ihres eigenen Verlangens. Sie vergrub ihre Finger in Jordans Haar und zog sie hinab. »Bitte.«

Die Berührung ihrer Finger in ihren Haaren war womöglich das Erotischste, was Jordan je gefühlt hatte. Ihre Knie wurden weich.

Mit einem Stöhnen zog Emma sie noch näher zu sich hinab.

»Emma«, flüsterte Jordan, unsicher, ob es ein Protest oder eine Ermutigung sein sollte. Einen Moment bevor ihre Lippen sich zu einem Kuss treffen konnten, fielen ihre Augen zu.

Emmas warmer Atem kitzelte ihren Mund.

Oh Gott, bitte. Ja! Doch eine andere Stimme in ihrem Kopf rief: *Nein. Nicht auf diese Weise.* Im letzten Moment stemmte Jordan sich mit ihrem zitternden linken Arm nach oben. »Nein.« Nach Luft schnappend, als wäre sie gerade einen Marathon gelaufen, starrte sie auf Emma hinab. Die kupferfarbenen Sprenkel in Emmas Augen ließen sie fast wieder schwach werden.

Emma bedeckte ihr Gesicht mit beiden Händen. »Tut mir leid«, murmelte sie hinter ihren Handflächen hervor. »Ich … Ich kann nicht klar denken, wenn ich mit dir zusammen bin.«

Trotz der sexuellen Anspannung zwischen ihnen musste Jordan lächeln. »Klares Denken wird überbewertet.« Sie setzte sich neben Emma aufs Bett und zog sanft ihre Hände weg. »Du musst dich nicht entschuldigen. Ich will dich. Bitte bezweifle das nie.«

Ein leises Stöhnen entfuhr Emma.

»Aber nicht auf diese Weise«, fügte Jordan hinzu. »Nicht, wenn du betrunken bist.«

»Angeheitert«, berichtigte Emma.

»Sehr angeheitert. Ich habe noch nie mit einer Frau geschlafen, die betr…angeheitert war, und bei dir fange ich ganz sicher nicht damit an. Du …« *Du bedeutest mir viel.* Aber das musste warten, bis Emma wieder nüchtern war. »Du hast etwas Besseres verdient.«

Emmas Augen waren glasig. Einen Moment lang wirkte sie, als würde sie gleich in Tränen ausbrechen, doch dann lächelte sie.

Sanft zog Jordan Emmas Jeans ganz hinab, faltete sie und legte sie auf die Kommode. Dann kehrte sie zu Emma zurück und deckte sie zu.

Emma kuschelte sich unter die Decke und starrte zu ihr auf. »Danke«, sagte sie nach mehreren Sekunden und Jordan ahnte, dass sie mehr meinte als nur das Zudecken.

»Gern geschehen.« Jordan ging, um ihr ein Glas Wasser zu holen. Sie war dankbar, einen Moment allein zu haben, um sich wieder in den Griff zu bekommen. Als sie ins Schlafzimmer zurückkam, erwartete sie, Emma schlafend anzutreffen.

Emmas Lider hingen auf halbmast, aber sie riss die Augen auf, als Jordan das Glas auf dem Nachttisch absetzte. »Feucht«, sagte sie.

Jordan schluckte gegen ihren plötzlich trockenen Mund an. »Ähm, wie bitte?«

»Wasser.« Emmas ohnehin schon gerötete Wangen färbten sich noch dunkler. »Ich meinte Wasser. Danke für das Wasser.«

»Oh. Bitte. Gute Nacht, Emma.« Jordan beugte sich hinab und küsste sie auf die Stirn. Emmas Haut war warm und weich und Jordan kämpfte gegen den Drang an, mehr davon zu spüren.

Eine von Emmas Händen befreite sich von der Decke und sie berührte erneut Jordans Wange, diesmal ohne sie hinab zu ziehen. Sie sah ihr tief in die Augen und Jordan stellte fest, dass dieser Moment intimer war als jeder Kuss.

Eine Weile verharrten sie so, bis Emma gähnte.

»Schlaf schön.« Jordan zwang sich, zur Tür zu gehen.

»Jordan?« Emmas Stimme hielt sie zurück, bevor sie den Raum verlassen konnte.

Sie drehte sich um. »Ja?«

»Hast du …?« Emma leckte sich die Lippen. »Hast du wirklich nicht mit ihr geschlafen?«

Das beschäftigte Emma also immer noch, selbst in diesem Zustand. »Nein, habe ich nicht. Ich schwöre es. Ich habe sie nicht einmal geküsst.«

Sie sahen einander lange in die Augen, dann nickte Emma. »Okay.« Scheinbar zufrieden mit dieser Antwort, schloss sie die Augen. Bevor sich Jordan wieder umdrehen konnte, öffnete Emma ihre Augen erneut. »Warum nicht?«

Jordan schüttelte den Kopf. Wenn sie schon einen Seelenstrip hinlegte, dann nicht vor einer Frau, die sich morgen an nichts erinnern würde. »Lass uns morgen darüber reden. Ich verspreche, dir dann alles zu erklären.«

Emma schien einige Sekunden zu benötigen, bis sie diese Antwort verstanden oder beschlossen hatte, dass ihr dieses Versprechen für den Moment genügte. Schließlich nickte sie. »Okay.«

Wenigstens war Emma eine friedliche Betrunkene. Jordan drehte sich um.

»Jordan?« Wieder hielt Emmas Stimme sie zurück, bevor sie die Türschwelle überschreiten konnte.

Jordan musste lächeln. Irgendwie erinnerte sie das Ganze daran, wie Molly sich verhielt, wenn sie ins Bett gebracht wurde. Mit Ausnahme des sexy Striptease und des Beinahe-Kusses, selbstverständlich. Sie drehte sich noch einmal um. »Ja?«

»Kannst du hierbleiben?«

Oh Gott. Sie konnte nicht das Bett mit Emma teilen, oder? Bevor sie eine Antwort fand, fielen Emmas Augen zu und ihre tiefen, regelmäßigen Atemzüge verrieten, dass sie eingeschlafen war.

Puh. Das Sandmännchen als Retter in der Not. Jordan wusste nicht, ob sie erleichtert oder enttäuscht sein sollte. Eine Weile stand sie da und sah Emma beim Schlafen zu, dann schaltete sie das Licht aus und schlich sich aus dem Schlafzimmer.

Der Geschenkkorb stand noch draußen auf der Terrasse. Sie ging ihn holen und schloss dann die Terrassentür. In der Küche nahm sie ein Glas aus dem Schrank, stellte es auf die Arbeitsfläche, direkt neben eine Flasche des

Elektrolytgetränks, das sie gekauft hatte, als Molly krank gewesen war. Emma würde es morgen vermutlich brauchen.

Irgendwie war es seltsam, in Emmas Küche zu sein, wenn sie nicht da war. Gleichzeitig fühlte sie sich aber auch überraschend wohl hier und wahrscheinlich lag es nicht nur daran, dass Emmas Haushälfte ein Spiegelbild ihrer eigenen war.

Als sie ihre Katervorbereitungen abgeschlossen hatte, blickte sie zur Haustür und zögerte.

Emma wollte, dass sie blieb, also würde sie bleiben.

Sie streifte Schuhe und Jeans ab, legte sich auf die Couch und zog eine Mikrofaserdecke über sich. »Gute Nacht, Emma«, flüsterte sie ein zweites Mal. »Ich bin hier.«

Am nächsten Morgen erwachte Emma mit heftigen Kopfschmerzen. Ihre Schläfen pochten wie eine Trommel in einem Festtagsumzug.

Vorsichtig öffnete sie ein Auge und blinzelte gegen das Sonnenlicht, das durch das Fenster drang.

Oh Gott. Wie viel hatte sie gestern nur getrunken?

Sie war fast sicher, dass sie die Flasche nicht ausgetrunken hatte. Wie konnte man von zwei … okay, drei Gläsern Rotwein so betrunken werden? Irgendwie hatte sie es wohl geschafft.

Ihr Mund fühlte sich an wie eine fusselige Socke und schmeckte auch so. *Igitt.* Sie schüttelte sich und kämpfte gegen einen Würgereiz an.

Als sie das zweite Auge öffnete, fiel ihr Blick auf den Radiowecker. Es war kurz nach sieben. Sie dankte den Schutzheiligen aller verkaterten alleinerziehenden Mütter, dass sie heute Morgen keine Termine hatte und Molly erst am Mittag abholen musste. Obwohl … hätte Molly nicht woanders übernachtet, hätte Emma sich gar nicht erst erlaubt, so viel zu trinken.

Ein Glas Wasser stand neben dem Wecker auf ihrem Nachttisch.

Jordan musste es dort abgestellt haben.

Oh nein. Emma umklammerte ihren hämmernden Schädel, als sie sich daran erinnerte, was sie letzte Nacht getan hatte. Hätte sie nicht wenigstens einen alkoholinduzierten Gedächtnisverlust haben können, sodass sie sich nicht mehr an ihre Annäherungsversuche hätte erinnern können? Aber nein, jeder Moment hatte sich in ihr Gehirn eingebrannt.

Sie bedeckte das Gesicht mit beiden Händen, genau wie letzte Nacht. Hatte sie wirklich versucht, Jordan dazu zu überreden, sie auszuziehen und zu küssen? Wie peinlich. Gott sei Dank hatte Jordan dem Ganzen Einhalt geboten.

Emma seufzte. Sie war sicher die einzige Frau auf der Welt, die jemals von Jordan Williams zurückgewiesen worden war. Oder vielmehr die zweite, wenn es stimmte, dass Jordan nicht mit der Frau von neulich geschlafen hatte.

Emma glaubte ihr. Sie hatte Chloe nicht geglaubt, als sie hoch und heilig geschworen hatte, es sei das erste Mal gewesen, dass sie Emma betrogen hatte. Doch bei Jordan war das anders. So wie Jordan sie angesehen hatte, als sie Emma ins Bett gebracht hatte … Da war kein Raum für Lügen gewesen.

Ich will dich, hatte Jordan gesagt. Auch das war keine Lüge gewesen, genauso wenig wie die Zärtlichkeit in ihren Augen. Aber was hatte das alles zu bedeuten?

Sie mussten reden.

Wo war Jordan wohl? Dunkel erinnerte sich Emma daran, wie sie Jordan gebeten hatte zu bleiben, doch Jordan war zu ehrenwert, um das Bett mit einer Betrunkenen zu teilen.

Emma setzte sich auf. Übelkeit überkam sie und der Raum begann, sich zu drehen. Sie presste eine Hand auf ihren Magen, während sie mit der anderen ihren Kopf umklammerte.

Das Karussell stoppte endlich und sie griff mit beiden Händen nach dem Wasserglas und trank davon, als wäre es ein Lebenselixier.

Gestärkt wagte sie sich aus dem Bett. Jeder Schritt in Richtung Badezimmer ließ ihren Kopf hämmern. *Oh Gott.* Warum hatte ihr Fran nicht einfach ein signiertes Buch als Dankeschön geschickt?

Sie ging auf die Toilette, putzte sich die Zähne und gurgelte mit Mundwasser, um den schrecklichen Geschmack in ihrem Mund loszuwerden. Das Klirren ihrer Zahnbürste, als sie zurück im Zahnputzbecher landete, ließ sie zusammenzucken. Sie tapste durch den Flur zur Küche. Ihr einziger Gedanke war der an Kaffee. Aber irgendetwas veranlasste sie, stehen zu bleiben und einen Blick ins Wohnzimmer zu werfen.

Der Anblick ließ sie einen Moment lang ihre Kopfschmerzen vergessen.

Jordan war geblieben. Sie lag auf der Couch, halb unter der Decke. Ihr Arm mit dem Gips hing über die Sofakante.

Emma lehnte sich gegen die Wand und beobachtete Jordan. Zum ersten Mal bemerkte sie, wie vertraut ihr Jordans Gesichtszüge bereits waren: die elegant geschwungenen Augenbrauen, ihre breite Nase und hohen Wangenknochen und die vollen, sinnlichen Lippen. Sie kannte jeden Gesichtszug so gut, als hätte sie diese schon tausendmal gestreichelt. Ihre Finger ballten sich unwillkürlich zu losen Fäusten, als sie sich daran erinnerte, wie sie gestern Nacht Jordans Gesicht berührt hatte.

Jordan murmelte etwas Unverständliches. Ihre Gliedmaßen begannen zu zucken. Sie sah aus wie der Beagle, den Emma als Kind gehabt hatte und der im Schlaf auch immer gezuckt hatte.

Emma lächelte. »Süße Träume«, flüsterte sie.

Bevor sie sich in die Küche schleichen konnte, öffnete Jordan die Augen und sah sie an.

Emma erstarrte wie ein ertappter Sünder.

»Guten Morgen.« Jordan setzte sich auf.

Wie konnte sie nur so schnell derart hellwach sein? Vermutlich hatten alle Chirurgen diese Eigenschaft, denn bei Chloe war es auch so gewesen.

»Morgen«, murmelte Emma.

»Mist. Ich habe verschlafen«, sagte Jordan. »Ich wollte dir Frühstück ans Bett bringen.«

»Oh Gott.« Emma presste sich die Hand auf den Mund. Der Gedanke an Essen ließ Übelkeit in ihr aufsteigen.

»Das sagen Frauen für gewöhnlich zu meinem Dessert im Bett«, witzelte Jordan. Dann schnitt sie eine Grimasse und rieb sich das Gesicht. »Tut mir leid. Das hätte ich nicht sagen sollen. Alte Gewohnheiten lassen sich nur schwer ablegen.«

Galt das für alle Gewohnheiten?, wollte Emma fragen, aber für diese Unterhaltung war sie noch nicht bereit. Erst brauchte sie Kaffee, eine Dusche und Schmerzmittel, nicht notwendigerweise in dieser Reihenfolge.

Jordan schlug die Decke beiseite und erhob sich von der Couch. Sie hatte in Unterhose und T-Shirt geschlafen. Ihre Jeans lag säuberlich gefaltet auf dem

Couchtisch und Emma konnte den Blick nicht von ihren langen, athletischen Beinen abwenden, als Jordan ihre Hose überstreifte.

Der Kater hatte ihr den Appetit verdorben, aber scheinbar nicht ihre Libido.

Erst als Jordan ihren Blick über sie gleiten ließ, wurde ihr bewusst, dass auch sie dasselbe Outfit trug: ein zerknittertes T-Shirt und Unterwäsche, ohne Jeans.

»Hast du Kopfschmerzen?«, fragte Jordan, als Emma sie weiterhin anstarrte, ohne etwas zu sagen.

»Oh ja. Fühlt sich an, als ob mich eine Wagenladung Ziegelsteine am Kopf getroffen hätte.«

Jordans Grinsen schaffte es irgendwie, belustigt und zugleich mitfühlend zu wirken. »Nee. Das waren keine Ziegelsteine. Nur eine Flasche Rotwein.«

»Den habe ich noch nie vertragen«, murmelte Emma, während sie fühlte, wie ihre Wangen heiß wurden. »Ich weiß auch nicht, warum ich ihn getrunken habe.«

»Ach nein?« Jordans Blick schien sie zu durchbohren.

Emma seufzte. »Okay, vielleicht weiß ich es sehr wohl. Aber ich brauche erst Schmerztabletten und Kaffee, bevor ich mich dem Thema stelle. Mein Kopf ist zu vernebelt, um klar denken zu können.«

»Dann komm.«

Jordan führte sie in die Küche, als wäre es ihre eigene, und Emma überraschte sich selbst, indem sie zuließ, dass Jordan Gastgeberin spielte. Sie sank auf den Stuhl, den Jordan für sie hinschob, und bettete den Kopf auf ihre auf dem Tisch gefalteten Arme. Von dort aus beobachtete sie, wie Jordan ein Tablett für sie herrichtete.

»Bitte schön«, sagte Jordan, als sie es auf dem Tisch abstellte. »Frühstück für Helden. Na ja, verkaterte Helden.«

Emma sah stirnrunzelnd auf den Teller mit dem Toast und die rosarote Flüssigkeit in einem Glas hinab. »Was ist das denn? Und wo ist mein Kaffee?«

»Den gibt es erst später. Erst mal musst du genug Wasser trinken. Ärztliche Anweisung.«

Stöhnend nahm Emma das Glas und nippte daran. Was immer das auch war, es schmeckte sehr süß und irgendwie nach Trauben.

»Hast du Ibuprofen im Haus?«, fragte Jordan.

Emma nickte. »Im Badezimmer«, sagte sie zwischen zwei Schlucken der süßen Flüssigkeit.

Innerhalb einer Minute war Jordan mit den Kopfschmerztabletten zurück.

Eifrig nahm Emma zwei der weißen Pillen und schluckte sie. »Irgendwelche anderen Wundermittel, die man dir im Medizinstudium verraten hat?«

»Am besten ist normalerweise, nicht so viel zu trinken. Ansonsten habe ich leider keine Geheimtipps auf Lager. Du wirst einfach geduldig sein und abwarten müssen.«

Abwarten. Genau das hatte Emma während der letzten Wochen getan. Sie hatte darauf gewartet, dass ihr Verstand über ihr Herz und ihren Körper siegte, die Sehnsucht, in Jordans Armen zu sein, sich legte oder sie eine andere kennenlernte, die sie Jordan vergessen ließ.

Sie hatte so das Gefühl, dass nichts davon passieren würde, egal, wie lang sie wartete. Entschlossen leerte sie das Glas und schob den Teller mit dem Toast beiseite.

»Bist du fertig damit?«, fragte Jordan. Als Emma nickte, räumte sie das Tablett ab.

»Kann ich kurz duschen?«, fragte Emma. »Danach würde ich mich gern auf die Couch setzen und reden.«

»Äh, ja, klar.« Jordan klang angespannter als je zuvor. Selbst in der Notaufnahme, als sie darauf gewartete hatten, herauszufinden, ob ihr Arm operiert werden musste, hatte sie weniger angespannt gewirkt.

Emma schleppte sich zur Dusche und versuchte, nicht daran zu denken, worüber sie gleich sprechen würden. Als sie das Badezimmer verließ, fühlte sie sich besser, zumindest körperlich. Emotional war sie ein Wrack. Ihr Herz hämmerte heftiger als ihr Kopf, als sie ins Wohnzimmer ging.

Jetzt war es so weit. Sie würden über letzte Nacht sprechen. Über sie beide.

Oh Gott. War sie dazu bereit? Doch bereit oder nicht, sie wusste, dass sie es nicht länger hinauszögern konnte. Und das wollte sie auch nicht, sonst würde sie noch verrückt werden.

Als sie das Wohnzimmer betrat, wurde ihr übel.

Jordan saß schon an einem Ende der Couch.

Einen Moment lang blickte Emma zu den Sesseln, doch dann setzte sie sich neben Jordan. Kein Weglaufen mehr. Das Kunstleder unter ihr schien noch warm von Jordans Körper und Emma kuschelte sich gegen die Couchlehne, um so viel Wärme wie möglich aufzusaugen.

Ihre Arme berührten sich, aber keine von beiden zog ihren Arm zurück.

»Wie geht's dem Kopf?«, fragte Jordan, bevor Emma eine Idee hatte, wie sie die Unterhaltung anfangen sollte. »Hat die Dusche etwas geholfen oder sollen wir dieses Gespräch auf ein anderes Mal verschieben?«

Suchte sie nach einem Ausweg? »Willst du …?«

»Nein«, sagte Jordan rasch. »Ich wollte nur sichergehen, dass du mit deinem Kater überhaupt in der Lage dazu bist.«

Emma starrte auf ihre Knie. Sie trug nun eine Jogginghose, aber sie fühlte sich so entblößt wie vorhin, als sie nur Unterwäsche angehabt hatte. Über ihre Gefühle zu sprechen, war schwerer, als sie erwartet hatte, aber sie wollte sich nicht mehr verstecken oder Spielchen spielen. »Mein Kopf ist ziemlich wirr, aber das hat nichts mit meinem Kater zu tun.«

Jordan zupfte ein paar lose Fäden vom Rand ihres Gipses ab. »Ich weiß, was du meinst«, murmelte sie, ohne den Blick von ihrem Gips abzuwenden.

Gut. Wenigstens erging es ihnen dann gleich. Ein winziges bisschen Hoffnung keimte in Emma auf. Vielleicht wollten sie ja doch beide dasselbe.

Einen Moment lang wünschte sie fast, sie hätte auch einen Gips, an dem sie zupfen konnte, dann hätte sie gewusst, was sie mit all der nervösen Energie anfangen sollte. »Weißt du«, sagte Emma, als sie die Stille nicht mehr ertrug, »als ich vorhin aufgewacht bin und mir wieder eingefallen ist, was ich gestern Nacht getan habe …«

»Das muss dir nicht peinlich sein«, sagte Jordan.

»Nett von dir, aber ich finde es schon ziemlich peinlich. Aber das ist nicht der Grund, warum ich dir sagen wollte, dass wir es einfach vergessen sollten.«

Jordan drehte den Kopf und musterte sie. »Sondern?«

Emmas Anspannung nahm zu, bis ihre Sehnen und Muskeln zum Zerreißen gespannt schienen. Sie holte Luft. Im Zoo war Jordan die Mutige von ihnen gewesen, aber Emma hatte ihr praktisch den Mund verboten und nun war sie an der Reihe, ein Risiko einzugehen. »Aber das haben wir nun schon öfter gesagt. Und irgendwie scheint es nicht zu funktionieren.«

»Nein«, sagte Jordan bedächtig, »es scheint kein bisschen zu funktionieren.«

Einen Moment lang saßen sie schweigend da, bis Emma sagte: »Kann ich … kann ich dich mal was fragen?«

Jordan leckte sich die Lippen. »Ähm, klar.«

Die Spannung zwischen ihnen war so spürbar, dass sie sich fast zu einer Wolke zu materialisieren schien.

»Was du im Zoo gesagt hast … dass du möchtest, dass es mich etwas angeht, mit wem du schläfst … was genau hast du damit gemeint?« Emma beobachtete Jordan gebannt, weil sie ihre Reaktion nicht verpassen wollte.

»Ich …« Jordan zupfte mehrere Mullfasern von ihrem Gips. Wenn das so weiterging, musste der Gips nicht im Krankenhaus entfernt werden, sondern Jordan würde ihn Fädchen für Fädchen gleich an Ort und Stelle auseinandernehmen. »Ich weiß es nicht. Ich habe es gesagt, ohne groß darüber nachzudenken.«

»Oh.« Emma wandte den Blick ab, weil sie nicht wollte, dass Jordan erkannte, wie enttäuscht sie war. »Dann hast du es nicht ernst gemeint?«

»Nein. Ich meine, doch. Himmel, Emma, ich bin so verwirrt, dass ich nicht weiß, wo oben und wo unten ist. Das Einzige, was ich sicher weiß, ist, dass da etwas zwischen uns läuft … und zwar mehr als nur sexuelle Anziehung oder Lust. Und ich bin mir ziemlich sicher, dass ich nicht die Einzige bin, die so fühlt.« Jordan schielte aus dem Augenwinkel zu ihr. Zum ersten Mal, seit Emma sie kannte, wirkte sie fast schüchtern. »Oder doch?«

Emmas Hals war so trocken, dass sie sich erst mal räuspern musste, bevor sie sprechen konnte. Oder vielleicht brauchte sie die kurze Verzögerung, um allen Mut zusammenzunehmen und trotz ihrer Ängste ihr Herz zu riskieren. »Nein«, brachte sie heraus. »Nein, du bist nicht die Einzige. Aber du hast mir mal gesagt, du könntest dir nicht vorstellen, jeden Tag bis zum Ende deines Lebens dasselbe Dessert zu essen. Und das konnte ich akzeptieren, solange wir nur Freunde waren, aber jetzt …« Sie seufzte. »Ich kann nicht aus meiner Haut. Es mag altmodisch sein, aber … ich bin eine Ein-Cupcake-Frau. Wenn ich ein Dessert finde, das ich mag, dann will ich nicht noch alle anderen durchprobieren und ich will auch nicht, dass mein Lieblingscupcake von anderen Leuten angeknabbert wird.«

Jordan schluckte hörbar. Sie drehte sich ein wenig auf der Couch, um Emma ins Gesicht sehen zu können. »Und … und du glaubst, dass ich dein Lieblingscupcake sein könnte?«

»Als ich hierhergezogen bin, war ich nicht auf der Suche nach … einem Cupcake. Nach allem, was zwischen mir und Chloe vorgefallen ist, dachte ich, ich würde mich eine Weile von Desserts fernhalten. Selbst wenn ich auf der Suche gewesen wäre, hast du anfangs nicht wie die Sorte Dessert gewirkt, die mir schmecken würde.«

»Aber?«, hakte Jordan nach.

Der hoffnungsvolle Ausdruck in ihren Augen gab Emma den Mut, fortzufahren. »Aber du überraschst mich immer wieder.«

»Auf eine positive Weise?«

»Auf eine sehr positive Weise.« Ein Kloß entstand in Emmas Hals, sodass sie erst nach ein paar Sekunden weitersprechen konnte. »Du bist klug, selbstbewusst und viel sensibler und zuverlässiger, als die meisten Leute denken. Außerdem bringst du mich zum Lachen und ich fühle mich sicher bei dir wie bei niemandem sonst.«

»Vergiss nicht, dass ich auch total heiß bin«, scherzte Jordan, wohl um die Anspannung zu mildern.

Emma lächelte. »Na schön, ich geb's zu. Du siehst auch ganz okay aus.«

Beide lachten, aber es klang nervös.

»Während der letzten Wochen habe ich festgestellt, dass du in mancher Hinsicht eben doch genau die Sorte Cupcake bist, die ich mir wünsche«, sagte Emma. Es war schwer, das zuzugeben, sogar sich selbst gegenüber. So dicht an Perfektion heranzukommen, sie aber doch nie zu erreichen … Das tat weh. Sie seufzte und zwang sich, weiterzusprechen. »In vielen Dingen scheinen wir so gut zueinander zu passen. Wir sind beide ordnungsliebend und mögen dieselben Bücher und ich finde es toll, wie sehr du mich und meine Karriere unterstützt, und du kannst super mit Molly umgehen und …« Sie bremste sich, als sie merkte, dass sie ins Quasseln kam. »Aber in einer sehr wichtigen Hinsicht, sind wir leider ganz und gar nicht kompatibel. Ich will den Rest meines Lebens nur einen einzigen Cupcake genießen und du willst am liebsten die ganze Bäckerei kosten.«

Jetzt, da es endlich raus war, ließ ihre Anspannung etwas nach und sie sank gegen die Couchlehne. Zögernd schielte sie zu Jordan hinüber, um ihre Reaktion zu sehen.

Jordans Gesichtszüge waren ständig in Bewegung. Die Muskeln unter ihrer glatten Haut spielten und Emotionen huschten so rasch über ihr Gesicht, dass

Emma keine einzelne davon identifizieren konnte. Jordan öffnete den Mund, schloss ihn wieder, räusperte sich und sagte dann endlich: »Das trifft es ziemlich gut.«

Tränen brannten in Emmas Augen. Sie ließ ihren hämmernden Schädel zurück gegen die Couch fallen. »Ja.« Leider war es so.

»Zumindest hätte es vor sechs Wochen noch ziemlich gut beschrieben, was ich mir vom Leben wünsche: eine Kostprobe von allem, was die Bäckerei zu bieten hat. Mich mit vielen verschiedenen Frauen zu vergnügen und von der einen oder anderen auch ein zweites Mal zu kosten, wenn sie mir besonders gut gefallen hat.«

Emmas Magen zog sich zusammen. Musste sie die Details wirklich hören?

»Beziehungen bedeuten immer Kompromisse und Opfer, zumindest hab ich das immer so gesehen. So war es bei meiner Mutter, die vieles aufgegeben hat, als sie meinen Vater heiratete. So war es sicher bei dir, als Molly geboren wurde.«

»Ist schon okay«, sagte Emma. So weh es auch tat, sie wusste, sie musste Jordans Entscheidung akzeptieren. »Du brauchst nicht weiterzusprechen. Ich verstehe, dass du dich nicht auf etwas Langfristiges einlassen kannst oder willst und …«

Jordan berührte ihren Arm, bevor sie ihre Hand wieder zurückzog. »Lass mich aussprechen. Ich muss es loswerden, bevor mein Gehirn mir aus lauter Panik den Dienst versagt«, sagte sie mit einem schiefen Lächeln.

Also hatte auch sie Angst. Emma hätte sie am liebsten in den Arm genommen und getröstet, aber sie wusste, sie mussten jetzt darüber reden, bevor eine von ihnen von Panik überwältigt davonlief.

»So habe ich das immer gesehen: Freiheit im Vergleich zu Kompromissen und Opfern. Nicht schwer, da eine Wahl zu treffen. Ich dachte, ich hätte meine Entscheidung fürs Leben getroffen. Aber das hier«, sie klopfte auf ihren Gips, »hat mich gezwungen, mal eine Pause zu machen und meine Entscheidungen zu überdenken. Langsam begreife ich, was meine Mutter immer zu erklären versucht hat. In Beziehungen geht es nicht immer nur um Kompromisse und Opfer. Es geht auch um gegenseitige Unterstützung und Intimität und darum, miteinander zu wachsen und gemeinsam das Beste aus allem zu machen.«

»Nicht alle Beziehungen sind so«, konnte sich Emma nicht verkneifen zu sagen, als sie sich an den Moment erinnerte, in dem sie ihr Schlafzimmer betreten und Chloe mit ihrer Assistentin erwischt hatte. »Aber im Idealfall schon.«

»Ich beginne also langsam, mich zu fragen …« Jordan zögerte und fuhr mit der gesunden Hand durch ihr kurz geschnittenes Haar. »Sind diese kurzen Abenteuer wirklich das, was ich will? Oder klammere ich mich nur daran, weil ich so an sie gewöhnt bin?«

Emma wagte kaum zu atmen, während sie darauf wartete, dass Jordan fortfuhr. Wenn Jordan wirklich nicht mehr mit kurzen Abenteuern zufrieden war, was wollte sie dann? Sie fragte nicht, denn sie spürte, dass Jordan Zeit brauchte, selbst eine Antwort zu finden.

Jordan hob den Blick zu Emma. Ihre dunklen Augen waren voller Emotion. Langsam nahm sie Emmas Hand. Ihre Finger waren schweißfeucht, aber Emma griff trotzdem sofort fest zu. »Am Samstag, als ich diese Frau mit nach Hause gebracht habe … Ich konnte es einfach nicht tun. Sie war attraktiv, aber ich wollte nicht mit ihr schlafen. Alles, woran ich denken konnte, warst du. Ich glaube …« Sie umklammerte Emmas Hand fester. »Was ich will, bist du.«

Emma wollte in Jordans Arme sinken, aber sie musste sich erst ganz sicher sein. Sie wollte, dass Jordan sich ganz sicher war. »Du glaubst es?«

»Ich will dich«, sagte Jordan. Nun klang sie viel bestimmter. »Und nicht nur für eine Nacht.«

Ein Laut, der fast wie ein Wimmern klang, entfuhr Emma. Einen Moment lang glaubte sie, sie würde gleich in Freudentränen ausbrechen, aber sie hielt sich zurück. »Wenn wir das machen, dann richtig, Jordan. Dann will ich mehr als das, was du mit Simone hast.«

»Ich kann nicht versprechen, dass ich eine gute feste Freundin sein werde.« Jordans Hand in ihrer zitterte. »Ich bin sogar ziemlich sicher, dass ich dich ein paarmal ziemlich enttäuschen werde, bis ich ein wenig Übung darin habe.«

»Das ist okay«, sagte Emma und drückte sanft ihre Hand. »Solange du mich nicht auf dieselbe Art enttäuschst wie Chloe.«

»Nie im Leben.« Es brach aus Jordan heraus wie ein leidenschaftlicher Schwur. »Wie ich schon sagte, ich würde dich nie betrügen.«

»Gut.« Emma legte ihre freie Hand auf Jordans. »Außerdem bin ich zweiunddreißig, geschieden und Mutter. Ich will ohnehin keine feste Freundin.«

Jordan riss die Augen auf. »Was willst du dann?«

»Was ich mir wünsche, ist eine Partnerin«, sagte Emma so bestimmt, wie ihre zitternde Stimme das zuließ. »Bekommst du das hin?«

»Keine Ahnung. Aber zum ersten Mal in meinem Leben möchte ich es herausfinden. Es jagt mir eine Heidenangst ein, aber ich schätze, wir können genauso gut auch zusammen Angst haben.«

Konnte es wirklich so einfach sein? Emma dachte einen Moment lang darüber nach. Tja, vielleicht … sofern sie gewillt war, Jordan einen Vertrauensvorschuss zu geben und ihr Herz zu riskieren. »Okay«, flüsterte sie.

»Okay?«, wiederholte Jordan, ebenfalls im Flüsterton.

»Okay«, sagte Emma erneut.

Beide lächelten, zuerst zögerlich, doch dann wurde rasch ein breites Grinsen daraus.

Emmas Herz trommelte in einer Mischung aus Panik und Freude gegen ihre Brust. Oh Gott! Vermutlich war es verrückt, aber … Sie würden es wagen!

Und deshalb konnte sie nun endlich auch dem Verlangen nachgeben, das sie schon seit Wochen bekämpfte und das auch letzte Nacht nicht erfüllt worden war. »Küss mich.«

Jordans Blick glitt sofort zu Emmas Mund. »Ich würde ja darüber diskutieren, wer in der Beziehung die Chefin ist und die Kommandos gibt …« Sie schüttelte den Kopf, als könnte sie nicht fassen, dass sie tatsächlich in einer Beziehung war, bevor sie fortfuhr: »Aber eigentlich …« Sie beugte sich Emma entgegen. »… ist es mir …« Sie kam noch näher. »… völlig egal, solange ich …« Ihr warmer Atem streifte Emmas Mund, sodass sie vergaß zu atmen. »… dich nur küssen kann.«

Dann trafen sich ihre Lippen in einem Kuss, der zärtlicher war als der in der Garage. Jordans Mund liebkoste Emmas, bis sie gegen Jordan sank. Sie war froh, dass sie bereits saß, denn ihre Beine hatten die Fähigkeit verloren, sie aufrecht zu halten. Ihr gesamter Körper war nur auf eine Sache konzentriert: das Gefühl von Jordans seidenweichen, warmen Lippen auf ihren.

Sie ließ ihre Hände über Jordans Rücken gleiten, strich mit den Fingern durch ihr Haar und zog sie näher.

Jordan neigte den Kopf, sodass ihr Mund sich noch perfekter an Emmas anpasste. Der Druck ihrer Lippen nahm zu. Sie knabberte an Emmas Unterlippe und neckte ihren Mundwinkel mit der Zunge.

Emma öffnete ihren Mund und stöhnte. Ihr Körper schien zu überhitzen, als ihre Zungen übereinander glitten. Verlangen überkam sie und sie versuchte, sich an Jordan zu drücken, um mehr von ihr zu spüren. *Langsam, langsam,* sagte sie sich selbst. *Das ist neu für uns beide.*

Aber ihr Körper brauchte eine Weile, bis er der Anweisung folgte.

Beide wichen gleichzeitig zurück und lehnten schwer atmend die Köpfe aneinander.

»Gott«, murmelte Emma, als sie wieder in der Lage war zu sprechen. »Das war …«

»Wenn du jetzt ›ganz okay‹ sagst, dann muss ich dich weiter küssen, bis dir eine bessere Beschreibung einfällt«, sagte Jordan mit heiserer Stimme. »Und du weißt ja, wie ehrgeizig ich bin. Du könntest zu spät kommen, um Molly abzuholen.« Ihre Stimme wurde noch tiefer. »Sehr viel zu spät.«

Ihr Tonfall brachte Emmas gesamten Körper zum Kribbeln. »Ist das eine Drohung oder ein Versprechen?«

Jordans Blick schien zu lodern. »Beides.«

Emma beugte sich vor und küsste sie erneut. Der Kuss war definitiv viel mehr als nur ganz okay. Gott, sie hätte diese Frau stundenlang … jahrelang … bis in alle Ewigkeit küssen können.

Hey, langsam, schon vergessen? Sie knabberte ein letztes Mal an Jordans vollen Lippen und lehnte sich dann zurück.

Flüssiges Lava schien durch ihre Adern zu fließen. Sie fühlte sich wundervoll, besser als seit vielen Jahren. Dann fiel ihr noch etwas auf: Ihr Kopf hämmerte nicht mehr, nur noch ihr Herz und eine ganz bestimmte Stelle zwischen ihren Beinen. Sie begann zu lachen. »Ich glaube, wir haben ein Katerheilmittel gefunden, Dr. Williams.«

Jordan warf ihr eines der selbstbewussten Grinsen zu, die Emma so unwiderstehlich fand. »Tja, was soll ich sagen? Wir Chirurginnen haben talentierte Hände. Und wie's aussieht auch talentierte Lippen.«

»Diese eine Chirurgin«, flüsterte Emma und hauchte einen Kuss auf besagte Lippen. »Nur diese eine Chirurgin. Und komm bloß nicht auf die Idee, dieses Katerheilmittel der Allgemeinheit zur Verfügung zu stellen.«

»Nie im Leben«, flüsterte Jordan und dann fand sie eine bessere Methode, ihre Münder beschäftigt zu halten.

Jordan lehnte im Türrahmen des Schlafzimmers und sah zu, wie Emma ihre Jogginghose auszog und in eine Jeans schlüpfte. Ihre Lippen verzogen sich zu einem Lächeln. Wie ironisch. Normalerweise hätte sie die Frau, mit der sie zusammen war, längst nackt im Bett gehabt, aber bei Emma war alles anders.

Sie konnte noch immer nicht fassen, wie anders alles war. Sie, Jordan Williams, war in einer richtigen Beziehung! Wenn ihr das jemand vor einigen Wochen gesagt hätte, sie hätte sich schlapp gelacht.

Aber nun war ihr nicht mehr zum Lachen zumute, ganz im Gegenteil. Jedes Mal, wenn sie näher darüber nachdachte, überkam sie ein Anflug von Panik, den selbst Emmas Küsse nicht vollständig verhindern konnten.

Den Vormittag über hatten sie nur drei Dinge getan: Kaffee zu trinken, dann zu Mittag zu essen und sich immer wieder zu küssen, manchmal zärtlich, manchmal mit zunehmender Leidenschaft. Weiter waren sie nicht gegangen. Es langsam angehen zu lassen und ihre Hände nicht zu sehr wandern zu lassen, war schwer und zugleich die einfachste Sache gewesen, die sie je getan hatte. Auch wenn ihr ganzer Körper danach schrie, Emma zu berühren, so war es doch nicht dasselbe Verlangen wie sonst.

Dies war keine Herausforderung, keine einmalige Gelegenheit, die sich nur heute Nacht bot. Emma war keine Frau, die sie erobern und verführen wollte. Stattdessen wollte Jordan jeden Zentimeter ihres Körpers so verehren, wie sie es verdiente.

Oh Mann. Sie schüttelte den Kopf über sich selbst. Erst wenige Stunden in einer Beziehung und schon klang sie total schnulzig.

Emma zog ihre Schuhe an und drehte sich dann zu ihr um. Ihre Lippen waren leicht geschwollen von all den Küssen, die sie ausgetauscht hatten. Bei diesem Anblick wollte Jordan sie sofort erneut küssen. Würde irgendjemand die geröteten Lippen bemerken und nachfragen? Wenn ja, was würde Emma antworten?

Jordan hatte keine Ahnung, wie das alles funktionierte.

Emma blieb in zwei Meter Entfernung stehen. »Ich habe noch ein paar Minuten, bevor ich losmuss, um Molly abzuholen. Können wir reden?«

Oh, oh. Es hatte nicht lange gedauert, bis sie die meistgefürchteten Worte in einer Beziehung zu hören bekam. Hatte sie etwas falsch gemacht? Himmel, seit wann war sie so unsicher? »Äh, klar.«

Sie setzten sich wieder auf die Couch, die mittlerweile Jordans liebstes Möbelstück geworden war.

»Also …« Emma zog ein Bein an und schlang die Arme darum, als bräuchte sie diesen Schild zwischen ihnen. »Sind wir … ähm, sind wir jetzt offiziell zusammen? Erzählen wir den Leuten von uns?«

»Natürlich«, sagte Jordan, ohne überhaupt darüber nachzudenken. »Ich dachte, das willst du.« Oder doch nicht? Sie hatte immer gedacht, sie verstände die Frauen und wüsste genau, was sie wollten, aber nun …

Emmas Bein glitt zu Boden. »Ja.« Sie ließ sich erleichtert zur Seite fallen, sodass ihre Schulter gegen Jordans ruhte. »Genau das will ich. Ich wusste nur nicht, ob du es auch willst. Ich dachte, vielleicht brauchst du etwas mehr Zeit, um dich an den Gedanken zu gewöhnen.«

Jordan grinste sie an. »Ich war immer der Typ, der das Pflaster lieber schnell abreißt und es hinter sich bringt.«

»Ein Pflaster abreißen?« Emma hob die Brauen. Doch ihr Ton war neckisch und die kupferfarbenen Sprenkel in ihren Augen glitzerten schelmisch. »Ist das der beste Vergleich, der dir für uns einfällt?«

»Tja, mir würde sicher etwas einfallen, was romantischer ist, aber das Problem ist, jedes Mal, wenn ich in deiner Nähe bin, hört mein Gehirn auf zu funktionieren und alles, woran ich denken kann, ist …«

Dann küssten sie sich erneut und ihr Gehirn hörte auf zu funktionieren und alles, was sie dachte, war *mehr* und *so weich* und *Gott, ja.*

Als der Kuss endete, konnte sie sich kaum noch daran erinnern, worüber sie gesprochen hatten.

»Äh, was hattest du eben gesagt?« Emma sank gegen die Couchlehne und sah aus, als hätte sie Probleme, die Augen zu fokussieren.

Jordan lächelte stolz. »Ich habe gesagt …« Ja, was eigentlich? Ach ja, nun fiel es ihr wieder ein. »Dass ich damit einverstanden bin, es allen zu sagen. Ein Teil von mir will es stolz von allen Dächern rufen.« Sie lachte über sich selbst.

»Oh, nein«, sagte Emma sofort. »Du kletterst mir nicht auf Dächer oder Bäume oder auf sonst etwas.« Sie streichelte Jordans eingegipsten Arm. »Ich habe ein ganz persönliches Interesse daran, sicherzugehen, dass du dir nicht noch mal die Hand verletzt.«

Ihr Tonfall und das Verlangen in ihren Augen ließ ein Feuer in Jordan auflodern. Sie stieß ein Knurren aus. »Wie viel Zeit bleibt uns, bis du gehen musst?«

»Nicht genug Zeit dafür«, sagte Emma mit einem kehligen Lachen. »Falls … wenn wir weitergehen, dann will ich die ganze Nacht Zeit haben, um jeden Zentimeter von dir zu küssen und zu streicheln.«

Jordan schloss die Augen, kämpfte um mehr Selbstkontrolle und öffnete die Augen dann wieder. »Oh Gott, das will ich auch.«

Sie sahen einander in die Augen, bis Emma sich losriss. »Wenn es für dich okay ist, würde ich gern noch ein wenig damit warten, zumindest bis wir es Molly gesagt haben. Ich will nicht, dass sie davon erfährt, indem sie uns beim Küssen oder im Bett ertappt oder so etwas.«

»Ja, natürlich«, sagte Jordan, auch wenn sie normalerweise nicht so lange wartete, bis sie mit einer Frau schlief. Aber Emma war es wert, auf sie zu warten.

»Danke«, murmelte Emma und küsste sie ein letztes Mal, bevor sie aufstand. »Ich muss Molly abholen gehen.«

Jordan folgte ihr auf etwas wackeligen Beinen zur Tür. »Bist du sicher, dass du fahren kannst? Ich könnte sie auch abholen.«

Emma schüttelte den Kopf. »Nach deinem Wundermittel geht es mir gut.« Sie zwinkerte Jordan zu. »Außerdem würden die Kindergärtnerinnen dir Molly nicht mitgeben. Ich muss dich erst auf die Liste der autorisierten Leute setzen.«

Wow. Jordan schwirrte der Kopf. War das der erste Schritt dazu, Mollys Stiefmutter zu werden? War sie dazu bereit?

»Und du? Bist du okay?« Emma hob die Hand und streichelte Jordans Wange. »Du wirkst ein wenig …«

»Alles okay«, sagte Jordan. Wenigstens hoffte sie das. Sie lehnte ihre Wange in die Berührung. »Soll ich heute Abend vorbeikommen, damit wir Molly von uns erzählen können?«

Emma zögerte und ließ ihre Hand sinken. »Ich fände es toll, wenn du mit uns zu Abend isst, aber vielleicht könnten wir noch ein wenig warten, bevor wir es Molly sagen. Erst der Umzug, ihre andere Mutter kaum noch zu sehen, sich an einen neuen Kindergarten und neue Freunde gewöhnen müssen ... Das ist ziemlich viel für eine Sechsjährige. Ich will sie nicht auch noch mit einer neuen Beziehung überwältigen, bevor sie die anderen Neuerungen verkraftet hat.«

Emma war die Expertin, was das Wohlergehen ihrer Tochter anging, also nickte Jordan. »Sag einfach Bescheid, wenn du glaubst, dass Molly so weit ist, damit ich mich auf die Unterhaltung vorbereiten kann.«

»Du«, Emma tippte ihr auf die Nase und beugte sich vor, um sie kurz zu küssen, »bist einfach zu süß.«

Statt zu antworten, vertiefte Jordan den Kuss.

Kapitel 21

Am Freitagnachmittag ging Jordan zu Barbaras Haus hinüber.

Barbs Gehstock lehnte an der Bank vor dem Haus, während sie dabei war, Kaffeesatz gemischt mit Holzasche um ihre Rosensträucher herum zu streuen, so wie sie das alle paar Wochen tat. Als sie Jordan kommen sah, richtete sie sich ächzend auf und wischte ihre Hände an ihrer Gartenschürze ab. »Hallo, Fremde. Ewig nicht gesehen.«

»Ewig? Schon vergessen, dass ich dich am Montag vom Bingo abgeholt habe?«

Barbara schnalzte mit der Zunge. »In meinem Alter zählt das als Ewigkeit. Ist bei dir alles in Ordnung?«

Hitze strömte Jordans Hals hinauf. »Alles okay. Sehr okay sogar.« Sie hatte den Großteil der Woche mit Emma und Molly verbracht, mit ihnen gegessen und die Babysitterin gespielt. Gott, es war so häuslich. Es überraschte sie noch immer, wie sehr sie das genoss. Vor zwei Monaten hätte sie es vollkommen langweilig gefunden. Oder vielleicht stimmte das gar nicht. Vielleicht hatte sie immer nur angenommen, es langweilig zu finden.

Sie nahm Barbara die lange Gartenkralle aus der Hand und schickte sie zum Ausruhen auf die Bank, während sie das Asche-Kaffeesatz-Gemisch umgrub. Mit nur einer gesunden Hand war es ziemlich mühsam, aber wenigstens lenkte es sie von ihrer Nervosität ab. »Ich … ähm, habe diese Woche ziemlich viel Zeit mit Emma verbracht.«

»Ach ja?« Barbara musterte sie mit eindringlichem Blick.

»Ja.« Jordan drehte die Gartenkralle mit vollem Körpereinsatz im Boden. »Sie und ich … Wir sind uns nähergekommen.« *Oh Mann.* Sie hätte sich ohrfeigen können. Das klang wie ihr stotterndes Coming-out, als sie mit fünfzehn ihren Schwestern erzählt hatte, dass sie auf Frauen stand.

»Nähergekommen?«, wiederholte Barb und hob ihre silbernen Brauen. »Du meinst, so wie du und Simone?«

»Nein. Ich meine …« Jordan wischte sich die schweißfeuchte Stirn. Sie schluckte den Kloß in ihrem Hals hinunter und suchte nach einem Vergleich, den Barbara verstehen würde. »So wie du und Monty.«

Barb riss die Augen auf. Dann sprang sie so schnell von der Bank auf, als wäre sie vierundzwanzig statt vierundsiebzig. Die Gartenkralle fiel zu Boden, als sie Jordan umarmte. »Ich freue mich sehr für dich. Für euch beide.«

Jordan hatte das Gefühl, dass sie beide grinsten wie zwei Verrückte. »Danke.« Sie räusperte sich. »Wir lassen es langsam angehen, deshalb haben wir noch nicht …«

»Ach, das ist schon okay, Liebes.« Barb tätschelte ihre Wange. »Als ich jung war, sind die Leute auch nicht sofort miteinander ins Bett gegangen und niemand ist an unerfülltem Verlangen gestorben.«

Zum zweiten Mal innerhalb weniger Minuten fühlte Jordan, wie ihre Wangen heiß wurden. »Nein, nein, das meinte ich nicht. Obwohl wir es, was das angeht, auch langsam angehen lassen. Ich wollte eigentlich sagen, dass wir Molly noch nicht von uns erzählt haben.«

Barb hob die Hand zum Mund und kicherte wie ein junges Mädchen. »Keine Sorge. Von mir erfährt sie es nicht. Aber ihr habt doch sicher vor, es ihr zu sagen, oder?«

»Natürlich. Es ist mir wichtig, alles richtig zu machen«, sagte Jordan, den Blick zu Boden gerichtet. »Deshalb wollte ich Emma auch um ein Date bitten. Ich meine, wegen Molly geht sie kaum aus und das letzte Mal, als sie in einem netten Restaurant war, musste sie früher als geplant nach Hause kommen, weil Molly krank wurde. Meinst du, das könnte ihr gefallen?«

Barb drückte ihre gesunde Hand. »Ich bin sicher, sie wird begeistert sein.«

»Könntest du …? Meinst du, du könntest auf Molly aufpassen, während wir ausgehen?«

»Natürlich«, sagte Barb sofort. »Wann?«

»Wäre morgen zu kurzfristig?« Sie konnte es nicht erwarten, Emma auszuführen.

Barb lächelte. »Morgen passt mir gut, Liebes. Ich werde Kekse und Bilderbücher mitbringen.«

Jordan bückte sich und küsste Barbs faltige Wange. »Danke.«

Emma summte zufrieden und kuschelte ihre Wange an Jordans Schulter. Eine Hängematte für zwei war der Himmel auf Erden, auch wenn es nicht einfach gewesen war, hineinzuklettern, ohne dass Jordan dabei auf dem Boden landete.

Aber manche Dinge waren das Risiko wert – und das galt nicht nur für das allabendliche Kuscheln in der Hängematte.

Die friedliche Stimmung wurde gestört, als Jordan begann, herumzuzappeln. Die Hängematte schaukelte wild.

Grunzend öffnete Emma die Augen und hob den Kopf von Jordans Schulter. »Was machst du denn?«

Jordan erstarrte. Sie hatte einen Zweig vom Boden aufgehoben und ihn in ihren Gips geschoben, um sich zu kratzen.

»Jordan!« Emma nahm ihr den Zweig weg, zerbrach ihn und warf die Stücke ins Gebüsch. »Du bist Ärztin! Du weißt genau, dass du so etwas nicht tun solltest. Was, wenn du dich dabei verletzt?«

»Aber es juckt wie verrückt«, grummelte Jordan und benutzte nun den kleinen Finger ihrer gesunden Hand, um im Gips zu kratzen.

Emma nahm ihre Hand, um sie davon abzuhalten. »Die Zeiten, in denen du jedem Impuls sofort nachgeben konntest, wenn es irgendwo gejuckt hat, sind vorbei.«

Jordan stellte den Versuch ein, sich zu kratzen, und hob den Kopf. Ihr Gesicht war ganz nah an Emmas. »Ach ja?«

»Ach ja. Außer, ich bin diejenige, die dich kratzt.«

Jordans Mund bedeckte ihren, kaum dass sie den Satz ausgesprochen hatte.

Emma stöhnte ihn Jordans Mund, als ihre Zungen sich trafen. Sie fühlte, wie ihr das T-Shirt aus der Hose gezogen wurde und eine warme Hand ihre Seite hinaufwanderte. Mit einem erneuten Stöhnen presste sie sich an Jordan, streichelte ihren Körper und umfasste durch Jordans T-Shirt hindurch eine ihrer weichen Brüste.

Mmmm. Das fühlte sich gut an.

Die Welt um sie herum schien sich zu drehen und sie brauchte einen Moment, um zu begreifen, dass es kein Effekt ihrer Leidenschaft war, sondern die Hängematte.

Keuchend fuhren sie auseinander und stabilisierten schnell die Hängematte, bevor sie noch beide auf dem Boden landeten.

»Du …« Sie küsste Jordans warme Schulter durch das T-Shirt hindurch. »… bist gefährlich.«

»Ich? Du warst doch diejenige, die mir an die Brust gefasst hat.«

»Beschwerst du dich etwa?«

»Nein. Auf gar keinen Fall.«

Emma fühlte, wie Jordans Lippen ein Lächeln dicht an ihrer Haut formten, bevor sie Emma auf die Stirn küsste.

Sie machten es sich wieder bequem, aber schon bald begann Jordan erneut, herumzuzappeln.

»Hör auf, dich zu kratzen!«

»Ich kratze nicht. Diesmal liegt es an …«

Ihre Stimme klang so angespannt, dass Emma aufsah und ihr eine Hand auf die Brust legte. »Was ist los?«

»Ähm, ich habe mich gefragt … Na ja, morgen ist Samstag und Barb hat gesagt, sie würde gern auf Molly aufpassen …«

Das nervöse Gestammel brachte Emma zum Lachen. Sie liebte diese schüchterne Seite von Jordan, denn sie wusste, dass keine andere Frau sie je zu Gesicht bekommen hatte. Sie hatten Jordan nur als selbstbewusste Verführerin erlebt.

»Also …« Jordan räusperte sich. »Würdest du morgen Abend mit mir ausgehen? Ich dachte, wir könnten nach Pasadena fahren und dort zu Abend essen und …«

Emma stoppte ihr Geplapper mit einem Kuss. »Ja«, hauchte sie gegen Jordans Lippen.

»Ja?«

»Ja«, sagte Emma. »Hast du je an meiner Antwort gezweifelt?«

Jordan neigte den Kopf zur Seite. »Na ja, das letzte Mal, als ich dich nach einem Date gefragt habe, hast du mir innerhalb von zwei Sekunden einen Korb verpasst.«

Emma lachte, als sie sich an den Tag ihres Einzugs erinnerte. Schwer zu glauben, dass es erst sieben Wochen zurücklag. Die Frau, die mit ihr in der

Hängematte lag, schien so anders zu sein als die arrogante Frauenheldin, die sie auf einen Kaffee eingeladen hatte.

»Wohin gehen wir denn?«, fragte sie.

Jordan schüttelte den Kopf. »Das verrate ich nicht. Es soll eine Überraschung sein.«

»Ach, komm schon. Wie soll ich sonst entscheiden, was ich zu unserem Date anziehen soll, wenn ich nicht weiß, wohin wir gehen?«

»Zieh einfach etwas Bequemes an«, sagte Jordan. Zwinkernd fügte sie hinzu: »Hauptsache, es ist sexy. Ich hole dich um sieben ab, wenn das okay ist.«

Emma nickte. »Sieben hört sich gut an.« Sie würde es in ihren Terminplaner eintragen, diesmal mit roter Tinte. Aber zuerst musste sie herausfinden, wohin sie gehen würden. Vielleicht konnte sie Jordan mit Küssen bestechen. Entschlossen setzte sie dazu an, es zu versuchen.

Emma ging das Date ganz entspannt an. Immerhin würde sie mit Jordan ausgehen und sie hatten während der vergangenen sechs Wochen oft zusammen zu Abend gegessen. Kein Grund zur Aufregung.

Doch als es an der Zeit war, sich fertigzumachen, konnte sie sich nicht länger etwas vormachen. Ein richtiges Date war etwas ganz anderes als mit Molly als Anstandsdame Spaghetti zu essen. Sie würde nicht mit Jordan der Freundin von nebenan zu Abend essen, sondern mit der Jordan ausgehen, die sie atemlos machte.

Emma zog ein Outfit nach dem anderen aus dem Schrank, verwarf aber jedes. Keines davon war sexy genug, während es gleichzeitig so aussah, als hätte sie wahllos in den Kleiderschrank gegriffen und einfach das erstbeste angezogen. Bald lag der gesamte Inhalt ihres Schranks aufgetürmt auf ihrem Bett und sie stand kurz davor, in kompletter Panik auf dem Stapel zusammenzubrechen.

Sie war seit über zehn Jahren nicht mehr auf einem Date gewesen. Wenn man das verkürzte Abendessen mit Wendy außer Acht ließ, war sie zuletzt mit Chloe ausgegangen und das half ihrem Selbstvertrauen nicht gerade, in Anbetracht dessen, wie ihre Beziehung geendet hatte.

Verzweifelt griff sie zum Telefon. Wen sollte sie anrufen?

Während der letzten Wochen war Jordan zu der Person geworden, die sie anrief, wenn sie Rat brauchte, aber das kam diesmal nicht infrage.

Lori. Ihre bodenständige Freundin war immer eine gute Ratgeberin gewesen.

Sie tippte auf den Kontakt in ihrem Adressbuch und hob das Telefon ans Ohr, während sie im Schlafzimmer auf und ab schritt. Sobald Lori abnahm, platzte sie heraus: »Ich habe ein Date.«

Einen Moment lang war es still in der Leitung. »Dir auch einen schönen Tag. Mir geht es bestens und in Portland regnet es. Danke der Nachfrage.« Dann hielt Lori inne. Ihr begeistertes Kreischen ließ Emma den Hörer vom Ohr reißen, um ihr Hörvermögen zu retten. »Hast du eben gesagt, du hast ein Date? Das ist ja großartig. Siehst du? Habe ich es nicht gleich gesagt? Solange du es langsam angehen lässt und einen Schritt nach dem nächsten machst, ist alles bestens.«

Emma atmete scharf ein. »Tja, wirklich langsam lassen wir es nicht angehen. Fühlt sich mehr so an, als würden wir kopfüber von einer Klippe springen, während es um uns herum stockfinster ist.«

Etwas knarrte, vermutlich, als Lori sich auf ihre Couch fallen ließ. »Sag nicht, du hast schon mit ihr geschlafen!« Sie lachte. »Gut gemacht, Tiger! Es ist deine heiße Nachbarin, stimmt's?«

»Nein! Ja. Ich meine …« Emma hätte sich ebenfalls aufs Bett geworfen, wollte aber ihren Klamottenstapel nicht zerknittern. »Ja, es ist Jordan, aber es ist anders, als du denkst. Sie ist anders.«

»Anders als was?«

»Anders als ich dachte. Sie ist rücksichtsvoll und lustig und so verdammt charmant und jetzt hat sie mich um ein Date gebeten und mir gesagt, ich soll etwas Bequemes anziehen, so als wäre es ein ganz lockeres, unverbindliches erstes Treffen, aber, Lori, das ist es nicht.« Sie senkte die Stimme zu einem Flüstern, obwohl Molly in ihrem Zimmer war und sich zum hundertsten Mal den Soundtrack von *Frozen* anhörte. »Ich glaube, es könnte etwas ganz Ernstes werden. Die Sorte von ernst, bei der mein Herz in eine Million Stücke zerbrechen könnte.«

Eine ganze Weile lang kam nur Schweigen.

»Lori? Bist du noch da?«

»Ich bin noch da, nur sprachlos. Wow. Das habe ich nicht kommen sehen. Ich dachte, du würdest dich nie wieder auf eine Frau einlassen wollen und ganz bestimmt nicht innerhalb weniger Monate! Was ist passiert?«

»Jordan ist passiert«, sagte Emma und dann ließ sie sich doch aufs Bett sinken, trotz möglicher Falten im Wäschestapel. Sie rollte sich zusammen und vergrub das Gesicht in ihrem Lieblingspulli, der ganz unten lag.

»Aber das ist doch toll, oder nicht? Neue Liebe, romantische Dates, heißer Sex …« Lori seufzte dramatisch. »Das Aufregendste, was mir diese Woche passiert ist, war ein Kerl im Park, der mich mit seinem Frisbee getroffen hat. Er sah nicht mal sonderlich gut aus und er hat mich nur zu einem Kaffee eingeladen, weil er Angst hatte, dass ich ihn verklage. Ich würde das Date mit Mr. Frisbee sofort gegen ein Date mit deiner heißen Nachbarin eintauschen.«

Das brachte Emma zum Lächeln. Sie knurrte spielerisch. »Tut mir leid. Sie gehört allein mir.«

»Ach ja?«, fragte Lori, nun vollkommen ernst.

Emma atmete langsam ein und aus. »Ja«, sagte sie. »Ich glaube schon.«

»Warum dann die Panik?«

»Hallo?« Emma wedelte mit der Hand, obwohl Lori es nicht sehen konnte. »Untreue Exfrau, unschöne Scheidung, ein schreckliches letztes Jahr … Muss ich noch mehr sagen?«

»Ich weiß. Ich versuche nicht, herunterzuspielen, was du durchgemacht hast. Ich hoffe nur, du lässt dich dadurch nicht davon abhalten, dich auf deine heiße Nachbarin einzulassen.«

»Jordan«, sagte Emma. »Ihr Name ist Jordan.«

»Ach, ich weiß nicht. Mir gefällt *heiße Nachbarin*.«

»Mir auch«, murmelte Emma leise. »Mir gefällt sie sogar sehr.«

»Tja, dann ist es beschlossene Sache. Lass uns mal sehen, was du anziehen kannst«, sagte Lori mit effizienter Chefsekretärinnen-Stimme. »Hast du immer noch das Outfit, wegen dem Brendan von der Personalabteilung während der Firmenparty vor zwei Jahren fast seine eigene Hand gegrillt hätte?«

Emma starrte auf den Stapel vor sich. »Ich glaube schon. Irgendwo in dieser Lawine.«

»Wie bitte?«

»Nichts. Ich bin schon auf der Suche.« Sie sprang vom Bett und begann, den Stapel zu durchwühlen. Nur noch eine halbe Stunde, bis Jordan sie abholen würde.

Jordan betrachtete sich im Spiegel. Sie trug ihr liebstes Ausgehoutfit, das ihr immer reichlich Blicke von Frauen einbrachte, selbst von Heteros. Sie grinste ihr Spiegelbild an und wirbelte herum, um sicherzugehen, dass ihr Hintern in dieser Hose auch heute gut aussah.

Oh, ja.

Na siehst du?, sagte sie zu ihrem Spiegelbild. So schwer waren Beziehungen doch gar nicht.

Sie stellte sich vor, wie Emma die nackte Haut streichelte, die der Ausschnitt des V-Kragens frei ließ, so wie manche der Frauen in der Lesbenbar es früher getan hatten.

Die reine Vorstellung einer solchen Berührung sandte heißes Verlangen durch ihren Körper. Doch gleichzeitig fühlte es sich völlig falsch an. Dieses Outfit war der Köder, den sie benutzt hatte, um andere Frauen anzulocken. Sie konnte es nicht auf dem ersten Date mit Emma anziehen.

Grummelnd zog sie es aus, ohne sich damit aufzuhalten, vorsichtig zu sein, um keinen Knopf abzureißen.

Dann stand sie da und starrte in ihren Kleiderschrank. Welches Outfit spiegelte am besten ihre Absichten wider und würde Emma wissen lassen, wie ernst sie es mit ihr meinte?

Ach, verdammt noch mal! Seit wann verschwendete sie so viel Zeit damit, darüber nachzugrübeln, was sie anziehen sollte? *Nimm einfach irgendwas und fertig!*

Doch trotz dieser Ermahnung war es ihr wichtig, gut für Emma auszusehen. Sie wollte, dass Emma stolz war, mit ihr gesehen zu werden.

Schließlich beschloss sie, etwas Bequemes anzuziehen, denn sie wusste, Emma war es wichtig, dass sie ganz sie selbst war. Jordan hatte das Restaurant mit derselben Motivation ausgesucht.

Als sie angezogen war, blickte sie in den Spiegel und war erneut froh, dass sie ihre Haare kurz geschnitten hatte und sich nicht damit aufhalten musste, ihre wilde Mähne zu bändigen. Sie spritzte sich ein wenig CK Be auf den Hals und nahm die Blumen, die sie vorhin besorgt hatte, aus der Vase.

Dann straffte sie die Schultern und marschierte zur Tür. Es war an der Zeit, ihr Date abzuholen. Gut, dass sie direkt nebeneinander wohnten. Das Anziehen hatte so lange gedauert, dass sie ansonsten zu spät gekommen wäre.

Statt so wie sonst durch den Garten zu gehen und an die Terrassentür zu klopfen, ging sie auf die Eingangstür zu. Diesmal wollte sie alles richtig machen, inklusive dem Klingeln.

Himmel, sie fühlte sich wie ein Schuljunge, der seine Begleitung für den Abschlussball abholte. Doch wenigstens würde kein strenger Vater die Tür öffnen.

Sie hörte, wie kleine Füße den Flur entlang trampelten.

»Auf keinen Fall die Tür aufmachen, wenn ich nicht dabei bin«, rief Emma.

»Aber es ist doch Jordan!«, rief Molly.

»Das kannst du nicht wissen. Warte auf mich.«

Das vertraute Hin und Her zauberte ein Lächeln auf Jordans Lippen.

Dann wurde die Tür geöffnet und Jordans Lächeln verblasste, als ihre Lippen stattdessen ein atemloses »Wow« formten.

Wie Jordan trug Emma Jeans, aber anstelle von Jordans lässig-weiter Boot-Cut-Jeans, schien Emmas Hose praktisch an ihrem kurvigen Körper zu kleben. Kniehohe Stiefel betonten ihre attraktiven Beine und das Seidenoberteil gewährte einen Blick auf ihren sexy Ausschnitt, ohne zu viel preiszugeben.

»Blumen«, sagte Jordan und hielt sie Emma entgegen. Sie konnte nicht aufhören zu starren.

Emma leckte ihre Lippen, riss den Blick von Jordans Outfit los und wandte ihre Aufmerksamkeit den Blumen zu. »Drei Sträuße? Nicht, dass ich es nicht zu schätzen wüsste, aber ist das nicht ein wenig viel?«, fragte sie lächelnd.

»Oh. Äh, nein. Dieser hier«, Jordan nickte auf ein Dutzend apricotfarbene Rosen mit pinkfarbenen Spitzen hinab, »ist für dich. Die kleineren Sträuße sind für Molly und Barb.«

»Ah. Das ist nett von dir.« Emma trat auf sie zu. Ihr betörendes Parfüm kitzelte Jordans Nase.

Alles in Jordan verlangte danach, sich hinabzubeugen und Emma zur Begrüßung zu küssen, aber das war in Mollys Anwesenheit keine gute Idee.

Bevor sie entscheiden konnte, wie sie Emma begrüßen sollte, fragte Molly, die hinter Emma hervorlugte: »Blumen? Für mich auch?« Sie schob sich an Emma vorbei, um die Sträuße sehen zu können. »Schau mal, Mami! Ich habe auch Blumen bekommen!«

»Ich weiß. Sind sie nicht hübsch?« Emma streichelte den Kopf ihrer Tochter. »Hast du Jordan schon gedankt?«

Molly schlang die Arme um Jordans Hüften. »Danke für die Blumen.«

»Gern.«

Barbs Lachen drang durch die offene Tür. »Ich sage auch Danke. Sie sind wunderschön. Und du siehst auch nicht schlecht aus.«

»Ja, sie sieht ganz okay aus, nicht?«, fügte Emma hinzu, aber ihr hungriger Blick, der über Jordans Körper glitt, sagte etwas anderes.

»Lass uns gehen, bevor du mein Ego noch ganz ruinierst«, sagte Jordan. So sehr sie es auch genoss, Zeit mit Molly und Barb zu verbringen, sie konnte es kaum abwarten, endlich allein mit Emma zu sein.

Als sie zur Garage gingen, versuchte Emma, einen Schritt hinter Jordan zu bleiben, um sie länger anschauen zu können. Himmel, kein Wunder, dass Frauen ihr nicht widerstehen konnten. Sie sah zum Anbeißen aus!

Jordan trug eine hellblaue Kurzarmbluse, die ihre athletischen Arme zur Geltung brachte. Die zwei obersten Knöpfe waren offen und gaben den Blick auf glatte Haut frei. Ihre dunkelblaue Jeans sah fast wie eine Männerhose aus und ließ die weiblichen Kurven, die sich darunter verbargen, nur erahnen. Eine braune Wildlederjacke war lässig über ihre Schulter geworfen. Sie sah so umwerfend sexy aus, dass Emma sich fragte, wie sie ihr seit Wochen hatte widerstehen können.

Als die Garagentür aufschwang, zwang sie sich, wegzusehen. »Lass mich fahren.«

»Nein. Ich will dich in meinem Sportwagen chauffieren.«

»Ich könnte dein Auto fahren«, sagte Emma.

Jordan drehte sich zu ihr um und warf ihr einen Blick zu, bevor sie wortlos zur Fahrertür ging.

Es hätte Emma nicht überraschen sollen. Chloe hatte sie auch nie ihr Auto fahren lassen. Chirurgen waren wohl typischerweise Kontrollfreaks.

Jordan drückte den Knopf an ihrem Schlüssel, der das Auto aufschloss, und öffnete die Fahrertür. Doch anstatt einzusteigen, sah sie Emma erwartungsvoll an. »Ich dachte, du wolltest fahren.«

»Wow. Du lässt mich ernsthaft deinen Wagen fahren?«

Jordan zuckte mit den Schultern. »Du lässt mich auf deine Tochter aufpassen, da sollte ich auch etwas Vertrauen in dich zeigen.«

»Danke.« Emma eilte zu ihr, bevor Jordan es sich anders überlegen konnte. »Ich verspreche, deinem Baby nicht so viel Zucker zu geben, wie du meinem gegeben hast.«

»Hahaha.« Jordan kniff sie leicht in den Hintern, als Emma sich an ihr vorbeischob und sich hinter das Steuer setzte. Dann umrundete sie den Wagen und setzte sich auf den Beifahrersitz, wo sie zugegebenermaßen etwas fehl am Platz wirkte.

Emma drückte sanft ihr Bein. »Ganz im Ernst, danke. Dein Vertrauen bedeutet mir viel.«

Jordan nickte, als wüsste sie nicht, was sie sagen sollte.

Lächelnd zog Emma ihre Hand zurück, legte sie aufs Lenkrad und streichelte das weiche Leder. »Schön«, schnurrte sie förmlich.

»Sehr schön«, sagte Jordan mit heiserer Stimme.

Emma sah auf.

Ihre Blicke trafen sich und einen Moment lang glaubte Emma fast, der Wagen würde gleich in Flammen aufgehen.

»Du siehst wunderschön aus«, flüsterte Jordan und beugte sich über die Mittelkonsole.

»Du auch«, konnte Emma gerade noch sagen, bevor sich ihre Lippen zu einem heißen Kuss trafen.

Zehn Minuten später saßen sie immer noch im Auto und küssten sich, ohne sich nur einen Zentimeter fortbewegt zu haben.

Schließlich war es Jordan, die sich schwer atmend zurücksinken ließ. »Wenn wir unsere erste Verabredung nicht in der Garage verbringen wollen, sollten wir losfahren.«

»Ach, ich weiß nicht. Das hört sich im Moment gar nicht so schlecht an.« Wenn sie Jordan ansah, hatte sie plötzlich einen Heißhunger, der sich nicht aufs Essen bezog.

Beide beugten sich für einen letzten Kuss nach vorn, dann startete Emma den Wagen. Als sie auf die Straße zusteuerte, fiel ihr ein, dass sie keine Ahnung hatte, wohin sie fahren würden. »Wohin soll's gehen?«

Jordan wies ihr den Weg nach Pasadena, der nächstgelegenen Stadt, und zu einem fast vollen Parkplatz, wo Emma geschickt einparkte.

»Gut gemacht, Baby«, sagte Jordan und beugte sich wieder über die Mittelkonsole, um ihr als Belohnung für ihre Fahrkünste einen Kuss zu geben.

Aber Emma bremste sie, eine Hand gegen Jordans Brust gestemmt. »Emma«, sagte sie bestimmt. »Nicht *Baby*. Ich bin erwachsen und so möchte ich auch behandelt werden.«

Jordan blinzelte. »Es ist nur ein Kosename. Das heißt noch lange nicht, dass ich dich als Kind sehe. Ganz im Gegenteil, glaub mir.«

»Trotzdem«, sagte Emma. Sie wusste, dass sie vermutlich überreagierte, aber es war ihr wichtig, das zu klären.

Jordan musterte sie. »Chloe hat dich *Baby* genannt, oder?«

Emma nickte, die Lippen so fest aufeinandergepresst, dass es fast schmerzte.

»Dann werde ich dich nicht mehr so nennen.« Es klang wie ein Schwur. Jordan streckte die Hand aus und berührte sanft ihr Bein. »Wie wäre es mit Schatz?«

»Das ist okay.«

»Liebling?«

»Auch annehmbar.«

»Sahnehäubchen?« Jordans Augen funkelten. »Hasi?«

»Du!« Emma kniff sie in die Hüfte. Als Jordan zurückzuckte, wurde aus dem Kneifen ein Streicheln. Sie musste lachen. Irgendwie schaffte es Jordan immer, sie die bitteren Erinnerungen an die Vergangenheit vergessen zu lassen.

Jordan drückte Emmas Hand, die immer noch auf ihrer Hüfte ruhte. »Komm, lass uns reingehen und unser Date genießen.« Sie stieg aus, kam um den Wagen herum und öffnete die Tür für Emma.

»Danke.« Emma stieg aus und sah sich um. In diesem Teil von Pasadena war sie noch nie gewesen. Die Nebenstraße sah nicht gerade nach einer Gegend aus, in der es elegante französische oder italienische Restaurants gab.

Doch Jordan schien genau zu wissen, wohin sie wollte. Mit einer Hand auf ihrem Rücken führte sie Emma über den Parkplatz.

Emma mochte es, wie sich die Hand auf ihrem Rücken anfühlte: warm und sicher, während gleichzeitig auch ein aufregendes Kribbeln durch ihren Körper ging.

Am anderen Ende des Parkplatzes blinkte ein Neonschild, das *Diner* verkündete. Ein Metallschild darunter verriet den Namen des Restaurants: *Himmlische Burger*.

Emma drehte den Kopf in Jordans Richtung. »Unser erstes Date findet in einem Schnellimbiss statt?«

Jordan blieb stehen. Ihr Selbstvertrauen, das sie eben noch wie ein Pheromon verströmt hatte, geriet spürbar ins Wanken. »Wenn du lieber woanders hingehen würdest, können wir …«

»Nein. Das hier ist perfekt.«

»Ehrlich?« Jordan musterte sie.

Emma lächelte. Chloe hätte nie im Leben ein solches Lokal besucht und das machte den Diner zum idealen Ort. Sie wollte, dass dieser Abend nur Jordan und ihr gehörte, ohne dass unschöne Erinnerungen aufkamen. »Ja.« Sie stellte sich auf die Zehenspitzen und küsste Jordan. »Lass uns reingehen. Ich höre einen Burger nach mir rufen.«

Jordan seufzte erleichtert und hielt Emma die Tür auf.

Emma trat ein und sah sich um.

Wow. Das war nicht der simple Schnellimbiss, den sie erwartet hatte. Es war ein im Stil der Fünfzigerjahre eingerichteter Diner. Eine lange, rote Theke zog sich durch den gesamten Raum. Davor aufgereiht standen Drehstühle aus Chrom und Kunstleder. Der schwarz-weiß-karierte Fußboden glänzte, als wäre er eben erst geputzt worden. In der Ecke spielte eine Jukebox Oldies und ein Ventilator surrte an der Decke.

Eine Kellnerin in einem rosafarbenen Kleid führte sie vorbei an einer Glasvitrine mit Kuchen, die so lecker aussahen, dass Emma in Betracht zog, das Abendessen ausfallen zu lassen und gleich zum Dessert überzugehen.

Sie nahmen auf einer roten Vinylbank an der Wand Platz.

Die Kellnerin reichte ihnen zwei eingeschweißte Speisekarten. »Ich bin Rosey, Ihre Kellnerin. Ich bin gleich wieder da«, sagte sie und ließ die beiden allein.

Emma sah hinauf zu dem Bild eines pinkfarbenen Cadillacs, das über ihrem Tisch hing. »Richtig klassisch«, sagte sie mit einem Nicken. »Man erwartet fast, dass man nach draußen tritt und feststellt, dass Dwight D. Eisenhower noch Präsident ist. Ich mag es.«

Jordan lachte. »Warte erst, bis du die Burger probiert hast … oder die Kuchen.« Sie gab ein Stöhnen von sich. »Einfach lecker.«

Die Kellnerin nahm ihre Getränkebestellung auf und ging wieder.

Jordan nickte auf die Speisekarte hinab. »Bist du sicher, dass so etwas Einfaches für dich okay ist? Ich will nicht, dass du denkst, ich wäre geizig, oder …«

»Das glaube ich keine Sekunde lang. Hier ist es entspannt und ich glaube, das brauchen wir beide im Moment am meisten. Es geht darum, uns miteinander wohlzufühlen und uns daran zu gewöhnen, dass wir jetzt ein Paar sind.«

»Genau das habe ich auch gedacht.«

Sie sahen einander an und ein stillschweigendes Verständnis herrschte zwischen ihnen. Nie hätte Emma gedacht, dass sie dieses Gefühl noch einmal erleben würde, besonders nicht mit ihrer Nachbarin, der Frauenheldin.

»Kommt es dir nicht seltsam vor?«, platzte es aus ihr heraus. »Eine romantische Verabredung zu haben?«

Jordans lange Finger spielten mit dem Salzstreuer. »Ich hatte schon früher Verabredungen. Ich mag Frauen und das beschränkt sich nicht nur aufs Schlafzimmer. Ich mag ihre Gesellschaft.«

Unsicherheit entbrannte in Emma, aber sie verscheuchte das Gefühl wie eine lästige Fliege.

»Vor allem mag ich *deine* Gesellschaft«, fügte Jordan hinzu, sodass Emmas Eifersucht dahinschmolz wie Eiscreme in der kalifornischen Sonne. »Aber ja, es ist ein wenig seltsam für mich. Ich bin noch nie mit einer Frau ausgegangen, die ich so gut kannte.«

»Was ist mit Simone?«, fragte Emma.

»Mit ihr wegzugehen, war etwas anderes. Einfach nur ein netter Abend unter Freundinnen, kein romantisches Date«, sagte Jordan. »Und mit den meisten Frauen konnte ich einfach Small Talk betreiben und ein wenig darüber plaudern, was wir beruflich machen oder woher wir stammen. Aber bei dir weiß ich das schon alles. Ich weiß, welchen Kuchen du vermutlich zum Dessert bestellen wirst und ich weiß, dass die Art, wie du dir gerade eine Haarsträhne aus dem Gesicht gestrichen hast, bedeutet, dass du verlegen, aber auch erfreut über irgendetwas bist, das ich eben gesagt habe.«

Emma ertappte sich dabei, wie sie sich eine weitere Haarsträhne hinters Ohr klemmte. Ihre Wangen wurden heiß. Diese Angewohnheit war ihr nicht bewusst gewesen. Als sie Jordan über den Tisch hinweg ansah, fiel ihr auf, dass auch sie bereits vieles über sie wusste: dass sie einen Erdnussbutterburger bestellen würde, falls es so etwas hier gab, dass sie mit den Fingerkuppen die Konturen der Giraffe auf ihrem Gips nachzeichnen würde, wenn sie über etwas nachdachte, und dass sie später versuchen würde, die Rechnung für sie beide zu bezahlen.

Die Kellnerin kam mit den Getränken an den Tisch zurück. »Was darf ich Ihnen zum Essen bringen?« Sie blickte von Emma zu Jordan.

Sie hatten noch nicht einmal einen Blick auf die Speisekarte geworfen, weil sie in ihre Unterhaltung vertieft gewesen waren.

Emma überflog die Speisekarte. »Ich nehme den Cheeseburger, aber ohne Zwiebeln, bitte.«

Jordan grinste. Ihre Augen schienen zu glühen, ehe sie sich wieder ihrer Speisekarte zuwandte. »Für mich bitte den Truthahnburger mit dem Camembert und der Feigenmarmelade. Auch ohne Zwiebeln, bitte.« Sie sah Emma an. »Sollen wir uns die Süßkartoffelpommes teilen?«

»Klar.«

Die Kellnerin notierte sich ihre Bestellung. »Kommt sofort.«

Als sie davonging, sah Emma Jordan skeptisch an. »Feigenmarmelade auf einem Burger? Ist das genießbar?«

»Keine Ahnung, aber wenn ich es nicht versuche, werde ich es nie herausfinden. Manchmal muss man einfach ein Risiko eingehen, um ein neues Lieblingsessen zu finden.«

Emmas skeptischer Blick wich einem Lächeln. »Meinst du, es wird in Zukunft immer so sein?«

»Was meinst du?«

»Na, dass wir Essensvergleiche anstellen, wenn wir über unsere Beziehung sprechen.«

Jordan erwiderte ihr Lächeln. »Keine Ahnung. Aber ich freue mich schon darauf, es herauszufinden.«

Emma streckte die Hand über den Tisch und verflocht ihre Finger mit Jordans, ohne darauf zu achten, wie die Kellnerin das finden würde, wenn sie mit dem Essen zurückkam. »Ich auch.«

Seit zwanzig Minuten saßen sie im Auto und küssten sich. Mehrmals hatte eine von ihnen die Hand nach dem Türgriff ausgestreckt, nur um von der anderen für einen letzten Kuss zurückgezogen zu werden.

Irgendwann konnten sie es nicht länger hinauszögern.

»Weißt du«, sagte Jordan, als sie aus ihrem Sportwagen stiegen, »so langsam wird die Garage für mich zu einem sehr erotischen Ort.«

Emma lachte. »Ja, für mich auch.«

Der leicht heisere Klang ihrer Stimme ließ Jordan noch wärmer werden. Sie griff nach Emmas Hand. »Ich bringe dich noch zur Tür.«

Leider war Emmas Haustür nur wenige Schritte entfernt.

Ohne ihre Hand loszulassen, drehte sich Emma zu ihr um. »Danke für den schönen Abend. Das war der beste Burger, den ich je gegessen habe, und der Bananen-Sahne-Kuchen …« Sie stieß ein Stöhnen aus, das bei Jordan eine Gänsehaut auslöste. »Einfach göttlich.«

»Und wie war die Gesellschaft?«, fragte Jordan.

»Ach, die war auch ganz okay.«

Jordan hätte Geld darauf verwettet, dass sie genau das sagen würde, und die vertraute Antwort brachte sie zum Lächeln.

Sie standen vor der Haustür und sahen einander an.

Emma klimperte mit den Schlüsseln. »Ähm, ich würde dich noch hereinbitten, aber Barbara ist hier und wir haben noch nicht mit Molly geredet.«

»Ist schon okay«, sagte Jordan. Das war ebenfalls neu für sie. Wenn sie normalerweise mit einer Frau ausging, wussten beide, dass der Abend damit enden würde, dass sie einander statt eines Stück Kuchens vernaschen würden. Aber mit Emma wollte sie etwas Bleibendes aufbauen, deshalb konnte sie warten, auch wenn ihr Körper andere Ideen hatte.

»Danke für dein Verständnis«, sagte Emma. »Und noch mal danke für den Abend.« Sie stellte sich auf die Zehenspitzen und küsste Jordan.

Ihre Zunge neckte und streichelte auf eine Weise, die Jordans Knie weich werden ließ.

Himmel, wenn Emma so schnell lernte, sie um den Verstand zu küssen, wagte sie sich kaum vorzustellen, wie es erst sein würde, wenn sie miteinander schliefen.

Als der Kuss endete, waren beide atemlos und klammerten sich einige Sekunden lang aneinander fest.

Mit einem gewissen Stolz sah Jordan zu, wie Emma mit zitterigen Händen nach dem Schlüssel suchte, der die Haustür öffnete. Gut zu wissen, dass der Kuss Emma ebenfalls aus der Bahn geworfen hatte. Nicht, dass ihre leidenschaftliche Reaktion Zweifel daran gelassen hätte.

Emma öffnete die Tür einen Spaltbreit. Der Klang des Fernsehers drang aus dem Wohnzimmer. Emma setzte einen Fuß ins Haus, drehte sich dann aber noch einmal um. »Gute Nacht.«

Jordan konnte nicht widerstehen. Sie trat näher, um sie ein letztes Mal zu küssen. »Gute Nacht«, sagte sie, nachdem sie Emma mit einem langen Kuss atemlos gemacht hatte. »Schlaf schön.«

»Vermutlich brauche ich etwas Hilfe von meinem liebsten batteriebetriebenen Gerät, um heute Nacht schlafen zu können«, sagte Emma mit heiserer Stimme.

Jordan verschlug es den Atem. Dann begriff sie, was Emma meinte. »Ach so. Du sprichst von deinem E-Book-Reader.«

Ein schelmisches Lächeln kräuselte Emmas von ihren Küssen gerötete Lippen. »Vielleicht«, sagte sie, bevor sie zurücktrat und die Tür zwischen ihnen schloss.

Mit einem leisen Stöhnen stemmte Jordan ihre gesunde Hand gegen die Tür, entweder, um den Kontakt zu verlängern oder, um sich auf den Füßen zu halten. Sie wusste es selbst nicht so genau. Das Einzige, was sie sicher wusste, war, dass sie in Emma die perfekte Partnerin für sich gefunden hatte.

Kapitel 22

Ein markerschütterndes Kreischen drang durch den Behandlungsraum, als die Krankenschwester die Gipssäge anstellte.

Emma schluckte den Kloß in ihrem Hals hinunter und umklammerte Jordans gesunde Hand. Sie wollte wegsehen, konnte aber den Blick nicht von den Metallzähnen der Säge abwenden, die sich dem Gips näherten.

»Keine Sorge«, rief Jordan, um den Lärm der Säge zu übertönen. »Das Sägeblatt rotiert nicht, auch wenn es so aussieht. Es vibriert nur und kann mich nicht verletzen.«

Selbst dieses Wissen beruhigte Emma nicht wesentlich. Es sah aus, als würde die Säge in Jordans Haut schneiden, als sie den grünen Fiberglasgips durchdrang. Dann wurde eine zweite Öffnung auf der anderen Seite des Gipses geschnitten.

Als die Schwester endlich die Säge abstellte, waren Emmas Hände schweißfeucht und ihre Ohren dröhnten.

Neben ihr schien Jordan vor Ungeduld fast zu platzen. Sie sah aus, als würde sie sich gleich den Rest des Gipses abreißen. »Klemm mir bloß nicht die Haut ein«, sagte sie zu der Schwester, die nun ein metallenes Instrument benutzte, um die Schnitte im Gips zu weiten.

Hope sah zur Tür hinein. »Macht sie Probleme, May?«

Die Schwester lächelte. »Nicht mehr als andere Ärzte auch.« Sie nahm eine Schere und schnitt durch die Watte, die als Polsterung gedient hatte. Dann zog sie den Gips auseinander und streifte ihn über Jordans Daumen.

»Na endlich!« Jordan strahlte wie eine Gefangene, die von ihren Ketten befreit worden war. Aber als sie auf ihren Arm hinabsah, legte sich ein Stirnrunzeln auf ihr Gesicht und sie blinzelte, als würde sie den Arm kaum noch als ihren eigenen erkennen.

Um ehrlich zu sein, sah er etwas seltsam aus. Sie hatte Muskeln abgebaut, sodass der Arm nun dünner als der andere wirkte. Die Haut war trocken und schuppig. Emma nahm sich vor, sie zu Hause mit etwas Creme zu verwöhnen.

Der Orthopäde, der sich vorhin Jordans Röntgenbilder angesehen hatte, betrat den Raum.

Zögernd ließ Emma Jordans Hand los, um ihm Platz zu machen.

Er ließ Jordan ihr Handgelenk rotieren und bewegte es vorsichtig hin und her. »Tut das weh?«, fragte er.

Jordan schüttelte den Kopf. »Das Handgelenk fühlt sich noch etwas steif an, aber ansonsten scheint alles in Ordnung zu sein. Sicher bin ich vor Ende der Woche zurück im OP.«

Der Arzt lachte. »Auf keinen Fall. Es wird mindestens drei oder vier Wochen dauern, bis du wieder operieren kannst, und selbst dann solltest du es langsam angehen lassen und erst mal mit einfachen, laparoskopischen Fällen beginnen. Auf jeden Fall muss jemand zum Einspringen bereitstehen, falls du einen Patienten aufmachen musst.«

»Drei Wochen?«, wiederholte Jordan. Sie sah aus, als hätte er ihr gerade gesagt, sie müsse ins Gefängnis.

»Es könnten auch vier oder mehr sein«, antwortete er. »Der Arm sollte eine Weile geschont werden.«

»Komm schon, Jordan. Das wusstest du doch«, sagte Hope. »Nach sechs Wochen im Gips hat die Hand nicht die nötige Beweglichkeit, um mit OP-Besteck umzugehen.«

Jordan sah sie finster an. »Gibt es etwas, das ich tun kann, um das Ganze zu beschleunigen?« Mit hoffnungsvoller Miene blickte sie den Orthopäden an.

»Mach einen Termin mit einem Physiotherapeuten, der auf Hände spezialisiert ist«, sagte er. »Er oder sie wird dir helfen, die Karpalknochen zu mobilisieren und die Bänder und Sehnen zu dehnen, damit du deine volle Beweglichkeit zurückerhältst. Aber es wird trotzdem drei bis vier Wochen dauern.«

Jordan sah so niedergeschlagen aus, dass Emma wieder ihre gesunde Hand nahm und mit dem Daumen ihren Handrücken streichelte. Aber so viel Mitgefühl sie auch für Jordan hatte, insgeheim war sie gleichzeitig ein wenig erleichtert darüber, dass Jordan nicht sofort Vollzeit arbeiten konnte. Manchmal fragte sie sich, wie sie es schaffen würden, trotz ihrer eigenen Arbeit, Jordans stressigem Job und Molly genug Zeit füreinander zu finden. Die kommenden drei oder vier Wochen waren wie eine Schonfrist, die ihnen die Zeit geben würde, ihre Beziehung zu stabilisieren, bevor der Alltag einkehrte.

Nun, da ihre Arbeit erledigt war, verabschiedeten sich der Orthopäde und die Schwester und gingen.

Emma setzte sich auf die Kante des Behandlungstisches, schlang einen Arm um Jordan und küsste sie auf die Wange. »So schlimm wird es schon nicht werden.« Sie kam noch näher und flüsterte ihr ins Ohr: »Ich verspreche, dass ich dich beschäftigt halten werde, bis du zurück in den OP kannst.«

Sie genoss die merkliche Gänsehaut, die Jordan bei diesen Worten bekam.

Ein Anflug des alten, selbstbewussten Grinsens verdrängte Jordans Schmollmund. »Ach ja? Und wie willst du das anstellen? Der Doktor hat gesagt, dass der Arm nicht belastet werden darf.«

»Glaub mir, da finde ich schon einen Weg. Eine ganze Menge an Wegen.«

Hope räusperte sich und sah zwischen ihnen hin und her. »Moment mal. Was ist hier los? Ihr zwei … seid ihr etwa …?«

Hitze schoss Emma in die Wangen, als ihr einfiel, dass sie beide nicht allein waren. Sie rückte ein Stück von Jordan ab und biss sich auf die Lippe, während sie darauf wartete, was Jordan dazu sagen würde.

Jordan rieb sich den rechten Arm. Winzige Haut- und Mullstückchen fielen zu Boden. »Ja, sind wir.«

Hope starrte sie an. »Äh, was genau seid ihr denn?«

»Zusammen. Ein Paar. Lebensgefährtinnen. Wie immer du es auch nennen willst.« Jordan hob das Kinn und sah ihrer Freundin in die Augen. »Komm schon. Du kannst mich ruhig deswegen aufziehen. Ich habe immer Stein und Bein geschworen, nie eine Beziehung anzufangen, deshalb habe ich es verdient.«

Hopes Kiefermuskeln mahlten.

Emma setzte schon dazu an, einzugreifen und Jordan zu verteidigen, falls Hope es mit dem Necken übertreiben sollte. Trotz ihres zur Schau gestellten Selbstvertrauens hatte Jordan eine verletzliche Seite und Emma würde nicht zulassen, dass Hope sie zu sehr ärgerte.

Aber alles, was Hope sagte, war: »Wow.« Sie schüttelte den Kopf. »Wann ist das denn passiert?«

»Wir sind schon eine ganze Weile wie auf Eierschalen darum herumgetanzt, aber erst letzte Woche haben wir dann zugegeben, dass wir es miteinander versuchen wollen«, sagte Jordan.

»Du hättest darüber mit mir reden können«, sagte Hope sanft.

Jordan sah auf ihren entfernten Gips hinab. »Ich weiß. Aber ich konnte es mir kaum selbst eingestehen, geschweige denn jemand anderem. Ich dachte immer, Beziehungen passen nicht zu mir.«

Nun lächelte Hope und gab Jordan einen Klaps auf die Schulter. »Gratuliere. Ich freue mich für dich.«

Jordan kniff die Augen zusammen. »Das ist alles, was du dazu sagst?«

»Na ja, du hast mich nicht aufgezogen, als ich mit Laleh zusammenkam, und jetzt bin ich an der Reihe, mich zurückzuhalten. Außerdem bin ich immer noch sprachlos.« Sie schüttelte erneut den Kopf. »Warte nur, bis ich das Laleh erzähle. Und erst den Krankenschwestern hier. Überall im Krankenhaus wird es gebrochene Herzen geben.«

Das war eines der Dinge, über die Emma sich Sorgen machte, wenn Jordan wieder zur Arbeit zurückkehrte.

Doch Jordan zuckte nur mit den Schultern. »Gut, dass wir erstklassige Kardiologen haben.« Sie rutschte vom Behandlungstisch und griff nach dem aufgeschnittenen Gips.

Emma rümpfte die Nase. »Du willst doch nicht etwa das alte, stinkende Ding mit nach Hause nehmen, oder?«

»Doch, natürlich. Da sind deine Giraffe und Mollys Herz drauf.«

Gott, Jordan konnte erstaunlich süß sein. Emmas Bedenken schmolzen dahin, zumindest für den Moment. Lächelnd folgte sie ihr zur Tür.

Hope begleitete sie zum Fahrstuhl. »Wenn sie Probleme macht, ruf mich an«, sagte sie zu Emma.

»Danke, aber ich denke, ich komme mit ihr klar.«

Kleine Fältchen entstanden um die eisblauen Augen, als Hope lächelte. »Ja, das glaube ich auch.«

»Hey!«, protestierte Jordan. »Ich stehe neben euch, wisst ihr?«

Emma nahm die kaum verheilte Hand in ihre, hob sie an ihre Lippen und küsste sie zärtlich. »Komm, lass uns nach Hause fahren.«

Am nächsten Morgen sah Emma von dem Blogbeitrag auf, den sie für eine Klientin Korrektur las. Doch natürlich war die Hängematte leer, genauso wie ihre Kaffeetasse, denn Jordan war nicht da, um ihr einen zweiten Kaffee zu bringen.

Schon erstaunlich, wie sehr sie dieses kleine Ritual vermisste … wie sehr sie Jordan vermisste.

Molly schien es genauso zu gehen. Sie hatte geschmollt, als Jordan nicht da gewesen war, um sie zum Auto zu bringen und sie im Kindersitz festzuschnallen, so wie es in den vergangenen Wochen zur Routine geworden war.

Jordan hatte so wunderbar nahtlos in ihr Leben gepasst, doch nun würde sich ihr Alltag ändern.

Jordan war zur Arbeit gegangen, als Emma gerade erst aufgestanden war. Nach einem kurzen Kuss an der Terrassentür war sie praktisch zum Auto gehüpft, mit einem Grinsen wie ein Kind, dem ein Ausflug zum Zoo bevorstand. Sie freute sich für Jordan, aber zugleich wünschte sie, sie könnten beide für immer zu Hause bleiben.

Der Gedanke daran, Jordan könnte zu einer Frau werden, die sich aushalten ließ, brachte sie zum Lachen. Nein, das würde nie der Fall sein. Jordan liebte ihre Arbeit im OP viel zu sehr, um sich lange davon fernhalten zu lassen. Sie würden beide lernen müssen, sich anzupassen. Gut, dass ihre Arbeit flexibel war. Sie konnte ihre To-do-Liste abarbeiten, während Jordan im Dienst war, sodass sie dann Zeit hatte, wenn Jordan nach Hause zurückkehrte.

Sie hoffte, dass Jordan ebenfalls willig war, ihren Alltag umzustellen. In ihrer Ehe mit Chloe war es Emma so vorgekommen, als ob sie als einzige Kompromisse geschlossen und Opfer gebracht hatte, und eine solche Beziehung wollte sie nie wieder erleben.

Ihr Handy auf dem Schreibtisch begann zu vibrieren und riss sie aus ihren Gedanken.

Sie zog es zu sich, um das Display sehen zu können.

Es war eine SMS von Jordan.

Guten Morgen, Lieblings-VA. Wie läuft es bei dir?

Wie süß. Also hatte Jordan sie nicht völlig vergessen, nun, da sie wieder zurück in ihrem Element war. Emma nagte an ihrer Unterlippe. Sollte sie Jordan sagen, dass sie sie vermisste? Nein. Dann würde Jordan sich gezwungen sehen, es auch zu sagen.

Ich vermisse meine zweite Tasse Kaffee, schrieb sie stattdessen.

Schau mal in deiner obersten Schreibtischschublade nach, lautete Jordans Antwort. *Ist zwar kein Kaffee, aber es würde sicher gut dazu passen.*

Emma öffnete die Schublade. Unter ihrem Taschenrechner und einer Rolle Klebeband lag eine Packung weißer Schokoladenkekse mit Macadamianüssen, die dort gestern noch nicht gewesen war.

Mmm! Danke! Wie hast du die denn hier reingeschmuggelt?

Tja, was soll ich sagen? Ich habe magische Kräfte.

Ja, antwortete Emma. *Ja, das hast du.* Sie gab sich einen Ruck und fügte drei weitere Wörter hinzu: *Ich vermisse dich.*

Diesmal kam die Antwort erst nach einer Weile.

Ich vermisse dich auch.

Die Antwort freute sie, selbst falls Jordan es nur deshalb gesagt hatte, weil Emma es von ihr erwartete.

Eine weitere SMS traf ein, noch bevor sie antworten konnte.

Ehrlich.

Emma lächelte, gestattete sich endlich, es zu glauben, und schrieb: *Keine gut aussehenden Krankenschwestern in der Nähe?*

Krankenschwestern? Welche Krankenschwestern?

Gute Antwort.

Jordan antwortete mit einem Smiley. *Ich muss los. Sie lassen mich bei einer Lap-Galle assistieren. Total langweilig, aber zumindest bin ich im OP. Ich freue mich schon darauf, dich heute Abend zu sehen.*

Ich mich auch, antwortete Emma. Sie legte das Handy weg und riss die Packung Kekse auf. Zufrieden kauend öffnete sie ein Browserfenster und tippte »Lap-Galle« ein, um einen Eindruck davon zu bekommen, womit Jordan ihren Tag verbrachte.

Jordan zog die OP-Haube vom Kopf, schlüpfte aus der OP-Kleidung und warf sie in den Wäschekorb. Die Muskeln ihres rechten Arms protestierten, aber es war eine gute Art von Überlastung.

Nachdem sie stundenlang Visite gemacht, Aufnahmegespräche geführt und Papierkram erledigt hatte, hatte man sie endlich in den OP gelassen. Zwar waren es nur Cholezystektomien und Blinddarm-OPs gewesen und sie hatte nur assistiert, aber dennoch war es aufregend gewesen, endlich wieder im OP zu stehen.

Sie konnte es kaum abwarten, nach Hause zu kommen und diesen Triumph mit Emma zu teilen.

Ohne sich mit einer Dusche aufzuhalten, schlüpfte sie in ihre Jeans und ein T-Shirt und band ihre Joggingschuhe, dankbar, dazu endlich nicht mehr auf Hilfe angewiesen zu sein.

Als sie auf den Mitarbeiterparkplatz trat, rief jemand hinter ihr: »Jordan?«

Sie drehte sich um.

Venita, die Röntgenassistentin, rannte ihr nach. »Ich habe mir doch gleich gedacht, dass du das bist. Arbeitest du wieder?«

»Ja.« Grinsend wedelte Jordan mit den Fingern ihrer rechten Hand. »So gut wie neu.«

Venitas dunkle Augen loderten. »Gut zu hören.« Sie sah über die Schulter zurück. Zwei Krankenschwestern warteten vor dem Personalausgang. »Betty, Susan und ich wollten im Fridays ein Bier trinken. Willst du mitkommen?«

Jordan zögerte. Ihr war nach Feiern zumute und im Fridays war es immer lustig. Aber ein Blick auf die Uhr verriet, dass es schon halb sieben war. Ihre letzte OP hatte ein wenig länger gedauert. Wenn sie nach Hause kommen wollte, bevor Molly ins Bett gebracht wurde, dann musste sie los.

»Vielleicht ein anderes Mal«, sagte sie.

Venita beugte sich zu ihr, so nah, dass Jordan ihre Körperwärme spüren konnte. »Bist du sicher?«, flüsterte sie Jordan ins Ohr. »Wenn du mitkommst, verspreche ich, dass du dich gut amüsieren wirst.«

Die Vergangenheit hatte gezeigt, dass es keine leere Versprechung war. Jordan hatte sich gefragt, wie sie wohl mit solchen Einladungen von Frauen umgehen würde. Sie hatte gedacht, dass sie mit einem Hauch von Bedauern ablehnen würde oder zumindest gemischte Gefühle haben würde. Immerhin war es ein Zeichen, dass dieser Teil ihres Lebens für immer vorbei war.

Aber als sie den Kopf schüttelte, fiel es ihr erstaunlich leicht. »Ich bin ganz sicher. Viel Spaß in der Bar.« Sie winkte Venita zu und ging an ihr vorbei. Nach zwei Schritten blieb sie stehen. Wenn sie es so stehen ließ, würde Venita sie erneut einladen. Es war besser, das ein für alle Mal zu klären.

Sie drehte sich um. »Venita?«

Ein Grinsen breitete sich auf Venitas Gesicht aus. »Hast du deine Meinung geändert?«

»Nein. Ich wollte dich nur wissen lassen, warum ich weder heute noch in der Zukunft ein Bier mit dir trinken oder mit dir nach Hause gehen werde. Ich habe jemanden kennengelernt.«

Venita lachte. »Du lernst ständig Frauen kennen.«

Jordan schüttelte den Kopf. »Diesmal ist es etwas anderes. Diese Frau ist etwas Besonderes. Wir sind fest zusammen.«

Das Grinsen verwandelte sich in ein Stirnrunzeln. »Ich dachte, du hältst nichts von Beziehungen?«

»Habe ich auch nicht … bisher. Aber mit Emma möchte ich es versuchen. Also nimm's nicht persönlich, wenn ich lieber nach Hause gehe, als mit dir zur Bar zu kommen.«

Venita murmelte etwas, seufzte dann und lächelte schließlich. »Viel Glück.«

»Danke.« Sie ging zu ihrem Auto, ohne einen Blick zurück zu werfen. Vielleicht konnte sie auf dem Nachhauseweg kurz irgendwo anhalten und eine Flasche Champagner kaufen. Von jetzt an wollte sie alle Feste gemeinsam mit Emma feiern.

Kapitel 23

Jordan hielt still. Normalerweise hasste sie es, anderen ein Instrument zu überlassen, nachdem sie eine OP begonnen hatte. Aber als Emma gefragt hatte, ob sie es auch einmal versuchen könne, wollte sie nicht Nein sagen. Deshalb saß sie still da, das Bein mit dem festgeschnallten Schaumstoffkissen ausgestreckt, und gab leise Anweisungen.

»Jetzt wickelst du das lange Ende des Fadens zweimal um den Nadelhalter, packst das kurze Ende mit dem Nadelhalter und ziehst es durch die Schlaufen.« Jordan führte Emmas Hände, als sie den Faden anzog. »Super. Jetzt wiederholst du das Ganze zweimal, aber diesmal wickelst du den Faden nur einmal um den Nadelhalter.«

Emmas Zungenspitze ragte zwischen ihren Lippen hervor, während sie sich auf die Nähte konzentrierte.

Jordan verkniff sich ein Lachen, als ihr auffiel, wie sehr Emma im Moment ihrer Tochter ähnelte.

Sie schnitt den Faden ab, nahm Emma den Nadelhalter mit der gekrümmten chirurgischen Nadel ab und sah hinab auf das Schaumstoffkissen, das sie zu Übungszwecken mit nach Hause gebracht hatte. »Nicht schlecht.«

Emma berührte die Nähte auf der künstlichen Wunde mit einem Finger.

War es falsch, es ziemlich erotisch zu finden, wie Emma das Schaumstoffkissen streichelte, das an ihr Bein geschnallt war?

»Deine Nähte sehen besser aus«, sagte Emma.

Jordan lachte. »Na, das will ich doch hoffen. Ich mache das schließlich beruflich.« Seit der Gips vor drei Tagen entfernt worden war, hatte sie stundenlang geübt. Noch immer war ihr Handgelenk nicht so beweglich wie früher, aber nachdem Emma sich zu ihr auf die Couch gesellt hatte, war ihre Frustration darüber schnell verflogen. »Du hast deinen ersten Chirurgenknoten gemacht. Herzlichen Glückwunsch.«

Jordan beugte sich vor und gab Emma einen Kuss. Sie hatte nur eine kurze Berührung ihrer Lippen geplant, aber als Emma eine Hand hob und sie auf ihren Nacken legte, wurde der Kuss leidenschaftlicher.

Sie knabberte an Emmas Unterlippe und saugte dann langsam ihre Zunge in ihren Mund.

Ein Stöhnen entrang sich Emmas Kehle. Ihre Finger schoben sich in Jordans Haare und zogen sie näher. Sie rutschte auf der Couch herum, bis sie auf Jordans Schoß saß und ihre Körper sich aneinander pressten.

Himmel, sie fühlte sich so gut an. Jordan schlang die Arme um Emma, um sie festzuhalten. Es war wundervoll, dabei endlich wieder beide Arme benutzen zu können.

Emma schien es sich zur Aufgabe gemacht zu haben, sie in ein vor Verlangen zitterndes Etwas zu verwandeln. Sie ließ eine Hand unter Jordans T-Shirt und über ihre überhitzte Haut wandern. Ihre Finger streiften eine Brust und kehrten dann zurück, um sie, diesmal mit voller Absicht, durch ihren BH hinweg zu umfassen.

Jordan schnappte nach Luft. Verlangen stieg in ihr auf und ihre Selbstbeherrschung hing am seidenen Faden. Am liebsten hätte sie ihre Kleidung abgestreift und Emma an Ort und Stelle verführt. Sie ließ eine Hand über Emmas kurvige Hüfte und dann von hinten in ihre Yogahose gleiten. Sie fand es toll, dass Emma nicht so mager war. Ihr Körper war ungekünstelt, üppig und verdammt sexy. Sie spreizte die Finger über eine Pobacke und drückte sanft zu.

Emma drängte sich stöhnend an sie.

Das sexy Geräusch ließ Jordans Kopf schwirren. Gleichzeitig erinnerte es sie auch daran, dass dies nicht der geeignete Ort und Zeitpunkt war. »Wir müssen … Gott … aufhören, sonst wecken wir noch Molly auf.«

Da Emma eben begonnen hatte, ihren Hals zu erkunden, kostete es fast übermenschliche Kraft, sich von ihr zu lösen.

Emma starrte sie aus halb geschlossenen Augen an, bevor sie von Jordans Schoß kroch und sich gegen die Couchlehne sacken ließ. Mit einer Hand tastete sie über ihre vom Küssen geschwollenen Lippen und ihren Körper, als würde sie diesen kaum noch wiedererkennen. »Wow«, flüsterte sie. Mit geröteten Wangen schielte sie zu Jordan. »Tut mir leid. Ich hatte nicht vor …«

»Du musst dich nicht entschuldigen.« Jordan nahm Emmas Hand und hob sie zu einem Kuss an ihre Lippen. »Es ist schön, dass du mich begehrst. Ich will nur nicht, dass wir unser erstes Mal auf der Couch haben, wo Molly uns hören könnte.«

»Ja, ein Quickie auf der Couch ist auch nicht gerade das, was ich mir für unser erstes Mal vorgestellt habe.«

Also hatte sie es sich vorgestellt. Jordan grinste. Ihr Herz begann, langsamer zu schlagen. Sie stopfte sich das T-Shirt wieder in die Hose und löste den Verschluss des Schaumstoffkissens um ihr Bein. Ihre Hände zitterten zu sehr, um jetzt mit den Nähübungen fortzufahren. »Ich glaube, ich sollte jetzt besser gute Nacht sagen und nach Hause gehen, bevor ich noch das letzte bisschen Selbstbeherrschung verliere.«

»Könntest du noch etwas länger bleiben?«, fragte Emma leise.

»Klar.« Länger zu bleiben, war wirklich kein Umstand. Eigentlich wollte sie gar nicht nach Hause, in ihr kaltes, einsames Bett. Himmel, sie sollten wirklich bald mit Molly reden. Sich abends von Emma zu trennen, wurde mit jedem Tag schwerer.

»Es gibt da etwas, worüber ich mit dir reden möchte«, fügte Emma hinzu.

Das klang nach etwas Ernstem. »Worüber denn?«

»Ähm, Sex.«

Jordans Blick huschte hinauf in Emmas Gesicht. Ein bereitwilliges Grinsen hob ihre Mundwinkel. »Aber sicher doch. Über mein Lieblingsthema rede ich jederzeit gern.«

»Ich, ähm, meine aber nicht die spaßigen Aspekte von Sex.«

Jordan grinste und neigte den Kopf zur Seite. »Es gibt auch Aspekte von Sex, die keinen Spaß machen?«

Emma starrte auf ihren Schoß hinab, sodass ihre Haare einen Vorhang bildeten, der ihr Gesicht verbarg.

Scheinbar war es ihr ernst. Jordan hörte auf zu grinsen und berührte sanft ihr Knie. »Okay, dann lass uns reden. Was hast du auf dem Herzen?«

Emma setzte sich aufrecht hin, strich ihr Haar hinter die Ohren zurück und drehte den Kopf, um Jordan anzusehen. »Ich bin dir sehr dankbar für deine Geduld mit mir. Ich weiß, normalerweise wartest du nicht so lange, bevor du mit einer Frau …«

Jordan unterbrach sie mit einem kurzen Kuss. »Wie unsere weise Nachbarin einst sagte, als sie jung war, sind die Leute auch nicht überstürzt miteinander ins Bett gegangen und sind nicht daran gestorben. Ich habe es genauso sehr genossen, dich besser kennenzulernen, wie ich es genießen werde, deinen Körper kennenzulernen.«

»Ich auch«, sagte Emma mit einem warmen Lächeln. »Ich will nicht, dass du denkst, ich möchte nicht mit dir schlafen.«

»Nach dem Kuss vorhin habe ich nicht die geringsten Zweifel daran.«

»Gut. Aber … bevor das passiert, sollten wir darüber reden, wie wir uns schützen können.«

»Schützen? Oh, du meinst Safer Sex?« Normalerweise war Jordan immer diejenige, die dieses Thema anschnitt, bevor sie mit einer Frau schlief. Ihr Respekt für Emma wuchs.

Emma nickte. »Kein sehr sexy Thema, ich weiß, aber …«

Jordan griff nach ihrer Hand und küsste die weiche Innenseite ihres Handgelenks. »Ich finde es sehr sexy, wenn eine Frau die Initiative ergreift und sich um ihre Gesundheit kümmert.«

»Während der letzten zehn Jahre musste ich mir keine Sorgen darum machen«, sagte Emma. »Oder zumindest dachte ich das. Aber nachdem Chloe … nachdem ich herausgefunden habe, dass sie mich betrogen hat, habe ich mich sofort testen lassen.«

Jordan umklammerte Emmas Hand fester. »Und?«

»Zum Glück war alles in Ordnung.«

Jordan küsste ihre Handfläche und versuchte, nicht an mögliche andere Ergebnisse zu denken. Sie hätte Chloe in Stücke gerissen, wenn sie Emma mit Geschlechtskrankheiten angesteckt hätte. »Ich bin auch so sauber, dass man von mir essen kann. Im wahrsten Sinn des Wortes.« Sie zwinkerte ihr zu, um sie aufzuheitern.

»Du hast dich testen lassen? Wann?«

»Ich lasse mich in regelmäßigen Abständen testen. Das letzte Mal vor zwei Wochen.«

Sie konnte fast sehen, wie Emma durch ihren mentalen Kalender blätterte. »Vor zwei Wochen sind wir zusammengekommen«, sagte Emma nach einer Weile.

Jordan nickte. »Ich habe immer versucht, mich so gut es geht zu schützen, aber mit dir will ich kein Risiko eingehen.«

Emma beugte sich vor und küsste sie. Diesmal war der Kuss eher zärtlich als leidenschaftlich. »Danke.«

»Du musst mir nicht danken. So ganz selbstlos war das nicht. Früher habe ich meistens ein Dental Dam oder Fingerlinge benutzt, aber mit dir will ich das nicht. Ich möchte dich spüren und schmecken, ohne irgendwelche Barrieren zwischen uns.«

Emmas Wangen färbten sich rot. »Das will ich auch.«

Der heisere Klang von Emmas Stimme ließ Jordans Knie weich werden. Gut, dass sie gerade saß. »Nun, da das geklärt ist, kann ich jetzt wieder über dich herfallen, wenn ich verspreche, es leise zu tun?«

Emma pirschte über die Couch wie eine Tigerin und schob ein Knie zwischen Jordans Schenkel. »Wie kommst du auf die Idee, dass du diejenige sein wirst, die über mich herfällt und nicht umgekehrt?«

Einen Moment lang war Jordan zu atemlos, um zu antworten. »Langjährige Erfahrung«, brachte sie schließlich heraus und war überrascht, wie rau ihre Stimme klang.

Emma schüttelte den Kopf. »Das war früher. Es ist an der Zeit, neue Erfahrungen zu sammeln.«

Die Luft zwischen ihnen schien zu knistern. Jordan beugte sich vor und knabberte an Emmas Ohrläppchen.

Emma schauderte und hielt sich an Jordans Schultern fest.

»Tja«, sagte Jordan, »dann gibt es jetzt nur noch eine Sache zu erledigen, bevor wir übereinander herfallen.«

»Und zwar?« Emmas Augen hatten einen fast fiebrigen Glanz.

Jordan knabberte erneut an einem verführerischen Ohrläppchen und hielt dann inne, um Emma ins Gesicht zu sehen. »Wir haben Molly noch nicht von uns erzählt.«

Emma erstarrte und seufzte. »Ich weiß.«

Das war nicht gerade die enthusiastische Antwort, auf die Jordan gehofft hatte. *Na toll.* Sie rutschte zur Seite, ein Stück weg von Emma.

Sie hatte versucht, geduldig zu sein und Emma Zeit zu lassen, was diesen wichtigen Schritt anging, aber jetzt hatte sie so langsam das Gefühl, dass Emma es ohne guten Grund hinauszögerte. Was zum Teufel musste denn noch passieren, bevor sie endlich bereit war, es ihrer Tochter zu sagen?

Bevor sie einen Weg finden konnte, das Thema anzusprechen, ohne einen Streit vom Zaun zu brechen, klingelte ihr Handy.

»Es ist doch nicht das Krankenhaus, oder?«, fragte Emma.

»Nein«, sagte Jordan, noch ehe sie auf das Display gesehen hatte. »Ich habe keine Bereitschaft.« Als sie das Handy aus der Hosentasche zog, stellte sie fest, dass es Simone war.

Tut mir leid, Simone. Das ist gerade ungünstig. Sie würde sie später zurückrufen.

Doch bevor sie den Anruf wegdrücken konnte, sagte Emma: »Nimm ruhig ab.«

»Bist du sicher? Wir waren gerade dabei, über …«

»Klar bin ich sicher.«

Es war offensichtlich, dass Emma nicht darüber reden wollte, wann sie Molly von ihnen erzählen würden. Doch für den Moment beschloss Jordan, es ihr durchgehen zu lassen. Es war für beide ein langer Tag gewesen. Vielleicht war es besser, am Wochenende darüber zu reden, wenn sie mehr Zeit hatten.

Mit einem Schulterzucken nahm sie den Anruf entgegen und hob das Handy ans Ohr.

»Hallo, du«, drang Simones vertraute Stimme aus der Leitung. »Wie geht es deiner Hand?«

»So gut wie neu«, sagte Jordan.

»Ich bin froh, das zu hören, und die Gründe sind nicht alle ganz selbstlos.«

Jordan lächelte und drehte sich auf der Couch, sodass sie Emma betrachten konnte, während sie sprach. »Wieso das denn?«

»Ich habe gerade herausgefunden, dass ich demnächst bei dir in der Gegend sein werde. Hast du Lust, deine feinmotorischen Fähigkeiten mit mir zu üben?«

»Äh …« Zum ersten Mal im Leben wusste Jordan nicht, was sie zu einem solchen Angebot sagen sollte. Nie hatte sie Simone zurückgewiesen, aber jetzt würde sie es müssen. Sie wollte es.

Aber nicht übers Telefon. Simone war kein One-Night-Stand. Ihre alte Freundin verdiente es, dass sie ihr alles von Angesicht zu Angesicht erklärte.

Emma sah sie neugierig an und flüsterte: »Ist alles okay?«

Jordan rang sich ein Lächeln ab und nickte.

»Jordan?«, fragte Simone. »Alles okay? Ist mit deiner Hand …?«

»Meiner Hand geht's bestens. Wirklich. Und ich freue mich auf deinen Besuch. Wann kommt dein Flug in L.A. an?«

»Mein Klient will mich am Montag dahaben, aber ich dachte mir, ich könnte am Samstag nach L.A. fliegen, damit wir etwas Zeit zusammen verbringen können. Ich habe einen Flug im Auge, der um halb fünf am Samstagnachmittag ankommt.«

»Super. Ich habe am Samstag frei und komme dich abholen.«

»Danke«, sagte Simone. »Ich freue mich darauf, dich zu sehen.«

Jordan hoffte, dass das noch immer zutreffen würde, nachdem sie Simone sagen musste, dass sie im Gästezimmer schlafen würde. »Äh, ja, ich freue mich auch.«

Sie unterhielten sich noch kurz und legten dann auf.

Als Jordan das Handy wegsteckte, rutschte Emma auf der Couch näher und berührte leicht ihr Bein. »Ist alles okay?«

»Ja. Ich hoffe es zumindest. Das war Simone.«

»Oh. Kommt sie zu Besuch?« Ihre Stimme klang neutral, aber Jordan erahnte die Anspannung, die dahintersteckte.

»Ja. Sie hat einen Klienten, der sein Hauptquartier in L.A. hat. Darum war sie auch hier, als du sie kennengelernt hast. Sie kommt am Samstag.«

Emma seufzte. »So viel zu meinem Plan, das Wochenende mit dir zu verbringen. Stattdessen wirst du es mit deiner Ex verbringen.«

Jordan verzog das Gesicht. »Tut mir leid.«

»Nein, vergiss einfach, was ich gesagt habe. Das war albern. Ich weiß, dass sie mehr ist als deine Ex. Sie ist deine Freundin.«

Jordan nickte. »Und das ist alles, was sie je war.« Sie sah Emma in die Augen, denn sie wollte ihr zeigen, wie aufrichtig sie das meinte.

»Na ja, eine Freundin mit gewissen Vorzügen«, sagte Emma. Mit gerümpfter Nase fügte sie hinzu: »Mit großartigen Vorzügen, nach den Geräuschen zu schließen, die durch die Wand drangen.«

Jordan stöhnte, als ihr wieder einfiel, dass Emma gehört hatte, wie sie und Simone am Tag ihres Einzugs Sex gehabt hatten. Wahnsinn, wie sehr ihr Leben sich seither verändert hatte. »Aber jetzt sind es deine Vorzüge«, sagte sie bestimmt. »Ausschließlich deine.«

»Das will ich doch schwer hoffen.« Emma küsste sie so leidenschaftlich, als wollte sie Jordan ihren Stempel aufdrücken.

Der letzte klare Gedanke, den Jordan hatte, bevor sie sich in Emmas Küssen verlor, war, dass sie nicht nur eine, sondern zwei Dinge erledigen mussten, bevor sie über einander herfallen konnten: Sie mussten Molly sagen, dass sie nun ein Paar waren, und sie mussten Simone klarmachen, dass sie von nun an im Gästezimmer übernachten würde.

Es war bereits zehn Uhr. Molly schlief schon seit Stunden und selbst Jordan hatte sich widerwillig verabschiedet, um nach Hause zu gehen.

Doch Emma wusste, dass sie so bald nicht würde einschlafen können. Hellwach tigerte sie im Wohnzimmer auf und ab. Gedanken an Jordan und Molly und Simone und Chloe schossen in einem heillosen Wirrwarr durch ihren Kopf.

Sie und Jordan hatten sich nicht direkt gestritten, aber sie spürte, dass Jordan langsam die Geduld verlor. Und das konnte sie ihr nicht verdenken. Sie mussten es Molly endlich sagen. Ein paar heimliche Küsse hier und da waren einfach nicht genug. Jordan hatte etwas Besseres verdient – und sie selbst ebenfalls.

Zum Teufel, sie wollte es Molly ja sagen. Sie wollte, dass sie eine Familie waren.

Aber ihre verdammten Zweifel gingen ihr einfach nicht aus dem Kopf. Jedes Mal, wenn sie den Mut zusammengenommen hatte, es Molly zu sagen, überwältigten ihre Zweifel sie und ließen sie zögern.

Was, wenn ihre Beziehung scheitern würde? Was, wenn Jordan eines Tages beschloss, dass Monogamie und Familienleben doch nichts für sie waren? Was, wenn sie feststellte, dass sie ihre Freiheit mehr begehrte als Emma? Was, wenn sie sich trennten und Molly eine weitere wichtige Bezugsperson verlieren würde?

Hör auf damit, sagte sie sich. Ja, ihr war in ihrer letzten Beziehung das Herz gebrochen worden und es würde auch in ihrer neuen Beziehung keine Garantie geben, aber Jordan war nicht Chloe.

Wenn sie wollte, dass es zwischen ihnen klappte, dann musste sie Jordan vertrauen. Sie musste sich ihren Ängsten stellen, statt zuzulassen, dass sie ihr Leben diktierten.

Und das hieß, Molly von ihrer neuen Beziehung zu erzählen. Auch Chloe musste sie es sagen.

Davor hatte sie ebenfalls Angst. Sie hatte das Gefühl, dass ihre Exfrau nicht erfreut sein würde zu hören, dass Emma in einer neuen Beziehung war, weniger wegen Emma, sondern wegen Molly. Zwar riss sich Chloe nicht gerade ein Bein aus, um ausreichend Zeit mit ihrer Tochter zu verbringen, aber sie würde nicht wollen, dass eine andere Frau die Rolle des zweiten Elternteils übernahm.

Musste sie es Chloe überhaupt erzählen? Ein Teil von ihr beharrte störrisch darauf, dass ihre Ex es nicht verdient hatte, eingeweiht zu werden. Ein anderer Teil von ihr wollte es Chloe unbedingt erzählen, um ihr zu zeigen, dass sie nicht wie ein Häufchen Elend zu Hause herumsaß und sie vermisste. Sie hatte sich ein Leben ohne Chloe aufgebaut.

Schließlich schob sie all diese Gefühle beiseite und ließ ihre Vernunft entscheiden. Jordan würde eine wichtige Rolle in Mollys Leben spielen und egal, was zwischen ihnen vorgefallen war, Chloe war immer noch Mollys Mutter. Es wäre unfair, ihre neue Beziehung vor ihr zu verheimlichen.

Warum auf später verschieben, was sie sofort erledigen konnte? Sie griff zum Telefon, das auf dem Couchtisch lag. Das konnte sie wenigstens schon mal tun, während sie sich dazu durchrang, es Molly zu erzählen.

Mit dem Telefon in der Hand verharrte sie ein letztes Mal. Es war schon spät. Was, wenn Chloe schon im Bett war … vielleicht mit ihrer kleinen Assistentin?

Und wenn schon. Dann würde Chloe nicht abnehmen, aber zumindest hätte sie es versucht.

Ohne sich ein weiteres Zögern zu erlauben, blätterte sie durch ihr Adressbuch, bis sie Chloes Nummer fand.

Es klingelte und klingelte. Gerade als Emma dachte, dass der Anrufbeantworter anspringen würde, nahm Chloe doch noch ab.

»Hallo, Chloe. Hier ist Emma. Ich hoffe, ich habe dich nicht geweckt.«

»Nein. Ich bin gerade von einer etwas späten Joggingrunde zurückgekommen.«

»Oh. Gut. Äh, hast du kurz Zeit? Ich muss dir etwas sagen. Aber wenn es jetzt ungelegen kommt, kann ich auch …«

»Ist okay. Worum geht's?«

Das klang vielversprechend. Vielleicht konnten sie sich ganz friedlich unterhalten. »Ich dachte, du solltest wissen, dass ich jemanden kennengelernt habe.«

Chloe schwieg mehrere Sekunden lang. »Wusste ich's doch! Deshalb wolltest du unbedingt nach South Pasadena ziehen!«

»Was? Nein, das hatte nichts damit zu tun. Ich habe sie erst kennengelernt, nachdem ich hierhergezogen bin.« So viel zum Thema friedliche Unterhaltung.

Chloe stieß einen Laut aus, der eine Mischung aus Grunzen und Schnauben war. »Sehr lange hat es jedenfalls nicht gedauert, bis du dich mit einer Neuen eingelassen hast.«

Der alte Zorn flammte in Emma auf, aber sie zügelte sich. Chloe war es nicht wert, sich wegen ihr aufzuregen. Sie hatte jetzt ein neues Leben und eine neue Beziehung. »Das Argument solltest du lieber bleiben lassen, Chloe. Ich war nicht diejenige, die sich zuerst mit jemand anderem eingelassen hat. Und immerhin ist es schon ein Jahr her, seit wir uns getrennt haben. Da kann man wohl kaum davon sprechen, dass es nicht lange gedauert hat.«

»Egal. Du kannst tun, was du willst, Emma. Wir sind nicht mehr verheiratet. Du brauchst meine Erlaubnis nicht, wenn du mit jemandem anbandeln willst.«

»Ich rufe nicht an, um deine Erlaubnis einzuholen. Ich wollte es dich nur wissen lassen.«

»Tja, dann sag ich mal danke. Aber tu mir einen Gefallen und halte sie von Molly fern. Ich will nicht, dass unsere Tochter sich jedes Jahr an eine neue Stiefmutter gewöhnen muss.«

Mehrere Sekunden lang war Emma sprachlos. Dann wollte sie so viele Dinge gleichzeitig sagen, dass sie kaum wusste, wo sie anfangen sollte. Sie verwarf mehrere Optionen, die nur zu einem lautstarken Streitgespräch geführt hätten. Eine von ihnen musste sich wie eine Erwachsene verhalten und offenbar würde das nicht Chloe sein.

»Molly kennt sie bereits.« Sie sprach lauter, um Chloes missbilligendes Stöhnen zu übertönen. »Wir haben ihr noch nicht gesagt, dass wir jetzt zusammen sind, aber …«

»Gut«, sagte Chloe. »Dabei solltest du es erst mal auch belassen.«

»Das geht nicht«, sagte Emma. »Wir wollen es ihr bald sagen.«

»Sei doch vernünftig, Emma! Wenn es stimmt, dass du diese Frau erst kennengelernt hast, als du nach Kalifornien gezogen bist …«

»Natürlich stimmt es! Sie ist meine Nachbarin.«

»Tja, dann kennst du sie erst seit knapp zwei Monaten. Du solltest dir erst mal sicher sein, dass es halten wird und nicht nur eine kurzfristige Sache aus Liebeskummer ist, bevor du sie Molly als deine neue Partnerin vorstellst.«

»Liebeskummer?«, wiederholte Emma. »Du bildest dir aber reichlich viel auf dich ein.«

»Es ist trotzdem keine gute Idee, Molly so früh mit in die Sache hineinzuziehen. Sie ist fünf, zum Teufel noch mal!«

»Sie ist sechs, nicht fünf.«

Das brachte Chloe für einen Moment zum Schweigen. »Glaubst du im Ernst, ein Jahr würde einen Unterschied machen, wenn du ihr erklären musst, warum Mami sich die Augen aus dem Kopf weint und warum diese neue Person, an die sie sich eben erst gewöhnt hatte, schon wieder aus ihrem Leben verschwunden ist?«

Emma schloss die Augen, um das Bild aus ihrem Kopf zu vertreiben. *Na toll.* Genau das hatte sie gebraucht. Nun hatte ihre Ex auch noch Salz in ihre Wunden gestreut und sie zusätzlich verunsichert. »Ich … ich werde darüber nachdenken, okay? Vielleicht warte ich noch ein wenig damit. Aber sicher nicht lange. Ich will eine ehrliche Beziehung, ohne Versteckspielchen. Das wollte ich schon immer und Jordan will dasselbe.«

»So heißt sie also? Jordan?«

Emma trat an die Terrassentür und berührte das kalte Glas, während sie sich vorstellte, dass Jordan in ihrem Schlafzimmer stand und ebenfalls in den im Dunkeln liegenden Garten hinaussah. »Ja«, sagte sie, ohne sich die Mühe zu machen, die Wärme in ihrer Stimme zu verstecken. »So heißt sie. Sie ist ein wunderbarer Mensch. Ehrlich und verständnisvoll und sehr geduldig mit Molly.«

»Schätze, ich werde sie am Samstag kennenlernen«, sagte Chloe.

»Am Samstag?«

»Ja. Du bist mir mit deinem Anruf zuvorgekommen. Ich hätte dich morgen angerufen und dir gesagt, dass ich das Wochenende freigenommen habe und Molly besuchen komme.«

Na klar. Molly. Emma hatte das Gefühl, dass Chloe nur kommen würde, um die neue Frau in ihrem Leben unter die Lupe zu nehmen. »Du hast sie nicht ein

Mal besucht, seit wir hier wohnen, nicht mal an ihrem Geburtstag. Und jetzt, da ich in einer neuen Beziehung bin, findest du plötzlich von jetzt auf gleich die Zeit, zu Besuch zu kommen?«

»Du weißt genau, dass ich meine Termine nicht immer im Voraus planen kann«, sagte Chloe zum hunderttausendsten Mal in den letzten zehn Jahren.

Emma schloss kurz die Augen und öffnete sie dann wieder. »Na schön. Du kannst uns besuchen kommen. Unter zwei Bedingungen.«

»Was für Bedingungen?«, fragte Chloe misstrauisch.

»Wenn du diesen Besuch absagst, bringe ich dich um«, sagte Emma mit einer Stimme, die kalt und hart wie Stahl war. »Ich werde nicht zulassen, dass du Molly weiterhin enttäuschst. Wenn ich ihr erst gesagt habe, dass du zu Besuch kommst, dann wirst du gefälligst kommen, egal, was passiert. Es ist mir scheißegal, ob einer deiner Patientinnen eine ihrer künstlichen Brüste platzt oder du zu Fuß von Portland nach South Pasadena marschieren musst, weil dein Flug gestrichen wurde.«

»Schon gut. Ich werde da sein. Was ist die zweite Bedingung?«

»Du musst mir versprechen, dass du freundlich zu Jordan sein wirst. Glaubst du, das kriegst du hin?«

»Natürlich«, sagte Chloe. »Ich weiß mich zu benehmen.«

Das glaubte Emma keine Sekunde lang. Sie freute sich nicht auf das Zusammentreffen der beiden. Aber wenigstens konnte Chloe ihre Skalpelle nicht durch die Sicherheitskontrollen am Flughafen bringen. Vielleicht sollte sie sichergehen, dass Jordan ebenfalls keine Skalpelle im Haus hatte.

Dann fiel ihr wieder ein, dass auch Simone am Samstag zu Besuch kommen würde. Oh Gott! Zwei ihrer Exen gleichzeitig! Selbst wenn sie gewollt hätte, am Wochenende würden sie ganz sicher nicht die Gelegenheit haben, Molly von ihrer Beziehung zu erzählen.

Kapitel 24

Jordan wachte auf und blickte blinzelnd in die Dunkelheit. Ein warmer Körper kuschelte sich gegen ihren und eine weitere Wärmequelle hatte sich auf ihren Füßen niedergelassen. Nach einigen Sekunden begriff sie, dass Emma und sie in der Hängematte eingeschlafen waren, nachdem sie den ganzen Abend dort mit küssen und reden verbracht hatten. Thunfisch hatte sich am Fußende der Hängematte zusammengerollt.

»Emma«, flüsterte sie.

Ein süßer Protestlaut kam von Emma, die sich noch enger gegen Jordan kuschelte.

Gott, sie fühlte sich gut an. Jordan atmete tief ihren Geruch ein. Einen Moment lang war sie versucht, einfach die Augen zu schließen und wieder einzuschlafen. Sie wollte die Nacht nicht allein verbringen. Aber Emma musste morgen früh arbeiten und ihre Exen würden morgen eintreffen, da war es besser, wenn sie ausgeschlafen waren.

»Emma.« Sie schüttelte sanft ihre Schulter.

Grunzend öffnete Emma die Augen und starrte sie verständnislos an. »Mmm?«

»Wir sind eingeschlafen. Komm, lass uns ins Bett gehen.« Sie half ihr aus der Hängematte und begleitete sie zu ihrer Haushälfte.

Thunfisch sah finster drein, als sie aufgeweckt wurde, sprang dann aber aus der Hängematte und folgte ihnen. Sie trabte durch die Terrassentür in Emmas Haushälfte und drehte sich dann um, um sich zu vergewissern, dass die beiden ihr folgten.

Während der letzten Wochen hatte die Katze ihr Territorium auf Emmas Hälfte des Hauses ausgeweitet und Emma und Molly als ihre Menschen adoptiert.

Als sie an der Tür stehen blieben, statt ihr zu folgen, stieß Thunfisch ein lautstarkes Miau aus.

»Psst! Weck bloß Molly nicht auf, Katze!« Jordan wandte sich Emma zu und griff sanft nach ihrer Hand. »Bist du nervös?«

»Wieso sollte ich nervös sein?«, fragte Emma.

»Na, wegen morgen. Immerhin wirst du deine Exfrau wiedersehen.«

Emma seufzte und sah zu Boden, als fände sie plötzlich ihre Schuhe faszinierend. »Ja, ein bisschen. Vermutlich klingt es albern, aber es kommt mir vor, als wäre ich erst im letzten Jahr so richtig erwachsen geworden. Mein ganzes Leben als Erwachsene habe ich als Chloes Partnerin und dann als ihre Frau verbracht, aber jetzt habe ich so richtig zu mir selbst gefunden. Ich mag die Person, die ich ohne sie bin, aber ich brauche noch mehr Zeit, um wirklich zu dieser Person zu werden.«

Jordan streichelte ihren Handrücken. »Das kann ich verstehen.« Hoffentlich würde sie Emma nie einen Grund geben, so etwas über sie zu sagen. »Wenn es für dich einfacher wäre, wenn ich mich fernhalte, während Chloe hier ist, kann ich gern …«

»Nein«, sagte Emma sofort. »Ich will nicht, dass du dich fernhältst. Dies ist auch dein Zuhause. Äh, ich meine, ich weiß, dass wir nicht zusammenleben, aber … ähm … Molly würde dich vermissen, wenn du dich zwei Tage nicht blicken lässt.«

Emmas Stottern brachte sie zum Lächeln. »Ach, nur Molly?«

»Nein«, sagte Emma. »Thunfisch würde dich auch vermissen.« Ihre Lippen formten ein schelmisches Lächeln. Sie zeigte zum Wohnzimmer, wo die Katze noch immer auf sie wartete.

Jordan stieß ein spielerisches Knurren aus und trat auf Emma zu, bis sich ihre Körper fast berührten. »Sonst noch jemand?«

»Ich«, flüsterte Emma. »Ich würde dich auch vermissen. Aber ich weiß, es muss ziemlich unbehaglich für dich sein, Chloe zu begegnen.«

»Mach dir darum keine Sorgen. Mit Chloe werde ich schon fertig«, sagte Jordan. Wenigstens konnte sie, wenn sie hier war, ein Auge auf Emmas Exfrau haben und darauf achten, dass sie Emma mit dem nötigen Respekt behandelte. »Außerdem würde ich dich auch vermissen.«

Beide wurden ernst und sahen einander in die Augen. Die emotionale Anziehung zwischen ihnen war wie eine starke Strömung, die Jordan näher zog, bis ihre Körper gegeneinandergepresst waren.

»Blöde Exen«, murmelte Jordan. »Du hast ja keine Ahnung, wie gern ich dieses Wochenende mit dir allein wäre.«

»Oh doch«, antwortete Emma heiser. »Ich glaube, ich habe eine sehr gute Ahnung.«

Jetzt war nicht der geeignete Zeitpunkt, um über sie beide zu sprechen, aber Jordan wusste, dass sie ihre Beziehung so schnell wie möglich offiziell machen wollte.

Als ihre Lippen sich zu einem innigen Kuss trafen, miaute Thunfisch erneut.

Stöhnend unterbrach Jordan den Kuss. Das Schicksal meinte es dieses Wochenende nicht gut mit ihnen.

Am nächsten Tag verbrachte Emma eine Stunde mit dem monatlichen Versenden von Rechnungen an ihre Klienten. Das lenkte sie wenigstens ab, sodass sie nicht ständig auf die Uhr sah und sich fragte, ob Chloe tatsächlich auftauchen oder anrufen würde, um zu sagen, dass ihr wieder etwas dazwischengekommen war.

Als es nachmittags an der Tür klingelte, wusste sie nicht, ob sie erleichtert oder verärgert sein sollte. Da sie sonst niemanden erwartete, musste es Chloe sein.

Als sie vom Schreibtisch aufstand und durch den Flur ging, hob sie automatisch eines von Mollys Spielzeugen auf und öffnete eine Schublade, um den heutigen Poststapel hineinzuwerfen. Dann hielt sie inne und schüttelte den Kopf. Was zum Teufel machte sie da? Das hier war ihr Zuhause, nicht das von Chloe. Wenn es ihrer Exfrau nicht gefiel, wie es hier aussah, so war das ihr Problem. Emma brauchte ihre Zustimmung nicht mehr. Sie warf die Post auf die Kommode zurück und legte das Spielzeug daneben.

Ohne zuvor mögliche Falten aus ihrem T-Shirt zu streichen, öffnete sie die Tür.

Chloe stand vor ihr, ein riesiges Geschenk unter dem Arm. Ihr sorgfältig durchgestuftes Haar sah aus, als käme sie direkt vom Friseur, nicht aus einem Flugzeug. Sie trug ihre dunkelgraue Dreihundert-Dollar-Hose und eine silberfarbene Seidenbluse, die nicht eine einzige Falte hatte.

Emma erinnerte sich noch daran, ihr gesagt zu haben, wie gut dieses Outfit ihr stand, aber es eignete sich eigentlich nicht dafür, darin mit einer Sechsjährigen am Boden zu spielen oder mit ihr durch den Garten zu toben.

»Hallo, Emma. Möchtest du mich nicht reinlassen?«, fragte Chloe mit einem leichten Grinsen.

»Äh, ja, klar, komm rein.« Emma bemerkte erst jetzt, dass sie die Tür blockierte, und trat beiseite.

Chloes Blick glitt über Emmas Körper und dann durch den Flur und ruhte schließlich, wie Emma vorhergesehen hatte, kurz auf dem Stapel Post. »Nettes Häuschen«, sagte sie, als Emma sie ins Wohnzimmer führte.

Typisch Chloe. Nur sie schaffte es, ein Kompliment wie eine Beleidigung klingen zu lassen. War ihre Exfrau schon immer so gewesen? Oder lag es daran, dass dieses Wiedersehen sie nervös machte?

»Danke«, antwortete sie. »Molly und mir gefällt es hier.«

Es war eine klare Botschaft an Chloe und offenbar verstand sie den Wink mit dem Zaunpfahl, denn sie nickte widerwillig.

»Wo ist sie?«, fragte Chloe und sah sich um.

»Draußen im Garten, mit Jordan. Sie bauen ein Vogelhaus.«

Einen Moment lang glaubte Emma, Schmerz in Chloes Augen zu sehen, dann kehrte ihr altes Selbstvertrauen zurück und sie nickte nur.

Sie tat Emma ein wenig leid. Sie konnte sich nicht vorstellen, wie es sein mochte, ihre Tochter nicht jeden Tag zu sehen und durch eine fremde Frau ersetzt zu werden.

Chloe legte das Geschenk auf den Couchtisch. »Ich gehe sie mal begrüßen.« Sie marschierte zur Terrassentür.

»Warte!« Emma eilte ihr nach. »Ich komme mit.« Auf keinen Fall würde sie die beiden miteinander allein lassen. Ihr Magen zog sich zusammen, als sie Chloe nach draußen folgte.

Molly sprang neben dem neu gebauten Vogelhaus auf und ab. »Ist es trocken? Ist es trocken?«

Vorsichtig berührte Jordan das rote Dach und musterte dann ihren Finger. »Ja, sieht so aus. Hast du schon einen Platz ausgesucht, wo wir es aufhängen sollen?«

Molly lief zum Maulbeerbaum, um ein Fleckchen auszusuchen.

Während Jordan wartete, massierte sie mit der linken Hand ihr rechtes Handgelenk. Es fühlte sich noch immer ziemlich steif an. Ein Vogelhaus zu bauen, war wohl nicht die beste Idee gewesen, aber sie hatte es Molly versprochen und sie hatte sich vorgenommen, nie wie Chloe zu sein, die gedankenlos ihre Versprechen brach. Womöglich würde sie auch diesmal nicht auftauchen und dann würde das Vogelhaus Molly etwas ablenken.

Die Terrassentür wurde zum dritten Mal innerhalb der letzten Stunde aufgeschoben.

Jordan drehte sich um, in der Erwartung, es wäre Emma, die entweder ihren Hintern bewundern wollte, während sie sich über das Vogelhaus beugte, oder sie ermahnen wollte, vorsichtiger mit ihrem Handgelenk zu sein.

Stattdessen trat eine Fremde auf die Terrasse, gefolgt von Emma.

Gut, dass Mollys Gegenwart sie davon abgehalten hatte, »Hintern oder Handgelenk?« zu rufen, bevor sie sich umgedreht hatte.

»Da!« Molly zeigte auf einen Ast. »Da soll es hängen.« Dann drehte sie sich um und riss die Augen auf. »Mama! Du bist wirklich gekommen!« Sie rannte über die Terrasse und warf sich in die Arme der Fremden.

»Natürlich bin ich gekommen«, sagte Chloe. »Ich habe es doch versprochen.«

Ja. Diesmal und die drei vorigen Male auch. Jordan biss sich auf die Lippe, um es nicht zu sagen. Sie erhob sich aus ihrer knienden Haltung. Zum zweiten Mal in ihrem Leben überkam sie ein Gefühl der Eifersucht. Es ging nicht nur darum, dass dieser Frau einst Emmas Herz gehört hatte. Sie beneidete auch Chloes Stellung in Mollys Leben.

Es war albern. Eigentlich hatte sie nie Kinder gewollt.

Aber irgendwie hatte sich dieses sechsjährige Energiebündel genauso in ihr Herz geschlichen wie ihre Mutter. Sie hatte sich Hals über Kopf verliebt, nicht nur in Emma, sondern scheinbar auch ins Familienleben.

Sie stand stocksteif da und sah zu, wie Chloe sich mit Molly unterhielt.

Emmas Exfrau sah gut aus, das musste sie ihr lassen. Natürlich war sie nicht Jordans Typ, aber dennoch attraktiv. Sie hatte den durchtrainierten Körper einer Langstreckenläuferin und die selbstbewusste Haltung einer Chirurgin. Kinnlanges Haar umrahmte ein verwegenes Gesicht. Die sandbraunen Strähnen enthielten nur einen Hauch von Grau an den Schläfen, der sie noch vornehmer wirken ließ.

Langsam setzte Chloe ihre Tochter ab und trat auf Jordan zu.

Sie waren gleich groß, sodass sie einander von Angesicht zu Angesicht mustern konnten. Irgendwie ärgerte Jordan sich darüber.

»Schau mal, Mama!« Molly zupfte an ihrem Ärmel. »Jordan und ich haben ein Vogelhaus gebaut.«

Chloe sah sich ihr Projekt nicht einmal an. Sie hielt den Blick auf Jordan gerichtet.

Nervös umrundete Emma ihre Exfrau, sodass sie nun halb zwischen ihnen stand. »Chloe, das ist Jordan. Jordan, das ist Chloe, meine Exfrau.«

Keine der beiden streckte die Hand aus, um die andere zu begrüßen.

»Chloe«, sagte Jordan so ruhig wie möglich. »Ich habe viel von dir gehört.« *Nichts Gutes.* Im letzten Moment hielt sie sich davon ab, das laut hinzuzufügen, aber ihr Tonfall sprach vermutlich Bände.

»Merkwürdigerweise habe ich bis vor zwei Tagen überhaupt nichts von dir gehört«, antwortete Chloe.

»Chloe, bitte.« Emma deutete vielsagend in Mollys Richtung.

»Hey, Mäuschen.« Chloe strubbelte durch die Haare ihrer Tochter. »Ich habe dir ein Geschenk mitgebracht. Warum gehst du nicht rein und öffnest es?«

Molly zögerte. Vermutlich hatte sie Angst, dass ihre Mutter verschwinden könnte, sobald sie sie aus den Augen ließ. Aber Chloe schien es nicht zu bemerken.

»Warum gehen wir nicht alle ins Haus?«, schlug Emma vor und sah misstrauisch zwischen ihrer Exfrau und Jordan hin und her.

»Ja!« Molly rannte voraus. »Kommt und seht zu, wie ich mein Geschenk öffne.«

»Sie meint euch beide«, sagte Emma. »Könnt ihr Molly zusehen, ohne dass es gleich in einen Streit ausartet?«

»Klar«, grummelte Chloe.

»Kein Problem«, sagte Jordan.

Als sie ins Haus gingen, schlang Jordan einen Arm um Emma. Molly zuliebe würde sie höflich zu Chloe sein, aber das bedeutete nicht, dass sie Emmas Ex nicht mit dieser kleinen, besitzergreifenden Geste ärgern konnte.

Jordan sah auf die Uhr. Wenn sie vermeiden wollte, Simone an der Gepäckausgabe warten zu lassen, musste sie langsam los. Sie beugte sich zu Emma, die neben ihr auf der Couch saß, und flüsterte: »Ich lasse dich nur ungern mit ihr allein, aber ich muss Simone abholen.«

»Schon okay.« Emma seufzte und blickte zu Chloe, die mit Molly auf dem Boden saß und die Lego-Tierklinik aufbaute, die sie ihr gekauft hatte. »Man könnte meinen, unsere Exen hätten beschlossen, uns gleichzeitig zu besuchen, um uns in den Wahnsinn zu treiben«, flüsterte sie Jordan ins Ohr.

»Sieht fast so aus«, murmelte Jordan. »Aber Simone weiß noch nicht, dass sie eine Ex ist. Ich werde es ihr auf dem Rückweg sagen.«

»Du meinst, sie übernachtet hier? Bei dir?« Emma hob die Brauen. »Nicht in einem Hotel?«

Hatte sie das nicht erwähnt? Für Jordan war es selbstverständlich gewesen, für Emma jedoch vermutlich nicht. Immerhin übernachtete ihre Ex im Hotel. *Mist.* Vielleicht sollte sie aufhören, so viel für selbstverständlich zu nehmen, nun, da sie in einer Beziehung war. »Sie übernachtet immer bei mir, wenn sie in der Gegend ist. Aber diesmal schläft sie natürlich im Gästezimmer«, fügte Jordan hastig hinzu.

Chloe sah mit einem breiten Grinsen von den Legosteinen auf. »Gibt's etwa schon Ärger im Paradies?«

»Nein«, antworteten Emma und Jordan gleichzeitig.

»Was bedeutet Ärger im Paradies, Mami?«, fragte Molly.

Jordan knirschte mit den Zähnen. Zwar tat es ihr für Molly leid, dass ihre andere Mutter nicht öfter zu Besuch kam, aber im Moment wünschte sie, Chloe würde auf der anderen Seite der Erde … oder, noch besser, der Galaxie wohnen.

»Nichts, Schatz«, antwortete Emma. »Deine Mama macht nur Witze.« Sie warf Chloe einen warnenden Blick zu.

Als Chloes Aufmerksamkeit sich wieder Molly und dem Lego zuwandte, beugte sich Jordan erneut zu Emma und flüsterte: »Tut mir leid, dass wir nicht vorher darüber geredet haben. Wenn das für dich ein Problem ist, kann ich Simone sagen, sie soll in einem Hotel …«

»Nein.« Die Schatten, die Emmas Augen verdunkelt hatten, verschwanden, sodass die kupferfarbenen Sprenkel in ihrer Iris wieder zu leuchten begannen. »Nein«, sagte sie leise und streichelte Jordans Bein. »Das ist nicht nötig. Es hätte mir klar sein müssen, dass Simone bei dir übernachtet. Ich habe nichts dagegen.«

»Wirklich nicht?«

»Nein, wirklich nicht. Ich vertraue dir. Geh und hol deine Freundin ab.«

Jordan hielt den Blickkontakt noch einige Sekunden länger. Als alles, was sie in Emmas Augen lesen konnte, nur ruhige Zuversicht war, nickte sie und beugte sich zu ihr, um ihr einen Abschiedskuss zu geben. Im letzten Moment küsste sie Emma stattdessen auf die Wange. Egal, wie abgelenkt durch die Lego-Tierklinik Molly wirkte, ihr schien nie zu entgehen, was die Erwachsenen taten. »Ich bin bald zurück.«

»Jordan!« Emmas Stimme ließ sie an der Tür innehalten und zurückblicken. »Willst du meinen Wagen nehmen? Er hat einen größeren Kofferraum als deiner.« Sie hielt Jordan ihren Autoschlüssel hin.

Das Angebot beinhaltete weit mehr als nur die Benutzung ihres Wagens. Emma zeigte ihr, dass sie Simone und ihre Freundschaft akzeptierte.

Jordan durchquerte das Wohnzimmer und nahm die Schlüssel entgegen, wobei ihre Finger Emmas streiften. »Danke.« Sie wollte so viel mehr sagen, aber nicht, während Molly und Emmas Exfrau jedes Wort hören konnten.

Gott, sie konnte es kaum erwarten, bis das Wochenende vorüber war und sie wieder allein sein würden.

Chloe stand vom Boden auf. »Ich muss meinen Mietwagen wegfahren. Er steht vor der Garage. Vermutlich habe ich dich zugeparkt.«

Na toll. Jordan widerstand nur mit Mühe dem Drang, mit den Augen zu rollen.

Sobald sie das Haus verlassen hatten, baute Chloe sich vor ihr auf. Ihre rauchgrauen Augen blitzten gefährlich. »Du glaubst wohl, du kannst einfach auftauchen und mir meine Familie wegnehmen?«

»Deine Familie?« Jordan schüttelte energisch den Kopf. »Du hast deinen Platz in dieser Familie aufgegeben, als du Emma betrogen hast.«

Chloe ballte die Hände zu Fäusten. »War ja klar, dass sie dir davon erzählt. Aber hat sie dir auch gesagt, dass ich versucht habe, für unsere Beziehung zu kämpfen, während sie einfach aufgegeben hat?«

Jordan sah sie ruhig an. »Dafür hatte sie sicher ihre Gründe. Aber das geht nur euch beide etwas an.« Um ehrlich zu sein, wollte sie keine Einzelheiten erfahren. Sie zog es vor, nicht über Emma mit anderen Partnerinnen nachzudenken.

»Verdammt richtig! Aber eines sage ich dir.« Chloe trat einen Schritt vor und bohrte ihren Zeigefinger in Jordans Brust.

Der Drang, die Hand wegzuschlagen oder Chloe wegzuschubsen, brachte Jordans Haut zum Jucken, aber sie zwang sich, still dazustehen und Chloe aus zusammengekniffenen Augen zu betrachten. Auf keinen Fall würde sie eine Schlägerei riskieren, bei der ihr Handgelenk womöglich erneut verletzt werden würde, besonders nicht in Mollys Nähe.

Chloe knurrte wie ein Hund, dem man den Knochen weggenommen hatte. »Wenn du einer von beiden wehtust, dann werde ich …«

»Oh nein.« Jordan stieß ein ungläubiges Lachen aus. »Du hast kein Recht, mir diese Moralpredigt zu halten. Du warst doch diejenige, die die beiden verletzt hat! Wenn du in der Beziehung nicht mehr glücklich gewesen bist oder dich in eine andere verliebt hattest, dann hättest du mit Emma reden und Schluss machen sollen, anstatt sie zu betrügen. Eine Frau wie Emma hat etwas Besseres verdient. *Jede* Frau hat etwas Besseres verdient.«

Chloe senkte den Kopf, weniger wie eine beschämte Person, sondern eher wie ein wütender Stier, der gleich angreifen würde. »Sie hat auch etwas Besseres als dich verdient.«

Hatte sich Chloe umgehört und von Jordans Ruf als Frauenheldin erfahren? Wenn Emma ihrer Ex gesagt hatte, dass sie Nachbarinnen waren, hätte es nur einer Google-Suche bedurft, um ihren Nachnamen und ihren Beruf herauszufinden. Als Ärztin hatte Chloe vielleicht Bekannte, die im Krankenhaus arbeiteten und von Jordan gehört hatten.

»Vielleicht«, sagte Jordan kühl. »Aber es steht dir nicht zu, das zu beurteilen. Und mir auch nicht. Emma ist die Einzige, die diese Entscheidung treffen kann, und ich werde mein Möglichstes tun, damit sie es nie bereuen muss.«

Automatisch wanderte ihr Blick zurück zum Haus.

Die Eingangstür stand auf, obwohl Jordan sie geschlossen hatte. Emma stand im Türrahmen und starrte sie an. Ein Lächeln erhellte ihr Gesicht.

Ihre Blicke trafen sich und die Zuneigung oder womöglich sogar Liebe in Emmas Augen ließ Jordan vergessen, dass Chloe irgendwo hinter ihr lauerte.

Scheinbar hatte Emma gehört, was sie eben gesagt hatte … und schien ziemlich zufrieden mit dem Gehörten. Vielleicht war Jordan ja doch keine Versagerin, was Beziehungen betraf.

»Ähm, ich wollte den Kindersitz aus dem Auto holen, bevor du damit wegfährst«, sagte Emma. »Chloe will mit Molly in ein Restaurant, nachdem sie Gelegenheit hatte, mit ihrem Geschenk zu spielen.«

Jordan nickte. »Ich hole ihn dir.« Sie ignorierte Chloes finsteren Blick und marschierte an ihr vorbei zur Garage.

Ein Déjà-vu-Gefühl überkam Jordan, als sie durch die Schiebetüren am Flughafen eilte. Schon wieder war sie zu spät dran und hatte Simone warten lassen. Der Verkehr war auf der gesamten Strecke nur zäh geflossen und durch Chloes Konfrontation in der Auffahrt war sie zu spät von zu Hause losgefahren.

Als sie an der Gepäckausgabe ankam, saß Simone neben dem fast leeren Band auf ihrem Koffer. Als Jordan auf sie zu joggte, stand sie auf und schüttelte den Kopf. »Lass mich raten. Deine Katze ist schuld, dass du dich verspätet hast.«

»Nein«, sagte Jordan mit einem schiefen Lächeln. »Diesmal war es eine Frau. Na ja, eigentlich eher drei Frauen.«

Simone lachte. »Wow. Reicht dir eine Frau jetzt schon nicht mehr?«

»Eine ist mehr als genug für mich«, sagte Jordan, nun ohne zu lachen.

Simone schien es nicht zu bemerken. Als Jordan nähertrat, um sie zu umarmen, stellte sie sich auf die Zehenspitzen und wollte sie küssen.

Rasch drehte Jordan den Kopf, sodass Simones Lippen auf ihrer Wange landeten statt auf ihrem Mund.

»Was ist denn mit dir los?« Simone musterte sie argwöhnisch. »Seit wann bist du zu schüchtern, um mich in der Öffentlichkeit zu küssen? Ich erinnere mich noch gut daran, wie du es einmal nicht abwarten konntest, bis wir bei dir zu Hause ankamen. Du bist rechts rangefahren und hast …«

»Ja, danke, ich erinnere mich. Aber das war früher und jetzt …« Sie hatte eigentlich warten wollen, bis sie im Auto saßen und nicht an der Gepäckausgabe einem einsamen Koffer zusahen, wie er immer wieder an ihnen vorbeizog. Aber vielleicht spielte der Ort keine Rolle. Das erste Mal, dass sie Emma geküsst hatte, war schließlich in einer Garage gewesen. »Simone, ich … ich muss dir was sagen. Es hat sich vieles verändert in meinem Leben und einiges davon betrifft dich auch.«

Simone zog den Teleskopgriff ihres Koffers heraus. »Lass mich raten. Du willst umziehen und dann kann ich nicht mehr bei dir übernachten, wenn ich geschäftlich in L.A. bin.«

»Äh, nein. Das ist es nicht. Ich mag das Haus, in dem ich lebe.«

»Du und deine Familie habt in einem Reihenhaus gewohnt, als dein Vater bei der Army war, oder?«, fragte Simone. Als Jordan nickte, fügte sie hinzu: »Vielleicht fühlt sich deine Doppelhaushälfte deshalb so vertraut an.«

Das mochte einer der Gründe sein, aber Jordan war sicher, dass Emma diejenige war, die ihre Wanderlust, wie Simone es nannte, geheilt hatte.

»Wenn es nicht das ist, was du mir sagen wolltest, was ist es dann?« Eine Falte entstand zwischen Simones elegant geschwungenen Augenbrauen. Sie umklammerte den Koffergriff mit beiden Händen. »Du bist doch nicht krank, oder?«

»Nein«, sagte Jordan eilig. »Das ist es auch nicht. Na ja, früher hätte ich es sicher als Krankheit bezeichnet, aber …« Sie holte tief Luft. »Seit deinem letzten Besuch hat sich viel verändert. Ich … ich bin jetzt in einer Beziehung.«

Die Laptoptasche begann, von Simones Schulter zu rutschen.

Jordan nahm sie ihr ab und schlang sie über ihre eigene Schulter.

Sie starrten einander an.

»Ähm, könntest du bitte etwas sagen?«, drängte Jordan.

Simone räusperte sich. »Habe ich es dir nicht gleich gesagt?« Ihre Stimme wurde mit jedem Wort lauter und weniger zitterig. Sie lachte und klopfte Jordan auf die Schulter. »Ich habe dich gewarnt, dass eines Tages eine Frau sich auf dieselbe Weise wie die Katze in dein Leben schleichen würde.«

»Ja, ich schätze, das hast du.« Jordan rieb sich den Nacken. »Ich habe es nicht kommen sehen.«

Ein Grinsen machte sich auf Simones Gesicht breit. »Es ist deine süße Nachbarin, stimmt's?«

Jetzt war Jordan diejenige, die fast die Laptoptasche fallen ließ. Sie umklammerte den Träger und starrte Simone an. »Woher weißt du das?«

»Bei meinem letzten Besuch konntest du nicht aufhören, ihren Hintern anzustarren.«

»Ich starre Frauen immer auf den Hintern. Na ja, jetzt natürlich nicht mehr.«

Simone zuckte mit den Schultern. »Ja, aber du hast auch den Rest von ihr angestarrt. Und du hast mir den kürzesten Abschiedskuss in der Geschichte der Menschheit gegeben, damit du ihr bei ihren Problemen mit dem Auto helfen konntest.«

Hitze schoss Jordan in die Wangen. Hatte sie das wirklich getan?

Passagiere vom nächsten Flug strömten in die Gepäckausgabe.

Jordan nahm Simones Koffer und führte sie zum Auto.

Simone beäugte den Prius. »Sag nicht, du hast deinen Sportwagen verkauft!«

»Was? Oh nein. Der gehört Emma. Ich hab ihn nur ausgeliehen, weil der Kofferraum des Cabrios winzig ist und ich nicht wusste, wie viele Koffer du mitbringst.«

»Wow. Ihr tauscht schon die Autos aus. Lässt du sie auch deinen Wagen fahren?«

»Äh, ja.« Erneut wurden Jordans Wangen heiß. Sie öffnete den Kofferraum und verstaute Simones Gepäck, um einen Moment zu haben, sich zu sammeln.

Simone stieß einen leisen Pfiff aus. »Das mit euch ist wirklich ernst, oder?«

»Sehr ernst«, sagte Jordan. Sie stiegen ein, aber sie schaltete den Motor noch nicht ein. Stattdessen betrachtete sie Simone über die Mittelkonsole hinweg. »Und das ist auch der Grund, warum du und ich …«

Oh Mann. Genau aus diesem Grund hatte sie nie eine Beziehung angefangen. Mit jemandem Schluss zu machen, war unsagbar schwer.

Simone griff über die Konsole und legte die Hand auf Jordans. Ihre Finger waren warm und beruhigend. »Mach dir keinen Kopf. Ich verstehe schon. Dieser Teil unserer Freundschaft ist für immer vorbei, oder?«

Jordan nickte, erleichtert, dass Simone es an ihrer Stelle ausgesprochen hatte. Sie zwang sich, ihr in die Augen zu sehen. »Kommst du damit klar?«

»Warum sollte ich nicht damit klarkommen?«, fragte Simone.

War es wirklich so leicht, sie zu vergessen? Jordan versuchte, sich ihr Missfallen nicht anmerken zu lassen. »Ich weiß auch nicht. Ich dachte nur …«

Simone lachte. »Gut zu wissen, dass dein Ego noch das alte ist.« Dann wurde sie ernst und tätschelte Jordans Hand, bevor sie ihre zurückzog. »Ich werde es vermissen«, sagte sie leise. »Du kennst mich und meinen Körper unglaublich gut. Du berührst mich und … meine Güte!« Sie atmete langgezogen aus.

Jordan räusperte sich und wandte den Blick ab. Was sollte sie dazu sagen?

»Emma ist ein Glückspilz. Ich hoffe, sie weiß das.«

Ein Lächeln schlich sich auf Jordans Gesicht. »Ich bin der Glückspilz.«

Simone schüttelte den Kopf. Ihr wehmütiger Gesichtsausdruck wich einem amüsierten Grinsen. »Gott, du bist wirklich total verknallt. Daran muss ich mich erst mal gewöhnen. Aber ich wusste immer, dass es irgendwo tief in dir steckt.«

»Es?«, fragte Jordan.

»Die Liebe.«

Noch hatte keine von beiden ihre Gefühle als Liebe bezeichnet, aber wenn sie in sich hineinhorchte, wusste Jordan, dass es genau das war. »Da bist du wohl die Einzige, die das wusste«, murmelte sie. Sie selbst war von ihren Gefühlen für Emma ebenso überrumpelt worden wie von ihrem Sturz vom Baum.

Simone sah sie auffordernd an. »Lass uns gehen. Dein Gästezimmer wartet auf mich.«

Jordan drückte die Taste, die den Motor startete, doch statt loszufahren, beugte sie sich über die Mittelkonsole und küsste Simone auf die Wange. Auch wenn sie nie wieder miteinander schlafen würden, hätte sie es doch sehr bedauert, sie als Freundin zu verlieren. »Danke.«

»Fertig!« Auf dem Wohnzimmerboden kniend, deutete Chloe triumphierend auf die Lego-Tierklinik, die sie und Molly aufgebaut hatten. »Dann mal los zum Pizzaessen!«

Molly sprang auf, zögerte dann jedoch. Ihr Blick wanderte zur Tierklinik. »Können wir warten, bis Jordan wiederkommt? Ich will ihr die Klinik zeigen.«

Chloe machte ein Gesicht, als röche es nach faulen Eiern.

Emma musste sich ein Lachen verkneifen.

»Du kannst sie ihr doch morgen zeigen«, sagte Chloe.

»Biiiiitte! Ich will sie ihr heute zeigen.«

Chloe seufzte. »Na schön.« Sie sah auf die Uhr. »Wo bleibt sie denn? So lange kann es doch nicht dauern, ihre … Freundin abzuholen?« Das Wort *Freundin* klang, als hätte sie *Geliebte* gesagt.

Emma knirschte mit den Zähnen und zuckte so lässig wie möglich mit den Schultern. »Du weißt doch, wie dicht der Verkehr in der Nähe des Flughafens meistens ist.«

»Der Verkehr.« Chloe grinste anzüglich. »Na klar. Daran wird's liegen.«

Molly sah zwischen ihnen hin und her, als versuchte sie, aus den Untertönen ihres Gesprächs schlau zu werden.

Emma musste sich zusammenreißen, um nicht die Fernbedienung oder einen anderen Gegenstand nach ihrer Exfrau zu werfen. Gott, so ein Arschloch war Chloe doch sicher nicht gewesen, als sie noch verheiratet gewesen waren, oder?

»Molly«, sagte Emma ruhig. »Geh doch bitte einen Pulli holen, den du im Restaurant anziehen kannst, wenn dir kalt wird.«

»Ich hole den pinkfarbenen Pulli!« Molly rannte zu ihrem Zimmer.

Sobald ihre Tochter außer Hörweite war, wandte sich Emma Chloe zu. »Bist du gekommen, um Molly zu besuchen, oder um mir das Leben schwer zu machen?«

»Ich weiß nicht, wovon du …«

»Lass den Quatsch, Chloe.« Emma klappte abrupt den Mund zu. *Wow.* Früher hatte sie nie so mit Chloe geredet. Sie straffte die Schultern. Tja, vielleicht hätte sie es tun sollen.

»Es ist nicht meine Absicht, dir das Leben schwer zu machen. Ich mache mir nur Sorgen. Molly hat Jordan offensichtlich ins Herz geschlossen und ich frage mich, was passiert, wenn …« Chloe stand vom Boden auf und ließ sich auf das andere Ende des Sofas fallen. Sie hob einen Legostein auf, der unter den Couchtisch gerutscht war, und betrachtete ihn eingehend. »Ich weiß, dass ich Mist gebaut habe. Ich habe einen Fehler gemacht … einen riesigen Fehler … und der hatte Auswirkungen nicht nur auf dich und mich, sondern auch auf Molly. Ich will nicht, dass so etwas noch mal passiert.«

Emma starrte sie an. In ihrer zehnjährigen Beziehung hatte Chloe nie irgendwelche Fehler eingestanden. Sie wusste nicht, was sie dazu sagen sollte. »Es wird nicht passieren«, brachte sie schließlich zustande.

»Das kannst du nicht wissen«, sagte Chloe leise.

»Nein, kann ich nicht, aber Jordan ist …«

Ein Klopfen an der Tür unterbrach sie. »Wir sind zurück«, rief Jordan.

Vertraute Schritte kamen den Flur herab. Obwohl das Wiedersehen mit Simone sie nervös machte, ging das Kribbeln durch Emma, das sie immer spürte, wenn Jordan in der Nähe war.

Ihre Blicke trafen sich, als Jordan eintrat.

Jordan lächelte beruhigend und machte dann einen Schritt zur Seite, um Simone eintreten zu lassen.

Himmel, Emma hatte vergessen, wie umwerfend Jordans Freundin mit gewissen Vorzügen aussah. Viele Frauen hätten eine Niere dafür geopfert, ihre wunderschönen Locken oder ihre perfekten weißen Zähne zu haben, die sich von ihrer dunklen Haut abhoben, als Simone ihr zulächelte.

Sie musste zugeben, dass Simone und Jordan ein schönes Paar abgegeben hatten. Das Wissen darum, wie leidenschaftlich der Sex zwischen ihnen gewesen war, trug auch nicht gerade zu ihrer Beruhigung bei.

Simone durchquerte das Wohnzimmer, wobei sie sich anmutig durch die Legotiere schlängelte, die überall am Boden verstreut lagen. Als sie vor Emma stand, zog sie sie sofort in eine warme Umarmung. »Herzlichen Glückwunsch.«

Emma brauchte einige Augenblicke, um sich von ihrer Überraschung zu erholen und die Umarmung zu erwidern. Erleichterung durchrieselte sie. Wenigstens eine von ihnen beiden hatte einen guten Geschmack, was ihre Exen anging. Es war unmöglich, Simone nicht zu mögen.

Schließlich trat Simone zurück. »Oder sollte ich lieber *herzliches Beileid* sagen, da du jetzt mit Jordan zusammen bist? Ich kenne doch meine alte Freundin.«

»Hey!«, protestierte Jordan.

Simone sah nicht in ihre Richtung, sondern hielt ihren Blick auf Emma gerichtet.

Alte Freundin, wiederholte Emma in Gedanken. Simone hatte diese beiden Wörter betont, um sie wissen zu lassen, dass sie und Jordan ab sofort nur noch Freundinnen sein würden. Ganz ohne die gewissen Vorzüge. Sie lächelte und nickte Simone zu. Ihre Botschaft war angekommen.

Interessiert musterte Chloe den Neuankömmling. Dann erhob sie sich von der Couch. »Hallo. Ich bin Chloe, Emmas Exfrau.«

»Simone.«

Sie fügte nichts hinzu, um zu erklären, wer sie war.

Die beiden schüttelten sich die Hände.

»Mama?«, rief Molly aus ihrem Zimmer.

»Die Mutterpflicht ruft.« Chloe ließ Simones Hand los und ging zur Tür. Als sie an Jordan vorbeikam, blieb sie stehen. Nach offensichtlichem Zögern sagte sie: »Molly will dir ihre Legoklinik zeigen, bevor wir gehen. Du solltest also hierbleiben.«

Emma starrte sie an und tauschte dann Blicke mit Jordan, die genauso überrascht aussah. Dann zuckte Jordan mit den Schultern. »Ich hatte nicht vor, irgendwo hinzugehen.«

Sie und Chloe starrten sich an wie zwei Kontrahenten im Boxring, dann nickte Chloe und ging den Flur hinab.

Emma rutschte zur Seite, um Platz für Simone auf der Couch zu machen. »Wie war dein Flug?«

Simone grinste. »Nicht halb so aufregend wie dein Tag, wie mir scheint.«

Emma erwiderte ihr Lächeln. »Ich habe so das Gefühl, dass mein Leben mit Jordan nie langweilig werden wird.«

Kapitel 25

Jordan verließ die Damenumkleide der chirurgischen Abteilung und stieß beinahe mit Dr. Sörgel zusammen. Sie hatte nicht erwartet, den Chef der allgemeinen Chirurgie am Sonntag im Krankenhaus vorzufinden. Vermutlich war er hier, um seinen administrativen Pflichten nachzukommen oder Forschung zu betreiben.

»Sie gehen schon?« Er hob seine buschigen Augenbrauen, als er von Jordans Straßenkleidung zu der großen Uhr an der Wand blickte.

Es war fünf Uhr abends. Heute Morgen hatte sie mit Simone gefrühstückt und war erst um zehn ins Krankenhaus gefahren, aber ihre Arbeit war bereits erledigt. Sie hatte nach ihren Post-OP-Patienten gesehen, die Behandlungspläne mit den Assistenzärzten besprochen und Patienten besucht, denen die OP noch bevorstand. Im Moment konnte sie nicht mehr tun, wenigstens nicht sonntags, wenn nur ein OP für Notfälle betrieben wurde, die sie noch nicht übernehmen konnte.

Sie konnte es kaum abwarten, wieder in den OP zu kommen und nicht nur zu assistieren, sondern selbst zu operieren. Ihr Physiotherapeut sagte, den Heilungsprozess könne man nicht beschleunigen, aber Jordan hatte nie akzeptiert, wenn jemand ihr sagte, etwas sei unmöglich. Morgen würden Chloe und Simone abreisen, dann konnte sie die Beweglichkeit ihrer Hand wieder mit dem Schaumstoffkissen einüben.

»Ja«, sagte sie zu ihrem Chef. »Ich bin mit allem fertig.« Früher wäre sie länger geblieben, aber jetzt warteten Emma und Molly zu Hause auf sie.

»Haben Sie kurz Zeit, bevor Sie gehen?«, fragte Dr. Sörgel.

»Klar.«

Er sah sich im Korridor um, als wollte er nachschauen, ob jemand in Hörweite war. »Ich habe neulich mit Peter Kistner gesprochen, dem Direktor des Ausbildungsprogramms für abdominale Transplantationschirurgie an der Duke University. Wir haben zusammen studiert.«

Warum erzählte er ihr das? Jordan verlagerte ihr Gewicht und wartete.

»Ich habe ihm von Ihnen erzählt und er sagte, dass er es toll fände, wenn Sie sich für sein Programm bewerben. Natürlich müssten Sie trotzdem die Vorstellungsgespräche durchlaufen, aber ich würde Ihnen eine erstklassige Empfehlung schreiben. Ihre Annahme wäre praktisch nur eine Formalität.«

»Oh. Wow.« Vor einigen Monaten wäre sie völlig aus dem Häuschen gewesen. Keine Sekunde hätte sie gezögert. Es gab kaum Frauen und noch weniger farbige Frauen in der Transplantationschirurgie und sie wäre gern eine der Wenigen gewesen. Aber jetzt gab es mehr zu bedenken als nur ihre Karrierewünsche.

Sie konnte nicht von Emma verlangen, mit ihr nach North Carolina zu ziehen. Es wäre nicht fair gewesen, Molly aus der vertrauten Umgebung zu reißen, nachdem sie erst vor zwei Monaten eingezogen waren. Selbst wenn Emma und Molly bereitwillig mit umgezogen wären, die Ausbildung zur Transplantationschirurgin würde bedeuten, dass sie zwei Jahre lang erst nach Hause kommen würde, wenn Molly längst im Bett war. Zwei Jahre lang würde sie sehr wenig Zeit für Emma haben. Und selbst danach würde ihr Leben sehr unvorhersehbar sein. Wenn ein Organ für einen ihrer Patienten verfügbar wurde, musste sie alles stehen und liegen lassen, selbst mitten in der Nacht, während eines romantischen Abendessens oder einer Geburtstagsfeier.

Ihr Chef musterte sie mit Argusaugen. »Oh wow? Das ist alles, was Sie zu sagen haben? Ich dachte, Sie würden sich freuen.«

»Ich freue mich ja auch und bin dankbar für Ihre Unterstützung, aber …« Jordan leckte sich die Lippen. Sie hatte bisher weder ihrem Chef, noch den Kollegen in ihrer Abteilung von ihrer neuen Beziehung erzählt. Von Chirurgen wurde erwartet, dass sie nur für den OP lebten. Das tat sie eigentlich auch, aber jetzt war sie nicht länger bereit, deswegen ihr Privatleben aufzugeben. »Leider kann ich mich nicht für das Programm bewerben.«

»Wie bitte? Aber Sie sagten doch, Sie könnten sich gut vorstellen, in die Transplantationschirurgie zu gehen.«

»Ja, und das war auch so.« Jordan massierte sich mit einer Hand den Nacken. »Vor sechs Monaten. Mittlerweile haben sich meine Umstände geändert. Ich habe jetzt eine Familie.«

Er legte die Stirn in Falten. »Ich dachte, Sie wären …« Er wedelte mit einer Hand. »Sie wissen schon.«

»Bin ich auch. Aber das heißt nicht, dass ich keine Kinder haben kann.« Fast hätte sie Emmas Worte wiederholt und ihm gesagt, dass auch Lesben eine voll funktionsfähige Gebärmutter hatten, aber sie zügelte sich. Ihr Chef würde ihren Sinn für Humor wohl nicht teilen.

Sein Blick glitt zu ihrem Bauch. »Sie sind doch nicht etwa …?«

»Nein. Himmel, nein.« Energisch schüttelte Jordan den Kopf. »Aber ich bin jetzt in einer Beziehung und meine Partnerin hat eine kleine Tochter.«

»Verstehe. Sie wissen aber schon, dass es Leute gibt, die beides unter einen Hut bringen und Elternteil und Transplantationschirurg gleichzeitig sind?«

Leute, wiederholte Jordan in Gedanken. In Wahrheit meinte er wohl eher *Männer*. Väter, die die meiste Zeit bei der Arbeit verbrachten, während ihre Frauen zu Hause bei den Kindern blieben. Jordan war in einer solchen Familie aufgewachsen und sie wollte nicht, dass Molly unter denselben Umständen aufwuchs. »Ich weiß«, sagte sie. »Aber das ist nichts für mich.«

Seine Lippen verzogen sich zu einer abfälligen Grimasse. »Lassen Sie mich wissen, falls Sie Ihre Meinung ändern.«

Sie sah ihm nach und machte automatisch einen Schritt vorwärts, um ihm zu folgen. Dann hielt sie sich zurück. »Danke für alles«, rief sie ihm nach, bevor sie zum Aufzug ging. Jeder Schritt war entschlossener als der zuvor. Als die Fahrstuhltüren vor ihr aufglitten, lächelte sie. Egal, was Dr. Sörgel von ihr erwartete oder was früher ihre Ziele gewesen waren, ihre Absage fühlte sich richtig an. Sie würde es sich nicht anders überlegen.

Viel früher als erwartet klingelte es an der Tür. Mit einem Stirnrunzeln schloss Emma ihr E-Mail-Programm und ging zur Tür. Das konnte doch nicht schon Chloe sein, die Molly zurückbrachte, oder?

Doch als sie die Tür öffnete, stand ihre Exfrau mit ihrer Tochter vor ihr.

»Was macht ihr denn schon hier?« Chloe hatte vorgehabt, erneut mit Molly etwas essen zu gehen, bevor sie zum Flughafen fuhr.

»Äh …« Chloe sah auf ihre Armbanduhr.

Mit dieser Geste war Emma noch immer sehr vertraut. »Was ist los?«

»In der Praxis ist die Hölle los, deshalb muss ich morgen ganz früh zur Arbeit. Wenn ich jetzt aufbreche, kann ich einen früheren Flug nehmen und bin gegen …«

»Aber du hast doch gesagt, du liest mir noch eine Gute-Nacht-Geschichte vor, bevor du gehst!«, rief Molly.

»Ich weiß, Molly, aber da wusste ich noch nicht, dass …«

Molly trat nach der Kommode im Flur, was die Vase darauf umstürzen ließ, und rannte in ihr Zimmer.

Emma fing die Vase auf, bevor sie am Boden zerschellen konnte.

»Molly!«, rief Chloe ihr nach. Sie sah Emma hilflos an, machte aber keine Anstalten, ihrer Tochter zu folgen.

Einige Sekunden lang war Emma so verblüfft und wütend, dass es ihr die Sprache verschlug. Sie hätte die gerettete Vase Chloe am liebsten über den Kopf geschlagen. »Ich kann wirklich nicht verstehen, wie ich je glauben konnte, du würdest eine gute Mutter sein!«

»Das ist nicht fair, Emma. Ich …«

»Nicht fair? Nicht fair?« Emmas Stimme überschlug sich. »Ich sage dir, was nicht fair ist. Deiner sechsjährigen Tochter Versprechungen zu machen und sie dann zu brechen. Das ist nicht fair!«

»Beruhige dich. Ich …«

»Deine Frau in dem Ehebett zu betrügen, das du mit ihr geteilt hast … das ist nicht fair. Hier aufzutauchen und zu versuchen, das Leben zu sabotieren, das wir uns aufgebaut haben … das ist nicht fair.«

Es klopfte und dann schwang die Tür so schnell auf, dass sie Chloe fast in den Rücken traf.

»Ist alles okay?« Jordan stand im Türrahmen und sah zwischen ihnen hin und her. »Ich habe gehört, wie hier drin gebrüllt wurde.«

»Alles bestens«, sagte Emma zwischen zusammengebissenen Zähnen. »Chloe wollte eben gehen.«

»Emma …«

»Nein, Chloe. Ich habe deine Ausreden satt. Verabschiede dich von Molly und dann geh.«

Einen Moment lang wirkte Chloe, als wollte sie protestieren.

Jordan stellte sich demonstrativ neben Emma.

Mit zusammengepressten Lippen marschierte Chloe zu Mollys Zimmer.

Sofort nahm Jordan Emma in die Arme. »Was ist passiert?«

Emma ließ sich gegen Jordans Körper sinken und atmete tief ihren beruhigenden Duft ein. »Chloe hatte eigentlich vor, den späteren Flug zurück zu nehmen, um mehr Zeit mit Molly verbringen zu können, aber jetzt will sie früher abfliegen. Molly war natürlich ziemlich enttäuscht.«

»Was für ein Arschloch«, murmelte Jordan. »Arme Molly.« Sie streichelte Emmas Rücken. »Soll ich meine berühmten Erdnussbutterburger zum Abendessen machen? Das wird sie aufmuntern.«

Einen Moment lang schloss Emma die Augen und genoss Jordans sanftes Streicheln. Gott, wie hatte sie auch nur für eine Sekunde annehmen können, Jordan wäre wie Chloe? Außer ihrem Beruf hatten die beiden nichts gemeinsam. Jordan würde sie und Molly nie so verletzen, wie Chloe es getan hatte. Die letzten Zweifel, die sie an ihrer Beziehung gehabt hatte, verpufften und sie beschloss, dass sie Molly von ihnen erzählen würde, sobald ihre Tochter sich von Chloes Besuch erholt hatte.

Sie umklammerte Jordan fester, doch bevor sie ihr von ihrem Entschluss erzählen konnte, klingelte es an der Tür. Zögernd ließ sie Jordan los und öffnete die Tür.

Simone stand vor ihr. Sie trug eine enge Jeans und ein Oberteil, das so kurz war, dass es ihr Bauchnabelpiercing enthüllte.

Welch Unterschied zu der professionellen Geschäftsfrau in Blazer und knielangem Rock, die Emma heute Morgen gesehen hatte! Sie starrte Simone an.

»Hallo«, sagte Simone. »Ich habe Jordan nach Hause kommen sehen, aber sie ist nicht reingekommen. Ist sie bei dir?«

»Ich bin hier«, sagte Jordan.

Emma öffnete die Tür weiter. »Komm doch rein«, sagte sie, während sie gleichzeitig Mollys Zimmertür im Auge behielt. Kein Geschrei oder Weinen war zu hören. Hoffentlich ging es Molly gut. Sie würde gleich nach ihr sehen.

Jordan stieß einen leisen Pfiff aus, während sie Simone musterte. »Du hast dich nicht derart in Schale geworfen, um mit uns zu Abend zu essen, oder?«

»Nein. Makayla hat angerufen und gefragt, ob ich mit ihnen Essen gehe und dann mit in den Club komme. Ich soll dich auch fragen. Scheinbar hat sie dich schon seit Ewigkeiten nicht mehr gesehen. Also, wie sieht's aus?«

Jordans Blick huschte zu Emma.

»Du kannst auch mitkommen«, sagte Simone und lächelte Emma freundlich an. »Je mehr, desto besser.«

»Ich habe keinen Babysitter für Molly. Und außerdem hat sie einen harten Tag hinter sich, da will ich sie nicht allein lassen.« Emma bereute es nicht. Nach Chloes Besuch war sie nicht in der Stimmung, auszugehen. Sanft stupste sie Jordan an. »Aber du kannst gehen, wenn du willst. Das macht mir wirklich nichts aus.«

»Nein, schon okay«, antwortete Jordan, ohne zu zögern. Zu Simone sagte sie: »Grüß Makayla und die anderen von mir.«

»Bist du sicher, dass du nicht mitkommen willst?«, fragte Simone.

Jordan nickte bestimmt und schlang einen Arm um Emmas Schultern.

Die Wärme ihres Körpers lockerte Emmas verkrampfte Muskeln. Erst jetzt merkte sie, wie angespannt sie gewesen war.

»Viel Spaß«, sagte Jordan. »Ich sehe dich doch noch, bevor du morgen abreist, oder?«

»Klar. Ich fahre vor meinem Meeting im Krankenhaus vorbei und du gibst mir einen Kaffee aus.«

»Ach ja?«

»Ja. Und eines dieser sündhaften Schokocroissants.« Simone beugte sich vor, küsste Jordan auf die Wange und berührte Emmas Arm, bevor sie winkte und die Tür hinter sich schloss.

Jordan hielt Emma ein paar Augenblicke länger im Arm und trat dann zurück. »Ich geh mich waschen und dann mache ich die Burger.«

Eine Welle der Zuneigung überkam Emma. Ach, wem wollte sie etwas vormachen? Es war nicht nur Zuneigung. Es war Liebe. So sehr sie auch dagegen angekämpft hatte, sich zu verlieben, sodass sie nicht völlig die Kontrolle verlieren und erneut verletzt werden würde, sie konnte es nicht mehr leugnen. Sie war verliebt. Doch bevor sie ihr wild klopfendes Herz so weit beruhigen konnte, um es Jordan zu gestehen, war Jordan den Flur hinab verschwunden.

Auf dem Weg zum Badezimmer schob sie sich an Chloe vorbei und nickte ihr steif zu.

Als die Badezimmertür hinter ihr ins Schloss fiel, marschierte Chloe auf Emma zu.

»Wie geht es ihr?«, fragte Emma.

Chloe zuckte mit den Schultern. »Sie wird es überleben.«

Emma biss die Zähne so fest zusammen, dass sie knirschten.

»Sei bitte vorsichtig.« Chloes graue Augen wirkten wie Wolken kurz vor einem Gewitter.

»Vorsichtig?«, wiederholte Emma. Sie blickte immer noch in die Richtung, in die Jordan verschwunden war.

»Kannst du nicht sehen, dass da was zwischen ihr und Simone läuft?«

Emma riss den Blick von der Badezimmertür los. »Quatsch. Die beiden sind nur Freundinnen.«

»Bis dann irgendwann mehr daraus wird«, murmelte Chloe.

Zorn ballte sich in Emmas Magengrube zusammen und schien dann zu explodieren. »Ich weiß, ich habe gesagt, du könntest zu Besuch kommen, wann immer du willst, aber ab sofort hast du dich an Regeln zu halten.«

»Regeln?« Chloe zog das Wort in die Länge.

»Ja, Regeln«, wiederholte Emma mit Nachdruck. »Erstens buchst du in Zukunft nur noch Flugtickets, die man nicht umtauschen kann. Und wenn du Molly je wieder etwas versprichst und das Versprechen dann ohne guten Grund brichst, beantrage ich das alleinige Sorgerecht.«

»Das kannst du nicht t…«

»Oh doch, ich kann und ich werde! Mir reicht es. Das Gleiche gilt, wenn du je wieder versuchen solltest, dich zwischen mich und Jordan zu stellen. Nur weil du mich betrogen hast, heißt das noch lange nicht, dass sie es auch tun würde.«

»Das glaubst auch nur d…«

Scharf hob Emma die Hand. »Stopp! Die Regeln gelten ab sofort, denk also besser darüber nach, bevor du weitersprichst.« Sie öffnete die Tür. »Auf Wiedersehen, Chloe.«

Ihre Kiefer mahlten, als Chloe an ihr vorbeistürmte. Draußen drehte sie sich um und öffnete den Mund, doch bevor sie etwas sagen konnte, schlug ihr Emma die Tür vor der Nase zu.

Mehrere Sekunden lang stand Emma reglos da. Langsam verrauchte ihre Wut und sie musste lachen. Himmel, das hatte gutgetan. Vermutlich hätte sie Chloe schon vor langer Zeit einmal die Meinung sagen sollen.

Tief durchatmend ging sie den Flur hinab. Erst würde sie nach Molly sehen, dann würde sie ins Badezimmer schlüpfen und Jordan ihre Liebe gestehen und ihr sagen, dass sie Molly und dem Rest der Welt so schnell wie möglich von ihrer Beziehung erzählen wollte.

Jordan spritzte sich Wasser ins Gesicht. Was für ein Tag! Früher wäre sie bereitwillig mit Simone in den Club gegangen, um etwas Dampf abzulassen, aber jetzt hatte sie nicht das geringste Verlangen, mit anderen Frauen zu feiern oder sie anzusprechen. Alles, was sie wollte, war, den Abend mit ihrer Familie zu verbringen und Molly aufzuheitern.

Ein Lächeln schlich sich auf ihre Lippen. Es mochte verrückt sein, aber es fühlte sich tatsächlich an, als ob sie bereits eine Familie wären.

Ihr Lächeln erstarb. Emma schien nicht dieser Meinung zu sein. Sie zögerte noch immer, Molly von ihrer Beziehung zu erzählen.

Jordan seufzte. Sobald ihre Exen gegangen waren, würde sie noch einmal mit Emma reden. Vielleicht konnten sie einen Kompromiss schließen und wenigstens einen Schritt in die richtige Richtung machen. Zum Beispiel hätte sie gern Kleidung zum Wechseln bei Emma gelassen, damit sie nach der Arbeit duschen konnte, statt sich nur Gesicht und Hände zu waschen. Zwar wohnten sie direkt nebeneinander, aber seit sie wieder arbeiten ging, verbrachte sie nur die Nächte zu Hause. Und wenn es nach ihr ging, würde sich auch das bald ändern.

Es ging ihr nicht um Sex. Okay, nicht *nur* um Sex. Natürlich sehnte sie sich danach, jeden Zentimeter von Emmas Körper zu küssen und zu berühren und sie so oft zum Höhepunkt zu bringen, bis Emma vergaß, dass sie je mit einer anderen zusammen gewesen war. Aber genauso sehr sehnte sie sich danach, Emma im Arm zu halten, während sie einschliefen, und sie morgens wachzuküssen.

Als hätten diese Gedanken Emma herbeigerufen, öffnete sich die Tür und Emma betrat das Bad.

Ihre Blicke trafen sich im Spiegel über dem Waschbecken. Was sie in Emmas Blick sah, ließ Jordan das Wasser abstellen und sich umdrehen.

Emma schloss die Tür hinter sich und trat näher, so nah, dass sich ihre Körper berührten.

Ehe Jordan etwas sagen konnte, war Emmas Mund auf ihrem.

Der Rand des Waschbeckens drückte sich von hinten in ihre Oberschenkel, aber sie ignorierte es.

Wow. Was war denn in Emma gefahren?

Dann vergaß sie auch diesen Gedanken, schlang die Arme um Emma und zog sie näher.

Als der Kuss hitziger wurde, schlüpfte sie mit einer Hand unter Emmas T-Shirt und ließ ihre Finger über ihren Rücken und ihre Seite wandern. Emmas Haut war warm und unglaublich weich. Jordan hätte sie bis in alle Ewigkeit weiter streicheln können.

Stöhnend drängte sich Emma an sie. »Feucht«, keuchte sie an Jordans Lippen.

»Oh ja«, flüsterte Jordan mit rauer Stimme. »Ich auch.«

»Nein, ich meine … Deine Hände sind feucht.«

»Mal sehen, ob ich dem abhelfen kann.« Jordan fuhr mit den Händen über Emmas samtweiche Jeans, trocknete ihre Finger daran ab, umfasste ihre Pobacken und zog Emma gegen ihren Schenkel.

Mit einem weiteren Stöhnen warf Emma den Kopf zurück und entblößte ihren Hals.

Dieser Einladung konnte Jordan nicht widerstehen. Sie küsste und knabberte an der weichen Haut ihres Halses und genoss dabei die Laute, die Emma von sich gab. Sanft biss sie ihr ins Ohrläppchen, bevor sie flüsterte: »Wo sind Chloe und Molly?«

»Chloe ist gegangen und Molly ist … Himmel, Jordan! … in ihrem Zimmer und sucht Gute-Nacht-Geschichten für nachher aus. Wir sollen ihr heute beide eine vorlesen. Ich hab ihr gesagt, dass ich nur kurz nach dir sehe.«

Das hieß, dass Molly gleich an die Tür klopfen würde. Jordan ließ von Emmas Ohrläppchen ab, seufzte und brachte ihre Hände in sichereres Territorium auf Emmas Hüften. »Wie wäre es, wenn wir ihr statt der Gute-Nacht-Geschichten von uns erzählen? So heiß es auch ist, heimlich im Badezimmer zu knutschen wie zwei Teenager, ich will mehr als das. Ich möchte die Nacht mit dir verbringen.«

Emmas Pupillen weiteten sich vor Verlangen und ihre Wangen waren gerötet. Sie hielt sich an Jordan fest, als wären ihr die Knie weich geworden. »Das will ich auch. Gott, du ahnst nicht, wie sehr ich es will. Wie sehr ich dich will.«

»Aber?«, fragte Jordan. Irgendwie schien es bei diesem Thema immer ein Aber zu geben. Sie hatte versucht, geduldig zu sein, denn sie wusste, dass es für Emma und Molly ein gewaltiger Schritt war. Aber nun konnte sie die Frustration nicht mehr aus ihrer Stimme fernhalten. In letzter Zeit schien ihr ganzes Leben nur noch aus Warten zu bestehen: Warten darauf, dass ihr Handgelenk seine volle Beweglichkeit zurückerhielt und sie wieder operieren konnte. Warten darauf, dass ihre Exen abreisten. Warten darauf, dass Emma endlich den nächsten Schritt in ihrer Beziehung machte.

Wenn Jordan eines hasste, dann war das Warten. Sie ließ Emma los und schlüpfte zwischen ihr und dem Waschbecken hervor.

»Kein Aber«, sagte Emma. »Chloe hat mich eben vor dir gewarnt, bevor sie gegangen ist, und ich habe ihr gesagt …«

Jordan hämmerte ihre gesunde Hand auf den Rand des Waschbeckens. »Zum Teufel mit Chloe! Es geht hier um uns, nicht um Chloe. Ich habe es satt, ständig mit deiner Exfrau verglichen zu werden, nur weil wir beide Chirurginnen sind.«

Emma starrte sie an. Die Farbe wich aus ihren eben noch geröteten Wangen.

Der Wunsch, sie in den Arm zu nehmen und zu trösten, drohte Jordan zu überwältigen, aber sie kämpfte dagegen an. Ihr Ärger hatte sich schon seit einer Weile angestaut und wenn sie sich jetzt nicht endlich Luft verschaffte, würde sie daran ersticken. »Worauf warten wir eigentlich? Worauf wartest *du*? Ich habe Simone von uns erzählt. Ich habe sogar das Angebot meines Chefs abgelehnt, mich für ein Ausbildungsprogramm zu empfehlen. Ich habe ihm gesagt, dass ich jetzt in einer Beziehung bin und nicht mehr rund um die Uhr bei der Arbeit sein will.«

Emma blinzelte. »Im Ernst?«

»Ja. Was muss ich sonst noch tun, um dir zu beweisen, wie ernst es mir mit uns ist?«

»Nichts. Ich ...«

Jordan hob die Hand. »Ja, ich mag Frauen und ich habe mit vielen geschlafen. Aber im Gegensatz zu deiner Ex habe ich nie einen Hehl daraus gemacht. Ich habe nie eine Frau belogen oder betrogen. Ich habe nie einer Frau gesagt, dass ich sie liebe. Aber ich liebe dich, verdammt noch mal, warum kannst du also nicht ...?«

»W-was hast du gerade gesagt?«

»Ich habe nie eine Frau betrogen«, sagte Jordan. »Das habe ich dir schon mal gesagt. Ich würde nie ...«

»Nein. Nicht das. Das weiß ich doch längst.« Emma schwankte ein wenig und klammerte sich mit einer Hand am Waschbecken fest. »Hast du eben gesagt ...?«

Jordan wiederholte innerlich, was sie Emma eben an den Kopf geworfen hatte. *Mist.* Hatte sie das wirklich gesagt? »Tut mir leid«, sagte sie, weigerte sich aber, den Blick von Emmas weit aufgerissenen Augen abzuwenden. »Ich wollte nicht, dass du es auf diese Weise erfährst. Aber ich nehme es nicht zurück.«

Tränen glänzten in Emmas Augen. »Das will ich auch nicht. Nicht, wenn du es ernst gemeint hast.«

Jordan hatte nicht vorgehabt, es auszusprechen. Sie hatte sich noch nicht einmal erlaubt, es bewusst zu denken, aber nun, da es ihr herausgerutscht war, hatte sie keine Zweifel daran. »Ich meine es sehr ernst.« Sie versuchte, Emma eines ihrer selbstbewussten Lächeln zu schenken, aber es fühlte sich ziemlich wackelig an. Verdammt, hatte sie etwa auch Tränen in den Augen? »Du bist mein Schokoladencupcake mit Erdnussbutterfüllung und ich will, dass die ganze Welt von uns erfährt. Können wir es bitte Molly sagen?«

»Ja«, flüsterte Emma. Sie warf sich Jordan in die Arme und ließ Küsse auf ihr Gesicht hinabregnen. »Ja, ja, ja«, hauchte sie nach jedem Kuss. »Deshalb bin ich ja ins Bad gekommen. Ich möchte es Molly und dem Rest der Welt erzählen.«

»Ach, wirklich?« Mensch, und sie hatte einen Streit vom Zaun gebrochen, ohne sich Emmas Antworten überhaupt anzuhören.

»Ja. Aber du hast mich nicht zu Wort kommen lassen.« Emma lachte. Sie klang fast betrunken vor Freude. Sanft nahm sie Jordans Gesicht in beide Hände und sah ihr in die Augen. »Mir ist endlich klar geworden, wie dumm es ist, weiter zu zögern wegen etwas, das Chloe getan hat. Gott, Jordan. Ich hätte nie gedacht, dass ich je wieder so empfinden würde, vor allem nicht so schnell, aber ich liebe dich auch.«

Die Worte umgaben Jordans Herz wie eine Schutzschicht und vertrieben die letzten Überreste ihrer Frustration, bis nur noch ein Gefühl der Zufriedenheit zurückblieb. Wow. Sie hatte es gesagt. Zum ersten Mal in ihrem Leben hatte sie einer Frau gesagt, dass sie sie liebte … und Emma erwiderte ihre Gefühle! Es war überwältigend und furchteinflößend und wundervoll zugleich.

Sie sahen einander in die Augen. Langsam näherten ihre Gesichter sich einander. Ihre Münder öffneten sich erwartungsvoll.

Ein Klopfen an der Tür ließ sie auseinanderfahren, bevor ihre Lippen sich zu einem Kuss treffen konnten. »Mami? Jordan?«, rief Molly durch die Tür. »Streitet ihr euch?«

Oh Mist. Jordan biss sich auf die Unterlippe. Molly hatte wohl gehört, wie sie Emma angeschrien hatte.

»Nein, Schatz«, rief Emma zurück. »Wir unterhalten uns nur. Alles in Ordnung. Ich verspreche es.«

»Okay«, antwortete Molly. »Ich habe zwei Bücher ausgesucht. Könnt ihr sie mir nach dem Essen vorlesen?«

»Natürlich«, rief Jordan. »Wir kommen gleich raus und dann mache ich uns Erdnussbutterburger zum Abendessen.«

Mollys Jubel drang durch die Tür und brachte sie beide zum Schmunzeln.

Kurz presste Jordan ihre Stirn gegen Emmas, bevor sie zurücktrat.

»Sollen wir es ihr jetzt sagen?«, fragte Emma.

Jordan schüttelte den Kopf. »Lass uns das morgen machen. Sie muss sich erst mal von Chloes Besuch erholen und ein emotionsgeladenes Geständnis pro Tag reicht mir.«

Emma lachte zitterig. »Mir auch. Gott, ich fühle mich, als würde ich unter Drogen stehen.«

»Endorphine«, sagte Jordan automatisch. Sie fühlte es auch. Es war ein größeres Glücksgefühl, als eine komplizierte Operation erfolgreich abzuschließen.

»Danke für diese wissenschaftliche Erklärung, Dr. Williams.« Trotz dieser milden Zurechtweisung strahlte Emma.

Zu wissen, dass sie Emma glücklich machte, fühlte sich an, als würde sie auf Wolken gehen. Ein letzter, kurzer Kuss, dann verließen sie das Bad. Jordan wusste bereits jetzt, dass sie heute Nacht kein Auge zutun würde.

Molly saß am Tisch, baumelte mit den Beinen und aß die Zucchininudeln mit Frikadellen, die Jordan zum Abendessen gemacht hatte.

Emma wünschte, sie hätte so unbeschwert wie ihre Tochter sein können. Molly schien den Herzschmerz von gestern überwunden zu haben. Sie hatte Chloe nicht mehr erwähnt. Emma hingegen war zu aufgeregt, um ihren Teller leer zu essen. Heute war es so weit. Sie hatten geplant, Molly während des Abendessens von ihrer Beziehung zu erzählen. Doch jetzt hatte Molly fast schon aufgegessen und keine von ihnen hatte ein Wort gesagt.

Emma konnte sich nicht daran erinnern, je vor einem Gespräch so nervös gewesen zu sein, nicht einmal, als sie Chloe gesagt hatte, dass sie vorhatte, nach Kalifornien zu ziehen. Wie würde Molly nach dem gestrigen Drama mit Chloe auf ihre Offenbarung reagieren?

Jordan schien genauso nervös zu sein. Sie hatte ihren halb vollen Teller beiseitegeschoben und rieb sich den gerade erst verheilten Arm, als wäre er ein Glücksbringer. »Irgendwie albern, oder?«, flüsterte sie Emma ins Ohr. »Hier sitze ich und schwitze Blut und Wasser, weil ich eine Sechsjährige um Erlaubnis bitten möchte, ihrer Mutter den Hof machen zu dürfen.«

Der altmodische Ausdruck brachte Emma zum Lächeln. »Wir brauchen ihre Erlaubnis nicht. Ich möchte nur, dass es okay für sie ist.«

Molly hörte auf, ihre Nudeln um die Gabel zu wickeln, und warf ihnen einen neugierigen Blick zu. »Warum flüstert ihr?«

Wie zwei Verbrecher, die auf frischer Tat ertappt worden waren, sahen die beiden sich an.

Jordan öffnete den Mund, um zu antworten, aber Emma legte ihr eine Hand auf den Arm. »Lass mich.«

»Sicher?«, fragte Jordan.

Emma nickte. Sie war diejenige gewesen, die es ständig vor sich hergeschoben hatte. Nun wollte sie diejenige sein, die den Mut aufbrachte, es ihrer Tochter zu sagen. »Wir haben dir etwas zu sagen, Molly«, sagte sie laut, um das hektische Klopfen ihres Herzens zu übertönen.

Molly strahlte. »Kriegen wir ein Kätzchen?«

»Äh, nein.«

»Viel besser«, warf Jordan ein.

Molly riss die Augen auf. »Besser als ein Kätzchen?«

»Psst.« Emma gab Jordan einen Klaps auf die Schulter, bevor sie sich wieder Molly zuwandte. »Erinnerst du dich noch daran, als wir hier eingezogen sind und du mich gefragt hast, ob ich auch neue Freunde finden würde?«

Als ihre Tochter nickte, fuhr Emma fort: »Und jetzt habe ich in der Tat eine ganz besondere Freundin gefunden.«

»Jordan«, sagte Molly und grinste zu ihr hinüber. »Sie ist auch meine Freundin.«

»Ja, das ist sie. Aber für mich ist sie mehr als nur eine Freundin, Schatz.« Unter dem Tisch griff Emma nach Jordans Hand und hielt sie fest umklammert. Erst, als ihr einfiel, dass es Jordans rechte Hand war, lockerte sie ihren Griff. »Ich … ich liebe sie so, wie ich früher Mama geliebt habe.«

Molly blickte von ihr zu Jordan, die nickte und sagte: »Und ich liebe deine Mami auch. Und dich natürlich.«

»Ich liebe dich auch«, sagte Molly, ohne zu zögern. Sie rutschte von ihrem Stuhl, lief um den Tisch herum und warf stürmisch die Arme um Jordan.

Einen Moment lang lenkte Jordans verblüffter Gesichtsausdruck Emma von dem ab, was sie hatte sagen wollen. Jordan Williams, geschickte Verführerin und selbstbewusste Ärztin, sah aus, als würde sie dahinschmelzen. Was für ein Softie.

Vor diesem Moment hatte Emma sich gefürchtet, seit sie festgestellt hatte, wie wichtig Jordan ihr und Molly werden konnte, wenn sie es zuließ. Sie hatte Angst gehabt, erneut verletzt zu werden und Mollys Herz brechen zu sehen, wenn sie es zuließ, dass eine neue Frau in ihr Leben trat.

Aber jetzt, da dieser Moment gekommen war, überwog die Freude darüber, wie nahe die beiden wichtigsten Menschen in ihrem Leben sich bereits standen.

Als Molly wieder Platz genommen hatte, räusperte sich Emma. »Und weil Jordan und ich uns lieben, wollen wir ab und zu auch eine Pyjamaparty machen«, sagte sie. »Dann würde sie bei mir übernachten. Wäre das okay für dich?«

Eine winzige Falte entstand auf Mollys Stirn, als sie darüber nachzudenken schien. »Aber was ist dann mit Thunfisch?« Sie sah Jordan besorgt an. »Sie ist dann ganz allein in deinem Haus. Hat sie da nicht Angst?«

Als ihre Anspannung nachließ, wäre Emma fast vom Stuhl gerutscht. Sie starrte ihre Tochter an. All die Sorgen darüber, wie Molly wohl reagieren würde, und nun machte Molly sich nur Sorgen um die Katze?

»Thunfisch ist ohnehin ständig bei euch. Ich könnte sie einfach mitbringen«, schlug Jordan vor. »Dann könnt ihr beide auch eine Pyjamaparty machen.«

»Ja!« Molly wedelte triumphierend mit der Faust und fegte dabei fast ihren Teller vom Tisch. »Darf ich, Mami? Bitte! Ich will auch eine Pyjamaparty!«

»Ich auch. Unbedingt«, murmelte Jordan. »Dürfen wir?«

Nun sahen beide Emma erwartungsvoll an.

»Warum nicht?«, sagte Emma. »Lasst uns nächstes Wochenende Pyjamapartys machen.«

Jordan und Molly klatschten sich ab. Dann fragte Molly: »Kann ich noch eine Frikadelle haben? Diesmal mit Erdnussbutter.«

Damit schien die Diskussion für sie beendet. Wie einfach das Leben doch sein konnte, wenn man sechs Jahre alt war.

»Kann ich?«, fragte sie erneut, als Emma nicht sofort reagierte.

»Erdnussbutter auf Frikadellen?« Emma rümpfte die Nase.

»Ja! Das ist dann wie ein Erdnussbutterburger.«

Emma schüttelte den Kopf. »Du hast sie völlig verdorben«, sagte sie zu Jordan. Sie stand auf, um Molly die Erdnussbutter zu holen. Ihre Beine fühlten sich zitterig an.

Als sie an ihr vorbeiging, griff Jordan nach ihrer Hand und drückte sie sanft.

Emma nahm wieder Platz. Noch immer starrte sie ihre Tochter an, die zufrieden Erdnussbutter auf ihre Frikadelle häufte. Schließlich lächelte Emma. Sie hätte wissen sollen, dass Molly es gut aufnehmen würde. Es waren nur ihre eigenen Ängste und Zweifel gewesen, die alles viel komplizierter hatten erscheinen lassen.

Erneut fasste sie unter dem Tisch nach Jordans Hand, doch dann erinnerte sie sich daran, dass sie nun ihre Beziehung nicht mehr verstecken musste, und zog ihre miteinander verschlungenen Finger auf den Tisch.

Hand in Hand saßen sie da und sahen zu, wie Molly ihre Erdnussbutterfrikadelle aß.

Kapitel 26

Später am selben Abend ließ sich Emma neben Jordan auf die Couch fallen. Gott, das waren die längsten drei Tage ihres Lebens gewesen.

»Endlich allein«, sagten sie gleichzeitig und mussten lachen.

Ihre Exen waren abgereist und Molly war im Bett.

Eine Weile saßen sie schweigend Seite an Seite, die Köpfe aneinander gelehnt.

»Ich sollte auch nach Hause gehen, damit du schlafen gehen kannst«, sagte Jordan schließlich, machte aber keine Anstalten, aufzustehen.

Es wäre vernünftig gewesen, denn morgen früh mussten sie beide arbeiten. Aber Emma hatte es satt, immer vernünftig zu sein. Jetzt, da sie Jordan ihr Herz geöffnet hatte und ihre Beziehung nicht mehr vor Molly verstecken musste, wollte sie Jordan in ihrem Bett haben … heute Nacht und alle folgenden Nächte.

»Oder«, sagte sie leise, »du könntest bleiben.«

Jordan drehte den Kopf und ihre Blicke trafen sich. Jordans braune Augen schienen noch dunkler zu werden, als ihre Pupillen sich weiteten. Sie befeuchtete die Lippen mit ihrer Zungenspitze. »Laufen wir nicht Gefahr, Molly aufzuwecken?«

»Nicht, wenn wir leise sind. Ist das ein Problem für dich?«, fragte Emma herausfordernd. Sie wusste, dass Jordan einer Herausforderung nicht widerstehen konnte.

»Nein. Aber für dich wird es ein Problem sein.« Jordan senkte die Stimme. »Denn bei dem, was ich mit dir vorhabe, wird es ziemlich schwer werden, leise zu sein.«

Die Worte schickten eine Welle des Verlangens durch Emmas Körper. »Ach ja?«

»Oh ja.«

Emma stand auf, nahm Jordans Hand und zog sie von der Couch hoch. Ihr Herz klopfte mit jedem Schritt in Richtung Schlafzimmer schneller. Die Tür fiel hinter ihnen ins Schloss.

Irgendwie hatte sie erwartet, Jordan würde sie aufs Bett werfen und über sie herfallen, aber stattdessen blieb Jordan mitten im Raum stehen und musterte sie, als wollte sie sich jeden Gesichtszug genau einprägen und jede Sekunde dieser Nacht im Gedächtnis behalten. Glühende Leidenschaft und Zärtlichkeit mischten sich in ihren Augen.

Jede Zelle von Emmas Körper kribbelte unter diesem Blick. »Küss mich«, flüsterte sie.

Das ließ sich Jordan nicht zweimal sagen. Sie zog Emma an sich und presste ihre Lippen auf Emmas. Der Kuss begann langsam und sanft, eine Liebkosung ihrer Münder, wurde dann aber schnell hitziger, als Jordan ihre Zunge über Emmas gleiten ließ.

Emma stöhnte und vergrub ihre Finger in Jordans kurzen Haaren.

Jordans Lippen wanderten ihren Hals hinab. Dann benetzte ihr warmer Atem Emmas Ohr, sodass sie eine Gänsehaut bekam.

Gott, sie konnte es kaum erwarten, Jordan auf sich, in sich, überall zu spüren. Allein der Gedanke an Jordans Haut auf ihrer machte sie schwindelig.

Als spürte sie genau, was Emma brauchte, zog Jordan das T-Shirt aus Emmas Jeans, während sie an der empfindlichen Haut unter ihrem Ohr saugte.

»Bett«, war alles, was Emma sagen konnte, als ihre Knie weich wurden.

»Lass mich dich erst ausziehen.«

Als Jordan ihr das T-Shirt über den Kopf streifte, sodass Emma nur in Jeans und BH dastand, versteifte sie sich einen Moment lang. Ihr letztes erstes Mal mit einer Frau war mehr als zehn Jahre her. In der Zwischenzeit hatte sie eine Schwangerschaft hinter sich. Sie kämpfte gegen den Impuls an, mit den Händen die leichten Schwangerschaftsstreifen auf ihrem Bauch zu bedecken oder die überflüssigen Pfunde zu verstecken, die sie seit Mollys Geburt nicht loswerden konnte. Jordan war mit unzähligen Frauen zusammen gewesen. Die meisten davon waren vermutlich genauso attraktiv wie Simone. Wie konnte sie mit ihnen mithalten? Ihr Blick glitt zum Lichtschalter.

»Oh nein«, murmelte Jordan. »Denk nicht mal dran. Ich will dich sehen. Jeden sexy Zentimeter von dir.« Sie griff um Emma herum und versuchte, mit einer Hand ihren BH zu öffnen. Doch dann fluchte sie und musste die andere Hand zu Hilfe nehmen.

Erst nach ein paar Sekunden begriff Emma, dass es nicht an der fehlenden Beweglichkeit von Jordans rechter Hand lag. Jordans Hände zitterten. Ihre Nervosität brachte Emma zum Lächeln. Jordan mochte bereits mit vielen Frauen geschlafen haben, aber dies war auch für sie Neuland.

Endlich fiel der BH zu Boden.

Jordans Blicken nun völlig ausgesetzt, versuchte Emma, nicht unbehaglich herumzuzappeln.

Jordan räusperte sich. »Wow.« Ihr Blick huschte hinauf zu Emmas Augen und glitt dann wieder hinab über ihren Körper. »Du bist wunderschön.«

Wärme durchrieselte Emma bis in die Zehenspitzen.

Langsam streckte Jordan die Hand aus und fuhr die Rundung einer Brust mit den Fingerspitzen nach. »Wunderschön«, wiederholte sie im Flüsterton. Dann umfasste sie die andere Brust mit einer Hand und strich mit dem Daumen über den Nippel, der sofort hart wurde.

Emma taumelte und hielt sich an Jordans Schultern fest. »Bett«, sagte sie erneut, diesmal mit mehr Bestimmtheit.

Jordan öffnete die Knöpfe ihrer eigenen Jeans, streifte sie über ihre langen Beine nach unten und zog hastig ihr T-Shirt aus. Dann griff sie nach hinten, um ihren BH zu öffnen.

»Lass mich das machen.«

Jordan ließ ihre Hände sinken.

Sie griff um Jordans Rücken herum und öffnete die Häkchen. Als sie die Träger von Jordans Armen gleiten ließ, streiften ihre Finger Jordans Haut. Unglaublich, wie weich sie war. Dann trat sie einen Schritt zurück, um Jordan betrachten zu können.

Jordans Oberkörper war lang und athletisch. Gut definierte Muskeln spielten unter ihrer Haut, als sie ihr Gewicht von einem Bein aufs andere verlagerte. Ihre Taille war schmal, fast androgyn, doch ihre Hüften hatten eine sexy Rundung und ihre Brüste waren voller, als Emma sie in Erinnerung hatte.

Sofort wollte Emma sie berühren, aber bevor sie die Hand ausstrecken konnte, trat Jordan näher und zog sie in ihre Arme.

Ihre nackten Brüste streiften einander, als sie Emma küsste … hart, besitzergreifend, auf eine Art, die sie wissen ließ, wie sehr sie Emma begehrte.

Emma nahm nichts um sich herum mehr wahr, nur noch das Gefühl ihrer Zungen, die einander streichelten, und ihrer aneinandergepressten Körper. Dann merkte sie, wie die Rückseiten ihrer Beine mit dem Bett kollidierten.

Jordan hielt sie mit einem Arm fest, damit sie nicht fiel. Ihre andere Hand schob sich zwischen ihre Körper und Emma spürte, wie Jordans Finger ihren Hosenknopf und den Reißverschluss öffneten.

Sie konnte kaum noch klar denken, so sehr vernebelte Verlangen ihr Gehirn. Trotzdem versuchte sie festzustellen, welcher Arm der erst vor Kurzem geheilte war. Bevor es ihr gelingen konnte, schob Jordan ihre Finger in Emmas Hosenbund und zog daran.

Als die Jeans zu Boden fiel, folgte Jordan ihrem Pfad und kniete sich vor Emma. Sie presste einen Kuss auf ihren Bauch und drückte ihr Gesicht sanft gegen ihren Slip.

Oh Gott. Hitze sammelte sich in Emmas Magengrube. Stöhnend vergrub sie ihre zitternden Finger in Jordans Haar.

»Ich will dich.« Jordan spähte zu ihr auf. Ihr Gesichtsausdruck war zugleich wild und liebevoll. »Jetzt sofort.« Ihre Stimme war heiser vor Leidenschaft.

Emma versagten die Stimmbänder, deshalb nickte sie.

Blickkontakt haltend streifte Jordan den Slip Emmas Beine hinab, zog dann ihren eigenen aus und ließ Emma aufs Bett sinken.

Emma erschauderte, als das kalte Laken ihren Rücken berührte, doch dann ließ Jordan sich auf sie sinken und alles, was sie spürte, war Hitze. Wie gut ihre Körper zusammenpassten! Es war perfekt.

Jordan schob ein Bein zwischen ihre Schenkel. Ein Stöhnen entfuhr Emma, als sie die Feuchtigkeit auf ihrer Haut spürte.

Ihre Brüste rieben gegeneinander. Der intime Kontakt ließ Emma nach Luft schnappen.

Einen Moment lang hielt Jordan völlig still, dann begann sie, einen Pfad entlang Emmas Hals zu küssen und zu lecken. Eine Gänsehaut folgte ihrem Weg nach unten. Verspielt ließ sie ihre Zunge in die Vertiefung zwischen Emmas Schlüsselbein gleiten.

Emma wand sich unter ihr und umklammerte Jordan mit beiden Händen, um sie zu ihren Nippeln zu ziehen, die nach Aufmerksamkeit schrien.

Aber Jordan grinste nur an ihrer Haut. »Geduld. Wir haben es nicht eilig. Ich will deinen Körper verwöhnen und all seine Geheimnisse erforschen.« Sie fuhr mit der Zunge über Emmas Ausschnitt und rieb ihre Wange an der Unterseite ihrer Brust.

Unruhig strich Emma mit einer Hand über Jordans Hinterkopf und neckte die kleinen Härchen in ihrem Nacken mit den Fingernägeln.

Erschaudernd presste Jordan sich an sie. Ihre Hüften bewegten sich rhythmisch gegen Emmas.

»Geduld«, sagte Emma grinsend.

Doch das Grinsen war wie weggewischt, als Jordan einen ihrer Nippel in ihren Mund nahm.

Keuchend hob sie sich Jordan entgegen.

Jordan wechselte zur anderen Brust, umkreiste mit ihrer Zunge den Nippel und fuhr dann sanft darüber, während sie mit einer Hand die andere Brust streichelte.

Oh ja! Emma drückte Jordans Kopf an sich und rieb sich gegen Jordans Schenkel. Ihre Haut schien zu glühen, überall, wo Jordans Mund und Hände sie berührten.

Ihre keuchenden Atemzüge füllten den Raum.

Jordan umrundete ihren Nippel mit der Zunge und nahm ihn dann in den Mund. Sie saugte gerade so stark, wie Emma es mochte.

»Jordan!«, keuchte sie. Wenn das so weiterging, würde sie innerhalb kürzester Zeit zum Höhepunkt kommen, aber als Jordan aufblickte und sie den Hunger in ihren Augen sah, gab es kein Halten mehr. Sie ließ Jordans Kopf los, umklammerte stattdessen ihre Hüften und drückte sie fester zwischen ihre Beine.

Jordan presste ihr Gesicht gegen Emmas Hals und schnappte keuchend nach Luft, so als ränge auch sie um Selbstkontrolle.

Aber Emma wollte nicht, dass sie sich zurückhielt. »Berühr mich.«

Mit einem kehligen Laut des Verlangens ließ Jordan eine Hand zwischen sie beide gleiten.

Die Muskeln in Emmas Bauch spannten sich an. In letzter Sekunde, bevor sie jede Vernunft vergessen konnte, fiel ihr wieder Jordans Handgelenk ein und sie hielt Jordan sanft am Arm fest. »Dein Handgelenk.«

Jordan stieß ein frustriertes Knurren aus und versuchte, sich aus der Umklammerung zu befreien. »Vergiss das Handgelenk. Ich will, dass du kommst.«

Emma musste sie ablenken, bevor Jordan sich verletzen konnte. Sanft schüttelte sie den Kopf. »Nein, Jordan. Es geht hier nicht um einen schnellen Höhepunkt. Heute Nacht machen wir Liebe.«

Jordan hielt still. Die Frustration verschwand aus ihrem Blick, als sie Emma in die Augen sah. Sie nahm Emmas Gesicht in eine Hand und küsste sie, diesmal ganz sanft, voller Emotion. »Du hast recht«, flüsterte sie. »Ich liebe dich.«

Emma fuhr Jordans Lippen mit den Fingerspitzen nach. »Ich liebe dich auch.«

Jordan stützte sich auf ihrem gesunden Arm ab. Sie küsste Emmas Kiefer, ihr Kinn, ihren Hals, dann hinab zu ihren Brüsten. Sie küsste, knabberte und saugte, bis Emma glaubte, gleich zu zergehen, dann fuhr sie leicht mit den Zähnen über einen harten Nippel.

»Oh Gott!« Emma bog sich ihr entgegen. Ihr Atem ging schneller, als sie spürte, wie Jordans Mund nach unten wanderte, und ihre Bauchmuskeln zitterten unter Jordans Zunge.

Jordan küsste und leckte einen Pfad Emmas Körper hinab.

Jede Faser von Emmas Körper schien unter Strom zu stehen. Selbst ihre Zehen kribbelten. Sie krallte die Finger in die Laken.

Jordan hauchte Küsse auf ihre empfindliche Leistengegend.

Einladend spreizte Emma die Beine.

Doch Jordan küsste stattdessen die Vorderseite ihres Schenkels. »Geduld«, flüsterte sie erneut und zog mit der Zunge Kreise über ihr Knie.

Himmel. Wer hätte gedacht, dass ihr Knie eine erogene Zone sein konnte?

»Mmm«, brummte Jordan genießerisch. »Du schmeckst gut. Ich kann's nicht abwarten, dich überall zu schmecken.« Ihre Lippen liebkosten die Innenseite von Emmas Schenkel, bis ihr warmer Atem über Emmas empfindlichste Stelle strich.

Es war eine süße Folter. Emma stieß ein frustriertes Stöhnen aus. »Jordan!« Schwach hob sie den Kopf.

Jordans Nasenflügel bebten. Sie hob Emmas Beine über ihre Schultern und sah dann hinauf in ihr Gesicht. Ihre dunklen Augen glitzerten vor Verlangen.

Emmas Herz schlug schneller. »Bitte.«

Jordan senkte den Kopf und ließ ihre Zunge in Emmas Feuchtigkeit gleiten.

Unter einer Woge des Verlangens bäumte Emma sich auf. Sie ließ das Laken los und umklammerte mit beiden Händen Jordans Kopf. Es kostete Kraft, nicht vor Lust aufzuschreien.

»Mehr«, murmelte Jordan. Langsam umkreiste sie Emmas Klitoris und fuhr dann mit der Zunge direkt darüber.

»Oh. Oh Gott. Jordan.« Emma presste sich fester gegen sie, als Jordan begann, sie nach allen Regeln der Kunst zu verwöhnen.

Emmas Atem kam in kurzen, keuchenden Stößen und ihre Beine bewegten sich unruhig über Jordans Schultern. »Hör bloß nicht auf.«

Jordan nahm ihre Klitoris in den Mund und ließ sie langsam wieder hinaus gleiten, bevor das ganze Spiel von vorne begann.

Tief in Emmas Innerem begann ein langsames Pulsieren. Sie drückte die Fersen gegen Jordans Rücken und schnappte mit geöffnetem Mund nach Luft. Ihre Augen fielen zu.

Sie versuchte, es hinauszuzögern und noch länger zu genießen, doch als Jordan an ihrer Klitoris saugte, explodierten Lichter hinter ihren geschlossenen Lidern.

Mit einer Hand ließ sie Jordans Kopf los und drückte sich das Kissen auf den Mund, um ihren Lustschrei zu unterdrücken. Die Finger ihrer anderen Hand krallten sich in Jordans Kopf, als sie kam.

Jordan ließ ihre Wange einen Moment lang auf Emmas bebendem Bauch ruhen, bevor sie aufsah.

Das Kissen, das Emma sich auf den Mund gedrückt hatte, fiel ihr aus der schlaffen Hand und gab den Blick auf ihr Gesicht frei.

Was Jordan sah, machte sie atemlos.

Mit verzückter Miene lag Emma reglos da, die Augen geschlossen, ihr Körper von einer zarten Röte überzogen und ihr Gesicht vollkommen offen und verletzlich. Wunderschön. Nichts in Jordans Leben hatte sich je so angefühlt. Voller Staunen konnte sie den Blick nicht von Emma abwenden. Schon jetzt konnte sie es kaum erwarten, sie wieder zu schmecken und sie erneut zum Höhepunkt zu bringen.

Langsam öffnete Emma die Augen und ihre Blicke trafen sich. Die kupferfarbenen Sprenkel in ihrer Iris schienen zu glühen.

Emma stieß ein schwaches Stöhnen aus, als Jordan einen letzten Kuss auf ihre Klitoris hauchte, bevor sie an ihrem schweißfeuchten Körper entlang nach oben glitt.

Erst jetzt wurde sie sich ihrer eigenen Erregung bewusst.

Emma stöhnte in ihren Mund, als sie sich küssten.

»Emma«, hauchte Jordan und drückte ihre Mitte gegen Emmas Schenkel.

»Nein, nicht so. Ich will dich berühren.«

Aber Jordan bewegte sich bereits rhythmisch gegen ihr Bein. »Ich bin schon … schon fast so weit.«

»Warte.« Emma schob sich unter ihr hervor und rollte sich auf Jordan.

Durch einen Schleier des Verlangens hindurch starrte Jordan zu ihr auf und griff dann nach ihr.

»Vorsicht mit deiner Hand.« Sanft nahm Emma Jordans rechten Arm, dann den linken, hob beide über ihren Kopf und presste sie mit einer Hand gegen die Matratze.

Normalerweise übernahm Jordan gern die Führung, aber mit Emma war das nicht nötig. Sie ließ ihre Arme genau so liegen, wie Emma sie platziert hatte, ohne zu versuchen, sich aus der sanften Umklammerung zu befreien.

Als Emma die Finger ihrer freien Hand in ihre feuchte Hitze tauchte, biss sich Jordan auf die Unterlippe und kämpfte dagegen an, auf der Stelle zu kommen. Himmel, nur eine einzige Berührung von Emma und es war um sie geschehen.

»Noch nicht«, flüsterte Emma ihr ins Ohr und knabberte dann daran. »Ich will erst jeden Zentimeter deines Körpers kennenlernen.«

Jordan stöhnte. Sie wollte kommen, aber gleichzeitig wollte sie auch, dass diese ganz besondere Nacht niemals zu Ende ging. Hilflos sah sie zu Emma auf. Noch nie hatte sie sich so völlig einer Frau hingegeben, weder körperlich, noch emotional. Emma war die Frau, der ihr Herz gehörte, und das ließ sie jede Berührung und jeden Blick bis ins Mark spüren.

Emma senkte den Kopf und hauchte Küsse auf Jordans Lippen. »Behalt deine Hände über dem Kopf.«

Die Bestimmtheit und die Leidenschaft in ihrem Ton brachten Jordan zum Stöhnen. Wer hätte gedacht, dass es so heiß sein konnte, von einer Frau … von Emma herumkommandiert zu werden?

Emma liebkoste Jordans Hals und die Wölbung ihres Schlüsselbeins mit dem Mund. Feuchte Küsse auf ihrem Sternum ließen ihre Haut kribbeln.

Dann umkreiste Emmas Zunge einen harten Nippel, während ihr Finger dieselbe Bewegung um Jordans Klitoris beschrieb.

»Emma«, keuchte Jordan. Es klang wie ein Gebet, das nur aus diesem einen Wort bestand. Ihr Kopf … die ganze Welt … drehte sich.

Emma sah auf und blickte ihr in die Augen.

Jordan hatte mit vielen Frauen geschlafen, aber nie hatte sie diese Mischung aus Liebe und Verlangen in den Augen einer Partnerin gesehen. Es war genauso betörend wie Emmas Berührungen.

Sich auf einem Arm abstützend, beugte Emma sich hinab und nahm Jordans Nippel in den Mund. Gleichzeitig ließ sie einen Finger direkt über ihre Klitoris gleiten.

Jordan verdrehte die Augen. Ein Laut, den sie selbst kaum erkannte, entfuhr ihr.

Emma schob sich nach oben und küsste sie, erstickte ihr Stöhnen mit ihrem Mund. Ihre freie Hand wanderte erneut nach oben, um Jordans Arme ans Bett zu fesseln.

Der Duft ihrer Erregung und die leisen Laute des Vergnügens, die Emma von sich gab, während sie Jordan berührte, überwältigten fast Jordans Sinne. Sie bewegte sich schneller und verlor sich in dem Rhythmus, den sie beide gemeinsam erzeugten.

»Gott«, murmelte Emma, während sie ihre Hand schneller und mit mehr Druck bewegte. »Ich liebe das. Ich liebe dich.«

Jordan wollte ihre Worte erwidern, aber sie konnte nicht mehr sprechen. Sie verbarg das Gesicht an Emmas Halsbeuge und gab sich den Wellen der Erregung hin, die über ihr zusammenschlugen.

Mehrere Momente lang verstummten sämtliche Geräusche und die Welt um sie herum hörte auf zu existieren. Nur sehr undeutlich war sie sich bewusst, dass Emma sich an sie kuschelte und einen Kuss auf ihre Schulter hauchte. Jordan senkte einen Arm und schlang ihn um Emma. Benommen starrte sie in ihre

Augen. Die kupferfarbenen Sprenkel in der grünen Iris schienen sie magisch anzuziehen und sie beugte sich vor, um Emma zu küssen.

»Ich liebe dich auch«, flüsterte sie mit rauer Stimme.

Emma streichelte die schweißfeuchte Haut entlang Jordans Seite, was kleine Schauder durch ihren gesamten Körper schickte. »Das war unglaublich.«

»Ja, das war es«, sagte Jordan. »Aber für gewöhnlich verfüge ich über mehr Selbstbeherrschung.«

»Ich mag es, dass du sie bei mir verloren hast«, antwortete Emma lächelnd.

Jordan schmeckte die salzige Haut an Emmas Nacken und spürte, wie der Puls unter ihren Lippen pochte. »Mit dir ist alles anders.« Sie rollte sich herum, sodass sie oben lag, und ließ eine Hand über Emmas Körper nach unten gleiten.

Emma bog sich ihr entgegen, griff dann aber nach Jordans Handgelenk und hielt es fest. »Was machst du da?«

»Keine Sorge, das ist meine linke Hand. Und ich versuche herauszufinden, ob du zu multiplen Orgasmen fähig bist.«

Ein Stöhnen entfuhr Emma. Ihre Wangen färbten sich rot. »Du hättest einfach fragen können.«

»Wo bliebe denn da der Spaß?« Spielerisch umkreiste Jordan ihren Bauchnabel mit der Kuppe ihres Zeigefingers, neigte dann den Kopf zur Seite und sah Emma in die Augen. »Oder willst du nicht, dass ich …?«

Emma ließ Jordans Arm los. »Und ob ich will. Ich habe selbst auch eine Frage zu klären, weißt du?«

»Ach ja?«

»Ja.« Emma küsste Jordans Wange und flüsterte ihr dann ins Ohr: »Wie gut bist du mit deiner linken Hand?«

»Lass es uns herausfinden.«

Allmählich erwachte Jordan und öffnete die Augen. Das erste Licht der Dämmerung erhellte ein Schlafzimmer, das nicht ihr gehörte, und fiel auf die Kleidungsstücke vor dem Bett. Die leuchtend roten Zahlen des Radioweckers neben ihr zeigten 5:50 Uhr an.

Sie musste aufstehen und ins Krankenhaus fahren, aber zum ersten Mal im Leben hatte sie keine Lust dazu. Sie wollte bleiben, wo sie war.

Ein warmer Arm hatte sich von hinten um sie geschlungen und Emmas Wange ruhte auf ihrem Rücken. Ihre Beine waren unter der Decke miteinander verflochten und Jordans Hintern war gegen Emmas Schoß gekuschelt. Unglaublich, wie perfekt ihre Körper zueinander passten.

Schläfrig presste Emma ihre Lippen gegen das T-Shirt, das Jordan auf ihr Geheiß hin mitten in der Nacht wieder angezogen hatte. Eine ihrer Hände begann, sich leicht gegen Jordans Bauch zu bewegen. »Musst du aufstehen?«, murmelte sie, ihre Stimme noch völlig verschlafen.

»Ja. Obwohl das«, sie legte ihre Hand auf die Finger auf ihrem Bauch, »mich auf den Gedanken bringt, mich krank zu melden.«

»Geht das?«, fragte Emma und klang plötzlich viel wacher.

Ihr Eifer brachte Jordan zum Lächeln. Dann seufzte sie. »Schön wär's. Aber ich komme heute Abend pünktlich nach Hause. Ich will mit dir und Molly zu Abend essen. Und wenn sie dann im Bett ist …«

Polternde Schritte hallten durch den Flur.

Jetzt war Jordan froh, dass Emma sie gezwungen hatte, das T-Shirt anzuziehen, denn innerhalb von Sekunden platzte Molly ins Schlafzimmer.

Sie mussten ihr unbedingt beibringen, erst anzuklopfen.

»Mami, kann ich …?« Molly blieb abrupt vor dem Bett stehen und riss die Augen auf, als sie Jordan neben ihrer Mutter liegen sah.

Jordan starrte zurück.

Eine kleine Falte grub sich auf Mollys Stirn ein.

Unter der Decke umklammerte Jordan Emmas Hand. Waren sie zu schnell vorgegangen und hatten Molly nicht genug Zeit gegeben, um sich an die neue Frau im Leben ihrer Mutter zu gewöhnen?

Molly stampfte mit dem Fuß auf. »Das ist nicht fair!« Ihre Unterlippe bebte.

Ein Kloß setzte sich in Jordans Hals fest. »Molly, ich …« Sie sah Emma hilfesuchend an, weil sie nicht wusste, was sie sagen sollte.

»Was ist nicht fair, Schatz?«, fragte Emma sanft und packte Jordans Hand fester.

»Ihr hattet eure Pyjamaparty, aber Thunfisch habt ihr nicht mitgebracht!«

Fast hätte Jordan vor Erleichterung losgelacht. Das war der Grund, warum Molly sauer war? »Tut mir leid, Molly. Du hast schon geschlafen, als ich beschlossen habe, hier zu übernachten, und wir wollten dich nicht wecken.«

Molly seufzte dramatisch. Ihr Stirnrunzeln verschwand. Sie warf sich neben Jordan aufs Bett, krabbelte in die Mitte und kuschelte sich zwischen die beiden, als hätte sie das schon tausendmal gemacht.

Jordan blinzelte, entspannte sich dann aber, ließ sich gegen das Kissen zurücksinken und streichelte Mollys blonde Locken. Emma begann, mit ihr unter der Decke zu füßeln. Mmm, sie könnte sich daran gewöhnen, den Tag so zu beginnen.

»Können wir am Wochenende noch eine Pyjamaparty machen?«, fragte Molly.

»Auf jeden Fall«, sagten Jordan und Emma gleichzeitig und grinsten sich über Mollys Kopf hinweg an.

Ein Funke Leidenschaft glomm in Emmas Augen auf und Jordan kam der Gedanke, dass das Wochenende viel zu weit weg war.

»Aber jetzt müssen wir aufstehen«, sagte Emma. »Wer will Pfannkuchen zum Frühstück?«

»Ich!« Molly sprang aus dem Bett. »Ich will Erdnussbutter auf meine«, verkündete sie und rannte in Richtung Küche.

Emma schüttelte den Kopf. »Du hast meine Tochter vollkommen verdorben. Ohne Erdnussbutter geht bei ihr nichts mehr.«

Jordan drehte sich um und presste ihre Lippen gegen Emmas Hals. Sie genoss es, als sie die Gänsehaut spürte, die dort entstand. »Und du? Habe ich dich auch verdorben?«

»Ja«, flüsterte Emma. »Und wie. Ohne dich geht bei mir nichts mehr.«

Jordan hob den Kopf und sah ihr in die Augen. »Das muss es auch nicht«, sagte sie. Ihre Stimme war rau vor Emotion.

»Mami! Jordan!«, rief Molly aus der Küche und unterbrach den intimen Moment.

Seufzend schlüpfte Emma aus dem Bett und Jordan genoss den Anblick ihres kurvigen Körpers, bedeckt nur von einem dünnen T-Shirt, bevor sie einen Bademantel überzog. »Wir sind unterwegs.«

Wir, wiederholte Jordan in Gedanken, als sie aus dem Bett sprang und für eine kurze Dusche ins Bad eilte. Nie hätte sie gedacht, dass sie einmal Teil eines Wir sein oder es auch nur wollen würde. Doch jetzt konnte sie sich ihr Leben ohne die beiden nicht mehr vorstellen.

###

Falls Ihnen dieses Buch gefallen hat, könnte Sie auch Jaes Roman *Herzklopfen und Granatäpfel* interessieren, in dem sich Jordans Freundinnen Hope und Laleh kennen und lieben gelernt haben.

Über Jae

Jae wuchs im Weingebiet Süddeutschlands auf. Schon als Kind war sie immer mit der Nase in einem Buch anzutreffen, was ihr den Spitznamen »Professor« einbrachte. Im Alter von elf Jahren begann sie dann mit dem Schreiben eigener Geschichten. Seit mittlerweile acht Jahren schreibt sie hauptsächlich auf Englisch.

Bis im Dezember 2013 arbeitete sie als Psychologin, gab dann aber ihren Beruf auf, um Vollzeitschriftstellerin und Teilzeitlektorin zu werden. In ihrer Freizeit liest sie nach wie vor gerne, frönt ihrem Eiscreme- und Schreibwarenfaible und schaut viel zu viele Krimiserien.

KONTAKT:

Webseite: www.jae-fiction.de

Blog: www.jae-fiction.com/blog

Facebook: www.facebook.com/JaeAuthor

Twitter: @JaeFiction

E-Mail: jae_s1978@yahoo.de

Ebenfalls im Ylva Verlag erschienen

www.ylva-verlag.de

Herzklopfen und Granatäpfel

Jae

ISBN: 978-3-95533-766-7
Umfang: 334 Seiten (109.000 Wörter)

Dr. Hope Finlay hat schon als Kind gelernt, keine Bindungen einzugehen.

Laleh Samadi, die aus einer großen Familie stammt, ist das genaue Gegenteil.

Als Laleh mit Herzrasen in der Notaufnahme landet, rettet Hope ihr das Leben. Daraufhin häufen sich seltsame Vorkommnisse, bis sie erkennen, dass eine mysteriöse Verbindung zwischen ihnen besteht.

Verlieren sie den Verstand … oder ihre Herzen?

L.A. Metro
Diagnose Liebe

(L.A. Metro-Serie - Buch 1)

RJ Nolan

ISBN: 978-3-95533-294-5
Umfang: 314 Seiten (95.000 Wörter)

Dr. Kimberly Donovans Leben liegt in Scherben. Von Familie und Freundin betrogen, wagt sie am L.A. Metropolitan Hospital einen Neuanfang. Dort wird die zurückhaltende Dr. Jess McKenna ebenfalls von düsteren Erinnerungen gepeinigt.

Ihren Gefühlen zum Trotz verordnen sich die Ärztinnen Abstand voneinander. Aber vielleicht kann das L.A. Metro nicht nur Kranke, sondern auch verwundete Herzen heilen.

All the Little Moments
Weil jeder Augenblick zählt

G Benson

ISBN: 978-3-95533-645-5
Umfang: 251 Seiten (62.500 Wörter)

Als ihr Bruder verunglückt, ändert sich das Leben der karrierebedachten Ärztin Anna schlagartig: Sie bekommt das Sorgerecht für dessen Kinder.

Von Selbstzweifeln geplagt und verlassen von ihrer Freundin versucht Anna, die Leben der trauernden Kinder sowie ihr eigenes in den Griff zu bekommen. Doch dann macht die Pflegerin Lane ihr Avancen, und Anna kämpft erneut um die Kontrolle über die Situation.

Wie ein neues Leben
Ein lesbischer Liebesroman

Lois Cloarec Hart

ISBN: 978-3-95533-220-4
Umfang: 378 Seiten (104.000 Wörter)

Jan hat es sich zur Aufgabe gemacht, ihren an MS erkrankten Ehemann Rob zu pflegen, der sich als ehemaliger Kampfflieger nur schwer mit seinem Schicksal abfinden kann. Durch Zufall tritt eines Tages Terry in ihr Leben. In kürzester Zeit stellt die junge Postbotin, die von einer Karriere als Schriftstellerin träumt, das Leben von Rob und Jan auf den Kopf.

Demnächst im Ylva Verlag

www.ylva-verlag.de

All the Little Moments
Was bleibt ist Liebe

G Benson

Endlich scheint alles in Annas Leben wieder unter Kontrolle zu sein. Ihre Nichte und ihr Neffe haben gelernt mit der Trauer über den Verlust der Eltern zu leben und Annas Beziehung zu Lane bereichert nicht nur ihr eigenes Leben, sondern dass der Kinder.

Gerade als sie daran glaubt, dass alles gut werden kann, beginnt ihr größter Kampf, und um den zu gewinnen, muss sie all ihre Kräfte aufbieten.

Wette mit Folgen

Lois Cloarec Hart

Aus einer Bierlaune heraus nimmt Jac die ungewöhnliche Wette ihrer besten Freundin an: Sie soll deren Kollegin Lauren verführen und damit beweisen, dass sie wirklich jede Frau ins Bett kriegt. Dafür hat Jac genau einen Monat Zeit. Siegessicher startet sie ihre Mission, obwohl Lauren heterosexuell und verlobt ist.

Doch Jac vergisst, dass aus Lügen selten etwas Gutes hervorgeht. Wird sie die Konsequenzen ihres falschen Spiels tragen müssen, wenn Lauren ihr auf die Schliche kommt? Oder wird Lauren das Blatt wenden?

Bibliografische Information der Deutschen Bibliothek
Die Deutsche Bibliothek verzeichnet diese Publikation in der Deutschen Nationalbibliografie; detaillierte bibliografische Daten sind im Internet über www.dnb.de abrufbar.

1. Auflage
Taschenbuchausgabe Juni 2017 bei Ylva Verlag, e.Kfr.

ISBN: 978-3-95533-841-1

Dieser Titel ist auch als E-Book erschienen.

Lektorat: Andrea Fries
Coverdesign: Streetlight Graphics
Print Layout: Allen at eB Format

Kontakt:
Ylva Verlag, e.Kfr.
Inhaberin: Astrid Ohletz
Am Kirschgarten 2
65830 Kriftel
Tel: 06192/9615540
Fax: 06192/8076010
www.ylva-verlag.de
info@ylva-verlag.de
Amtsgericht Frankfurt am Main HRA 46713

Printed in Germany
by Amazon Distribution
GmbH, Leipzig

23464407R00237